国家社科基金
后期资助项目
GUOJIA SHEKE JIJIN HOUQI ZIZHU XIANGMU

朱子詩經學考論

On Zhu Xi's Studies of *the Book of Odes*

陳 才 著

華東師範大學出版社

2020 年 · 上海

圖書在版編目 (CIP) 數據

朱子詩經學考論 / 陳才著. —上海：華東師範大
學出版社，2019
　ISBN 978 - 7 - 5675 - 9915 - 4

　Ⅰ. ①朱… Ⅱ. ①陳… Ⅲ. ①《詩經》—詩歌研究
Ⅳ. ①I207.222

　中國版本圖書館 CIP 數據核字(2020)第 007062 號

朱子詩經學考論

著　　者	陳　才
責任編輯	呂振宇
責任校對	朱　虹　時東明
裝幀設計	劉怡霖

出版發行　華東師範大學出版社
社　　址　上海市中山北路 3663 號　郵編 200062
網　　址　www.ecnupress.com.cn
電　　話　021 - 60821666　行政傳真 021 - 62572105
客服電話　021 - 62865537　門市(郵購)電話 021 - 62869887
地　　址　上海市中山北路 3663 號華東師範大學校內先鋒路口
網　　店　http://hdsdcbs.tmall.com

印刷者　上海龍騰印務有限公司
開　　本　787×1092　16 開
印　　張　22
字　　數　385 千字
版　　次　2020 年 12 月第 1 版
印　　次　2020 年 12 月第 1 次
書　　號　ISBN 978 - 7 - 5675 - 9915 - 4
定　　價　80.00 元

出版人　王　焰

(如發現本版圖書有印訂質量問題,請寄回本社客服中心調換或電話 021 - 62865537 聯繫)

國家社科基金後期資助項目
出版説明

　　後期資助項目是國家社科基金設立的一類重要項目，旨在鼓勵廣大社科研究者潛心治學，支持基礎研究多出優秀成果。它是經過嚴格評審，從接近完成的科研成果中遴選立項的。爲擴大後期資助項目的影響，更好地推動學術發展，促進成果轉化，全國哲學社會科學工作辦公室按照"統一設計、統一標識、統一版式、形成系列"的總體要求，組織出版國家社科基金後期資助項目成果。

全國哲學社會科學工作辦公室

序

朱傑人

記得當年在陳才博士學位論文答辯會結束以後，我曾經對他說了這麼一段話："答辯委員會的老師們對你的論文打了高分，說明大家認可了你的研究。但是，你的論文其實只是一個開始，我希望你沿著這條路繼續走下去，走深、走遠，把你的論文做成一部研究《詩集傳》的專著。"我沒有把話講完，我的意思是，他的研究其實開闢了一條研究朱子《詩》學的新路，如果半途而廢，就可惜了。

現在，擺在大家面前的這本《朱子詩經學考論》，就是陳才博士畢業以後繼續"走路"的結果。

朱子的《詩集傳》在《詩經》研究史上的地位雖然有爭議，但是它的劃時代意義是無論褒者還是貶者都不否認的。從《詩集傳》問世以來，研究的著作就不斷出現，可謂汗牛充棟了。這些研究固然有很多精彩之處，其中不乏傳世之作，但是深入考察一下，還是有些令人不滿足的地方。我以爲，研究《詩集傳》不能只就《詩集傳》而《詩集傳》，應該把它放到一個更廣闊的時代和學術背景下加以考察，更重要的是要把它放在朱子整個理學建構和對儒學的改造與重建的大視野下加以考察。

朱子儒學重建的一個重要環節是對儒學經典的再造。再造的目的是要改變儒家傳統經典的繁瑣化、複雜化、學究化，以及歷代經師們解經的牽強、附會、泥古不化。《四書章句集注》就是朱子改造儒家經典的最重要成果。《四書章句集注》標誌著儒家經典後經典化的成功和完成（當然還有《近思錄》）。《四書章句集注》首次刊刻在淳熙九年（1182），《詩集傳》淳熙十三年（1186）刻板於建安。當然，《詩集傳》的成書過程時間很長，但是，在《四書章句集注》完成以後，朱子就迫不及待地推出《詩集傳》，顯然是爲了儘快把他心目中的儒家"新經典"構建完成。《四書章句集注》的一個重要特點是使廣大讀者有了一本可供閱讀的、大大簡化了的儒家的經典。而《詩集傳》的特色也正在於它是一本大大簡化了的經典。對照一下孔穎達的《毛詩正義》，你就可以感受到《詩集傳》的受歡迎並在元代就被列爲科舉考試的教科書和標準答案，絕不是偶然的事了。當然，《四書章句集注》和《詩集傳》在發揮理學義理上的成就也是它們成功的重要秘訣。不過，這又是另外一個話題了。

自從有人提出《詩集傳》是第一個用文學的眼光解詩的觀點後，這一見解立即被放大和固定。固然，朱子解詩突破前人之窠臼，多有振聾發聵之見。後人視之爲"文學的眼光"大概也不能説是錯誤。但是，朱子解《詩》，恐怕絕不是用"文學的眼光"可以一概而論的。朱子的著眼點應該還是"經學"。只是他的經學眼光和前儒不一樣而已。以"尊《序》"與"廢《序》"爲例，很多人做過統計，發現朱子的《詩集傳》"尊《序》"與"廢《序》"幾乎並存。有的統計甚至説《詩集傳》中尊《序》要遠多於廢《序》。這裡，我不想討論這些統計的是非曲直，我只想説在《詩經》的開篇之作《關雎》，朱子的觀點就全面認可了《序》意。但是，《關雎》不就是一首"情歌"嗎？這些現象，用簡單的"文學眼光"是找不到答案的，還需要回到經學去、回到理學去。

朱子的《詩集傳》是他整個《詩》學體系的濃縮，研究《詩集傳》必須要把研究的目光從《詩集傳》移開，投向朱子《詩》學思想和體系的廣闊視域。比如，陳才的專著中有一節關於朱子對舊説的自我完善，討論了朱子從《詩集解》到《詩集傳》的心路歷程。這其實是一個非常重要的值得好好研究的問題，可惜長期以來被忽視。陳才的研究不能説已經給出了"定論"，但至少開了一個好的頭。諸如此類，通讀全書，可見著者的視野已經跳出了局促和早已成爲研究套路的"成見"。

陳才是我的學生，我不想也不應該把他的研究往高處拔。但是有一點我是不能不説的：在以上我所關注的這些問題上，他確實給出了值得肯定的、有啟發意義的思考。我爲他高興。

另外，很多年以前，我寫過一篇討論《詩集傳》八卷本與二十卷本孰是孰非的文章。文章發表以後引發了一些爭論。我自以爲我的"八卷本非朱子原帙"的結論是確定的。之所以會引起爭論，在於我的文章的"證據"還需要在語言學、音韻學、統計學、版本目錄學上作進一步的充實。可是囿於學養和時間上的短缺，我沒有繼續深入。陳才是我的觀點的堅決支持者，他把我沒有來得及做的事情補做了。在這裡我要説一聲謝謝。

陳才是個名如其人的人。我一直勸他，要把時間和精力放在做有意義的研究上，那是大事，而不要去計較那些雞毛蒜皮的"小事"。當然，朱子説，血氣之怒不可有，義理之怒不可無。學問上的"義理"不能不辨個一清二楚。但是人非聖賢孰能無過，沒有那一個學者敢保證自己的文章不會有錯誤。我研究朱子，一直把"滄洲精舍"錯寫成"滄州精舍"。人們可以批評我治學不嚴謹,我不能不接受這樣的批評。但是仔細推敲,這樣的錯誤其實是一種慣性思維惹的禍,想當然了,誰知並不"當然"。這裡,我不想爲自己的錯誤開脫,"想當然"就是不嚴謹!我舉一個自己的例子說給陳才聽,是爲了告訴他,糾纏於別人的錯誤是容易的,但是對學人尤其是前輩學者和比自己年輕的學人,多一點包涵和寬容是一種美德。

文章離題了,可是這又是我非常想說的話,而這却是他此生必須跨過去的坎。我相信,邁過這道坎,陳才的學術之路前途無量。

是爲序。

2019 年 11 月 9 日

寫於收到一個非常讓我高興的信息以後

目　録

緒　論

在宋末至清代的近八百年學術史上，朱子無疑是最令人矚目、最具影響力的學者。作爲一個經學家，他訓詁與義理並重，創造性地改造經學，使經學得以重振。元明清三代，朱子的學說一直爲官方所推崇。康熙五十一年(1712)詔令升朱子於大成殿十哲之次，這或多或少是出於"治統"需要；乾隆時期編《四庫全書》，漢以後的作者惟朱子一人使用"子"這個尊稱而不稱名，這亦是學術與政治相縉結的結果，並非專就其學術而言。而黄宗羲在《宋元學案·晦庵學案》中説朱子"致廣大，盡精微，綜羅百代"①，則是專門針對其學術而言的一個極高的評價；錢穆更是尊朱子爲繼孔子之後的第二人：

> 在中國歷史上，前古有孔子，近古有朱子，此兩人，皆在中國學術思想史及中國文化史上發出莫大聲光，留下莫大影響。曠觀全史，恐無第三人堪與倫比。②

這個評價是否有商榷的餘地姑且不論，但是錢穆，以及另外一大批學者對朱子的推崇之意一露無遺。

朱子學説爲後世所推尊，其根本原因在於其學術思想博大精深。然而，正是其思想的博大精深，致使後世諸儒可得其數端，却無法窺其全貌，從而在對其接受過程中生成種種誤解。清儒陳澧在《東塾讀書記》中，痛批一些學者對朱子之學的誤解：

> 澧謂詆毀朱子者，原無傷日月，然王崑繩、李剛主，蓋皆未讀朱子書而輒詆之耳。望溪使之觀朱子書，則自然折服矣。夫未讀其人之書而輒

---

① ［清］黄宗羲原著，［清］全祖望補修，陳金生、梁運華點校：《宋元學案》，北京：中華書局，1986年，第1495頁。

② 錢穆：《朱子學提綱》，《朱子新學案》第1册，北京：九州出版社，2011年，第1—2頁。

詆之,他人且不可,況程、朱乎? 更有未讀程、朱而尊程、朱者,則科舉習氣耳,豈真尊程、朱哉?①

朱子學術之博大精深,後世罕有其匹,這成就了朱子的地位,却也因此使得朱子學術不能被完全理解。陳澧的批評可謂一針見血:尊朱子者不懂朱子而盲目尊崇,貶朱子者不懂朱子而無故詆毁。且不説衆所熟知的清儒毛奇齡對朱子的故意貶低。明人袁仁在《毛詩或問》的自序中曾以"盲人摸象"譏笑朱子解《詩》不得要領,②可是,袁仁自己對朱子詩經學之體認是否也是在"盲人摸象"呢? "朱子對科舉考試弊端的批評在其《文集》和'語録'中隨處可見"③,而元明清三朝,朱子所注之經部書基本都作爲科舉功令之書,可見,朱子被誤會的程度之深。

一、本課題研究緣起及意義

朱子於治五經,撰成專書的,只有《周易本義》和《詩集傳》。④ 朱子曾明確地要求自己的學生説:"學者須讀《詩》與《易》。"(可學。)⑤因此,朱子之詩經學當視爲朱子學領域内的一項重要内容。雖然朱子對自己的《詩》學成就頗爲謙虚:

> 某平生也費了些精神理會《易》與《詩》,然其得力則未若《語》、《孟》之多也,《易》與《詩》中所得似難肋焉。(壯祖。)⑥

但是,由其奠定的詩經宋學,上承詩經漢學,下啓詩經清學,是詩經學史上的重要一環。就朱子《詩集傳》來説,其地位之高和影響之深遠是同時代及以後其他詩經學著作無法企及的:其一,自宋理宗時起,官方開始推重《詩集傳》。自元延祐時起,《詩集傳》就作爲科舉考試的標準教材,成了士子的必讀之書。其二,元明時期有許多對《詩集傳》進行再解釋的詩經學著作。其三,元明清

① [清]陳澧著,鍾旭元、魏達純點校:《東塾讀書記》,《陳澧集》第2册,上海:上海古籍出版社,2008年,第325頁。
② [明]袁仁:《毛詩或問》,《叢書集成初編》第1732册,上海:商務印書館,1936年,第1頁。
③ 朱傑人解讀:《朱子一百句》,上海:復旦大學出版社,2007年,第90頁。
④ 朱子所撰《儀禮經傳通解》非爲完帙,且"儀禮"是否爲"五經"之一,也待探討,故此處並不計入。
⑤ [宋]黎靖德輯,鄭明等校點:《朱子語類》,朱傑人等主編:《朱子全書》(修訂本)第16册,上海:上海古籍出版社,合肥:安徽教育出版社,2010年,第2219頁。
⑥ [宋]黎靖德輯,鄭明等校點:《朱子語類》,《朱子全書》(修訂本)第17册,第3431頁。

時期的《詩集傳》刻本,其卷端題名大多標爲"詩經",而作者項或標爲"朱子集傳",或不標。其四,朱子《詩集傳》流傳到日本、朝鮮等國,爲官方和學者所推重,在東亞文化圈形成了重要影響。也就是說,當時是以朱子《詩集傳》爲《詩經》的權威解釋的,其影響力無與倫比。直到乾隆調和漢、宋,朱子詩經學的影響力仍没有完全消除,以致於段玉裁在《毛詩故訓傳定本小箋題辭》中感歎道:"夫人而曰治《毛詩》,而所治者乃朱子《詩傳》,則非《毛詩》也。"①元明清之治《詩經》者,有是朱者、有非朱者,更有甚者,或崇朱、或貶朱,但都無法避開朱子詩經學。直至今日,談及《詩經》,朱子詩經學也是無法繞開的一環。前儒對朱子的評價難免或多或少地受漢、宋學派觀念的影響,難成定論。而今人在跳出漢、宋紛爭以進行純學術研究時,給予《詩集傳》的評價應該更能說明《詩集傳》的價值所在。夏傳才先生《詩經研究史概要》評曰:

> 《詩集傳》是在宋學批判漢學和宋代考據學興起的基礎上,宋學《詩經》研究的集大成著作,是《毛詩傳箋》、《毛詩正義》之後,《詩經》研究的第三個里程牌。②

洪湛侯先生《詩經學史》則認爲《詩集傳》"可謂'詩經宋學'的權威著作"③。這兩部詩經學史著作所作的評價都是公允的,且已爲學術界普遍接受。的確,朱子之後,再無人能集詩經學之大成。不過,也有少數學者對《詩集傳》頗不以爲意,如黄焯先生《詩說》議朱子廢《序》之非是,此實爲誤解朱子"去《序》言《詩》"之意圖。而李家樹先生在《詩經的歷史公案》中,甚至認爲《詩集傳》"達不到作爲研讀《詩經》入門書籍的資格",其謬論則已爲黄忠慎先生有力地駁斥。④

　　就鄙見所及,朱子詩經學的成就與影響,大致可從兩個方面來分析:一是關於詩經學理論方面的,比如其"六義"說、"二南"說、"淫詩"說、"四始"說、《詩序》觀、《詩》樂關係、《詩》教理論等;二是關於治《詩》實踐方面,比如他對《詩經》文本的研究如對《詩經》的訓詁、校勘、注音等,以及對《詩經》文學特色的體悟等。在這些方面,前賢時哲的研究成果已經很多,作出了很多有益的探索,取得了可喜的成績。當然,每個人研究視角和學術關懷不一,因而對問題的看法也不盡相同。而學者受個人學術興趣所制約,

---

① ［清］段玉裁:《毛詩故訓傳定本》,《續修四庫全書》第 64 册,上海:上海古籍出版社,2002年,第 57 頁下。
② 夏傳才:《詩經研究史概要》(增注本),北京:清華大學出版社,2007 年,第 114 頁。
③ 洪湛侯:《詩經學史》,北京:中華書局,2002 年,第 362 頁。
④ 黄忠慎:《朱子〈詩經〉學新探》,臺北:五南圖書出版公司,2002 年,第 176—180 頁。

尚有未能深入研究的領域。此外,還有一個重要的客觀原因制約著朱子詩經學的研究:目前學界朱子學研究者,在詩經學研究方面略有欠缺;治詩經學者,對朱子學關注略嫌不足。而若要真正去理解朱子詩經學,最起碼要以詩經學爲經,朱子學爲緯,將其置於朱子學和詩經學的雙重背景下來加以考察。

筆者不揣譾陋,力求對朱子學和詩經學加以整合,並在此基礎上以"述朱"爲研究視角來考察朱子詩經學。雖然這也只是一個"盲人摸象"之舉,但研究視角的切換,可以使本課題的研究具有一定的學術價值和現實意義。第一,雖然朱子詩經學領域研究成果比較多,但是將其置於朱子學和詩經學的雙重背景下來加以考察,或可以推進朱子詩經學研究的深入,更貼切地"還原"朱子詩經學之本質,豐富朱子學和詩經學的研究。而以別樣的研究視角爲考察基點,於朱子詩經學進行重新觀照,可以對朱子詩經學,乃至詩經學史中的某些現象有更深刻的認識,可以豐富朱子經學的研究,進而推進朱子學研究。第二,由於出土文獻被大量發現,李學勤先生在前些年已經提出"重寫學術史"的主張,而這就使得在當下傳世文獻的研究中,"重構學術史"或"改寫學術史"的工作顯得更加刻不容緩。在詩經學史的重構或改寫中,對朱子詩經學的學術史意義的重新探索與界定則是一個尤其重要的環節。朱子詩經學的相關研究,可以推進詩經學史研究,促進一個更嚴密的、符合當下學術現狀的詩經學史體系的重新構建。第三,對朱子治《詩》理論與實踐兩方面的成就與不足的分析,可以更清楚地顯明其學術價值,及其對當下《詩經》研究的借鑒意義。第四,儒家思想對於中國民衆影響至巨,不過,近百年來一直受到外來文化的入侵而顯出頹勢。朱子所處的時代,儒家學説亦受到了佛老二家的强烈衝擊。朱子積極應對,對漢唐經學加以改造和修正,並重建儒學。而其詩經學,就是其成功地重建儒學的一個重要組成部分。雖然這二者之間,社會、文化背景已經大相徑庭,但是毋庸置疑,深入探討朱子詩經學,對於當下中國本土文化的重建、成功推進中國文化話語等等,都有著重要的啓示與現實指導意義。

二、近四十年來朱子詩經學研究概覽

近四十年來,我國學術蓬勃發展,朱子詩經學領域的研究也在不斷推進,數量上逐漸增多,質量上不斷提高,研究的廣度和深度都在不斷拓寬。

因爲朱子在詩經學上的重要地位,一般學術史類著作如楊新勛博士學位論文《宋代疑經研究》、張立文主編《中國學術通史(宋代卷)》、楊世文博士學位論文《宋代經學懷疑思潮研究》及《走出漢學：宋代經典辨疑思潮研究》；①經學史著作如劉師培《經學教科書》、皮錫瑞《經學歷史》、馬宗霍《中國經學史》、本田成之《中國經學史》、吳雁南等主編《中國經學史》、許道勛和徐洪興編《中國經學史》、姜廣輝主編《中國經學思想史》；②專題經學史著作如蔡方鹿《朱熹經學與中國經學》、曹海東博士學位論文《朱熹經典解釋學研究》；③還有詩經學史著作如胡樸安《詩經學》、夏傳才《詩經研究史概要》、林葉連《中國歷代詩經學》、韓明安《詩經研究概觀》、趙沛霖《詩經研究反思》、魯洪生《詩經學概論》、戴維《詩經研究史》、洪湛侯《詩經學史》；④斷代詩經學研究如陳文采碩士學位論文《兩宋詩經著述考》、郝桂敏博士學位論文《宋代〈詩經〉文獻研究》、譚德興《宋代詩經學研究》、陳戰峰博士學位論文《宋代〈詩經〉學與理學——關於〈詩經〉學的思想學術史考察》、焦雪梅碩士學位論文《宋代詩經學的新變》、李冬梅博士學位論文《宋代〈詩經〉學專題研究》、胡曉軍博士學位論文《宋代〈詩經〉文學闡釋研究》、傅建忠博士學位論文《宋代福建詩經學研究》、黃忠慎《宋代〈詩經〉學探析：以歐陽修、蘇轍等六家爲中心的考察》、尹帆淼碩士學位論文《宋代〈詩經〉"二南"闡釋研究》、程建博士學位論文《回歸與重構——宋代〈詩經〉詮釋研究》、種村和史《宋代〈詩經〉學的繼承與演變》等學位論文或著作均有關於《詩集傳》述評的專門章節或片段。⑤一些朱子傳記和其他專題研究專著，如錢穆《朱子新學案》、莫礪鋒《朱

---

① 楊新勛：《宋代疑經研究》，北京大學博士學位論文，2003 年；北京：中華書局，2007 年。張立文主編：《中國學術通史（宋代卷）》，北京：人民出版社，2004 年；楊世文《宋代經學懷疑思潮研究》，四川大學博士學位論文，2005 年；楊世文《走出漢學：宋代經典辨疑思潮研究》，成都：四川大學出版社，2008 年。

② 吳雁南等主編：《中國經學史》，福州：福建人民出版社，2001 年；許道勛、徐洪興編：《中國經學史》，上海：上海人民出版社，2006 年；姜廣輝主編：《中國經學思想史》，北京：中國社會科學出版社，2010 年。

③ 蔡方鹿：《朱熹經學與中國經學》，北京：人民出版社，2004 年。曹海東：《朱熹經典解釋學研究》，華中師範大學博士學位論文，2007 年；武漢：湖北人民出版社，2007 年。

④ 胡樸安：《詩經學》，上海：商務印書館，1934 年。夏傳才：《詩經研究史概要》，鄭州：中州書畫社，1982 年；增注本，北京：清華大學出版社，2007 年。林葉連：《中國歷代詩經學》，臺北：臺灣學生書局，1993 年。韓明安：《詩經研究概觀》，哈爾濱：黑龍江教育出版社，1988 年。趙沛霖：《詩經研究反思》，天津：天津教育出版社，1989 年。魯洪生：《詩經學概論》，瀋陽：遼海出版社，1998 年。戴維：《詩經研究史》，長沙：湖南教育出版社，2001 年。洪湛侯：《詩經學史》，北京：中華書局，2002 年。

⑤ 陳文采：《兩宋詩經著述考》，東吳大學碩士學位論文，1988 年。郝桂敏：《宋代〈詩經〉文獻研究》，山東大學博士學位論文，2002 年；北京：中國社會科學出版社，2006 年。譚德興：《宋代詩經學研究》，四川大學博士學位論文，2005 年；貴陽：貴州人民出版社，2005 年。陳戰峰：《宋代〈詩經〉學與理學——關於〈詩經〉學的思想學術史考察》，西北大學博士學位論文，2005 年；西安：陝西人民出版社，2006 年；臺北：花木蘭文化出版社，2015 年。焦雪梅：《宋代詩經學的新變》，山東大學碩士學位論文，2006 年。李冬梅：《宋代〈詩經〉學專題研究》，四川大學博士學位論文，2007 年；長春：吉林人民出版社，2011 年。胡曉軍：《宋代〈詩經〉文學闡釋研究》，四川大學博士學位論文，2007 年。傅建忠：《宋代福建詩經學（轉下頁）

熹文學研究》、李士金《朱熹文學思想述論》及《朱熹文學思想研究》、陳國代《文獻家朱熹：朱熹著述活動及其著作版本考察》等等亦有專門章節討論朱子的詩經學。① 但這些專著都囿於體例，未能對朱子詩經學進行全面而深入細緻的探討。

目前，對於朱子詩經學的的研究主要集中在《詩集傳》以及其詩經學的總體研究和評價上，《詩序辨説》和《詩傳綱領》等的研究相對較少。尤其是《詩傳綱領》，目前筆者僅見有朱師傑人先生《〈詩傳綱領〉研究》一篇論文。② 現就筆者所知見之篇目，對近四十年來朱子詩經學的研究現狀作一概述。③

（一）綜合研究

1. 關於朱子詩經學的綜合研究

近四十年來，有一些學位論文或專著以朱子詩經學爲研究對象，比如李再薰的碩士學位論文《朱子詩經學要義通證》、朱翔飛《朱子〈詩經〉學的理學依據》、張祝平《朱熹〈詩經〉學論稿》、黄忠慎《朱子〈詩經〉學新探》、檀作文博士學位論文《朱熹詩經學研究》、鄒其昌博士學位論文《朱熹詩經詮釋學美學研究》、吳洋博士學位論文《朱熹〈詩經〉學探研》及其修訂本《朱熹〈詩經〉學思想探源及研究》、趙勇碩士學位論文《朱熹〈詩經〉學新論》、姜龍翔《朱子〈詩〉〈書〉學義理思想研究》等。④ 史小賀的碩士學位論文《〈朱子語類·詩説〉研

（接上頁）研究》，南京大學博士學位論文，2008 年。黄忠慎：《宋代〈詩經〉學探析：以歐陽修、蘇轍等六家爲中心的考察》，臺北：花木蘭文化出版社，2009 年。尹帆淼：《宋代〈詩經〉"二南"闡釋研究》，中國人民大學碩士學位論文，2011 年。程建：《回歸與重構——宋代〈詩經〉詮釋研究》，華中師範大學博士學位論文，2015 年。[日]種村和史著，李棟譯：《宋代〈詩經〉學的繼承與演變》，上海：上海古籍出版社，2017 年。

① 錢穆：《朱子新學案》，臺北：三民書局，1971 年；北京：九州出版社，2011 年。莫礪鋒：《朱熹文學研究》，南京：南京大學出版社，2000 年。李士金：《朱熹文學思想述論》，復旦大學博士學位論文，2000 年；《朱熹文學思想研究》，北京：人民文學出版社，2013 年。陳國代：《文獻家朱熹：朱熹著述活動及其著作版本考察》，北京：北京師範大學出版社，2015 年。

② 朱傑人：《〈詩傳綱領〉研究》，《邁入 21 世紀的朱子學》，上海：華東師範大學出版社，2001 年；《朱子學論集》，北京：北京大學出版社，2018 年。

③ 關於朱子《詩集傳》的研究成果，還可參看以下索引：寇淑慧編：《二十世紀詩經研究文獻目録》，北京：學苑出版社，2001 年；林慶彰：《香港近六十年〈詩經〉研究文獻目録——附：澳門〈詩經〉研究篇目》，《中國文哲研究通訊》，2010 年第 4 期；馬輝洪：《香港地區〈詩經〉研究目録索引(1950—2009)》，《詩經研究叢刊》第 21 輯，北京：學苑出版社，2011 年。

④ [韓]李再薰：《朱子詩經學要義通證》，臺灣大學碩士學位論文，1982 年。朱翔飛：《朱子〈詩經〉學的理學依據》，吉林大學碩士學位論文，1999 年。張祝平：《朱熹〈詩經〉學論稿》，長春：吉林人民出版社，2000 年。黄忠慎：《朱子〈詩經〉學新探》，臺北：五南圖書出版公司，2002 年。檀作文：《朱熹詩經學研究》，北京大學博士學位論文，2000 年；北京：學苑出版社，2003 年。鄒其昌：《朱熹詩經詮釋學美學研究》，武漢大學博士學位論文，2002 年；北京：商務印書館，2004 年。吳洋：《朱熹〈詩經〉學探研》，北京大學博士學位論文，2008 年。吳洋：《朱熹〈詩經〉學思想探源及研究》，北京：社會科學文獻出版社，2014 年。趙勇：《朱熹〈詩經〉學新論》，江西師範大學碩士學位論文，2013 年。姜龍翔：《朱子〈詩〉〈書〉學義理思想研究》，臺北：花木蘭文化出版社，2015 年。

究》則是首部針對《朱子語類》卷八十、八十一論《詩》部分的綜合研究①，只是《朱子語類》中其他卷還有少量涉及《詩經》的重要内容未被利用，頗爲可惜。

專題論文方面，主要有：曾伯藩《論朱熹對詩經研究的功過》、黄珅《朱熹的詩説》成文年代較早，論述尚不够深入。② 此後，有黄景進《朱熹的詩論》、金五德《朱熹詩論初探》、謝謙《關於朱熹〈詩〉説的兩條考辨》。③ 吴培德《〈朱子語類〉論〈詩經〉》是較早關注《朱子語類》中反映朱子詩經學思想的論文，褚斌傑和常森《朱子〈詩〉學特徵論略》、蔡方鹿《朱熹〈詩經〉學析論》、吴正嵐《涵泳性情與朱熹〈詩經〉學的關係》亦是關於朱子詩經學的綜合研究。④ 此外，寧宇《朱熹接受〈詩經〉過程中的複雜現象》從文學接受的角度，揭示朱子詩經學中存在"詩"與"經"的衝突、反《序》與尊《序》的尷尬、愛情詩與淫詩的不同這三個方面的矛盾；史甄陶《"興於〈詩〉"——論朱熹讀〈詩經〉之法》討論的是朱子讀《詩》之法及其工夫論意義。⑤

2.《詩集傳》的綜合研究

《詩集傳》是朱子詩經學的主體部分，學界以此爲專題展開的綜合研究也有不少，涉及面頗廣，主要有文學、文獻學、語文學、哲學等角度的研究。李家樹《簡評朱熹的〈詩集傳〉》、馮寶志《文史書目答問：〈詩集傳〉》是關於《詩集傳》的簡單介紹。⑥ 曹虹《朱熹〈詩集傳〉新論》、張啓成《論朱熹〈詩集傳〉》、徐鼎一《朱子〈詩集傳〉淺説》是關於《詩集傳》綜合研究的專題論文。⑦ 程章燦《〈詩集傳〉纂例舉證》、張祝平《〈詩集傳〉體例特徵》、張祝平《論〈詩集傳〉體例革新》、吴國武《朱子〈詩集傳〉解經體例與宋代經學新典範的成熟》則是對《詩集傳》體例進行專題分析的論文。李世萍《朱熹〈詩集傳〉的文獻學成就》關注

① 史小賀：《〈朱子語類・詩説〉研究》，河南大學碩士學位論文，2013 年。
② 曾伯藩：《論朱熹對詩經研究的功過》，《江西師範學院南昌分院學報》，1983 年第 2 期。黄珅：《朱熹的詩説》，《中華文史論叢》，1984 年第 4 輯。
③ 黄景進：《朱熹的詩論》，《國際朱子學會議論文集》下册，臺灣"中央研究院"中國文哲研究所，1993 年。金五德：《朱熹詩論初探》，《吉安師專學報》，1994 年第 2 期。謝謙：《關於朱熹〈詩〉説的兩條考辨》，《四川師範大學學報》，1986 年第 5 期。
④ 吴培德：《〈朱子語類〉論〈詩經〉》，《雲南師範大學學報》，1999 年第 2 期。褚斌傑、常森：《朱子〈詩〉學特徵論略》，《河北師範大學學報》，1998 年第 2 期；《第三届詩經國際學術研討會論文集》，香港：天馬圖書公司，1998 年。蔡方鹿：《朱熹〈詩經〉學析論》，《經學研究論叢》第 7 輯，臺北：臺灣學生書局，1999 年。吴正嵐：《涵泳性情與朱熹〈詩經〉學的關係》，《朱子學與 21 世紀國際學術研討會論文集》，西安：三秦出版社，2001 年。
⑤ 寧宇：《朱熹接受〈詩經〉過程中的複雜現象》，《詩經研究叢刊》第 5 輯，北京：學苑出版社，2003 年。史甄陶：《"興於〈詩〉"——論朱熹讀〈詩經〉之法》，《當代儒學研究》，第 17 期，2014 年。
⑥ 李家樹：《簡評朱熹的〈詩集傳〉》，《抖擻》第 36 期，1980 年；又收入《詩經的歷史公案》，臺北：大安出版社，1990 年。馮寶志：《文史書目答問：〈詩集傳〉》，《文史知識》，1982 年第 12 期。
⑦ 曹虹：《朱熹〈詩集傳〉新論》，《古典文獻研究 1988》，南京：南京大學出版社，1989 年。張啓成：《論朱熹〈詩集傳〉》，《貴州文史叢刊》，1995 年第 3 期。徐鼎一：《朱子〈詩集傳〉淺説》，《北京大學學報》，2003 年國内訪問學者、進修教師論文專刊。

的是《詩集傳》在校勘方面的成就。① 許英龍《朱熹詩集傳研究》、馮佳《朱熹〈詩集傳〉散論》、胡琴《朱熹〈詩集傳〉研究》、劉振英《朱熹〈詩集傳〉研究初探》、張元野《朱熹〈詩集傳〉義理研究》是對《詩集傳》進行綜合研究的碩士學位論文。②

3. 朱子詩經學傳承與影響研究

朱子學不僅在中國產生了重要影響,是元明清時期的官方哲學,而且在東南亞亦頗具影響。《詩集傳》亦是這樣,對中國詩經學產生了重要影響:它上承詩經漢學,奠定詩經宋學,下啟詩經清學,對後世乃至日本、朝鮮和韓國等國的詩經學有著重要影響。有些學者關注到了這個方面,對其價值與影響有所關注。黃郁雯《朱熹〈詩經〉學在南宋至明初的形成與發展》是這方面的綜合研究③,而其他學者則多從某一角度進行專門論述。

所謂"集傳",就是在集諸家之說加以綜合。朱子詩經學是建立在前儒研究的基礎上的,是有所傳承的。孫永娟《〈鄭箋〉對〈詩集傳〉的影響》探討了《鄭箋》在訓詁、義理、文學上對《詩集傳》的影響,潘銘基《〈漢書〉顏師古注引〈詩〉及其注解析論:兼論朱熹〈詩集傳〉釋義對顏注之繼承》則考察了朱子《詩集傳》訓詁對顏師古《漢書注》的繼承,汪祚民《鄭樵、朱熹〈詩〉學傳承關係考論》則論述了朱子在詩經學上對鄭樵的繼承,付佳《試論朱熹對歐陽修〈本末論〉的繼承與突破》探討了朱子詩經學對於歐陽修首創的本末論的吸收與改進。④

朱子詩經學具有革新精神,胡適曾予以揭出,汪大白《革新:胡適評論朱熹詩經學的出發點和歸結點》對此加以探討。⑤ 邵炳軍發表三篇系列論文《朱熹〈詩集傳〉對毛〈序〉的批評與繼承——朱熹〈詩集傳〉與南宋〈詩〉學革新精神研究之一》、《論南宋〈詩〉學革新精神的基本特徵——以朱熹〈詩集傳〉爲

---

① 程章燦:《〈詩集傳〉纂例舉證》,《古典文獻研究 1989—1990》,南京:南京大學出版社,1992年。張祝平:《〈詩集傳〉體例特徵》,《古籍整理研究學刊》,1993年第1期。張祝平:《論〈詩集傳〉體例革新》,(臺灣)《孔孟月刊》,1995年第5期。吳國武:《朱子〈詩集傳〉解經體例與宋代經學新典範的成熟》,(臺灣)《漢學研究》,2017年第2期。李世萍:《朱熹〈詩集傳〉的文獻學成就》,《河北師範大學學報(哲學社會科學版)》,2016年第3期。

② 許英龍:《朱熹詩集傳研究》,東海大學碩士學位論文,1985年。馮佳:《朱熹〈詩集傳〉散論》,湖北大學碩士學位論文,2004年。胡琴:《朱熹〈詩集傳〉研究》,南昌大學碩士學位論文,2005年。劉振英:《朱熹〈詩集傳〉研究初探》,河北大學碩士學位論文,2007年。張元野:《朱熹〈詩集傳〉義理研究》,揚州大學碩士學位論文,2012年。

③ 黃郁雯:《朱熹〈詩經〉學在南宋至明初的形成與發展》,臺灣大學碩士學位論文,2009年。

④ 孫永娟:《〈鄭箋〉對〈詩集傳〉的影響》,《北方論叢》,2009年第6期。潘銘基:《〈漢書〉顏師古注引〈詩〉及其注解析論:兼論朱熹〈詩集傳〉釋義對顏注之繼承》,(臺灣)《中國文化研究所學報》,第56期,2013年。汪祚民:《鄭樵、朱熹〈詩〉學傳承關係考論》,《安慶師範學院學報(社會科學版)》,2011年第12期。付佳:《試論朱熹對歐陽修〈本末論〉的繼承與突破》,《中國典籍與文化》,2012年第3期。

⑤ 汪大白:《革新:胡適評論朱熹詩經學的出發點和歸結點》,《安徽大學學報(社會科學版)》,2001年第2期。

代表》、《朱熹〈詩集傳〉所代表的南宋〈詩〉學革新精神的主要成因——朱熹〈詩集傳〉與南宋〈詩〉學革新精神研究之三》，以《詩集傳》爲例來探討南宋詩經學的革新精神。①

朱子詩經學對後世產生了廣泛而深遠的影響。張宏生《朱熹〈詩集傳〉的特色及其貢獻》、梁宗華《朱熹〈詩集傳〉對〈詩經〉研究的貢獻》、殷光熹《宋代疑古惑經思潮與〈詩經〉研究——兼論朱熹對詩經學的貢獻》、張體雲《論朱熹與戴震〈詩〉學之間的因緣關係》、楊希英《〈毛詩序〉、朱熹與文化積澱》、崔志博和樊蘭《論元代〈詩經〉學對朱熹〈詩〉學的推崇》、崔志博《論元代〈詩經〉學"尊朱崇傳"的時代風貌》，是關於《詩集傳》對後世詩經學影響的專題論文。② 劉毓慶《從朱熹到徐常吉——〈詩經〉文學研究軌跡探尋》以朱子、謝枋得、徐常吉三人爲界，將《詩經》文學研究分爲濫觴期、製義附庸期、成熟期三段，從而揭示出朱子在其中的重要地位和影響。③ 趙坤《清初〈詩〉學的特點——以〈欽定詩經傳説彙纂〉與朱熹之學的關係爲中心》認爲，雖然清初"調和漢宋"，但是從内容和體例的角度來看，《欽定詩經傳説彙纂》"仍屬於朱熹《詩》學的體系"。④

自南宋末年至清代，尤其是元明時期，一大批學者推崇朱子詩經學而爲之輔翼。當時有許多詩經學者對朱子詩經學進行再闡發，陳海燕和王宇《劉謹⑤對朱熹詩經學的貢獻》、陳海燕和程嫩生《劉瑾對朱熹詩經學中賦、比、興與淫詩説問題的闡發》、程嫩生和陳海燕《劉瑾對朱熹詩經學的解經取向》關注的是元儒劉瑾《詩傳通釋》對朱子詩經學的闡發。⑥ 當然，這些輔翼朱子詩經學的

---

① 邵炳軍：《朱熹〈詩集傳〉對毛〈序〉的批評與繼承——朱熹〈詩集傳〉與南宋〈詩〉學革新精神研究之一》，《第四屆宋代文學國際研討會論文集》，杭州：浙江大學出版社，2006 年。邵炳軍：《論南宋〈詩〉學革新精神的基本特徵——以朱熹〈詩集傳〉爲代表》，《江海學刊》，2008 年第 3 期。邵炳軍：《朱熹〈詩集傳〉所代表的南宋〈詩〉學革新精神的主要成因——朱熹〈詩集傳〉與南宋〈詩〉學革新精神研究之三》，《上海大學學報》，2008 年第 6 期。

② 張宏生：《朱熹〈詩集傳〉的特色及其貢獻》，《運城師專學報》，1987 年第 2 期。梁宗華：《朱熹〈詩集傳〉對〈詩經〉研究的貢獻》，《東嶽論叢》，1990 年第 3 期。殷光熹：《宋代疑古惑經思潮與〈詩經〉研究——兼論朱熹對詩經學的貢獻》，《思想戰線》，1996 年第 5 期。張體雲：《論朱熹與戴震〈詩〉學之間的因緣關係》，《皖西學院學報》，2009 年第 3 期。楊希英：《〈毛詩序〉、朱熹與文化積澱》，《時代文學》，2011 年第 11 期。崔志博，樊蘭：《論元代〈詩經〉學對朱熹〈詩〉學的推崇》，《集寧師範學院學報》，2012 年第 4 期。崔志博：《論元代〈詩經〉學"尊朱崇傳"的時代風貌》，《蘭臺世界》，2013 年第 15 期。

③ 劉毓慶：《從朱熹到徐常吉——〈詩經〉文學研究軌跡探尋》，《西北師大學報(社會科學版)》，2001 年第 2 期。

④ 趙坤：《清初〈詩〉學的特點——以〈欽定詩經傳説彙纂〉與朱熹之學的關係爲中心》，《湖北職業技術學院學報》，2017 年第 2 期。

⑤ 按：此"謹"字誤，當作"瑾"。

⑥ 陳海燕、王宇：《劉瑾對朱熹詩經學的貢獻》，《嘉應學院學報(哲學社會科學)》，2006 年第 5 期。陳海燕、程嫩生：《劉瑾對朱熹詩經學中賦、比、興與淫詩説問題的闡發》，《内江師範學院學報》，2008 年第 1 期。程嫩生、陳海燕：《劉瑾對朱熹詩經學的解經取向》，《江西社會科學》，2008 年第 2 期。

學者並非斤斤於朱子之説而無所發明,而是時有補充,時有修正。沙先一《顧夢麟〈詩經説約〉對朱熹〈詩集傳〉的補充與糾正》、崔志博和盧矜《〈詩集傳名物鈔〉對〈詩經集傳〉的增益補缺之功》對後世補充、糾正朱子之説予以揭出。① 此外,還有些學者對朱子詩經學有所批評,這也爲學者所關注,如:林慶彰《姚際恒對朱子〈詩集傳〉的批評》、程嫩生《戴震早年對朱熹學術的批評——以戴震〈毛詩補傳〉與朱熹〈詩集傳〉爲例》、方鵬和宋朝群《淺析易佩紳〈詩義擇從〉對朱熹詩論的批評》、傅佳《論馬端臨對朱熹〈詩經〉學説的反駁及其原因》等。②

日本、朝鮮受中國影響,也隨之以朱子學作爲官方哲學,再進而對朱子詩經學有所批評。王曉平《朱熹勸善懲惡〈詩經〉説在日本的際遇》論述了朱子詩經學在日本的總體接受情況,張文朝《朱熹〈詩集傳〉在日本江户時代(1603—1868)的流傳》討論江户時代的接受情況,張靜《中村惕齋〈筆記詩集傳〉對〈詩集傳〉的繼承與突破》關注的則是個別接受的情況。③ 張文朝又有系列論文討論日本詩經學著作對朱子《詩集傳》的批評:《渡邊蒙菴〈詩傳惡石〉對朱熹〈詩集傳〉之批判——兼論其對古文辭學派〈詩經〉觀之傳承》、《以不録批朱——試就〈二南〉論赤松太庚〈詩經述〉對朱熹〈詩集傳〉的無言批判》、《山本章夫〈詩經新注〉對朱熹淫詩説之批評》。④ 洪楷萱《毛奇齡與太宰春臺對朱熹〈詩集傳〉之批評比較》將清初的毛奇齡(1623—1716)與日本的太宰春臺(1680—1747)對朱子詩經學的批評加以比較,並説明批評背後的原因。陳國代、張品端《朱熹著作東傳日本及其影響》亦分析了包括《詩集傳》在内的朱子著作在日本的接受情況。⑤ 阮廷焯《朝鮮舊抄本〈詩集傳〉考索——兼論〈詩

---

① 沙先一:《顧夢麟〈詩經説約〉對朱熹〈詩集傳〉的補充與糾正》,《古籍研究》,2002 年第 2 期。崔志博、盧矜:《〈詩集傳名物鈔〉對〈詩經集傳〉的增益補缺之功》,《河北大學學報(哲學社會科學版)》,2010 年第 3 期。

② 林慶彰:《姚際恒對朱子〈詩集傳〉的批評》,《河北師院學報(社會科學版)》,1996 年第 2 期。程嫩生:《戴震早年對朱熹學術的批評——以戴震〈毛詩補傳〉與朱熹〈詩集傳〉爲例》,《江西社會科學》,2011 年第 9 期。方鵬、宋朝群:《淺析易佩紳〈詩義擇從〉對朱熹詩論的批評》,《文學教育》,2011 年第 11 期。傅佳:《論馬端臨對朱熹〈詩經〉學説的反駁及其原因》,《儒家典籍與思想研究》第 4 輯,北京:北京大學出版社,2012 年。

③ 王曉平:《朱熹勸善懲惡〈詩經〉説在日本的際遇》,《天津師範大學學報》,1996 年第 4 期;又載《第二届詩經國際學術研討會論文集》,北京:語文出版社,1996 年。張文朝:《朱熹〈詩集傳〉在日本江户時代(1603~1868)的流傳》,(臺灣)《漢學研究通訊》,2013 年第 1 期。張靜:《中村惕齋〈筆記詩集傳〉對〈詩集傳〉的繼承與突破》,《山西經濟管理幹部學院學報》,2012 年第 1 期。

④ 張文朝:《渡邊蒙菴〈詩傳惡石〉對朱熹〈詩集傳〉之批判——兼論其對古文辭學派〈詩經〉觀之傳承》,(臺灣)《漢學研究》,2014 年第 1 期。張文朝:《以不録批朱——試就〈二南〉論赤松太庚〈詩經述〉對朱熹〈詩集傳〉的無言批判》,《中國文哲研究通訊》,2015 年第 4 期。張文朝:《山本章夫〈詩經新注〉對朱熹淫詩説之批評》,(臺灣)《師大學報》,2017 年第 2 期。

⑤ 洪楷萱:《毛奇齡與太宰春臺對朱熹〈詩集傳〉之批評比較》,《高雄師範大學第六届青年經學學術研討會會議論文》,2010 年。陳國代、張品端:《朱熹著作東傳日本及其影響》,《合肥學院學報(社會科學版)》,2011 年第 5 期。

傳大全〉流傳於朝鮮之概況》、盧鳴東《從朱熹"淫詩説"看朝鮮李瀷的"讀詩鄭法"》介紹了朝鮮對朱子詩經學接受的情況。① 朱贇斌《〈詩集傳〉與朝鮮李朝時代權近〈詩淺見録〉詩經觀的比較研究》、譚娜碩士學位論文《權近〈詩淺見録〉與朱熹〈詩集傳〉的影響關係研究》、鄭令媛《丁若鏞〈詩經講義〉與朱子〈詩〉説對比研究》都是關於朝鮮詩經學著作與朱子《詩集傳》的比較研究。② 趙麗葉《〈詩經集傳辨正〉的整理與研究》、付星星《成海應校勘朝鮮北漢本〈詩集傳〉論析》,選題頗有意義。③ 朱子詩經學在歐美也有流傳。佟豔光《理雅各〈詩經〉英譯本與朱氏〈詩集傳〉的關係初探》則就英國漢學家理雅各的《詩經》英譯本對朱子《詩集傳》接受情況作了簡要分析。④

(二) 專題研究

1. 關於朱子詩經學觀各專題的研究⑤

朱子解《詩》,提出了不少詩經學理論問題,形成了自己的詩經學觀,在詩經學史上具有重要意義,近四十年來,學界主要關注朱子《詩序》觀、"淫詩"説、"二南"説以及"六義"説等幾個方面,以上綜合研究中已有不少成果涉及此類議題,除此之外,尚有多篇專題論文以及多部專著於此有論。

(1) 關於朱子《詩序》觀的研究

《詩序》問題,自來是詩經學研究中頗有爭議的一個問題,所以《四庫總目》稱其爲"説經家第一爭詬之端"⑥。朱子是詩經學史上去《序》言《詩》的一個重要人物,因此,學界對這一問題有著廣泛關注並一度引起廣泛的學術爭論。爭論的焦點就是朱子是從《序》還是廢《序》。當然,各家對這兩個名詞的使用也未盡統一。陳明義《朱熹〈詩經〉學與〈詩經〉漢學傳統異同之研究》主要就臺灣學界的研究情況,在這一問題上作了簡單的述評。⑦

經學史、詩經學史專著一般都是認爲朱子詩經學爲廢《序》派。楊天宇

---

① 阮廷焯:《朝鮮舊抄本〈詩集傳〉考索——兼論〈詩傳大全〉流傳於朝鮮之概況》,(臺灣)《大陸雜誌》,1991 年第 3 期。盧鳴東:《從朱熹"淫詩説"看朝鮮李瀷的"讀詩鄭法"》,[韓]《東亞人文學》第 5 輯,2004 年。

② 朱贇斌:《〈詩集傳〉與朝鮮李朝時代權近〈詩淺見録〉詩經觀的比較研究》,《遼東學院學報(社會科學版)》,2014 年第 1 期。譚娜:《權近〈詩淺見録〉與朱熹〈詩集傳〉的影響關係研究》,山東大學碩士學位論文,2016 年。鄭令媛:《丁若鏞〈詩經講義〉與朱子〈詩〉説對比研究》,深圳大學碩士學位論文,2017 年。

③ 趙麗葉:《〈詩經集傳辨正〉的整理與研究》,延邊大學碩士學位論文,2015 年。付星星:《成海應校勘朝鮮北漢本〈詩集傳〉論析》,《貴州大學學報(社會科學版)》,2016 年第 3 期。

④ 佟豔光:《理雅各〈詩經〉英譯本與朱氏〈詩集傳〉的關係初探》,《遼寧行政學院學報》,2010 年第 10 期。

⑤ 還可參閱傅建忠《宋代詩經學研究百年綜述》,《中國韻文學刊》,2008 年第 3 期。

⑥ [清] 紀昀等著,四庫全書研究所整理:《欽定四庫全書總目》(整理本),北京:中華書局,1997 年,第 187 頁。

⑦ 陳明義:《朱熹〈詩經〉學與〈詩經〉漢學傳統異同之研究》,臺北:花木蘭文化出版社,2009 年。

《朱熹的〈詩經〉説與〈毛詩序〉》認爲朱子雖不能"脱出《詩序》的範圍",但他懷疑和批判《詩序》,廢《序》言《詩》,是一個巨大的進步。黄忠慎《宋代〈詩經〉學探析——以歐陽修、蘇轍等六家爲中心的考察》亦有專節據朱子《詩序辨説》"力駁《詩序》",並舉出一百例以證其説。蔡一純《〈詩集傳〉尊序、反序與攻序的學術理念研究》關注到朱子《詩序》觀的發展歷程,並提出朱子主張"攻序"。①

主張朱子從《序》的有:李家樹《國風毛序朱傳異同考析》認爲在對《國風》的解釋上,《詩集傳》從《序》者達 70%;王清信《詩經三頌毛序朱傳異同之比較研究》及其碩士學位論文《詩經二雅毛序與朱傳所定篇旨異同之比較研究》則分別就三頌與二雅進行分析,得出《詩集傳》從《序》。張芳《論朱熹"明違而陰從"之詩序觀》從知識和倫理層面的"從序"進行了簡單分析,並對朱子詩經學是否走向了文學提出商榷意見。劉娟《〈詩集傳〉二南解詩秉承〈詩序〉辨》認爲朱子對"二南"的解説是從《毛詩序》的,並對其原因作出分析。②

還有些學者主張朱子對《詩序》有從有不從:原新梅《朱熹〈詩集傳〉對〈毛詩序〉的批判與繼承》考察了朱子對《小序》批判和繼承的幾種類型。莫礪鋒《論朱熹對〈詩序〉的態度》將朱子對《詩序》的態度歸納爲五種情況,並列出具體數據;黄忠慎《朱子〈詩經〉學新探》將"二南"二十五篇之《詩序》與朱子《詩序辨説》進行比較,認爲朱子不是遵《序》,是尊《序》而不全盤接收;楊世明《朱熹〈詩集傳〉於〈詩序〉有廢有從考説》、朱思凡《從〈詩集傳〉看朱熹的〈詩序〉之辨》亦持此論;張宇《朱熹〈詩集傳〉對〈毛詩序〉詩旨取捨原因淺析》、雷炳鋒《朱熹〈詩序辨説〉試論》則對此一現象的原因作了探討。③

---

① 楊天宇:《朱熹的〈詩經〉説與〈毛詩序〉》,《河南師範大學學報(社會科學版)》,1992 年第 2 期。黄忠慎:《宋代〈詩經〉學探析——以歐陽修、蘇轍等六家爲中心的考察》,臺北:花木蘭文化出版社,2009 年。蔡一純:《〈詩集傳〉尊序、反序與攻序的學術理念研究》,《鞍山師範學院學報》,2011 年第 5 期。

② 李家樹:《國風毛序朱傳異同考析》,《東方文化》,1979 年第 1—2 期;又收入《詩經的歷史公案》,臺北:大安出版社,1990 年。王清信:《詩經三頌毛序朱傳異同之比較研究》,(臺灣)《經學研究論叢》第 6 輯,1999 年。王清信:《詩經二雅毛序與朱傳所定篇旨異同之比較研究》,東吳大學碩士學位論文,1999 年。張芳:《論朱熹"明違而陰從"之詩序觀》,《牡丹江大學學報》,2011 年第 5 期。劉娟:《〈詩集傳〉二南解詩秉承〈詩序〉辨》,《牡丹江大學學報》,2013 年第 5 期。

③ 原新梅:《朱熹〈詩集傳〉對〈毛詩序〉的批判與繼承》,《徐州師範學院學報(哲學社會科學版)》,1990 年第 4 期。莫礪鋒:《論朱熹對〈詩序〉的態度》,《文獻》,2000 年第 1 期;又收入莫礪鋒:《朱熹文學研究》,南京:南京大學出版社,2000 年。黄忠慎:《朱子〈詩經〉學新探》,臺北:五南出版社,2002 年。楊世明:《朱熹〈詩集傳〉於〈詩序〉有廢有從考説》,《詩經研究叢刊》第 9 輯,北京:學苑出版社,2005 年。朱思凡:《從〈詩集傳〉看朱熹的〈詩序〉之辨》,《安徽文學(下半月)》,2011 年第 7 期。張宇:《朱熹〈詩集傳〉對〈毛詩序〉詩旨取捨原因淺析》,《福建教育學院學報》,2007 年第 7 期。雷炳鋒:《朱熹〈詩序辨説〉試論》,《寧夏大學學報(人文社會科學版)》,2011 年第 3 期。

楊晉龍《朱熹〈詩序辨說〉述義》認爲朱子並非"廢《序》",而是"離《序》詮《詩》";王國栓《析〈詩集傳〉與〈毛詩序〉的異與同》則就《詩集傳》與《毛詩序》之同,進而闡述《毛詩序》的價值不宜隨意否定;還有袁英碩士學位論文《論〈詩集傳〉對〈小序〉的改造》考察了朱子對《小序》所界定的"刺詩"所作的具體改造,並分析了原因。張真真《〈毛詩序〉和〈詩集傳〉對詩旨理解的不同》認爲朱子廢《序》,但不徹底。①

需要特別指出,前文已經提及的朱師傑人先生《〈詩傳綱領〉研究》一文附帶提及,朱子之去《序》言《詩》,是反對前儒"主題先行"的解《詩》傳統。這一觀點揭示了朱子的本意,符合客觀實際,但是筆者暫未發現有他文附議此論。

(2) 關於朱子"淫詩"說的研究

朱子於"淫詩"說發明獨到,在詩經學史上有著重要影響,一般具有詩經學史性質的著作均會涉及,袁寶泉、陳智賢《詩經探微》亦設"評'淫詩'說"作爲專節。王春謀碩士學位論文《朱熹〈詩集傳〉"淫詩"說之研究》則是首次以此論題作爲專門研究對象的學位論文。楊敏的碩士學位論文《"淫詩"說:朱熹〈詩〉學與清代〈詩〉學分歧之焦點》則是就"淫詩說"分析朱子詩經學與詩經清學的差異。②

關於"淫詩"說的專題論文有:李家樹《試論"鄭風淫"的問題——宋朱熹、吕祖謙〈詩經〉論學述評》、黄兆傑和李家樹《宋朱熹、吕祖謙"淫詩説"的論爭——孔子"思無邪"一語在〈詩經〉學上的迴響》、謝謙《朱熹"淫詩"之説平議》、張祝平《朱熹"淫詩説"與明代"誨淫"文學之辨》、文幸福《孔子放鄭聲及朱熹淫詩説辨微》、林寶淳《"淫詩"與"淫書"》、姚海燕《論朱熹〈詩集傳〉之"淫詩説"》、莫礪鋒《從經學走向文學:朱熹"淫詩"説的實質》、沈艾娥《和諧與矛盾——再議朱熹"淫詩説"》、李家樹《南宋朱熹、吕祖謙"淫詩説"駁議述評》、彭維傑《朱熹"淫詩説"理學釋義》、黄雅琦《朱熹淫詩説在詮釋學上的意義》、鄭偉和楊彩丹《"論性而不論氣,則收拾不盡"——朱熹"淫詩"説的價值訴求》、謝海林和周泉根《論朱熹"淫詩"説的學術背景及内在理路》、姜龍翔《朱子"淫奔詩"篇章界定再探》、黄忠慎《朱熹"淫詩説"衡論》、郝永《朱熹〈詩經〉解釋學"淫詩"説新論》、胥秋菊《朱熹〈詩集傳〉中以"淫"定性"鄭衛

①　楊晉龍:《朱熹〈詩序辨說〉述義》,(臺灣)《中國文哲研究集刊》第 12 期,1998 年。王國栓:《析〈詩集傳〉與〈毛詩序〉的異與同》,《廣東技術師範學院學報》,2007 年第 11 期。袁英:《論〈詩集傳〉對〈小序〉的改造》,瀋陽師範大學碩士學位論文,2011 年。張真真:《〈毛詩序〉和〈詩集傳〉對詩旨理解的不同》,《大慶師範學院學報》,2015 年第 4 期。

②　袁寶泉、陳智賢:《詩經探微》,廣州:花城出版社,1987 年。王春謀:《朱熹詩集傳"淫詩"說之研究》,臺灣政治大學碩士學位論文,1979 年。楊敏:《"淫詩"說:朱熹〈詩〉學與清代〈詩〉學分歧之焦點》,四川大學碩士學位論文,2007 年。

之音"辨析》。① 其中,李家樹的三篇文章均是就"淫詩説"對朱子和吕祖謙進行的共時性對比研究。此外,張祝平《明代艷情小説的發展與朱熹的"淫詩説"》談及朱子"淫詩説"的影響;還有周懷文和經莉莉《風人之旨 誰可獨得——略論毛奇齡對朱熹"淫詩"説的批評》討論了清初毛奇齡對朱子"淫詩説"的批評,而譚玲和李士金撰文對此文加以商榷。②

(3) 關於朱子"六義"説的研究

《毛詩序》中提出《詩經》的"六義"説,一直是詩經學上的一個重要概念,《毛傳》"獨標興體"116 篇,《鄭箋》《孔疏》於此均有説,劉勰《文心雕龍》亦有推闡。朱子認爲"六義"蓋是"《三百篇》之綱領管轄"③,在此方面更是獨有發明。有關朱子對《詩經》"六義"闡發方面的論文,關注到在賦比興上,主要有:李開金《試論朱熹的比興説》、胡國賢《朱熹〈詩集傳〉中的"興"》、林葉連《朱子對興義之解釋及其後果》、趙明媛《釋朱熹〈詩集傳〉之"賦比興"》、楊玉華《從朱熹論"興"看其文學觀念》、魯洪生《關於朱熹賦比興理論的幾點考辨》、孫立《讀朱熹〈詩集傳〉獻疑——兼析其"興"詩研究》、張旭曙《朱熹"比興"論二題》、周娟碩士學位論文《〈國風〉中的隱喻運用和〈詩集傳〉中的隱喻解釋》、王

---

① 李家樹:《試論"鄭風淫"的問題——宋朱熹、吕祖謙〈詩〉論學述評》,《抖擻》第 41 期,1980 年。黄兆傑、李家樹:《宋朱熹、吕祖謙"淫詩説"的論争——孔子"思無邪"一語在〈詩經〉學上的迴響》,《東方文化》,1986 年第 1 期。謝謙:《朱熹"淫詩"之説平議》,《四川師範大學學報》,1987 年第 2 期。張祝平:《朱熹"淫詩説"與明代"誨淫"文學之辨》,《第二屆詩經國際學術研討會論文集》,北京:語文出版社,1996 年。文幸福:《孔子放鄭聲及朱熹淫詩説辨微》,《第三屆詩經國際學術研討會論文集》,香港:天馬圖書公司,1998 年。林寶淳:《"淫詩"與"淫書"》,《第三屆詩經國際學術研討會論文集》,香港:天馬圖書公司,1998 年。姚海燕:《論朱熹〈詩集傳〉之"淫詩説"》,《上海師範大學學報》(哲學社會科學版),1998 年第 1 期。莫礪鋒:《從經學走向文學:朱熹"淫詩"説的實質》,《文學評論》,2001 年第 2 期。沈艾娥:《和諧與矛盾——再議朱熹"淫詩説"》,《懷化學院學報》,2004 年第 4 期。李家樹:《南宋朱熹、吕祖謙"淫詩説"駁議述評》,《河北師範大學學報》(哲學社會科學版),2005 年第 1 期;又載《第六屆詩經國際學術研討會論文集》,北京:學苑出版社,2005 年。彭維傑:《朱熹"淫詩説"理學釋義》,(臺灣)《國文學誌》,2005 年第 11 期。黄雅琦:《朱熹淫詩説在詮釋學上的意義》,《詩經研究叢刊》第 13 輯,北京:學苑出版社,2007 年。鄭偉、楊彩丹:《"論性而不論氣,則收拾不盡"——朱熹"淫詩"説的價值訴求》,《文化與詩學》,2009 年第 1 期。謝海林、周泉根:《論朱熹"淫詩"説的學術背景及内在理路》,《海南師範大學學報》(社會科學版),2011 年第 1 期。姜龍翔:《朱子"淫奔詩"篇章界定再探》,(臺灣)《臺北大學中文學報》第 12 期,2012 年。黄忠慎:《朱熹"淫詩説"衡論》,(臺灣)《靜宜中文學報》,2014 年第 6 期。郝永:《朱熹〈詩經〉解釋學"淫詩"説新論》,《河南教育學院學報》(哲學社會科學版),2014 年第 1 期;《朱熹〈詩經〉解釋學研究》,上海:上海古籍出版社,2014 年,第 247—258 頁。脅秋菊:《朱熹〈詩集傳〉中以"淫"定性"鄭衛之音"辨析》,《湖北社會科學》,2017 年第 7 期。
② 張祝平:《明代艷情小説的發展與朱熹的"淫詩説"》,(臺灣)《書目季刊》,1996 年第 2 期。周懷文、經莉莉:《風人之旨 誰可獨得——略論毛奇齡對朱熹"淫詩"説的批評》,《合肥學院學報》(社會科學版),2012 年第 3 期。譚玲、李士金:《中國學術生態細節考察報告之一——以〈略論毛奇齡對朱熹"淫詩"説的批評〉一文爲例》,《長江叢刊》,2017 年第 34 期。
③ 〔宋〕朱熹撰,朱傑人點校:《詩集傳》,朱傑人等主編:《朱子全書》(修訂本)第 1 册,第 344 頁。

龍《朱熹〈詩集傳〉賦比興標詩探微》、王龍《論朱熹〈詩集傳〉中的"興"》、羅英俠《〈詩集傳〉對賦比興藝術手法的闡述》、安性栽《朱熹〈詩集傳〉中的"比"和"興"特徵考》、《朱熹之"比、興"關係及觀點考察》、劉順《鄭〈箋〉、孔〈疏〉與朱熹〈詩集傳〉"興"論略析》、王堃和黃玉順《比興：詩學與儒學之本源觀念——朱熹〈詩集傳〉再檢討》、張萬民《從朱熹論"比"重新考察其賦比興體系》、賈璐《論朱熹對〈詩經〉、〈楚辭〉賦比興的研究》、李燊《〈詩集傳〉"賦比興"次序發微——兼談論比、興兼用與專用問題》。① 這些論文大多是從文學理論角度開展的研究，偶見哲學角度的研究。

（4）關於朱子《詩》教及其思想的研究

孔子以《詩》爲教，以致《詩》教成爲詩經學中的一個重要方面，朱子上承孔孟，也特別重視《詩》教。在這一方面的研究成果主要有：張祝平《以〈詩〉爲教——朱熹〈詩〉論張目》、李慶立和范志歐《傳統〈詩經〉學對怨詩的詮釋與儒家"詩教"——以孔子、鄭玄、朱熹、馬瑞辰爲例》、彭維傑博士學位論文《朱子詩教思想研究》、林慶彰《朱子〈詩集傳·二南〉的教化觀》、王倩博士學位論文《朱熹"〈詩〉教"思想研究》、楊潔碩士學位論文《朱熹"詩教"思想探析——以〈詩集傳〉爲中心》、陳聰發《朱熹對詩教的接受》、董學美《朱熹對"〈詩〉教"的理學論證》等。②

---

① 李開金：《試論朱熹的比興説》，《武漢大學學報（哲學社會科學版）》，1980 年第 5 期。胡國賢：《朱熹〈詩集傳〉中的"興"》，《詩風》，1982 年第 1 期。林葉連：《朱子對興義之解釋及其後果》，《1993 詩經國際學術研討會論文集》，保定：河北大學出版社，1994 年。趙明媛：《釋朱熹〈詩集傳〉之"賦比興"》，《臺灣〉勤益學報》第 15 期，1997 年。楊玉華《從朱熹論"興"看其文學觀念》，《欽州高專學報》，1999 年第 2 期。魯洪生：《關於朱熹賦比興理論的幾點考辨》，《第四屆詩經國際學術研討會論文集》，北京：學苑出版社，2000 年。孫立：《讀朱熹〈詩集傳〉獻疑——兼析其"興"詩研究》，［日］《文學研究》總第 99 輯，2002。張旭曙：《朱熹"比興"論二題》，《詩經研究叢刊》第 5 輯，北京：學苑出版社，2003 年。周娟：《〈國風〉中的隱喻運用和〈詩集傳〉中的隱喻解釋》，華中師範大學碩士學位論文，2006 年。王龍：《朱熹〈詩集傳〉賦比興標詩探微》，《貴州大學學報（社會科學版）》，2008 年第 1 期。王龍：《論朱熹〈詩集傳〉中的"興"》，《山西師大學報（社會科學版）》，2009 年第 5 期。羅英俠：《〈詩集傳〉對賦比興藝術手法的闡述》，《河南科技大學學報（社會科學版）》，2011 年第 5 期。［韓］安性栽：《朱熹〈詩集傳〉中的"比"和"興"特徵考》，《2011 年北京大學國際語言傳播學前沿論壇論文集》，北京大學，2011 - 05 - 24。［韓］安性栽：《朱熹之"比、興"關係及觀點考察》，《2011 年國際修辭傳播學前沿論壇論文集》，日本札幌大學，2011 - 10 - 29。劉順：《鄭〈箋〉、孔〈疏〉與朱熹〈詩集傳〉"興"論略析》，《廣西社會科學》，2012 年第 2 期。王堃、黃玉順：《比興：詩學與儒學之本源觀念——朱熹〈詩集傳〉再檢討》，《中國儒學》第 7 輯，北京：中國社會科學出版社，2012 年。張萬民：《從朱熹論"比"重新考察其賦比興體系》，《復旦學報（社會科學版）》，2014 年第 1 期。賈璐：《論朱熹對〈詩經〉、〈楚辭〉賦比興的研究》，《江南大學學報（人文社會科學版）》，2018 年第 3 期。李燊：《〈詩集傳〉"賦比興"次序發微——兼談論比、興兼用與專用問題》，《湖北科技學院學報》，2018 年第 4 期。

② 張祝平：《以〈詩〉爲教——朱熹〈詩〉論張目》，《南通師專學報》，1992 年第 1 期。李慶立、范志歐：《傳統〈詩經〉學對怨詩的詮釋與儒家"詩教"——以孔子、鄭玄、朱熹、馬瑞辰爲例》，《中國文學研究》，2005 年第 2 期。彭維傑：《朱子詩教思想研究》，臺灣"中國文化大學"博士學位論文，1998 年；臺北：花木蘭文化出版社，2009 年。林慶彰：《朱子〈詩集傳·（轉下頁）

(5) 朱子的《詩經》解釋研究

朱子解經的旨趣，自來都是學者重點關注的內容。近年來，西方詮釋學、接受美學等理論在國内逐漸受到重視，不少學者用以考察朱子的《詩經》解釋，並提供了新的研究視角。

有些學者從整體的角度來考察，主要有：張旭署《朱熹〈詩經〉解釋方法新探》、《功夫在讀者——朱熹詩學闡釋思想發微》、寧宇和蘇長忠《朱熹〈詩經〉接受中體現的美學理想》、董芬《朱熹〈詩集傳〉闡釋方法分析》、朱麗霞《從文化還原到"理學"形成——從朱熹〈詩經〉解讀出發》、楊靜碩士學位論文《理學背景下的〈詩集傳〉闡釋學研究》、郝永博士學位論文《朱熹〈詩經〉解釋學研究》、劉原池《朱熹之〈詩〉學解釋學》、李健碩士學位論文《朱熹〈詩經〉詮釋思想研究》、劉思宇碩士學位論文《朱熹〈詩集傳〉闡釋模式研究》、陳志信《詩境想像、辭氣諷詠與性情涵濡——〈詩集傳〉展示的詩歌詮釋進路》、孫海龍《〈詩集傳〉義理解詩之得失》、孫雪萍《朱熹〈詩經〉詮釋之"興起"説淺論》、孫銀周碩士學位論文《朱熹〈詩集傳〉思想研究》、劉永翔《朱子〈詩集傳〉的散文繹旨》、尉利工《論朱子的〈詩經〉學詮釋思想》、魏啓峰博士學位論文《毛亨鄭玄朱熹〈詩經〉注釋研究》、張靜《從接受美學角度看〈詩經〉解讀——以〈毛詩序〉〈詩集傳〉爲例》等。①

有些學者從部分篇目入手考察，主要有：譚承耕《論朱熹對〈國風〉愛情

（接上頁）二南〉的教化觀》，《朱子學的開展——學術編》，臺北：漢學研究中心，2002年。王倩：《朱熹"〈詩〉教"思想研究》，北京師範大學博士學位論文，2006年；《朱熹詩教思想研究》，北京：北京大學出版社，2009年。楊潔：《朱熹"詩教"思想探析——以〈詩集傳〉爲中心》，中國政法大學碩士學位論文，2013年。陳聰發：《朱熹對詩教的接受》，《淮北師範大學學報（哲學社會科學版）》，2014年第2期。董學美：《朱熹對"〈詩〉教"的理學論證》，（臺灣）《鵝湖》，2015年第6期。

① 張旭署：《朱熹〈詩經〉解釋方法新探》，《江漢論壇》，1998年第1期。張旭署：《功夫在讀者——朱熹詩學闡釋思想發微》，《東方叢刊》，2001年第1期。寧宇、蘇長忠：《朱熹〈詩經〉接受中體現的美學理想》，《岱宗學刊》，2005年第2期。董芬：《朱熹〈詩集傳〉闡釋方法分析》，《江蘇大學學報（社會科學版）》，2005年第5期。朱麗霞：《從文化還原到"理學"形成——從朱熹〈詩經〉解讀出發》，《東南大學學報（哲學社會科學版）》，2007年第3期。楊靜：《理學背景下的〈詩集傳〉闡釋學研究》，安徽師範大學碩士學位論文，2007年。郝永：《朱熹〈詩經〉解釋學研究》，浙江大學博士學位論文，2008年；上海：上海古籍出版社，2014年。劉原池：《朱熹之〈詩〉學解釋學》，（臺灣）《人文社會科學研究》，2009年第3期；《詩經研究叢刊》第16輯，北京：學苑出版社，2009年。李健：《朱熹〈詩經〉詮釋思想研究》，黑龍江大學碩士學位論文，2010年。劉思宇：《朱熹〈詩集傳〉闡釋模式研究》，北京師範大學碩士學位論文，2010年。陳志信：《詩境想像、辭氣諷詠與性情涵濡——〈詩集傳〉展示的詩歌詮釋進路》，（臺灣）《漢學研究》，2011年第1期。孫海龍：《〈詩集傳〉義理解詩之得失》，《鞍山師範學院學報》，2011年第3期。孫雪萍：《朱熹〈詩經〉詮釋之"興起"説淺論》，《煙臺大學學報（哲學社會科學版）》，2011年第4期。孫銀周：《朱熹〈詩集傳〉思想研究》，河南大學碩士學位論文，2011年。劉永翔：《朱子〈詩集傳〉的散文繹旨》，《歷史文獻研究》第33輯，上海：華東師範大學出版社，2014年。尉利工：《論朱子的〈詩經〉學詮釋思想》，《東方論壇》，2015年第1期。魏啓峰：《毛亨鄭玄朱熹〈詩經〉注釋研究》，西北大學博士學位論文，2016年。

詩的注釋及其道學的宣揚》、陳志信《理想世界的形塑與經典詮釋的形式——以朱熹〈詩集傳〉對〈二南〉的詮釋爲例》、段麗惠《“鄭風淫”——朱熹詩學闡釋的突破》、夏玉玲《由承襲走向創新：以〈詩集傳〉對〈詩經・國風〉婚戀詩詩旨的解讀爲例》、劉娟《理性化經學視域下的〈詩集傳・二南〉闡釋》。①

　　還有些學者從個別篇目入手考察，如：田中和夫《從〈魏風・陟岵〉看朱子的〈詩經〉解釋》以《魏風・陟岵》篇爲考察基點，將朱子的解釋與漢唐古注和宋儒新注加以對照，並結合對朱子的生活經歷的觀照，以探討朱子解《詩》的內在根據與機理。文章突出了朱子解《詩》對“人情”的重視。匡鵬飛《從〈靜女〉看〈詩經〉毛亨朱熹解釋的差異》則是對毛亨與朱熹《詩經》詮釋的對比。②

　　此外，猶家仲博士學位論文《詩經的解釋學研究》第三章第三、四兩節分别討論朱子詮釋《詩經》的基本立場和原則。曹海東博士學位論文《朱熹經典詮釋學研究》的研究則涉及包括朱子詩經學在内的諸經詮釋。③

　　（6）比較研究

　　朱子是詩經學史上承前啓後的人物，所以學者除了關注朱子詩經學對後世的影響外，還始終對朱子詩經學歷時性和共時性的比較研究保持了極大的興趣。劉娟有《百年來朱熹詩經學與詩經漢學比較研究述評》和《百年來朱熹詩經學與宋代其他各家詩經學比較研究述評》有比較詳細的分析，可參看。此外，朱子治《詩》前後變化過程的比較研究也爲學者所關注，而陳海燕《戴震與朱熹詩經學比較》、朱衛平《王夫之、朱熹〈詩經〉經文評論比較》則是將朱子與後世詩經學者的比較研究。④

　　將朱子詩經學與詩經漢學進行歷時性比較研究的成果主要有：周淑舫

①　譚承耕：《論朱熹對〈國風〉愛情詩的注釋及其道學的宣揚》，《中國文學研究》，1985 年第 1 期。陳志信：《理想世界的形塑與經典詮釋的形式——以朱熹〈詩集傳〉對〈二南〉的詮釋爲例》，《漢學研究》，2003 年第 1 期。段麗惠：《“鄭風淫”——朱熹詩學闡釋的突破》，《内蒙古大學學報（哲學社會科學版）》，2009 年第 5 期。夏玉玲：《由承襲走向創新：以〈詩集傳〉對〈詩經・國風〉婚戀詩詩旨的解讀爲例》，《楚雄師範學院學報》，2015 年第 11 期。劉娟：《理性化經學視域下的〈詩集傳・二南〉闡釋》，《中州學刊》，2016 年第 2 期。

②　［日］田中和夫：《從〈魏風・陟岵〉看朱子的〈詩經〉解釋》，《第二屆詩經國際學術研討會論文集》，北京：語文出版社，1996 年。匡鵬飛：《從〈靜女〉看〈詩經〉毛亨朱熹解釋的差異》，《瀋陽師範學院學報（社會科學版）》，2001 年第 3 期。

③　猶家仲：《詩經的解釋學研究》，北京大學博士學位論文，2000 年；桂林：廣西師範大學出版社，2005 年。曹海東：《朱熹經典詮釋學研究》，華中師範大學博士學位論文，2007 年；武漢：湖北人民出版社，2007 年。

④　劉娟：《百年來朱熹詩經學與詩經漢學比較研究述評》，《河北科技師範學院學報（社會科學版）》，2013 年第 3 期。劉娟：《百年來朱熹詩經學與宋代其他各家詩經學比較研究述評》，《河北北方學院學報（社會科學版）》，2013 年第 5 期。陳海燕：《戴震與朱熹詩經學比較》，安徽大學碩士學位論文，2005 年。朱衛平：《王夫之、朱熹〈詩經〉經文評論比較》，《船山學刊》，2016 年第 2 期。

《〈孔子詩論〉與朱子〈詩集傳〉詩學理論的文化傳承》和《孔子"詩論"與朱子詩學理論的比較研究》是就出土文獻中的《孔子詩論》與朱子詩經學的歷時性比較研究。謝謙《論朱熹〈詩〉說與毛鄭之學的異同及其歷史意義》、莫礪鋒《朱熹〈詩集傳〉與〈毛詩〉的初步比較》、朱茹和薛穎《朱熹〈詩集傳〉——與漢儒詩説的比較》、茹婧《〈毛傳〉與朱熹〈詩集傳〉釋〈詩〉比較研究》、黄忠慎《新舊典範的交鋒——〈毛詩注疏〉與〈詩集傳〉之比較》是就朱子《詩集傳》與《毛傳》、《鄭箋》、《孔疏》的比較研究。①

朱子與宋代詩經學者的共時性比較研究的成果主要有：程克雅碩士學位論文《朱熹、嚴粲二家比興釋詩體系比較及其意義》、洪春音碩士學位論文《朱熹與吕祖謙詩説異同考》、吳叔樺《蘇轍與朱熹〈詩經〉詮釋之比較》、劉曉雪碩士學位論文《蘇、朱〈詩集傳〉比較研究》分別將嚴粲、吕祖謙、蘇轍與朱子進行對比研究。林惠勝碩士論文《朱吕詩序説比較研究》則是關於朱子和吕祖謙關於《詩序》問題的比較研究。姚永輝碩士學位論文《朱熹與吕祖謙關於〈詩經〉的四大論辯平議》從《詩序》之辨、思無邪之辨、雅鄭邪正之辨、《詩》是否入雅樂及其功用之辨四個方面展開。②

朱子治《詩》自身經歷了一個由尊《序》到疑《序》再到去《序》的發展變化的過程。何澤恒《朱熹説詩先後異同條辨》是近四十年來較早關注朱子在治《詩》的發展過程，並進行歷時性對比的專論。其後，郝桂敏分別撰有《朱熹〈詩〉學研究轉變論》、《從〈詩集解〉和〈詩集傳〉詩旨差異看朱熹〈詩〉學觀念的轉變及其原因》、劉芳碩士學位論文《朱熹〈詩集解〉、〈詩集傳〉比較研究》、馬志林《從〈吕氏家塾讀詩記〉所引到〈詩集傳〉的更定——簡論朱熹〈詩經〉學的發展變化》等，均就此問題展開專論。③

---

① 周淑舫：《〈孔子詩論〉與朱子〈詩集傳〉詩學理論的文化傳承》，《湖州師範學院學報》，2006年第3期。周淑舫：《孔子"詩論"與朱子詩學理論的比較研究》，《孔子研究》，2011年第1期。謝謙：《論朱熹〈詩〉説與毛鄭之學的異同及其歷史意義》，《四川師範學院學報》，1985年第3期。莫礪鋒：《朱熹〈詩集傳〉與〈毛詩〉的初步比較》，《中國古典文學論叢》第2輯，北京：人民文學出版社，1985年。朱茹、薛穎：《朱熹〈詩集傳〉——與漢儒詩説的比較》，《南昌教育學院學報》，2007年第2期。茹婧：《〈毛傳〉與朱熹〈詩集傳〉釋〈詩〉比較研究》，重慶師範大學碩士學位論文，2012年。黄忠慎：《新舊典範的交鋒——〈毛詩注疏〉與〈詩集傳〉之比較》，《文與哲》，第28期，2016年。

② 程克雅：《朱熹、嚴粲二家比興釋詩體系比較及其意義》，臺灣"中央大學"碩士學位論文，1992年。洪春音：《朱熹與吕祖謙詩説異同考》，東海大學碩士學位論文，1995年。吳叔樺：《蘇轍與朱熹〈詩經〉詮釋之比較》，《詩經研究叢刊》第17輯，北京：學苑出版社，2009年。劉曉雪：《蘇、朱〈詩集傳〉比較研究》，黑龍江大學碩士學位論文，2011年。林惠勝：《朱吕詩序説比較研究》，臺灣大學碩士學位論文，1983年。姚永輝：《朱熹與吕祖謙關於〈詩經〉的四大論辯平議》，四川大學碩士學位論文，2005年。

③ 何澤恒：《朱熹説詩先後異同條辨》，《"國立編譯館"館刊》，1989年第1期。郝桂敏：《朱熹〈詩〉學研究轉變論》，郝桂敏：《從〈詩集解〉和〈詩集傳〉詩旨差異看朱熹〈詩〉學觀念的轉變及其原因》，《孔子研究》，2002年第3期。劉芳：《朱熹〈詩集解〉、〈詩集傳〉比較研（轉下頁）

（7）其他方面的研究

因“二南”出現於《論語》，故朱子於“二南”特別重視。這方面的研究成果主要有：李玉龍《朱熹注評“二南”詩得失初探》、鄭滋斌《朱熹對〈詩經〉二〈南〉的意見檢論》、姜龍翔《論朱子〈詩集傳〉對二〈南〉修齊治平之道的開展》探討了朱子對“二南”與《中庸》、《易經》、二程和胡宏的關係。①

朱熹精通詩文創作，於《詩經》的文學性有獨特的體認。這方面的研究成果除其他專論有所涉及以外，還有：楊星《文學的超越與迷失——朱熹〈詩〉學特徵簡述》、檀作文《朱熹對〈詩經〉文學性的深刻體認》、魚孝明《論朱熹對〈詩經〉的文學性解讀》、汪泓和趙勇《“文體”與“體格”——朱熹〈詩經〉文體論解讀》、方愛蓮《試論朱熹對〈詩經〉文學性的深刻體會》等。②

此外還有：謝謙《試論朱熹的“美刺”之辨》、石文英《朱熹論風騷》、許龍《朱熹新儒家詩學思想的情性觀》、汪大白《傳統〈詩經〉學的重大歷史轉折——朱熹“以〈詩〉言〈詩〉”説申論》、劉偉生《朱熹詩經學的地域視界》、鄭俊暉《朱熹〈詩〉樂思想》等文章，以及李雲安博士學位論文《朱子詩經學的民間立場》，關注點各異，顯示出朱子詩經學研究面之廣泛。③

2. 關於《詩集傳》的專題研究

除了以《詩集傳》爲主要研究對象來研究朱子《詩》學觀的論文外，還有些專門針對《詩集傳》的研究，其角度偏重於文獻學、語文學和文學。

（1）關於《詩集傳》成書與版本的研究

《詩集傳》的成書過程研究與前文所提及的朱子詩經學變化過程息息相

（接上頁）究》，黑龍江大學碩士學位論文，2008 年。馬志林：《從〈呂氏家塾讀詩記〉所引到〈詩集傳〉的更定——簡論朱熹〈詩經〉學的發展變化》，《詩經研究叢刊》第 28 輯，北京：學苑出版社，2015 年。

① 李玉龍：《朱熹注評“二南”詩得失初探》，《社科縱橫》，1999 年第 5 期。鄭滋斌：《朱熹對〈詩經〉二〈南〉的意見檢論》，《詩經研究叢刊》第 18 輯，北京：學苑出版社，2010 年。姜龍翔：《論朱子〈詩集傳〉對二〈南〉修齊治平之道的開展》，《清華中文學報》，2012 年第 7 期。

② 楊星：《文學的超越與迷失——朱熹〈詩〉學特徵簡述》，《廈門教育學院學報》，2003 年第 4 期。檀作文：《朱熹對〈詩經〉文學性的深刻體認》，《湘潭大學學報（哲學社會科學版）》，2004 年第 1 期。魚孝明：《論朱熹對〈詩經〉的文學性解讀》，《長城》，2010 年第 4 期。汪泓、趙勇：《“文體”與“體格”——朱熹〈詩經〉文體論解讀》，《江西師範大學學報（哲學社會科學版）》，2014 年第 5 期。方愛蓮：《試論朱熹對〈詩經〉文學性的深刻體會》，《長江叢刊》，2017 年第 16 期。

③ 謝謙：《試論朱熹的“美刺”之辨》，《西南師範大學學報（社會科學版）》，1987 年第 1 期。石文英：《朱熹論風騷》，《廈門大學學報》，1989 年第 2 期。許龍：《朱熹新儒家詩學思想的情性觀》，《嘉應大學學報》，1997 年第 5 期。汪大白：《傳統〈詩經〉學的重大歷史轉折——朱熹“以〈詩〉言〈詩〉”説申論》，《孔子研究》，2002 年第 3 期。劉偉生：《朱熹詩經學的地域視界》，《中國韻文學刊》，2008 年第 4 期。鄭俊暉：《朱熹〈詩〉樂思想》，《交響》，2011 年第 3 期。李雲安：《朱子詩經學的民間立場》，華東師範大學博士學位論文，2012 年。

關。包麗虹博士學位論文《朱熹〈詩集傳〉文獻學研究》是從文獻學角度的綜合研究。①《詩集傳》的成書,目前有束景南《朱熹作〈詩集解〉與〈詩集傳〉考》一文,對從朱子初年所撰《詩集解》到今本《詩集傳》的成書背景作了細緻梳理。束氏同書中還有《〈詩集解〉輯存》一文,從呂祖謙《呂氏家塾讀詩記》輯出《詩集解》佚文若干;後再合以從段昌武《毛詩集解》和嚴粲《詩緝》中輯錄出的若干佚文,成《詩集解》,收於朱師傑人先生主編《朱子全書》第 26 册。牟玉亭《〈詩集傳〉的三種版本》對《詩集傳》先後產生的三個版本作了介紹。盧姣麗《朱熹〈詩集傳〉成書過程考》、盛玉霞《朱熹〈詩集傳〉的形成與版本流變》對今本的成書過程作了考察。②

《詩集傳》有二十卷本、十卷本和八卷本三個系統,其版本問題向為目錄學家注意,大部分目錄書都會談及此書版本。呂藝《清及近代傳世〈詩集傳〉宋刊本概述》就清代和近代尚存的宋刊本《詩集傳》的版本情況與其在清代和近代的流傳情況進行了詳細的介紹。顧永新《〈詩集傳〉音釋本考》關注的則是元明時期產生的衆多音釋本《詩集傳》。③

學界一般都接受《四庫總目》的觀點,認為八卷本是後來坊刻所併,近年來對此也有爭論。一篇題為《〈南宋大字本詩集傳〉二十卷》的介紹中,認為八卷本為元延祐後產生。前揭呂藝的文章則認為八卷本是明代才開始出現。臺灣學者糜文開《詩經朱傳經文異字研究》認為,八卷本為朱子晚年定本。左松超《朱熹論〈詩〉主張及其所著〈詩集傳〉》、《朱熹〈詩集傳〉二十卷本和八卷本的比較》則申糜氏之説。朱師傑人先生《論八卷本〈詩集傳〉非朱子原帙,兼論〈詩集傳〉之版本——與左松超先生商榷》一文詳細地比較、分析了《詩集傳》的八卷本和二十卷本的異同,並對《詩集傳》諸宋本進行辨析,再考察宋元明各官私目錄的著錄及其分卷的內在邏輯性,認為八卷本《詩集傳》是由明代人改篡,並對八卷本為何出現於明代的原因提出了三點參考意見。包麗虹博士學位論文《朱熹〈詩集傳〉文獻學研究》其版本問題,認為八卷本產生於明代中期。汪業全《叶音研究》對八卷本《詩集傳》中的叶音材料進行考察,認為其中可能有元代音。而馬丹碩士學位論文《〈詩集傳〉八卷本音系研究》,認為八

---

① 包麗虹:《朱熹〈詩集傳〉文獻學研究》,浙江大學博士學位論文,2004 年。
② 束景南:《朱熹佚文輯考》,南京:江蘇古籍出版社,1991 年。牟玉亭:《〈詩集傳〉的三種版本》,《詩經研究叢刊》第 2 輯,北京:學苑出版社,2002 年。盧姣麗:《朱熹〈詩集傳〉成書過程考》,《延安職業技術學院學報》,2010 年第 4 期。盛玉霞:《朱熹〈詩集傳〉的形成與版本流變》,《武夷學院學報》,2018 年第 2 期。
③ 呂藝:《清及近代傳世〈詩集傳〉宋刊本概述》,《文獻》,1984 年第 4 期。顧永新:《〈詩集傳〉音釋本考》,《文獻》,2012 年 4 月;《詩經研究叢刊》第 25 輯,北京:學苑出版社,2013 年。

卷本要晚於二十卷本，而又早於《中原音韻》。①

（2）關於《詩集傳》的整理、影印及其提要

近四十年古籍整理事業不斷發展，《詩集傳》的點校本不斷出現，其中最好的則是朱師傑人先生的點校本，收於朱先生主編《朱子全書》第 1 册。此本以《四部叢刊三編》影靜嘉文庫本爲底本，參校衆本，以最大程度上恢復宋刻原貌，此本還附有《詩傳綱領》和《詩序辨説》，更爲完整。此外還有上海古籍出版社 1980 年標點本、鳳凰出版社 2007 年標點本、中華書局 2011、2017 年趙長征點校本。熊瑞敏《元代〈詩經〉學著作對〈詩集傳〉的校勘價值》探討了元代四部羽翼《詩集傳》的詩經學著作對《詩集傳》的校勘價值，頗有意義。此外，鳳凰出版社出版的點校本也據《四部叢刊三編》影印本點校，但該書無校勘記，且其中有些地方誤植，亦有影印過程中産生訛誤而未能改者，陳才《鳳凰本朱熹〈詩集傳〉校點商榷》對該點校本之誤有較爲詳細的糾正，可使學者更有效地利用該書。李平《〈詩集傳〉排印本標點勘誤》則對上海古籍出版社 1980 年標點本加以校勘。常森《"純緑"還是"純緣"：一個〈詩經〉學的誤讀》則糾正諸多點校本中《鄭風·子衿》篇朱注"青青，純緑之色"之"純緑"當作"純緣"。② 此外，《詩集傳》的影印本也有問世。如上海古籍出版社影《四庫全書》、吉林出版集團影《四庫薈要》均收八卷本《詩集傳》，臺灣藝文印書館 2006 年據臺灣"中央圖書館"藏宋刻明印本影印的二十卷本《詩集傳》、華東師範大學出版社 2010 年影印出版的《朱子著述宋刻集成》所收二十卷本《詩集傳》，均是較好的版本。北京圖書館出版社 2004 年影印出版了元刻的十卷本。

《四庫總目》中有《詩集傳》之提要，張静《〈四庫全書總目提要〉於朱熹〈詩集傳〉叙録中的態度筆法平議》對四庫館臣撰《詩集傳》提要時的"回護含混的曖昧態度"及其原因作了分析，袁强《四庫全書·朱熹〈詩集傳〉提要辨正》則對其加以辨正。近些年來，也有一些學者在新的學術視野和規範下爲《詩集

---

① 《〈南宋大字本詩集傳〉二十卷》，《文獻》1979 年第 1 期。糜文開：《詩經朱傳經文異字研究》，《詩經欣賞與研究》第三册，臺北：三民書局，1982 年。左松超：《朱熹論〈詩〉主張及其所著〈詩集傳〉》，《孔孟學報》，1988 年第 55 期。左松超：《朱熹〈詩集傳〉二十卷本和八卷本的比較》，《高仲華先生八秩榮慶論文集》，高雄師範學院國文研究所，1988 年。朱傑人：《論八卷本〈詩集傳〉非朱子原帙，兼論〈詩集傳〉之版本——與左松超先生商榷》，《中華文史論叢》第 57 輯，上海：上海古籍出版社，1998 年；《朱子學論集》，北京：北京大學出版社，2018 年。汪業全：《叶音研究》，長沙：嶽麓書社，2009 年。馬丹：《〈詩集傳〉八卷本音系研究》，河北師範大學碩士學位論文，2009 年。

② 熊瑞敏：《元代〈詩經〉學著作對〈詩集傳〉的校勘價值》，《詩經研究叢刊》第 28 輯，北京：學苑出版社，2015 年。陳才：《鳳凰本朱熹〈詩集傳〉校點商榷》，《社會科學論壇》，2003 年第 2 期。李平：《〈詩集傳〉排印本標點勘誤》，《湖南廣播電視大學學報》，2015 年第 2 期。常森：《"純緑"還是"純緣"：一個〈詩經〉學的誤讀》，《文獻》，2010 年第 1 期。

傳》撰寫提要。蔣見元先生、朱師傑人先生《詩經要籍解題》中有《詩集傳》解題，夏傳才先生、董治安先生主編《詩經要籍提要》收尚繼愚所撰《詩集傳》和《詩綱領》提要、林開甲所撰《詩序辨》提要，董治安《經學要籍概述》收王承略先生所撰《詩集傳》提要。此外，趙制陽《詩經名著評介》有《朱熹詩集傳評介》；趙沛霖《詩經研究反思》也有關於《詩集傳》的評介；劉毓慶《歷代詩經著述考(先秦——元代)》收朱子《詩集傳》、《詩序辨說》和亡佚的《詩風雅頌》四卷《序》一卷三書，於前人之論略加轉錄，並加以作者按語。這些按語和評價也具提要性質，惟 20 世紀 90 年代前的一些評價略有不夠公允之處。①

(3) 關於《詩集傳》中訓詁的研究

《詩集傳》的訓詁與漢唐古注有所不同，這向來爲學者所注意，在這一方面的研究成果也有不少。馮浩菲《毛詩訓詁研究》、向熹《〈詩經〉語文論集》均有專門的章節討論《詩集傳》的訓詁。而李建國《漢語訓詁學史》則有專節論及包括《詩集傳》訓詁在内的朱子訓詁學及其在訓詁學史上的地位。賈璐博士學位論文《朱熹訓詁研究》則以《詩集傳》、《四書章句集注》、《楚辭集注》、《周易本義》爲材料，詳細地探討了朱子訓詁原則和方法，并總結其成就與不足。②

柳花松博士學位論文《朱熹〈詩集傳〉注釋〈詩〉通假字研究》對《詩集傳》訓詁中揭明通假現象進行了系統的研究。李平碩士學位論文《〈詩集傳〉訓詁術語研究》、張守艷碩士學位論文《朱熹〈詩集傳〉訓詁研究》、羅晨《朱熹〈詩集傳〉訓詁研究——〈詩經・國風〉的實詞注釋》、張劍虹《朱熹〈詩集傳〉的訓詁研究》、李平《〈詩集傳〉中的"互文"、"變文"、"便文"修辭辨析》則是專門關於《詩集傳》訓詁方面的研究。③

---

① 張靜：《〈四庫全書總目提要〉於朱熹〈詩集傳〉叙録中的態度筆法平議》，《河北大學成人教育學院學報》，2009 年第 2 期。袁强：《四庫全書・朱熹〈詩集傳〉提要辨正》，《文教資料》，2017年第 25 期。蔣見元、朱傑人：《詩經要籍解題》，上海：上海古籍出版社，1996 年。夏傳才、董治安主編：《詩經要籍提要》，北京：學苑出版社，2003 年。董治安主編：《經學要籍概述》，南京：江蘇教育出版社，2008 年。趙制陽：《詩經名著評介》，臺北：臺灣學生書局，1983 年。趙沛霖：《詩經研究反思》，天津：天津教育出版社，1998 年。劉毓慶：《歷代詩經著述考(先秦——元代)》，北京：中華書局，2002 年。

② 馮浩菲：《毛詩訓詁研究》，武漢：華中師範大學出版社，1988 年。向熹：《〈詩經〉語文論集》，成都：四川民族出版社，2002 年。李建國：《漢語訓詁學史》，上海：上海辭書出版社，2002 年。賈璐：《朱熹訓詁研究》，復旦大學博士學位論文，2011 年；北京：中國社會科學出版社，2015 年。

③ [韓] 柳花松：《朱熹〈詩集傳〉注釋〈詩〉通假字研究》，南京大學博士學位論文，2001 年。李平：《〈詩集傳〉訓詁術語研究》，蘭州大學碩士學位論文，2007 年。張守艷：《朱熹〈詩集傳〉訓詁研究》，山東師範大學碩士學位論文，2011 年。羅晨：《朱熹〈詩集傳〉訓詁研究——〈詩經・國風〉的實詞注釋》，河北師範大學碩士學位論文，2012 年。張劍虹：《朱熹〈詩集傳〉的訓詁研究》，遼寧師範大學碩士學位論文，2014 年。李平：《〈詩集傳〉中的"互文"、"變文"、"便文"修辭辨析》，《西南學林》，昆明：雲南民族出版社，2016 年。

　　《詩集傳》訓詁牽涉頗廣，這方面的專題論文有多篇，如：陳松長《〈詩集傳〉訓詁體例類述》、《朱熹〈詩集傳〉的訓詁特色》、羅英俠《集大成：朱熹〈詩集傳〉的訓釋特色》、謝師明仁先生和陳才《淺談朱熹〈詩集傳〉的訓詁》對其作了整體性考察，范義財《朱熹〈詩集傳〉訓詁指瑕》則對《詩集傳》中的訓詁方法加以商榷，俞允海《從〈詩集傳〉考察朱熹的語法意識》、原新梅《簡明平易：朱熹〈詩集傳〉注釋的修辭特色》分別對《詩集傳》訓詁中的語法現象作了考察，王明春《朱熹〈詩集傳〉助詞探析》分析了《詩集傳》對於助詞的認識，李彧和豐素貞《朱熹〈詩集傳〉"某音某"作用及特點》、李平《談〈詩集傳〉中的訓詁術語"放此"》就《詩集傳》中的訓詁術語作了考察。朱師傑人先生《朱子〈詩集傳〉引文考》、耿紀平《朱熹〈詩集傳〉徵引宋人〈詩〉説考論》關注點則是《詩集傳》訓詁資料的來源問題，莊雅州有《從文化角度探討〈詩集傳〉的名物訓詁》，陳才有《從"其"字釋義看朱熹的讀書方法》。①

　　有一些學者將《詩集傳》的訓詁與毛鄭進行比較研究，比如：祝敏徹、尚春生《論毛鄭傳箋的異同》談及對《詩集傳》訓詁從毛、從鄭和兼採毛鄭的情況，並作了數量上的統計；李開金《〈詩集傳〉與毛詩鄭箋訓詁相通説》旨在揭明《詩集傳》對詩經漢學訓詁上有所承繼；莫礪鋒《朱熹文學研究》在談及《詩集傳》章句訓詁方面的成就時，也是將其與毛鄭加以比較；陳明義《朱熹〈詩經〉學與〈詩經〉漢學傳統異同之研究》以較多篇幅對《詩集傳》和詩經漢學系統中的訓詁進行對比分析；劉衛寧碩士學位論文《〈毛詩故訓傳〉、〈毛詩箋〉與〈詩集傳〉訓詁比較研究》、趙振興和唐麗娟《毛傳與朱熹〈詩集傳〉異訓比較研究》、曾抗美《〈詩經〉毛亨傳、鄭玄箋、朱熹注比較研究釋例》、王姝菡《〈毛傳〉

---

①　陳松長：《〈詩集傳〉訓詁體例類述》，《婁底師專學報》，1988 年第 3 期。陳松長：《朱熹〈詩集傳〉的訓詁特色》，《古漢語研究》，1989 年第 3 期。羅英俠：《集大成：朱熹〈詩集傳〉的訓釋特色》，《中州學刊》，2007 年第 4 期。謝明仁、陳才：《淺談朱熹〈詩集傳〉的訓詁》，《詩經研究叢刊》第 16 輯，北京：學苑出版社，2009 年。范義財：《朱熹〈詩集傳〉訓詁指瑕》，《鞍山師範學院學報》，2011 年第 5 期。俞允海：《從〈詩集傳〉考察朱熹的語法意識》，《古漢語研究》，2002 年第 3 期。原新梅：《簡明平易：朱熹〈詩集傳〉注釋的修辭特色》，《修辭學習》，2003 年第 6 期。王明春：《朱熹〈詩集傳〉助詞探析》，《綏化學院學報》，2007 年第 3 期。李彧、豐素貞：《朱熹〈詩集傳〉"某音某"作用及特點》，《唐山師範學院學報》，2008 年第 1 期。李平：《談〈詩集傳〉中的訓詁術語"放此"》，《萍鄉高等專科學校學報》，2008 年第 4 期。朱傑人：《朱子〈詩集傳〉引文考》，《慶祝施蟄存教授百歲華誕論文集》，上海：上海古籍出版社，2003 年；《朱子學論集》，北京：北京大學出版社，2018 年。耿紀平：《朱熹〈詩集傳〉徵引宋人〈詩〉説考論》，《第六屆詩經國際學術研討會論文集》，北京：學苑出版社，2005 年；《河南教育學院學報（哲學社會科學版）》，2006 年第 2 期。莊雅州：《從文化角度探討〈詩集傳〉的名物訓詁》，《展望未來的朱子學研究》，廈門：廈門大學出版社，2012 年。陳才：《從"其"字釋義看朱熹的讀書方法》，《如切如磋：經學文獻探研錄》，臺北：花木蘭文化出版事業有限公司，2018 年。

和〈詩集傳〉的異訓釋例》等各有創獲。①

此外，胡憲麗《朱熹〈詩集傳〉判斷句研究》是以朱子《詩集傳》訓詁中的判斷句爲材料，將其與漢代的《毛傳鄭箋》和當代的《詩經注析》進行歷時性對比，借以考察判斷句的發展軌跡。②

（4）關於《詩集傳》注音的研究③

《詩集傳》的注音，有不少地方採用叶音，歷來都是《詩集傳》被批評的焦點，因爲叶音説並没有認清古音的性質。明清兩朝，對《詩集傳》採用的叶音説進行了大力批評。黃景湖《〈詩集傳〉注音初探》、王力在《朱熹反切考》和《詩經韻讀》中對此也有不遺餘力的批評。④ 而臺灣學者許世瑛自1970年起的四年内先後發表6篇文章，借《詩集傳》叶音材料考察《廣韻》聲韻調在朱子口中的並合情況。此後，在朱子叶音説的研究上，關注角度更爲豐富，對於叶音説的音韻學價值、文獻價值也有了更深的認識和發掘。對此，汪業全《20世紀以來叶音研究述評》一文有較爲詳細的分析，兹不贅述。

一方面，學者也開始關注《詩集傳》叶音材料的音韻價值，借以考察南宋時期語音面貌。王力《朱熹反切考》和《漢語語音史》據其叶音材料以考察南宋音系。周望城《應給朱熹〈詩集傳〉叶韻以正確評價》提醒學界對於叶韻不應只顧批評而忽視其價值。其後，賴江基《從〈詩集傳〉的叶音看朱熹音的韻系》、馮喜武和王正《漢語古今語音發展變化之管見——兼評朱熹〈詩集傳〉中的"叶音"》、陳鴻儒《朱熹用韻考》、黎新第《從量變看朱熹反切中的全拙清化》、黎新第《對朱熹反切中的全濁清化例證的再探討》、蔣冀騁《朱熹反切音系中已有舌尖前高元音説質疑》、劉曉南《〈詩集傳〉支思部獨立獻疑》等文章

---

① 祝敏徹、尚春生：《論毛鄭傳箋的異同》，《蘭州大學學報（社科版）》，1983年第1期。李開金：《〈詩集傳〉與毛詩鄭箋訓詁相通説》，《武漢大學學報（人文科學版）》，1987年第3期。莫礪鋒：《朱熹文學研究》，南京：南京大學出版社，2000年。陳明義：《朱熹〈詩經〉學與〈詩經〉漢學傳統異同之研究》，臺北：花木蘭文化出版社，2009年。劉衛寧：《〈毛詩故訓傳〉、〈毛詩箋〉與〈詩集傳〉訓詁比較研究》，暨南大學碩士學位論文，2005年。趙振興、唐麗娟：《毛傳與朱熹〈詩集傳〉異訓比較研究》，《長江學術》，2008年第1期。曾抗美：《〈詩經〉毛亨傳、鄭玄箋、朱熹注比較研究釋例》，《古籍研究》2009卷，合肥：安徽大學出版社，2010年。王姝菡：《〈毛傳〉和〈詩集傳〉的異訓釋例》，《北方文學（下半月）》，2011年第8期。

② 胡憲麗：《朱熹〈詩集傳〉判斷句研究》，《重慶文理學院學報（社會科學版）》，2010年第5期。

③ 本小節的撰寫適當參考了汪業全《20世紀以來叶音研究述評》，《學術論壇》，2006第8期。

④ 黃景湖：《〈詩集傳〉注音初探》，《廈門大學學報（哲學社會科學版）》，1981年第4期。王力：《朱熹反切考》，《龍蟲並雕齋文集》，北京：中華書局，1982年。王力：《詩經韻讀·楚辭韻讀》，北京：中國人民大學出版社，2004年。

逐漸展開更深入的探討。① 另一方面,有些學者將《詩集傳》中的叶音材料的性質加以研究。陳廣忠《朱熹〈詩集傳〉叶音考辨》將其與上古音加以對比,認爲二者大致相同。陳鴻儒《〈詩集傳〉叶音與朱熹古韻》則在剔除今韻後,考察朱子叶音中的古韻屬性;《〈詩集傳〉叶音與朱熹古韻》則分析了朱子心目中古音的韻部;爾後,他在《〈詩集傳〉叶音辨》認爲叶音是朱子"心目中的古音"。張民權還有《朱熹詩集傳的修訂及其叶韻考異》論八卷本《詩集傳》的叶音並非朱鑑所損益。劉曉南先後發表《朱熹與閩方言》、《朱熹詩經楚辭叶音中的閩音聲母》考察包括《詩集傳》、《楚辭集注》所注叶音中與閩方言的關係。此外,陳鴻儒《〈詩本音〉所考古音與〈詩集傳〉注音》將《詩集傳》的注音與顧炎武《詩本音》所考之古音進行歷時性對比,認爲"顧炎武古音學成就有不如朱熹者",對前説中揚顧抑朱的現象起到了一定的廓清作用;劉曉南有《論朱熹詩騷叶音的語音根據及其價值》,又有《朱熹叶音本意考》,揭明朱子所注叶音的目的是説明押韻,而不是改音;劉曉南和周賽紅《朱熹吳棫毛詩音叶異同考》、劉曉南《論朱熹〈詩集傳〉對吳棫〈毛詩補音〉的改訂》、汪業全《朱熹〈詩集傳〉與吳棫〈詩補音〉音叶考異》等都是將《詩集傳》的注音與吳棫《詩補音》進行共時的對比研究;張民權《吳棫〈詩補音〉與宋代古音學研究》則有專門章節將吳棫《詩補音》、王質《詩總聞》和朱子《詩集傳》中的叶音進行共時性分析。汪業全《叶音研究》對除了關注二十卷本的叶音材料外,還對八卷本中的叶音材料進行考察,並認爲其中可能有元代音。劉曉南《〈詩集傳〉叶音與宋代常用字音——叶音同於韻書考論之二》揭示了《詩集傳》中非常用音叶韻語料的語音史價值。②

① 王力:《漢語語音史》,北京:中國社會科學出版社,1985 年。周望城《應給朱熹〈詩集傳〉叶韻以正確評價》,《湖南教育學院學報》,1986 年第 2 期。賴江基:《從〈詩集傳〉的叶音看朱熹音的韻系》,《音韻學研究》第 2 輯,北京:中華書局,1986 年。馮喜武、王正:《漢語古今語音發展變化之管見——兼評朱熹〈詩集傳〉中的"叶音"》,《牡丹江師院學報》,1988 年第 2 期。陳鴻儒《朱熹用韻考》,《龍岩師專學報》,1992 年第 1 期。黎新第:《從量變看朱熹反切中的全拙清化》,《語言研究》,1999 年第 1 期。黎新第:《對朱熹反切中的全濁清化例證的再探討》,《古漢語研究》,2001 第 1 期。蔣冀騁:《朱熹反切音系中已有舌尖前高元音説質疑》,《古漢語研究》,2001 年第 4 期。劉曉南:《〈詩集傳〉支思部獨立獻疑》,《紀念王力先生百年誕辰學術論文集》,北京:商務印書館,2002 年。

② 陳廣忠:《朱熹〈詩集傳〉叶音考辨》,《安徽大學學報(哲學社會科學版)》,1999 年第 2、3 期。陳鴻儒:《〈詩集傳〉叶音與朱熹古韻》,《古漢語研究》,2000 年第 1 期。陳鴻儒:《〈詩集傳〉叶音與朱熹古韻》,《漢語音韻學第六屆國際學術研討會論文集》,香港:香港文化教育出版社,2000 年。陳鴻儒:《〈詩集傳〉叶音辨》,《古漢語研究》,2001 年第 2 期。張民權:《朱熹詩集傳的修訂及其叶韻考異》,《古代語言現象探索》,北京:北京廣播學院出版社,2003 年。劉曉南:《朱熹與閩方言》,《方言》,2001 年第 1 期。劉曉南:《朱熹詩經楚辭叶音中的閩音聲母》,《方言》,2002 年第 4 期。陳鴻儒:《〈詩本音〉所考古音與〈詩集傳〉注音》,《語言研究》,2003 年第 3 期。劉曉南:《論朱熹詩騷叶音的語音根據及其價值》,《古漢語研究》,2003 年第 3 期。劉曉南:《朱熹叶音本意考》,《古漢語研究》,2004 年第 3 期。劉曉南、(轉下頁)

雷勵、余頌輝《朱熹〈詩集傳〉所注二反、二音考》不僅僅局限於叶音,而是從《詩集傳》中所有注音材料入手,對其中一個字注兩個音的現象加以考察。陳鴻儒《朱熹〈詩〉韻研究》對於朱子叶音作了系統而深入的研究,揭示了朱子的古韻觀念,糾正了傳統說法中的一些未安之處,同時,通過與吳棫、陳第、顧炎武、江永的比較研究,證明了朱子在古韻學史中應當享有崇高的學術地位。李斯斯、趙法坤、周鵬《朱熹籍貫中方言特色對〈詩集傳〉叶音用韻的影響淺探》舉例論證《詩集傳》注音受閩方言影響,這對於了解當時當地語音有一定幫助。王金艷、康忠德《〈詩集傳〉非叶音反切聲母研究》通過窮盡性考察,指出朱子注音受閩方言的影響。劉曉南《〈詩集傳〉音釋的二音二叶同注例》則是對《詩集傳》中 40 處“二音二叶例”加以窮盡性考察,並揭示其語音史價值。李子君、朱光鑫《20 卷本〈詩集傳〉朱熹自創音切考辨》將 22 個朱子自創音切從《詩集傳》2490 個音切離析出來,提出二十卷本《詩集傳》的語音史價值需要重新評估。①

(5)《詩集傳序》的研究

今本《詩集傳》成書於淳熙十三年(1186),而書前《序》作於淳熙四年(1177)。朱鑑《詩傳遺說》中說:“《詩傳》舊序,案此乃先生丁酉歲用《小序》解《詩》時所作。”②對於這個序的性質,除一些專著中偶有涉及外,尚有三篇專題論文:董芬、葉當前《論〈詩集傳序〉理學視野下的〈詩〉學思想》分析了《詩集傳序》的內容包括《詩》的發生、功能、讀法和風格,指出朱子詩學思想受理學指導和支配。張輝《朱熹〈詩集傳序〉論說》亦分析了《詩集傳序》的內容,提出朱子對漢儒《詩》說的三個內在改變,並試圖進而分析他“從實質上改寫《詩序》——無論是《大序》還是《小序》的意圖”。朱子尊《大序》,並無改寫《大序》的意圖。若從詩經學和朱子學的雙重視野下來觀照,本文的考察和觀點均有很大的爭議空間。田鵬《朱熹〈詩集傳〉自序考論》考察了《詩集傳序》的創作

(接上頁)周賽紅:《朱熹吳棫毛詩音叶異同考》,《語言研究》,2004 年第 4 期。劉曉南:《論朱熹〈詩集傳〉對吳棫〈毛詩補音〉的改訂》,《浙江大學學報(人文社會科學版)》,2005 年第 3 期。汪業全:《朱熹〈詩集傳〉與吳棫〈詩補音〉音叶異》,《南通大學學報(社會科學版)》,2009 年第 2 期。張民權:《吳棫〈詩補音〉與宋代古音學研究》,北京:商務印書館,2005 年。汪業全:《叶音研究》,長沙:嶽麓書社,2009 年。劉曉南:《〈詩集傳〉叶音與宋代常用字音——叶音同於韻書考論之二》,《長江學術》,2015 年第 1 期。

① 雷勵、余頌輝:《朱熹〈詩集傳〉所注二反、二音考》,《語言科學》,2011 年第 3 期。陳鴻儒:《朱熹〈詩〉韻研究》,北京:社會科學文獻出版社,2012 年。李斯斯、趙法坤、周鵬:《朱熹籍貫中方言特色對〈詩集傳〉叶音用韻的影響淺探》,《廣西職業技術學院學報》,2013 年第 10 期。王金艷、康忠德:《〈詩集傳〉非叶音反切聲母研究》,《百色學院學報》,2015 年第 3 期。劉曉南:《〈詩集傳〉音釋的二音二叶同注例》,《漢語史學報》第 16 輯,上海:上海教育出版社,2016 年。李子君、朱光鑫:《20 卷本〈詩集傳〉朱熹自創音切考辨》,《吉林大學社會科學學報》,2018 年第 2 期。

② [宋]朱鑑:《詩傳遺說》卷二,影《四庫薈要》本,長春:吉林出版集團,2005 年,第 8 頁下。

時間和體例,皆難成定論。①

(6) 其他方面的研究

除以上研究成果外,尚有:吹野安、石本道明《朱熹詩集傳全注釋》對《詩集傳》加以注釋,以便日本學者研讀。② 樂文華《從〈詩集傳〉看朱熹的婚戀觀念》、吳全蘭《從〈詩集傳〉看朱熹的愛情婚姻觀》、周煥卿《從〈詩集傳〉看朱熹的理學思想》、李智會《從〈詩集傳〉看朱熹之婦女觀》、丁世潔《從〈詩集傳〉看朱熹的文藝觀》、綦曉芹《〈詩集傳〉中朱子的理想社會》、劉代霞《從〈詩集傳〉看朱熹的婚戀觀》等論文關注點各異。③

《詩集傳》分章斷句與毛、鄭偶有相異。李平《〈詩集傳〉章數辨證》校定《詩集傳》共 1 141 章;倪傾風、江瓊《試論朱熹〈詩集傳〉的分章》對《詩集傳》改動《毛詩》分章進行簡單分析,認爲《詩集傳》把《詩經》從"一個經學文本還之於文學文本";徐有富《〈詩集傳〉對〈詩經〉篇章結構的探討》對《詩集傳》重分篇什和調整分章有著比較詳細的考察和分析;吳洋《朱熹〈詩集傳〉章句考》對《詩集傳》的重新分章、斷句進行分析,並將與朱子《詩》學思想聯繫起來,以從中歸納出朱子解《詩》的某些特點。④

(三) 研究現狀的簡要分析

從上面所列的研究成果來看,近四十年來,朱子詩經學研究取得了很大的成就,表現在研究的範圍和領域逐漸擴大、研究者逐漸增多、研究成果的數量和質量不斷提高。而毋庸諱言的是,朱子詩經學研究中存在一些問題,比如:有些研究者未能全面、系統地審視朱子相關學説,以至於結論頗值得商榷;有些學者囿於自己的專業領域,對其他學者在其他角度的研究成果關注不够;還有些學者求之過深,不合朱子本意;有些學者重視詩經宋學而對詩經

①　董芬、葉當前:《論〈詩集傳序〉理學視野下的〈詩〉學思想》,《湖州師範學院學報》,2010 年第 3 期。張輝:《朱熹〈詩集傳序〉論説》,《文藝理論研究》,2013 年第 3 期。田鵬:《朱熹〈詩集傳〉自序考論》,《貴州文史叢刊》,2016 年第 1 期。

②　[日] 吹野安、石本道明:《朱熹詩集傳全注釋》,東京:明德出版社,1996—1999 年。

③　樂文華:《從〈詩集傳〉看朱熹的婚戀觀念》,《江西教育學院學報(社會科學)》,1995 年第 5 期。吳全蘭:《從〈詩集傳〉看朱熹的愛情婚姻觀》,《詩經研究叢刊》第 2 輯,北京:學苑出版社,2002 年。周煥卿:《從〈詩集傳〉看朱熹的理學思想》,《寧波大學學報(人文科學版)》,2002 年第 1 期。李智會:《從〈詩集傳〉看朱熹之婦女觀》,《文史博覽》,2006 年第 4 期。丁世潔:《從〈詩集傳〉看朱熹的文藝觀》,《河南社會科學》,2008 年第 6 期。綦曉芹:《〈詩集傳〉中朱子的理想社會》,《社會科學輯刊》,2009 年第 2 期。劉代霞:《從〈詩集傳〉看朱熹的婚戀觀》,《畢節學院學報》,2009 年第 6 期。

④　李平:《〈詩集傳〉章數辨證》,《文山學院學報》,2010 年第 3 期。倪傾風、江瓊:《試論朱熹〈詩集傳〉的分章》,《現代語文:上旬》,2011 年第 7 期。徐有富:《〈詩集傳〉對〈詩經〉篇章結構的探討》,《南京師範大學文學院學報》,2011 年第 2 期。吳洋:《朱熹〈詩集傳〉章句考》,《國學學刊》,2011 年第 3 期;《朱熹〈詩經〉學思想探源及研究》,北京:社會科學文獻出版社,2014 年。

漢學缺乏了解，不能從全面把握朱子詩經學；還有些研究者的知識儲備明顯不足，不能深刻領會朱子博大精深的思想；等等。更有甚者，其中存在一定量的低水平重複研究現象。

具體來說，一些專題考察，可能爲文章篇幅所限，並未能將其考察範圍擴展到朱子學和詩經學史，甚至學術史的更廣闊領域，致使其結論立論不穩。比如，朱子是否以詩言《詩》，將《詩經》首先當作文學作品來看待，恐怕許多研究沒有顧及朱子本意。又如，同樣對於"淫詩説"，有學者極力吹捧，稱其"可以養心"；有學者極力貶低，稱其"貽誤後學"。① 甚至對於朱子詩經學，也有正反兩面的不同評價，李家樹甚至認爲《詩集傳》連作爲《詩經》入門讀物的資格都沒有。再如，關於朱子詩經學的地位，有學者認爲朱子是詩經宋學的奠基，也有學者認爲朱子是詩經宋學的集大成。這些恐怕與各家對於詩經學史的認識不盡相同所致，而這同時亦是不得不令人深思的問題。

當然，還有些内容尚未引起學者廣泛關注，有待更深入的研究。比如，朱子詩經學的形成過程，其實也就是朱子對詩經學重建的過程，而這個重建，伴隨著朱子對詩經漢學與宋代詩經學各自的繼承與批評。而其中，朱子對詩經漢學的繼承、對宋代詩經學的批評，並不爲學界深入關注。又如，對於朱子《詩序》觀的研究，大多學者忽略了朱子自己明確説過自己"捨《序》言《詩》"，而局限於將《詩集傳》與《毛詩序》異同進行對比。且不説進行這樣的數理統計對於此一學術現象的考察分析是否適當，這些研究只進行了表面現象的分析，而鮮有對其實質的深入探討。若從朱子自身角度來考察朱子《詩序》觀，恐怕不是朱子對於《詩序》從與不從，而是朱子重新審視《詩序》後是否認可其説。還如，對於《詩集傳》中訓詁、音注資料分析的一些文章，忽略了朱子之訓詁、注音有不少是紹承前説，並非朱子自創，那麼，對這些資料的來源不加以辨析，將其作爲一個整體籠統觀之，亦未必恰當。特別是語音研究中，少數論文將《詩集傳》中所有反切資料作爲朱子所持的實際語音來看待，而忽略了這些材料有的是從陸德明《毛詩音義》，有的是從《説文》所附唐恂《切韻》音切，甚至有的是從《廣韻》音切，這樣必然導致結論有所偏頗。而在訓詁上亦是如此，《詩集傳》的訓詁資料來源很複雜，我們從《詩集傳》中所有訓詁資料來分析其訓詁特色，恐怕也不夠合理。此外，《詩集傳》對《毛詩》文本的校勘，及其中所涉及的深層問題，學者皆未曾關注。朱子自作之新訓亦有對有錯，其誤注之處，則未見有專門論及者。

還有一點尤需注意的是，朱子思想學説與其治《詩》實踐的關聯性則爲既

---

① 參看黃忠慎：《朱子〈詩經〉學新探》，臺北：五南圖書出版公司，2002 年，第 59 頁注釋 1。

有研究所忽視。朱子以爲漢唐以來道統中斷，故以紹承孔孟道統爲己任，吸收北宋五子思想的精髓，形成了一個嚴密、龐大的理論體系，集理學之大成。朱子"理一分殊"的本體論、"格物致知"的認識論、陰陽兩分的二元論、通經明理求道的解經方法論等學術思想與他解經實踐是一以貫之的。他的這些理論主張，必然反映在其詩經學中，而既有研究對此關注顯然不够。

三、朱子詩經學形成的背景

朱子在詩經學方面的主要成果有《詩集傳》，以及《詩序辨説》、《詩傳綱領》，此外，還有散見於《朱文公文集》、《四書或問》、《四書章句集注》等書中關於《詩經》的相關言論。朱子與學生的問答被學生記錄下來，後黎靖德、黄士毅、李道傳、楊與立等編輯成《朱子語類》、《朱子語錄》、《朱子語略》等書。記錄過程中，原話應當經過書面化改造；編輯過程中，對原文應當有選擇性加工處理。而這些言論雖不宜等同於朱子的原話，但它們應當可以視作忠實於朱子思想和觀點的實錄。其中記錄的朱子關於《詩經》的相關言論，理所當然該視作朱子詩經學的内容。其孫朱鑑所編《詩傳遺説》亦保留了朱子關於詩經學的一些言論，亦當視作朱子的詩經學的内容。總體來説，朱子詩經學包括具體的治《詩》實踐和與之相應的詩經學理論。

朱子詩經學建立在前儒研究的基礎之上，其形成受當時社會歷史背景和學術文化背景影響。詩經學自身的發展於朱子詩經學的形成亦十分重要。

(一) 社會歷史背景

在中國歷史上，五代時期是社會、制度發生變革的一個分水嶺。五代以前，門閥制度使得世家大族佔據社會上層，士庶兩個階層之間不能流動，"上品無寒門，下品無士族"。西晉時期，引得"洛陽紙貴"的左思，曾發出過"世胄躡高位，英俊沉下僚。地勢使之然，由來非一朝"的感慨。至唐代，杜甫有"致君堯舜上，再使風俗淳"的遠大抱負，而面對社會現實，"此意竟蕭條"，只能發出"紈綺不餓死，儒冠多誤身"的悲吟。到天水一朝，朝廷崇文抑武，使得文化博興。朝廷擴大取士範圍，使得士子的社會地位空前提高，社會下層逐漸活躍起來，有了湧向社會上層的機遇，並積極參與到政治事務和社會建設中。日本學者内藤湖南提出的"唐宋變革論"，大體符合歷史發展的實相，歷史學界雖有一些具體觀點上的爭議存在，但也都認同唐、宋兩代在社會、經濟、文化、制度等方面存在著較大的差異。

社會歷史方面的變化，導致舊有的解經體系不能適應社會現狀，正如朱師傑人先生所説："時代在進步，社會在發展，被固化了的儒家經典却不能與時俱進地對時代做出回應,它成了書齋中的擺設和經師們的玩物。"①於是,產生了即使通經却不能致用的矛盾。宋儒批評漢唐諸儒"不通義理",也正是基於這個矛盾而發。這個矛盾致使經學内部求變求新的趨勢愈演愈烈,其表現之一就是理學的逐漸發展壯大。② 恰如朱維錚先生所指出的:

> 歷史表明,自從儒術獨尊以後,中世紀中國占統治地位的經學,便以學隨術變爲主導取向。官方表彰的經傳研究,總在追隨權力取向,論證經義具有實踐品格,所謂通經致用。③

宋代的許多士子無論在朝還是在野,出於文化擔當意識和社會責任感,他們紛紛參與到重新解釋經典的行列中,以期通經致用。比如王安石,他主持撰成《三經新義》,並利用自己爲相的便利,頒發學校,用以取士。雖然熙寧變法失敗,《三經新義》隨之被廢,但此舉有效地衝擊了漢唐經學,其意義重大。

朱子治《詩》,重義理,重人情,去《小序》,以破除漢唐詩經學的舊有體系,而重建一個新的理論體系,服務於當時社會。這是當時社會歷史領域發生變化後的必然產物。

(二) 學術文化背景

漢武帝推崇儒術,官方置五經博士,士子習經以干禄,經學於是逐漸成爲了中國學術文化中最爲重要的一個領域。歷兩晉的中衰、南北朝的分立,到唐代,大一統的國家倡導經學統一,遂下詔修《五經正義》。而在儒家文化之外,道家、佛家文化也在逐漸發展。魏晉時期,標榜老莊,崇尚玄學。隋唐時期,佛學因有帝王的護持而得以興盛。唐王以老子姓李而屢加追封,玄宗御注《道德經》,開元二十九年設道舉,道家所獲尊崇,無以復加。這些給經學帶來一定程度的衝擊。儒、釋、道三教逐漸合流,深入人心。至宋代,朝廷崇儒,亦不廢佛、道。蘇軾就是一個三教合流的典型代表,並不是醇儒;其他儒生治經,也往往摻雜了佛、道的内容,其學問亦不純正。

爲有效應對佛、道二家文化對儒家經學的衝擊,一些儒生對漢唐經學的封閉體系加以改造,使之完善。唐代的韓愈、李翺率先發聲。宋儒變漢唐經

---

① 朱傑人:《"道統"與朱子的新儒學》,《朱子學論集》,第18頁。
② 目前學界對於理學與經學的關係有不同認識,或以爲理學屬於經學的一部分;或有學者將理學與經學對言,似以爲理學不屬於經學。本文認爲理學仍立足於儒家經典文獻的闡釋,仍意在通經致用,故而是經學自身發展過程中產生的新形態,自然應當屬於經學的範疇。當然,還需特別指出,這二者之間的差異並非本文所關注的議題,本文無意於就此一問題作任何爭論。
③ 朱維錚:《簡説中世紀中國經學史》,《中國經學史十講》,上海:復旦大學出版社,2002 年,第3 頁。

學之古，而從中發展出了一個新的學術形態，就是理學，或稱道學。《宋史》於《儒林傳》外首次設立《道學傳》，準確地揭示了學術文化領域的這一新變。

宋代的理學，以宋初三先生爲先驅，以北宋五子爲代表，以朱子集大成。道學家群體崇尚三代之盛，尊文王周公孔子爲聖、曾子子思孟子爲賢，以紹承孔孟聖賢的道統爲己任。《宋史·道學傳》説："孔子没，曾子獨得其傳，傳之子思，以及孟子，孟子没而無傳。兩漢而下，儒者之論大道，察焉而弗精，語焉而弗詳，異端邪説起而乘之，幾至大壞。"①這是宋代理學家們的共識。他們還認爲，至宋代，北宋五子得聖賢不傳之學，接續了已經中斷千年的道統。

理學家之間的師弟傳承、友朋切磋，逐漸提高了他們的思辨能力，逐漸加深了他們在宇宙天地、陰陽太極、道氣體用以及人的心、性、情等方面的認識。理學在傳承中得以發展，而"真正完成儒學轉型和理學建構的是朱子"②。南宋中期，朱子幼年即從父朱松學，再從劉勉之、胡憲、劉子翬學，再"由延平啓蒙，却遙接上伊川的思想而發展成一獨立之思想形態"③。牟宗三謂朱子"別子爲宗"，"爲宗"屬實，"別子"則不確。己丑之悟以後，朱子有繼承孔孟道統的强烈文化自信，自覺地吸收北宋五子的思想精髓，並予以反思，即使是對理學的宗師二程，若有不合"道統"之處，也加以批評；同時，朱子在切己中體悟，聯繫社會實際加以綜合，形成了一個氣象博大的理論體系，成爲理學之宗。當然，與吕祖謙、張栻、陳亮、陸九淵等人的往復論學，與大慧宗杲、開善道謙的交遊切磋，對朱子思想體系的形成均有幫助。

理學的發展，除引起思想的變化外，學術領域也産生了變化，主要表現有二：一是在義理的統攝下，抨擊漢唐經典傳本及其解釋系統，而對經典文本進行改造，對經典給予重新解釋；二是在五經系統之外，逐步建立了一個四書系統，以作爲進入五經的階梯。朱子《詩集傳》就是前者的典範之作。朱子吸收了漢唐詩經學在訓詁方面一些合理因素以補宋儒的不足，同時綜合宋儒在義理上的成就而徹底地破除了漢唐詩經學的"不通義理"，又不斷完善自己的理論認識，辨析《詩序》，調整《毛詩》文本以期恢復成《詩經》的文本，並熔鑄群言以對《詩經》作出系統的重新解釋。

（三）詩經學自身的發展

朱子詩經學是建立在詩經學自身發展的基礎上的。

詩經學是經學的一個分支。我們通常所謂的經學，其實是用的一個廣義

---

① ［元］脱脱：《宋史》，北京：中華書局，1977 年，第 12709 頁。
② 朱傑人：《朱子學的構建與中華文化主體精神的重建》，《朱子學論集》，第 8 頁。
③ 劉述先：《朱子哲學思想的發展與完成》，長春：吉林出版集團，2014 年，第 60 頁。

的概念,它包括特指學理層面的狹義的"經學"和"經術"兩個方面。① 學以爲術,"學隨術變",同時,術又依賴於學。我們今天研究五經,不能僅從學理層面加以討論,還必須要注意到經世致用層面的"經術"。當然,施之實用的經術無法從經典本身體現出來,我們只能從經典的解釋中窺知其端倪,故而許多研究對此置之不論。終有漢一代,經學更注重其"術",而對"學"則並不够重視。這一點,朱維錚先生《中國經學與中國文化》一文作了較爲深刻的探討②。作爲經學分支之一的詩經學也是如此,我們從《漢書·藝文志》著録的六家四百一十六卷《詩經》學著作即可窺見其中的情實③。當然,不够重視"學"並不是無"學",而"學"並没有呈現爲一成不變的静態,"術"也因之而有動態變化。南北朝及隋代,詩經學著作對於"經術"的關注顯然不够,唐宋兩代的詩經學者則又重視起了"經術",只是唐宋的切重點不同:唐重政治,期於思想一統;宋重個人,期於明心見性。

就詩經學"學"的層面來看,其發展變化的歷程可以從文本變化的歷程和解釋的演進歷程兩個角度來考察。

1.《詩經》文本變化的歷程

現在所見的《詩經》文本源自漢代的《毛詩》,而它與秦火之前的《詩》古本之間是存在一定相異之處的,只是其間具體差異尚不可知曉。

《詩》結集以後,尤其經過孔子編訂之後,其文本相對固定,篇次已經定型,然而秦火之前的《詩》古本,其具體面貌已不得而知。湖北荆州出土的戰國《詩》簡、安徽大學藏戰國《詩》簡等出土文獻可以豐富我們對《詩》古本的認識,但它們都是楚地《詩》傳本,不能反映當時《詩》文本全貌。根據戰國文字研究的相關結論,齊系、燕系、晉系、楚系、秦系文字之間存在一定差異,字形有所不同,由此可以推知不同地域的《詩》傳本用字應當有異。

漢興,《詩》"遭秦而全者,以其諷誦,不獨在竹帛故也",然其文本有今古文之分。今文經學的三家《詩》與古文經學的《毛詩》文本當有不同,三家《詩》之間也存在文本差異。三家《詩》立於學官,然各家皆無官方定本。太學考試常因文字差異而引起爭端,皇帝亦有詔令校勘《詩經》文本之舉,然而,收效並不够明顯。《後漢書·宦者列傳》載:"(李)巡以爲諸博士試甲乙科,爭弟高下,更相告言,至有行賂定蘭臺漆書經字,以合其私文者,乃白帝,與諸儒共刻

---

① 關於經學中"學"與"術"這兩個概念的探討,可參看朱維錚:《中國經學與中國文化》,《中國經學史十講》,第10—12頁。還可參看梁啓超:《學與術》,梁啓超著,夏曉虹點校:《清代學術概論》,北京:中國人民大學出版社,2004年,第271—273頁。
② 朱維錚:《中國經學與中國文化》,《中國經學史十講》,第8—37頁。
③ [漢]班固撰,[唐]顏師古注:《漢書》,北京:中華書局,1962年,第1707—1708頁。

《五經》文於石,於是詔蔡邕等正其文字。自後《五經》一定,爭者用息。"①這就是熹平石經,其中的《詩經》是《魯詩》。之後,三家《詩》逐漸消亡,僅《毛詩》獨存。《隋書·經籍志》説:"《齊詩》,魏代已亡;《魯詩》亡於西晉;《韓詩》雖存,無傳之者。唯《毛詩鄭箋》,至今獨立。又有《業詩》,奉朝請業遵所注,立義多異,世所不行。"②至唐代,《韓詩》只有殘存在《經典釋文·毛詩音義》和《文選注》等書中的部分字句,完整的《詩經》文本都屬於《毛詩》系統。

《毛詩》文本在流傳過程中,也産生過一些變化。拙文《毛詩詁訓傳整理説明》於自漢至宋的《毛詩》傳本的變化有論道:

> 鄭玄箋《毛詩》,對其中部分文字有所校正,故《鄭箋》較之《毛傳》,於經文文本上當有差異。《顏氏家訓·書證篇》記載了江南本與河北本之間的差異,敦煌《毛詩》殘卷也可以反映出《毛詩》文本上的差異。至唐代,爲彌合南北經學之間的差異,太宗令顏師古作《五經定本》,其中就有《詩經定本》。後孔穎達作《毛詩正義》,於經文多參考師古《定本》。唐代又有開成石經《毛詩》,亦對《毛詩》文本有所校正。《詩經定本》和開成石經《毛詩》既然對此前《毛詩》文本有所釐定,則亦與此前的文本有所不同。

> 可以説,自漢至唐時期的《毛詩》文本一直處於"變"與"不變"之間。由於經師改動、輾轉傳鈔和字體演變、用字習慣等原因,總體上穩定而"不變"的《毛詩》文本,細節上仍處在不斷地"變"之中。宋代起出現的《毛詩》刻本,已非唐時面貌,亦非六朝時期面貌,更非漢時舊貌。而刻本出現,雖然可以解決鈔本産生的不必要訛誤,但也不能避免自身産生的新的版刻訛誤。③

由以上分析可知,《詩經》文本變化包括文本和傳本兩個方面的變化。朱子已經注意到,後世獨存的《毛詩》文本與曾經孔子編訂的《詩經》古本不同,宋代流傳的《毛詩》傳本與漢代的《毛詩》文本亦有所不同。朱子認爲《毛詩》文本不同於《詩經》,故《詩集傳》於《毛詩》文本有所改動,以期恢復到《詩經》古本的面貌。朱子對《毛詩》傳本亦有所校訂。紹熙元年(1190),朱子於臨漳任上刊刻《四經》,其中就有《詩經》。其書雖不存,然其間所作的改動則可從跋語中窺知一二。朱子《書臨漳所刊四經後·詩》説:"然《序》之本不冠於篇端,則

---

① ［宋］范曄撰,［唐］李賢等注:《後漢書》,北京:中華書局,1965年,第2533頁。
② ［唐］魏徵、令狐德棻:《隋書》,北京:中華書局,1973年,第918頁。
③ 陳才:《毛詩詁訓傳整理説明》,(臺灣)《書目季刊》,2019年第2期。

因鄭氏此説而可見。熹嘗病今之讀《詩》者,知有《序》而不知有《詩》也,故因其説而更定此本,以復于其初。猶懼覽者之惑也,又備論於其後云。"①當時通行的《毛詩》傳本是《詩序》在經文之前,朱子則將《詩序》置於經文之後,以恢復爲《毛詩》的初貌。

2.《詩經》解釋的演進歷程

與《詩經》文本的變化相伴隨的,就是《詩經》解釋的不斷演進。

先秦時期,有引《詩》、賦《詩》,是彼時有用《詩》,但並無解《詩》的專門著作。至漢,尊《詩》爲經,始有解《詩》專著。《漢書·藝文志》著録《詩》類著作六家四百一十六卷,大多爲解《詩》之作。魯、齊、韓、毛四家《詩》在逐步發展、演進的過程中,開始僅在民間傳播的古文《毛詩》被河間獻王立於學官,新莽時期亦短暫立於學官。東漢,喜好《毛詩》的學者逐漸增多,如衛宏、賈逵、許慎、馬融等。朝廷也予以重視,章帝建初八年(83)就詔令"群儒選高才生"受學《毛詩》,促進了它的傳播。② 到東漢末年,先習《韓詩》的鄭玄學術路向發生變化,"注《詩》宗毛爲主,毛義若隱略,則更表明。如有不同,即下己意,使可識別也"③,光大了《毛詩》。再後來,《毛詩》逐步取代今文經學的三家《詩》的主流地位,而至六朝時期,三家《詩》逐漸被淘汰。《隋書·經籍志》中著録《詩》類書籍,存者共三十九部四百四十二卷。其時,只存有《韓詩》和《毛詩》,且以《毛詩》占絶大多數,而《齊詩》和《魯詩》都已經亡佚不存了。

到唐代,爲適應大一統的政治需要,孔穎達奉敕組織撰寫《毛詩正義》,結束了之前今古文之爭、鄭王之爭,綜合了南學、北學,使其定爲一尊。《毛詩正義》大體上本著"疏不破注"的原則,對《毛傳》和《鄭箋》加以疏通,鮮有發明創造,故被視作漢代詩經學的延續。

《詩經》是五經中比較特殊的一部,雖然被人爲地賦予了"經"的意義,但是它是以詩歌的文本形態呈現出來的,詩歌的特性、語言與意義等自身屬性都決定了其解釋的豐富性。同時,《詩經》三百零五篇中每一篇的具體作者和具體創作時代,大部分無法確知,制約了其解釋的有效性。所以,唐代詩經學開始產生出一些細微的變調也在情理之中。唐代的另兩部詩經學專著,施士丐《詩説》、成伯璵《毛詩指説》就已並非盡崇毛解《詩》。毋庸特別強調,劉知

---

① [宋]朱熹撰,戴揚本、曾抗美校點:《晦庵先生朱文公文集》,朱傑人等主編:《朱子全書》(修訂本)第24冊,第3889頁。引文對原標點略有改動。
② 參見趙茂林:《漢代四家〈詩〉立於學官考辨》,《詩經研究叢刊》第19輯,北京:學苑出版社,2011年,第104頁。
③ [漢]毛亨傳,[漢]鄭玄箋,[唐]孔穎達疏,[唐]陸德明音釋,朱傑人、李慧玲點校:《毛詩注疏》,上海:上海古籍出版社,2013年,第4頁。

幾《史通》有《疑古》和《惑經》二篇,對傳統經學有所質疑。這其中的過程和原因都比較複雜,有語言自身發展的因素,有社會、政治層面的因素,還有經學自身演進的因素。

不過,在唐代,詩經學的這股變調尚顯得微不足道,我們不必也無需誇大。到了北宋,一些學者開始對五經尋求新的解釋,一批詩經學著作逐漸撰成,如劉敞《七經小傳·毛詩小傳》、歐陽修《詩本義》、王安石《詩經新義》、蘇轍《詩集傳》等等,開始對《詩經》作出新的詮解,並呈現出與詩經漢學截然不同的形態。理學的介入,使得宋人解釋《詩經》時,與詩經漢學最顯著的一個區別就是對於人心層面的關懷。蕭華榮先生《試論漢、宋〈詩經〉學的根本分歧》一文對漢代詩經學和宋代詩經學的差異有深入的分析:

> 質言之,"以道制勢"是漢代《詩經》學的價值取向,"以道制慾"是宋代《詩經》學的價值取向,這是二者的根本分歧,其他一些重要分歧大抵由此而來。①

拙文《別樣的精彩:讀黄忠慎先生〈清代詩經學論稿〉》談及詩經漢學和詩經宋學的異同時,也説:

> 若就其歧異言,詩經漢學更側重於關懷政治層面,而詩經宋學更側重於關懷人心的層面;倘若就其相同而言,詩經漢學和詩經宋學都是立足於干政,爲現實政治服務。②

"心統性情",這裡的"人心",是兼含人的本性和情感而言的。宋人解釋《詩經》,一方面,是對詩經漢學有所承繼的;另一方面,又看到了詩經漢學中解經體系的不足,試圖加以完善,故而逐漸形成了自己的特色。

宋代詩經學對詩經漢學有所承繼,這一點似乎無需多作説明。因爲在本質上,即使宋人對《詩經》中的文學特色已經有所關注,且被今天的少數研究者過分放大,宋儒仍然是將《詩經》尊奉爲"經"的;宋人面對的《詩經》文本,與其在漢唐時期所具有的差異也只是極少數文字上的細微區別而已。既然研究和闡釋的對象相同,宋儒在一定程度上對詩經漢學的繼承則是不可避免而且十分必要的。

---

① 蕭華榮:《試論漢、宋〈詩經〉學的根本分歧》,《文學評論》,1995 年第 1 期,第 5 頁。
② 陳才:《別樣的精彩:讀黄忠慎教授〈清代詩經學論稿〉》,《如切如磋:經學文獻探研録》,第203 頁。

宋代詩經學的變異,早已是經學史,特別是詩經學史研究界的共識,約一百年前,古文經學家劉師培所撰《經學教科書》、今文經學家皮錫瑞所撰《經學歷史》,以及稍後的胡樸安所撰《詩經學》已經談及。值得一提的是,皮錫瑞稱宋代爲"經學變古時代",更是爲學者在談及此一問題時所普遍徵引,儘管"變古"這個概念有指代不明的嫌疑。這些章句訓詁上的改變、"廢《序》"等做法,是宋代詩經學"變古"的外在表現形式;而前文所舉蕭華榮先生鴻文和拙文則均是就詩經漢、宋學之間差異的本質所論。從整個經學的演進歷程來看,宋代詩經學是一個進步,但是,具體到個人,每個解經者又或多或少地存在著一些缺陷。其中較爲嚴重的就是不少宋儒爲了求新求異,只顧對義理的闡發,而忽略了章句訓詁方面的探究。本來,宋代語言較《詩經》時代語言差異較大,在解釋《詩經》中詞義時,產生歧義的可能性也更大,而且不少宋儒在訓詁學上的認識尚不足,往往會誤解詞義,甚至漢儒的一些確訓,也被錯誤地肆意改動。輕視詞義訓詁,使得宋儒的詩經學不同程度地存在著空談義理、流於空疏的局限。對於宋儒解《詩》的缺點,司馬光《論風俗劄子》批評道:

> 新進後生,未知臧否,口傳耳剽,翕然成風。至有讀《易》未識卦爻,已謂《十翼》非孔子之言;讀《禮》未知篇數,已謂《周官》爲戰國之書;讀《詩》未盡《周南》、《召南》,已謂毛、鄭爲章句之學;讀《春秋》未知十二公,已謂《三傳》可束之高閣。循守注疏者謂之腐儒,穿鑿臆說者謂之精義。①

在北宋時期,司馬光已經開始批評當時一些"新進後生"的不良傾向:將因循舊經解的學者稱之爲"腐儒";而將那些穿鑿附會的臆說,標榜爲"精義"。這個批評或許是爲了批評王安石《三經新義》帶來的不良影響,不過,這仍當視爲客觀公允之論。而到南宋晚期,這種狀況也沒有多大改善,《朱子語類》中記載了朱子一段批評道:

> 曾見有人説《詩》,問他《關雎》篇,於其訓詁名物全未曉,便説:"樂而不淫,哀而不傷。"某因説與他道:"公而今説《詩》,只消這八字,更添'思無邪'三字,共成十一字,便是一部《毛詩》了。其他三百篇,皆成查滓矣。"②

---

① [宋]司馬光:《司馬光傳家集》,影文淵閣《四庫全書》第 1094 册,上海:上海古籍出版社,1987 年,第 390 頁。
② [宋]黎靖德輯,鄭明等校點:《朱子語類》,《朱子全書》(修訂本)第 14 册,第 349 頁。

對於《詩經》的解讀，不尋求名物、訓詁等方面的確解，就無法保證解釋的有效性與權威性。因此，宋代詩經學的這股求新求變的趨勢一直存在，却也一直沒能形成一個系統的理論體系，使之可以與詩經漢學相頡頏。

朱子充分認識到了宋儒的這個不足，因此，他在解《詩》時不廢訓詁，於漢唐詩經學在訓詁上的結論多有繼承。建立在訓詁基礎上的義理闡發，保證了解經的有效性和科學性，克服了宋儒的不足，爲形成一個新的權威《詩經》解釋體系提供了必要條件。

四、本課題研究方案及創新之處

從上文的研究概況和朱子詩經學的具體情況來看，朱子詩經學的研究成果衆多，有些問題的討論已經比較深入，可以成爲定論，不過，其中仍然有可以開拓的研究空間。因此，本課題的研究不求面面俱到，而是就其中可以再開拓的部分進行分析與研究。

本課題從抽象的治《詩》理論和具體的治《詩》實踐的角度來切入。主體部分有六章：

第一章，考察朱子在其詩經學的形成過程中，對詩經漢學和宋代詩經學的繼承和批評，以及對自己舊說的自我反思和完善。朱子在義理的統攝下，本著格物窮理的方法論原則，對前儒舊說進行了最大限度的繼承與最有力的批評，同時不斷反思自己的舊說。正是這樣兼容並蓄，才使得朱子能比他之前的宋儒走得更遠，撰成《詩集傳》，在詩經漢學的權威下完成了詩經學的重建，從而使得詩經宋學得以真正建立。朱子在詩經學理論和實踐上的創新，方完成了詩經宋學的建構工作。

第二章考察朱子《詩》學觀中的相關問題，這既是朱子詩經學領域的重要內容，也是後文立論的前提。首先，分析朱子的治《詩》理念，包括宗旨、立場和原則。朱子是一位經學家，他將《詩經》當作“經”來看，是凌駕於重視《詩經》的文學價值之上的。接著，分別考察朱子對傳統詩經學命題中的“六義”說、“二南”說、“淫詩”說所作的義理化改造，這也是朱子重建詩經學的一個有機組成部分。再次，考察朱子關於《詩序》的相關見解，揭示朱子《詩序》觀在其詩經學重建工作中的重要意義。之後，再對朱子所提出的《詩經》要“涵泳”、“玩味”的内涵加以分析，指出這是爲了體察《詩經》中所蘊含的聖賢大道和天地自然之理，糾正以往學者認爲這是體會《詩經》文學特色的觀點。最後，對於朱子詩經學是在“疑經”提出異議，探討朱子詩經學並非疑“經”，而實際上只是在疑漢儒的《毛詩》文本及其傳本和《傳》、《箋》、《疏》等漢唐詩經學者的經解，而這恰恰是出於"尊經"的目的。

第三章考察朱子《詩集傳》對《毛詩》文本所作的校勘，包括校勘異文、勘正文本錯訛、對分章斷句的重新認定和調整篇次四個方面，並揭示其中所顯示出的學術意義。朱子之所以對《毛詩》文本作出校勘，與他的《詩》學觀是緊密相連的。朱子對《毛詩》文本進行校勘，是希望借此回復《詩經》"古本"的原貌，這是他欲突破詩經漢學、直追聖賢本意在文本上的直接反映。

第四章考察朱子對《詩經》用韻的探索。"叶韻"說自來多受批判，近年也有少數學者開始有所反思，對"叶韻"說價值有所關注。不過，這些研究的視角都是就韻論韻，並沒有就朱子對"叶韻"說的相關思考進行深入分析。本章首先討論朱子論《詩經》"叶韻"的相關問題，對朱子的相關觀點進行揭示，並作深入分析。其次，《詩集傳》作爲首部完整地、系統地探索《詩經》韻例的專著，在分析《詩經》用韻方式和韻腳位置上取得的成就尚未引起足夠關注，本文予以揭示。本章提出，《詩集傳》是第一部對《詩經》韻例進行全面探索的著作，這是既有研究所未注意到的。

第五章是關於《詩集傳》訓詁的專題研究。朱子《詩集傳》在訓詁學上的成就和不足多有總體評價，而缺少具體分析。本章首先分析《詩集傳》訓詁的來源，接著探討《詩集傳》在訓詁中取得的成就和失誤，並分析其對於當下治《詩》的借鑒意義。

第六章附考，包括兩節：第一節，討論《詩集傳》版本問題。本節在前人論證的基礎上，根據一個新材料，提出八卷本《詩集傳》應當成書於明初，而且很可能在 1384—1417 年之間。第二節，考察《四庫總目》對《詩集傳》作出的失當批評，並探析其原因，同時指出《四庫總目》對於當下詩經學史撰寫的參考價值不宜高估。

本課題的研究堅持宏觀分析與微觀考察相結合，理論分析和文獻辨析相結合，力爭使宏觀分析有理有據，微觀考察方向明確。其創新之處在於：

一、理論上，本課題的研究從詩經學和朱子學兩個維度進行考察和審視。這較以往學者只從詩經學一個維度來考察朱子詩經學更爲全面，可以更爲系統地把握朱子詩經學，對其學術價值有更爲豐富的認識，可以從整體上推進朱子詩經學的研究。

二、方法上，本課題的研究"以朱述朱"，也就是以朱子爲本位，就朱子的相關言論，對朱子就詩經學領域內的相關理論問題及其治《詩》實踐進行客觀分析，揭示朱子在相關問題上的觀點和態度。這是既有研究中鮮見的。

三、觀點上，本課題的研究在既有研究的基礎上，切換研究視角，拓展研究資料，故而對前人尚未關注或論而未深的一些問題加以考察，提出一些新的觀點；對既有研究中正確的觀點提供補證，對與朱子主觀意圖不符的觀點加以修正。

五、需要説明的幾個問題

在正文撰寫之前，有幾個問題需要特別作出説明：

1. 朱子注《詩》分爲三個階段，其書稱名頗多，第二階段和第三階段皆有稱作“《詩集傳》”者，蘇轍亦有同名著作《詩集傳》。爲便於區分，本論文所説之“《詩集傳》”，如前無定語説明，則特指朱子在治《詩》第三階段的最終定本，也就是現在可見到的二十卷本《詩集傳》；爲行文方便，本文將第二階段所撰之《詩集傳》稱作“舊本《詩集傳》”。至於蘇著，則一律稱“蘇轍《詩集傳》”。

2.《毛詩序》之分大、小《序》，或又有分首《序》、後《序》者，對於其起訖，衆家各自的劃分、稱名不盡相同，以致有學者誤混而不自知。張西堂《詩經六論》言之較詳①，可參看。《朱子語類》載朱子對《詩序》的分類爲：

> 《詩序》起“《關雎》，后妃之德也”，止“教以化之”。《大序》起“詩者，志之所之也”，止“詩之至也”。（敬仲。）②

《詩傳綱領》和《詩序辨説》所録《大序》亦是起“詩者，志之所之也”，至“詩之至也”。《詩序辨説》所録《小序》則又將《朱子語類》所説之“《詩序》”涵蓋在内。由此可見，朱子實則使用了“《詩序》”、“《大序》”、“《小序》”以及單稱《序》這四概念。朱子之分類是否有商榷的餘地，暫置之不論，其爲研究者所忽視，則是不爭的事實：自來研究朱子《詩序》觀者頗多，却鮮見有按朱子原意來區分此概念者。拙撰爲行文方便，以《毛詩序》之全部内容稱“《詩序》”，而“《大序》”、“《小序》”的概念則從朱子所分。至於不得不用他人所作的區分時，則隨文注明，以示區別。

3. 拙撰有意將“詩經宋學”與“宋代詩經學”兩個概念作出區分。經過考察，拙撰認爲，詩經宋學由朱子奠定，此前宋儒的詩經學雖然屬於宋代詩經學的範疇，但是只能算作詩經宋學的準備或積澱階段，並不能簡單地將其納入詩經宋學的範疇而不加區分。就拿對待《詩序》的態度來説，朱子與之前歐陽修、鄭樵等人的“廢《序》”其實有著本質區別：朱子之“去《序》言《詩》”是爲了

---

① 張西堂：《詩經六論》，北京：商務印書館，1957年，第116—120頁。
② ［宋］黎靖德輯，鄭明等校點：《朱子語類》，《朱子全書》（修訂本）第17册，第2742頁。

重建"道統"和儒學,而且他也確實完成了這個重建的任務;歐陽修、鄭樵等人的"廢《序》"則僅是"就事論事"而已。也就是説,歐陽修、鄭樵雖然有"廢《序》"的實際行動,但是,他們仍然糾結在詩經漢學的理論預設中;而朱子則是另創了一個詩經學的話語體系。

4. 出於行文上的便利,拙撰中所稱"宋代",部分特指朱子之前的時代;所稱"宋儒",部分特指朱子之前的宋儒。這從行文邏輯中可以判定。

第一章
繼承、批評與重建：朱子詩經學的形成

朱子治《詩》，對歷代詩經學研究成果有著深刻的體認，並據自己的詩經學觀加以取捨，對其不合理之處加以批評並改進，對其合理的地方則盡可能地吸收，爲其所用；而在他的《詩》學觀的形成過程中，又有著對自己治學深刻的反省。因此，可以說，朱子詩經學的形成，經歷著對詩經漢學和宋代詩經學各自的繼承與批評，以及朱子對自身治《詩》不斷自我反省的過程。而正是在這個繼承與批評的過程中，朱子才完成了詩經學的重建。

第一節　朱子對詩經漢學的繼承與批評

《詩經》歷漢、唐而至宋代，其文本與解釋均在不斷變化之中。漢代解《詩》諸家中，今文經學的三家《詩》逐漸亡佚不傳，而古文經學的《毛詩》獨存；在傳承《毛詩》的諸家中，又僅有鄭玄《毛詩箋》獨存。歷六朝而至唐初，孔穎達奉詔，就二劉之説撰成《毛詩正義》。世所謂"疏不破注"，《正義》的解釋總體上不出毛、鄭的樊籬。對自漢世至唐代的詩經學演進歷程，朱子有著深刻的認識。他在《吕氏家塾讀詩記後序》中説：

> 《詩》自齊、魯、韓氏之説不得傳，而天下之學者盡宗毛氏。毛氏之學，傳者亦衆，而王述之類，今皆不存，則推衍毛説者，又獨鄭氏之《箋》而已。唐初，諸儒爲作疏義，因訛踵陋，百千萬言而不能有以出乎二氏之區域。①

---

① ［宋］朱熹撰，戴揚本、曾抗美校點：《晦庵先生朱文公文集》（五），朱傑人等主編：《朱子全書》（修訂本）第 24 册，第 3654—3655 頁。引文對原標點略有改動。

這就是説,當時所謂的《詩經》,無論文本還是解釋上,都是漢代傳下來的《毛詩》。《毛詩》文本自然不能等同於先秦的《詩經》古本,毛、鄭對《詩經》的解釋自然不會完全符合孔子的思想,故而宋儒普遍認爲,漢儒不通義理,他們解經並能不完全符合"聖賢本意"。

至遲自北宋慶曆年間起,詩經學領域興起了一股對詩經漢學質疑的聲音,對漢唐諸儒解《詩》進行了不同程度的批評:或質疑《詩序》,或質疑字詞章句的解釋,或兼而有之。部分宋儒對詩經漢學産生懷疑,並因此對漢唐學者加以否定,如懷疑《詩序》的劉敞、歐陽修、鄭樵等;但是,還有部分宋儒,甚至南宋末期的儒生仍然遵從詩經漢學,鮮有質疑,如遵《序》説《詩》的范處義、吕祖謙、戴溪等。無論遵《序》還是廢《序》,他們都對漢唐古注中的部分內容有所繼承,部分內容有所質疑。

與之前的宋儒相比,朱子對詩經漢學的認識更爲理性,更爲深刻。在《學校貢舉私議》中,朱子道出了他對漢儒治經之特色與不足的認識:

> 其治經必專家法者,天下之理固不外於人之一心,然聖賢之言則有淵奧爾雅而不可以臆斷者,其制度、名物、行事本末又非今日之見聞所能及也,故治經者必因先儒已成之説而推之。借曰未必盡是,亦當究其所以得失之故,而後可以反求諸心而正其繆。此漢之諸儒所以專門名家,各守師説,而不敢輕有變焉者也。但其守之太拘,而不能精思明辨以求真是,則爲病耳。然以此之故,當時風俗終是淳厚。①

其中,朱子對漢唐學者治學的價值有所揭示:漢人去古未遠,對經文中所涉及名物、制度、詞義之訓詁,相對來説,比較可靠,是後人藉以理解經典的文義並據以體會聖賢本意的必要條件;只有在正確理解"義"的基礎上,才能保證所體會之"意"的可信性和有效性。否則,就容易對"淵奧爾雅"的經文形成臆斷。但是,漢唐學者"守之太拘",只在文義上進行闡發,不能"精思明辨"以求義理之"是",則是朱子必須要對其進行批評的"病"。

正是基於這樣的認識,朱子對漢唐詩經學的膠柱鼓瑟之處進行批評,對漢唐詩經學一些不合理之處有所質疑,而對其中的合理因素則加以繼承,並且能合二者之長,補二者之短。這是朱子與其他宋儒的相異之處,也是朱子的詩經學能夠集宋代之大成的原因之一。我們無論是從抽象的治《詩》理念,

---

① [宋]朱熹撰,徐德明、王鐵校點:《晦庵先生朱文公文集》(四),《朱子全書》(修訂本)第23冊,第3360頁。

還是從具體的治《詩》實踐上來看，朱子對漢唐詩經學既有所繼承，也有所批評或質疑。

一、朱子對漢唐詩經學的繼承

皮錫瑞《經學歷史》指出："朱子在宋儒中，學最篤實。元、明崇尚朱學，未盡得朱子之旨。朱子常教人看注疏，不可輕議漢儒。……朱子能遵古義。"①這段話揭示了朱子治經重視漢唐古注的外在特色。蔡方鹿先生因此將朱子歸之於宋學學者之講義理亦重視訓詁辨僞一派，而與重義理卻忽視訓詁一派之宋儒區分開來。② 這是符合實際的。在《朱子語類》和《晦庵先生朱文公文集》中，我們可以看出，朱子對漢唐學者在章句訓詁和考辨名物制度等方面的解經成就有所揭示。這是從理論角度來談的，所論雖大多不專爲《詩經》而發，實際上或將《詩經》包括在內，或與《詩經》有所關聯。朱子又將自己在理論層面的認識落實到具體的治《詩》實踐中，積極吸收了漢唐學者的這些優點，取長補短，多方採擇，熔鑄群言，撰成《詩集傳》。

(一) 抽象的治《詩》理念上的繼承

將格物窮理的認識論落實到治《詩》理念上，朱子認爲，只有重視名物訓詁，才能通經，並進而明道。因此，朱子對漢唐古注頗爲重視，對於漢唐詩經學者也頗爲重視。漢唐詩經學者重視訓詁、解經力求簡潔而又有闕疑精神，均爲朱子所繼承。朱子於漢唐詩經學者的《詩》學觀也有一定的繼承。此外，朱子對一些漢儒的表彰，體現了他對其治學特色的認同，並進而在自己治《詩》實踐中有所繼承。

1. 重視訓詁

朱子認爲，"經旨要子細看上下文義"③，而理解上下文義，必須依靠漢唐古注，因此，朱子不止一次地強調漢儒訓詁的重要性。比如，在《答楊元範》書中，朱子說道：

> 字畫音韻是經中淺事，故先儒得其大者多不留意。然不知此等處不理會，却枉費了無限辭說牽補，而卒不得其本義，亦甚害事也。非但《易》學，凡經之說，無不如此。④

---

① 皮錫瑞著，周予同注釋：《經學歷史》(新 1 版)，北京：中華書局，2004 年，第 217 頁。
② 蔡方鹿：《朱熹經學與中國經學》，第 512 頁。
③ ［宋］黎靖德輯，鄭明等校點：《朱子語類》，《朱子全書》(修訂本)第 14 册，第 347 頁。
④ ［宋］朱熹撰，劉永翔、徐德明校點：《晦庵先生朱文公文集》(三)，《朱子全書》(修訂本)第 22 册，第 2289 頁。

朱子認爲,解經時只談義理,不解其義,"甚害事"。若"不得其本義",包括《詩經》在內的經典中的"聖賢本意"就無從談起。《朱子語類》載朱子説:

> 某嘗説,學者只是依先儒注解,逐句逐字與我理會,着實做將去,少間自見。(個。)①

朱子以爲,只有依靠先儒經解逐句逐字理會,著實去做,才能知行合一,有所收穫。也就是説,在朱子心中,即使是體會義理,並以此去做"功夫",也是建立在依據先儒古注去理解經文的基礎上的。

朱子在《語孟集義序》中説:

> 漢、魏諸儒正音讀、通訓詁、考制度、辨名物,其功博矣。學者苟不先涉其流,則亦何以用力於此?②

"正音讀、通訓詁、考制度、辨名物",正是在此基礎上,後人才能理解包括《詩經》在內的先秦典籍。"《詩》中頭項多,一項是音韻,一項是訓詁名件,一項是文體。"(方子。)③所以漢儒"正音讀、通訓詁、考制度、辨名物",於後人治《詩經》,功不可没。本來,義理與訓詁不可偏廢,若不建立在訓詁基礎上談義理,往往會墮入無根之游談、空談。朱子於此有著深刻而清醒的認識。

宋儒一味試圖去糾漢唐學者治學之謬,對經典中的義理多所闡發;而漢學中的一些合理因素被他們忽視,甚至拋棄,以致學風空疏。朱子對此矯枉過正的現象有過多次批評,比如,朱子在《答曾澤之》一信中説道:

> 大抵彼中朋友看得文字疏略,不肯依傍先儒成説反覆體驗,而便輕以己意著字下語,正使得其大意,中間亦不免有空闕處,相接不著。欲革此弊,莫若凡百放低,且將先儒所説正文本句反覆涵泳,庶幾久久自見意味也。④

---

① [宋]黎靖德輯,鄭明等校點:《朱子語類》,《朱子全書》(修訂本)第 15 册,第 1440 頁。引文對原標點略有改動。
② [宋]朱熹撰,戴揚本、曾抗美校點:《晦庵先生朱文公文集》(五),《朱子全書》(修訂本)第 24 册,第 3631 頁。
③ [宋]黎靖德輯,鄭明等校點:《朱子語類》,《朱子全書》(修訂本)第 17 册,第 2754 頁。
④ [宋]朱熹撰,徐德明、王鐵校點:《晦庵先生朱文公文集》(四),《朱子全書》(修訂本)第 23 册,第 2896 頁。

《朱子語類》中亦有批評宋人讀《詩》而不明其義者，這也可看成是朱子對漢儒治學路向的認同與"回歸"：

> 問變雅。曰："亦是變用他腔調爾。大抵今人説《詩》，多去辨他《序》文，要求着落。至其正文"關關雎鳩"之義，却不與理會。（大雅。）①

朱子在反思宋儒治學中的不足過程中，對詩經漢學中的合理因素給予了盡可能的重視。

此外，從《朱子語類》所記載的朱子對漢儒的評價中，也可以看出，朱子對漢儒傳注和唐疏的學術價值有著充分的認識：

> 傳注，惟古注不作文，却好看。只隨經句分説，不離經意最好。疏亦然。（大雅。）②
>
> 自晋以來，解經者却改變得不同，如王弼、郭象輩是也。漢儒解經，依經演繹。晋人則不然，捨經而自作文。（方子。）③
>
> 凡先儒解經，雖未知道，然其盡一生之力，縱未説得七八分，也有三四分。且須熟讀詳究，以審其是非而爲吾之益。（個。）④

朱子認爲，漢儒解經、唐人作疏，都是根據經文本身演繹而來，學有根柢，可以"不離經意"，並没有隨意闡發，所以能爲其所用，借此以得"聖賢本意"。朱子認爲，先儒的經解雖不能體味聖賢大道，但是起碼能得其"三四分"，所以不能隨意拋弃，而應該"熟讀詳究"，吸收其中有益之處。

2. 解經力求簡潔而又有闕疑精神

朱子在《記解經》中説："凡解釋文字，不可令注脚成文。成文則注與經各爲一事，人唯看注而忘經。"⑤《朱子語類》記載朱子談漢儒注釋説："漢儒注書，只注難曉處，不全注盡本文，其辭甚簡。"（揚。）⑥因此，在朱子看來，漢唐古注的簡潔也是一個值得表出的特色。

在詩經學方面，大毛公是《毛詩》學派的創始人，爲《詩經》作傳。現在流

---

① ［宋］黎靖德輯，鄭明等校點：《朱子語類》，《朱子全書》（修訂本）第 17 册，第 2737 頁。
② ［宋］黎靖德輯，鄭明等校點：《朱子語類》，《朱子全書》（修訂本）第 14 册，第 351 頁。
③ ［宋］黎靖德輯，鄭明等校點：《朱子語類》，《朱子全書》（修訂本）第 16 册，第 2245 頁。
④ ［宋］黎靖德輯，鄭明等校點：《朱子語類》，《朱子全書》（修訂本）第 17 册，第 2767 頁。
⑤ ［宋］朱熹撰，戴揚本、曾抗美校點：《晦庵先生朱文公文集》（五），《朱子全書》（修訂本）第 24 册，第 3581 頁。
⑥ ［宋］黎靖德輯，鄭明等校點：《朱子語類》，《朱子全書》（修訂本）第 18 册，第 4203 頁。

傳下來的《詩經》文本，其源頭就是大毛公的《毛詩》。大毛公存《詩》、解《詩》，其功自不可没。《朱子語類》中記載朱子對《毛傳》的評價説：

> 曰：“伊川於漢儒取大毛公，如何？”曰：“今亦難考，但《詩注》頗簡易，不甚泥章句。”（可學。）①

朱子學宗二程。朱子門人問程頤治《詩》於漢儒取大毛公的原因，朱子在回答“難考”之後，特別揭出《毛傳》“頗簡易”，而並不拘泥於章句之學。

《朱子語類》又載：

> 某嘗疑孔安國《書》是假《書》。比毛公《詩》如此高簡，大段爭事。漢儒訓釋文字，多是如此，有疑則闕，今此却盡釋之。（大雅。）②

朱子將孔安國所傳《尚書》與毛公所傳《詩經》作對比，認爲《毛詩》“高簡”，又指出漢儒解經“有疑有闕”。朱子解《詩》，亦繼承了這種闕疑精神。相較於自宋代以來的《詩》注，朱子《詩集傳》是一個簡潔的《詩經》注本，這應當是朱子出於對漢儒注釋簡潔的認同，而繼承了這一特色。

3. 朱子對漢唐《詩》學觀的認可

漢唐諸儒形成的《詩》學觀，朱子往往也是有所繼承的，儘管這種繼承的形式是多樣的：或形式上的繼承，或實質上的繼承；或全部繼承，或部分繼承，或批判地繼承。比如，關於《詩序》，朱子説：

> 《小序》，漢儒所作，有可信處絶少。《大序》好處多，然亦有不滿人意處。（去偽。）③

朱子認爲，《小序》“可信處絶少”，就是説並不是毫無可信之處；《大序》則“好處多”，可信處不少。朱子主張去《序》以言《詩》，是要去除《小序》，而没有要去除《大序》的意思。④ 但是即使是《小序》，朱子並不是一味爲反對而反對，其中少數可以認同的地方，朱子也是有所承襲的。而《大序》部分，朱子則多有繼承。朱子爲《詩集傳》所作的《詩傳綱領》，首先就引錄了《大序》之説。至

---

① ［宋］黎靖德輯，鄭明等校點：《朱子語類》，《朱子全書》（修訂本）第 18 册，第 4242 頁。
② ［宋］黎靖德輯，鄭明等校點：《朱子語類》，《朱子全書》（修訂本）第 16 册，第 2634 頁。
③ ［宋］黎靖德輯，鄭明等校點：《朱子語類》，《朱子全書》（修訂本）第 17 册，第 2736 頁。
④ 關於朱子《詩序》觀，詳參本書第二章第三節。

於《大序》中提出的"六義"說、"正變"說、"四始"說，朱子也是有所繼承的。

《周禮》"以六詩教國子"，演變成《大序》的"六義"。雖然在"六義"的具體觀點上，朱子不認同鄭玄以來諸儒的看法，並給出了新的解釋，但不容忽視的是，他是以《大序》"六義"說爲起點來進行解釋的。朱子說："《詩大序》只有'六義'之說是"①，"讀《詩》須得他六義之體，如風、雅、頌則是詩人之格"②。"六義"中賦比興、風雅頌之別，前儒已經認識的了，孔穎達更是給出明確的界定："然則風、雅、頌者，《詩》篇之異體；賦、比、興者，《詩》文之異辭耳。大小不同，而得並爲六義者，賦、比、興是《詩》之所用，風、雅、頌是《詩》之成形。"③朱子有別解說："蓋所謂六義者，風、雅、頌乃是樂章之腔調"，"至比、興、賦，又別。"④朱子又說：

> 《周禮》說"以六詩教國子"，其實只是這賦、比、興三個物事。風、雅、頌，《詩》之標名。（植。）⑤

朱子有此區分，應該是順承前儒的觀念而來。

《大序》提出正變之說："至于王道衰，禮義廢，政教失，國異政，家殊俗，而變《風》、變《雅》作矣。"但是沒有明確提出具體的篇目。鄭玄《詩譜》釐定《詩篇》世次，於此有說。朱子對其說加以總結並分析道：

> 先儒舊說：《二南》二十五篇爲正《風》，《鹿鳴》至《菁莪》二十二篇爲正《小雅》，《文王》至《卷阿》十八篇爲正《大雅》。皆文、武、成王時詩，周公所定樂歌之詞。《邶》至《豳》十三國爲變《風》，《六月》至《何草不黃》五十八篇爲變《小雅》，《民勞》至《召旻》十三篇爲變《大雅》，皆康、昭以後所作，故其爲說如此。"國異政，家殊俗"者，天子不能統諸侯，故國國自爲政；諸侯不能統大夫，故家家自爲俗也。然正變之說，經無明文可考，今姑從之，其可疑者，則具於本篇云。⑥

朱子對前儒關於正變之舊說，除偶有質疑外，基本上"姑從之"。雖然朱子對

---

① ［宋］黎靖德輯，鄭明等校點：《朱子語類》，《朱子全書》(修訂本)第 17 冊，第 2743 頁。
② ［宋］黎靖德輯，鄭明等校點：《朱子語類》，《朱子全書》(修訂本)第 17 冊，第 2771 頁。
③ ［漢］毛亨傳，［漢］鄭玄箋，［唐］孔穎達疏，［唐］陸德明音釋，朱傑人、李慧玲點校：《毛詩注疏》，第 15 頁。
④ ［宋］黎靖德輯，鄭明等校點：《朱子語類》，《朱子全書》(修訂本)第 17 冊，第 2737 頁。
⑤ ［宋］黎靖德輯，鄭明等校點：《朱子語類》，《朱子全書》(修訂本)第 17 冊，第 2739 頁。
⑥ ［宋］朱熹撰，朱傑人校點：《詩集傳》，《朱子全書》(修訂本)第 1 冊，第 344—345 頁。

正變之説不甚措意,亦有質疑,但是總體上還是認同正變之説,而就此作論,並没有明確提出要反對此説。

《大序》提出"四始"説,朱子《詩傳綱領》引用了司馬遷《史記》的解釋。這也是對漢儒《詩》學觀的認同。

《禮記·經解》提出"温柔敦厚,《詩》教也",從而形成《詩》教觀。古代的經學家一般都以此爲孔子的觀點,而事實上這應該是漢儒提出來的,當然它是符合孔子思想或者承襲自孔子思想的。《朱子語類》記載朱子説道:

> "温柔敦厚",《詩》之教也。使篇篇皆是譏刺人,安得"温柔敦厚"! (璘。)①

這雖然在朱子本人看來,是對孔子思想的繼承,然而實際上是對漢儒《詩》學觀的繼承。

4. 朱子對漢唐詩經學的表彰

朱子對漢唐詩經學者及其著作多有表彰,對其觀點則多有採用。

朱子説漢儒會讀書:

> 漢儒初不要窮究義理,但是會讀,記得多,便是學。(揚。)②

朱子認爲,雖然漢儒對義理不能窮究,但是讀書專心,不龐雜,不枝蔓,這也正是宋人不到漢儒之處:

> 嘗謂今人讀書,得如漢儒亦好。漢儒各專一家,看得極子細。今人才看這一件,又要看那一件,下梢都不曾理會得。(必大。)③

朱子還强調,教學生讀書,其中的訓詁要依照古注:

> 先生初令義剛訓二三小子,見教曰:"授書莫限長短,但文理斷處便住。若文勢未斷者,雖多授數行,亦不妨。蓋兒時讀書,終身改口不得。嘗見人教兒讀書限長短,後來長大後,都念不轉。如訓詁,則當依古注。"問:"向來承教,謂小兒子讀書,未須把近代解説底音訓教之。却不知解

---

① [宋]黎靖德輯,鄭明等校點:《朱子語類》,《朱子全書》(修訂本)第17册,第2734頁。
② [宋]黎靖德輯,鄭明等校點:《朱子語類》,《朱子全書》(修訂本)第18册,第4203頁。
③ [宋]黎靖德輯,鄭明等校點:《朱子語類》,《朱子全書》(修訂本)第18册,第3841頁。

與他時如何？若依古注，恐他不甚曉。"曰："解時却須正説，始得。若大段小底，又却只是粗義，自與古注不相背了。"(義剛。)①

這裡所謂的"古注"，自然是指漢唐諸儒的注釋。當然，朱子對漢唐古注也並不是一味不加選擇地繼承，我們從《詩集傳》中，也可以看到，朱子並非一味沿襲古注舊説，而是在自己的解釋系統中選擇性地加以吸收。

具體到詩經學者，朱子亦多有表彰。比如爲《毛詩》作傳的毛公，《朱子語類》載：

> 論大成從祀，因問："伊川於毛公，不知何所主而取之？"曰："程子不知何所見而然。嘗考之《詩傳》，其緊要處有數處。如《關雎》所謂'夫婦有別，則父子親；父子親，則君臣敬；君臣敬，則朝廷正；朝廷正，則王化成'。要之，亦不多見。只是其氣象大概好。"(道夫。)②

朱子認爲，《毛傳》"緊要處"雖"不多見"，但也"有數處"，並舉《關雎·傳》之例。朱子還特別點明，毛公"氣象大概好"。在《詩集傳》中，朱子對《詩經》每一篇的解釋中，有很多地方取《毛傳》的訓詁，可見朱子採《毛傳》之多，對《毛傳》之重視。

至於爲《毛傳》作箋的鄭玄，朱子推尊他爲"大儒"，還對鄭玄注《禮》之功也特地揭出：

> 鄭康成是個好人，考禮名數大有功，事事都理會得。如漢《律令》亦皆有注，儘有許多精力。東漢諸儒煞好。盧植也好。(淳。義剛録云："康成也可謂大儒。")③

鄭玄既注《詩》，又注《禮》。《詩》中有不少涉及先秦禮制之處，可以與《三禮》互證；借助《三禮》，可以加深對《詩經》的理解。《詩集傳》中採用鄭玄之説的地方頗多。

而學《齊詩》的匡衡，《漢書》本傳載時人對其稱頌曰："無説《詩》，匡鼎來；匡説《詩》，解人頤。"④匡衡説《詩》的價值也爲朱子所重視：

① ［宋］黎靖德輯，鄭明等校點：《朱子語類》，《朱子全書》(修訂本)第14冊，第271頁。
② ［宋］黎靖德輯，鄭明等校點：《朱子語類》，《朱子全書》(修訂本)第17冊，第3253頁。
③ ［宋］黎靖德輯，鄭明等校點：《朱子語類》，《朱子全書》(修訂本)第17冊，第2942頁。
④ ［漢］班固撰，［唐］顏師古注：《漢書》，第3331頁。

匡衡説《詩》,《關雎》等處甚好,亦是有所師授,講究得到。(營。)①

朱子《詩集傳》在解釋《周南·關雎》篇時,就引用了匡衡對"窈窕淑女,君子好逑"的解説,認爲他"可謂善説《詩》矣"②。清人王照圓《詩説》評此曰:"朱子《集傳》於《關雎》詩,特取匡衡,羽翼經傳之功,不在孔孟下。"③

此外,朱子對《韓詩》給予了特別的重視。《朱子語類》載朱子説:

李善注《文選》,其中多有《韓詩》章句,常欲寫出。(方子。)④

今雖未見朱子當時是否已經將李善《文選注》中《韓詩》的内容摘録出來,但從《詩集傳》中可以看出,朱子採用了《韓詩》及薛君《章句》的説法。

(二) 具體的治《詩》實踐上的繼承

朱子治《詩》的最終結果,就是形成了一部集大成的詩經學著作《詩集傳》。與朱子治《詩》理念相應,《詩集傳》對漢唐諸儒之説多有採用。

1. 文本上的繼承

朱子所處的時代,唯有《毛詩》獨傳,《詩集傳》所採用的《詩經》文本只能是《毛詩》,其所分章句也是源自《毛詩》的。儘管朱子出於自己的學術主張,對《毛詩》文本及其分章斷句略有調整,朱子對漢儒《詩經》傳本有所質疑,但是從大體上來說,朱子是在繼承漢儒所傳的《毛詩》文本的基礎上有所推進。也就是説,朱子對《毛詩》文本是有所繼承的。

2. 訓詁上的繼承

《詩集傳》中的訓詁,有許多是來源自漢唐學者的。⑤ 關於朱子解《詩》採用漢儒之説,王應麟《詩考·序》早已揭出:

獨朱文公《集傳》閎意眇指,卓然千載之上。言《關雎》,則取匡衡;《柏舟》婦人之詩,則取劉向;笙詩有聲無辭,則取《儀禮》;"上天甚神",則取《戰國策》;"何以恤我",則取《左氏傳》;《抑》"戒自儆"、《昊天有成命》

---

① [宋] 黎靖德輯,鄭明等校點:《朱子語類》,《朱子全書》(修訂本)第 18 册,第 4205 頁。
② [宋] 朱熹撰,朱傑人校點:《詩集傳》,《朱子全書》(修訂本)第 1 册,第 402 頁。
③ [清] 王照圓:《詩説》卷上,清光緒八年東路廳署本,第 1 頁正。
④ [宋] 黎靖德輯,鄭明等校點:《朱子語類》,《朱子全書》(修訂本)第 17 册,第 2736 頁。
⑤ 《詩集傳》對漢唐古注的吸收,詳參朱傑人:《朱子〈詩集傳〉引文考》,《朱子學論集》,第 249—265 頁;耿紀平:《朱熹〈詩集傳〉徵引宋人〈詩〉説考論》,《河南教育學院學報》(哲學社會科學版),2006 年第 2 期,第 87—90 頁;吳洋:《〈詩集傳〉引文續考》,《朱熹〈詩經〉學思想探源及研究》,第 202—243 頁。另,本書第五章第一節於此也有討論。

"道成王之德"，則取《國語》；"陟降庭止"，則取《漢書注》；《賓之初筵》"飲酒悔過"，則取《韓詩序》；"不可休思"、"是用不就"、"彼岨者岐"，皆從《韓詩》；"禹敷下土方"，又證諸《楚辭》：一洗末師專己守殘之陋。①

王應麟指出，朱子《詩集傳》博採諸家之説：《周南·關雎》採用漢儒匡衡之説，匡衡習《齊詩》；《邶風·柏舟》採用劉向《列女傳》之説，《小雅·菀柳》採《戰國策》説，《戰國策》爲劉向改定，劉向習《魯詩》；《小雅·賓之初筵》等篇採用《韓詩》之説；《周頌·閔予小子》"陟降庭止"採用唐儒顏師古《漢書注》之説。此外，朱子還採用了《儀禮》、《戰國策》、《左傳》、《國語》等書的説法。

其實不止如此，王應麟只是例舉，未作完全歸納。《詩集傳》中其他地方亦有引用以上諸儒之説的，比如《周頌·閔予小子》也引用了匡衡之説。《詩集傳》也採用了漢唐其他學者説法的，比如：串講章句中多用《爾雅》、許慎《説文解字》之説；聯繫史實以闡釋篇意，則有採司馬遷《史記》之説的。

3. 將漢唐諸儒《詩》學觀落實到治《詩》實踐上

《詩集傳》對《詩經》每章都注出賦比興，這是"六義"説的具體呈現，而"六義"説就是來自漢儒的。毛公"獨標興體"116篇，從一定意義上來説，朱子注出賦比興也是承毛公之説，而有所發展。

漢儒正變之説，朱子雖未明確斷言是非，但在《詩集傳》中亦有注出。比如《詩集傳》於《國風·召南》篇末注云："《周南》、《召南》二國凡二十五篇，先儒以爲正風，今姑從之。"雖説是"姑從之"，但仍然將其列出，也可見朱子於此對漢儒之説的繼承。《朱子語類》載朱子就《摽有梅》入正風問題回答學生的疑惑曰：

> 問："《摽有梅》何以入於正風?"曰："此乃當文王與紂之世，方變惡入善，未可全責備。"（可學。)②

這是就《詩經》具體篇目對正變之説的繼承。

二、朱子對漢唐詩經學的批評與質疑

朱子在肯定漢唐詩經學的成就的同時，也指出其中的不足。朱子對漢唐

---

① ［宋］王應麟著，王京州、江合友點校：《詩考·詩地理考》，北京：中華書局，2011年，第9頁。
② ［宋］黎靖德輯，鄭明等校點：《朱子語類》，《朱子全書》（修訂本）第17册，第2778頁。

詩經學既有所繼承,也對其有所批評或質疑。朱子對漢唐詩經學的批評與質疑,我們也可以從抽象的治《詩》理念和具體的治《詩》實踐這兩個角度來考察。

(一) 從抽象的治《詩》理念角度的批評與質疑

1. 對漢唐諸儒不通義理的批評

漢唐學者對於"五經"中的義理闡發不夠,自來都是被宋儒詬病之處。從今天的學術眼光來看,漢儒並非對義理毫無闡發,只是漢儒是針對漢代社會政治之實際而闡發的義理,這肯定不能適應宋代社會的需要;六朝隋唐學者均是圍繞漢儒的闡發加以推闡而已,並不能自成系統。因此,宋儒積極尋求對經典中義理的重新開掘。不破無以立,因此,不乏有宋儒對詩經漢學體系中"缺乏"義理進行攻擊。朱子也不例外,他對漢唐詩經學者不明義理之弊進行批評。

在《朱子語類》中,記録了不少朱子與學生談及秦及漢唐諸儒不明義理之病,並不遺餘力地對其進行批評。比如,他批評秦漢以後的學者道:

> 讀書,不可只專就紙上求理義,須反來就自家身上以手自指。推究。秦、漢以後無人説到此,亦只是一向去書册上求,不就自家身上理會。(淳。)①

朱子認爲,秦漢之後的學者讀書,皆不能"切己",所以在義理的體會上就容易流於膚淺,不得其旨。朱子又曾批評漢唐諸儒道:

> 因言:"漢、唐諸人説義理只與説夢相似,至程先生兄弟方始説得分明。唐人只有退之説得近旁,然也只似説夢。但不知所謂劉迅者如何?"曰:"迅是知幾之子。據本傳説,迅嘗注釋六經,以爲舉世無可語者,故盡焚之。"曰:"想只是他理會不得。若是理會得,自是著説與人。"(廣。)②

即使被今人視作宋明理學先驅的韓愈,在朱子眼裡,也"只似説夢",並不能將義理説得分明;劉知幾被視作疑古者,即使是其子劉迅對六經的注釋,也"理會不得"其中義理。還如:

---

① [宋] 黎靖德輯,鄭明等校點:《朱子語類》,《朱子全書》(修訂本)第 14 册,第 337 頁。
② [宋] 黎靖德輯,鄭明等校點:《朱子語類》,《朱子全書》(修訂本)第 15 册,第 1682 頁。

　　劉淳叟問："漢儒何以溺心訓詁而不及理?"曰："漢初諸儒專治訓詁，
如教人亦只言某字訓某字，自尋義理而已。至西漢末年，儒者漸有求得
稍親者，終是不曾見全體。"問："何以謂之全體?"曰："全體須徹頭徹尾見
得方是。且如匡衡論時政，亦及冶性情之說，及到得他入手做時，又却只
修得些小宗廟禮而已。翼奉言'見道知王治之象，見經知人道之務'，亦
自好了，又却只教人主以陰陽日辰、貪狼廉貞之類辨君子小人。以此觀
之，他只時復窺見得些子，終不曾見大體也。唯董仲舒三篇説得稍親切，
終是不脱漢儒氣味。只對江都易王云'仁人正其義不謀其利，明其道不
計其功'方無病，又是儒者語。"（大雅。）①

朱子認爲，漢初諸儒，只知訓詁，不明義理。西漢末年的儒者，也只能粗通義
理，而不見其"全體"。漢儒中如匡衡、翼奉，雖然二人治學有可稱道處，但仍
不切，缺少踐履工夫。即使是大儒董仲舒，也"不脱漢儒氣味"，爲學並不徹
底。所以，在朱子所構建的儒家的"道統"裡，由二程超越漢唐，直接上承孔
孟，而漢唐諸儒則是被摒弃在"道統"之外的：

　　　只爲漢儒一向尋求訓詁，更不看聖人意思，所以二程先生不得不發
　　明道理，開示學者，使激昂向上，求聖人用心處，故放得稍高。（訓
　　大雅。）②

所謂"聖人"，就是孔子。朱子對漢儒治學局面的狹隘有著深刻認識：他們解
經，只是疏通文義，並沒有闡發孔子的思想，重"學"而輕"術"。朱子以維護道
統爲己任，他的這一認識，在今天看來是有一定局限的，但他對漢儒的批評是
完全站得住脚的。
　　朱子認爲，不明義理就難明經文之意：

　　　大抵諸經文字有古今之殊，又爲傳注障礙，若非理明義精，卒難
　　決擇。③

後人若不明義理，就不能對前儒之説加以取捨、抉擇，終究會影響對經文的理

---

①　［宋］黎靖德輯，鄭明等校點：《朱子語類》，《朱子全書》（修訂本）第 18 册，第 4247—4248 頁。
　　"貪狼"，原文誤作"貪狼"。
②　［宋］黎靖德輯，鄭明等校點：《朱子語類》，《朱子全書》（修訂本）第 18 册，第 3600 頁。
③　［宋］朱熹撰，劉永翔、徐德明校點：《晦庵先生朱文公文集》（三），《朱子全書》（修訂本）第 22
　　册，第 2267 頁。

解,自然不能從之體會聖賢本意,以致明"道",因此,朱子對漢唐諸儒不明義理的批評,對當時學者治學也具有重要的現實意義。

2. 對漢唐學者《詩》學觀的批評與質疑

朱子對漢唐學者《詩》學觀的批評,主要體現在對《小序》的態度上。《毛詩序》可謂《毛詩》學派的綱領,朱子敢於懷疑《小序》,主張去《小序》言《詩》,漢儒不能明義理之真也是其原因之一:

> 某今亦只如此,令人虛心看正文,久之其義自見。蓋所謂《序》者,類多世儒之談,不解詩人本意處甚多。(大雅。)①

《詩小序》多有不明詩人本意的地方,所以要去《小序》言《詩》,才能得詩人本旨。爲此,朱子特別撰《詩序辨説》,也就是爲了徹底地辨析漢儒的缺失,糾正漢儒的謬誤。朱子又批評鄭玄:"鄭《箋》不識經大旨,故多隨句解。"②朱子所撰《詩集傳》,對於《詩經》中所蘊含的義理也多有闡發,也不能不説是有鑒於詩經漢學的反面教訓。比如,《周南·桃夭》篇,《詩序》説:"《桃夭》,后妃之所致也。不妒忌,則男女以正,昏姻以時,國無鰥民也。"朱子《詩序辨説》正之曰:

> 《序》首句非是。其所謂"男女以正,婚姻以時,國無鰥民"者得之。蓋此以下諸詩,皆言文王風化之盛,由家及國之事。而《序》者失之,皆以爲后妃之所致,既非所以正男女之位,而於此詩又專以爲不妒忌之功,則其意愈狹,而説愈疏矣。③

既然《桃夭》篇主旨並非"正男女之位",那麼該篇自然也就不是如《詩序》所言的"后妃之所致"了。這正是因爲序《詩》者不能從義理上來闡發詩意,而使得其説解狹隘、疏闊。在《詩集傳》中,朱子則推闡本篇主旨爲:

> 文王之化自家而國,男女以正,婚姻以時。故詩人因所見以起興,而歎其女子之賢,知其必有以宜其室家也。④

這個理解,貼近文意,較之《詩序》之説顯得相對平實。

---

① [宋]黎靖德輯,鄭明等校點:《朱子語類》,《朱子全書》(修訂本)第 17 册,第 2738 頁。
② [宋]黎靖德輯,鄭明等校點:《朱子語類》,《朱子全書》(修訂本)第 14 册,第 656 頁。
③ [宋]朱熹撰,朱傑人校點:《詩集傳》,《朱子全書》(修訂本)第 1 册,第 358 頁。
④ [宋]朱熹撰,朱傑人校點:《詩集傳》,《朱子全書》(修訂本)第 1 册,第 407 頁。

至於《小序》提出的美刺説，朱子也有所批評。《朱子語類》載朱子説："如何定知是美刺那人？ 詩人亦有意思偶然而作者。"①

朱子説："《鄭》、《衛》之樂，皆爲淫聲。然以《詩》考之，《衛詩》三十有九，而淫奔之詩才四之一。《鄭詩》二十有一，而淫奔之詩已不翅七之五。"②朱子有"淫詩"説，這與漢唐諸儒顯然持論相異。

前文已經提及，朱子對於"六義"説總體上有所繼承，但是朱子在具體觀點上則與前儒有不同的理解。朱子認爲"六義自鄭氏以來失之"（可學。）③，又説："且'《詩》有六義'，先儒更不曾説得明。"④於是，朱子給賦、比、興分別給出了新的定義和解釋。這是對漢唐學者的質疑。

（二）從具體的治《詩》實踐角度的批評與質疑

朱子重視漢唐古注，但不爲漢唐古注所拘泥。從治《詩》實踐角度來看，朱子對漢唐諸儒也有所批評或質疑。

1. 對《毛詩》文本的批評與質疑

關於《詩經》文本，《朱子語類》載朱子説：

　　"《漢書》傳訓皆與經別行。《三傳》之文不與經連，故石經書《公羊傳》皆無經文。《藝文志》云：'《毛詩經》二十九卷，《毛詩詁訓傳》三十卷。'是毛爲詁訓，亦不與經連也。馬融爲《周禮注》，乃云，欲省學者兩讀，故具載本文。然則後漢以來始就經爲注。未審此《詩》引經附傳，是誰爲之？ 其《毛詩》二十九卷，不知併何卷也。"⑤

宋代《毛詩》傳本只有二十卷，是在文本流傳過程中產生了合併，與《漢書·藝文志》著録的二十九卷不同。朱子認爲："《詩》《書·序》，當刊在後面。"（升卿。）⑥《毛詩》傳本將《小序》文置於經文之前，這非漢代原貌。這些是《毛詩》文本在後世流傳過程中產生的變化，朱子敏鋭地察覺到了這些變化，故對當時的《毛詩》傳本有所批評。朱子於 1190 年在臨漳刊刻的《詩經》，就將《序》文置於經文之後。

《毛詩》文本與先秦時期《詩經》古本有所不同。朱子在《詩集傳》中也對

---

① ［宋］黎靖德輯，鄭明等校點：《朱子語類》，《朱子全書》（修訂本）第 17 册，第 2745 頁。
② ［宋］朱熹撰，朱傑人校點：《詩集傳》，《朱子全書》（修訂本）第 1 册，第 481 頁。
③ ［宋］黎靖德輯，鄭明等校點：《朱子語類》，《朱子全書》（修訂本）第 17 册，第 2740 頁。
④ ［宋］黎靖德輯，鄭明等校點：《朱子語類》，《朱子全書》（修訂本）第 17 册，第 2737 頁。
⑤ ［宋］黎靖德輯，鄭明等校點：《朱子語類》，《朱子全書》（修訂本）第 17 册，第 2763 頁。
⑥ ［宋］黎靖德輯，鄭明等校點：《朱子語類》，《朱子全書》（修訂本）第 17 册，第 2745 頁。"刊"，《朱子語類》原文作"開"，不辭。兹據《詩傳遺説》改，見（宋）朱鑑：《詩傳遺説》卷二，影《四庫薈要》本，第 16 頁上。

《毛詩》中少量的異文、文本錯訛、章句劃分、篇次提出質疑,並有所改動。這是朱子對《毛詩》文本的質疑。

2. 對漢唐《詩》解的質疑

朱子解《詩》,訓詁上亦多有改動漢唐古注之處。朱子串講章句,多從義理人情的角度加以推闡,意味著對漢唐古注是有所否定的。

而在漢唐《詩》學觀的落實上,朱子多有質疑之處。比如,關於正變説,朱子説"然正變之説,經無明文可考,今姑從之,其可疑者,則具於本篇云"①,則朱子在解《詩》時,對部分篇目的正變有所質疑。《朱子語類》記錄朱子與學生問答中,有幾次提及對變《風》、變《雅》的質疑:

> 問"止乎禮義"。曰:"如變風《柏舟》等詩,謂之止乎禮義可也。《桑中》諸篇曰止乎禮義,則不可。蓋大綱有止乎禮義者。"(䚔。)②

> "[變《風》]止乎禮義",如《泉水》、《載馳》固止乎禮義;如《桑中》有甚禮義?(淳。)③

> 《楚茨》一詩,精深宏博,如何做得變《雅》!(方子。)④

> 兼是説正《雅》、變《雅》,看變《雅》中亦自煞有好詩,不消分變《雅》亦得。⑤

三、朱子對漢唐詩經學批判地繼承的原因

從上文的分析中,我們可以知道,朱子不廢前儒之言,也不爲前儒觀點所拘束,對漢唐詩經學在批評中加以繼承,繼承中又有所批評。這個繼承與批評往往是互相伴隨的,不能截然分開,要麽對其中某個內容部分繼承部分批評或質疑,要麽在繼承的同時給予批評或質疑。這可以用今人常用的"批判地繼承"這個説法來加以概括。朱子之所以要批判地繼承漢唐詩經學,與他經學觀中關於經、傳、理的關係問題相關。

朱子認爲:"解經謂之解者,只要解釋出來。將聖賢之語解開了,庶易讀。"(泳。)⑥既然要解開聖賢之語,就必須要借助前儒特別是漢儒對字詞、名

---

① [宋]朱熹撰,朱傑人校點:《詩集傳》,《朱子全書》(修訂本)第1冊,第345頁。
② [宋]黎靖德輯,鄭明等校點:《朱子語類》,《朱子全書》(修訂本)第17冊,第2743頁。
③ [宋]黎靖德輯,鄭明等校點:《朱子語類》,《朱子全書》(修訂本)第17冊,第2743頁。"變《風》"二字,據黃士毅編《朱子語類》補,見黃士毅編,徐時儀、楊艷彙校:《朱子語類彙校》,上海:上海古籍出版社,2016年,第2101頁。
④ [宋]黎靖德輯,鄭明等校點:《朱子語類》,《朱子全書》(修訂本)第17冊,第2805頁。
⑤ [宋]黎靖德輯,鄭明等校點:《朱子語類》,《朱子全書》(修訂本)第14冊,第797頁。
⑥ [宋]黎靖德輯,鄭明等校點:《朱子語類》,《朱子全書》(修訂本)第14冊,第351頁。

物、制度等的訓詁。只是，漢唐諸儒的訓詁無非是後人可以藉以去理解經典原意的輔助手段而已，故而他不忘提醒學者治學時，不能沉溺於訓詁之中：

> 經旨要子細看上下文義。名數制度之類，略知之便得，不必大段深泥，以妨學問。①

朱子認爲，若沉溺於訓詁之中，是有礙對學問的探求的。爲此，朱子特別強調要嚴分經、傳，不能本末倒置：

> 《詩》、《書》略看訓詁，解釋文義令通而已，却只玩味本文。其道理只在本文，下面小字儘説，如何會過得他？（僩。）②

"道理只在本文"，即是意味著，學者要"格"包涵有聖賢大道的經典本身，就經體道，不能就"小字"，也就是傳、注來體道。傳文只是在疏通經典文義，至於經典所蘊含之深意，則無法通過傳文來求得。學者要研習的是經典文本本身，而不是傳注文字。朱子在給張栻的回信《答張敬夫》中説：

> 以此方知漢儒可謂善説經者，不過只説訓詁，使人以此訓詁玩索經文，訓詁、經文不相離異，只做一道看了，直是意味深長也。③

朱子接受了"理一分殊"的思想，並落實到治經實踐中，其中一個表現就是嚴分經、傳。在他看來，傳畢竟只是通經的路徑，其價值不能忽略，但不能本末倒置，傳是爲理解經服務的，同時要將經、傳統攝在義理之下合觀，方可有所得。

在朱子眼中，經、傳和理的關係如下：

> 經之有解，所以通經。經既通，自無事於解，借經以通乎理耳。理得，則無俟乎經。（大雅。）④
> 經之於理，亦猶傳之於經。傳，所以解經也，既通其經，則傳亦可無；

---

① ［宋］黎靖德輯，鄭明等校點：《朱子語類》，《朱子全書》（修訂本）第14册，第347頁。
② ［宋］黎靖德輯，鄭明等校點：《朱子語類》，《朱子全書》（修訂本）第16册，第2220頁。引文對原標點略有改動。
③ ［宋］朱熹撰，劉永翔、朱幼文校點：《晦庵先生朱文公文集》（二），《朱子全書》（修訂本）第21册，第1349頁。
④ ［宋］黎靖德輯，鄭明等校點：《朱子語類》，《朱子全書》（修訂本）第14册，第350頁。

經,所以明理也,若曉得理,則經雖無,亦可。(榦。)①

此外,朱子在《答石子重》一信中還説:

> 學者必因先達之言以求聖人之意,因聖人之意以達天地之理。②

由此可見,明"理",才是朱子治經的根本旨歸。在朱子看來,要想明理,必須從聖人之意以求;聖人之意,必須從經文本身以求;對經文本身的理解,則必須從傳、注以求。正因爲如此,後人解經,必須要借重前人的傳注,並有所繼承。不過,朱子同時又認爲,傳是理解經典的工具,而經則是體會義理的工具;理解了經,就可以捨去傳,體會了理,連經本身都可以捨去。

在朱子看來,是否能就經以"求聖人之意"並進而"達天地之理"是對漢唐詩經學進行取捨的標準。朱子將格物窮理的認識論上升到方法論原則。漢唐注儒治《詩經》的"已成之説"中,對於制度、名物、字詞的訓詁和漢儒《詩》學觀中的一些内容,皆有助於理解經文,並進而求得"聖人之意",也就是其中的表層含義。這屬於"格物"的範疇,因此,朱子對其中可以吸收的部分加以繼承。但是漢唐諸儒對《詩經》的解讀,"守之太拘,而不能精思明辨以求真是",對義理的闡發上確有不足,並不能使使學者領悟"聖人之意"中藴含的"天地之理",也就是其中的深層含義。僅"格物"而不能"窮理",屬於認識不徹底,因此,朱子對漢唐學者及其詩經學不適應時代之需的地方不遺餘力地進行批評或質疑。

第二節　朱子對宋代詩經學的繼承與批評

宋代結束了五代十國的戰亂,形成了一個新的統一國家,"殷鑒不遠",於是,統治者推行抑武崇文的政策,從而對士子學人特別優待。宋代在社會結構上,較之漢唐有明顯的變化,一個重要的表現就是漢唐時期的貴族風光不再,取而代之的是從事學術事業的學者站上了歷史舞臺,成爲社會中的一支重要力量。宋代社會結構的變化,在文學創作上有著鮮明的反映。就向爲中國文學正宗的詩歌的角度來看,自先秦至唐代一段與自宋代至清代一段的詩

---

① ［宋］黎靖德輯,鄭明等校點:《朱子語類》,《朱子全書》(修訂本)第 17 册,第 3422 頁。
② ［宋］朱熹撰,劉永翔、徐德明校點:《晦庵先生朱文公文集》(三),《朱子全書》(修訂本)第 22 册,第 1920 頁。

學思想就有著明顯不同。蕭華榮先生在《中國古典詩學理論史》中，分別將這兩段詩學思想的深層文化學術底蘊概括爲"情禮衝突"與"情理衝突"，①應該説，抓住了問題的實質，深刻地揭示了中國詩歌創作發展的邏輯脉絡。文學創作領域有此變化，經學領域的變化是可想而知的。

從經學的角度而言，隨著社會結構發生了重大變化而來的是，經典與社會實際之間呈現出一定不平衡的狀態，使得已有的經學解釋並不能指導當時的社會生活與政治實踐，來爲儒生達成他們經濟天下的目的服務，而這必然會導致"學隨術變"的現象。這個現象反映在詩經學領域，就有了宋儒對《詩經》的重新解釋。宋儒的詩經學是建立在詩經漢學的基礎上的，自然可以認識到詩經漢學中的一些弊病。而要重新解釋《詩經》，則必須要選擇對詩經漢學加以批評。宋儒把矛頭指向了漢儒對《詩經》中義理方面的"誤解"。這逐漸成爲宋儒的共識，他們在治《詩》過程中自覺糾正詩經漢學的這種"偏頗"。朱子於《吕氏家塾讀詩記後序》云：

> 《詩》自齊、魯、韓氏之説不得傳，而天下之學者盡宗毛氏。毛氏之學，傳者亦衆，而王述之類，今皆不存，則推衍毛説者，又獨鄭氏之箋而已。唐初，諸儒爲作疏義，因訛踵陋，百千萬言而不能有以出乎二氏之區域。至於本朝劉侍讀、歐陽公、王丞相、蘇黄門、河南程氏、横渠張氏，始用己意，有所發明，雖其淺深得失不能同，然自是之後，三百五篇之微詞奧義，乃可得而尋繹，蓋不待講於齊、魯、韓氏之傳，而學者已知《詩》之不專於毛、鄭矣。及其既久，求者益衆，説者愈多，同異紛紜，争立門户，無復推讓祖述之意，則學者無所適從，而或反以爲病。今觀吕氏《家塾》之書，兼總衆説，巨細不遺，挈領提綱，首尾該貫。既足以息夫同異之争，而其述作之體，則雖融會通徹，渾然若出於一家之言。而一字之訓，一事之議，亦未嘗不謹其説之所自。及其斷以己意，雖或超然出於前人意慮之表，而謙讓退託，未嘗敢有輕議前人之心也。②

這段話是朱子對詩經學發展歷程的回顧，其間特別推崇宋代學者劉敞、歐陽修、王安石、蘇轍、二程、張載以及吕祖謙等人的詩經學成就。尤其是對於吕祖謙的詩經學，朱子給予了很高的評價。不過，這些詩經學者一味試圖糾正

① 蕭華榮：《中國古典詩學理論史》（第2版），上海：華東師範大學出版社，2005年，第7—10頁。
② ［宋］朱熹撰，戴揚本、曾抗美校點：《晦庵先生朱文公文集》（五），《朱子全書》（修訂本）第24册，第3654—3655頁。引文對原標點略有改動。

漢唐諸儒不明義理的毛病，却對詩經漢學矯枉過正，自身產生了很多弊病，朱子對他們也有所批評。此外，宋儒身上也有些弊病，與古之聖賢相去甚遠，所以，在朱子看來，這也會違礙學者借此以體會聖賢大道。朱子在《衢州江山縣學記》中云：

> 抑先聖之言有之："古之學者爲己，今之學者爲人。"二者之分，實人材風俗盛衰厚薄之所繫，而爲教者不可以不審焉者也。①

在朱子看來，宋儒治《詩》與漢儒一樣，皆得失參半。他們雖然在義理方面獨有創獲，但是，却亦各有所失。

漢儒詩經學有一定缺失，而宋儒批評漢儒，雖糾正了其中的一些偏頗，而自身也滋生了新的問題。一個典型的例子，就是王安石推行變法時期組織撰寫的《詩經新義》，曾一度作爲科舉考試的教材，但是其間雖略有得，却多有附會。宋儒對其多有批評，洪湛侯《詩經學史》舉其中以文害辭、糾纏字義、分析繁碎、引喻失義、穿鑿附會五例，可窺一斑。② 在其罷相後，該書就被廢而不用了。正因爲宋儒治《詩》有如此缺失，朱子才撰寫了《詩集傳》，以期克服前儒（包括漢唐諸儒與宋儒）之弊。

綜觀朱子之詩經學，可以發現他在治《詩》過程中，對他之前的宋代詩經學者的優點和不足進行了認真的分析，批評其不合理之處，繼承其合理之處。這對朱子形成自己的詩經學體系則具有積極的作用，同時，對今人認識朱子詩經學體系亦具有重要作用。故拙撰在爬梳稽考相關文獻的基礎上，對這一問題略作討論，希望引起學界對此的重視。

一、朱子對宋代詩經學的繼承

宋儒治《詩》，能突破詩經漢學的束縛，對詩經漢學的不足有所反思，這具有一定積極意義，爲《詩經》的研究提供了有益的探索。朱子對此認識比較深刻，多次揭明其優點，並在治《詩》實踐中加以吸收、繼承。

（一）在治《詩》理念上，對宋儒重義理、重人情説《詩》的繼承

朱子以承繼"孔孟道統"爲己任，在治《詩》時，以闡發《詩經》中的義理爲先，這很明顯是沿襲宋儒治學的一貫方法。據《朱子語類》載：

---

① ［宋］朱熹撰，戴揚本、曾抗美校點：《晦庵先生朱文公文集》（五），《朱子全書》（修訂本）第 24 册，第 3736 頁。
② 可參看洪湛侯：《詩經學史》，第 314—323 頁。

（朱子）因言歐陽永叔《本義》，而曰："理義大本復明於世，固自周、程，然先此諸儒亦多有助。舊來儒者不越注疏而已，至永叔、原父、孫明復諸公，始自出議論，如李泰伯文字亦自好。此是運數將開，理義漸欲復明於世故也。"（僩。）①

朱子以爲，周敦頤、二程、張載等人能承繼早已中斷的"道統"，使得"理義大本復明於世"，但他們在論經時，仍基本遵從漢儒舊説，特別是《詩經》，基本還是主《毛詩》之説。而歐陽修、劉敞、孫復、李覯等人，則對於漢儒舊説，多所質疑。朱子所撰《詩集傳》中，能突破漢唐古注，對於義理的重視，無疑是受到了以上宋儒的影響。

漢儒《詩》解，宋時惟可見《毛詩》之學。觀《毛詩序》，其中雖也説"《變風》發乎情，止乎禮義"，但更多是側重於其政治倫理層面的闡發。所謂"詩言志"，舊注總是將志與情分別開來，認爲"志"就是側重於政治倫理方面的情感。《毛詩序》以正變、美刺解《詩》，以《詩》可事父事君等，正是從"志"的角度的闡發。而宋儒在解《詩》時則更側重對於其中"情"的層面的掘發，於人情的角度多有關注，特別是理學家，對於性和情的關注尤甚。朱子嘗於《與張敬夫論癸巳論語説》中言："《詩》發於人情。"②這與宋儒的詩經學，特別是理學家的詩經學是一脉相承的。

（二）在詩經學理論方面，對宋儒的開拓與創新有所繼承

一般來説，漢唐諸儒遵循疏不破注的原則，墨守陳説；而宋人則別開生面，有所創新。對於宋儒在詩經學理論方面的開拓與創新，朱子亦有所繼承。比如，歐陽修《詩本義》卷十四有《本末論》，朱子嘗論之曰：

歐陽公有《詩本義》二十餘篇，煞説得有好處。有《詩本末論》。又有論云："何者爲《詩》之本？何者爲《詩》之末？《詩》之本，不可不理會；《詩》之末，不理會得也無妨。"其論甚好。（佃。）③

朱子推重歐陽修對於《詩經》本、末問題的相關闡述，並在治《詩》過程中，對此有所繼承。朱子《答范伯崇》書云："歐陽公《本末論》甚佳，熹亦收在

---

① ［宋］黎靖德輯，鄭明等校點：《朱子語類》，《朱子全書》（修訂本）第 17 册，第 2763—2764 頁。
② ［宋］朱熹撰，劉永翔、朱幼文校點：《晦庵先生朱文公文集》（二），《朱子全書》（修訂本）第 21 册，第 1361 頁。
③ ［宋］黎靖德輯，鄭明等校點：《朱子語類》，《朱子全書》（修訂本）第 17 册，第 2763 頁。

後語中矣。"①今本《詩集傳》無有後語,恐乃朱子自己後來修訂時刪去,不過,朱子治《詩》,於此亦有吸收,據付佳先生《試論朱熹對歐陽修〈本末論〉的繼承與突破》一文所論,朱子在解《詩》方法、《國風》次序和系名、《詩》與樂之關係三個方面對歐陽修《本末論》有所繼承。② 此外,洪湛侯先生《詩經學史》提出,朱子之疑《序》和"淫詩"説,亦是一定程度上受到了歐陽修的影響。③

而就朱子《詩序》觀來説,朱子主張《小序》以言《詩》。蘇轍《詩集傳》僅取《小序》首句,於促成朱子不信《小序》,亦有一定作用。而這在更大程度上,是受到了鄭樵《詩辨妄》的影響,並對其加以繼承。關於朱子在詩經學上對鄭樵的繼承,亦並不局限於破除《詩序》一個方面。汪祚民先生《鄭樵、朱熹〈詩〉學傳承關係考論》一文對此有著較爲詳細的論述。該文認爲,在全面系統清理《毛詩》的序傳、以己意爲《詩經》作序、對《詩經》作爲聲歌還原説解與鄭衛多淫詩,甚至撰著體式上,朱熹均受到了鄭樵的影響。④

朱子又嘗明言其分《詩》之經傳,是得自吕祖謙:

> 問:"分《詩》之經,《詩》之傳,何也?"曰:"此得之於吕伯恭。《風》、《雅》之正則爲經,《風》、《雅》之變則爲傳。"(煇。)⑤

朱子將正風、正雅當作"《詩》之經",而將變風、變雅當作"《詩》之傳",這是要將《詩經》中的正、變詩篇的不同價值作出區別對待。而他自言,這是對吕祖謙詩經學觀的吸收。

此外,朱子作爲理學家,對理學家的詩經學觀亦多有吸收。從《詩傳綱領》引"謝氏"之論,⑥可知,朱子的"六義"説,於謝良佐之論有所吸收。朱子治《詩》,講究"涵咏"、"玩味",則是承自北宋四子——周敦頤、程顥、程頤、張載,及謝良佐與乃師李侗。⑦

(三) 對宋代詩經學著作取得的成就的體認與吸收

朱子於詩經學理論方面對宋儒前説多所繼承。而在朱子的相關言論中,

---

① [宋]朱熹撰,劉永翔、徐德明校點:《晦庵先生朱文公文集》(三),《朱子全書》(修訂本)第22冊,第1768—1769頁。
② 付佳:《試論朱熹對歐陽修〈本末論〉的繼承與突破》,《中國典籍與文化》,2012年第3期,第48—52頁。需要特別説明的是,筆者對此文的部分觀點持保留意見。
③ 洪湛侯:《詩經學史》,第310—311頁。
④ 汪祚民:《鄭樵、朱熹〈詩〉學傳承關係考論》,《安慶師範學院學報(社會科學版)》,2011年第12期,第1—7頁。需要特別説明的是,筆者對此文的部分觀點持保留意見。
⑤ [宋]黎靖德輯,鄭明等校點:《朱子語類》,《朱子全書》(修訂本)第17冊,第2767頁。
⑥ [宋]朱熹撰,朱傑人校點:《詩集傳》,《朱子全書》(修訂本)第1冊,第349頁。
⑦ 詳參本書第二章第四節:《朱子於〈詩經〉之涵泳、玩味析論》。

對宋儒的詩經學著作的成就有所體認，並作出了一些正面評價，這亦是其治《詩》時繼承其説的前提條件。比如，對歐陽修及其《詩本義》，朱子認爲：

> 歐陽會文章，故《詩》意得之亦多。（振。）①
> 便如《詩本義》中辨毛、鄭處，文辭舒緩，而其説直到底，不可移易。（㬊。）②
> 若謂歐公未嘗學此而不當以此自名耶，則歐公之學雖於道體猶有欠闕，然其用力於文字之間，而泝其波流以求聖賢之意，則於《易》、於《詩》、於《周禮》、於《春秋》皆嘗反復窮究，以訂先儒之繆。（《答周益公》）③

朱子以爲，歐陽修雖非爲道學家，但是他在治經時，能反復窮究，沿流溯源，探尋聖賢本意，並對先儒謬誤有所糾正。歐陽修能從作文的角度來體察經典的寫作方法，並據以理解經典，所以，"得《詩》意"者頗多。朱子在治《詩》時，亦對此自覺加以繼承。

又如，朱子對蘇轍及其《詩集傳》有正面評價道：

> 蘇黃門《詩説》疏放，覺得好。（振。）④
> 子由《詩解》好處多，歐公《詩本義》亦好。（木之。）⑤

蘇黃門、子由，皆爲蘇轍。而在《答吴伯豐》書中，朱子雖然對蘇轍的詩經學有所批評，但仍揭出其優點：

> 蘇氏《詩傳》比之諸家若爲簡直，但亦看《小序》不破，終覺有惹絆處耳。⑥

此外，朱子還比較看重董逌《廣川詩故》。朱子《答董叔重》書云：

---

① ［宋］黎靖德輯，鄭明等校點：《朱子語類》，《朱子全書》（修訂本）第17冊，第2763頁。
② ［宋］黎靖德輯，鄭明等校點：《朱子語類》，《朱子全書》（修訂本）第17冊，第2764頁。
③ ［宋］朱熹撰，劉永翔、朱幼文校點：《晦庵先生朱文公文集》（二），《朱子全書》（修訂本）第21冊，第1690頁。
④ ［宋］黎靖德輯，鄭明等校點：《朱子語類》，《朱子全書》（修訂本）第17冊，第2763頁。
⑤ ［宋］黎靖德輯，鄭明等校點：《朱子語類》，《朱子全書》（修訂本）第17冊，第2764頁。
⑥ ［宋］朱熹撰，劉永翔、徐德明校點：《晦庵先生朱文公文集》（三），《朱子全書》（修訂本）第22冊，第2428頁。引文對原標點略有改動。

董氏有《詩解》，自謂其論《關雎》之義暗與程先生合，但其它文澀難曉。《集傳》中論京師之屬，頗祖其説。①

雖然其説有“文澀難曉”處，然朱子亦肯定其中優點，朱子《詩集傳》中明引董逌説者 5 處，暗襲其説者亦有，如《周南·關雎》篇“芼”字的解釋。而對於道學家的《詩》解，朱子則特別推崇謝良佐。據《朱子語類》載，朱子嘗云：

某觀諸儒之説，唯上蔡云“《詩》在識六義體面，却諷（味）[咏]以得之”，深得《詩》之綱領，他人所不及。②

至於朱子多次與之就尊《序》還是去《序》問題辯論的呂祖謙，朱子對其《呂氏家塾讀詩記》亦多有表彰，上揭朱子爲其所作《後序》即是明證。

此外，朱子對宋代的其他詩經學著作中的優點亦有相關論述，此不一一詳述。而反映在《詩集傳》中，即是朱子對宋儒新説的採用。朱子在《學校貢舉私議》中明言：“《詩》則兼取歐陽修、蘇軾、程頤、張載、王安石、呂大臨、楊時、呂祖謙。”③這一問題，朱師傑人先生《朱熹〈詩集傳〉引文考》④和耿紀平先生《朱熹〈詩集傳〉徵引宋人〈詩〉説考論》⑤皆有説，可參看，拙撰亦辟有專節考察，此不贅論。

二、朱子對宋代詩經學的批評

宋儒治《詩》，雖然認識到漢儒治《詩》在義理層面的不足，並試圖修正其説，但是實際效果並不理想。《四庫總目》曾評宋儒詩經學曰：“宋人學不逮古，而欲以識勝之，遂各以新意説《詩》”。⑥這客觀地揭示出了宋儒詩經學的本質。而朱子在其治《詩》時，也已經認識到宋儒的這個不足了，並不遺餘力地進行了批評。下文擬從朱子對宋人《詩序》觀的批評、朱子對宋代詩經學者

---

① ［宋］朱熹撰，劉永翔、徐德明校點：《晦庵先生朱文公集》（三），《朱子全書》（修訂本）第 22 册，第 2367 頁。
② ［宋］黎靖德輯，鄭明等校點：《朱子語類》，《朱子全書》（修訂本）第 18 册，第 3683 頁。“咏”，據《詩傳遺説》及《詩傳綱領》引文改，見［宋］朱鑑《詩傳遺説》卷一，影《四庫薈要》本，第 17 頁下。《詩集傳》“却”字作“而”，見朱傑人先生校點本《詩集傳》，第 349 頁。
③ ［宋］朱熹撰，徐德明、王鐵校點：《晦庵先生朱文公集》（四），《朱子全書》（修訂本）第 23 册，第 3360 頁。疑“蘇軾”當爲“蘇轍”。
④ 朱傑人：《朱子學論集》，第 248—265 頁。
⑤ 耿紀平：《朱熹〈詩集傳〉徵引宋人〈詩〉説考論》，《河南教育學院學報（哲學社會科學版）》，2006 年第 2 期，第 87—90 頁。
⑥ ［清］紀昀等：《欽定四庫全書總目》（整理本），第 192 頁。

及其詩經學著作的批評和朱子對宋儒詩經學的總體批評三個角度來作出分析。

（一）朱子對宋人《詩序》觀的批評

就《詩序》觀來説，宋儒或沿襲《詩序》，或反對《詩序》。宋儒所見之《詩序》，實際上是《毛詩序》。他們沿襲《詩序》，其實也就是在沿襲漢代的《毛詩》，那麼其反對詩經漢學肯定是不徹底的。在這個意義上説，那些反對《詩序》以治《詩經》的學者，是有一定進步的。不過，他們反對《詩序》，或只是爲了反對而反對，或只是爲了修正《詩序》之中的部分失誤，並不涉及學派主張上的爭論。這樣，並不能徹底地從《詩序》中把《詩經》解放出來。説到底，他們雖然在表面上反對《序》説，而在實質上，仍然陷入《詩序》的泥淖中，無法自拔。因爲，他們始終還只是在治《毛詩》，而並不是治《詩經》。朱子辨破《序》説，朱子"以《詩》言《詩》"，是爲了達到突破《毛詩》以治《詩經》的目的，從《詩經》文本出發，而不要糾纏於之後的《詩》解。而宋儒治《詩》時，普遍不重視訓詁，則爲朱子所極力反對。

呂祖謙出身世家，又"得中原文獻之傳"，可謂碩儒，亦是當時道學群體的領軍人物。朱子對呂祖謙很是看重，還曾讓長子朱塾去婺州（今浙江金華）問學於呂祖謙。呂祖謙過世後，朱子撰寫有感情真摯的《祭呂伯恭著作文》，亦表達了對呂祖謙敬重之情意。然而，對呂祖謙據《序》言《詩》，朱子則堅決反對，多次致書，往復討論，試圖讓呂祖謙改變看法。拙撰後文另做討論，此不具言。

還需要言明的是，學界一般據《四庫總目》的表述認爲，朱子去《序》解《詩》是對鄭樵的響應，或者説是附和，其實，這個表達並不够精確。説朱子《詩序》觀受到鄭樵的影響，這自然没有問題。不過，我們也不能忽視二人之間的差異。鄭樵認爲《詩序》是村野妄人所作，而核檢《朱子語類》葉賀孫所録朱子語，只是説"知《詩序》之果不足信"[①]，檢視現存關於朱子的相關文獻，均未見有朱子明言《小序》或《詩序》爲村野妄人所作之論。這就表明，朱子只是認同鄭樵"力抵《詩序》"的做法，却並未明確表示認同鄭樵以《詩序》是村野妄人所作的觀點。而這實際上已經顯示出，朱子對鄭樵的這個偏激説法是有所糾正的。

（二）朱子對宋代詩經學者及其詩經學著作的批評

前文已論，朱子對宋代詩經學者的觀點多有繼承，對宋代詩經學著作中的成就也多有吸收。但是，我們也不應該忽視朱子對宋代詩經學者及其詩經

---

① ［宋］黎靖德輯，鄭明等校點：《朱子語類》，《朱子全書》（修訂本）第 17 册，第 2747 頁。

學著作的批評。下文分別從宋代理學家和詩經學名家兩個方面對此加以考察,當然,這兩個群體之間互有交叉,這必須事先言明。而吕祖謙既是理學家中的重要人物,又是詩經學史上的重要人物,則單獨列出。

1. 朱子對理學家及其《詩》説的批評

朱子自己身爲理學家,對於理學家的開山人物"北宋四子",是頗爲推崇的,認爲他們延續了早已中斷的"孔孟道統",可是對他們的《詩》解,朱子則有所質疑。如,朱子批評程頤的詩經學曰:"程先生《詩傳》取義太多。詩人平易,恐不如此。"①朱子又嘗云:"伊川解《詩》,亦説得義理多了。"②二説所指相同。朱子又批評張載的詩經學曰:

> 横渠云:"置心平易始知《詩》。"然横渠解《詩》多不平易。(人傑。必大録云:"横渠解'悠悠蒼天,此何人哉',却不平易。")③

萬人傑所録爲朱子 1180 年後語,吴必大所録爲朱子 1188—1189 年間語。朱子以張載解《詩》不平易,大概亦是指張載和程頤一樣,"取義太多"。至於謝良佐,朱子亦有批評曰:

> 上蔡本説學《詩》者不得以章句横在胸中,因有"堯、舜事業横在胸中"之説。然則非爲"有其善"之意矣。竊疑此乃習忘養心之餘病,而《遺書》中上蔡所記,亦多此等説話。④

理學家説《詩》,多側重闡發道理,而忽視最基本的字詞方面的訓練,從而往往導致"六經注我",使得《詩經》淪爲闡發其本人思想、説理的工具,而並非爲闡發"聖賢本意"。這在朱子看來,是有悖於解經宗旨的。所以,即使是理學宗師,他們在治《詩》時若有錯誤,朱子亦批評其説。而對後世理學家,朱子則予以了更多的批評。

張栻、吕祖謙與朱子大致同時,往復論學頗多,皆當時理學家群體中的重要人物,故有"東南三賢"之稱。但是,朱子對這二人的詩經學也多有批評。朱子評張栻的詩經學曰:

---

① [宋] 黎靖德輯,鄭明等校點:《朱子語類》,《朱子全書》(修訂本)第 17 册,第 2764 頁。
② [宋] 黎靖德輯,鄭明等校點:《朱子語類》,《朱子全書》(修訂本)第 18 册,第 3683 頁。
③ [宋] 黎靖德輯,鄭明等校點:《朱子語類》,《朱子全書》(修訂本)第 17 册,第 2764 頁。
④ [宋] 朱熹撰,劉永翔、朱幼文校點:《晦庵先生朱文公文集》(二),《朱子全書》(修訂本)第 21 册,第 1524 頁。引文對原標點略有改動。

南軒《精義》是意外說，却不曾說得《詩》中本意。（楊與立編《語略》。）①

所謂"意外"，即言外之意，這是朱子所提倡的。朱子認爲，治《詩》必須注重其中所蘊含的言外之意。可是，張栻所說，雖是言外之意，却偏離了"《詩》中本意"。朱子與呂祖謙就尊《序》還是反《序》爭論爲學界熟知。此外，朱子又評呂祖謙之詩經學曰：

伯恭説《詩》太巧，亦未必然，古人直不如此。今某説，皆直靠直説。（揚。）②

東萊説《詩》忒煞巧，《詩》正怕如此看。古人意思自寬平，何嘗如此纖細拘迫？（楊與立編《語略》。）③

朱子以古人恐未必如呂祖謙所理解的那樣，而他則是"直靠直説"。也就是說，朱子在治《詩》時，有意識地追求還原到"歷史現場"，試圖以古聖賢的意思來說《詩》。如此解《詩》，方能闡發《詩經》中所蘊含的"聖賢本意"。

對於永嘉學派的詩經學，朱子亦有所批評。據《朱子語類》載：

若不能興起，便不是讀《詩》。因說："永嘉之學，只是要立新巧之説，少間指摘東西，闘湊零碎，便立説去。縱説得是，也只無益，莫道又未是。"（木之。）④

同時，朱子又評陳傅良之《詩》説曰：

陳君舉兩年在家中解《詩》，未曾得見。近有人來説，君舉解《詩》，凡《詩》中所説男女事，不是説男女，皆是説君臣。未可如此一律。今人解經，先執偏見類如此。（邵浩別録。）⑤

此語不見於黎靖德所編之《朱子語類》，乃其失收。既然見於其孫朱鑑所編之

① ［宋］朱鑑：《詩傳遺説》卷一，影《四庫薈要》本，第26頁下。
② ［宋］黎靖德輯，鄭明等校點：《朱子語類》，《朱子全書》（修訂本）第17册，第2766頁。
③ ［宋］朱鑑：《詩傳遺説》卷一，影《四庫薈要》本，第27頁上。
④ ［宋］黎靖德輯，鄭明等校點：《朱子語類》，《朱子全書》（修訂本）第17册，第2760頁。
⑤ ［宋］朱鑑：《詩傳遺説》卷一，影《四庫薈要》本，第27頁上。

《詩傳遺說》,則其爲朱子所言,殆無可疑。朱子以爲,永嘉學派並無依據,便"立新巧之説",這自然有違解《詩》的原則。而其中代表人物之一的陳傅良,認爲《詩經》中凡言男女,皆暗喻君臣,則是"先執偏見"的典型。而這個"先執偏見"的桎梏,與漢唐學者據《詩序》言《詩》的"先自立説",本質上是一樣的。

朱子嘗言:

> 如孟子説《詩》,要"以意逆志,是爲得之"。逆者,等待之謂也。如前途等待一人,未來時且須耐心等待,將來自有來時候。他未來,其心急切,又要進前尋求,却不是"以意逆志",是以意捉志也。如此,只是牽率古人言語,入做自家意中來,終無進益。(大雅。)①

而一般理學家解《詩》,難免會"以意捉志",這是朱子不遺餘力地批評以上諸家《詩》説的原因。朱子之《答或人》書,可與此參觀:

> 大抵讀書先且虛心考其文詞指意所歸,然後可以要其義理之所在。近見學者多是先立已見,不問經文向背之勢,而橫以義理加之。其説雖不悖理,然非經文本意也。如此則但據已見自爲一書亦可,何必讀古聖賢之書哉? 所以讀書,政恐吾之所見未必是,而求正於彼耳。惟其闕文斷簡、名器物色有不可考者,則無可奈何,其他在義理中可推而得者,切須字字句句反復消詳,不可草草説過也。②

此是就"五經"而論,自然包括《詩經》在内。信中"所見學者"云云,正切中理學家治《詩》的弊端。他們的弊端最終導致他們的詩經學是緣木求魚,徒論義理,不重經義,終究"非經文本意"。而這也正是朱子在其詩經學中所要改正的。

2. 朱子對宋代詩經學名家的批評

至於宋代一些治《詩》名家,朱子亦有所批評,前揭朱子評歐陽修"於道體猶有欠闕"、蘇轍"看《小序》不破",皆是。此外,朱子又云:

> 歐陽會文章,故《詩》意得之亦多。但是不合以今人文章如他底意

---

① [宋] 黎靖德輯,鄭明等校點:《朱子語類》,《朱子全書》(修訂本)第 14 册,第 336 頁。
② [宋] 朱熹撰,徐德明、王鐵校點:《晦庵先生朱文公文集》(四),《朱子全書》(修訂本)第 23 册,第 3133 頁。

思去看,故皆局促了《詩》意。古人文章,有五七十里不回頭者。(振。)①

朱子《答范伯崇》書中,在論及蘇轍的《詩》說時,亦有評價云:

蘇氏"陳靈以後,未嘗無詩"之說,似可取而有病。蓋先儒所謂無詩者,固非謂詩不復作也,但謂夫子不取耳。康節先生云"自從刪後更無詩"者,亦是此意。蘇氏非之,亦不察之甚矣。故熹於《集傳》中引蘇氏之說而繫之曰:"愚謂伯樂之所不顧,則謂之無馬可矣;夫子之所不取,則謂之無詩可矣。"正發明先儒之意也。大抵二蘇議論皆失之太快,無先儒惇實氣象,不奈咀嚼。所長固不可廢,然亦不可不知其失也。②

此外,朱子在《與劉共父》書中云:

今既用官錢刊一部書,却全不睹是,只守却胡家錯本文字以爲至當,可謂直截不成議論。恐文定之心却須該遍流通,決不如是之陋也。若説文定決然主張此書,以爲天下後世必當依此,即與王介甫主張《三經》、《字説》何異? 作是説者,却是謗文定矣。③

此雖是就《二程遺書》發論,然其間可看出朱子對王安石《詩經新義》的貶低程度。而朱子在《答呂伯恭》書中評董逌《廣川詩故》云:

董氏《詩》建陽有版本,旦夕託人尋訪納去。其間考證極博,但不見所出,使人未敢安耳。④

朱子認爲,董逌治《詩》,考證雖博,但理論的依據却存在有"不見所出"的問題,這就很容易使人懷疑其結論是否可靠,從而影響到著述的質量。

而檢視朱子文集和《語類》,其中所載朱子對當世之讀《詩》、說《詩》者的批評,則更爲常見。比如,朱子在《答潘恭叔》書中云:"今人説《詩》,空有無限

---

① [宋] 黎靖德輯,鄭明等校點:《朱子語類》,《朱子全書》(修訂本)第17冊,第2763頁。
② [宋] 朱熹撰,劉永翔、徐德明校點:《晦庵先生朱文公文集》(三),《朱子全書》(修訂本)第22冊,第1768頁。
③ [宋] 朱熹撰,劉永翔、朱幼文校點:《晦庵先生朱文公文集》(二),《朱子全書》(修訂本)第21冊,第1618頁。
④ [宋] 朱熹撰,劉永翔、朱幼文校點:《晦庵先生朱文公文集》(二),《朱子全書》(修訂本)第21冊,第1462頁。

道理,而無一點意味,只爲不曉此意耳。"①"此意"是指"六義"之意。這是朱子批評時人說《詩》不明"六義"。又如,朱子又批評時人據《序》說《詩》之舉是"立説籠罩"曰:

> 今人不以《詩》説《詩》,却以《序》解《詩》,是以委曲牽合,必欲如序者之意,寧失詩人之本意不恤也。此是序者大害處。(賀孫。)②

又如,朱子批評其學生沈僩之讀《詩》曰:

> 讀《詩》正在於吟詠諷誦,觀其委曲折旋之意,如吾自作此詩,自然足以感發善心。今公讀《詩》,只是將己意去包籠他,如做時文相似。中間委曲周旋之意,盡不曾理會得,濟得甚事? 若如此看,只一日便可看盡,何用逐日只睚得數章,而又不曾透徹耶? (僩。)③

而更有甚者,時人讀《詩》不問訓詁名物,只求義理,此則爲朱子所痛斥:

> 曾見有人説《詩》,問他《關雎》篇,於其訓詁名物全未曉,便説:"樂而不淫,哀而不傷。"某因説與他道:"公而今説《詩》,只消這八字,更添'思無邪'三字,共成十一字,便是一部《毛詩》了。其他三百篇,皆成查滓矣。"④

3. 朱子對呂祖謙《詩》學的批評

至於同爲道學家,且治《詩》卓然名家的呂祖謙,朱子之批評則更多,所以,這裡單列出來加以考察。

就《朱文公文集》和《朱子語類》所見,朱子對呂氏《詩》學的批評可謂不遺餘力,主要爭論的焦點就在於朱子認爲呂祖謙不當尊《小序》之説。此學界熟知,也有一些研究成果對此有所涉及,故這裡不做詳論。而對於尊《序》還是反《序》,的確不宜做是非判斷,我們要從朱子何以要批評呂祖謙的角度出發,加以申論。

朱子在《與陳同甫》書中説:

---

① [宋] 朱熹撰,劉永翔、徐德明校點:《晦庵先生朱文公文集》(三),《朱子全書》(修訂本)第 22 册,第 2308 頁。
② [宋] 黎靖德輯,鄭明等校點:《朱子語類》,《朱子全書》(修訂本)第 17 册,第 2749 頁。
③ [宋] 黎靖德輯,鄭明等校點:《朱子語類》,《朱子全書》(修訂本)第 17 册,第 2759 頁。
④ [宋] 黎靖德輯,鄭明等校點:《朱子語類》,《朱子全書》(修訂本)第 14 册,第 349 頁。

　　雖朋友之賢如伯恭者，亦以法度之外相處，不敢進其逆耳之論，每有規諷，必宛轉回互，巧爲之説，然後敢發。①

朱子於此間之苦心孤詣，當參看其對當世道學家的批評方可明曉。朱子在前揭《與劉共父》書中云：“每恨此道衰微，邪説昌熾，舉世無可告語者。”②又，其《答汪尚書書》則云：

　　大抵近世言道學者，失於太高，讀書講義，率常以徑易超絶、不歷階梯爲快，而於其間曲折精微正好玩索處，例皆忽略厭棄，以爲卑近瑣屑，不足留情。③

“此道”，朱子或言“吾道”、“吾黨”，指道學家群體。又，其《答廖子晦》書云：

　　所論近世識心之弊，則深中其失。古人之學所貴於存心者，蓋將即此而窮天下之理；今之所謂存心者，乃欲恃此而外天下之理。其得失之端，於此亦可見矣。故近日之弊，無不流於狂妄恣肆而不自知其非也。④

道學家，其本質仍是儒生。道學是經學的一支，仍應尊經，以“六經”爲治學、立説之指歸。王健先生歸納朱子之學爲“以‘學統’建‘道統’，以‘道統’制‘政統’”⑤，甚是。而當時的實際情況是，道學群體的命運爲當時朝廷所左右，道學甚至一度被斥爲僞學。在這樣的政治環境下，道學群體内部各家學説却無法統一，各持己見。而吕祖謙作爲道學群體中的一位舉足輕重的人物，在治《詩》方面却仍遵從《小序》。而這實際上仍是陷入了詩經漢學餘緒的泥淖，無法自拔。遵從漢人之《序》，就無法直尋本義，不能承接“孔孟道統”，詩經宋學的理論品格始終不能建立。朱子之痛心，可想而知。

---

① ［宋］朱熹撰，劉永翔、朱幼文校點：《晦庵先生朱文公文集》(二)，《朱子全書》(修訂本)第21册，第1580—1581頁。
② ［宋］朱熹撰，劉永翔、朱幼文校點：《晦庵先生朱文公文集》(二)，《朱子全書》(修訂本)第21册，第1619頁。
③ ［宋］朱熹撰，劉永翔、朱幼文校點：《晦庵先生朱文公文集》(二)，《朱子全書》(修訂本)第21册，第1297頁。
④ ［宋］朱熹撰，劉永翔、徐德明校點：《晦庵先生朱文公文集》(三)，《朱子全書》(修訂本)第22册，第2088頁。
⑤ 王健：《現實真實與價值真實之間——朱熹思想研究》，上海：華東師範大學出版社，2007年，第8頁。

（三）朱子從總體上對宋儒詩經學的批評

在前揭《呂氏家塾讀詩記後序》中，朱子亦承認劉敞等人雖有發明，但是
"淺深得失不能同"，也即他們亦有不足，仍待修正。而至於宋代詩經學次流
學者，朱子則以爲：

> 及其既久，求者益衆，説者愈多，同異紛紜，爭立門户，無復推讓祖述
> 之意，則學者無所適從，而或反以爲病。①

這當是朱子就劉敞及其之後諸家的詩經學新説所發之論。朱子又因歐陽修
《本末論》而批評當時一些學者之名實不符道：

> 而《本論》之篇，推明性善之説，以爲息邪距詖之本，其賢於當世之號
> 爲宗工巨儒而不免於祖尚浮虚、信惑妖妄者又遠甚。②

此外，《朱子語類》亦載朱子批評當世談經者之病曰：

> 今之談經者，往往有四者之病：本卑也，而抗之使高；本淺也，而鑿
> 之使深；本近也，而推之使遠；本明也，而必使至於晦。此今日談經之大
> 患也。（蓋卿。）③

這是對當時經學家的批評，自然也包括當時的詩經學者。朱子爲了維護道學
的正統，難免要對這些異説加以批評，而其批評之激烈程度，並不亞於其對漢
唐學者的批評。

朱子之所以作《詩集傳》，一方面也正是出於他對既有的詩經學著作，特
別是宋儒新注並不滿意的緣故。我們知道，宋儒一般於訓詁不大重視，而朱
子則十分重視訓詁，認爲應該吸收漢儒的訓詁。朱子《詩集傳》在訓詁上雖有
不足之處，然亦有頗多創獲。

朱子對宋儒作出這樣的評價，對他們的不足之處自覺地進行糾正，因此，
我們不宜只看到他對宋儒詩經學有所傳承的一面，而忽略其間具有差異的另
一面。也正因爲如此，拙撰才把朱子看成奠定詩經宋學的重要人物。

---

① ［宋］朱熹撰，戴揚本、曾抗美校點：《晦庵先生朱文公文集》（五），《朱子全書》（修訂本）第 24
　冊，第 3655 頁。
② ［宋］朱熹撰，劉永翔、朱幼文校點：《晦庵先生朱文公文集》（二），《朱子全書》（修訂本）第 21
　冊，第 1690 頁。
③ ［宋］黎靖德輯，鄭明等校點：《朱子語類》，《朱子全書》（修訂本）第 14 冊，第 351 頁。

三、餘　論

由於社會實際和現實政治需要，促進了文化的轉型，宋儒對《詩經》創發新解，有一定積極意義，也取得了一定的成績。不過，其中也滋生了許多新的問題，進而影響到宋代詩經學的整體發展。朱子對宋代詩經學者的得失有著深刻的認識和認真的總結。朱子在對宋儒詩經學成果繼承的同時，對其不足也進行了不遺餘力的批評。朱子撰《詩集傳》，構建了自己詩經學體系，而這其中的一個重要基礎，就是對宋代詩經學者經驗和教訓的吸取。學界一般對朱子與他之前的宋代詩經學者的差異無有關注，從以上的分析可以看出，我們不能簡單地將朱子詩經學看成是對宋儒詩經學的延續，或者説在繼承的基礎上有所發展，其實，朱子與他之前的宋代詩經學者有著本質區別。從這一意義上説，朱子之前的宋代詩經學，由於自身理論上存在重要缺陷，尚不足以建構一個有別於詩經漢學而與之鼎足的體系，充其量只能算是詩經宋學的準備階段。而朱子對漢唐諸儒和宋儒均既有繼承，又有批評，並在此基礎上整合成一個新的詩經學體系，而可以與詩經漢學鼎足而立。至朱子出，詩經宋學的理論品格方才建立，由此看來，朱子才是詩經宋學的奠基人。

第三節　朱子對舊説的自我完善

朱子治學，除了對他人之説不斷地批評、吸收之外，對自己之前所獲得的體認也不斷地反思，從而不斷地形成新的認識。也就是説，朱子治《詩》的過程，同時也是一個對自己舊説不斷反思以自我完善的過程。

朱子早年亦好章句訓詁之學，但從學李侗後，在李侗的教導下，逐漸走向體道窮理的治學思路上去。朱子在《德安府應城縣上蔡謝先生祠記》中自我評價曰："熹自少時妄意爲學，即賴先生（引者按：指謝良佐）之言，以發其趣。"[1]而朱子在《答何叔京》書中，則説自己在李侗門下"親炙之時貪聽講論，又方竊好章句訓詁之習"[2]。衆所周知，朱子在論理氣、論已發未發、論仁等方面，前後思想有所不同；朱子早年出入佛、老，從學李侗後，又自覺地與佛、

---

① ［宋］朱熹撰，戴揚本、曾抗美校點：《晦庵先生朱文公文集》（五），《朱子全書》（修訂本）第 24 册，第 3794 頁。

② ［宋］朱熹撰，劉永翔、徐德明校點：《晦庵先生朱文公文集》（三），《朱子全書》（修訂本）第 22 册，第 1802 頁。

老二家劃清界限。這些都是朱子治學時不斷反思以自我完善的明證。

朱子於淳熙壬寅(1182)九月己卯日所作的《呂氏家塾讀詩記後序》中說:

> 此書所謂朱氏者,實熹少時淺陋之說,而伯恭父誤有取焉。其後歷時既久,自知其說有所未安,如《雅》、《鄭》邪正之云者,或不免有所更定,則伯恭父反不能不置疑於其間,熹竊惑之。方將相與反復其說,以求真是之歸,而伯恭父已下世矣。嗚呼,伯恭父已矣!若熹之衰頹汩没,其勢又安能復有所進,以獨決此論之是非乎?①

朱子自言其被呂祖謙引入《呂氏家塾讀詩記》中的早年《詩》注爲"少時淺陋之說","有所未安",故其中的一些内容"或不免有所更定"。可見,在詩經學領域,朱子的觀點前後亦有著顯著變化。可見,在詩經學的形成過程中,朱子不僅注重對前儒《詩》說批判地加以繼承,而且也不斷地對自己的詩經學觀及所作《詩》注加以反思,以自我完善。朱子治《詩》中的自我完善意識在其詩經學的形成過程中具有重要作用,這是我們在考察中不應該忽略的一個重要方面。

朱子在回答其學生李煇問"《詩傳》多不解《詩序》,何也?"時說:

> 某自二十歲時讀《詩》,便覺《小序》無意義。及去了《小序》,只玩味《詩》詞,却又覺得道理貫徹。當初亦嘗質問諸鄉先生,皆云《序》不可廢,而某之疑終不能釋。後到三十歲,斷然知《小序》之出於漢儒所作,其爲繆戾,有不可勝言。東萊不合只因《序》講解,便有許多牽強處。某嘗與之言,終不肯信。《讀詩記》中雖多說《序》,然亦有說不行處,亦廢之。某因作《詩傳》,遂成《詩序辨說》一册,其他繆戾,辨之頗詳。(煇。)②

如此,則可以推測,朱子在二十歲時,已經開始對自己讀《詩》過程中的從《序》行爲產生了質疑。束景南先生曾將朱子解《詩》歷程列表歸納爲:③

---

① [宋]朱熹撰,戴揚本、曾抗美校點:《晦庵先生朱文公文集》(五),《朱子全書》(修訂本)第24册,第3655頁。
② [宋]黎靖德輯,鄭明等校點:《朱子語類》,《朱子全書》(修訂本)第17册,第2750—2751頁。
③ 束景南:《朱熹佚文輯考》,南京:江蘇古籍出版社,1991年,第694頁。束景南先生所稱"《詩集解》",吳洋先生《朱熹〈詩經〉學思想探源及研究》已有質疑,認爲"更多是從體例上來叙述的,並非真的實指其名"(第7頁)。按:吳說可從。集解、集傳體例大致相同,不宜强作分别。朱子自己又稱"《詩》解""《詩》傳"等。這裡應該理解成"《詩》集解"而不是"《詩集解》"。

階　段	時　間	大　事	説　明
主《毛序》作《詩集解》階段	紹興三十年	《詩集解》草稿略具	主《毛序》，輯集諸儒之説
	乾道二年	首次修改《詩集解》	
	乾道九年	二次修改《詩集解》	删諸儒之説
	淳熙四年	序定《詩集解》	主《毛序》，間爲説破
黜《毛序》作《詩集傳》階段	淳熙五年	《詩集傳》草稿修改成	悟《毛序》之非，盡棄舊説
	淳熙七年	再次修改《詩集傳》開始	悟雅鄭之辨，黜《毛序》經學體系確立
	淳熙十一年	修改《詩集傳》成	作《讀吕詩（紀）［記］桑中篇》，系統論述《詩》學思想
	淳熙十三年	删定《詩集傳》爲一小書	删繁爲簡，作《詩序辨説》附後，是爲定本
讎校刊刻《詩集傳》	淳熙十四年	首次刊刻於建安（建安本）	
	淳熙十六年	二刻於豫章（豫章本）	取《毛序》附書後，增補脱一卷，修改舊解
	紹熙五年	三刻於長沙（長沙本）	
	慶元二年	修改校定《詩集傳》	
	慶元四年	四刻於江西（江西本）	
	慶元五年	再次讎校，五刻於後山（後山本）	讎校最精，即今本《詩集傳》所從出

束先生的歸納大體上反映出了朱子治《詩》的變化過程。這其中的每一次變化，都可以直接看出朱子治《詩》過程中的自我完善。其實，綜觀朱子畢生治《詩》過程，其自我完善意識是貫穿其全部生命的，即使是晚年時，他仍然在反思《詩集傳》中的一些内容是否適當。

一、今本《詩集傳》撰成過程中的自我完善

衆所周知，朱子早年治《詩》是從《序》的，後來才去《小序》以言《詩》。這中間經歷了一個長期的過程。《四庫全書總目》認爲，朱子治《詩》"兩易稿"，也就是經歷了從尊《序》到廢《序》的兩個過程。[①] 後世亦有一些學者接受了這個説法。其實不然。朱子治《詩》，應該經歷了尊《小序》——疑《小序》——

---

① ［清］紀昀等著，四庫全書研究所整理：《欽定四庫全書總目》（整理本），第 192 頁。

去《小序》三個過程。《朱子語類》載朱子回顧自己的治《詩》歷程説：

> 某向作《詩解》，文字初用《小序》，至解不行處，亦曲爲之説。後來覺得不安，第二次解者，雖存《小序》，間爲辨破，然終是不見詩人本意。後來方知，只盡去《小序》，便自可通。於是盡滌舊説，《詩》意方活。（必大。）①

此條爲吳必大所錄，當是朱子於戊申（1188）、己酉（1189）間之論。上揭束景南先生所歸納前兩個階段，都是今本《詩集傳》形成過程中，朱子不斷修改前説，突破自己的證據。而這在吳洋先生《朱熹〈詩經〉學思想探源及研究》中，有著更爲詳細的論述。吳洋先生甚至還推測説：

> 而如果我在上一章所作的推測能够成立的話，那麽朱熹的《詩集傳》應該是在乾道六年至乾道八年之間進行了第一次修訂，其修訂的内容似乎是以删削所引用的前人成説爲主。這樣《詩集傳》就從一部集解性質的工具書式著作，開始向傳注性質的理論型著作過渡。②

在朱子不斷修正舊説的過程中，其詩經學理論方面的認識亦漸趨完善。這在朱子《答吕伯恭》第四十二書中亦可看出，信云：

> 竊承讀《詩》終篇，想多所發明，恨未得從容以請。熹所集解，當時亦甚詳備，後以意定，所餘才此耳。然爲舊説牽制，不滿意處極多。比欲修正，又苦别無稽援，此事終累人也。③

據陳來先生《朱子書信編年考證》，此信當作於 1175 年或 1176 年。④ 顧宏義先生則認爲作於淳熙二年十二月中。⑤ 朱子對其早年所作集解《詩經》之作加以删節，但是自己仍對此不滿足，覺得其中仍然"爲舊説牽制"，故對此極不滿足。正是朱子對自己前説之謬進行反思，才使得後來的理論更加完善，這

---

① ［宋］黎靖德輯，鄭明等校點：《朱子語類》，《朱子全書》（修訂本）第 17 册，第 2758 頁。
② 吳洋：《朱熹〈詩經〉學思想探源及研究》，第 21 頁。
③ ［宋］朱熹撰，劉永翔、朱幼文校點：《晦庵先生朱文公文集》（二），《朱子全書》（修訂本）第 21 册，第 1461 頁。
④ 陳來：《朱子書信編年考證》（增訂本），北京：生活・讀書・新知三聯書店，2007 年，第 137 頁。
⑤ 顧宏義：《朱熹師友門人往還書札彙編》，上海：上海古籍出版社，2017 年，2076 頁。

也使得朱子詩經學較之前的宋儒走得更遠，理論更加嚴密，詩經宋學得以正式建立。

可以説，在今本《詩集傳》的成書過程中，朱子既對詩經漢學和宋代詩經學加以批評與繼承，更對自己之前的治《詩》成果不斷反思，加以完善。這兩個方面是相輔相成的。朱子不斷反思自己對於詩經學領域的理論認識，因而逐漸認識到如何格《詩經》以窮理；同時，朱子在治《詩》實踐中不斷反思舊説，因而逐漸認識到，只有去除《小序》，辨破《毛詩》，不爲"舊説牽制"，才可以説是治《詩經》而非治《毛詩》，才能由此而體味聖賢大道。

二、今本《詩集傳》撰成後的自我完善

雖然今本《詩集傳》的形成，是建立在前人之説和自己的舊説的基礎上的，取格較高，亦使得詩經宋學得以奠定，但是，朱子仍不斷地對其進行反思，以糾正其中誤處。上揭束景南先生所列的第三個階段即是《詩集傳》撰成後朱子對其説加以完善的明證。而朱師傑人先生在《〈詩傳綱領〉研究》一文中，更爲詳細地列表梳理了朱子文集中關於今本《詩集傳》成書後的修訂情況。① 吳洋先生《朱熹〈詩經〉學思想探源及研究》在此基礎上，有所增補，更爲詳細。現録朱師傑人先生之説於下：

南宋紀元	公曆年份	文　獻　内　容	結　論
淳熙五年戊戌	1178	《答呂伯恭》：《詩説》所欲修改處是何等類？因書告略及之。比亦得聞刊定，大抵《小序》盡出後人臆度，若不能脱此窠臼，終無緣得正當也。去年略修舊説，訂正爲多。尚恨未能盡去，得失相半，不成完書耳。	開始修訂《詩集傳》。
淳熙六年己亥	1179	《答呂伯恭》：《詩説》前已納上，不知尊意以爲如何？聞所著已有定本，恨未得見，亦可示及否？鄙説之未當者，並求訂正。只呼塾子來，面授其説，今録以呈白，而後遣來可也。	新《詩集傳》已具初稿，徵求呂祖謙的意見。
淳熙七年庚子	1180	《答呂伯恭》：《詩傳》已領，《小雅》何爲未見？此但記得曾遣去，即不記所附何人。或已到，幸早批喻也……但《小序》之説，更有商量。	繼續就新《詩集傳》初稿與呂祖謙商榷。

① 朱傑人：《朱子學論集》，第 238—239 頁。

續　表

南宋紀元	公曆年份	文　獻　内　容	結　論
淳熙十三年丙午	1186	《答潘恭叔》：讀《詩》諸説前書已報去。近再看《二南》舊説，極有草草處，已略刊訂，别爲一書，以趨簡約，尚未能便就也。 《答吕子約》：《詩説》久已成書，無人寫得，不能奉寄。亦見子約專治《小序》而不讀《詩》，故自度其説未易合而不寄耳。	新本《詩集傳》已成書，但尚未公開發表。
淳熙十四年丁未	1187	《答蔡季通》：《中庸》首章更欲改數處，第二版恐須換却……且催令補了此數版，並《詩傳》示及也。	開始刊刻《詩集傳》。
淳熙十六年己酉	1189	《答蔡季通》：《詩傳》中欲改數行，乃馬莊父來説，當時看得不子細，只見一字不同，便爲此説。今詳看，乃知誤也。幸付匠者正之，便中印一紙來。	繼續刊刻《詩集傳》，此即所謂"後山本"。
紹熙元年庚戌	1190	《答吴伯豐》：《詩傳》中有音未備者，有訓未備者，有以經統傳，舛其次者。此類皆失之不詳，今當添入。然印本已定，不容增減矣。	《詩集傳》刊刻已就。

由此表可以看出，雖然，解《詩經》而非解《毛詩》的《詩集傳》已經撰成，而且朱子在詩經學方面的相關理論已經比較完善了，但朱子對《詩集傳》的一字一句等細枝末節亦不放過，時時不忘修改，並在之後的刊刻中不斷加以改正。"後山本"《詩集傳》刊刻之後，朱子仍然反思其説，認爲其中"有音未備者，有訓未備者，有以經統傳，舛其次者"，並以版已定型不能修改而有所遺憾。《致吴必大書》後又説"不免别作《補脱》一卷，附之《辨説》之後。此間亦無精力辦得，只煩伯豐爲編集"，並附有《詩集傳補脱》之例。① 吴洋先生《朱熹〈詩經〉學思想探源及研究》列表詳細考察了朱子補脱的内容，並作了分析。②

此外，朱子還提示自己的學生，讀《詩》不能僅僅按照其所撰《詩集傳》來讀，亦要參看其他古注：

> 文蔚泛看諸家《詩》説。先生曰："某有《集傳》。"後只看《集傳》，先生又曰："曾參看諸家否？"曰："不曾。"曰："却不可。"（文蔚。）③

此陳文蔚所録，爲朱子 1188 年後之論。朱子不讓陳文蔚讀"諸家《詩》説"，而

---

① ［宋］朱熹撰，劉永翔、徐德明校點：《晦庵先生朱文公文集》（三），《朱子全書》（修訂本）第 22 册，第 2422—2426 頁。
② 吴洋：《朱熹〈詩經〉學思想探源及研究》，第 32—37 頁。
③ ［宋］黎靖德輯，鄭明等校點：《朱子語類》，《朱子全書》（修訂本）第 17 册，第 2762 頁。

讓他讀自己的《詩集傳》，是因爲諸家之説皆有不足，不能如他的《詩集傳》，可以得"聖賢本意"，若參照他説，很可能讓學者誤讀《詩經》，以致誤解經意。此後，又要他參看諸家之説，則間接反映出朱子認爲其《詩集傳》亦有不足之處。畢竟，《詩集傳》亦只是經解，是不能與經本身相提並論的。

據《朱子語類》載，沈僩認爲：

> 先生於《詩傳》，自以爲無復遺恨，曰："後世若有揚子雲，必好之矣。"而意不甚滿於《易本義》。（僩。）①

此爲沈僩 1198 年之後所聞。可是，我們不能據此以爲，此時朱子對其詩經學已經並無自我完善的意識了。其實，直至朱子生命的最後幾個年頭裡，朱子仍希望《詩集傳》能够更完善一些，據《朱子語類》載，朱子嘗云：

> 今若有會讀書底人看某《詩傳》，有不活絡處都塗了方好。而今《詩傳》只堪減，不堪添。（胡泳。）②

此胡泳所録，爲朱子 1198 年所説，此時距朱子歿僅兩年，是其晚年之論。此時，朱子仍認爲《詩集傳》中有"不活絡處"，"只堪減，不堪添"，並希望有會讀書的人對其中不足進行修正。而從朱子臨終前還在修改《大學·誠意章》的事蹟中，我們亦可看出，自我完善意識是貫穿其整個治學生涯，甚至是整個生命始終的。

朱子於淳熙五年(1178)産生了去《序》的想法，著手修改《詩集傳》，並於淳熙十三年(1186)撰成，而其中仍保留了淳熙四年(1177)的序。朱鑑《詩傳遺説》説："《詩傳》舊序，案此乃先生丁酉歲用《小序》解《詩》時所作。"③今本《詩集傳》前仍保留此序，並非未及刪除，而是不必刪除。因爲此序未涉及《小序》，而其中所論"《詩》何爲而作"、《詩經》"所以教者"、風雅頌三體的不同，以及如何學《詩》四點是朱子一貫的主張，並無變化。也就是説，朱子以義理爲統攝來解《詩經》的原則是始終一貫的，希望藉由《詩經》來致知窮理的治《詩》目的是一貫的，而具體治《詩》實踐上的變化是爲了實現如何以義理爲統攝來解《詩》、如何由《詩經》來致知窮理而作的調整。

綜上所論，與朱子思想、學説的發展相關聯，朱子治《詩》也經歷了一個發

①　［宋］黎靖德輯，鄭明等校點：《朱子語類》，《朱子全書》(修訂本)第 16 册，第 2222—2223 頁。
②　［宋］黎靖德輯，鄭明等校點：《朱子語類》，《朱子全書》(修訂本)第 17 册，第 2766 頁。
③　［宋］朱鑑：《詩傳遺説》卷二，影《四庫薈要》本，2005 年，第 8 頁下。

展變化的過程。在朱子的治《詩》過程中,他不斷反思自己的舊説,保留舊説合理之處,對自己舊説不足之處加以糾正,終於領悟到只有去除《小序》,突破《毛詩》的藩籬,才能求得《詩經》本旨。朱子在此理論的指引下,不斷修正己説,撰成今本《詩集傳》。《詩集傳》撰成之後,朱子仍不斷修正其中不足之處,精益求精,不斷完善。可以説,朱子完成詩經學重建的過程中,始終伴隨著朱子對自己舊説的不斷自我完善。

第四節　朱子的詩經學重建

就朱子之前的詩經學而言,繼承容易導致沿襲、步趨,而批評則會產生解構、破壞。朱子在其治《詩經》的過程中,逐漸對詩經漢學和宋代詩經學各自的特色與不足有了深刻的認識,並系統地對於二者加以清理、總結和綜合,撰成《詩集傳》。朱子以格物窮理的認識論為前提,將繼承和批評有機地結合起來,在繼承的同時有所批評,在批評的同時又能有所繼承,這才構建了自己的詩經學體系,並奠定了詩經宋學。這是獨立於《毛詩》系統之外的一個新的詩經學體系。《四庫總目提要》説:"其捨《序》言《詩》者,萌於歐陽修,成於鄭樵,而定於朱子之《集傳》,輔廣《童子問》以下遞相羽翼。"①雖然四庫館臣所持論的立足點與拙撰不同,但是,他們認為詩經宋學定於朱子,無疑是一個睿見,也是拙撰所認同的。直至朱子《詩集傳》成,才標誌著詩經宋學體系的真正建立。

朱子對詩經學體系的重新構建,其前提是朱子既吸收前儒之長,却不拘泥於前儒,同時又清醒、深刻地認識到前儒的不足,並加以辨破;其基礎是在宋代理學的創立和發展的學術思潮中,朱子能從形而上的義理一路不斷吸收前儒的理論,並加以綜合。而其重新建構的過程,則伴隨著朱子自己對詩經漢學和宋代詩經學分別進行最大限度的繼承與最大力度的批評,以及對自己舊説的深刻反思以不斷自我完善。

一、朱子重建詩經學的前提

只有不斷地對前儒舊説加以破除,才有可能構建一個新的詩經學體系。據《朱子語類》載,朱子嘗云:

---

① ［清］紀昀等著,四庫全書研究所整理:《欽定四庫全書總目》(整理本),第 205 頁。

横渠云：“濯去舊見，以來新意。”此説甚當。若不濯去舊見，何處得新意來。（僩。）①

學者不可只管守從前所見，須除了，方見新意。如去了濁水，然後清者出焉。（力行。）②

由此可知，朱子深知不破無以立的道理。朱子治《詩》，辨破《小序》之説，突破《毛詩》的藩籬，使得詩經漢學無法立足；他對漢唐古注中訓詁給予了充分重視，可以儘量保證其《詩》解的可信性和有效性，以糾正之前宋儒詩經學中不重視訓詁的弊病。而反過來看，朱子也正是看到了之前宋儒治《詩》的不徹底之處，才對詩經漢學中合理之處加以繼承，對其中不足之處加以批評。

朱子對前儒《詩經》注釋的長處與不足都有著深刻而清醒的認識。他吸收了前儒的長處，爲己所用，却不拘泥於前儒之説，而是在吸收的同時清醒、深刻地揭出其間不足，加以辨破。同時，朱子亦能深刻反思自己治《詩》舊説的不足，並不斷加以自我完善。這是朱子完成詩經學重建的前提。

當然，朱子破舊立新，重新建立了一個系統的詩經學體系，使得詩經宋學可以在詩經漢學的權威下，另立堂奥，別闢蹊徑，得以真正建立起來，還得益於他深厚的理論素養、嚴密的邏輯思維和理性的思辨精神。

二、朱子重建詩經學的基礎

以“宋初三先生”石介、胡瑗、孫復爲發端，“北宋五子”邵雍、周敦頤、張載、程顥、程頤開創並發展的理學，是宋代學術中最突出的新變。朱子的父親朱松從羅從彦學，羅從彦師從楊時，是二程的再傳弟子。家學淵源引朱子走向二程洛學一脈。朱松臨終前，又將朱子託付給好友胡憲、劉勉之、劉子翬來教育，將朱子繼續規範於二程洛學之中。後朱子又從學延平李侗，更爲系統地接觸了洛學。朱子自覺地接受理學，上溯到二程之學，特別是程頤之學，不斷深入了自己的認識。經過丙戌之悟，再到己丑之悟，朱子提出“中和新説”，其學術思想至此已經成熟。

乃師李侗曾在《與羅博文書》中評價朱子曰：“元晦進學甚力，樂善畏義，吾黨鮮有。晚得此人，商量所疑，甚慰。”③信文中又曰：

---

① 〔宋〕黎靖德輯，鄭明等校點：《朱子語類》，《朱子全書》（修訂本）第 14 册，第 342 頁。
② 〔宋〕黎靖德輯，鄭明等校點：《朱子語類》，《朱子全書》（修訂本）第 14 册，第 343 頁。
③ 〔宋〕李侗：《李延平集》，《叢書集成初編》第 2047 册，上海：商務印書館，1935 年，第 4 頁。

> 此人(引者按：指朱子)極穎悟,力行可畏,講學極造其微處。某因
> 此追求,有所省。渠所論難處,皆是操戈入室,須從原頭體認來,所以好
> 説話。某昔於羅先生得入處,後無朋友,幾放倒了。得渠如此,極有益。
> 渠初從謙開善處下工夫來,故皆就裏面體認。今既論難,見儒者路脈,極
> 能指其差誤之處。自見羅先生來,未見有如此者。①

李侗作爲朱子的老師,在致其友羅博文的書信中,對朱子作出的評價,應該是
公允的,並無溢美成分。李侗認爲,朱子於"論難處"的"操戈入室",正反映出
朱子具有深厚的理論素養、嚴密的邏輯思維和理性的思辨精神。而"見儒者
路脈,極能指其差誤之處",則點明朱子將此運用於治學中,糾正了前人的偏
頗,從而成就了自己。

《宋元學案》謂朱子"致廣大",即是指他學説、思想以形而上的義理一路
爲理論基礎。朱子治《詩》,即以義理爲統攝。他從理學家的思想中汲取營
養,反復辯難,不斷豐富、深化自己對《詩經》的認識。而在這個過程中,逐漸
形成的深厚的理論素養、嚴密的邏輯思維和理性的思辨精神,是他重建詩經
學的基礎。

三、朱子詩經學的形成與重建詩經學

朱子詩經學形成的過程,與他重建詩經學的過程是一致的。前文已經揭
出,在朱子詩經學形成的過程中,朱子從詩經學理論和治《詩》實踐角度,對漢
唐諸儒和宋儒的詩經學都有最大限度的繼承與最大力度的批評;朱子又對自
己舊説進行了深刻反思,以不斷自我完善。他重建詩經學的過程中,伴隨著
他對前儒《詩》説的繼承與批評,伴隨著他對自己舊説的自我完善。這些繼
承、批評與自我完善,促使了朱子詩經學的形成,同時也促使他完成了重建詩
經學的使命。

朱子對前説的繼承與批評,是建立在他的認識論的基礎上的;朱子對自
己舊説的不斷反思與自我完善,是建立在他的知行觀的基礎上的。朱子的認
識論是格物窮理,也就是以格物致知爲認識的手段,以窮理爲認識的最終目
的。從認識論上來看,朱子從理論上對前儒《詩》説加以反思,認識到治《詩》
時要做到格物致知,就需要充分尊重漢唐諸儒對於《詩經》中名物、制度、字詞
的訓詁,而這又恰可以彌補宋儒在格物致知上的不足;治《詩》要窮理,就需要

---

① ［宋］李侗:《李延平集》,《叢書集成初編》第 2047 册,第 4 頁。

沿宋儒所重的義理解經這一途徑，而這又恰可以彌補漢儒"不通義理"之不足。也就是說，朱子取宋代詩經學在窮理上的長處糾正漢唐詩經學不能窮理之弊，再用詩經漢學在格物致知上的長處以彌補宋代詩經學不重訓詁之弊，將二者加以綜合，以形成自己的詩經學，完成對詩經學的重建工作。朱子的知行觀是"知行常相須"，而若"論先後，則知在先"，也就是說，朱子認爲知與行是知先行後基礎上的知行合一。朱子的知與行並不僅僅局限於窮理與做功夫上，也體現在治經上。朱子在詩經學領域的理論認識即屬於"知"的範疇，他的解《詩》行爲即屬於"行"的範疇。從知行觀上來看，朱子不斷就理學家之論反思以至開悟，進而審視前儒《詩》說，逐漸形成了詩經學領域的一些理論認識，並將其貫徹到治《詩》實踐中，以解釋《詩經》。解《詩》過程中的一些問題又反過來促進他對於詩經學的理論認識更爲豐富，再用於指導新的治《詩》實踐。如此循環往復三次，朱子去除《小序》，完成詩經學的重建，撰成今本《詩集傳》。此後，朱子就其細微處，對《詩經》的解釋加以修訂，使其更爲嚴密，以鞏固自己的詩經學重建工作。

朱子爲學，以恢復"孔孟道統"自任，以期完成儒家知識分子修身、齊家、治國、平天下的擔當與使命。當然，在一定程度上，這也是爲了改造儒學，以積極應對佛、老二家學說與思想的衝擊。在詩經學史上，朱子確實完成了對詩經漢學的改造，並且能在有所破的基礎上有所立。他從《詩經》本文出發，來對其加以闡釋，建立了詩經宋學，使之可爲當時的現實社會服務。也就是說，至朱子詩經學的形成，才完成了詩經學領域真正意義上的重建。

第二章　朱子《詩》學觀研究

第一節　朱子治《詩》理念

治《詩》理念是《詩》學觀中的一個重要組成部分，一般可以認爲，它應該包括詩經學者在治《詩》時的宗旨、立場、原則等方面。朱子詩經學觀經過兩次變化後才最終定型，本節所論是其《詩》學觀定型後的治《詩》理念。

朱子《詩》學觀的最終定型，是在對詩經漢學和宋代詩經學既有繼承又有批評的基礎上，同時不斷完善自己舊説而逐漸形成的。宋儒大多已經意識到詩經漢學中存在的弊病，力圖突破詩經漢學以言《詩》，但是由於他們並未能徹底在理論上清算詩經漢學，致使在其治《詩》實踐中，並未能完全突破詩經漢學的理論預設和話語體系。而朱子力主去《小序》以言《詩》，從理論和實踐上解決了此前宋代詩經學者的不足之處，奠定了詩經宋學的治學格調。朱子治《詩》理念與這個背景息息相關。

一、朱子治《詩》的宗旨

所謂朱子治《詩》的宗旨，亦即朱子治詩經學，並撰寫相關詩經學著作——即《詩集傳》，以及《詩傳綱領》、《詩序辨説》——的基本動機。

宋儒治學，力求糾正漢儒不通義理之病。余英時先生亦指出，"理學家的遠程目標"是"回向三代"。[①] 而"回向三代"的復古行爲，恰好可以糾正漢儒不通義理的弊病。朱子於治《詩》，亦是希望借助"回向三代"以走向詩經學的創新。二程是理學家普遍公認的宗師，他們言《詩》却仍是遵從《小序》之説的。在《詩序》問題上，朱子甚至違背他極爲尊崇的二程的思想，亦要力主去《小序》以言《詩》，並與好友吕祖謙就此問題多次辯論。朱子治《詩》力主除

---

① 余英時：《朱熹的歷史世界》，北京：生活・讀書・新知三聯書店，2004 年，第 460 頁。

《小序》,其目的就是爲了徹底地清理詩經漢學,特别是《毛詩》對《詩經》的"誤讀",以圖恢復聖賢本意。① 朱子嘗言:

> 今欲觀《詩》,不若且置《小序》及舊説,只將元詩虚心熟讀,徐徐玩味。候仿佛見個詩人本意,却從此推尋將去,方有感發。②

在朱子看來,學者在治《詩》時,若不能去掉附加在《詩經》上的《小序》,則仍然是將《詩經》束縛在《毛詩》的範圍内,並不能突破漢儒的詩經學。朱子去《小序》以言《詩》,也就破除了詩經漢學的權威,爲其試圖回歸到《詩經》中所體現的聖賢本意清除了障礙,同時也奠定了詩經宋學。朱子在治《詩》過程中,思想有兩次變化,而究其原因,朱子逐步認識到如何將回歸聖賢本意的意圖落實到治《詩》實踐中,應當是此中的一個重要因素。試圖回歸聖賢本意可視爲朱子治《詩》的宗旨之一。

朱子嘗對其學生沈僴談及解《詩》時説:

> 因説學者解《詩》,曰:"某舊時看《詩》,數十家之説一一都從頭記得,初間那裏敢便判斷那説是,那説不是? 看熟久之,方見得這説似是,那説似不是;或頭邊是,尾説不相應;或中間數句是,兩頭不是;或尾頭是,頭邊不是。然也未敢便判斷,疑恐是如此。又看久之,方審得這説是,那説不是。又熟看久之,方敢決定斷説這説是,那説不是。這一部《詩》,並諸家解都包在肚裏。公而今只是見已前人解《詩》,便也要注解,更不問道理。只認捉着,便據自家意思説,於己無益,於經有害,濟得甚事? 凡先儒解經,雖未知道,然其盡一生之力,縱未説得七八分,也有三四分。且須熟讀詳究,以審其是非而爲吾之益。今公纔看着便妄生去取,肆以己意,是發明得個甚麽道理? 公且説,人之讀書,是要將作甚麽用? 所貴乎讀書者,是要理會這個道理,以反之於身,爲我之益而已。"(僴。)③

朱子自言其初治《詩》時,能記得"數十家之説",却無法分辨是非;而之後,朱子能將諸家《詩》解"都包在肚裏"。從《詩集傳》中,我們的確可以看到,朱子採擇了自漢唐到與他同時代的吕祖謙等多家之説,爲自己所用。不過,朱子在《詩集傳》中對諸家之説,並非是簡單的取捨,而是爲了"發明道理"所作出

---

① 詳參本章第三節《朱子〈詩序〉觀研究》。
② 〔宋〕黎靖德輯,鄭明等校點:《朱子語類》,《朱子全書》(修訂本)第 17 册,第 2758 頁。
③ 〔宋〕黎靖德輯,鄭明等校點:《朱子語類》,《朱子全書》(修訂本)第 17 册,第 2767 頁。

的擇善而從，是一種綜合。朱子學生沈僴看別人解《詩》，自己也想去注解《詩經》，却"不問道理"，他對這個想法提出批評，也正是基於此。朱子嘗因歐陽修的《詩本義》而批評當時的集注體著作說：

> 歐陽公有《詩本義》二十餘篇，煞說得有好處。有《詩本末論》。又有論云："何者爲《詩》之本？何者爲《詩》之末？《詩》之本，不可不理會；《詩》之末，不理會得也無妨。"其論甚好。近世自集注文字出，此等文字都不見了，也害事。如吕伯恭《讀詩記》，人只是看這個。它上面有底便看，無底更不知看了。（僴。）①

朱子否定了當時的"集注文字"，認爲其"害事"，就是因爲其中大多僅僅羅列諸家之說，並無自己的精髓存在，不能以一個一以貫之的思想將諸家的經注統攝起來，也就談不上將《詩經》所蘊含的深意發掘出來，更談不上重新恢復"道統"，重建儒學。從現有文獻來看，朱子雖未就自己撰作《詩集傳》的深層目的發表相關言論，不過，其論《論語集注》的撰作目的，可以與此合觀：

> 如《精義》，諸老先生說非不好，只是說得忒寬，易使人向别處去。某所以做個《集注》，便要人只恁地思量文義。曉得了，只管玩味，便見聖人意思出來。（寓。）②

在朱子看來，他所作的《論語集注》是爲了便於學者體味"聖人意思"；而《詩集傳》的撰寫，當亦如此。朱子遍採諸家之說，最終還是爲了熔鑄成一個統攝在自己思想之下的新的《詩經》注解，以揭明其中所蘊含的聖賢大道和天地自然之理，便於學者閱讀。此其宗旨之二。

在朱子看來，學者讀書、治學的目的，是爲了體會"聖賢大道"，而最終還是要回到學者自身來。前揭沈僴所録朱子語云："所貴乎讀書者，是要理會這個道理，以反之於身，爲我之益而已。"讀書的目的是爲了反諸自身，"爲我之益"，也就是說要"切己"。《朱子語類》載朱子嘗訓其門人周謨之語曰：

> 既受《詩傳》，併力抄録，頗疏侍教。先生曰："朋友來此，多被册子困倒，反不曾做得工夫，何不且過此說話？彼皆紙上語爾，有所面言，資益爲多。"③

---

① ［宋］黎靖德輯，鄭明等校點：《朱子語類》，《朱子全書》（修訂本）第17册，第2763頁。
② ［宋］黎靖德輯，鄭明等校點：《朱子語類》，《朱子全書》（修訂本）第14册，第721頁。
③ ［宋］黎靖德輯，鄭明等校點：《朱子語類》，《朱子全書》（修訂本）第18册，第3679頁。

在朱子看來,爲學的目的,是要施諸實踐,"反求諸己",以提高自身修爲。若僅就文獻來閱讀來體會,不能"做得工夫",治學並未落實到形而下的實際層面,因此並無實用。《朱子語類》中又載朱子多次言及讀書、治學要"切己":

> 讀書須是虛心切己。虛心,方能得聖賢意;切己,則聖賢之言不爲虛説。①

> 今人讀書,多不就切己上體察,但於紙上看,文義上説得去便了。如此,濟得甚事。(寓。)②

> 讀《六經》時,只如未有《六經》,只就自家身上討道理,其理便易曉。(敬仲。)③

> 入道之門,是將自家身己入那道理中去。漸漸相親,久之與己爲一。而今人道理在這裏,自家身在外面,全不曾相干涉。(偶。)④

> 或問:"爲學如何做工夫?"曰:"不過是切己,便的當。此事自有大綱,亦有節目。常存大綱在我,至於節目之間,無非此理。體認省察,一毫不可放過。理明學至,件件是自家物事,然亦須各有倫序。"(謙。)⑤

作爲理學家,治學的終極目標自然是體會聖賢大道與天地自然之理。但是,這個義理最終還是要落到實處,爲自己修身服務,在此基礎上,才能齊家、治國、平天下。也就是説,指導爲人爲學,以便於學者切己體察,是朱子治《詩》宗旨之三。

由上文分析可知,朱子治《詩》的宗旨可總結爲三個方面:一是破除詩經漢學的權威,試圖回歸聖賢本意,以完成詩經學的重建;二是在義理的統攝下遍採群言,加以熔鑄綜合,成爲新篇,以揭明聖賢大道和天地自然之理;三是指導爲人爲學,以便於學者切己體察。

二、朱子治《詩》的立場

所謂治《詩》立場,是指學者對《詩經》性質的認定,是以《詩經》爲"經",還是以《詩經》爲"詩"。也就是説,治《詩》可以持有經學立場和文學立場。《詩

---

① [宋]黎靖德輯,鄭明等校點:《朱子語類》,《朱子全書》(修訂本)第14册,第335頁。
② [宋]黎靖德輯,鄭明等校點:《朱子語類》,《朱子全書》(修訂本)第14册,第337頁。
③ [宋]黎靖德輯,鄭明等校點:《朱子語類》,《朱子全書》(修訂本)第14册,第345頁。
④ [宋]黎靖德輯,鄭明等校點:《朱子語類》,《朱子全書》(修訂本)第14册,第288頁。疑後一"入"字當作"人"。
⑤ [宋]黎靖德輯,鄭明等校點:《朱子語類》,《朱子全書》(修訂本)第14册,第288—289頁。

經》是“經”還是“詩”,是詩經學史上引起過重大爭議的議題。據《朱子語類》載,朱子嘗言:

> 看《詩》,義理外更好看他文章。且如《谷風》,他只是如此説出來,然而叙得事曲折先後,皆有次序。而今人費盡氣力去做後,尚做得不好。(義剛。)①

朱子既説《詩經》中的“文章”,是在義理之外才看的,可見朱子治《詩》,首重義理,其次才注意文學性,也就是説,朱子於《詩經》的經學立場和文學立場兼顧,且以經學立場淩駕於文學立場之上。

(一) 經學立場

近些年來,有些學者以爲朱子治《詩》,已經突破經學立場,讓《詩經》從經學走向文學,如檀作文先生認爲:“儘管朱熹也强調《詩》的教化作用,但首先是當文學作品來看。”②其實不然,朱子是首先以《詩經》作爲“經”的。

“五經”、“六經”二詞,在《朱子語類》和《朱文公文集》中習見,這其中自然包括《詩經》。這也就説明,朱子從來都是以《詩》爲“經”的,他的詩經學並没有,當然也不可能突破經學的範疇。正如前文所論,朱子治《詩》,其宗旨之一就是爲了發明藴含在《詩經》中聖賢本意,而並不是爲了揭明其中所顯示文學特徵,及其對於後世文學創作的影響等等。這正是《詩經》作爲經學所特具的意義;若以《詩經》爲純粹的文學作品,是不可能有這樣的意圖的。這一點,也可以從《詩集傳》中得到明驗。雖然《詩集傳》對於《詩經》中所運用的文學表現手法已經略有觸及,但這並不是朱子的撰作目的。朱子對於賦、比、興的重視,並多有分析,亦是建立在《詩大序》提出“六義”的基礎上,而他自己認爲“‘六義’蓋是《三百篇》之綱領管轄”③,故而學《詩》必須要先認識“六義”。這其實也是建立在以《詩》爲“經”的前提下的。董治安先生在《關於戰國時期“詩三百”的流傳》一文中指出:“孔子十分强調詩的道德倫理功能和政治作用。這是孔子論詩的一個非常突出的特徵。”④而朱子有自覺紹承孔孟“道統”的意圖,其治《詩》亦必定重視《詩經》的道德倫理功能和社會政治作用,而這些是只有在以《詩》爲“經”的基礎上,才能承載的。

其實,所謂理學,是經學發展到宋代時,爲求突破經漢學的模式並積極回

---

① [宋] 黎靖德輯,鄭明等校點:《朱子語類》,《朱子全書》(修訂本)第 17 册,第 2756 頁。
② 檀作文:《朱熹詩經學研究》,北京:學苑出版社,第 147 頁。
③ [宋] 朱熹撰,朱傑人校點:《詩集傳》,《朱子全書》(修訂本)第 1 册,第 344 頁。
④ 董治安:《先秦文獻與先秦文學》,濟南:齊魯書社,1994 年,第 50 頁。

應佛、老二家而呈現出的一種新的理論形態,它應當是經學的一個分支。朱子作爲理學家,其本質還是儒生,《詩經》作爲儒家經典,他是不可能放棄《詩經》的經學立場以論《詩》的。而若儒生一旦不尊《詩》爲"經"了,《詩經》也就不會被他們那麽重視了。可見,作爲儒生的朱子,以紹承中斷已久的孔孟道統爲己任,尊《詩》爲"經",正是其"出於儒者對自己的身份認同所作出的必然選擇"①,而《詩經》的文學性只能是其次要關注面。

蔣立甫先生在談及朱子《楚辭集注》時,分析道:"在道學家的眼中,'道'之與'文','道'無疑是占第一位的。"②此說甚諦。《楚辭》如此,《詩經》作爲"五經"之一,就更加應該如此了。

(二) 文學立場

《詩經》畢竟以詩歌的文本形態呈現,雖然被人爲地附加了道德倫理和社會政治等功用,但其中的文學性亦是不能忽略的。《毛詩序》已經大致提出了"詩言志"和賦比興的命題,已經涉及對其文學性的體認。唐宋時期詩歌創作逐漸繁榮,詩歌理論不斷發展,加之朱子本人在文學創作,特別是詩歌創作上,亦有一定建樹,③故他能對《詩經》的文學性有較爲深刻的體認。

朱子在論《詩》時,多注重用其間的"文勢",又說:"教小兒讀《詩》,不可破章。"(道夫。)④這樣就可以從整體上去感悟詩歌語言。朱子又云:

> 《詩》中頭項多,一項是音韻,一項是訓詁名件,一項是文體。(方子。)⑤

可見,朱子亦重視《詩經》諸篇的文體。而朱子對《詩經》中音韻的重視,亦與《詩經》的文學性相關,《朱子語類》載朱子重《詩經》中的韻讀說:

> 先生因言,看《詩》須並叶韻讀,便見得他語自整齊。又更略知叶韻所由來,甚善。(銖。)⑥

---

① 陳才:《〈詩〉中沉潛勤"述學"　巨椽寫就好文章——評郭全芝教授〈清代詩經新疏研究〉》,《如切如磋:經學文獻探研録》,第198頁。
② 蔣立甫:《楚辭集注·校點説明》,《朱子全書》(修訂本)第19册,第4頁。
③ 關於朱子的詩歌創作及其成就,可參看申美子:《朱子詩中的思想研究》,臺北:文史哲出版社,1988年;朱傑人:《朱子詩論》,《朱子學論集》,第64—76頁;莫礪鋒:《朱熹文學研究》,第37—79,151—208,282—289頁。
④ 〔宋〕黎靖德輯,鄭明等校點:《朱子語類》,《朱子全書》(修訂本)第14册,第271頁。
⑤ 〔宋〕黎靖德輯,鄭明等校點:《朱子語類》,《朱子全書》(修訂本)第17册,第2754頁。
⑥ 〔宋〕黎靖德輯,鄭明等校點:《朱子語類》,《朱子全書》(修訂本)第17册,第2756頁。

叶韻可使《詩經》便於誦讀,也就便於讀者發現、體會其中的美感。朱子又評歐陽修《詩本義》道:

> 歐陽會文章,故《詩》意得之亦多。(振。)①

歐陽修因在詩文創作上有很大的成就,所以能從創作的角度來分析《詩經》,體會《詩》意。從朱子對此的表彰中,也可看出朱子治《詩經》所持的文學立場。

此外,朱子甚至大膽地將《詩經》與後世普通詩歌相提並論,認爲閱讀《詩經》與閱讀後世詩歌有相通之處:

> 讀《詩》,且只將做今人做底詩看。或每日令人誦讀,却從旁聽之。其詁有未通者,略檢注解看,却時時誦其本文,便見其語脈所在。(僩。)②

讀《詩》要觀其"語脈所在",而解《詩》時,亦可與解後世詩歌相對照:

> 又曰:"變《風》中固多好詩,雖其間有没意思者,然亦須得其命辭遣意處,方可觀。後人便自做個道理解説,於其造意下語處,元不及究。只後代文集中詩,亦多不解其辭意者。樂府中《羅敷行》,羅敷即使君之妻,使君即羅敷之夫。其曰'使君自有婦,羅敷自有夫',正相戲之辭。"又曰:"'夫婿從東來,千騎居上頭',觀其氣象,即使君也。後人亦錯解了。須得其辭意,方見好笑處。"(必大。)③

朱子認爲,《變風》中並不是每一篇都有義理存在其中,但是需要看其中"命辭遣意處"。不過,恰如現代文藝理論所認爲的,哪裡有理解,哪裡就有誤解,"哪裡有誤解,哪裡就有闡釋學"。後世詩歌有無法得其確解之處,《詩經》中一些篇目的闡釋亦無法知道其"造意下語"之所在。《朱子語類》又載:

> 問:"今人自做一詩,其所寓之意,亦只自曉得,前輩詩如何可盡解?"

---

① [宋]黎靖德輯,鄭明等校點:《朱子語類》,《朱子全書》(修訂本)第17册,第2763頁。
② [宋]黎靖德輯,鄭明等校點:《朱子語類》,《朱子全書》(修訂本)第17册,第2756頁。
③ [宋]黎靖德輯,鄭明等校點:《朱子語類》,《朱子全書》(修訂本)第17册,第2758—2759頁。原書"使君"誤作"史君",兹據中華書局本改。見[宋]黎靖德編,王星賢點校:《朱子語類》,第2085頁。

曰："何況三百篇，後人不肯道不會，須要字字句句解得麽！"①

孟子説"以意逆志"，道理雖不錯，但是具體操作起來，則有可能會遇到麻煩，因爲其中表層含義容易看出來，而深層寓意却未必能被讀者"逆"出。在今天看來，朱子所説與相關文學理論和詮釋學理論相符。

檀作文先生已經指出，朱子在《詩集傳》中，亦"以《楚辭》、漢魏樂府、後世民歌來比附《詩經》"，同時還有對《詩經》文學表現手法，諸如"審辭氣"、"託言"、"祝願之辭"、"追述"、"對强烈情感表達方式的體認"等方面都有較深刻的認識。② 這也正説明，朱子對於《詩經》中的文學特質的認識程度相當深刻，並已經用於解《詩》的實踐當中，而這正是其所持文學立場的表現。

最後，需要特别説明的是，在朱子治《詩》時，其所持的經學立場和文學立場並不是對立關係，而是並行不悖的。

三、朱子治《詩》的原則

綜觀朱子關於《詩經》的相關言論及《詩集傳》中的治《詩》實踐，朱子治《詩》的原則主要可以歸納爲以下幾個方面。

一是嚴别經傳，以《詩》言《詩》。朱子治經時嚴别經、傳，這一點，蔡方鹿先生在《朱熹經學與中國經學》中已經提及，並認爲這是"貫穿在朱熹經學思想各個方面"的"普遍的經學方法論思想"。③ 這與朱子"理一分殊"的思想息息相關。《朱子語類》載朱子云：

> 東萊《詩記》却編得子細，只是大本已失了，更説甚麽？向嘗與之論此，如《清人》、《載馳》一二詩可信。渠却云："安得許多文字證據？"某云："無證而可疑者，只當闕之，不可據《序》作證。"渠又云："只此《序》便是證。"某因云："今人不以《詩》説《詩》，却以《序》解《詩》，是以委曲牽合，必欲如序者之意，寧失詩人之本意不恤也。此是序者大害處。"（賀孫。）④

此條爲葉賀孫1191年之後所聞，是朱子晚年之論。這段話可與朱子《答吕子約》書參觀。該書云：

---

① ［宋］黎靖德輯，鄭明等校點：《朱子語類》，《朱子全書》（修訂本）第 17 册，第 2766 頁。
② 檀作文：《朱熹詩經學研究》，第 149 頁。
③ 蔡方鹿：《朱熹經學與中國經學》，第 494 頁。
④ ［宋］黎靖德輯，鄭明等校點：《朱子語類》，《朱子全書》（修訂本）第 17 册，第 2748—2749 頁。

　　如《詩》、《易》之類，則爲先儒穿鑿所壞，使人不見當來立言本意。此
又是一種功夫，直是要人虚心平氣，本文之下打疊，交空蕩蕩地，不要留
一字先儒舊説，莫問他是何人所説，所尊所親、所憎所惡，一切莫問，而唯
本文本意是求，則聖賢之指得矣。①

朱子反對據《小序》以解《詩經》，主張"以《詩》説《詩》"，目的就是要揭開附加
在《詩經》之上諸舊説的束縛，從《詩經》本文入手去理解《詩經》本旨，理解《詩
經》中藴含的聖賢本意。

　　以《詩》言《詩》，還有一層意思是不要在解《詩》時摻雜解釋者的主觀看
法，而是要"述而不作"。朱子嘗言：

　　　某所著《詩傳》，蓋皆推尋其脈理，以平易求之，不敢用一毫私意。
（可學。）②

朱子反對"六經注我"的解經方式，而希望"我注六經"，因爲只有不用"一毫私
意"，才是準確地"述聖"的最佳途徑。若摻雜己見，就不是闡發《詩經》中所藴
含的聖賢之旨，而是在"述己"了。朱子的這個做法，對於糾正當時詩經學領
域内的偏頗，無疑是具有積極意義的，儘管從現代文學理論以及詮釋學的角
度來看，解《詩》過程中不可能做到絶對客觀而不摻雜"一毫私意"。

　　需要再贅言幾句的是，有學者認爲朱子的"以《詩》説《詩》"，是主張從文
學角度解釋《詩經》。從上面所引兩段話來看，這應該是誤解了朱子本意。前
文已述，朱子將治《詩》的經學立場凌駕於文學立場之上。朱子的此一主張，
並不意味著他要放棄《詩經》的作爲"經"的觀念，而僅僅將《詩經》當成"詩"來
看。"以《詩》説《詩》"，並不是"以詩説《詩》"，這二者要區別開來。

　　二是由訓詁以求義理，二者並重，不可偏廢。這與朱子格物窮理的認識
論息息相關。朱子治《詩》，批評漢唐學者不明義理，又批評宋儒於文字訓詁
不甚關心，他自己則能融合兩方面的長處，規避其短處，堅持由訓詁以求義理
的治《詩》原則，做到訓詁義理並重，並不偏廢。在《詩集傳》中，朱子遍採諸家
訓詁，擇善而從，有時亦自立新訓，並多有創獲。其中雖有誤訓與不足之處，
但其對訓詁給予了充分重視並取得了相當的成就則是毫無疑問的。而作爲
理學家，對義理的闡發，則是其解經的終極目的。朱子重視訓詁，希望由訓詁

---

　　① ［宋］朱熹撰，劉永翔、徐德明校點：《晦庵先生朱文公文集》（三），《朱子全書》（修訂本）第 22
　　　　冊，第 2213 頁。
　　② ［宋］黎靖德輯，鄭明等校點：《朱子語類》，《朱子全書》（修訂本）第 17 冊，第 2775 頁。

以通經明道,這樣才能保證解經的科學性和有效性。朱子在《答楊元範書》坦言:

> 字畫音韻是經中淺事,故先儒得其大者多不留意。然不知此等處不理會,却枉費了無限辭説牽補,而卒不得其本義,亦甚害事也。非但《易》學,凡經之説,無不如此。①

若不明文字音韻訓詁之學,則本義難明,這也就妨礙了對"道"的體悟。其實,略早於朱子的鄭樵,在其所著《通志·六書略》中已經表達了大致相同的觀點:

> 經術之不明,由小學之不振。小學之不振,由"六書"之無傳。聖人之道,惟藉《六經》。《六經》之作,惟務文言。文言之本,在於"六書"。"六書"不分,何以見義?②

儘管清儒往往不願意承認,鄭樵、朱子的觀點直接影響了清儒,特別是乾嘉學派由小學以通經明道的治學路向,但這個影響確實存在,則是不容置疑的。

三是簡潔。朱子治經,主張注解應該簡潔,他認爲:"凡解釋文字,不可令注脚成文。成文則注與經各爲一事,人唯看注而忘經。"③若注解過於繁瑣,則容易導致經與傳本末倒置。正是基於這一原則,朱子的《詩集傳》亦是一個簡潔的注本,而這是在之前所撰舊本《詩集傳》基礎上删節而來的,朱子《答吕祖謙》書云:

> 竊承讀《詩》終篇,想多所發明,恨未得從容以請。熹所集解,當時亦甚詳備,後以意定,所餘才此耳。④

這個删節是"以意定",也就是説,是在熔鑄綜合以成新篇的前提下删節的。朱子《答潘文叔》書亦云:

① 〔宋〕朱熹撰,劉永翔、徐德明校點:《晦庵先生朱文公文集》(三),《朱子全書》(修訂本)第22册,第2289頁。
② 〔宋〕鄭樵:《通志》,上海:商務印書館,1935年,第487頁下。
③ 〔宋〕朱熹撰,戴揚本、曾抗美校點:《晦庵先生朱文公文集》(五),《朱子全書》(修訂本)第24册,第3581頁。
④ 〔宋〕朱熹撰,劉永翔、朱幼文校點:《晦庵先生朱文公文集》(二),《朱子全書》(修訂本)第21册,第1461頁。

近亦整頓諸家説,欲放伯恭《詩》説作一書,但鄙性褊狹,不能兼容曲徇,恐又不免少紛紜耳。《詩》亦再看,舊説多所未安,見加删改,别作一小書,庶幾簡約易讀。若詳考,即自有伯恭之書矣。①

可見其《詩集傳》是以"簡約易讀"作爲目標的。朱子又有《答程欽國》書云:

近集諸公《孟子》説爲一書,已就稿。又爲《詩集傳》,方了《國風》、《小雅》。二書皆頗可觀,或有益於初學,恨不令吾弟見之。②

朱子自云"或有益於初學",並不僅僅是自謙。朱子或者亦有出於維護道學純潔與正統地位的考慮:初學者只有讀其所著《詩集傳》,才可以由此以體味聖賢大道並進而體會天地自然之理,而不至於被其他《詩》解遮蔽。朱子在《與劉子澄》書中云:"諸書今歲都修得一過,比舊儘覺簡易條暢矣,恨不得呈似商量也。"③據陳來先生《朱子書信編年考證》,此信作於 1185 年。④ 顧宏義先生認爲作於淳熙十二年七月九日⑤,與陳説同。"諸書",自然應當包括《詩經》在内。當然,正如錢大昕《朱文公三世像贊》中所説的,"由博返約,大醇無疵"⑥,這個簡潔是在博觀基礎上的約取。

此外,朱子對簡潔的舊注本頗爲認同。雖然他對於《詩經》注本多有批評,但是其中若有具備簡潔特徵,即使是"不通義理"的漢儒舊注,朱子也頗爲認同。《朱子語類》載:

曰:"伊川於漢儒取大毛公,如何?"曰:"今亦難考,但《詩注》頗簡易,不甚泥章句。"(可學。)⑦

《毛傳》簡易,不太拘泥於章句,這爲朱子所喜,故他將程頤取《毛傳》之説,歸因於此。朱子對注解簡潔的喜好,於此亦可窺一斑。

---

① [宋] 朱熹撰,劉永翔、徐德明校點:《晦庵先生朱文公文集》(三),《朱子全書》(修訂本)第 22 册,第 2290 頁。原文"褊狹"之"褊"誤作"礻"旁,爲其俗字,引文逕改爲正字。
② [宋] 朱熹撰,曾抗美、徐德明校點:《晦庵先生朱文公文集》(六),《朱子全書》(修訂本)第 25 册,第 4879 頁。
③ [宋] 朱熹撰,劉永翔、朱幼文校點:《晦庵先生朱文公文集》(二),《朱子全書》(修訂本)第 21 册,第 1548 頁。
④ 陳來:《朱子書信編年考證》(增訂本),第 235 頁。
⑤ 顧宏義:《朱熹師友門人往還書札彙編》,第 1761 頁。
⑥ [清] 錢大昕撰,陳文和、曹明升點校:《潛研堂文集》,陳文和主編:《嘉定錢大昕全集(增訂本)》第 9 册,南京:鳳凰出版社,2016 年,第 264 頁。
⑦ [宋] 黎靖德輯,鄭明等校點:《朱子語類》,《朱子全書》(修訂本)第 18 册,第 4242 頁。

　　四是多聞闕疑。前文已述,朱子注《詩》,在義理的統攝下遍採群言,加以熔鑄綜合,成爲新篇,以揭明聖賢大道和天地自然之理是其宗旨之一,其間遍採諸家之説,爲己所用。如此,就使得廣泛吸收、善加採擇成爲其治《詩》原則之一。他的弟子輔廣在《詩童子問·卷前》中評價朱子道:

　　　　(朱子)解釋經義,工夫至矣。必盡取諸儒之説,一一細研。窮一言之善,無有或遺;一字之差,無有能遁。①

在《詩集傳》中,朱子所採擇的諸家説法,從時間跨度上看,上自先秦時期孔孟之説,下到當時;從文獻範圍來看,遍涉經史子集四部。由此可見,輔廣所言並非溢美之辭。

　　朱子解《詩》時,遇到解不通的地方,並不强作解人。朱子有云:

　　　　經書有不可解處,只得闕。若一向去解,便有不通而謬處。②

若經解中"有不通而謬處",則會制約解釋的有效性和科學性,進而影響其可信度。因此,對經書中"不可解處"的適當闕疑是經解中的一個重要而且必要的原則。此外,《朱子語類》中載有朱子多次批評《小序》附會史事、人物的穿鑿,又載朱子以後世詩歌有不得其解者,則《詩經》中亦可有不得其解的篇目,這都是其闕疑精神的間接體現。而《詩集傳》中,有多處注爲"不詳",這直接體現了朱子的闕疑精神。朱子又云:

　　　　《詩傳》中或云"姑從",或云"且從其説"之類,皆未有所考,不免且用其説。(拱壽。)③

而朱子《答范伯崇》一書中則言及其對《國風》次序的闕疑:

　　　　十五《國風》次序恐未必有意,而先儒及近世諸先生皆言之,故《集傳》中不敢提起。蓋詭隨非所安,而辨論非所敢也。④

---

① ［宋］輔廣:《詩童子問》,影文淵閣《四庫全書》第74册,第298頁下。
② ［宋］黎靖德輯,鄭明等校點:《朱子語類》,《朱子全書》(修訂本)第14册,第351頁。
③ ［宋］黎靖德輯,鄭明等校點:《朱子語類》,《朱子全書》(修訂本)第17册,第2767頁。
④ ［宋］朱熹撰,劉永翔、徐德明校點:《晦庵先生朱文公文集》(三),《朱子全書》(修訂本)第22册,第1768頁。

凡此皆是。陳良中先生認爲,朱子治《尚書》,亦有存疑的原則。① 蓋多聞闕疑非特爲朱子治《詩》、《書》的原則,而應該視爲其治經,甚至治學的一般原則。

第二節　朱子對傳統詩經學命題的義理化改造
——以"六義"説、"二南"説、"淫詩"説爲中心

朱子以紹承道統爲己任,其思想與學説皆以此爲基礎而生發。朱子治經,即希冀從"曾經聖人手"的六經入手,以窮聖賢之道和天地自然之理。這與他格物窮理的認識論正相契合,因爲格六經亦屬於格物的範疇。在詩經學領域,學者爲了達到致知窮理的目的,就要以格《詩經》爲手段。因此,朱子除了在義理的統攝下綜合諸家説法重新注釋《詩經》之外,還對傳統詩經學命題如"六義"説、"二南"説、"淫詩"説等加以義理化改造,以爲學者格《詩經》之助。既有研究大多關注微觀方面的考察,尚不能全面反映出朱子的詩經學成就和特色,而宏觀方面的研究則有待加強。

一、朱子對"六義"説的重新闡釋

所謂"六義"説,是《詩大序》中提出的一個詩經學命題:"故《詩》有六義焉:一曰風,二曰賦,三曰比,四曰興,五曰雅,六曰頌。"此説源自《周禮·太師》:"教六詩:曰風,曰賦,曰比,曰興,曰雅,曰頌。"朱子很重視"六義",説:"《詩大序》只有'六義'之説是。"②朱子以義理爲統攝,對傳統的"六義"説加以改造,首次將"六義"提高到前所未有的地位,並構建出一個自足、完整的體系。

(一)"六義"舊説概述

《詩大序》提出"六義"的命題,之後僅對風、雅、頌加以解説,於賦、比、興無説。"六義"之中,《毛傳》僅"獨標興體"116 篇。鄭玄《毛詩箋》於《詩大序》"六義"無説,而《周禮注》有説:"風,言賢聖治道之遺化也。賦之言鋪,直鋪陳今之政教善惡。比,見今之失,不敢斥言,取比類以言之。興,見今之美,嫌於媚諛,取善事以喻勸之。雅,正也,言今之正者,以爲後世法。頌之言誦也,容也,誦今之德,廣以美之。"③此就功用而言"六義"。《鄭志》答張逸問曰:"比、

---

① 陳良中:《朱子〈尚書〉學研究》,北京:人民出版社,2013 年,第 135—136 頁。
② [宋] 黎靖德輯,鄭明等校點:《朱子語類》,《朱子全書》(修訂本)第 17 册,第 2743 頁。
③ [漢] 鄭玄注,賈公彥疏,彭林整理:《周禮注疏》,上海:上海古籍出版社,2010 年,第 880 頁。

賦、興，吳札觀《詩》已不歌也。孔子録《詩》，已合《風》、《雅》、《頌》中，難復摘別。篇中義多興。"①綜觀鄭玄兩處的解説可知，他認爲"六義"是六種詩體。孔穎達《毛詩正義》於此有説道："然則風、雅、頌者，《詩》篇之異體；賦、比、興者，《詩》文之異辭耳。大小不同，而得並爲六義者，賦、比、興是《詩》之所用，風、雅、頌是《詩》之成形。"②孔穎達的"三體三用"説注意到了其中的體、用之別，較鄭玄之説完善。

馴至宋代，理學産生，詩經學勃興。理學家與詩經學者於"六義"皆有關注，或沿鄭玄一路，或沿孔穎達一路，提出了不少新的看法。李冬梅《宋代〈詩經〉學專題研究》對宋代學者關於"六義"的觀點作了概括：

> 考宋代學者的解説，無外乎以下三種觀點。即"以六義皆爲詩之體"、"以六義俱爲詩之用"及"以六義之風、雅、頌爲詩之體，而賦、比、興爲詩之用"三説。其中第一説以王質爲代表，第二説以二程爲代表，第三説以鄭樵、朱熹等爲代表。③

此説大體得之。宋儒往往推重二程，認爲他們接續上了已經中斷千年的孔孟道統，所以採用二程之説者不少，比如吕祖謙《吕氏家塾讀詩記》卷一《綱領》述"六義"，就引用了二程之説：

> 程氏曰：《國風》、大小《雅》、三《頌》，《詩》之名也。六義，《詩》之義也。一篇之中，有備六義者，有數義者。〇又曰：學《詩》而不知六義，豈能知《詩》之體也？④

很顯然，吕祖謙是遵從二程之説的。作爲理學家，吕祖謙用二程之説，在情理之中。但是朱子却並没有採用二程的觀點，而是推重二程弟子謝良佐的觀點。

朱子《詩傳綱領》引謝良佐説："學《詩》須先識得六義體面，而諷味以得之。"後朱子有注曰：

> 愚按：六義之説，見於《周禮》、《大序》，其辨甚明，其用可識。而自

---

① ［漢］毛亨傳，［漢］鄭玄箋，［唐］孔穎達疏，［唐］陸德明音釋，朱傑人、李慧玲點校：《毛詩注疏》，第15頁。
② ［漢］毛亨傳，［漢］鄭玄箋，［唐］孔穎達疏，［唐］陸德明音釋，朱傑人、李慧玲點校：《毛詩注疏》，第15頁。
③ 李冬梅：《宋代〈詩經〉學專題研究》，長春：吉林人民出版社，2011年，第187頁。
④ ［宋］吕祖謙：《吕氏家塾讀詩記》卷一，宋淳熙九年江西漕臺刻本，第17頁。

鄭氏以來,諸儒相襲,不唯不能知其所用,反引異説而汩陳之。唯謝氏此
説,爲庶幾得其用耳。①

朱子認爲,"六義"之間的區別很明顯,其功用也容易爲學者所知曉,但自鄭玄
以來,諸儒中唯有謝良佐"庶幾得其用"。

(二) 朱子的"六義"説

朱子《詩傳綱領》於"六義"有詳細解説:

> 此一條本出於《周禮》大師之官,蓋《三百篇》之綱領管轄也。《風》
> 《雅》《頌》者,聲樂部分之名也。《風》則十五《國風》。《雅》則《大》《小
> 雅》。《頌》則《三頌》也。賦比興,則所以製作《風》《雅》《頌》之體也。賦
> 者,直陳其事,如《葛覃》、《卷耳》之類是也。比者,以彼狀此,如《螽斯》、
> 《綠衣》之類是也。興者,託物興詞,如《關雎》、《兔罝》之類是也。蓋衆作
> 雖多,而其聲音之節,製作之體,不外乎此。故大師之教國子,必使之以
> 是六者三經而三緯之,則凡《詩》之節奏指歸,皆將不待講説而直可吟詠
> 以得之矣。六者之序,以其篇次。《風》固爲先,而《風》則有賦比興矣,故
> 三者次之,而《雅》《頌》又次之,蓋亦以是三者爲之也。然比興之中,《螽
> 斯》專於比,而《綠衣》兼於興,《兔罝》專於興,而《關雎》兼於比。此其例
> 中又自有不同者,學者亦不可以不知也。②

由此可知,朱子的"六義"説包括三個方面:一是"六義"在詩經學中的地位,
二是"六義"在總體上的性質,三是"六義"的具體定義。

關於"六義"的地位,朱子認爲,"六義"是《詩經》的"綱領管轄",確立了
"六義"對於學習《詩經》的重要地位。此沿謝良佐之説而有所發揮。

關於"六義"的性質,朱子提出"三經三緯"説。《朱子語類》於此有論:

> 或問《詩》六義注"三經、三緯"之説。曰:"三經是賦、比、興,是
> 做詩底骨子,無詩不有,才無,則不成詩。蓋不是賦,便是比;不是比,
> 便是興。如《風》、《雅》、《頌》却是裏面橫弗底,都有賦、比、興,故謂之
> 三緯。"(燾。)③

---

① [宋] 朱熹撰,朱傑人校點:《詩集傳》,《朱子全書》(修訂本)第1册,第349頁。
② [宋] 朱熹撰,朱傑人校點:《詩集傳》,《朱子全書》(修訂本)第1册,第344頁。
③ [宋] 黎靖德輯,鄭明等校點:《朱子語類》,《朱子全書》(修訂本)第17册,第2740頁。

朱子以以賦、比、興三者爲經,《風》、《雅》、《頌》三者爲緯。這是沿孔穎達"三體三用"說而有所改造。

關於"六義"的定義,朱子除在此有說外,《詩集傳》和《朱子語類》也有與此意思相同而文字略有差異的表述。《詩集傳》於"三經"的定義爲:"賦者,敷陳其事而直言之者也。""比者,以彼物比此物也。""興者,先言他物以引起所詠之詞也。"①《朱子語類》載朱子於"三經"的定義爲:"直指其名,直叙其事者,賦也;本要言其事,而虛用兩句鈎起,因而接續去者,興也;引物爲況者,比也。"(大雅。)②關於比、興之別,朱子說:"比是以一物比一物,而所指之事常在言外。興是借彼一物以引起此事,而其事常在下句。但比意雖切而却淺,興意雖闊而味長。"(賀孫。)③關於三緯,《詩集傳》說:"風者,民俗歌謠之詩也。""雅者,正也,正樂之歌也。""頌者,宗廟之樂歌。"④《朱子語類》載朱子說:"大抵《國風》是民庶所作,《雅》是朝廷之詩,《頌》是宗廟之詩。"⑤

從具體的治《詩》實踐的角度來看,朱子對毛公"獨標興體"的做法加以完善、改造。《詩集傳》中,於《詩經》每一章都標出賦比興,有賦、比、興、賦而比、賦而興、比而興、興而比、賦而興又比、賦或曰興、比或曰興、興或曰賦、興或曰比 12 種情況。⑥

當然,朱子"六義"說有未備之處,他自己也注意到了。《朱子語類》載:

> 器之問:"《詩傳》分別六義,有未備處。"曰:"不必又只管滯却許多,且看詩意義如何。古人一篇詩,必有一篇意思,且要理會得這個。如《柏舟》之詩,只說到'靜言思之,不能奮飛';《綠衣》之詩說'我思古人,實獲我心',此可謂'止乎禮義'。所謂'可以怨',便是'喜怒哀樂發而皆中節'處。推此以觀,則子之不得於父,臣之不得於君,朋友之不相信,皆當以此意處之。如屈原之懷沙赴水,賈誼言'歷九州而相其君,何必懷此都也',便都過當了。古人胸中發出意思自好,看着三百篇《詩》,則後世之詩多不足觀矣。"(木之。)⑦

朱子並没有否認他的"六義"說有未備處,而是提醒他的學生陳埴,"六義"是

---

① ［宋］朱熹撰,朱傑人校點:《詩集傳》,《朱子全書》(修訂本)第 1 册,第 404、406、402 頁。
② ［宋］黎靖德輯,鄭明等校點:《朱子語類》,《朱子全書》(修訂本)第 17 册,第 2737 頁。
③ ［宋］黎靖德輯,鄭明等校點:《朱子語類》,《朱子全書》(修訂本)第 17 册,第 2739—2740 頁。
④ ［宋］朱熹撰,朱傑人校點:《詩集傳》,《朱子全書》(修訂本)第 1 册,第 401、543、722 頁。
⑤ ［宋］黎靖德輯,鄭明等校點:《朱子語類》,《朱子全書》(修訂本)第 17 册,第 2736 頁。
⑥ 詳參吳洋:《朱熹〈詩經〉學思想探源及研究》,第 184—192 頁,尤其是第 184—185 頁表 4-1。
⑦ ［宋］黎靖德輯,鄭明等校點:《朱子語類》,《朱子全書》(修訂本)第 17 册,第 2740 頁。

理解《詩經》意義的重要手段，有助於解《詩》，但畢竟不是《詩經》文本本身，不宜捨本逐末。

對於朱子"六義"說的研究，今人多從文學角度分析，關注他在賦、比、興上的見解。惟吳洋先生《朱熹〈詩經〉學思想探源及研究》設有專章①，梳理源流，對此作了細緻而深入的討論，最爲詳備。然諸家所論，關注到了朱子對舊說的發展及其中的變化，却忽視了朱子發展、變化舊說的實際意圖。

(三) 朱子所作的義理化改造

朱子對"六義"的重新闡釋，其實是在義理統攝下綜合謝良佐、孔穎達之說，對前儒舊說加以改造，使其完善，以有助於學者習《詩》。朱子於《答潘恭叔》一書中論"《詩》備六義之旨"，剖析鄭玄、孔穎達之說，指出其中不足：

> 六義次序，孔氏得之。但六字之旨極爲明白，只因鄭氏不曉《周禮·籥章》之文，妄以《七月》一詩分爲三體，故諸儒多從其説，牽合附會，紊亂顛錯，費盡安排，只符合得鄭氏曲解《周禮》一章，而於《詩》之文義意旨了無所益。故鄙意不敢從之，只且白直依文解義，既免得紛紜枉費心力，而六義又都有用處，不爲虛設。蓋使讀《詩》者知是此義，便作此義，推求極爲省力。今人説《詩》，空有無限道理，而無一點意味，只爲不曉此意耳。《周禮》以六詩教國子，亦是使之明此義例，推求《詩》意，庶乎易曉。若如今説，即是未通經時無所助於發明，既通經後徒然增此贅説。教國子者，何必以是爲先？ 而《詩》之爲義，又豈止於六而已耶？《籥章》之《豳雅》、《豳頌》，恐《大田》、《良耜》諸篇當之。不然，即是別有此詩而亡之，如王氏説。又不然，即是以此《七月》一篇吹成三調，詞同而音異耳。若如鄭説，即兩章爲《豳風》，猶或可成音節，至於四章半爲《豳雅》，三章半爲《豳頌》，不知成何曲拍耶？②

朱子在分析鄭玄、孔穎達不足時，對宋儒空談道理的不足也有揭示。而他自己則構建了一個系統化的"六義"説，以便學者理解《詩》之文義意旨。

具體來説，朱子的義理化改造在兩個方面。其一，朱子提高了"六義"的地位，視之爲《詩經》的"綱領管轄"。這是朱子的首創。在朱子心目中，體大思精的《周禮》是周公的製作。"六義"既出於《周禮》"六詩"，而《周禮》又以六詩教國子，是因爲由此"推求《詩》意，庶乎易曉"。也就是説，在朱子看來，"六

---

① 吳洋：《朱熹〈詩經〉學思想探源及研究》，第 148—197 頁。
② ［宋］朱熹撰，劉永翔、徐德明校點：《晦庵先生朱文公文集》，《朱子全書》(修訂本)第 22 册，第 2308—2309 頁。

義"於詩經學最具重要地位,有助於後人理解《詩經》,而前儒對"六義"關注不夠,對"六義"在詩經學上的地位認識不足,非但於學者格《詩經》無所益,其至還有所妨礙。

其二,朱子以三緯串三經,使"六義"形成了一個自足的、完整的體系。《朱子語類》載朱子説:"立此六義,非特使人知其聲音之所當,又欲使歌者知作詩之法度也。"(大雅。)①理一分殊,學者若知三經之别,就能由此而"知作詩之法度",瞭解《詩經》的不同表現手法;若知三緯之分,就能由此而"知其聲音之所當",瞭解《詩經》的不同體裁特徵。

二、朱子對"二南"説的重新闡釋

所謂"二南",即《周南》、《召南》。《詩序》以爲正《風》,已將它與"正變"説結合起來。《論語·陽貨》中記載孔子提及"二南":"子謂伯魚曰:'女爲《周南》、《召南》矣乎? 人而不爲《周南》、《召南》,其猶正墙面而立也與?'"因此,朱子很重視"二南",將《論語》之説融進《詩經》,提出了一個系統化的"二南"説。

(一)"二南"舊説概述

《詩小序》論"二南"曰:"然則《關雎》、《麟趾》之化,王者之《風》,故繫之周公。南,言化自北而南也。《鵲巢》、《騶虞》之德,諸侯之《風》也,先王之所以教,故繫之召公。《周南》、《召南》,正始之道,王化之基。"鄭玄《毛詩譜》説:"其得聖人之化者,謂之《周南》;得賢人之化者,謂之《召南》。"孔穎達對此作出申述道:"以聖人宜爲天子,賢人宜爲諸侯,言王者之風是得聖人之化,言諸侯之風是得賢人之化。"②

到宋代,一些詩經學者對"二南"有所關注,比如王質以爲《詩經》有南、風、雅、頌四體,程大昌以爲《詩經》當是南、雅、頌三體。而理學家則結合《論語》加以闡釋,對"二南"的關注點與詩經學者迥異。僅朱子《論孟精義》一書,就羅列了宋代八位理學家之説:

> 明道曰:"《二南》人倫之本,王化之基,苟不爲之,則無所自入。古之學者必興於《詩》,不學《詩》,無以言,故猶正墙面而立。"
>
> 伊川曰:"人而不爲《周南》《召南》,此乃爲伯魚而言,蓋恐其未盡治

---

① 〔宋〕黎靖德輯,鄭明等校點:《朱子語類》,《朱子全書》(修訂本)第 17 册,第 2737 頁。

② 〔漢〕毛亨傳,〔漢〕鄭玄箋,〔唐〕孔穎達疏,〔唐〕陸德明音釋,朱傑人、李慧玲點校:《毛詩注疏》,第 5 頁。

家之道耳。人欲治天下國家,先須從身修家齊來,不然,則是猶正墻面而立也。"

横渠曰:"人不爲《周南》《召南》,其猶正墻面而立,常深思此言誠是。不從此行,其隔著事,向前推不去,蓋至親至近莫甚於此,故須從此始。近試使人家爲《周南》《召南》之事,告之教之,則是爲之也。道須是從此起。自世學不講,殊不成次第,今試力推行之。"

范曰:"有天地然後有萬物,有萬物然後有男女,有男女然後有夫婦,有夫婦然後有父子,有父子然後有君臣。夫婦人倫之始,王化之基,故不爲《周南》《召南》,其猶正墻面而立也歟?"

吕曰:"《周南》《召南》,正始之道,自身及家,主於内,行之至。不先爲此而事其末,則猶正墻面之無識。"

謝曰:"《二南》之詩,發乎情,止乎禮義,人道之極,皆盡性至命之事。"

楊曰:"學道而不爲《二南》,皆不得其門而入也,故猶正墻面而立。"

尹曰:"問伯魚者,恐未盡治家之道。夫治國治天下者,必先修身而齊家也。欲修身而家齊者,苟不爲《周南》《召南》,則猶墻面而立。謂之爲者,蓋欲其以《周南》《召南》之道于其家而推之,則無往而不治也。雖文王之聖,亦刑于寡妻,以至于兄弟,以御于家邦,況衆人乎?"[1]

朱子有選擇地引用程顥、程頤、張載、范祖禹、吕大臨、謝良佐、楊時、尹焞八家之説。當然,這並不代表朱子完全認同這八家之説。

(二) 朱子的"二南"説

朱子的"二南"説經歷了一個發展過程。朱子《答潘恭叔》書曰:"近再看《二南》舊説,極有草草處,已略刊訂,別爲一書,以趨簡約,尚未能便就也。"[2]此書約作於淳熙十四年(1187)二月前後[3],彼時朱子已對舊説加以改訂,但尚未形成定讞。可惜的是,朱子舊説未存世,與今説間的變化不得而知。朱子今説主要有四個方面,一是對前説的態度,二是確定"二南"的作者及功用,三是確立"二南"在《詩經》中的地位,四是對"二南"作出系統化闡釋。

在《詩集傳》中,朱子結合"正變"説來看"二南":"舊説《二南》爲正風,所以用之閨門、鄉黨、邦國,而化天下也。"他甚至還引用了《小序》王者之風、諸

---

① [宋]朱熹撰,黄珅校點:《論孟精義》,《朱子全書》(修訂本)第7册,第578—579頁。
② [宋]朱熹撰,劉永翔、徐德明校點:《晦庵先生朱文公文集》(修訂本)第22册,第2312頁。
③ 顧宏義:《朱熹師友門人往還書札彙編》,第2313頁。

侯之風的原文,並謂:"斯言得之矣。"①也就是説,他在"二南"説上是認同《小序》的觀點的。當然,朱子更進一步,接受了蘇轍的觀點,將王者坐實爲文王。他在《詩序辨説》中將《小序》"《關雎》,后妃之德也"的后妃坐實爲"文王之妃太姒";同時又指出《小序》"先王之所以教"的先王"即文王也。舊説以爲大王、王季,誤矣"。②

朱子對前説的態度,尤其是對理學家的態度,集中體現在《四書或問》中:

> 或問《二南》何以爲《詩》之首篇也? 曰:《周南》之詩,言文王后妃閨門之化;《召南》之詩,言諸侯之國夫人、大夫妻,被文王后妃之化而成德之事。蓋文王治岐而化行於江、漢之域,自北而南,故其樂章以南名之,用之鄉人,用之邦國,以教天下後世誠意、正心、脩身、齊家之道,蓋《詩》之正風也。曰:諸説如何? 曰:程叔子之意善矣,但"不然"以下,辭若有所不足,疑記者之失之也。以尹氏所謂"欲身脩而家齊,苟不爲《周南》、《召南》,則猶面墙而立"者足之,則其義備矣。若程伯子則語雜,而范氏意寬,皆未有見其端的。至張子所謂爲《二南》之事者,則似過之。惟其以是爲説,是以其所謂正墙面者,不以爲不明乎治家之道,而以爲不通乎治國之事者也。其意欲密,而所以爲説者反疏矣。呂氏之説,意亦同此。謝氏"止乎禮義"之説,未足以語《二南》。其曰"盡性至命之事",則亦過之。蓋盡性至命之事,固不外此,但語之之序,則未當遽及此耳。豈亦忽《二南》之近小,而必美其言以至於此,然後厭於心歟? 然則與聖人此章之意,正相反矣。楊氏以"不得其門而入"爲言,亦借用他語之過。此章正爲不能明之於内以達乎外耳,豈反欲其自外而入哉? 此其惡出而喜入之意,與前所謂好高而忽下者,大略相似,恐習於老、佛之餘弊也。③

朱子採《大序》的"正變"説及《小序》,並與《大學》格致誠正、修齊治平這八條目結合起來,説明"二南"置於《詩經》之首的原因。至於理學家之説,也就是前揭《論孟精義》所引八家之説,朱子分析各自不足,惟程頤之説爲善,然需要以尹焞修身齊家之説來補足,落到實處以便切己體察,才算完備。

朱子以"二南"爲周公所採文王之世的詩篇,可以爲後世君子所取法。《詩集傳》曰:

---

① [宋] 朱熹撰,朱傑人校點:《詩集傳》,《朱子全書》(修訂本)第1册,第401、402頁。
② [宋] 朱熹撰,朱傑人校點:《詩集傳》,《朱子全書》(修訂本)第1册,第355、356頁。
③ [宋] 朱熹撰,黄坤校點:《四書或問》,《朱子全書》(修訂本)第6册,第880—881頁。

武王崩，子成王誦立。周公相之，製作禮樂，乃采文王之世風化所及民俗之詩，被之筦弦，以爲房中之樂，而又推之以及於鄉黨邦國。所以著明先王風俗之盛，而使天下後世之脩身、齊家、治國、平天下者，皆得以取法焉。蓋其得之國中者，雜以南國之詩，而謂之《周南》。言自天子之國而被於諸侯，不但國中而已也。其得之南國者，則直謂之《召南》。言自方伯之國被於南方，而不敢以繫於天子也。①

朱子在《詩集傳序》中確立了"二南"在詩經學中的地位："本之《二南》以求其端，參之列國以盡其變，正之於《雅》以大其規，和之於《頌》以要其止，此學《詩》之大旨也。"②是朱子以"二南"爲《詩經》之端，要學《詩經》，需本之於此。《詩序辨說》之說可爲此說之注腳："王者之道，始於家，終於天下。而《二南》正家之事也。王者之化，必至於法度彰，禮樂著，《雅》、《頌》之聲作，然後可以言成。然無其始則亦何所因而立哉？"③朱子《四書章句集注》之說可與此參觀："《周南》、《召南》，《詩》首篇名。所言皆脩身齊家之事。正牆面而立，言即其至近之地，而一物無所見，一步不可行。"④朱子還認爲"《二南》、《雅》、《頌》，祭祀朝聘之所用也"⑤，將"二南"之正風與其他十三國風之變風區別開來。姜龍翔《論朱子〈詩集傳〉對二〈南〉修齊治平之道的開展》引張元之說，認爲"朱子確實將二《南》視爲《詩經》之綱領"⑥，不確。朱子《詩傳綱領》未提及"二南"，黎靖德所編《朱子語類》將"二南"附於《關雎》篇之後而並未列入"綱領"部分，是朱子並不以"二南"爲《詩經》的綱領。

朱子將"二南"25篇詩聯繫起來，作出系統化的解釋。朱子《詩集傳》於《周南》末注云：

按此篇首五詩皆言后妃之德。《關雎》舉其全體而言也，《葛覃》、《卷耳》言其志行之在己，《樛木》、《螽斯》美其德惠之及人，皆指其一事而言也。其詞雖主於后妃，然其實則皆所以著明文王身脩家齊之效也。至於《桃夭》、《兔罝》、《芣苢》則家齊而國治之效。《漢廣》、《汝墳》則以南國之詩附焉，而見天下已有可平之漸矣。若《麟之趾》則又王者之瑞，有非人

① ［宋］朱熹撰，朱傑人校點：《詩集傳》，《朱子全書》（修訂本）第1册，第401—402頁。
② ［宋］朱熹撰，朱傑人校點：《詩集傳》，《朱子全書》（修訂本）第1册，第351頁。
③ ［宋］朱熹撰，朱傑人校點：《詩集傳》，《朱子全書》（修訂本）第1册，第356頁。
④ ［宋］朱熹撰，徐德明校點：《四書章句集注》，《朱子全書》（修訂本）第6册，第222頁。
⑤ ［宋］朱熹撰，朱傑人校點：《詩集傳》，《朱子全書》（修訂本）第1册，第365頁。
⑥ 姜龍翔：《論朱子〈詩集傳〉對二〈南〉修齊治平之道的開展》，《清華中文學報》第7期，2012年，第63頁。

力所致而自至者,故復以是終焉,而《序》者以爲《關雎》之應也。夫其所以至此,后妃之德固不爲無所助矣。然妻道無成,則亦豈得而專之哉!今言詩者或乃專美后妃而不本於文王,其亦誤矣。①

朱子將后妃延伸到文王之化,"把本來零散的詩篇連繫成一内聖外王的組詩"②:以《周南》前5篇言后妃及其志、其德,意在説明文王身修而家齊,次3篇言文王家齊而國治,次2篇言文王國治而將可天下平,末篇《麟之趾》爲首篇《關雎》之應。朱子《詩集傳》於《召南》末注云:

> 愚按:《鵲巢》至《采蘋》言夫人、大夫妻,以見當時國君、大夫被文王之化,而能脩身以正其家也。《甘棠》以下,又見由方伯能布文王之化,而國君能脩之家以及其國也。其詞雖無及於文王者,然文王明德新民之功,至是而其所施者溥矣。抑所謂其民皥皥而不知爲之者與?唯《何彼襛矣》之詩爲不可曉,當闕所疑耳。③

《召南》14篇,爲諸侯之風,朱子將除《何彼襛矣》外的13篇與文王之化聯繫起來:以前4篇爲諸侯、大夫受文王之化而修身、齊家,其餘9篇爲方伯傳佈文王之化、諸侯齊家而治國;而《小序》以《騶虞》爲《鵲巢》之應,朱子也是認同的。林慶彰謂:"《召南》詩篇的排列,一如《周南》,在朱子的詮釋下也成了一有教化意義的組詩。"④其説大體得之,只是尚未注意到朱子的解釋將《召南》與《周南》關聯起來,以聖主文王與賢臣相配。

(三) 朱子所作的義理化改造

朱子綜合《小序》和宋儒程頤、尹焞之説,對"二南"加以義理化改造,建構了自己的"二南"説。

其一,朱子將"二南"融進自己建構的道統體系裡。朱子將"二南"與《論語》"正牆面而立"聯繫起來,也就是與孔子思想聯繫起來。同時,朱子結合《大序》的"正變"説、《小序》的王者之風與諸侯之風説,以爲"二南"是周公所採文王之世的詩歌,其中展現的是文王之化。也就是説,"二南"體現的是"道心",可以化育"人心",以建立良好的社會秩序。

其二,朱子賦予"二南"以政治哲學解讀,寄寓了儒家的政治理想。朱子

---

① 〔宋〕朱熹撰,朱傑人校點:《詩集傳》,《朱子全書》(修訂本)第1册,第411頁。
② 林慶彰:《朱子〈詩集傳・二南〉的教化觀》,《朱子學的開展——學術篇》,臺北:漢學研究中心,第66頁。
③ 〔宋〕朱熹撰,朱傑人校點:《詩集傳》,《朱子全書》(修訂本)第1册,第420頁。
④ 林慶彰:《朱子〈詩集傳・二南〉的教化觀》,《朱子學的開展——學術篇》,第66頁。

將"二南"聯繫起《大學》三綱領中的明德、新民和八條目中的誠意、正心、修身、齊家、治國、平天下,著眼於形而上處,落實到形而下中,建構了一個完整嚴密的政治理論體系。姜龍翔逐篇分析朱子的"二南"説,認爲:"王道教化實施之本在於齊家,二《南》則具有完整開展的次序,透過朱子的詮釋,使二《南》原本不甚相屬的詩篇,從而建構了非常緊密的關係,並以之作爲儒家理想中由齊家之本邁向王道大成的治國藍圖。"[①]此説雖未能揭明其中實質,然大體得之。據《朱子語類》載:

> 問:"《二南》之詩,真是以此風化天下否?"曰:"亦不須問是要風化天下與不風化天下,且要從'關關雎鳩,在河之洲'云云裏面看義理是如何。今人讀書,只是説向外面去,却於本文全不識。"(木之。)[②]

朱子從文本入手,通過對具體篇目的解讀,展現了文王時期的主聖臣賢、民風淳厚。其目的在於可以爲後世上至天子、下至庶民所取法。也就是説,朱子通過"二南",寄託了自己正君心、正人心的政治關懷。

三、朱子對"淫詩"説的重新闡釋

《論語》中記載孔子説過"鄭聲淫",並主張"放鄭聲",後世在鄭聲是否就是《鄭風》、淫是過度還是淫靡兩個問題上存在爭議。儘管如此,後世許多學者還是以《論語》爲據,認爲《詩經》中存在淫詩,從而形成了"淫詩"説,並逐漸成爲詩經學中的一個重要命題。

(一)"淫詩"舊説概述

雖然漢唐時期"淫詩"説逐步形成,但當時的詩經學者尚未形成系統的"淫詩"説,鄭玄只提出《詩經》中部分篇目是刺淫,孔穎達於此也無關於淫詩的系統論述。關於"淫詩"説的發展脈絡,李冬梅《宋代〈詩經〉學專題研究》和吳洋《朱熹〈詩經〉學思想探源及研究》均作了詳細梳理。[③] 他們都注意到,班固《漢書·地理志》提出"鄭俗淫",並引用《詩經·鄭風》中《出其東門》和《溱洧》的詩句;《白虎通義·禮樂》也有與《漢書·地理志》一致的表述;許慎《五經異義》則將"鄭聲淫"等同於"鄭詩淫"。吳洋還注意到《禮記·樂記》中提出

---

① 姜龍翔:《論朱子〈詩集傳〉對二〈南〉修齊治平之道的開展》,《清華中文學報》第 7 期,2012年,第 100 頁。
② [宋] 黎靖德輯,鄭明等校點:《朱子語類》,《朱子全書》(修訂本)第 17 冊,第 2771 頁。
③ 李冬梅:《宋代〈詩經〉學專題研究》,第 210—231 頁;吳洋:《朱熹〈詩經〉學思想探源及研究》,第 101—124 頁。

的"鄭衛之音"對後世的影響。

宋代,理學家對《論語》的關注超過以往學者,"鄭聲淫"成爲一個繞不開的話題。不同於漢唐時代的是,宋代的詩經學者參與到討論中,使得"淫詩"説的討論開始繁榮起來。李冬梅認爲:"宋人謂《詩經·國風》中有'淫詩'者,以歐陽修、鄭樵、朱熹、王柏爲代表,而其中尤以朱熹爲集大成。"之後,李氏對四家之説作了詳細討論。① 吳洋則關注到吕祖謙與朱子關於淫詩的爭論:吕祖謙認爲,孔子删《詩》、正樂,不該保留淫詩與淫聲;朱子則將鄭聲與鄭詩關聯起來,對吕祖謙説進行了辯駁。②

(二) 朱子的"淫詩"説

在《詩集傳》中,朱子對淫詩提出比較具體的觀點:

> 《鄭》、《衛》之樂,皆爲淫聲。然以《詩》考之,《衛詩》三十有九,而淫奔之詩才四之一。《鄭詩》二十有一,而淫奔之詩已不翅七之五。《衛》猶爲男悦女之詞,而《鄭》皆爲女惑男之語。衛人猶多刺譏懲創之意,而鄭人幾於蕩然無復羞愧悔悟之萌。是則鄭聲之淫,有甚於衛矣。故夫子論爲邦,獨以鄭聲爲戒,而不及衛,蓋舉重而言,固自有次第也。《詩》可以觀,豈不信哉!③

朱子聯繫《禮記·樂記》"鄭衛之音"來談淫詩,並與孔子"放鄭聲"聯繫起來,認爲詩經中存在不少篇目的淫詩。至於朱子所確定淫詩的具體篇目,自馬端臨《文獻通考》最先提出有 24 篇,之後,特別是近些年又有不少學者對此發表不同見解,並作了細緻的考察與分析。此非本文關注點,故不具論。

朱子以《鄘風·桑中》爲"桑間"之篇。吕祖謙則在《吕氏家塾讀詩記》中辨析朱子的"淫詩"説。淳熙十一年(1184),即吕祖謙殁後的第三年,朱子作《讀吕氏詩記桑中篇》,針對吕祖謙的觀點,系統地闡述了自己的"淫詩"説。約淳熙十三年(1186),朱子撰《詩序辨説》,在《讀吕氏詩記桑中篇》基礎上加以修訂,可視作其"淫詩"説定論。其文曰:

> 此詩乃淫奔者所自作。《序》之首句以爲刺奔,誤矣。其下云云者,乃復得之《樂記》之説,已略見本篇矣。而或者以爲刺詩之體,固有鋪陳

---

① 李冬梅:《宋代〈詩經〉學專題研究》,第 217—231 頁。
② 吳洋:《朱熹〈詩經〉學思想探源及研究》,第 119—121 頁。
③ ［宋］朱熹撰,朱傑人校點:《詩集傳》,《朱子全書》(修訂本)第 1 册,第 481 頁。

其事,不加一辭,而閔惜懲創之意自見於言外者,此類是也。豈必譙讓質責,然後爲刺也哉! 此説不然。夫詩之爲刺,固有不加一辭而意自見者,《清人》《猗嗟》之屬是已。然嘗試翫之,則其賦之之人猶在所賦之外,而詞意之間猶有賓主之分也。豈有將欲刺人之惡,乃反自爲彼人之言,以陷其身於所刺之中,而不自知也哉! 其必不然也明矣。又況此等之人,安於爲惡,其於此等之詩,計其平日固自其口出而無慚矣,又何待吾之鋪陳而後始知其所爲之如此,亦豈畏吾之閔惜而遂幡然遽有懲創之心邪? 以是爲刺,不唯無益,殆恐不免於鼓之舞之,而反以勸其惡也。或者又曰:《詩》三百篇,皆雅樂也,祭祀朝聘之所用也。桑間、濮上之音,鄭、衛之樂也,世俗之所用也。《雅》《鄭》不同部,其來尚矣。且夫子答顏淵之問,於鄭聲亟欲放而絶之,豈其删詩乃録淫奔者之詞,而使之合奏於雅樂之中乎? 亦不然也。《雅》者,《二雅》是也。《鄭》者,《緇衣》以下二十一篇是也。《衛》者,《邶》《鄘》《衛》三十九篇是也。桑間,《衛》之一篇《桑中》之詩是也。《二南》《雅》《頌》,祭祀朝聘之所用也。《鄭》《衛》、桑、濮,里巷狹邪之所歌也。夫子之於《鄭》《衛》,蓋深絶其聲於樂以爲法,而嚴立其詞於詩以爲戒。如聖人固不語亂,而《春秋》所記無非亂臣賊子之事,蓋不如是無以見當時風俗事變之實,而垂監戒於後世,故不得已而存之,所謂道並行而不相悖者也。今不察此,乃欲爲之諱其《鄭》《衛》、桑、濮之實,而文之以《雅》樂之名,又欲從而奏之宗廟之中、朝廷之上,則未知其將以薦之何等之鬼神,用之何等之賓客,而於聖人爲邦之法,又豈不爲陽守而陰叛之耶? 其亦誤矣。曰:然則《大序》所謂"止乎禮義",夫子所謂"思無邪"者,又何謂邪? 曰:《大序》指《柏舟》《緑衣》、《泉水》《竹竿》之屬而言,以爲多出於此耳,非謂篇篇皆然,而《桑中》之類亦"止乎禮義"也。夫子之言,正爲其有邪正美惡之雜,故特言此,以明其皆可以懲惡勸善,而使人得其性情之正耳,非以《桑中》之類亦以無邪之思作之也。曰:荀卿所謂《詩》者,中聲之所止",太史公亦謂"《三百篇》者,夫子皆弦歌之,以求合於《韶》《武》之音",何邪? 曰:荀卿之言固爲正經而發,若史遷之説,則恐亦未足爲據也,豈有哇淫之曲而可以强合於《韶》《武》之音也耶![1]

這裡的"或者",即指吕祖謙。關於淫詩,朱子在辯論吕祖謙觀點的同時表明他的觀點:一、淫詩的性質。吕祖謙認爲《桑中》等詩篇爲詩人刺淫之作,而

---

[1] [宋]朱熹撰,朱傑人校點:《詩集傳》,《朱子全書》(修訂本)第1册,第364—366頁。

朱子認爲是淫奔者自作。朱子不信《大序》美刺之説，故就此與吕祖謙辯論。二、《詩》樂的性質。吕祖謙認爲，孔子放鄭聲，又删《詩》，不應當存録淫詩。朱子據《春秋》記亂臣賊子以垂戒後世爲證，認爲雅樂鄭聲可以並存，淫詩可以“深絶其聲於樂以爲法，而嚴立其詞於詩以爲戒”。三、《詩經》的思想。《大序》説“止乎禮義”，孔子説“思無邪”，吕祖謙據此認爲，《詩經》中不當有淫詩：“詩人以無邪之思作之，學者亦以無邪之思觀之。”①而朱子則據此認爲：“今必曰彼以無邪之思鋪陳淫亂之事，而閔惜懲創之意自見於言外，則曷若曰彼雖以有邪之思作之，而我以無邪之思讀之，則彼之自狀其醜者乃所以爲吾警懼懲創之資耶？”②

（三）朱子所作的義理化改造

朱子認爲：“《詩》本人情，該物理，可以驗風俗之盛衰，見政治之得失。”③朱子説《詩》，重視人情物理，承認《詩經》尤其是《鄭風》和《衛風》中存有諸篇淫詩。在吸收前儒，特别是鄭樵觀點與辯駁吕祖謙觀點的基礎上，朱子加以義理化改造，逐步形成了自己的“淫詩”説，並産生了深遠影響。

首先，朱子承認人性之外還有人情的存在，以補漢唐儒學心性論之不足。漢唐詩經學者主要從政治角度來解讀《詩經》，以美刺説《詩經》，吕祖謙亦從之。而朱子則是從人情的角度解讀鄭、衛之詩，承認《詩經》中存在一些男悦女、女惑男的淫詩。他或許受“理一分殊”的哲學思想影響，認爲《詩經》持理爲正，但内容上可以“分殊”，不必都正。雖然朱子的“淫詩”説不如今人的“情詩”説符合人情，但畢竟較之漢儒前進了一大步。姜龍翔認爲：“朱子對淫奔詩的界定雖是由其理學思想出發，否定詩人情性，進而對於民歌抒發自由情感的本質有所誤解。”④其説不確。

其次，朱子以道心規範人心，以天理規範人慾，將淫詩規範在孔子思想的範圍内。“人心惟危，道心惟微，惟精惟一，允執厥中。”朱子不同意吕祖謙的主張，認爲人心、人慾是客觀的存在，所以孔子删削之後的《詩經》還存在淫詩。而惟危之人心需要惟微之道心來規範，人慾需要天理來規範，所以，淫詩有邪，而學者需要以無邪之思來切己體察。朱子以淫詩亦具有教化功能有效地回應了吕祖謙《吕氏家塾讀詩記》的質疑，合理地將孔子“思無邪”、“鄭聲淫”、“放鄭聲”等思想串聯起來。

---

① ［宋］吕祖謙：《吕氏家塾讀詩記》卷五，宋淳熙九年江西漕臺刻本，第7頁。
② ［宋］朱熹撰，王鐵校點：《晦庵先生朱文公文集》，《朱子全書》（修訂本）第23册，第3371頁。
③ ［宋］朱熹撰，徐德明校點：《四書章句集注》，《朱子全書》（修訂本）第6册，第180頁。
④ 姜龍翔：《朱子“淫奔詩”篇章界定再探》，《臺北大學中文學報》第12期，2012年，第99頁。

四、小　結

宋儒説《詩》，强調義理，形成了獨具時代風貌的特色。他們除了提出一些新的詩經學命題如"本末論"、"南樂獨立"説等之外，還對漢唐詩經學中的一些核心命題，如"六義"説、"美刺"説、"正變"説、"二南"説、"淫詩"説等提出了一些頗具洞見的新説。而朱子則較其他宋儒走得更遠，他不信"美刺"説，而對"六義"説、"二南"説、"淫詩"説等作出義理化改造，集諸家之大成，提出自己的觀點，對後世産生了很大的影響。在《詩集傳》、《詩序辨説》、《詩傳綱領》、《四書章句集注》等著述和與友朋的辯論中，朱子將"六義"説、"二南"説、"淫詩"説與周公、孔子思想關聯起來，納入他的道統體系加以哲學化解釋，形成了自足而完整的體系，成爲其重建詩經學的一部分，也成爲其博大精深的思想學説體系的一部分。

第三節　朱子《詩序》觀研究

關於《詩序》的爭議，是經學史，特別是詩經學史上的一個重要問題，歷代詩經學者發表過很多意見，聚訟紛紜，《四庫總目》稱之爲"説經家第一爭詬之端"[1]，並不過分。《詩序》問題也是詩經學史上無法繞開的一個重要問題。不過，這個"《詩序》"，是特指《毛詩序》而言。其實，通過清代以降的研究來看，《三家詩》也應該有《序》，不過殘存者不多。爲了叙述方便，並照顧到朱子《詩序》觀的實際情況，本章所謂的"《詩序》"，亦特指《毛詩序》。

對於《詩序》的爭議，依胡樸安《詩經學》之説，主要體現在三個方面：一是大、小《序》的名稱與各自起訖問題，二是《詩序》的作者問題，三是《詩序》對於《詩經》的價值問題。一些詩經學史的通論性著作，以及部分經學史著作都有對於《詩序》諸問題爭議情況的專題介紹，可參看。[2] 從經學的角度來看，這三個問題當中，《詩序》的作者問題是《詩序》的基本問題，價值問題則是從

---

① ［清］紀昀等著，四庫全書研究所整理：《欽定四庫全書總目》（整理本），第 187 頁。

② 主要可參看如下著作：［清］紀昀等著，四庫全書研究所整理：《欽定四庫全書總目》（整理本），第 187 頁。謝無量：《詩經研究》，上海：商務印書館，1924 年，第 22—28 頁。金公亮：《詩經學 ABC》，上海：世界書局，1929 年，第 87—114 頁。胡樸安：《詩經學》，上海：商務印書館，1930 年，第 16—30 頁；長沙：嶽麓書社，2010 年，第 14—25 頁。張西堂：《詩經六論》，北京：商務印書館，1957 年，第 116—140 頁。趙沛霖：《詩經研究反思》，天津：天津教育出版社，1989 年，第 249—279 頁。戴維：《詩經研究史》，長沙：湖南教育出版社，2001 年，94—104 頁。洪湛侯：《詩經學史》，北京：中華書局，2002 年，第 157—163 頁。馮浩菲：《歷代詩經論説述評》，北京：中華書局，2003 年，第 152—168 頁。

之引申出來的一個最具爭議的重要問題，自宋代起，一直到現在都有爭議。

朱子《詩序》觀，在一定程度上，繼承了前人的一些見解，不過，朱子並非盲從其說，而是都經過了自己的獨立思考之後，對前人之說有所審視，才有所認同的。故在討論朱子《詩序》觀前，我們有必要先來瞭解一下朱子之前學者對於《詩序》問題的觀點。現綜合諸詩經學史著作的相關論述，迻錄於下。

《詩序》之分《大序》、《小序》，這只是通常的稱呼，還有學者使用過《古序》、《續序》、《前序》、《後序》、《首序》、《下序》等稱呼的，而各家起訖也不盡相同。據金公亮的梳理，在朱子之前，主要有以下幾種觀點：

> 一、以《關雎序》起"《關雎》，后妃之德也"至"用之邦國焉"，名《關雎序》，謂之《小序》；自"風，風也"迄末名爲《大序》。——《釋文》舊說
> 二、以《關雎序》爲《大序》；其餘衆篇爲《小序》。——成伯璵、二程子
> 三、以《詩序》發端兩語記作《詩》者之本義爲《小序》；兩語以外續而申之者爲《大序》。——程大昌、范處義
> 四、以發端命題之語爲《大序》；其下序所作爲之意爲《小序》。——鄭樵①

在朱子之前，《詩序》作者問題的爭論則更多，主要有以下幾種：一、鄭玄、沈重、陸德明等認爲《大序》是子夏作，《小序》是子夏、毛公合作。二、王肅、蕭統等認爲《詩序》的子夏作。三、范曄等認爲《詩序》的衛宏作。四、《隋書·經籍志》等認爲《詩序》的子夏所創，毛公、衛宏又加潤益。五、韓愈等認爲《詩序》是漢代學者所作。六、成伯璵等認爲《大序》與《小序》首句爲子夏作，其下爲大毛公所申。七、蘇轍《詩集傳》等認爲《詩序》是毛氏之學，衛宏集錄。八、二程等認爲《大序》爲孔子所作，《小序》爲國史所作；蔡卞等以爲《詩序》均孔子作。九、王安石據孔穎達《毛詩正義》所引《關雎》舊解，以爲《詩序》是詩人自製。十、鄭樵等以爲《詩序》的村野妄人所作。十一、曹粹中以爲《詩序》是毛公門人記其師說，至衛宏時寫定。不過，諸家說法的證據都不夠充分，故有些說法已經被他人所辯駁、否定，比如，韓愈懷疑《詩序》非子夏作，歐陽修已經舉證否定過這個說法。

由《詩序》的作者問題，又引申出《詩序》的價值問題，也就是《詩序》該存還是該廢的問題。自《毛詩》獨尊後至宋以前，都是《詩》、《序》一體，甚至《毛傳》、《鄭箋》也不能被懷疑，孔穎達作《正義》，也基本遵守著"疏不破注"的原

---

① 　金公亮：《詩經學 ABC》，第 88 頁。原文"成伯璵"之"璵"誤作"瑜"。

則。廢《序》問題最開始由宋人提出,他們的理論前提是既然《詩序》並非孔子或子夏所作,那麼其權威性也就是值得懷疑的。參與其間的學者有北宋前期歐陽修、蘇轍、鄭樵,以及大致與朱子同時代的王質、楊簡等人。

前賢時哲論及《詩序》問題,多爲搜集衆家之説,意在給出問題的結論,而忽視了對相關言論的具體分析。特別是朱子,作爲詩經學史上承前啓後的大家,他對於《詩序》問題發表過許多獨到的見解,這屬於朱子詩經學成就的一個方面,在詩經學史上頗具意義,然而没有得到應有的重視。因此,下文以朱子爲本位來深入探討其《詩序》觀。

一、朱子論《詩序》

朱子談論《詩序》的相關見解,主要見於《詩序辨説》和《朱子語類》卷八〇中,一些内容散見於《朱文公文集》中;而朱鑑所編《詩傳遺説》大致不出以上三書範圍,不過,亦有可略作補充的地方,也有些地方可以校勘前三書中的文句訛誤。下文主要就以上文獻,分析朱子對於《詩序》相關問題的觀點。

需要特別點明的是,由於文獻不足,關於《詩序》的這幾個爭論不休的問題,諸家之説看似有一定道理,但所提的論據亦不足以支撑其論點,所以,至今仍無法給出明確的答案,而且恐怕永遠也難以給出答案。朱子對於《詩序》問題給出的答案,並不可作爲定論,本文亦無意於評騭其是非,而是側重於揭示出朱子的相關觀點,進行文本分析,並進而探析其深層思想。

(一) 朱子對《詩序》和大、小《序》的起訖的認定

朱子使用的是"大序"、"小序"的名稱,而他對於《詩序》、《大序》、《小序》起訖的認定,却與之前學者看法不盡相同。這是分析朱子《詩序》觀前必須要指出的。

《朱子語類》載朱子之説云:

> 《詩序》起"《關雎》,后妃之德也",止"教以化之"。《大序》起"詩者,志之所之也",止"詩之至也"。(敬仲。)①

此游敬仲所録,爲朱子1191年之語。朱子《詩傳綱領》與《詩序辨説》所録《大序》,亦與此説相合,此爲朱子對此一問題的定論。還要特別提出的是,此前,朱子對《大序》的認定,與此不同。《朱子語類》又載朱子之言云:

①　[宋] 黎靖德輯,鄭明等校點:《朱子語類》,《朱子全書》(修訂本)第 17 册,第 2742 頁。

（朱子）曰："今只看《大序》中説，便可見。《大序》云：'《關雎》、《麟趾》之化，王者之風，故繫之周公；《鵲巢》、《騶虞》之德，諸侯之風，先王之所以教，故繫之召公。'只看那'化'字與'德'字及'所以教'字，便見《二南》猶《乾》、《坤》也。"（文蔚。）①

此陳文蔚所録，爲朱子 1188 年後之語。朱子此時以"《關雎》、《麟趾》之化，王者之風，故繫之周公"和"《鵲巢》、《騶虞》之德，諸侯之風也，先王之所以教，故繫之召公"兩句爲《大序》，蓋沿襲通行的《經典釋文》中的分法。而這兩句在《詩序辨説》、《詩傳綱領》及游敬仲所録朱子 1191 年的説法中，都是屬於《小序》的。由此，也可見朱子關於《詩經》大、小《序》内容起訖的界定，大約成熟於 1188 年後到 1191 年，也就是 1190 年前後約一年的時間内。

《詩序辨説》所録《小序》，則是指《詩經》中每一篇的序，其中《關雎序》起自"《關雎》，后妃之德也"，至"是《關雎》之義也"。而朱子所説的"《詩序》起'《關雎》，后妃之德也'，止'教以化之'"的内容，其實只是《關雎序》的一部分。不過，朱子有時候又用"《詩序》"這個概念，或以爲《大序》和《小序》的合稱；或以爲《詩經》諸篇中每一篇的序，則又屬於其所謂的《小序》了。所以，我們在分析朱子《詩序》觀時，對朱子所提的"《詩序》"這個概念，必須隨文分析，以明確其所指，避免張冠李戴。此外，朱子還經常使用"《序》"這個概念，作爲"《詩序》"的省稱，亦需要隨上下文義以分析。

（二）朱子論《詩序》的作者

朱子早年從《序》説《時》時，關於《詩序》作者的討論的相關文獻，今已不存，現在能見到的，主要是朱子去《序》言《詩》後的觀點，而且一般都是其晚年之語，所以，此可以視作朱子對《詩序》作者問題的定論。朱子《詩序辨説》論及《詩序》作者時説：

> 《詩序》之作，説者不同，或以爲孔子，或以爲子夏，或以爲國史，皆無明文可考。唯《後漢書·儒林傳》以爲衛宏作《毛詩序》，今傳於世，則《序》乃宏作明矣。然鄭氏又以爲諸《序》本自合爲一編，毛公始分以寘諸篇之首，則是毛公之前，其傳已久，宏特增廣而潤色之耳。故近世諸儒多以《序》之首句爲毛公所分，而其下推説云云者，爲後人所益，理或有之。②

---

① ［宋］黎靖德輯，鄭明等校點：《朱子語類》，《朱子全書》（修訂本）第 17 册，第 2770 頁。
② ［宋］朱熹撰，朱傑人校點：《詩集傳》，《朱子全書》（修訂本）第 1 册，第 353 頁。

這裡的《詩序》和《序》,是兼指大、小《序》而言。朱子稽考相關文獻,認爲《詩序》是由東漢衛宏寫定。不過,更多的時候,朱子對於《大序》、《小序》的態度不一,相比較而言,朱子認爲《大序》形成年代相對早一點,相對可靠一些,而《小序》則需要辨破。故他談及《詩序》的作者,一般都是將《大序》、《小序》分開來說的。

1. 朱子論《大序》的作者

朱子曾否定過前儒提出的《大序》是孔子或子夏所作的觀點。據《朱子語類》載,朱子嘗言:

> 《詩》,纔說得密,便說他不着。"國史明乎得失之迹",這一句也有病。《周禮》、《禮記》中,史並不掌詩,《左傳》說自分曉。以此見得《大序》亦未必是聖人做,《小序》更不須說。(高。)①

綜合朱子的言論來考慮,這個"聖人",應該就是指孔子。而朱子在回答其門人熊夢兆提問的書信中,明確指出《大序》非孔子所作:

> 問:"孔子言:'《關雎》樂而不淫,哀而不傷。'是言樂不至於淫,哀不至於傷。今《詩序》將哀、樂、淫、傷判作四事[說],似錯會《論語》意,以此疑《大序》非孔子作。"答曰:"此說得之。《大序》未知果誰作也。"②

朱子認同熊夢兆《大序》非孔子作的說法,並指出其作者不詳。此外,朱子又曾指出,《大序》亦非子夏所作:

> 《詩·小序》或是後漢衛宏作,《大序》亦不是子夏作,煞有礙義理、誤人處。(周謨録。)③

周謨所録,爲其 1179 年以後所聞朱子之語。此句不見於黎靖德所編之《朱子語類》,但既收於朱鑑《詩傳遺説》,則此語出於朱子之口,殆無可疑。

檢視朱子相關言論,並未發現他對於《大序》作者有明確的認定。朱子只是認爲《大序》是後人所作,而且有可能是成於衆手,這可見於《朱子語類》:

---

① [宋] 黎靖德輯,鄭明等校點:《朱子語類》,《朱子全書》(修訂本)第 17 册,第 2742 頁。
② [宋] 朱鑑:《詩傳遺説》卷四,影《四庫薈要》本,第 4 頁下。"説"字據朱子《答安仁吴生》補,見[宋] 朱熹撰,徐德明、王鐵校點:《晦庵先生朱文公文集》(四),《朱子全書》(修訂本)第 23 册,第 2625 頁。
③ [宋] 朱鑑:《詩傳遺説》卷二,影《四庫薈要》本,第 16 頁。

《詩·大序》亦只是後人作，其間有病句。（方子。）①

《大序》却好，或者謂補湊而成，亦有此理。（謨。）②

朱子所説的這個"病句"，其實當指有違事實、不合情理的語句，也就是前文引《詩傳遺説》載周謨所録的"礙義理、誤人處"。朱子在《詩傳綱領》中曾指出《大序》之誤處："詩之作，或出於公卿大夫，或出於匹夫匹婦，蓋非一人，而《序》以爲專出於國史，則誤矣。"又以《大序》中的正、變之説，"經無明文可考"。③ 凡此批評《大序》失當的言論，皆可視爲此"病句"之説的注腳。正是基於對《大序》文辭的辯證分析，得出其中有合理之處，亦有"病句"，朱子認同《大序》是後人湊補而成的説法，認爲它符合情理。這個"後人"，朱子没有明確界定，不過從未言及《大序》是漢儒所作，再詳細檢視朱子相關言論，可以推知，當是指孔子與子夏之後、漢代以前的人。

由以上分析可知，朱子認爲，《詩·大序》不是孔子或子夏所作，而是孔子或子夏之後、漢代以前的人所作，且作者有可能並非一人。

2. 朱子論《小序》的作者

朱子亦曾明確否認《小序》是孔子所作的説法："《書·小序》非孔子作，與《詩·小序》同。"（廣。）④前文所引舒高所録"《大序》亦未必是聖人作。《小序》更不須説"，也表達了同樣的觀點。

朱子曾提出《小序》並非古人所製，而是漢儒所作的觀點。朱子説自己"後到三十歲，斷然知《小序》之出於漢儒所作"（煇。）⑤。又説："《序》出於漢儒。"（文蔚。）⑥又説："《詩序》多是後人妄意推想詩人之美刺，非古人之所作也。……又云：'看來《詩序》當時只是個山東學究等人做，不是個老師宿儒之言，故所言都無一事是當[處]。"（卓。）⑦從《朱子語類》的編排規則及其上下文來看，這裡的《序》和《詩序》，均當指《小序》而言。《朱子語類》云："毛、鄭，所謂山東老學究。"（振。）⑧可見，"山東學究"，當指漢世儒生。朱子以《將仲子》篇的《小序》妄斷時事，故而斷定其爲"後世陋儒所作"："又如《將

① ［宋］黎靖德輯，鄭明等校點：《朱子語類》，《朱子全書》（修訂本）第17冊，第2742頁。
② ［宋］黎靖德輯，鄭明等校點：《朱子語類》，《朱子全書》（修訂本）第17冊，第2747頁。
③ ［宋］朱熹撰，朱傑人校點：《詩集傳》，《朱子全書》（修訂本）第1冊，第345、345頁。
④ ［宋］黎靖德輯，鄭明等校點：《朱子語類》，《朱子全書》（修訂本）第16冊，第2635頁。
⑤ ［宋］黎靖德輯，鄭明等校點：《朱子語類》，《朱子全書》（修訂本）第17冊，第2750頁。
⑥ ［宋］黎靖德輯，鄭明等校點：《朱子語類》，《朱子全書》（修訂本）第17冊，第2745頁。
⑦ ［宋］黎靖德輯，鄭明等校點：《朱子語類》，《朱子全書》（修訂本）第17冊，第2749頁。《詩傳遺説》所録，"老師宿儒"上無"個"字；"是當"下有"處"字，據補。此黃卓所録，《詩傳遺説》記作"黃有開記"，不知孰是孰非。見［宋］朱鑑：《詩傳遺説》卷二，影《四庫薈要》本，第26頁。
⑧ ［宋］黎靖德輯，鄭明等校點：《朱子語類》，《朱子全書》（修訂本）第17冊，第2763頁。

仲子》,如何便見得是祭仲? 某由此見得《小序》大故是後世陋儒所作。"
(大雅。)①

正如前文所引《詩傳遺説》中周謨所録,朱子又以爲《小序》"或是後漢衛
宏作",《朱子語類》載朱子曰:

> 且如《葛覃》一篇,只是見葛而思歸寧,序得却如此! 毛公全無《序》
> 解,鄭間見之。《序》是衛宏作。②

據《朱子語類》的編排規則,這裡的《序》,亦是指《小序》。朱子舉《周南·葛
覃》一詩,以《毛傳》的解釋未採《序》説,而《鄭箋》却間採《序》説,從而論定《小
序》是東漢衛宏所作。朱子得出這樣的結論,是基於兩個方面的考慮。其一,
《周南·葛覃》詩曰:

> 葛之覃兮,施于中谷,維葉萋萋。黄鳥于飛,集于灌木,其鳴喈喈。
> 葛之覃兮,施于中谷,維葉莫莫。是刈是濩,爲絺爲綌,服之無斁。
> 言告師氏,言告言歸。薄汙我私,薄澣我衣。害澣害否,歸寧父母。

《詩序》曰:"《葛覃》,后妃之本也。后妃在父母家,則志在於女功之事,躬儉節
用,服澣濯之衣,尊敬師傅,則可以歸安父母,化天下以婦道也。"《毛傳》的解
釋較爲簡略,惟於三章"薄汙我私,薄澣我衣"句下串講其義曰:"婦人有副褘
盛飾,以朝事舅姑,接見於宗廟,進見於君子。"又串講"歸寧父母"句之義曰:
"父母在,則有時歸寧耳。"既言"事舅姑"、"歸寧",則《毛傳》當以此女已嫁,並
不在父母了,從而表現出於《小序》的觀點相異。而《鄭箋》釋首章之興意
曰:"興者,葛延蔓於谷中,喻女在父母之家,形體浸浸日長大也。"鄭玄此説,
則顯然是在沿襲《詩序》之説。而我們分析本詩之意,三章言"歸寧父母",但
在首章、二章的文本中確實無法看出有女在父母家的意思,可見,《小序》和
《鄭箋》的解釋是有點牽強的,而《毛傳》的解釋則更恰詩意。③ 如此説來,則

---

① [宋] 黎靖德輯,鄭明等校點:《朱子語類》,《朱子全書》(修訂本)第 17 册,第 2750 頁。
② [宋] 黎靖德輯,鄭明等校點:《朱子語類》,《朱子全書》(修訂本)第 17 册,第 2745 頁。引文
  對原標點略有改動。
③ 朱子《詩序辨説》於此篇曰:"此詩之《序》,首尾皆是,但其所謂'在父母家'者一句爲未安。
  蓋若謂未嫁之時,即詩中不應遽以歸寧父母爲言,況未嫁之時,自當服勤女功,不足稱述以
  爲盛美。若謂歸寧之時,即詩中先言刈葛,而後言歸寧,亦不相合。且不常爲之於平居之
  日,而暫爲之於歸寧之時,亦豈所謂庸行之謹哉!《序》之淺拙,大率類此。"見[宋] 朱熹撰,
  朱傑人校點:《詩集傳》,《朱子全書》(修訂本)第 1 册,第 357 頁。此辨説對此詩《小序》之誤
  的分析,頗爲合理。

毛公當未見過《小序》，而《小序》只有可能是毛公之後、鄭玄之前所作的。

朱子之所以認爲《小序》是衛宏所作，還有一個重要原因，即《後漢書·儒林傳》衛宏傳記中的相關記載。《後漢書·儒林傳》曰："初，九江謝曼卿善《毛詩》，乃爲其訓。(衛)宏從曼卿受學，因作《毛詩序》，善得《風》、《雅》之旨，于今傳於世。"①朱子顯然已經注意到《後漢書》中的這個記載了，《朱子語類》載朱子云：

> 《詩序》，東漢《儒林傳》分明説道是衛宏作。後來經意不明，都是被他壞了。某又看得亦不是衛宏一手作，多是兩三手合成一序，愈説愈疏。(浩。)②

不過，朱子又從《小序》的内容入手，認爲《小序》非出於衛宏一人之手，而是"兩三手合成"，有他人增益的成分：

> 因論《詩》，歷言："《小序》大無義理，皆是後人杜撰，先後增益湊合而成。多就《詩》中採摭言語，更不能發明《詩》之大旨。"(謨。)③
>
> 問："《東山》詩《序》，前後都是，只中間插'大夫美之'一句，便知不是周公作矣。"曰："《小序》非出[於]一手，是後人旋旋添續，往往失了前人本意，如此類者多矣。"(時舉。)④

在《詩序辨説》中，朱子對於《詩經》每一篇的《小序》中錯誤和正確的地方，均有所辨析，如以爲《周南·卷耳》篇之《小序》，"首句得之，餘皆傅會之鑿説"⑤。《朱子語類》卷八〇中亦載有不少朱子辨析《詩經》中多篇《小序》的錯誤言論。在朱子看來，同一篇《小序》中，既有正確的地方，也有錯誤的地方，就是有自相矛盾之處，因此，朱子認爲《小序》非成於一手。

由以上分析可知，朱子認爲，《詩·小序》的作者並非古人，而是漢儒。《小序》主要由東漢的衛宏所作，也有其他人增補的成分。

3. 朱子並不以《詩序》爲村野妄人所作

從以上的分析中，我們可以知道，朱子並未以《詩序》爲村野妄人所作。

① [宋] 范曄撰，[唐] 李賢等注：《後漢書》，第 2575 頁。
② [宋] 黎靖德輯，鄭明等校點：《朱子語類》，《朱子全書》(修訂本)第 17 册，第 2745 頁。
③ [宋] 黎靖德輯，鄭明等校點：《朱子語類》，《朱子全書》(修訂本)第 17 册，第 2746 頁。
④ [宋] 黎靖德輯，鄭明等校點：《朱子語類》，《朱子全書》(修訂本)第 17 册，第 2793 頁。《詩傳遺説》"一手"上有"於"字。見[宋] 朱鑑：《詩傳遺説》卷二，影《四庫薈要》本，第 32 頁上。
⑤ [宋] 朱熹撰，朱傑人校點：《詩集傳》，《朱子全書》(修訂本)第 1 册，第 357 頁。

可是，《四庫總目提要》在《詩序》提要中，列舉歷代學者對《詩序》作者問題的探討時説：

> 以爲村野妄人所作，昌言排擊而不顧者，則倡之者鄭樵、王質，和之者朱子也。①

鄭樵以《詩序》爲村野妄人所作，可見於《朱子語類》：

> 向見鄭漁仲有《詩辨妄》，力抵《詩序》，其間言語太甚，以爲皆是村野妄人所作。始[者]亦疑之，後來子細看一兩篇，因質之《史記》、《國語》，然後知《詩序》之果不足信。（賀孫。）②

檢《朱子語類》，此處之《詩序》，當指《小序》。從文中的“皆是”一詞亦可看出，鄭樵亦當是就《小序》而言。而朱子此論《小序》，只是説其説“果不足信”，故而認同鄭樵“力抵《詩序》”的做法，却並未明確認同其以爲《詩序》是村野妄人所作的觀點。而檢視現存關於朱子的相關文獻，亦未見朱子明言《小序》或《詩序》爲村野妄人所作。

其實，王質亦無以《詩序》爲村野妄人的言論。《四庫總目提要》於王質《詩總聞》提要云：“南宋之初，廢《詩序》者三家，鄭樵、朱子及質也。”③《四庫薈要》本《詩總聞》提要的表述是：“其廢《序》言《詩》，則鄭樵唱，而質和之也。”④這些表述，並未提及“村野妄人”，與《四庫總目提要》的表述有一定的差異。

《四庫總目提要》於經部詩類提要的撰寫時，有明顯的調和漢、宋之學，以“消融數百年之門户”⑤的傾向，故而，對朱子之詩經學多暗含批評，有時故意作出不實的批評。此例頗多，不煩贅舉，拙撰第六章第二節於此有詳細論述，可參看。此處，《四庫總目提要》以爲朱子附和鄭樵的“村野妄人”説，亦是故意貶損朱子，非爲事實。

（三）朱子對《詩序》價值的討論

歷來學者對於《詩序》作者的爭議，其最終目的還是指向《詩序》的價值。

---

① ［清］紀昀等著，四庫全書研究所整理：《欽定四庫全書總目》（整理本），第 187 頁。
② ［宋］黎靖德輯，鄭明等校點：《朱子語類》，《朱子全書》（修訂本）第 17 册，第 2747 頁。“始”下脱一“者”字，據《詩傳遺説》補。《詩傳遺説》于“向”下衍一“來”字。見［宋］朱鑑：《詩傳遺説》卷二，影《四庫薈要》本，第 23 頁上。
③ ［清］紀昀等著，四庫全書研究所整理：《欽定四庫全書總目》（整理本），第 192 頁。
④ ［宋］王質：《詩總聞》，影《四庫薈要》本，第 1 頁下。
⑤ ［清］紀昀等著，四庫全書研究所整理：《欽定四庫全書總目》（整理本），第 186 頁。

《詩序》價值問題,才是《詩序》存廢爭議的核心。在經學領域内,《詩序》是孔子或子夏所作,還是漢儒所作,其價值則不可同年而語。朱子既已對於《大序》、《小序》作者有不同的認定,則對於《大序》、《小序》價值的看法亦有不同。

1. 對《大序》價值的討論

由於朱子認定《大序》的作者並非孔子或子夏,所以其中"有病句",亦有未盡之處:

> 《大序》亦有未盡。如"發乎情,止乎禮義",又只是説正《詩》,變風何嘗止乎禮義?(振。)①

> "止乎禮義",如《泉水》、《載馳》固"止乎禮義";如《桑中》有甚禮義?《大序》只是揀好底説,亦未盡。(淳。)②

《大序》説《詩經》中的"變《風》"發乎情,止乎禮義。朱子認爲,《詩經》中有多篇"淫詩",比如像《鄘風·桑中》篇之類,其間則並無禮義可言。而《詩序》却説:"《桑中》,刺奔也。衛之公室淫亂,男女相奔,至于世族在位,相竊妻妾,期於幽遠,政散民流,而不可止。"③由此可見,《大序》只是就《詩經》三百零五篇的部分篇目或部分特徵而言,並不能很好地概括出《詩經》諸篇的總體特徵。若聯繫起《詩經》諸篇來作局部細微的考察,則《大序》就顯得"未盡"了。

朱子將《大序》的内容又細分爲十個部分,分別闡述詩歌的産生、詩歌的性質、詩歌及《詩經》的社會功用、《詩經》的教化功能、"六義"、風(諷)、變《風》變《雅》的産生原因、變《詩》創作意圖、變《風》的特徵以及"四始"等内容。前兩部分談論的是早期詩歌,後八部分才是專論《詩經》。就專論《詩經》的内容而言,朱子認爲:"《詩·大序》只有'六義'之説是。"(道夫。)④而對其他諸説,《朱子語類》則無有置喙。而在《詩傳綱領》中,朱子對《大序》有所解釋,其中專論《詩經》的部分,則可以看出朱子對於《大序》的態度,以及其對《大序》價值的認定。

《大序》云:"正得失,動天地,感鬼神,莫近於《詩》。"這是《詩經》的社會功用。朱子解釋説:"蓋其出於自然,不假人力,是以入人深而見功速,非他教之所及也。"⑤《大序》云:"先王以是經夫婦,成孝敬,厚人倫,美教化,移風俗。"這

---

① [宋] 黎靖德輯,鄭明等校點:《朱子語類》,《朱子全書》(修訂本)第17册,第2743頁。
② [宋] 黎靖德輯,鄭明等校點:《朱子語類》,《朱子全書》(修訂本)第17册,第2743頁。
③ [漢] 毛亨傳,[漢] 鄭玄箋,[唐] 孔穎達疏,[唐] 陸德明音釋,朱傑人、李慧玲點校:《毛詩注疏》,第261頁。
④ [宋] 黎靖德輯,鄭明等校點:《朱子語類》,《朱子全書》(修訂本)第17册,第2743頁。
⑤ [宋] 朱熹撰,朱傑人校點:《詩集傳》,《朱子全書》(修訂本)第1册,第343頁。

是《詩經》的教化功能。朱子認爲,"先王"指文、武、周公、成王。"是"指《風》、《雅》、《頌》之正經。先王以《詩》爲教,則能達到其教化目的。①《大序》對於"六義"的分析,朱子認爲是"《三百篇》之綱領管轄"②,極其推崇。《詩集傳》於《詩經》每章都注明其賦比興,亦是基於此。《大序》論《風詩》的諷諫作用,朱子亦順承其義發論。這四部分,朱子都是表示認同的。而《大序》中關於《詩經》的其他言論,朱子則有所質疑。如,《大序》論變《風》、變《雅》創作的原因,則是將《詩經》分以正、變,朱子論曰:"然正變之説,經無明文可考,今姑從之,其可疑者,則具於本篇云。"③《大序》論變《詩》創作意圖時,以其爲國史所作,朱子亦有質疑:"詩之作,或出於公卿大夫,或出於匹夫匹婦,蓋非一人,而《序》以爲專出於國史,則誤矣。"又證以《周禮》和《左傳》,以明其失。④《大序》又云"變《風》發乎情,止乎禮義",朱子則曰:"此亦其大概有如此者,其放逸而不止乎禮義者,固已多矣。"⑤前文所引《朱子語類》中,朱子以《桑中》篇並非"止乎禮義"者,則爲朱子此論之注腳。《大序》又以《風》、《小雅》、《大雅》、《頌》爲"四始",是"《詩》之至也"。《毛詩正義》云:"'四始'者,鄭答張逸云:'《風》也,《小雅》也,《大雅》也,《頌》也,此四者,人君行之則爲興,廢之則爲衰。'"⑥《鄭志》蓋從《大序》之説,此爲《毛詩》之"四始"。而朱子之注却引《史記》之説:"《關雎》之亂,以爲《風》始,《鹿鳴》爲《小雅》始,《文王》爲《大雅》始,《清廟》爲《周頌》始。"以之爲"四始"。⑦ 司馬遷習《魯詩》,此則表明朱子認同《魯詩》的"四始"説,而暗含否定《毛詩》的"四始"説。

2. 對《小序》價值的討論

較之《大序》,朱子對《小序》的批評更多,亦更爲激烈。朱子以爲:

> 《詩·小序》全不可信。如何定知是美刺那人? 詩人亦有意思偶然而作者。又其《序》與《詩》全不相合。《詩》詞理甚順,平易易看,不如《序》所云。⑧

> 《序》極有難曉處,多是附會。如《魚藻》詩見有"王在鎬"之言,便以

---

① [宋]朱熹撰,朱傑人校點:《詩集傳》,《朱子全書》(修訂本)第1册,第343—344頁。
② [宋]朱熹撰,朱傑人校點:《詩集傳》,《朱子全書》(修訂本)第1册,第344頁。
③ [宋]朱熹撰,朱傑人校點:《詩集傳》,《朱子全書》(修訂本)第1册,第345頁。
④ [宋]朱熹撰,朱傑人校點:《詩集傳》,《朱子全書》(修訂本)第1册,第345頁。
⑤ [宋]朱熹撰,朱傑人校點:《詩集傳》,《朱子全書》(修訂本)第1册,第345頁。
⑥ [漢]毛亨傳,[漢]鄭玄箋,[唐]孔穎達疏,[唐]陸德明音釋,朱傑人、李慧玲點校:《毛詩注疏》,第23頁。
⑦ [宋]朱熹撰,朱傑人校點:《詩集傳》,《朱子全書》(修訂本)第1册,第345頁。
⑧ [宋]黎靖德輯,鄭明等校點:《朱子語類》,《朱子全書》(修訂本)第17册,第2745頁。

爲君子思古之武王。似此類甚多。（可學。）①

《小序》多將《詩經》諸篇坐實爲某人某事，有附會之處，所以並不可信。這一點，今天已是學界共識。本來，《小序》製作的目的，是爲了闡明其政治與社會功用，並非純爲學術。朱子之論，又舉《魚藻》篇之證，是有其道理的。

　　《朱子語類》又分別載周謨、葉賀孫、黃卓②、余大雅所録朱子長篇大論《小序》價值者四條，對《小序》的價值作出評判，多以批評《小序》的言論居多。周謨所録云：

　　　　因論《詩》，歷言："《小序》大無義理，皆是後人杜撰，先後增益湊合而成。多就《詩》中採摭言語，更不能發明《詩》之大旨。"（謨。）③

其後，又歷舉《詩經》中《周南·漢廣》、《小雅·緜蠻》、《大雅·行葦》、《周南·卷耳》、《周南·桃夭》、《鄘風·桑中》、《鄭風·子衿》、《鄭風·有女同車》、《小雅·甫田之什》等篇，以證《小序》之坐實爲某人某事，皆爲附會之辭，有失當之處。葉賀孫所録云：

　　　　《詩序》實不足信。向見鄭漁仲有《詩辨妄》，力詆《詩序》，其間言語太甚，以爲皆是村野妄人所作。始[者]亦疑之，後來子細看一兩篇，因質之《史記》、《國語》，然後知《詩序》之果不足信。因是看《行葦》、《賓之初筵》、《抑》數篇，《序》與《詩》全不相似。以此看其他《詩序》，其不足信者煞多。以此知人不可亂説話，便都被人看破了。（賀孫。）④

除《大雅·行葦》、《小雅·賓之初筵》、《大雅·抑》三篇之外，朱子又舉《唐風·山有樞》、《周頌·昊天有成命》爲例，以證《小序》之疏失。不過，其間亦言及"《詩序》亦有一二憑據，如《清人》、《碩人》、《載馳》諸詩是也。"（賀孫。）⑤由此可見，朱子並不是一味貶低《小序》，而是經過細緻地審視和考察

――――――――――

①　[宋]黎靖德輯，鄭明等校點：《朱子語類》，《朱子全書》（修訂本）第17冊，第2746頁。
②　黃卓，《詩傳遺説》記爲"黃有開"，不知孰是孰非。見[宋]朱鑑：《詩傳遺説》卷二，影《四庫薈要》本，第25頁下―27頁下。
③　[宋]黎靖德輯，鄭明等校點：《朱子語類》，《朱子全書》（修訂本）第17冊，第2746頁。
④　[宋]黎靖德輯，鄭明等校點：《朱子語類》，《朱子全書》（修訂本）第17冊，第2747頁。"始"下脱一"者"字，據《詩傳遺説》補。《詩傳遺説》於"向"下衍一"來"字。見[宋]朱鑑：《詩傳遺説》卷二，影《四庫薈要》本，第23頁上。
⑤　[宋]黎靖德輯，鄭明等校點：《朱子語類》，《朱子全書》（修訂本）第17冊，第2748頁。

之後才對《小序》有所評判。《詩序辨説》中,朱子對於《小序》有認同其説者,也有持異議者,正是基於對《詩經》諸篇内容的分析而得出的結論。黄卓所録與周謨、葉賀孫所録論調亦大致相同。余大雅所録云:

> 《小序》如《碩人》、《定之方中》等,見於《左傳》者,自可無疑。若其他刺詩無所據,多是世儒將他謚號不美者,挨就立名爾。今只考一篇見是如此,故其他皆不敢信。(大雅。)①

在朱子看來,《衛風·碩人》、《鄘風·定之方中》等篇,皆爲《左傳》所引,可以經證經,其《小序》自可相信。但其他《詩》篇的《小序》則有穿鑿附會之嫌。其杜撰、穿鑿之處,主要就是妄生美刺,朱子嘗論此曰:

> 古人之詩雖存,而意不可得。序《詩》者妄誕其説,但疑見其人如此,便以爲是詩之美刺者,必若人也。(卓。)②

特别是將美詩加在得美謚者身上,將刺詩加在得惡謚者身上:

> 如山東學究者,皆是取之《左傳》、《史記》中所不取之君,隨其謚之美惡,有得惡謚,及《傳》中載其人之事者,凡一時惡詩,盡以歸之。最是鄭忽可憐,凡《鄭風》中惡詩皆以爲刺之。(螢。)③

不過,朱子又嘗云:"如《小序》,亦間有説得好處,只是杜撰處多。"(道夫録。)④正因爲如此,朱子在《詩集傳》中,有些篇目對《小序》的説法表示出認同,也有些篇目改動《小序》的説法。據莫礪鋒先生《朱熹文學研究》一書的統計,在《詩集傳》中,朱子從《小序》説的占《詩經》總篇數的 27%,對《小序》有異議的占 70%。⑤ 這是朱子審視《小序》以作具體分析後所作的結論,而絶非先入爲主地爲反對《小序》而故意改動其説。其實,通常所謂的朱子是否"從"《序》的説法,從外在現象上來看並無問題,而若從是否符合朱子本意的角度來看,則屬本末倒置。在朱子看來,《詩序》是他審視、考察的對象,而非修正的對象,朱子採用《小序》之説是因爲他認同其説,而非遵從其説。因此,本文

---

① [宋] 黎靖德輯,鄭明等校點:《朱子語類》,《朱子全書》(修訂本)第 17 册,第 2750 頁。
② [宋] 黎靖德輯,鄭明等校點:《朱子語類》,《朱子全書》(修訂本)第 17 册,第 2749 頁。
③ [宋] 黎靖德輯,鄭明等校點:《朱子語類》,《朱子全書》(修訂本)第 17 册,第 2765 頁。
④ [宋] 黎靖德輯,鄭明等校點:《朱子語類》,《朱子全書》(修訂本)第 17 册,第 2743 頁。
⑤ 莫礪鋒:《朱熹文學研究》,第 217 頁。

採用是否"認同"《詩序》這個説法。

　　朱子於《詩經》部分篇目認同《小序》之舉,與前文所引的"《小序》全不可信",其實並不矛盾。朱子嘗言:"《小序》尤不可信,皆是後人託之,仍是不識義理,不曉事。"(㬠。)①"不可信",是從宏觀角度就解《詩》態度而言的,不能據《小序》以定詩旨,而是要抛開《小序》束縛,從内容入手以具體分析。因爲朱子認爲,《小序》是漢儒所作,而漢儒又不明義理,失了大綱,所以,在治《詩》時,絶不能受《小序》的干擾。吕祖謙據《序》言《詩》,朱子多次與之爭辯;而即使是蘇轍《詩集傳》僅取《小序》首句的做法,亦不被朱子所認可:

　　　　浩云:"蘇子由却不取《小序》。"曰:"他雖不取下面言語,留了上一
　　　　句,便是病根。"(浩。)②

這句話,可以視作"《小序》全不可信"的注腳。不過,《小序》也是從《詩經》内容入手來定詩旨的,不同的人對相同内容的闡釋,難免有見解相通之處,這時候也可以從其説,而不能盲目妄生疑端。所以,具體到微觀層面,朱子在有些篇目上,亦認同《小序》所定篇旨。

　　相對於《大序》而言,朱子對《小序》的價值則基本持否定態度,朱子是從《詩經》經文的内容入手,分析其主旨,然後再與《小序》之説相驗證,是者認同之,非者辨駁之。學界通常將朱子歸爲"廢《序》派",也正是就朱子對《小序》價值所持的態度而言的,準確地説,朱子是"去《序》言《詩》",而且也只是去《小序》以言《詩》,朱子希望抛開《小序》,置之不顧,直尋經文,以求聖賢本意,並未提出要廢除《大序》。

(四)《小序》在篇中的位置

　　從現在仍可見到的宋刻本《毛詩》、《毛詩傳箋》、《毛詩正義》等書來看,《小序》都是刻在《詩經》經文之前的。朱子所見之《詩經》文本,亦當是如此。不過,朱子對《小序》置於經文之前的編排順序有所質疑,認爲《小序》不當在經文之前。《朱子語類》録朱子語云:"《詩》《書·序》,當刊在後面。"(升卿。)③至於其"當刊在後面"的理由,朱子給出了三點。

　　第一,從文獻學角度來看,古書的序,一般在正文之後。《朱子語類》載:

---

① 〔宋〕黎靖德輯,鄭明等校點:《朱子語類》,《朱子全書》(修訂本)第 17 册,第 2765 頁。
② 〔宋〕黎靖德輯,鄭明等校點:《朱子語類》,《朱子全書》(修訂本)第 17 册,第 2745 頁。
③ 〔宋〕黎靖德輯,鄭明等校點:《朱子語類》,《朱子全書》(修訂本)第 17 册,第 2745 頁。"刊",《朱子語類》原文作"開",不辭。兹據《詩傳遺説》改,見〔宋〕朱鑑:《詩傳遺説》卷二,第 16 頁上。

　　敬之問《詩》、《書·序》。曰："古本自是別作一處。如《易大傳》、班固《序傳》並在後。京師舊本《揚子注》,其《序》亦總在後。"(德明。)①

《周易大傳》在《周易》經文之後,《漢書·序傳第七十》在《漢書》最後一卷。揚雄文集宋時已佚,"宋譚愈始取《漢書》及《古文苑》所載四十餘篇,仍輯爲五卷,已非舊本"②。朱子所見舊本《揚子雲集》,不知是何舊本。其注中之《序》,亦置於正文之後。朱子舉此三例,涉及經部、史部、集部,以證古書序都當在正文之後。如此,則宋時所見諸本,並非古本原貌。《詩經》的《小序》亦當在經文之後,而不應該在其前。故《詩序辨説》云:

　　　　然計其初,猶必自謂出於臆度之私,非經本文,故且自爲一編,別附經後。……及至毛公引以入經,乃不綴篇後,而超冠篇端。③

是朱子以爲,將原本置於經後的《小序》置於經前,是漢人毛公所爲。既然要追求聖賢本意,首先從形式上,就要恢復"古本"原貌,因此,必須要將《小序》置於經後。朱子於 1190 年在臨漳任上所刊刻的《詩經》雖不存,但從《文集》中所收的該本跋文來看,朱子即據此而將《小序》置於經文之後的。

　　第二,《小序》有失,不當置於經文之前。朱子《刊四經成告先聖文》云:

　　　　("六經")不幸前遭秦火煨燼之厄,後罹漢儒穿鑿之繆,不惟微詞奧旨莫得其傳,至於篇帙之次,亦復殽亂,遥遥千載,莫覺莫悟。惟《易》一經,或嘗正定。而熹不敏,又嘗考之《書》、《詩》,而得其《小序》之失,參稽本末,皆有明驗。私竊以爲,不當引之以冠本經聖言之上,是以不量鄙淺,輒加緒正,刊刻布流,以曉當世。④

朱子以爲,《詩》遭秦火,今本爲漢人寫定,已經失其篇次。而經過朱子的考察,《小序》多有失誤,這可以見於其《詩序辨説》以及《詩集傳》。所以,《小序》不應該冠於經文之前。故而,朱子此次所刊之《詩經》,就"輒加緒正",將《小序》置於經文之後。

　　第三,朱子以爲:"《詩》本易明,只被前面《序》作梗。《序》出於漢儒,反亂

---

① ［宋］黎靖德輯,鄭明等校點:《朱子語類》,《朱子全書》(修訂本)第 17 册,第 2745 頁。
② ［清］紀昀等著,四庫全書研究所整理:《欽定四庫全書總目》(整理本),第 1982 頁。
③ ［宋］朱熹撰,朱傑人校點:《詩集傳》,《朱子全書》(修訂本)第 1 册,第 353 頁。
④ ［宋］朱熹撰,戴揚本、曾抗美校點:《晦庵先生朱文公文集》(五),《朱子全書》(修訂本)第 24 册,第 4046 頁。引文對原標點略有改動。

《詩》本意。"（文蔚。）①這裡的《序》，是指《小序》。《小序》阻礙了學者理解《詩經》本旨，"後來《經》意不明，都是被他壞了。"（浩。）②後儒解《詩》，所犯的預設詩旨的毛病，正是由於《小序》橫亘在《詩經》經文之前，所以，要回歸《詩經》原旨，求得聖賢本意，就必須要將《小序》置之不顧。如此，則將《小序》置於經文之後，勢在必行。此外，《朱子語類》又載朱子云：

　　　　見作《詩集傳》，待取《詩》令編排放前面，驅《序》過後面，自作一處。（文蔚。）③

此《序》乃指《小序》而言。朱子自作《詩集傳》，亦沿襲這一做法，將自己所定的《小序》置於每篇第一章之後。這樣做，便可以"令人虛心看正文，久之其義自見"④。否則，就會落入預設《詩》旨、循環論證的圈套，不能準確地理解《詩經》所體現的聖賢本意和天地自然之理。

二、朱子之"去《序》解《詩》"析論

在經學史、詩經學史上，朱子無疑是最具爭議的人物之一。他對於《詩序》的態度，亦引起了學界的廣泛爭論。有學者將朱子歸爲"廢《序》派"，不過，檢《朱子語類》和文集中相關材料，並不見朱子"廢《序》"一詞。也有學者認爲他遵《序》，還有學者認爲他對《詩序》有從有廢。而通過前文考察，這些說法皆有不盡如人意之處，竊以爲用"去《序》解《詩》"，或許是一個更恰當的表述，當然，這個《序》，是指《小序》，朱子並無去《大序》的意思。朱子所去爲《小序》，古人如朱子弟子陳文蔚、明代大儒程敏政等早已言及，却一直爲學界所忽視。陳文蔚《朱先生叙述》一文曰："（朱子）於《詩》，則去《小序》之亂經，而得詩人吟咏情性之意。"⑤程敏政《詩考》一文曰："三家亡而毛氏獨行，子朱子從而爲之集傳，其深闢《小序》之非，有功於學者甚大。"又曰："朱子，學孔者也，以爲此經實出聖人之所删定，故深闢《小序》之非，少祛學者之蔽，而

---

① ［宋］黎靖德輯，鄭明等校點：《朱子語類》，《朱子全書》（修訂本）第17冊，第2745頁。
② ［宋］黎靖德輯，鄭明等校點：《朱子語類》，《朱子全書》（修訂本）第17冊，第2745頁。
③ ［宋］黎靖德輯，鄭明等校點：《朱子語類》，《朱子全書》（修訂本）第17冊，第2745頁。"序"，原文作"逐"，誤。參見［宋］黎靖德編，王星賢點校：《朱子語類》，北京：中華書局，1986年，第2074頁。
④ ［宋］黎靖德輯，鄭明等校點：《朱子語類》，《朱子全書》（修訂本）第17冊，第2738頁。
⑤ ［宋］陳文蔚：《克齋集》，影文淵閣《四庫全書》第1171冊，第48上頁。

豈逆漢儒之欺哉?"①陳文蔚、程敏政之説足會朱子之心。

下文在前人已有研究的基礎上,嘗試對朱子去《序》解《詩》的相關問題作一些考察,對其間一些似是而非的觀點加以修正。

(一) 朱子去《序》解《詩》的學術背景

自《毛詩》獨尊後,雖然有鄭、王之爭,以及六朝時期南北學術的差異,但現有文獻中,並未見唐以前有學者敢於對《毛詩序》有所質疑。唐孔穎達奉敕修《毛詩正義》,將詩經學定於一尊,更加鞏固了《詩序》的地位。

到唐代,開元時人成伯璵撰《毛詩指説》,始對子夏作《序》有所質疑,認爲子夏"惟裁初句",其下則由大毛公所作。題名韓愈的《詩之序議》亦對子夏作《詩序》持有異議,其中列舉數證,並下結論云:"察夫《詩序》,其漢之學者欲自顯立其傳,因借之子夏。"②不管成伯璵之説證據是否充足,不管《詩之序議》是出於什麽目的而發此論,這種對於《詩序》本身的懷疑,肯定是一個石破天驚之舉。既然他們斷定《詩序》爲漢儒所作,據《序》以言《詩》就失去了理論前提。不過,終有唐一代,懷疑《詩序》的聲音在當時非常微弱。真正顯示出其影響的,則是在宋代。

宋儒治經,對於漢唐經學質疑者頗多,在詩經學領域内亦是如此。北宋時期,劉敞《七經小傳》中有《毛詩小傳》、歐陽修有《詩本義》、王安石《三經新義》中有《詩經新義》、蘇轍亦有《詩集傳》,南宋時期的鄭樵有《詩辨妄》,與朱子大致同時代的王質和楊簡分別撰有《詩總聞》和《慈湖詩傳》,皆對《小序》有所質疑。不過,從《序》言《詩》的聲音也並未中斷,比如理學的重要人物二程兄弟、撰寫《詩補傳》的范處義,以及與朱子同時代的吕祖謙等人,在解《詩》時仍遵從《小序》。周孚因鄭樵《詩辨妄》,作《非詩辨妄》,以反對其説。而民間教《詩經》的鄉先生,更是以遵從《詩序》者爲多。③ 而衆所周知,朱子早年解《詩》,亦是遵從《小序》的。可見,雖然懷疑《詩序》的聲音在宋初就開始存在,但是這個懷疑並不夠徹底,理由亦不夠充分,無法在詩經學界内達成共識,以致其實際影響並不太大。學界通常在論及宋儒疑《序》時,有誇大其説的嫌疑,如洪湛侯先生《詩經學史》認爲:"宋代思辨學風盛行,疑《序》反《序》成爲當時風行的疑經改經潮流的一個部分,所以能夠形成一定的規模和氣候。"④其實,這只不過是因爲在"經學時代",敢於懷疑《詩序》的提法顯得相

---

① [明]程敏政:《篁墩文集》,影文淵閣《四庫全書》第1252册,第185下、187下頁。
② 屈守元、常思春主編:《韓昌黎全集校注》,成都:四川大學出版社,1996年,第3038頁。
③ 詳參衛華:《"鄉先生"與宋代詩經學》,《詩經研究叢刊》第19輯,北京:學苑出版社,2011年,第340—353頁。
④ 洪湛侯:《詩經學史》,中華書局,2002年,第174—175頁。

當"異端",容易給人石破天驚的感覺而已。朱子嘗言：

> 向見鄭漁仲有《詩辨妄》,力詆《詩序》,其間言語太甚,以爲皆是村野
> 妄人所作。始[者]亦疑之,後來子細看一兩篇,因質之《史記》《國語》,
> 然後知《詩序》之果不足信。（賀孫。）①

這裡的"《詩序》"是指《小序》。由朱子始見鄭樵村野妄人作《小序》之語時,仍
以爲其"言語太甚",並且在開始時對鄭樵"力詆《詩序》"的做法"亦疑之",可
知本文所言非虛。"亦疑之",可見懷疑鄭樵説法的,在當時亦有他人。朱子
早年治《詩》,亦是遵從《序》説的,而這段話則透露出,他後來不信《小序》,並
非盲從前人陳説,亦並非要標新立異,而是"仔細看"、並"質之《史記》《國
語》",經過自己深入分析、思考,對舊説加以審視後的結果。

（二）朱子《詩序》觀的轉變過程

眾所周知,朱子早年並不疑《序》,而今本《詩集傳》則反映出明顯的"去
《序》言《詩》"的態度,可見,其《詩序》觀有一個轉變過程。《四庫全書總目》認
爲朱子《詩序》觀有前後兩個階段：

> 注《詩》亦兩易稿。凡吕祖謙《讀詩記》所稱"朱氏曰"者,皆其初稿,
> 其説全宗《小序》。後乃改從鄭樵之説,（案：朱子攻《序》,用鄭樵説,見
> 於《語録》。朱升以爲[用]歐陽修之説,迫誤也。）是爲今本。卷首自序,
> 作於淳熙四年,中無一語斥《小序》,蓋猶初稿。序末稱"時方輯《詩傳》",
> 是其證也。②

這一説法其實是錯誤的。其實,朱子的《詩序》觀,經過了兩次轉變,有三個階
段。這已爲當今學界所熟知。相關記載,則有《朱子語類》所存録的兩條。其
學生李輝問："《詩傳》多不解《詩序》,何也?"朱子在回答時説：

> 某自二十歲時讀《詩》,便覺《小序》無意義。及去了《小序》,只玩味
> 《詩》詞,却又覺得道理貫徹。當初亦嘗質問諸鄉先生,皆云《序》不可廢,
> 而某之疑終不能釋。後到三十歲,斷然知《小序》之出於漢儒所作,其爲

---

① ［宋］黎靖德輯,鄭明等校點：《朱子語類》,《朱子全書》（修訂本）第 17 册,第 2747 頁。"始"
　下脱一"者"字,據《詩傳遺説》補。《詩傳遺説》於"向"下衍一"來"字。見［宋］朱鑑：《詩傳
　遺説》卷二,影《四庫薈要》本,第 23 頁上。
② ［清］紀昀等著,四庫全書研究所整理：《欽定四庫全書總目》（整理本）,第 192—193 頁。引
　文對原標點略有改動。

繆戾,有不可勝言。東萊不合只因《序》講解,便有許多牽强處。某嘗與
之言,終不肯信。《讀詩記》中雖多説《序》,然亦有説不行處,亦廢之。某
因作《詩傳》,遂成《詩序辨説》一册,其他繆戾,辨之頗詳。(煇。)①

此説爲李煇所録,不詳何年。今僅知李煇字晦叔,爲南康軍建昌縣(今江西建
昌縣)人,其生平亦不可詳考。② 朱子又説:

    某向作《詩解》,文字初用《小序》,至解不行處,亦曲爲之説。後來覺
得不安,第二次解者,雖存《小序》,間爲辨破,然終是不見詩人本意。後
來方知,只盡去《小序》,便自可通。於是盡滌舊説,《詩》意方活。
(必大。)③

此説爲吳必大所録,爲戊申(1188)、己酉(1189)年間所聞。可見朱子治《詩》,
經過了一個從遵從《小序》,撰有集解《詩經》之作;到懷疑《小序》,撰舊本《詩
集傳》;再到去《小序》解《詩》,又撰今本《詩集傳》的歷程。在這三個階段中,
朱子分別有所著述。雖然其後朱子對今本《詩集傳》的少數地方有所更定,但
基本上可以把它看成是其最終定論。

    在這三個階段中,第一次變化,從遵從《小序》到"間爲辨破",是一個質的
飛躍;而第二次變化,從"間爲辨破"到"盡去《小序》",亦是一個質的飛
躍,而且其程度要更甚於第一次。因爲第一次變化中,朱子雖然"間爲辨
破",但始終只是對《小序》的修修補補,仍然局限在《小序》的範圍内。其
實,這也就是在詩經漢學的話語體系和理論預設中,所以"終是不見詩人本
意"。而第二次變化則不然,我們不能將其僅僅視作第一次變化的遺續。
這一次,朱子在之前的基礎上,對於《小序》的認識更加深刻,完全跳開了
《小序》的範圍,不再受其束縛,徹底拋開漢儒的《詩》解,所以"《詩》意方
活"、"便自可通"。

    前文已經論及,朱子雖主張"去《序》",但對《小序》所認定的每一篇篇旨
皆能客觀看待,不因《小序》已有此説而故意持有異説。除此之外,朱子對二
程據《序》解《詩》的微詞,所表現出的學術態度亦不容忽視。我們知道,朱子
治學極其推崇二程,認爲他們能上承早已中斷的孔孟道統。而且,在前揭《吕
氏家塾讀詩記後序》中,朱子又以二程治《詩》"有所發明"。但是,對於二程治

---

① [宋]黎靖德輯,鄭明等校點:《朱子語類》,《朱子全書》(修訂本)第 17 册,第 2750—2751 頁。
② 陳榮捷:《朱子門人》,上海:華東師範大學出版社,2007 年,第 83 頁。
③ [宋]黎靖德輯,鄭明等校點:《朱子語類》,《朱子全書》(修訂本)第 17 册,第 2758 頁。

《詩》中對於《詩序》的態度，朱子則有所批評。比如，朱子認爲："《詩·大序》只有'六義'説是，而程先生不知如何，又却説從別處去。"(道夫。)①而對於《小序》，朱子亦未嘗因二程的尊崇而盲從其説，而是隨著自己認識的不斷加深，而不斷修正自己的《詩序》觀。可見，朱子《詩序》觀的兩次改變，雖然不可避免地要參考他人的一些見解，但都是一種理性思考的結果，朱子並不是因他人説法的影響而隨意改變己見。

(三) 關於朱子是"反《序》"還是"遵《序》"的爭論

前揭李輝與吳必大所録朱子之語中，已經明言其治《詩》"去《小序》"，但是，實際檢視《詩序辨説》及《詩集傳》時，我們可以發現，朱子對於《小序》所定篇旨並不是完全否定，而是有駁斥，亦有認同；同時，對於某些具體篇目的《小序》，朱子亦有部分駁斥，同時部分認同的。這一現象爲後世學者所注意，並紛紛就朱子是遵《序》者還是反《序》者發表見解。

在經學史、詩經學史上，一般認爲朱子是反《序》的。黃忠慎先生《宋代〈詩經〉學探析——以歐陽修、蘇轍等六家爲中心的考察》從朱子《詩序辨説》中舉出一百個"專駁《詩序》之不可信者"的例子。② 雷炳鋒先生《朱熹〈詩序辨説〉試論》認爲："總體而言，朱熹雖不一概否定《詩序》，但其疑《序》反《序》的傾向却是十分明顯的。"③

不過，清儒姚際恒在爲其《詩經通論》撰寫的序言中提出朱子"時復陽違《序》而陰從之"④的説法，以爲朱子在對於《詩序》的問題上，所言與所行不一致。其後，姚氏於《詩經通論·詩經論旨》對朱子《詩序》觀評價道：

> 況其從《序》者十之五；又有外示不從而陰合之者，又有意實不然之而終不能出其範圍者，十之二三。故愚謂遵《序》者莫若《集傳》，蓋深刺其隱也。⑤

姚際恒從朱子對於每一篇《小序》的態度入手分析，認爲其遵從《詩序》的佔十分之五，大致遵從的佔十分之二三，這樣，合起來有十分之七八，所以得出"遵《序》者莫若《集傳》"的結論。這個説法影響到不少學者，比如，鄭振鐸先生

---

① ［宋］黎靖德輯，鄭明等校點：《朱子語類》，《朱子全書》(修訂本)第 17 冊，第 2743 頁。
② 黃忠慎：《宋代〈詩經〉學探析——以歐陽修、蘇轍等六家爲中心的考察》，臺北：花木蘭文化出版社，2009 年，第 298—346 頁。
③ 雷炳鋒：《朱熹〈詩序辨説〉試論》，《寧夏大學學報(人文社會科學版)》，2011 年第 3 期，第 67 頁。
④ ［清］姚際恒：《詩經通論》，《續修四庫全書》第 62 冊，第 5 頁。
⑤ ［清］姚際恒：《詩經通論》，《續修四庫全書》第 62 冊，第 11 頁上。

《讀毛詩序》即持此論：

> 許多人都公認朱熹是一個攻擊《毛詩序》最力的，而且是第一個敢把《毛詩序》從《詩經》裡分別出來的人；而在實際上，除了朱熹認《國風》的"風"字應作"風謠"解，認《鄭風》是淫詩，與《詩序》大相違背外，其餘的許多見解，仍然都是被《詩序》所範圍，而不能脫身跳出。①

所謂"不能脫身跳出"，則是指朱子在大部分篇目中，都從《詩序》。

今人亦有持此論者。他們多將朱子所定篇旨與《小序》對照，進行定量分析，然後得出朱子從《序》的結論。如李家樹先生《國風毛序朱傳異同考析》，經過統計分析，得出在《國風》中，《詩集傳》從《序》者達70％，並下結論以朱子爲"從《序》派"。王清信先生《詩經二雅毛序與朱傳所定篇旨異同之比較研究》和《詩經三頌毛序朱傳異同之比較研究》分別就《二雅》和《三頌》進行定量分析，認定《詩集傳》從《序》。② 張芳先生《論朱熹"明違而陰從"之詩序觀》亦認爲朱子遵《序》。③

有些學者針對學界提出的朱子遵《序》説，提出自己的反駁意見。如陳明義先生《朱熹〈詩經〉學與〈詩經〉漢學傳統異同之研究》首章就批評李家樹先生、王清信先生的觀點，並舉出不少證據證明朱子是反《序》者。④ 吳洋先生亦認爲朱子確屬"廢《序》者"。⑤ 蔡一純認爲朱子"攻《序》"。⑥

此外，近年來還有學者詳細考察朱子對於《詩經》諸篇《序》説的態度，認定其有遵從，有反對，其言下之意是不可簡單地用遵《序》還是反《序》來概括。如莫礪鋒先生將朱子《詩集傳》對《詩序》的態度歸納爲"説明採取《小序》"説、"不提《小序》，而全襲其説"、"與《小序》大同小異"、"與《小序》不同"、"存疑"五種情況，列出具體數據，並據以認爲："朱熹對《小序》的態度是有取有捨，既不曲從，也不盡廢。"⑦黃忠慎先生《朱子〈詩經〉學新探》就《詩序辨説》中"二南"25篇與《詩序》逐一進行比較，認爲："朱子不是遵奉《詩序》之説，是尊重

---

① 鄭振鐸：《讀毛詩序》，顧頡剛編：《古史辨》第三冊，上海：上海古籍出版社，1982年，第386頁。
② 王清信：《詩經二雅毛序與朱傳所定篇旨異同之比較研究》，東吳大學碩士學位論文，1999年；王清信：《詩經三頌毛序朱傳異同之比較研究》，《經學研究論叢》第6輯，1999年。
③ 張芳：《論朱熹"明違而陰從"之詩序觀》，《牡丹江大學學報》，2011年第5期，第51—53頁。
④ 陳明義：《朱熹〈詩經〉學與〈詩經〉漢學傳統異同之研究》，臺北：花木蘭文化出版社，2009年。
⑤ 吳洋：《朱熹〈詩經〉學思想探研及研究》，北京：社會科學文獻出版社，2014年。
⑥ 蔡一純：《〈詩集傳〉尊序、反序與攻序的學術理念研究》，《鞍山師範學院學報》，2011年第5期。
⑦ 莫礪鋒：《朱熹文學研究》，第214—217頁。

《詩序》而不全盤接收"。① 楊世明先生《朱熹〈詩集傳〉於〈詩序〉有廢有從考説》亦持此論。② 而楊晉龍先生《朱熹〈詩序辨説〉述義》則認爲朱子不是"廢《序》",而是"離《序》詮《詩》"。③

以上説法中,朱子對《詩序》有取有捨的觀點看似全面,故影響最大。不過,這亦未能讓其他各家認同,而改變自己的觀點。其實,無論在自然科學領域,還是人文科學、社會科學領域,定量分析只能觸及表面現象,不能達其深層本質。只有將定量分析和定性分析相結合,由現象到本質,才可能更清楚地把握情況。針對具體篇目的分析,朱子對待《詩序》的態度是有取有捨的,不過,這只是從表面現象上來看的。而《朱子語類》録有朱子多次言及解《詩》要去了《小序》,從未説自己要遵從《小序》以解《詩》,即是其"去《序》解《詩》"之證。否則,朱子説自己治《詩》的兩次變化,亦不能成立。此外,朱子嘗言:"《詩序》作,而觀《詩》者不知《詩》意。"(節。)④ 又言:

> 東萊《詩記》却編得子細,只是大本已失了,更説甚麽? 向嘗與之論此,如《清人》、《載馳》一二詩可信。渠却云:"安得許多文字證據?"某云:"無證而可疑者,只當闕之,不可據《序》作證。"渠又云:"只此《序》便是證。"某因云:"今人不以《詩》説《詩》,却以《序》解《詩》,是以委曲牽合,必欲如序者之意,寧失詩人之本意不恤也。此是序者大害處。"(賀孫。)⑤

由此可見,朱子希望"以《詩》説《詩》",還原其中的聖賢本意,"以《序》解《詩》"的做法,則讓《詩經》爲漢人所作的《小序》之説所束縛,以致不能求得"詩人本意"。對於吕祖謙據《序》解《詩》的行爲,朱子評價道:

> 伯恭專信《序》,又不免牽合。伯恭凡百長厚,不肯非毀前輩,要出脱回護。不知道只爲得個解經人,却不曾爲得聖人本意。是便道是,不是便道不是,方得。(浩。)⑥

在朱子看來,據《序》解《詩》,只能得《序》之意,不能得《詩》之本意,吕祖謙的做

---

① 黄忠慎:《朱子〈詩經〉學新探》,臺北:五南圖書出版公司,2002年,第10—58頁。
② 楊世明:《朱熹〈詩集傳〉於〈詩序〉有廢有從考説》,《詩經研究叢刊》第9輯,北京:學苑出版社,2005年,第92—109頁。
③ 楊晉龍:《朱熹〈詩序辨説〉述義》,《中國文哲研究集刊》第12期,1998年,第295—353頁。
④ [宋]黎靖德輯,鄭明等校點:《朱子語類》,《朱子全書》(修訂本)第17冊,第2745頁。
⑤ [宋]黎靖德輯,鄭明等校點:《朱子語類》,《朱子全書》(修訂本)第17冊,第2748—2749頁。
⑥ [宋]黎靖德輯,鄭明等校點:《朱子語類》,《朱子全書》(修訂本)第17冊,第2745頁。

法,只能求得序《詩》的"解經人"的意思,而失却了"大本",無法求得《詩經》本旨。正如朱師傑人先生在《〈詩傳綱領〉研究》一文中所指出的:"他(引者按:指朱子)反對拘泥於注解,更反對以'主題先行'——從《小序》和前人對詩旨的成説出發——的方法去讀詩。"①朱子言《詩》,是不可能遵從《小序》的。

但是,正如拙撰前節所言,在某些篇目的篇旨上,朱子所定確實與《小序》相同。這一點朱子自己也提到過。比如,前揭朱子云:"《小序》如《碩人》、《定之方中》等,見於《左傳》者,自可無疑。"而上揭朱子云:"是便道是,不是便道不是,方得。"這兩句話就表明,朱子對《小序》是有所查驗的,認爲其中無疑的,就可以表示出認同。還有一種情況是《小序》的真偽無從考核,可是又没有文獻材料來提出反面證據以反駁,只得姑且接受其説。朱子在《詩序辨説》中亦指出:

> 然猶以其(引者按:指《小序》)所從來也遠,其間容或真有傳授證驗而不可廢者,故既頗采以附《傳》中。②

所以説,在二者相同的地方,亦並不能算是朱子"從《序》",準確地説,只是他在經過分析後對《小序》的認同。這樣看來,朱子在宏觀上的"去《序》",與微觀上部分篇目的認同《小序》,就並非自相矛盾之舉。"去《序》"是就主觀態度而言的,是要求在治《詩》時不受《小序》的束縛,而不是因噎廢食,凡是《小序》之説都要一味地加以反對,因爲其中或許也有先儒相傳的成分,是沿襲孔子或其弟子的。

(四) 朱子去《序》解《詩》的原因探析

目前學界關於朱子《詩序》觀的研究中,主要著眼點還是在於朱子對《詩序》,特別是《小序》的態度,也就是朱子是遵從《小序》還是懷疑或反對《小序》的研究,但鮮有學者對其原因作出深入探討。根據朱子自己的相關言論,以及上文的探討,我們可知朱子之主張"去《序》解《詩》",殆可無疑,而其去《小序》的原因則是我們在研究朱子《詩序》觀時不得不考慮的一個重要問題。

朱子首先通過對《小序》的逐篇考察,認定其爲漢儒所作;而在朱子眼裡,漢儒是不明義理的。朱子承前人之説,構建了一個"道統"的譜系,朱師傑人先生將其歸納爲:

> 上古聖神(伏羲、神農、黄帝)——堯——舜——禹——成湯、文、武

---

① 朱傑人:《〈詩傳綱領〉研究》,《朱子學論集》,第 242 頁。
② 〔宋〕朱熹撰,朱傑人校點:《詩集傳》,《朱子全書》(修訂本)第 1 册,第 353 頁。

之君，皋陶、伊、傅、周、召之臣——孔子——顏子、曾子——子思子——
孟子——二程子……①

在這個譜系中，荀子被排除在外。而漢儒《詩》學，皆承自荀子，自然也就不在
其"道統"之內。這樣說來，《小序》所定詩旨也就並非聖賢本意了。雖然《小
序》的作者至今仍無法知曉，其中或有秦漢之前儒家相傳的成分，但很明顯，
現在所見的定本經過漢代《毛詩》學派出於《詩》教的目的而加以改造，則可無
疑。而且《小序》也只是對《詩經》篇旨的"一種解釋"，並非唯一解釋。如此說
來，如果要求《詩》篇本意，就不能完全遵照《小序》之說。對《小序》本身的質
疑，對於廓清陳說，還原《詩經》本意很有必要的。但事實上，自《毛詩》獨尊
後，凡言《詩》，必依《序》說。唐代修《毛詩正義》，更使得詩經學定於一尊，《小
序》成了《詩經》篇旨的唯一解釋。治《詩》者皆就《小序》以言《詩》，這就容易
犯"預設詩旨"的毛病。

到了宋代，很多學者指出漢唐學者不明義理，並在自己的治學中積極糾
正漢唐學者的這個"錯誤"。不過，他們在治《詩》時，仍是遵從《小序》的，如王
安石所作《詩經新義》，就認爲《小序》是詩人所作，《序》說不可廢。這樣就在
一定程度上，延續著漢唐《詩》說，不能達到徹底清算詩經漢學的目的，詩經宋
學的品格也遲遲不能建立。朱子曾批評宋儒說《詩》道："大抵今人說《詩》，多
去辨他《序》文，要求著落。至其正文'關關雎鳩'之義，却不與理會。"(大
雅。)②可見，在朱子看來，當時學者重視《小序》的程度甚至超過《詩經》本文，
這顯然是不合理的。若不去除《小序》，則不能跳出詩經漢學的理論預設和話
語體系，破除其束縛；所作的《詩》解，其實始終只能是圍繞著《小序》作解，很
多時候，並非是對《詩經》本文作解。只有去除《小序》之後，才能令人"虛心看
正文"，才能求得"聖賢本意"：

> 舊曾有一老儒鄭漁仲，[興化人，]更不信《小序》，只依古本與疊在後
> 面。某今亦只如此，令人虛心看正文，久之其義自見。蓋所謂《序》者，類
> 多世儒之談，不解詩人本意處甚多。(大雅。)③

朱子深知，不破舊無以立新。去除《小序》自是"破舊"的一種。《朱子語

---

① 朱傑人：《朱子學論集》，第 15 頁。
② [宋] 黎靖德輯，鄭明等校點：《朱子語類》，《朱子全書》(修訂本)第 17 册，第 2737 頁。
③ [宋] 黎靖德輯，鄭明等校點：《朱子語類》，《朱子全書》(修訂本)第 17 册，第 2738 頁。"興化
人"據《詩傳遺說》補。參見[宋] 朱鑑：《詩傳遺說》卷二，影《四庫薈要》本，第 22 頁。

類》載朱子云：

> 學者觀書，病在只要向前，不肯退步看。愈向前，愈看得不分曉。不若退步，却看得審。大概病在執著，不肯放下。正如聽訟：心先有主張乙底意思，便只尋甲底不是；先有主張甲底意思，便只見乙底不是。不若姑置甲乙之説，徐徐觀之，方能辨其曲直。橫渠云："濯去舊見，以來新意。"此説甚當。若不濯去舊見，何處得新意來。今學者有二種病，一是主私意，一是舊有先入之説，雖欲擺脱，亦被他自來相尋。（僩。）①

朱子所謂當時學者的第二種病，正可作爲當時學者治《詩》的寫照。他們一方面説漢儒不明義理，一方面又按照漢儒的《小序》之説來解《詩》，這就始終不可能擺脱漢儒之説的影響。而在《朱子語類》和《朱文公文集》中，我們可以多次看到，朱子主張讀書，包括讀《詩》時，不可"先自立説"、"先立己意"，比如：

> 聖賢言語，當虛心看，不可先自立説去撐拄，便喎斜了。（淳。）②
> 某嘗説，學者只是依先儒注解，逐句逐字與我理會，着實做將去，少間自見。最怕自立説籠罩，此爲學者之大病。（僩。）③
> 讀《詩》之法，只是熟讀涵味，自然和氣從胸中流出，其妙處不可得而言。不待安排措置，務自立説，只恁平讀着，意思自足。須是打疊得這心光蕩蕩地，不立一個字，只管虛心讀他，少間推來推去，自然推出那個道理。所以説"以此洗心"，便是以這道理盡洗出那心裏物事，渾然都是道理。上蔡曰："學《詩》，須先識得六義體面，而諷味以得之。"此是讀《詩》之要法。看來書只是要讀，讀得熟時，道理自見，切忌先自布置立説。（僩。）④
> 觀《詩》之法，且虛心熟讀尋繹之，不要被舊説粘定，看得不活。⑤
> 如《詩》、《易》之類，則爲先儒穿鑿所壞，使人不見當來立言本意。此又是一種功夫，直是要人虛心平氣，本文之下打疊，交空蕩蕩地，不要留一字先儒舊説，莫問他是何人所説，所尊所親、所憎所惡，一切莫問，而唯本文本意是求，則聖賢之指得矣。⑥

---

① ［宋］黎靖德輯，鄭明等校點：《朱子語類》，《朱子全書》（修訂本）第 14 册，第 342—343 頁。
② ［宋］黎靖德輯，鄭明等校點：《朱子語類》，《朱子全書》（修訂本）第 14 册，第 335 頁。
③ ［宋］黎靖德輯，鄭明等校點：《朱子語類》，《朱子全書》（修訂本）第 15 册，第 1440 頁。引文對原標點略有改動。
④ ［宋］黎靖德輯，鄭明等校點：《朱子語類》，《朱子全書》（修訂本）第 17 册，第 2760 頁。
⑤ ［宋］黎靖德輯，鄭明等校點：《朱子語類》，《朱子全書》（修訂本）第 18 册，第 3683 頁。
⑥ ［宋］朱熹撰，劉永翔、徐德明校點：《晦庵先生朱文公文集》（三），《朱子全書》（修訂本）第 22 册，第 2213 頁。

然讀書且要虛心平氣，隨他文義體當，**不可先立己意**、作勢硬説，只成杜撰，不見聖賢本意也。①

在朱子看來，《小序》自然屬"先儒舊説"，違礙了《詩經》本旨。若據《序》言《詩》，就"使人不見當來立言本意"，就是"先自立説"，犯了讀書的大忌，更不能有所感觸。所以，朱子又云：

今欲觀《詩》，不若且置《小序》及舊説，只將元詩虛心熟讀，徐徐玩味。候仿佛見個詩人本意，却從此推尋將去，方有感發。②

只有在有所感發的基礎上，才能有所得；而要有所感發，則必須"置《小序》及舊説"於不顧。而在《詩集傳》中，朱子所定詩旨，並不言及《小序》；即使有些篇目的詩旨因無所考而"姑從《序》説"，朱子亦只是在附注中言明，這正是其置《小序》於不顧的直接表現。

其實，朱子在《詩序辨説》中，已經清楚地説明其之所以要辨説《小序》之失的原因了；而正是這個原因，才促使其"去《序》解《詩》"。故不厭其煩，迻錄於下：

《詩序》之作，説者不同，或以爲孔子，或以爲子夏，或以爲國史，皆無明文可考。唯《後漢書・儒林傳》以爲衛宏作《毛詩序》，今傳於世，則《序》乃宏作明矣。然鄭氏又以爲諸《序》本自合爲一編，毛公始分以寘諸篇之首，則是毛公之前，其傳已久，宏特增廣而潤色之耳。故近世諸儒多以《序》之首句爲毛公所分，而其下推説云云者，爲後人所益，理或有之。但今考其首句，則已有不得詩人之本意，而肆爲妄説者矣，況沿襲云云之誤哉。然計其初，猶必自謂出於臆度之私，非經本文，故且自爲一編，別附經後。又以尚有齊、魯、韓氏之説並傳於世，故讀者亦有以知其出於後人之手，不盡信也。及至毛公引以入經，乃不綴篇後，而超冠篇端；不爲注文，而直作經字；不爲疑辭，而遂爲決辭。其後三家之傳又絶，而毛説孤行，則其牴牾之迹無復可見。故此《序》者遂若詩人先所命題，而詩文反爲因《序》以作。於是讀者轉相尊信，無敢擬議。至於有所不通，則必爲之委曲遷就，穿鑿而附合之。寧使經之本文繚戾破碎，不成文理，而終

---

① ［宋］朱熹撰，劉永翔、徐德明校點：《晦庵先生朱文公文集》（三），《朱子全書》（修訂本）第 22 册，第 2494 頁。

② ［宋］黎靖德輯，鄭明等校點：《朱子語類》，《朱子全書》（修訂本）第 17 册，第 2758 頁。

不忍明以《小序》爲出於漢儒也。愚之病此久矣,然猶以其所從來也遠,其間容或真有傳授證驗而不可廢者,故既頗采以附《傳》中,而復并爲一編以還其舊,因以論其得失云。①

這大段文字,是朱子關於《詩序》問題的理論總結,其中言及《詩序》的作者、價值、位置、舛失,以及後人盲從《小序》的不良後果。"故此《序》者遂若詩人先所命題,而詩文反爲因《序》以作。"如此本末倒置,過度尊《序》,使得後世《詩》解,即使在《序》説有失時,亦穿鑿附會,曲爲之説,而不惜使"經之本文繚戾破碎"。這名義上雖是在解《詩》,而實質上卻只是在解《序》,不得要領。

綜上所述,我們可以得出這樣的結論:朱子之所以要去《小序》解《詩》,是因爲反對漢儒所設的詩旨;同時糾正宋儒的"先自立説"、預設《詩》旨,徹底地祛除漢儒附加在《詩經》上的"誤解",從而顯明《詩經》中所體現的"聖人本意"。只有去除《小序》的束縛,才能以《詩》言《詩》,"直尋"《詩》之本旨。從經學的角度來看,朱子去《小序》言《詩》,有借復古以創新的味道,朱子主觀上是希望回向三代,恢復到對於《詩經》原旨的理解,並借此以對《詩經》作出新的闡釋,並在此基礎上重建一個新的儒學系統,爲宋代的現實政治、社會以及生活服務。拙撰認爲詩經宋學由朱子建立,亦有出於這方面的考慮。

(五) 朱子去《序》解《詩》的學術影響

前文已述,雖然宋代一直都有"去《序》解《詩》"的聲音,但是影響並不够大。直到南宋中期的朱子,早年解《詩》仍從《詩序》;與他同時代的吕祖謙,一直遵從《詩序》。朱子去《序》言《詩》後,與吕氏嘗就《詩序》問題有數通書信往來辯論,雙方各自均無法説服對方。此即明證。林慶彰先生謂經學史上發生過好幾次"回歸原典"的現象,其中"唐中葉和宋初"即發生過,②其實,真正地完成這次"回歸原典"任務的,是南宋中期的朱子。他之前的宋儒都没能真正做到去《小序》以言《詩》。朱子將《詩序》的作者與價值問題結合起來,爲其去《小序》提供理論支持,所以能够徹底地完成這次"回歸原典"的任務。

朱子殁後,在真德秀、魏了翁的努力下,其思想被宋寧宗認可,由"僞學"而一變爲官方哲學,不過,從朱子之後詩經學演進情況來看,朱子去《序》解《詩》,在當時影響仍不太大。較之稍後的林岊,有《毛詩講義》行世,可見林氏解《詩》,仍從《序》説。戴溪承吕祖謙之説,作《續吕氏家塾讀詩記》,亦遵從《詩序》。嚴粲結合朱、吕二家之長,撰《詩緝》,但謹守《小序》首句。"黄震篤

---

① 〔宋〕朱熹撰,朱傑人校點:《詩集傳》,《朱子全書》(修訂本)第 1 册,第 353 頁。
② 林慶彰:《中國經學史上的回歸原典運動》,《中國文化》,2009 年第 2 期,第 8 頁。

信朱學,而所作《日鈔》,亦申《序》説。"①朱子的再傳弟子魏了翁,删節《毛詩正義》成《毛詩要義》,仍遵從《詩序》。可見,直至此時,"疑《序》"的影響仍不够大,仍不足以構成一股"思潮"。直至元代延祐時期,科舉程式規定《詩》主朱子《集傳》,此後才産生重大影響。

清代中葉,學者治《詩》主毛,故對朱子去《序》言《詩》的做法頗多批評。恰如朱子以其時非"《詩經》"學",而是"《毛詩》"學"一樣,他們以爲當時是"朱《傳》學",而非"《詩經》學"。段玉裁自言其作《毛詩故訓傳定本》的原因時説:"夫人而曰治《毛詩》,而所治者乃朱子《詩傳》,則非《毛詩》也,是以訂《毛傳》也。"②可見,清中葉學者治《詩》多遵《小序》之説,是因爲他們欲借助恢復《毛詩》傳統以排斥朱子詩經學。清末時期,部分詩經學者將詩經學追溯到更早的西漢時期,以治《三家詩》爲業。他們以《三家詩》之説糾正《毛詩序》中的偏頗。其所使用的方法,其實就是朱子當年去《序》解《詩》的翻版。

經學破除以後,民國以降的學者治《詩》,皆能不受《小序》束縛,以《詩經》作文學作品。這其中有朱子去《序》解《詩》之舉的影響,但畢竟在本質上還是不相同的。説到底,朱子是一個儒生,是一個經學家,他從來都是以《詩》爲"經"的,其所謂"以《詩》言《詩》"與今人所謂的"以詩言《詩》",有著本質區别。

朱子去《序》解《詩》,將《詩經》從《詩序》和《毛詩》中解放出來,不過,我們同時還要看到,這個做法自身在理論和實踐的層面皆有不足。即如朱子所説,《小序》是漢儒所作,並非《詩經》本旨,可是,去了《小序》之後,也未必能確保一定可以求得《詩經》本旨。從經學和現代詮釋學的雙重角度來看,《小序》乃至《毛詩》對於《詩經》的解釋,雖是漢儒爲了適應漢代社會實際所作,但其亦是就《詩經》本文所發,是《詩經》的"一種解釋",在一定程度上,還是能反映出《詩經》諸篇的篇旨的。即使是很多篇目中是史事、人物在現有文獻中無法得到確證,但又有多少能找到明確、有力的證據來證明其一定是附會呢? 朱子所定篇旨,亦從何得知一定就是"聖賢本意"呢? 這種做法,勢必使得隨意發揮經義成爲可能,而從後來詩經學發展的情況來看,這種現象亦確實有發生。近年來,詩經學界不少學者對《詩經》作爲"經"的層面多有關注,這可以對之前這種一味去除《小序》做法有所糾正,豐富了學界對《詩經》的認識和研究。

三、小　結

《詩序》問題,是詩經學中的一個重要問題,向爲歷代治《詩》者及近代以

---

① ［清］紀昀等著,四庫全書研究所整理:《欽定四庫全書總目》(整理本),第187頁。
② ［清］段玉裁:《毛詩故訓傳定本》,《續修四庫全書》第64册,第57頁下。

來治詩經學史、經學史者所推重。可以説，對於《詩序》問題的理解，直接影響著學者對兩千多年詩經學史的理解。

漢唐諸儒遵《序》説《詩》，至宋儒始生疑端。朱子在前儒所論的基礎上，就《詩序》問題諸提出了自己獨到的見解，首先，在《大序》、《小序》的起訖問題上，朱子有不同於之前的看法。其次，朱子對於《大序》、《小序》的作者分別提出了自己的觀點，朱子認爲，《大序》當是孔子或子夏之後、漢代以前的人所作，且作者有可能並非一人；《小序》是漢儒所作，主要由衛宏作，亦有其他人增補的成分。再次，受到《詩序》作者情況的影響，在對《詩序》價值的認定上，朱子對《大序》表現得相對溫和，認爲《大序》中雖然有些錯誤的言論，但"六義"説是。而《小序》，則"全不可信"，朱子基本上否定了《小序》的價值，認爲在解《詩》時，不能盲從其説，而要拋開《小序》以言《詩》。最後，由於《小序》的價值被否定了，也就不能置於經文之前了。朱子認爲，《小序》應該刊刻在《詩經》經文之後，在自己刊刻的《詩經》和自己所撰《詩集傳》中，都是將《小序》置於經文之後的。

朱子《詩序》觀的形成，是有一個過程的。朱子治《詩》，經歷了早年從《小序》，到中期疑《小序》，再到後來去《小序》三個階段。究其去《小序》以解《詩》的原因，主要是破除漢唐學者"先自立説"、預設詩旨的治《詩》理念，將《詩經》從詩經漢學中解放出來，以冀恢復《詩經》本旨。朱子認爲，《小序》乃漢儒所作，而漢儒不明義理，違礙了後世學者借《詩經》體察聖賢本意，進而體察天地自然之理的路徑。從經學的角度來看，朱子去《小序》言《詩》，有借復古以創新的味道，朱子主觀上是希望"回向三代"，將漢唐學者"强加"給《詩經》的種種"不合時宜"的解釋除去，以恢復到對於《詩經》原旨的理解，並藉此以對《詩經》作出新的闡釋，爲宋代的現實政治、社會以及生活實際服務。而從學術角度來看，朱子的《詩序》觀又影響著後世學者。後世詩經學者治《詩》，不斷套用朱子去《序》解《詩》的方法，推動著詩經學的不斷演進。朱子去《序》言《詩》的做法，破除了《詩序》的迷信，將《詩經》從《小序》以及《毛詩》中解放出來，徹底奠定了詩經宋學得以成立的基礎。不過，這種做法在理論和實踐層面亦皆有一定程度的不足，給後世治《詩》亦帶來一些不良影響，比如妄生訾議、過分質疑等等。

第四節　朱子於《詩經》之涵泳、玩味析論

朱子讀《詩》，特重涵泳、玩味《詩經》文本。《朱子語類》有云：

　　問學者："誦《詩》，每篇誦得幾遍?"曰："也不曾記，只覺得熟便止。"曰："便是不得。須是讀熟了，文義都曉得了，**涵泳讀取百來遍，方見得那好處，那好處方出，方見得精怪。**"(個。)①

　　今欲觀《詩》，不若且置《小序》及舊説，只將元詩虛心熟讀，徐徐**玩味**。候仿佛見個詩人本意，却從此推尋將去，方有感發。②

"涵泳"、"玩味"這兩個詞在《朱子語類》和《朱文公文集》中多次出現，並不僅僅就《詩經》而言，凡是與聖賢有關言論或書籍都可以"涵泳"、"玩味"，比如在《答林退思》信中，朱子就言及"奉親之暇，涵泳《六經》"③。筆者對《朱子語類》做過初步統計，其中"涵泳"一詞，凡 43 見；或寫作"涵詠"，凡 1 見；"玩味"一詞凡 97 見；此外，還有些與之相近的詞彙，比如"涵味"、"玩索"等，而"涵養"一詞更是出現了 202 次之多。"涵泳"、"玩味"二詞在《朱文公文集》中也多次出現。但是，學界對在這兩個詞義的理解尚有偏頗，故本節特地就此一問題加以分析。

一、學界論"涵泳"、"玩味"之失

　　朱子論《詩》重視對文本的"涵泳"、"玩味"，這一點學界早有關注，但一般都將此列爲朱子之重視《詩經》文學性的證據。在朱子學領域有頗多貢獻的錢穆先生，在《朱子新學案·朱子之詩學》中引本節前面所舉《朱子語類》中的第一例後，並加以闡發道：

　　此條沈個録戊午以後所聞，真是朱子晚年語。讀《詩》與讀《論》、《孟》又不同，須讀熟了再加以涵泳，讀取百來遍，此乃讀文學法也。④

這一觀點也被詩經學界廣泛認同並接受，幾有欲成定讞之勢。比如，檀作文先生《朱熹詩經學研究》將"涵詠文本"列爲朱子詩經學釋義原則之一，並認爲：

　　所謂"涵詠文本"，實際就是要求熟讀《詩三百》詩文自身，仔細玩味

---

① ［宋］黎靖德輯，鄭明等校點：《朱子語類》，《朱子全書》(修訂本)第 17 册，第 2760 頁。
② ［宋］黎靖德輯，鄭明等校點：《朱子語類》，《朱子全書》(修訂本)第 17 册，第 2758 頁。
③ ［宋］朱熹撰，徐德明、王鐵校點：《晦庵先生朱文公文集》(四)，《朱子全書》(修訂本)第 23 册，第 2994 頁。
④ 錢穆：《朱子新學案》第 4 册，第 62 頁。

體察詩中的曲折情感。……所以朱熹強調要熟讀文本。不斷熟讀,徐徐玩味,對作品的體會自然會逐步加深,而且對文學的感受能力也會在此中不斷提升。……朱熹主要是從求詩本義的角度,針對漢學詩經學依《序》説詩來提倡"涵詠文本"的;但對"涵詠"的重視和大力提倡,也説明朱熹對《詩三百》的文學性有深刻認識。①

此外,朱子學和詩經學領域的其他學者亦多持此論,文不備舉。而譚德興先生持論雖與諸家略有不同,但本質上並無甚區別:

> 熟讀涵詠是朱熹倡導的讀書方法。這種讀書方法要求拋開一切舊注解,反復誦讀詩篇本文,多則幾十遍。直到書與接受者的心融會在一起,從而發生出一種新的感受和認識。這是解《詩》的最微觀層面的操作了。②
> "玩味"若用在解《詩》中,就是一種非功利性質的審美享受。③

這是把朱子解《詩》看作文學接受過程,而得出的結論。諸家認爲朱子之重視對《詩經》中文學性的體認,這自是没問題的,但是,若詳細考察朱子之"涵詠"、"玩味"二詞的意涵,則可知,以"涵詠"、"玩味"爲體會《詩經》的文學特色,實於事實未安。如前面所舉《朱子語類》中的第一例,朱子説在通曉文義後,再涵詠百來遍,以見《詩經》中的"好處",這個"好處",肯定不會是指《詩經》中所具有的文學特質。此外,吳正嵐認爲,朱子之"涵詠"是一種治學方法,④亦有求之過高之嫌。其實,這應該只關讀書,而與治學無涉,説詳下文。

我們再來看看《朱子語類》中的這句話:

> 又曰:"元亨利貞,仁義禮智,金木水火,春夏秋冬,將這四個只管涵泳玩味,儘好。"(賀孫。)⑤

這裡是朱子在談論《周易·繫辭上》第九章時所説的話,這一章是談論筮法的。高亨先生分析此章意旨時説:"《易傳》作者認爲:筮法上的每一動作

---

① 檀作文:《朱熹詩經學研究》,北京:學苑出版社,2003年,第18—19頁。
② 譚德興:《宋代詩經學研究》,貴陽:貴州人民出版社,2005年,第216頁。
③ 譚德興:《宋代詩經學研究》,第218頁。
④ 吳正嵐:《涵泳性情與朱熹〈詩經〉學的關係》,武夷山朱熹研究中心編:《朱子學與21世紀國際學術研討會論文集》,西安:三秦出版社,2001年,第658頁。
⑤ [宋]黎靖德輯,鄭明等校點:《朱子語類》,《朱子全書》(修訂本)第16册,第2550頁。

及著策之數字皆與天地萬物之道相應。"①因此,朱子將元亨利貞、仁義禮智、金木水火、春夏秋冬作爲"涵泳"和"玩味"的對象,很明顯,不可能指去體會其中的"文學特色",而其目的是要去體察"天地萬物之道"。而這個"道",正是屬於宋學特別關注的"義理"的範疇的。《朱子語類》中又論及《論語》可以"玩味":

> 王子充問學。曰:"聖人教人,只是個《論語》。漢魏諸儒只是訓詁。《論語》須是玩味。今人讀書傷快,須是熟方得。"曰:"《論語》莫也須揀個緊要底看否?"曰:"不可。須從頭看,無精無粗,無淺無深,且都玩味得熟,道理自然出。"(榦。)②

《論語》是記錄孔子言論的書,朱子認爲它是"聖人言語,義理該貫"③,而"聖賢言語雖散在諸書,自有個通貫道理"④,因此,只有將《論語》"玩味得透",才能使其"道理自然出"。這就可以看出,"玩味"絕不會是玩味其"文學特色"。

二、"涵泳"、"玩味"之義解

(一)"涵泳"義解

涵,當指"涵養"⑤;泳,即"詠"字,指誦讀。也就是説,從字面來分析,"涵泳"這個詞是指在充分誦讀的基礎上去"涵養"。"涵泳"一詞在《朱子語類》和《朱文公文集》中有多次出現,要知道這個詞在朱子使用中的確切含義,我們需要從這些詞的實際使用情況來加以考察。我們首先來看看從《朱子語類》中選出的這兩個用例:

> 蓋某僻性,讀書須先理會得這樣分曉了,方去涵泳它義理。後來讀得熟後,方見得是子思參取夫子之説,著爲此書。自是沉潛反覆,遂漸得其旨趣,定得今《章句》一篇。其擺布得來,直恁麼細密。(廣。)⑥

---

① 高亨:《周易大傳今注》,北京:清華大學出版社,2010年,第400頁。
② [宋]黎靖德輯,鄭明等校點:《朱子語類》,《朱子全書》(修訂本)第14冊,第652頁。
③ [宋]黎靖德輯,鄭明等校點:《朱子語類》,《朱子全書》(修訂本)第14冊,第395頁。
④ [宋]黎靖德輯,鄭明等校點:《朱子語類》,《朱子全書》(修訂本)第18冊,第3656頁。
⑤ 關於"涵養"的意義,請參看錢穆:《朱子新學案》第2冊,第279—303頁;陳來:《朱子哲學研究》,第326—331頁。
⑥ [宋]黎靖德輯,鄭明等校點:《朱子語類》,《朱子全書》(修訂本)第16冊,第2140頁。

蓋橫渠却只是一向苦思求將向前去,却欠**涵泳**以待其義理自形見處。(蓋。)①

第一個例子,明確説明"涵泳"的對象是義理,第二例則言明"涵泳"是爲了曉明義理。這樣的例子,在朱子文集中也可以看到,比如《與張敬夫論癸巳論語説》和《答江德功》信中分別有云:

程子曰:"時復紬繹。"學者之於義理,當時紬繹其端緒而**涵泳**之也。②

來喻又云,"誠者,體物而不可遺;敬,亦體物而不遺",此語殊不可曉。大率左右向來不曾子細理會文義、反復**涵泳**義理,故於此等處多是鹵莽,恐更須加詳細也。③

朱子所説之"義理",或就其形而上意義言,用今語説,就是世界觀與方法論;或就其形而下意義言,則是指聖賢書,即"五經"(或"六經")和四子書中所體現的道理——"大道"。

我們再來看看"涵泳"一詞在《朱子語類》中的其他用例。下文選擇其中五條加以分析:

"學者讀書,須要斂身正坐,緩視微吟,虛心**涵泳**,切己省一作'體'。察。"又云:"讀一句書,須體察這一句,我將來甚處用得。"又云:"文字是底固當看,不是底也當看;精底固當看,粗底也當看。"(震。)④

學者須敬守此心,不可急迫,當栽培深厚。栽,只如種得一物在此。但涵養持守之功繼繼不已,是謂栽培深厚。如此而優游**涵泳**於其間,則浹洽而有自得矣。苟急迫求之,則此心已自躁迫紛亂,只是私己而已,終不能優游**涵泳**以達於道。(端蒙。)⑤

爲氣血所使者,只是客氣。惟於性理説話**涵泳**,自然臨事有別處。(季札。)⑥

---

① [宋]黎靖德輯,鄭明等校點:《朱子語類》,《朱子全書》(修訂本)第17冊,第3328頁。
② [宋]朱熹撰,劉永翔、朱幼文校點:《晦庵先生朱文公文集》(二),《朱子全書》(修訂本)第21冊,第1357頁。
③ [宋]朱熹撰,劉永翔、徐德明校點:《晦庵先生朱文公文集》(三),《朱子全書》(修訂本)第22冊,第2047頁。引文對原標點略有改動。
④ [宋]黎靖德輯,鄭明等校點:《朱子語類》,《朱子全書》(修訂本)第14冊,第334頁。
⑤ [宋]黎靖德輯,鄭明等校點:《朱子語類》,《朱子全書》(修訂本)第14冊,第365頁。
⑥ [宋]黎靖德輯,鄭明等校點:《朱子語類》,《朱子全書》(修訂本)第14冊,第406頁。

先看《大學》,次《語》、《孟》,次《中庸》。果然下工夫,句句字字,**涵泳**切己,看得透徹,一生受用不盡。只怕人不下工,雖多讀古人書,無益。書只是明得道理,却要人做出書中所説聖賢工夫來。若果看此數書,他書可一見而決矣。(謙。)①

問:"看《論語》了未?"廣云:"已看一遍了。"曰:"太快。若如此看,只是理會得文義,不見得他深長底意味。所謂深長意味,又也別無説話,只是**涵泳久之自見得**。"(廣。)②

上揭第 2 條,直接道出"涵泳"的目的是爲了"達於道";而持此一義去審視其他 4 條,以及《朱子語類》的其他用例,也十分契合。而我們持此義來考察《朱文公文集》中的"涵泳"一詞,亦是指在此基礎上以明通道理。下文從其中選取兩例:

蓋專務説仁,而於操存**涵泳**之功,不免有所忽略,故無復優柔厭飫之味、克己復禮之實,不但其蔽也愚而已。③

故爲學不可以不讀書,而讀書之法,又當熟讀沈思,反覆**涵泳**,銖積寸累,久自見功。不惟理明,心亦自定。④

其實,《朱子語類》中還記録了一段朱子與學生討論自己所説"涵泳"的意思的一大段話,現迻録於下:

或問:"向蒙見教,讀書須要**涵泳**,須要浹洽。因看孟子千言萬語,只是論心。七篇之書如此看,是**涵泳**工夫否?"曰:"某爲見此中人讀書大段鹵莽,所以説讀書須當**涵泳**,只要子細尋繹,令胸中有所得爾。如吾友所説,又襯貼一件意思,硬要差排,看書豈是如此?"又一士友曰:"先生'**涵泳**'之説乃杜元凱'優而柔之'之意。"曰:"固是如此,亦不用如此解説。所謂**涵泳**者,只是子細讀書之異名也。大率與人説話便是難。某只説一個'**涵泳**',一人硬來差排,一人硬來解説。此是隨語生解,支離延蔓,閑説閑講,少間展轉,只是添得多,説得遠。如此讀書,如此聽人説話,全不

---

① 〔宋〕黎靖德輯,鄭明等校點:《朱子語類》,《朱子全書》(修訂本)第 14 册,第 420 頁。
② 〔宋〕黎靖德輯,鄭明等校點:《朱子語類》,《朱子全書》(修訂本)第 14 册,第 651 頁。
③ 〔宋〕朱熹撰、劉永翔、朱幼文校點:《晦庵先生朱文公文集》(二),《朱子全書》(修訂本)第 21 册,第 1335 頁。
④ 〔宋〕朱熹撰,徐德明、王鐵校點:《晦庵先生朱文公文集》(四),《朱子全書》(修訂本)第 23 册,第 3123 頁。

是自做工夫，全無巴鼻。可知是使人説學是空談。此中人所問大率如此，好理會處不理會，不當理會處却支離去説，説得全無意思。"（以下訓蓋卿。）①

朱子明言，"涵泳"並無其他深意，只是"仔細讀書"的異名而已。雖然朱子曾引杜元凱"優而柔之"云云作爲讀書法以教學生讀書、爲學：

> 爲學之道，聖賢教人，説得甚分曉。大抵學者讀書，務要窮究。"道問學"是大事。要識得道理去做人。大凡看書，要看了又看，逐段、逐句、逐字理會，仍參諸解、傳，説教通透，使道理與自家心相肯，方得。讀書要自家道理浹洽透徹。杜元凱云："優而柔之，使自求之；厭而飫之，使自趨之。若江海之浸，膏澤之潤，涣然冰釋，怡然理順，然後爲得也。"（椿。）②

但是，朱子所説"涵泳"却與之有不同之處。其實這個"涵泳"就只是"仔細讀書"的另一種説法而已；"涵泳"是要求讀者仔細尋繹文本，"令胸中有所得"。朱子之所以要求讀書要"涵泳"，是因爲有人讀書囫圇吞棗、不求其解，而運用"涵泳"的讀書方法則可糾其弊。

對於"仔細讀書"的意思，我們當結合朱子讀書法來領會。朱子云：

> 看文字，須要入在裏面，猛衮一番。要透徹，方能得脱離。若只略略地看過，恐終久不能得脱離，此心又自不能放下也。（時舉。）③

這一段話，可視爲朱子對自己所説之"仔細讀書"的注腳。由此亦可見，前文所提及的吳正嵐先生鴻文認爲"涵泳"是朱子治學方法，並不合適。《朱子語類》載：

> "《六經》浩渺，乍難盡曉。且見得路徑後，各自立得一個門庭。"問："如何是門庭？"曰："是讀書之法。如讀此一書，須知此書當如何讀。伊川教人看《易》，以王輔嗣、胡翼之、王介甫三人《易解》看，此便是讀書之門庭。緣當時諸經都未有成説，學者乍難捉摸，故教人如此。"或問："如

---

① ［宋］黎靖德輯，鄭明等校點：《朱子語類》，《朱子全書》（修訂本）第18册，第3655—3656頁。
② ［宋］黎靖德輯，鄭明等校點：《朱子語類》，《朱子全書》（修訂本）第14册，第314頁。
③ ［宋］黎靖德輯，鄭明等校點：《朱子語類》，《朱子全書》（修訂本）第14册，第316頁。

《詩》是吟詠情性，讀《詩》者便當以此求之否?"曰:"然。"(個。)①

可見，"吟詠性情"在朱子看來，是讀《詩》之法，而非治《詩》之法。"涵泳"亦只是朱子的讀書方法之一，因爲在朱子看來，"讀書以觀聖賢之意，因聖賢之意，以觀自然之理。"(節。)②也就是説，讀書的第一義是爲了從中領悟"道"，即聖賢之意和天地自然之理;而讀書本身則只是第二義:"讀書乃學者第二事。"(方子。)③所以説，朱子的"胸中有所得"，也是指得其義理，而非一般意義上的所得。

通過上文分析，我們可以確知，朱子所説的"涵泳"，不僅可用於《詩經》，抑或"六經"，甚至可用於學者所讀的任何書籍。其所指的意思是，對文本仔細研讀、反復體味、潛心思索，以求準確無誤地理解文本，與之達到契合無間的程度;其最終旨歸則是領悟文本中所體現的聖賢之意，再進而體會萬物之理。也就是説，"涵泳"是一個過程，而悟道則是"涵泳"的結果。

(二)"玩味"義解

其實，朱子所謂的"玩味"，其意涵是與"涵泳"相同的。

首先，"玩味"的典籍是不止《詩經》一門的，凡"六經"都需要"玩味":

> 《詩》、《書》略看訓詁，解釋文義令通而已。却只**玩味**本文，其道理只在本文，下面小字儘説，如何會過得他。若《易傳》却可脱去本文。(㽦。)④
> 《易》中《象辭》最好**玩味**，説得卦中情狀出。(季札。)⑤
> "物之感人無窮，而人之好惡無節"，此説得工夫極密，兩邊都有些罪過。物之誘人固無窮，然亦是自家好惡無節，所以被物誘去。若自有個主宰，如何被他誘去! 此處極好**玩味**，且是語意渾粹。(個。)⑥

上舉第一例是説《詩》、《書》都可以"玩味"，第二例説《易》亦需要"玩味"，第三例則是論《禮記·樂記》;《朱子語類》中僅未見朱子説《春秋》需要玩味，但亦不能據以言朱子認爲《春秋》無需玩味。因爲，朱子認爲:"《六經》是三代以上

---

① ［宋］黎靖德輯，鄭明等校點:《朱子語類》，《朱子全書》(修訂本)第17册，第3235頁。
② ［宋］黎靖德輯，鄭明等校點:《朱子語類》，《朱子全書》(修訂本)第14册，第314頁。
③ ［宋］黎靖德輯，鄭明等校點:《朱子語類》，《朱子全書》(修訂本)第14册，第313頁。
④ ［宋］黎靖德輯，鄭明等校點:《朱子語類》，《朱子全書》(修訂本)第16册，第2220頁。
⑤ ［宋］黎靖德輯，鄭明等校點:《朱子語類》，《朱子全書》(修訂本)第16册，第2230頁。
⑥ ［宋］黎靖德輯，鄭明等校點:《朱子語類》，《朱子全書》(修訂本)第17册，第2973頁。

之書,曾經聖人手,全是天理。"(浩。)①此外,"四子書"亦需要"玩味":

> 却謂友仁曰:"更須痛下工夫讀書始得。公今所看《大學或問·格物致知傳》,程子所説許多説話,都一一記得,方有可思索玩味。"(訓友仁。)②

> 《論語》難讀。日只可看一二段,不可只道理會文義得了便了。須是子細玩味,以身體之,見前後晦明生熟不同,方是切實。(賀孫。)③

> 《孟子》四端處極好思索玩味,只反身而自驗其明昧深淺如何。(升卿。)④

> 問:"如何是'德性'? 如何可尊?"曰:"玩味得,却來商量。"(祖道。)⑤

以上四則是分別就《大學》、《論語》、《孟子》和《中庸》所説。因爲"《四子》,《六經》之階梯"⑥,我們藉此方可以明聖賢之意,所以也需要玩味,才能理會其中道理。朱子在《答何叔京》的一信中説:

> 顏孟氣象,此亦難以空言指説,正當熟讀其書而玩味之耳。⑦

這就點明了,"玩味"的對象是顏淵和孟子的"氣象",而"玩味"的途徑則是熟讀顏淵和孟子之書。

其實,在朱子眼中,不僅聖賢言語需要"玩味",一般書籍也可以是"玩味"的對象:

> 讀書看義理,須是胸次放開,磊落明快,恁地去。第一不可先責效。纔責效,便有憂愁底意。只管如此,胸中便結聚一餅子不散。今且放置閑事,不要閑思量。只專心去玩味義理,便會心精;心精,便會熟。(淳。)⑧

---

① [宋]黎靖德輯,鄭明等校點:《朱子語類》,《朱子全書》(修訂本)第14册,第347頁。
② [宋]黎靖德輯,鄭明等校點:《朱子語類》,《朱子全書》(修訂本)第18册,第3671頁。
③ [宋]黎靖德輯,鄭明等校點:《朱子語類》,《朱子全書》(修訂本)第14册,第651頁。
④ [宋]黎靖德輯,鄭明等校點:《朱子語類》,《朱子全書》(修訂本)第15册,第1768頁。
⑤ [宋]黎靖德輯,鄭明等校點:《朱子語類》,《朱子全書》(修訂本)第16册,第2132頁。
⑥ [宋]黎靖德輯,鄭明等校點:《朱子語類》,《朱子全書》(修訂本)第17册,第3450頁。引文對原標點略有改動。
⑦ [宋]朱熹撰,劉永翔、徐德明校點:《晦庵先生朱文公文集》(三),《朱子全書》(修訂本)第22册,第1841頁。
⑧ [宋]黎靖德輯,鄭明等校點:《朱子語類》,《朱子全書》(修訂本)第14册,第317頁。

讀書着意**玩味**,方見得義理從文字中迸出。(季札。)①

甚至連漢儒董仲舒的話以及一般文章,也可以"玩味":

> 董仲舒曰:"爲政而宜于民,固當受禄于天。"雖只是叠將來説,然**玩味**之,覺他説得自有意思。(廣。)②
>
> "六一文有斷續不接處,如少了字模樣。如《秘演詩集序》'喜爲歌詩以自娱'、'十年間'兩節不接。《六一居士傳》意凡文弱,《仁宗飛白書記》文不佳。制誥首尾四六皆治平間所作,非其得意者。恐當時亦被人催促,加以文思緩,不及子細,不知如何。然有紆餘曲折,辭少意多,**玩味**不能已者,又非辭意一直者比。《黄夢升墓誌》極好。"問先生所喜者。云:"《豐樂亭記》。"(揚。)③

當然,這個一般書籍,是指"學者"所讀書,朱子所謂"學者",自然是指儒生。其所讀書,也是指經部、史部書。董仲舒、歐陽修亦屬儒家,故而其言論文章可以"玩味"。

其次,"玩味"的目的是通其義理。《朱子語類》中明確説"玩味義理"的地方也頗多,下面從其中選擇幾例:

> 學者觀書多走作者,亦恐是根本上功夫未齊整,只是以紛擾雜亂心去看,不曾以湛然凝定心去看。不若先涵養本原,且將已熟底義理**玩味**,待其浹洽,然後去看書,便自知。④
>
> 問:《詩傳》多不解《詩序》,何也?"曰:"某自二十歲時讀《詩》,便覺《小序》無意義。及去了《小序》,只**玩味**《詩》詞,却又覺得道理貫徹。"(煇。)⑤
>
> 《詩》,如今恁地注解了,自是分曉,易理會。但須是沉潛諷誦,**玩味**義理,咀嚼滋味,方有所益。若只草草看過,一部《詩》只三兩日可了。但不得滋味,也記不得,全不濟事。(木之。)⑥
>
> 若能將聖賢言語來**玩味**,見得義理分曉,則漸漸覺得此重彼輕,久

---

① [宋]黎靖德輯,鄭明等校點:《朱子語類》,《朱子全書》(修訂本)第14册,第327頁。
② [宋]黎靖德輯,鄭明等校點:《朱子語類》,《朱子全書》(修訂本)第16册,第2092頁。
③ [宋]黎靖德輯,鄭明等校點:《朱子語類》,《朱子全書》(修訂本)第18册,第4301頁。
④ [宋]黎靖德輯,鄭明等校點:《朱子語類》,《朱子全書》(修訂本)第14册,第333頁。
⑤ [宋]黎靖德輯,鄭明等校點:《朱子語類》,《朱子全書》(修訂本)第17册,第2750頁。
⑥ [宋]黎靖德輯,鄭明等校點:《朱子語類》,《朱子全書》(修訂本)第17册,第2759頁。

久不知不覺，自然剥落消殞去。①

或説"玩味義理"，或説"玩味道理"，其用意大體相同。

再次，對聖賢書，只要沉潛其中，究心"玩味"，則必有所得：

> 某所以做個《集注》，便要人只恁地思量文義。曉得了，只管**玩味**，便見聖人意思出來。（寓。）②

> 凡看文字，端坐熟讀，久久於正文邊自有細字注脚迸出來，方是自家見得親切。若只於外面捉摸個影子説，終不濟事。聖人言語，只熟讀**玩味**，道理自不難見。若果曾著心，而看他道理不出，則聖賢爲欺我矣！③

這説明義理是可以通過"玩味"來達到的。若讀書時不加玩味，就不能得"聖賢本意"，此則爲朱子所批評：

> 《詩》説已注其下，亦未知是否，更告詳之。大抵近日學者之弊，苦其説之太高與太多耳。如此，只見意緒叢雜，都無**玩味**功夫，不惟失却聖賢本意，亦分却日用實功，不可不戒也。④

綜合以上分析，可見朱子所説的"玩味"，其意義與"涵泳"一樣，都是指對文本仔細研讀，從中體會聖賢之意，進而體會萬物之理。簡單地説，就是讀書不能僅關注表層的"義"，還要領會言外的"意"。如同一些符號學學者所認爲的，在語言的第一意義系統之外，還有第二意義系統；朱子提出的涵泳、玩味的讀書法與此相通，字詞訓詁、章旨句義等皆屬於朱子的"第一意義系統"，而聖賢之意、萬物之理則屬於他的"第二意義系統"。

三、朱子"涵泳"、"玩味"之思想淵源

朱子之閩學，與濂學、洛學、關學，特別是洛學有著很深的淵源關係。朱子主張學者讀書需"涵泳"、"玩味"，亦是其來有自，其根本來源就是周敦頤、

---

① ［宋］黎靖德輯，鄭明等校點：《朱子語類》，《朱子全書》（修訂本）第 18 册，第 3598 頁。
② ［宋］黎靖德輯，鄭明等校點：《朱子語類》，《朱子全書》（修訂本）第 14 册，第 721 頁。
③ ［宋］黎靖德輯，鄭明等校點：《朱子語類》，《朱子全書》（修訂本）第 14 册，第 658 頁。
④ ［宋］朱熹撰，劉永翔、徐德明校點：《晦庵先生朱文公文集》（三），《朱子全書》（修訂本）第 22 册，第 2308 頁。

程顥、程頤、張載四子，以及謝良佐，特別是二程。

朱子認爲："《四子》，《六經》之階梯；《近思録》，四書之階梯。"（淳。）①朱子和吕祖謙曾共同編定《近思録》，收此四子之語共 622 條，我們從中亦可窺見其端倪。《近思録》卷三載：

> 伊川先生《春秋傳序》曰：……夫觀百物然後識化工之神，聚衆材然後知作室之用。於一事一義，而欲窺聖人之用心，非上智不能也。故學《春秋》者必優遊涵泳，默識心通，然後能造其微也。②

此處言及《春秋》需優遊涵泳，而前文引《朱子語類》中程端蒙所録朱子之語，亦説"優遊涵泳以達於道"，顯然，這二者之間是有淵源關係的。《張載集·經學理窟·義理》中亦曰："要見聖人，無如《論》、《孟》爲要。《論》、《孟》二書於學者大足，只是須涵泳。"③從前面引朱子談涵泳《論》、《孟》的文字來看，很明顯，在這一點上，朱子對張載關學亦有所繼承。《近思録》卷三亦載：

> 頤緣少時讀書貪多，如今多忘了。須是將聖人言語玩味，入心記著，然後力去行之，自有所得。
> 若能於《語》、《孟》中深求玩味，將來涵養，成甚生氣質！
> 凡看《語》、《孟》，且須熟玩味，將聖人之言語切己，不可只作一場話説。
> 《論語》、《孟子》只剩讀著，便自意足，學者須是玩味。若以語言解著，意便不足。
> 謝顯道云：明道先生善言《詩》。他又渾不曾章解句釋，但優遊玩味，吟哦上下，便使人有得處。"瞻彼日月，悠悠我思。道之云遠，曷云能來？"思之切矣。終日："百爾君子，不知德行。不忮不求，何用不臧？"歸于正也。又云：伯淳常談《詩》，並不下一字訓詁。有時只轉却一兩字，點掇地念過，便教人省悟。④

以上所引 5 條，前面四條均爲二程之語。衆所周知，朱子對二程是特別推重

---

① ［宋］黎靖德輯，鄭明等校點：《朱子語類》，《朱子全書》（修訂本）第 17 册，第 3450 頁。
② ［宋］朱熹，吕祖謙編，嚴佐之校點：《近思録》，《朱子全書》（修訂本）第 13 册，第 202—203 頁。引文對原標點略有改動。
③ ［宋］張載著，章錫琛點校：《張載集》，北京：中華書局，1978 年，第 272 頁。
④ ［宋］朱熹，吕祖謙編，嚴佐之校點：《近思録》，《朱子全書》（修訂本）第 13 册，第 198、198—199、199、199、200 頁。引文對原標點略有改動。

的,對其思想也多有接受。程頤的"涵養須用敬,進學在致知",就爲朱子所吸收,並發展成"主敬涵養"的修養方法,在宋明時期理學家中產生了較大影響。① 朱子主張的"居敬窮理"、"主敬以立其本,窮理以進其知",顯然也是源自程說。而"涵泳"、"玩味"其實就是"窮理"的一個過程,其間亦必須"居敬"。如此說來,朱子之"涵泳"、"玩味"與濂、洛、關學的淵源也就更加明確了。

朱子《詩傳綱領》即引二程子語曰:"興於《詩》者,吟詠情性,涵暢道德之中而歆動之,有'吾與點也'之氣象。"又引張載語曰:"置心平易,然後可以言《詩》。涵泳從容,則忽不自知而自解頤矣。"又引謝良佐語曰:"學《詩》須先識得六義體面而諷詠以得之。……明道先生善言《詩》,未嘗章解句釋,但優游玩味,吟哦上下,便使人有得處。"② 由此可見,朱子認爲讀《詩》要涵泳、玩味,其思想來源亦是二程、張載、謝良佐等人。

朱子主張讀書要"涵泳"、"玩味"的直接來源,則是其師延平李侗。陳來先生《朱子哲學研究》指出:

> 《延平答問》顯示出,在朱熹從學延平期間,從一開始,他就對章句訓詁有特殊興趣。……朱熹自己後來也承認,他在延平生時並未留意於未發體驗和涵養氣象:"方竊好章句訓詁之習,不得盡心於此。"李侗……説朱熹"初講學時頗爲道理所縛",即指朱熹注重概念義理名物的辨析,而忽略涵養和體驗。③

由此可見,朱子早年讀書並不重涵養義理,而"在《延平答問》中,李侗總是以各種方式告誡朱熹要注重涵養"④,朱子受其師李侗的影響,才注重讀書以窮理,涵養本原,故而強調在讀書時,須講究涵泳、玩味。

四、朱子對《詩經》的涵泳、玩味

由上文對"涵泳"、"玩味"二詞的分析,我們可以知道,涵泳、玩味是閱讀者與經典文本溝通、對話,以求心靈契合的一個過程,其最終目的是爲了體會經典文本中所構建的意義世界。而這個意義世界,正是儒家學者藉以治理現實社會,踐行其經世致用意圖的經驗來源。如同現代文學理論認爲的,文學

---

① 陳來:《宋明理學》(第 2 版),上海:華東師範大學出版社,2003 年,第 138 頁。
② [宋]朱熹撰,朱傑人校點:《詩集傳》,《朱子全書》(修訂本)第 1 册,第 348—349、349、349 頁。
③ 陳來:《朱子哲學研究》,第 61 頁。
④ 陳來:《朱子哲學研究》,第 64 頁。

活動中,存在作者、讀者、文本、世界四要素,在朱子的觀念中,周公、孔子等聖賢則是經典文本的"作者",儒生則是經典文本的"讀者",聖賢、儒生、文本、義理則當視爲朱子觀念中的經典閱讀"四要素"。在朱子的這個"四要素"中,涵泳、玩味則是極其重要的一環,故朱子主張,在閱讀經典的過程中,要極其重視對經典文本的涵泳、玩味。檢視《朱子語類》及其文集,我們可以看出,後儒對經典文本所作的傳、注、箋、疏之類,是不屬於朱子涵泳、玩味的對象的。這一點需要特別説明。

如上文所論,朱子注重對《詩經》文本的涵泳、玩味,其目的也就是通過細繹《詩經》文本,來體會其中所包涵的聖賢大道。朱子認爲,《詩經》"曾經聖人手",也就是經過孔子的整理。也就是説,在朱子看來,《詩經》的"作者",既有"詩人",也就是 305 篇詩的實際創作者;也有孔子,因爲他在編《詩》的同時,也摻雜了自己的意圖。朱子的"淫詩"説也正是基於此一前提。涵泳、玩味《詩經》,其實就是與聖賢溝通、對話,達到與聖賢心靈契合的過程。而在這個溝通、對話的過程中,學者可以領會孔子遺留在《詩經》文本中的深意,從而可以體悟《詩經》中建構的意義世界,也即《詩經》中所應存有的義理。

《朱子語類》載朱子説:

> 大凡讀書,多在諷誦中見義理。況《詩》又全在諷誦之功,所謂"清廟之瑟,一倡而三嘆",一人唱之,三人和之,方有意思。(木之。)①
>
> 讀《詩》惟是諷誦之功,上蔡亦云"《詩》須是謳吟諷誦以得之"。某舊時讀《詩》,也只先去看許多注解,少間却被惑亂。後來讀至半了,却只將《詩》來諷誦至四五十過,已漸漸得《詩》之意,却去看注解,便覺減了五分以上工夫。更從而諷誦四五十過,則胸中判然矣。(木之。)②

可見,朱子認爲,讀《詩》需要諷誦,在反復誦讀中才能體會《詩經》中所包涵的義理。而這也正是朱子注重涵泳、玩味《詩經》文本的原因。

涵泳、玩味既屬於朱子的讀書方法,那麼,涵泳、玩味《詩經》也就是讀《詩》法了。《朱子語類》載朱子"論《詩》在熟讀玩味"語十條。其間大多是對學生如何讀《詩》作針對性指導之語,又有批評永嘉學之論。現録其首條如下:

> 讀《詩》正在於吟詠諷誦,觀其委曲折旋之意,如吾自作此詩,自然足

---

① 〔宋〕黎靖德輯,鄭明等校點:《朱子語類》,《朱子全書》(修訂本)第 17 册,第 3429 頁。
② 〔宋〕黎靖德輯,鄭明等校點:《朱子語類》,《朱子全書》(修訂本)第 17 册,第 3430 頁。

以感發善心。今公讀《詩》，只是將己意去包籠他，如做時文相似。中間委曲周旋之意，盡不曾理會得，濟得甚事？若如此看，只一日便可看盡，何用逐日只捱得數章，而又不曾透徹耶？且如人入城郭，須是逐街坊里巷，屋廬臺樹，車馬人物，一一看過，方是。今公等只是外面望見城是如此，便說我都知得了。如《鄭詩》雖淫亂，然《出其東門》一詩，却如此好。《女曰雞鳴》一詩，意思亦好。讀之，真個有不知手之舞足之蹈者。（倜。）①

此條爲沈倜所録，是朱子1198年後之言論，距朱子歿時不足兩年。從這段話的批評中，可以看出，朱子晚年仍不遺餘力地批評學者讀《詩》不得要領，倡導涵泳、玩味的讀《詩》方法，以力糾學界之弊。因爲，在朱子看來，不用此法讀《詩》，就不能領悟聖人表現於《詩經》中的深意。

今本《詩集傳》前，有一作於淳熙四年（1177）的《詩集傳序》，其中說："此《詩》之爲經，所以人事浹於下，天道備於上，而無一理之不具也。"又談及學者當如何學《詩》：

> 曰："然則其學之也當奈何？"曰："本之《二南》以求其端，參之列國以盡其變，正之於《雅》以大其規，和之於《頌》以要其止，此學《詩》之大旨也。於是乎章句以綱之，訓詁以紀之，諷詠以昌之，涵濡以體之，察之情性隱微之間，審之言行樞機之始，則脩身及家，平均天下之道，其亦不待他求而得之於此矣。"②

"諷詠以昌之，涵濡以體之"，這是朱子所總結的學《詩》之法中的一個重要環節：學習《詩經》首先要從章句、訓詁入手，再通過諷詠來昌明其義，涵濡來體察其意。前文所說的涵泳，實際上是包含這兩個層面的。在此基礎上，進而察人之性情隱微，審人之言行樞機，借此以修身、齊家、治國、平天下，下悟人事，上悟天道。如此方可從《詩經》中達人事、自然之理。

朱子所認爲的"第二意義系統"是《詩經》中所能體現出的聖賢之意、天地自然之理，而絕非《詩經》的文學意義。③ 近些年來有一種說法，認爲朱子作

---

① ［宋］黎靖德輯，鄭明等校點：《朱子語類》，《朱子全書》（修訂本）第17册，第2759頁。"捱"，原文作"睚"，茲據中華書局本改，見［宋］黎靖德編，王星賢點校：《朱子語類》，第2086頁。
② ［宋］朱熹撰，朱傑人校點：《詩集傳》，《朱子全書》（修訂本）第1册，第351頁。
③ 朱子作爲儒家學者，對於《詩經》，首先肯定是將其看作"經"的，其次才是"文"，這是毋庸置疑的。前文《朱子治〈詩〉理念簡論》於此已有論述，可看。當然，這裡特別需要說明的是，《詩經》作爲經學著作與其作爲文學著作並不矛盾。文學、經學是從不同層面來說的，二者並不是互相對立或互相矛盾的兩個概念。

《詩集傳》，首先是把《詩經》當文學作品來看的。我們由上文的分析也可以看出，這個説法並不恰當。朱子是比較注意對《詩經》中文學性的體認，但是，朱子論"五經"、"六經"，從來都是包括《詩經》在内的；而《詩經》中包涵有聖賢大道，則始終是朱子論《詩》的基礎。作爲儒生的朱子，以紹承"孔孟道統"爲己任，遵《詩》爲"經"是他治《詩》的必然選擇。但無論如何，朱子對《詩經》的涵泳、玩味，客觀上也使得他對《詩經》的理解較同時代的學者要深刻，獲得了許多前人未發現的認識；不管是在字詞、章句、典制、名物的訓詁上，還是對經義的發揮上，以及對《詩經》中所具之文學特色的體會上，他的《詩集傳》都是詩經學中的一部重要著作，既直接構建了詩經宋學，又代表了詩經宋學的最高成就。

第五節　朱子詩經學非爲"疑經"辨

宋人治經學，對經漢學有所懷疑，遂被目爲"疑經"。"疑經"一詞，宋人已經開始使用。後來，皮錫瑞著《經學歷史》，稱宋代爲"經學變古時代"，並説："宋人不信注疏，馴至疑經；疑經不已，遂至改經、删經、移易經文以就己説，此不可爲訓者也。"[1]這個説法一直沿用到現在，舉凡言經學史者，論宋學，必言及"疑經"，這幾乎可謂已是經學史上的定論與共識。而朱子作爲宋學的代表人物，自然被當作疑經派的重要人物。學者大凡言宋代經學，一般都會談及朱子之"疑經"，而鮮有學者對此一概念本身生疑。本來，經學家解經，本意應該是從經典中掘發義理，爲指導現實社會服務，而這也使得他們沒有理由去懷疑經典本身。黎靖德所編《朱子語類》一書，記録朱子自身治學與教育學生的許多言論，而實際檢視該書，其中並未見"疑經"一詞。可見，若以朱子治經活動爲"疑經"，是頗令人生疑的。而本來，朱子力辟佛、老，又以繼承"孔孟道統"自任，就是爲了貶低釋、道二家，以期讓儒家重新掌握"話語權"。既然如此，朱子是不可能對儒家的綱領性文獻"六經"的可靠性加以質疑的，否則就失去了其所立論的依據。故筆者又對朱子相關著述進行了初步考察，發現朱子"疑經"一説並不恰當，至少在詩經學領域，朱子並無"疑經"的主觀意圖，儘管在客觀上，其實際行動的確對"經"有所質疑。當然，這個質疑是不是可以稱作"疑經"，亦有待深入分析。

---

① 皮錫瑞著，周予同注釋：《經學歷史》（新 1 版），第 189 頁。

一、"疑經"概念的界定

"疑經"一詞,從字面來理解,就是對經典的懷疑,比如孟子説的"盡信《書》,則不如無《書》",就涉及對《書經》的懷疑。而事實上,宋代學者在使用"疑經"這個概念的時候,各自理解並不完全一致,我們若對其内涵與外延進行界定,其間有著明顯不同。楊新勛先生在《宋代疑經研究》中已經指出:"宋人使用'疑經'概念時並没有説明,他們説的'疑經'往往因人、因事而異,有很大的不確定性。"①宋之後學者發論稱宋人疑經,但是,各自對"疑經"的概念亦難免摻雜有自己的理解在裡面。楊新勛先生已經指出,清儒將"疑經"當作"懷疑經典、否定權威",而一些民國學者則將其"視爲辨僞",②而這些觀點也一直被不少學者襲用,直到現在,仍有不少學者在使用該概念時,並未詳細分析其本身應具有的内涵與外延。楊新勛先生在《宋代疑經研究》中,給"疑經"下定義道:

> "疑經"又作"議經",以"懷疑"、"非議"爲標識,二者所指相同,只是立論角度略異。主要内容是:懷疑前人公認的經書作者、懷疑經書的真實性和完整性、非議經書部分内容的合理性,範圍包括古代的五經和到宋代新升格的經書(《孟子》最晚)共十三經。③

這個定義,雖然在某位具體的經學家身上可能並不完全適用,但是,作爲整體的經學研究而言,他對這個概念的界定得還是比較到位的。此外,楊新勛先生已經注意到"疑經"、"疑傳"、"改經"三個概念間的區别,並認爲可以將"疑傳"和"改經"納入廣義的"疑經"範疇。④ 若從經學的角度來考慮,這樣去理解是有一定道理的,不過,這樣做也有忽視"經"與"經學"這兩個概念的嫌疑。拙撰認爲,"疑經"是對諸經本身的懷疑,而"疑傳"則是對諸經傳注的懷疑。諸經傳注屬於經學的範疇,"疑傳",在某種意義上説,其實就只是對經學的懷疑,但是並不是對經本身的懷疑,"疑經"與"疑傳"二者並不能等同。

拙撰之所以要嚴格區分"疑經"和"疑傳",亦是爲了照顧到朱子自身嚴别經、傳的經學思想。其實,朱子使用的"經"、"傳"兩個概念,在不同的語境下,所指亦並不相同。主要有以下兩種情況:一是以"五經"或"六經"爲經,解經之作爲傳;十三經中的其他幾經,朱子並不以爲是經的。"五經"或"六經"一

① 楊新勛:《宋代疑經研究》,第 12 頁。
② 楊新勛:《宋代疑經研究》,第 10 頁。
③ 楊新勛:《宋代疑經研究》,第 9 頁。
④ 楊新勛:《宋代疑經研究》,第 12—14 頁。

詞常見於《朱子語類》，而"十三經"一詞却不見其中。《朱子語類》載朱子説："某曾見大東萊呂居仁。之兄，他於《六經》、《三傳》皆通，親手點注，並用小圈點。注所不足者，並將疏楷書，用朱點。"（賀孫。）①可見，在朱子看來，《左傳》、《公羊傳》、《穀梁傳》都是"傳"，而《春秋》本身才算"經"。《朱子語類》又載："譬如無狀之人去讀《語》、《孟》、《六經》，《語》、《孟》、《六經》自是《語》、《孟》、《六經》，與他即無干涉，又安得爲之用。"（時舉。）②朱子雖特重《論語》、《孟子》等"四書"，却始終稱其爲"四子書"，並不以之可與"經"相提並論。朱子又以爲"《孝經》是後人綴緝"③，"疑非聖人之言"④，故《孝經》亦不屬於"經"的範疇。二是"四書五經"之内，又可有經、傳之分，凡屬聖賢之言，則是"經"，否則就是"傳"。比如，《大學》就可以分爲經一章，傳十章；《周易》上經、下經爲經，十翼爲傳；《詩經》中"《風》、《雅》之正則爲經，《風》、《雅》之變則爲傳"（煇。）⑤；《儀禮》爲經，《禮記》爲傳。此外，朱子還認爲："如屈平之作《離騷》，即經也。如後人作《反騷》與夫《九辯》之類則爲傳耳。"（煇。）⑥

此外，界定"疑經"這個概念時，還要注意區分兩種情況：一種是經學意義上的，對"經"所具備的價值的懷疑，認爲經文本身及其中所蘊含的思想並不能作爲經世濟民的指導思想。一種是文獻辨僞學上的，認爲經文本身有後人摻入或改造的成分，從而影響了經旨。其實，只有第一種情況才可算作是"疑經"，第二種情況是並不能算作"疑經"的。因爲這並不是對經文本身以及經旨的懷疑，而揭出這些後人作僞的成分，並將其剔除出去，恰恰是爲了維護經文的純潔性、神聖性與權威性。這其實是在尊經，而絶非"疑經"，儘管其外在表現容易讓人誤以爲是在"疑經"。

二、朱子的尊經崇聖思想

上文已論，筆者檢視朱子的相關言論，其中並未發現他有"疑經"之論，却能很明顯地從其言論中看出朱子尊經崇聖的思想。而從朱子對孔子《詩》學觀的重視與繼承這個角度來看，也可證實朱子詩經學中的尊經崇聖思想。

（一）朱子言論中體現的尊經崇聖思想

理學是經學的一個分支，説到底，還是屬於經學範疇内的。朱子作爲理

---

① ［宋］黎靖德輯，鄭明等校點：《朱子語類》，《朱子全書》（修訂本）第 14 册，第 329 頁。
② ［宋］黎靖德輯，鄭明等校點：《朱子語類》，《朱子全書》（修訂本）第 14 册，第 881 頁。
③ ［宋］黎靖德輯，鄭明等校點：《朱子語類》，《朱子全書》（修訂本）第 71 册，第 2827 頁。
④ ［宋］黎靖德輯，鄭明等校點：《朱子語類》，《朱子全書》（修訂本）第 17 册，第 2828 頁。
⑤ ［宋］黎靖德輯，鄭明等校點：《朱子語類》，《朱子全書》（修訂本）第 17 册，第 2767 頁。
⑥ ［宋］黎靖德輯，鄭明等校點：《朱子語類》，《朱子全書》（修訂本）第 17 册，第 2767 頁。

學家,本來就是儒生,尊經崇聖是其必然選擇。朱子嘗言:"《六經》是三代以上之書,曾經聖人手,全是天理。三代以下文字有得失,然而天理却在這邊自若也。"(浩。)①因爲朱子認爲"六經"或"五經"皆是聖人所作,故又多次將其稱之爲"聖經"。② 朱子尊經崇聖的思想,於此可窺一斑。朱子取《禮記》中的《大學》《中庸》二篇,合以《論語》《孟子》,稱爲"四書",並以之爲"五經之階梯";朱子嘗作多篇《告先聖文》,亦皆是其尊經崇聖思想的直接體現。朱師傑人先生將朱子構建的"道統"體系歸納爲:

> 上古聖神(伏羲、神農、黄帝)——堯——舜——禹——成湯、文、武之君,皋陶、伊、傅、周、召之臣——孔子——顔子、曾子——子思子——孟子——二程子……③

在這個譜系中,先秦時期,從伏羲到孟子,都是朱子所謂的"聖賢"。朱子對顔淵、曾參、子思、孟子等"賢"雖略有過微詞,但是對孔子及其以上諸"聖"則無有微詞。《朱子語類》載朱子評價孔子曰:

> 聖人説話,無不子細,磨稜合縫,盛水不漏。(義剛。)④

而在丁未年(1187)五月二日《答陸子靜》書中,朱子明言自己擔憂有學者以"聖賢之言不必盡信"道:

> 來書所謂利慾深痼者已無可言,區區所憂,却在一種輕爲高論,妄生内外精粗之别,以良心日用分爲兩截,謂聖賢之言不必盡信,而容貌詞氣之間不必深察者。此其爲説乖戾狠悖,將有大爲吾道之害者,不待他時末流之弊矣。⑤

朱子以不必盡信聖賢之言的説法"乖戾狠悖",是道學家的"吾道之害",其尊經崇聖之心,昭然若揭。

---

① [宋]黎靖德輯,鄭明等校點:《朱子語類》,《朱子全書》(修訂本)第14册,第347頁。
② 參看[宋]黎靖德輯,鄭明等校點:《朱子語類》,《朱子全書》(修訂本)第14、17、18册,第336、351、467、2868、2897、3434、3446、3796、4229頁。"聖經"一詞並非朱子首先使用,不過,從朱子沿襲這一説法,亦可顯明他對其重視程度。
③ 朱傑人:《朱子學論集》,第15頁。
④ [宋]黎靖德輯,鄭明等校點:《朱子語類》,《朱子全書》(修訂本)第15册,第1526頁。
⑤ [宋]朱熹撰,劉永翔、朱幼文校點:《晦庵先生朱文公文集》(二),《朱子全書》(修訂本)第21册,第1565頁。

此外，楊新勛先生在《宋代疑經研究》一書中，還注意到朱子反對宋人懷疑《周易》和《孟子》。① 這些亦都是朱子尊經崇聖的明證。

朱子認爲："《詩》之作，或出於公卿大夫，或出於匹夫匹婦，蓋非一人。"②而《朱子語類》亦載朱子以爲，孔子並未刪《詩》，但他肯定，《詩經》曾由孔子刊定：

> 人言夫子刪詩，看來只是採得許多詩，往往只是刊定。聖人當來刊定，好底詩，便吟詠，興發人之善心；不好底詩，便要起人羞惡之心。（南升。時舉録別出。）③

今人普遍認同孔子整理過《詩三百》的觀點。即使是"不好底詩"，在朱子看來，也是可以感發起人的"羞惡之心"，以達到淨化人心的目的，是具有積極作用的。而這個積極作用，亦顯然是由於作爲聖人的孔子的介入。由此亦可見，朱子對《詩經》所具的積極的教化意義並無任何懷疑。如此，則若言朱子在治《詩》時有"疑《詩》"之舉，顯然無法自圓其説。

已經有不少學者指出包括朱子在内的宋儒具有尊經崇聖的思想，如葉國良先生説："竊以爲宋人疑經，所以尊經也：疑此經，所以尊他經；疑此經之一部分，所以尊此經之他部分。"④吳懷祺先生亦説："疑經不是否定經，而是更好地尊經，要使尊崇的經籍能宣傳天理之正、綱常等級制度的永恒意義。"⑤楊新勛先生在《宋代疑經研究》一書中，對宋儒"疑經"現象加以分析後，認爲：

> 可見，宋儒疑經是將經籍中不合"聖賢思想"（即"道"）的言論給黜去了，把不合"聖賢思想"的經傳關係給調整了，宋儒疑經的過程是用"聖賢思想"來修正、調整經籍。這種"聖賢思想"含有宋人推崇、神聖上古聖賢的心理，有將儒學哲理化、宗教化的傾向，是提高經學、儒學地位的一種表現。⑥

雖然各家仍沿用"疑經"這個概念，有可商之處，但他們的分析認爲，包括朱子

① 楊新勛：《宋代疑經研究》，第160—164頁。
② ［宋］朱熹撰，朱傑人校點：《詩集傳》，《朱子全書》（修訂本）第1册，第345頁。
③ ［宋］黎靖德輯，鄭明等校點：《朱子語類》，《朱子全書》（修訂本）第14册，第798頁。
④ 葉國良：《宋人疑經改經考》，臺北：臺灣大學出版委員會，1980年，第154—155頁。
⑤ 吳懷祺：《宋代史學思想史》，合肥：黃山書社，1992年，第8頁。
⑥ 楊新勛：《宋代疑經研究》，第213頁。

在內的宋人具有尊經崇聖的思想，則是可從的。

(二) 朱子對孔子《詩》學觀的尊崇

朱子對孔子極爲推崇。在《滄州精舍告先聖文》中，朱子論道統時說："集厥大成，允屬元聖。述古垂訓，萬世作程。"①"元聖"即孔子。朱子認爲《詩經》由孔子刊定、整理，故在治《詩》時，特別重視孔子論《詩》的觀點。

朱子《詩傳綱領》引《論語》引《詩》、稱《詩》者十條，亦顯見朱子對孔子《詩》學觀的尊崇。孔子說他自己是"述而不作"，朱子治學亦多是"述而不作"，對舞文弄墨沒什麼興趣，亦反對別人在寫詩作文上多費精力。朱子在《答程欽國》書中云："往年誤欲作文，近年頗覺非力所及，遂已罷去，不復留情其間，頗覺省事。"②這應當與孔子的這個思想有一定聯繫。朱子沿襲歐陽修、鄭樵的觀點，而有"淫詩說"。不知是出於有意還是無意，朱子人爲地忽視"鄭聲淫"與"鄭詩淫"的區別，並將本可訓爲過度的"淫"理解爲淫邪的淫，以《論語》中記載孔子說"鄭聲淫"爲其"淫詩說"的理論前提。朱子云："聖人言'鄭聲淫'者，蓋鄭人之詩，多是言當時風俗，男女淫奔，故有此等語。"(卓。)③這都是朱子受孔子《詩》學觀影響的明證。

雖然朱子嘗言："他經引《詩》，或未甚切，只《大學》引得極細密。"(賀孫。)④但我們亦未見朱子言《論語》引《詩》有不當之處的言論。而《論語》中記載的一些孔子論《詩》的言論，則爲朱子所高度重視。《論語·爲政》云："子曰：《詩》三百，一言以蔽之，曰：思無邪。"《朱子語類》載朱子則論"思無邪"道：

> 或問"思無邪"。曰："此《詩》之立教如此，可以感發人之善心，可以懲創人之逸志。"(祖道。)⑤

> 徐問"思無邪"。曰："非言作詩之人'思無邪'也。蓋謂三百篇之詩，所美者皆可以爲法，而所刺者皆可以爲戒，讀之者'思無邪'耳。作之者非一人，安能'思無邪'乎？只是要正人心。統而言之，三百篇只是一個'思無邪'；析而言之，則一篇之中自有一個'思無邪'。"(道夫。)⑥

---

① [宋]朱熹撰，戴揚本、曾抗美校點：《晦庵先生朱文公文集》(五)，《朱子全書》(修訂本)第 24 册，第 4050 頁。

② [宋]朱熹撰，曾抗美、徐德明校點：《晦庵先生朱文公文集》(六)，《朱子全書》(修訂本)第 25 册，第 4879 頁。

③ [宋]黎靖德輯，鄭明等校點：《朱子語類》，《朱子全書》(修訂本)第 17 册，第 2788 頁。《詩傳遺說》以此條爲"黃有開記"，不知孰是孰非。見[宋]朱鑑：《詩傳遺說》卷二，影《四庫薈要》本，第 31 頁下。

④ [宋]黎靖德輯，鄭明等校點：《朱子語類》，《朱子全書》(修訂本)第 14 册，第 508 頁。

⑤ [宋]黎靖德輯，鄭明等校點：《朱子語類》，《朱子全書》(修訂本)第 14 册，第 794 頁。

⑥ [宋]黎靖德輯，鄭明等校點：《朱子語類》，《朱子全書》(修訂本)第 14 册，第 794 頁。

問"思無邪"。曰："只此一言，盡當得三百篇之義。讀《詩》者，只要得'思無邪'耳。看得透，每篇各是一個'思無邪'，總三百篇亦只是一個'思無邪'。'毋不敬'，《禮》之所以爲教；'思無邪'，《詩》之所以爲教。"（寓。范氏説。）①

《詩集傳》中亦有與此大致相同的説法，並論曰："學者誠能深味其言，而審於念慮之間，必使無所思而不出於正，則日用云爲，莫非天理之流行矣。"②朱子這樣理解"思無邪"，亦與孔子温柔敦厚之《詩》教觀相貫通。而朱子之《詩》教，在本質上，顯然是承襲孔子《詩》教的，雖然二者内容已略有不同。

《論語·八佾》："子曰：'《關雎》樂而不淫，哀而不傷。'"《詩集傳》則接孔子此語而言道：

孔子曰："《關雎》樂而不淫，哀而不傷。"愚謂此言爲此詩者，得其性情之正，聲氣之和也。蓋德如雎鳩，摰而有別，則后妃性情之正固可以見其一端矣。至於寤寐反側，琴瑟鍾鼓，極其哀樂而皆不過其則焉，則詩人性情之正又可以見其全體也。獨其聲氣之和有不可得而聞者，雖若可恨，然學者姑即其詞而玩其理以養心焉，則亦可以得學《詩》之本矣。③

《論語·陽貨》："子謂伯魚曰：'女爲《周南》、《召南》矣乎？人而不爲《周南》、《召南》，其猶正牆面而立也與？'"朱子以爲，《周南》、《召南》"所言皆脩身齊家之事"④，故論《詩》時，極重"二南"。《詩集傳》引程子説，以"二南"爲"正家之道"，"故使邦國至於鄉黨皆用之，自朝廷至於委巷莫不謳吟諷誦，所以風化天下。"⑤

此外，《論語·子路》："子曰：'誦《詩》三百，授之以政，不達；使於四方，不能專對；雖多，亦奚以爲？'"由此可知，孔子的《詩》教注重《詩經》的實用功能，特別是政治功能。朱子《論語集注》解此句曰："《詩》本人情，該物理，可以驗風俗之盛衰，見政治之得失。其言温厚和平，長於風喻。故誦之者，必達於政而能言也。"⑥朱子一生，雖爲官從政之日並不多，但他積極干政，對政治、對天下的關懷則始終未斷。據高令印、高秀華先生《朱子學通論》的總結，政治

① ［宋］黎靖德輯，鄭明等校點：《朱子語類》，《朱子全書》（修訂本）第14册，第802頁。
② ［宋］朱熹撰，朱傑人校點：《詩集傳》，《朱子全書》（修訂本）第1册，第744頁。
③ ［宋］朱熹撰，朱傑人校點：《詩集傳》，《朱子全書》（修訂本）第1册，第403頁。
④ ［宋］朱熹撰，徐德明校點：《四書章句集注》，《朱子全書》（修訂本）第6册，第222頁。
⑤ ［宋］朱熹撰，朱傑人校點：《詩集傳》，《朱子全書》（修訂本）第1册，第421頁。
⑥ ［宋］朱熹撰，徐德明校點：《四書章句集注》，《朱子全書》（修訂本）第6册，第180頁。

學說和經濟觀點皆是朱子學基本内容之一①,這兩個方面,正可視作朱子的政治關懷。而這個政治關懷,恐怕也與孔子之重視《詩經》的政治功用有一定聯繫。

朱子治《詩》,如此重視孔子的相關言論,則斷無懷疑孔子之理。朱子亦認同《詩經》曾由孔子"刊定",則朱子亦斷無懷疑《詩經》本身之理。他所懷疑的是漢代流傳下來的《毛詩》文本及其傳本。理一分殊,故於朱子來説,《毛詩》文本及其傳本不宜等同於曾經聖人孔子之手的《詩經》本身。

三、朱子在詩經學上的質疑

朱子在詩經學上的質疑,主要是對詩旨、經義和文本進行了一些改動,而較漢唐古注,特別是《毛詩》之説相異。朱子所作出的改動,其中有合理的部分,也有錯誤的部分,不過,文獻學上的正誤、是否有據皆可暫置之不論。我們需要關注的是,朱子作出這些改動的理論基礎和主觀意圖是什麼。

朱子對詩旨方面的改動,就是不從《小序》之説以言《詩》,對《詩經》諸篇之旨作出一定的改動。這在《詩序辨説》和《詩集傳》中都有表現,《朱子語類》亦記録了不少朱子"去《序》言《詩》"的言論。朱子嘗明言:"某《詩傳》去《小序》,以爲此漢儒所作。"(璘。)②這在前文中已經述及,此不贅言。在朱子眼中,《小序》是漢人衛宏所作,抑或還有他人增補的成分,但絕不是孔子、子夏或國史所作,也就不能與《詩經》本身等而視之。《詩小序》只是漢儒對《詩經》的解釋,而這個解釋也未必能全部得《詩》之旨。若牽合《小序》之意,以《小序》解《詩》,並不能得《詩》之旨。朱子嘗言:

> 今人不以《詩》説《詩》,却以《序》解《詩》,是以委曲牽合,必欲如序者之意,寧失詩人之本意不恤也。此是序者大害處。(賀孫。)③

朱子《答劉德脩》第一書亦云:"嘗患今世學者不見古經,而《詩》《書·小序》之害爲尤甚。"④如此看來,朱子對於《序》和《詩經》經文本身是有著嚴格區分的。朱子之"去《序》言《詩》",主要是因爲《詩序》並非"經",未能得《詩經》中

---

① 高令印,高秀華:《朱子學通論》,廈門:廈門大學出版社,2007年,第166—193頁。
② [宋]黎靖德輯,鄭明等校點:《朱子語類》,《朱子全書》(修訂本)第14册,第794頁。
③ [宋]黎靖德輯,鄭明等校點:《朱子語類》,《朱子全書》(修訂本)第17册,第2749頁。
④ [宋]朱熹撰,曾抗美、徐德明校點:《晦庵先生朱文公文集》(六),《朱子全書》(修訂本)第25册,第4929頁。

所應有的聖賢之本意；以《詩》說《詩》，才是體會《詩》旨和聖賢本意的正道。《朱子語類》載朱子言：

> 某解《詩》，多不依他《序》。縱解得不好，也不過只是得罪於作《序》之人。只依《序》解，而不考本詩上下文意，則得罪於聖賢也。（揚。）①

朱子對於《詩序》未能得詩旨的質疑，是頗有些道理的。《序》之非經，則疑《序》並不能歸於"疑經"的範疇。

朱子對於經義方面的改動，主要有兩個方面，一是不完全認同毛、鄭的訓詁，二是不完全認同毛、鄭所發揮的大意。《毛傳》、《鄭箋》都是"傳"，並非"經"。朱子認爲，漢儒解《詩》，未能得其義理，大方向上弄錯了，所以，毛、鄭解《詩》，雖然在訓詁上有不少值得繼承的地方，但是，亦有錯誤之處。班固在《漢書·藝文志》中說：

> 孔子純取周詩，上采殷，下取魯，凡三百五篇，遭秦而全者，以其諷誦，不獨在竹帛故也。漢興，魯申公爲《詩》訓故，而齊轅固、燕韓生皆爲之傳。或取《春秋》，采雜說，咸非其本義。與不得已，魯最爲近之。三家皆列於學官。又有毛公之學，自謂子夏所傳，而河間獻王好之，未得立。②

身爲漢人的班固，對漢人治《詩》已經有所懷疑，認爲其"咸非其本義"，而從詩經學與詮釋學的角度來看，這是一個合適而且恰當的評價，並無過當之處。而這也正爲朱子改動《詩經》的經義提供了理論前提。朱子對經義的改動，從其主觀思想上來看，也是爲了糾正舊注中那些不合經典原義、聖賢本意的地方，而使其所作的解釋貼近、符合經典原義、聖賢本意。

朱子對《詩經》文本的改動，主要有四個方面：一是校勘異文，二是勘正錯訛，三是改動章數句數，四是調整篇次。③ 這表面上看起來是對《詩經》本身的質疑，但實質上卻並非如此。秦火之後，漢人所傳之《詩經》，並非先秦原樣。其間，或由於轉寫，而致文字上有所不同；或由於誤記，而致章數句數的劃分以及篇次不合理。對於校勘文字，朱子嘗言："某所改經文字者，必有意，

---

① ［宋］黎靖德輯，鄭明等校點：《朱子語類》，《朱子全書》（修訂本）第 17 冊，第 2767 頁。
② ［漢］班固撰，［唐］顏師古注：《漢書》，第 1708 頁。
③ 詳參本書第三章《朱子校勘〈毛詩〉研究》。

不是輕改,當觀所以改之之意。"(節。)①而對於《詩經》中一些篇目章數、句數的重新劃定,對於《詩經》中一些篇目順序的調整,也都是有一定根據的,且在《詩集傳》中都作出了説明。朱子對其作出改動,其主觀目的是要使其更加符合經典本來的面目,而不是要對經典本身加以改造。當然,《詩經》是否確有與漢儒傳本有一定差異的"古本"存在,這至今仍無法知曉。這個所謂的"本來面目",只是也只能是朱子心目中的一個假想、一個預設而已。

對於有人要廢除《詩經》中的的《魯頌》的做法,朱子評價道:

> 又曰:"陳少南要廢《魯頌》,忒煞輕率。它作《序》,却引'思無邪'之説。若廢了《魯頌》,却没這一句。"(寓。)②

朱子認爲,陳鵬飛要廢《魯頌》之舉是"輕率"的,可見他是反對此舉的。因爲,"思無邪"出於《魯頌·駉》篇,陳氏既言《詩》"思無邪",又要廢除《魯頌》,很明顯是一個自相矛盾之舉。朱子論《尚書》時説:"《書》中可疑諸篇,若一齊不信,恐倒了《六經》。"(賀孫。)③由此,我們可以推知,朱子之所以要反對陳鵬飛此舉,應該是因爲此舉"恐倒了《詩經》",朱子要維護《詩經》的完整性、神聖性,維護整個經學體系的完整性、神聖性。這也正可以表明,朱子並不是一個"疑經"者,而是要盡力去維護經的權威性、神聖性的"護經"者。

可見,從朱子解《詩》的實際行動和主觀意圖上來看,"去《序》言《詩》"、改動經義、校勘文本都並不是在"疑經"。朱子所懷疑的是漢儒所傳的《毛詩》文本和漢唐的詩經學,特别的漢儒的《毛詩》學,並没有涉及對《詩經》本身及其價值的懷疑。朱子改動《毛詩》文本,是爲了恢復到他心中預設的"古本"。朱子嘗言:"故先儒謂聖經不亡於秦火,而壞於漢儒,其説亦好。"(廣。)④《詩序》、《毛傳》、《鄭箋》都是漢儒《詩》解,在朱子看來,漢儒不能得聖經本旨,其説當然有懷疑的必要。

四、結論及餘論

以上從學理上以及朱子的治《詩》實踐上,分析了朱子在詩經學領域内並不存在"疑經"的主觀動機和實際行動。這與前賢時哲的觀點有一致之處,但

---

① [宋]黎靖德輯,鄭明等校點:《朱子語類》,《朱子全書》(修訂本)第17册,第3446頁。
② [宋]黎靖德輯,鄭明等校點:《朱子語類》,《朱子全書》(修訂本)第14册,第798頁。
③ [宋]黎靖德輯,鄭明等校點:《朱子語類》,《朱子全書》(修訂本)第17册,第2718頁。
④ [宋]黎靖德輯,鄭明等校點:《朱子語類》,《朱子全書》(修訂本)第17册,第2897頁。

論調則並不相同。竊以爲：其一，朱子所懷疑的，是漢儒的《詩經》傳本和漢唐詩經學，而並非《詩經》本身。從作爲儒生的朱子本人來看，《詩經》曾經孔子整理，是“聖經”之一，其中包含“天理”，故其本身是不容置疑的。其二，朱子對《詩》旨作出了一些改動，這也只是對《小序》的改動；朱子對《詩經》中一些詞語的訓詁作出改動，亦只是改動他認爲的那些漢儒誤訓之處；朱子對《詩經》文本作出了一些改動，其實只是對漢儒所傳《毛詩》文本作出的改動。究其改動的原因，亦是爲了修正漢儒的詩經學，主要是修正“《毛詩》學”，使之更貼近聖賢的本意，更符合《詩經》的本來面目。第三，朱子從文獻學角度對《詩經》文本的質疑，並不能説明他在經學角度對《詩經》功用産生了質疑。當然，朱子本人亦很難，或者説根本無法達成其恢復“古本”和回歸“聖賢本意”的目標。因爲，一方面，所有的理解必然都會摻雜誤解，“以意逆志”永遠也只能是理解過程中的一個不能實現，至少是不能完全實現的理想情境；另一方面，漢人傳本與先秦時期的《詩經》古本有不同，但是二者之間差異如何，先秦“古本”是什麽樣子，恐怕没人能説得清楚，而且，先秦時期是不是有一個唯一的標準的，或者説穩定的《詩經》“古本”存在，也值得思考。

執此以觀整個朱子學，其中所具之懷疑精神，亦皆非爲懷疑經典本身及其價值，而是懷疑後儒對經典本身歪曲的理解。而清除這些“歪曲”的解釋，正是維護經典權威性、神聖性的必要條件。由此可見，論者多謂朱子疑經，其實與事實並不相符，至少與朱子本人所持的學術主張並不相符。

再以此考察朱子之經學，乃至整個宋代學術，其實，真正“疑經”者絶少，大部分學者都是在疑後世之經解不得經之本旨。即使以删《詩》删《書》而爲後世所詬病的王柏，他的行爲雖有“六經注我”之嫌，但其主觀目的則是删除不合時宜的“淫詩”與後人添加的僞《書》，從而維護《詩經》、《書經》的正統，使之合於孔子意圖，可以施之教化。所以説，他們都只是似是而非的“疑經”者，都並不是在“疑經”，而是在修正漢唐諸儒對經書的誤讀，爲維護經典的正統性、純潔性作主觀努力，只不過他們的行爲客觀上給人以“疑經”的感覺，從而造成了人們的誤解而已。

宋人著作中，已經開始出現了“疑經”一詞，這應另當別論，不能簡單地據此以論定朱子之詩經學屬於“疑經”。宋人所謂的“疑經”，很可能是因爲他們將漢唐經學家所作的序、傳與經視作三位一體的整體，以爲序和傳也是經的一部分。而後世學者一直沿用“疑經”一詞，却並未注意到不同學者在使用該詞時，“經”這個概念的内涵與外延並不統一，人爲地忽視了其間的差異，因而陳陳相因，以致混淆視聽。準確地説，宋儒所説的這個“疑經”，在今天應該説成“疑傳”或“疑注”。

最後再附帶説説皮錫瑞所謂的"變古"。皮錫瑞《經學歷史》稱孔子時代爲"經學開闢時代",稱宋代爲"經學變古時代",這是就其經學的歷史發展、演變過程而言的。可是,"經學"這個概念本是漢代才開始有的,朱維錚先生已經注意到《史記》中尚未出現"經學"一詞①。漢以前只有經,並無專門針對經進行研究的"經學",即使那些針對"六經"而發的具有一定研究性質的言論,也是不宜稱之爲"經學"的。準確地説,漢武帝"罷黜百家,獨尊儒術"後,以儒家"五經"爲官方哲學,才始有所謂"經學"。② 皮錫瑞以其今文經學家的特有立場,混同了"孔學"與"經學"這兩個概念,稱孔子時代爲"經學開闢時代"本就是有一定問題的,徐復觀先生《中國經學史的基礎》已經指出,此説"在歷史上很難成立"③。而皮氏所稱宋代爲"經學變古時代",這個"古"的概念也因之而顯得不明確。對於宋人來説,唐以前,至少是漢代及其之前都可以稱之爲"古"。皮氏所謂宋人治經的這個"變古",是變唐,是變六朝,是變漢,還是變先秦、變孔子,我們無從知曉。考皮氏之意,是以宋儒改變了孔子所賦予的經典的本來意義。雖然每個時代的經學家解經,主觀上都是在主張恢復經典原意,以回歸三代,可正如朱維錚先生所論,中國經學"各時代有各時代的假孔子"④,無論漢學、宋學、清學,都無法回歸三代。漢唐經學,不也不是孔子原意嗎! 所以,皮錫瑞所提出的"變古"的説法頗有未安之處。從經學的角度來看,只能説宋學是在變漢學;而從經義的角度來看,漢學、宋學都在變化著其意義,某些探究可以使其更接近其部分原始意義,而某些探究則使另一部分的原始意義越走越遠。這也是由經學本身存在的意義所決定的。經學要指向現實,爲現實社會服務,只能從經義的掘發中,推闡其可經世致用的意義。掘發經義的探究,可使其逐漸接近原始意義;而義理的發揮則只能越走越遠。

---

① 朱維錚:《中國經學與中國文化》,《中國經學史十講》,第 10 頁。
② 朱維錚先生在《中國經學與中國文化》一文中將經學、儒學、孔學三個概念區分開來,並指出"經學"這個概念必須滿足三個條件:"一、它曾經支配中國中世紀思想文化領域;二、它以當時政府所承認並頒行標準解説的'五經'或其他經典,作爲理論依據;三、它具有國定宗教特徵,即在實踐領域中,只許信仰,不許懷疑。"見朱維錚:《中國經學史十講》,第 9—10 頁。拙撰傾向於接受朱先生前兩個條件,對第三個條件言及的"具有國定宗教特徵",姑保留自己不能完全認同其表述的拙見。
③ 徐復觀:《徐復觀論經學史二種》,上海:上海書店出版社,2006 年,第 6 頁。
④ 朱維錚:《中國經學與中國文化》,《中國經學史十講》,第 13 頁。

第三章　朱子校勘《毛詩》研究

《詩經》的校勘，古已有之，而至宋人朱子，則始蔚爲大觀。與文字自身的發展演變和文獻載體的形態密切相關，馴至宋代，古書的校勘大致可以分成三個階段：一是隸定以前，二是隸定後的寫本時期，三是刻本時期。這三個階段的文獻校勘，有一些共性，但各自的差異也比較明顯。我們今天談古籍校勘，尤其要注意其間的區別。自《詩經》產生以來至宋代，其校勘亦可以據此分成三個階段來看。

《國語・魯語》載魯國大夫閔馬父説："昔正考父校商之名《頌》十二篇於周大師，以《那》爲首。"①學界一般認爲，這是現在可見到的最早的校勘《詩經》的文獻記載。據文獻記載，《詩》曾經過周太師的編定，孔子亦曾對《六經》進行過整理。但閔馬父校《商頌》、周太師編《詩》、孔子整理《六經》，與漢代劉向校定古書應當有所不同，這是《詩》結集過程中的校勘。不過，由於文獻缺失，這一時期關於《詩經》文本及其校勘的許多信息，至今仍無法掌握，留下了大量空白。從現在出土文獻的情況來看，先秦時期《詩經》文本的複雜程度，很可能超乎我們的想象。比如，清華簡《耆夜》篇中的《蟋蟀》詩，與今本《唐風・蟋蟀》在文字、語句上的差異頗大。安徽大學藏戰國《詩》簡亦如此。文字隸定前的《詩經》校勘當視爲第一期。

《詩經》校勘的第二期，是漢唐詩經學者對《詩經》的校勘。漢代傳《詩》者主要有齊、魯、韓、毛四家，各家文字皆略有差異，但各家受師法、家法所限，並未見此時有校勘《詩經》的文獻記載，即使是《漢書・藝文志》，也只是説《詩》"遭秦而全者，以其諷誦，不獨在竹帛故也"②，而我們並未見有相關文獻記載劉向對《詩》文有所校勘。東漢末，靈帝詔諸儒正定經文，刻於石碑，即所謂的熹平石經。此事由蔡邕主持，《詩經》用《魯詩》。東漢古文經學興盛後，第一個對《毛詩》進行校勘的則是鄭玄。鄭玄先從張恭祖習《韓詩》，後從馬融習

---

① 徐元誥：《國語集解》（修訂本），北京：中華書局，2002 年，第 205 頁。

② ［漢］班固撰，［唐］顏師古注：《漢書》，第 1708 頁。

《毛詩》，成爲兼宗今文《詩》學的古文《詩》學大家，被目爲通儒。其所作《毛詩箋》，就有對《毛詩》包括《毛詩》文本和《毛詩序》、《毛傳》的校勘，鄭玄的校勘以理校爲主。魏晉時起，三家《詩》逐漸消亡，《毛詩》獨尊，但是傳本衆多，亦有傳抄時形成的錯訛，今所見敦煌寫本中的《毛詩》，正是如此。顏之推(531—?)《顏氏家訓·書證篇》有數則對《毛詩》的校勘。隋唐時期，陸德明所撰《經典釋文》，其中的《毛詩音義》，存錄他本中的異字甚多，這屬於版本對校。唐太宗又令顏之推之孫顏師古考定“五經”，形成定本，其中就有《毛詩定本》。其後又有開成石經、五代蜀石經。這些都是對《毛詩》的校勘。

第三期是宋代的《詩經》校勘，以朱子《詩集傳》爲代表。到了宋代，三家《詩》皆已不存，獨有《毛詩》。而其時學風轉變，學者治《詩》大多重義理發揮、經義推闡，而鮮有從文獻學角度來對其進行校勘。而此時，文獻載體的形態已發生變化，九經刻本於後唐長興三年(932)始出現；宋代十三經刻本已經開始出現。刻本的普及，使得書籍易得，學者有更多精力來讀書，而刻本特別是坊刻本中常會出現一些誤刻，這都促進了校勘之學的逐步發展；加上朝廷的文化政策重視，館閣中的校書實踐又促進了校勘學理論的發展。毛居正《六經正誤》中就有《詩經正誤》一卷，是對《詩經》寫刻中產生的訛誤的校勘，以校勘記形式寫定。朱子所撰《詩集傳》，較之宋代其他詩經學家不同，其中有從文獻學角度對《詩經》的大量校勘，也有涉及義理分析方面的校勘。由於朱子治學，不同於漢唐學者，故他的《詩經》校勘有著與之前《詩經》校勘的鮮明不同。

朱子自己也主持過刻書事宜，有著大量的校書實踐，《詩經》即是其中之一。朱子《答滕德章》書云：

> 鄉在彼刊得《四經》、《四子》，當時校勘自謂甚子細，今觀其間乃猶有誤字，如《書·禹貢》“厥貢羽毛”之“羽”誤作“禹”字，《詩·下武》“三后在天”之“三”誤作“王”字。今不能盡記。或因過目，遇有此類，幸令匠人隨手改正也。①

陳來先生《朱子書信編年考證》認爲此信作於慶元元年(1195)②，顧宏義先生則推測此信“約撰於慶元三年(1197)前後”③。朱子於紹熙元年(1190)在臨漳刊四經、四子書，其間就有對通行本《詩經》的校勘。此外，朱子亦能結合宋人

---

① ［宋］朱熹撰，劉永翔、徐德明校點：《晦庵先生朱文公文集》(三)，《朱子全書》(修訂本)第22冊，第2281頁。引文對原標點略有改動。
② 陳來：《朱子書信編年考證》(增訂本)，第392頁。
③ 顧宏義：《朱熹師友門人往還書札彙編》，第2494頁。

的校勘學理論來指導自己的校書實踐。《朱文公文集》載朱子《答許順之》第十六書即反映了朱子的校勘學思想,現録全文如下:

> 承上巳日書,知嘗到城中校書曲折,甚慰甚慰。但且據舊本爲定,若顯然謬誤,商量改正不妨。其有闕誤可疑,無可依據者,寧且存之,以俟後學,切不可以私意輒有更改。蓋前賢指意深遠,容易更改,或失本真以誤後來,其罪將有所歸,不可容易。千萬千萬!舊來亦好妄意有所增損,近來或得別本證之,或自思索看破,極有可笑者。或得朋友指出。所幸當時只是附注其傍,不曾全然塗改耳。亦嘗爲人校書,誤以意改一兩處,追之不及,至今以爲恨也。[①]

陳來先生將此信繫於 1168 年[②],顧宏義先生亦認爲此信當作於 1168 年三月間[③],是年朱子 39 歲。從信中可知,此時朱子已有大量的校書實踐,並從其中領會到校書不可輕改,特別是不能根據己意以妄下雌黄。這一點,亦體現在他的《詩經》校勘中。

《毛詩》文本並非《詩經》古本的原貌,朱子"嘗患今世學者不見古經"[④],所以朱子除對《詩經》刻本進行校勘外,還有意對《毛詩》文本進行校勘,以冀恢復其古本的"原貌"。其校勘内容主要有四個方面:一是校勘《毛詩》異文,二是勘正《毛詩》文本錯訛,三是重新分章斷句,四是調整篇次。凡有所校勘之處,雖未用校勘記形式撰成,但亦必有所説明,或用夾注,或於注文點明。朱子對《毛詩》的校勘,不管是所校内容的正確性,還是其中所反映出的學術態度,都有待深入探討。

第一節　校勘《毛詩》異文

後世對先秦書籍的校勘,一個最主要的方面就是校異文,《詩經》的校勘更是如此。對《詩經》的異文加以校勘、比對,有助於準確地理解《詩》義。朱子生活於南宋中期,當時三家《詩》皆已不存,僅存《毛詩》。雖然朱子的詩經

---

① ［宋］朱熹撰,劉永翔、徐德明校點:《晦庵先生朱文公文集》(三),《朱子全書》(修訂本)第 22 册,第 1749 頁。
② 陳來:《朱子書信編年考證》(增訂本),第 50—51 頁。
③ 顧宏義:《朱熹師友門人往還書札彙編》,第 2926 頁。
④ ［宋］朱熹撰,曾抗美、徐德明校點:《晦庵先生朱文公文集》(六),《朱子全書》(修訂本)第 25 册,第 4929 頁。

學並不是"《毛詩》學",但朱子所用文本還是《毛詩》。校異文是朱子對《毛詩》文本中文字校勘的一個重要方面,而這些無疑是校勘《詩經》,並據以理解《詩》義的有效手段。

朱子嘗言:"某所改經文字者,必有意,不是輕改,當觀所以改之之意。"(節。)① 故下文按類對《詩集傳》中所作的校勘是否得當,逐條加以辨析,再對其所改之意略加分析。《詩集傳》中共有校異文處47條,此外,《朱子語類》又載朱子校勘《毛詩》異文1條,本文一併論述。《詩集傳》對《毛詩》異文的校勘主要有四種:一是據《毛詩》其他版本以校勘,二是據今文的三家《詩》以校勘,三是據他書引《詩》以校勘,四是據他書異文以校勘。

一、據《毛詩》其他版本中的異文以校勘

《毛詩》版本眾多,可以用來對校。顏之推《顏氏家訓·書證》云:

> 《詩》云:"駉駉牡馬。"江南諸本皆作牝牡之牡,河北本悉爲放牧之牧。鄴下博士見難云:"《駉頌》既美僖公牧于坰野之事,何限騲騭乎?"余答曰:"案:《毛傳》云:'駉駉,良馬腹幹肥張也。'其下又云:'諸侯六閑四種,有良馬,戎馬,田馬,駑馬。'若作牧放之意,通於牝牡,則不容限在良馬獨得駉駉之稱。……今以《詩傳》良馬,通於牧騲,恐失毛生之意,且不見劉芳《義證》乎?"②

這是對《魯頌·駉》篇的版本在輾轉傳抄過程中產生的文字錯誤進行勘正。由此可見,據《毛詩》的其他版本以校勘的傳統很早就有。

朱子亦承襲了前人對勘版本以校《詩》的方法,在《詩集傳》中,有五處是據別本來校勘異文的:

(1)《周南·汝墳》:"惄如調飢。"《詩集傳》曰:"調,一作'輖',重也。"③ 説同《集韻》。此校實承自《經典釋文》,敦煌本亦有作"輖"者。林義光《詩經通解》説:"調,毛云:'朝也。'按:朝以形近譌作輖,復譌作調也。朝起未進食時常感飢餓,是爲朝飢。"④ 程燕《詩經異文輯考》認爲輖、調諧聲通假,林義光之説亦可備一説。⑤ 陳奐《詩毛氏傳疏》説:"《釋文》'調,又作輖。'李燾《五音韻

---

① [宋]黎靖德輯,鄭明等校點:《朱子語類》,《朱子全書》(修訂本)第17冊,第3446頁。
② 王利器:《顏氏家訓集解》(增補本),北京:中華書局,1993年,第414—415頁。
③ [宋]朱熹撰,朱傑人校點:《詩集傳》,《朱子全書》(修訂本)第1冊,第409頁。
④ 林義光:《詩經通解》,上海:中西書局,2012年,第12頁。引文對原標點略有改動。
⑤ 程燕:《詩經異文輯考》,合肥:安徽大學出版社,2010年,第20頁。

譜》引《詩》作‘怒如輖飢’。《毛詩》作‘輖’，或作‘調’，其義訓朝，謂即朝之假借字。古人朝食曰饔，夕食曰飧，朝饔少闕是爲朝飢。①“調”字《魯詩》作“朝”，陳奐説較平實。輖，義爲車重，引申爲重。舊説敦煌本亦有作“輖”者，然曾良先生認爲此字作“輖”，訛作輖，此字字書失收，實際上就是“朝”的俗字。②楊凝式《韭花帖》“晝寢乍興，輖飢正甚”，字正作“輖”，曾良先生説是。③朱子此説，實爲欲改毛訓而作。要之，其校是，其訓則誤。

（2）《邶風·北風》：“其虛其邪，既亟只且。”《詩集傳》曰：“邪，一作徐，緩也。”④《爾雅·釋訓》曰：“其虛其徐，威儀容止也。”⑤《鄭箋》曰：“邪，讀如徐。”《經典釋文》曰：“其邪，音餘，又音徐，《爾雅》作徐，下同。”⑥朱子此説，本之於《爾雅》及《經典釋文》，又參合了《鄭箋》之説。《爾雅》所載或許爲早期古本，存録此本中的異文，頗有意義。

（3）《鄭風·山有扶蘇》：“山有橋松，隰有游龍。”《詩集傳》曰：“上竦無枝曰橋，亦作喬。”⑦《經典釋文》：“橋，本亦作喬。毛作橋，其驕反，王云：高也；鄭作槁，苦老反，枯槁也。”⑧袁梅先生《詩經異文彙考辨證》云：“喬松者，高大之松也。‘喬’爲本字，‘橋’爲同聲通假字。”⑨其説是也。《詩集傳》當本《經典釋文》，以校出本字。

（4）《小雅·裳裳者華》：“裳裳者華。”《詩集傳》曰：“裳裳，猶‘堂堂’。董氏云：‘古本作“常”，常棣也。’”⑩朱子此訓本之於《毛傳》，引董逌所云古本之異文，未見《經典釋文》存録，不知此古本爲何本，亦不知何據，待考。裳、堂、常皆從尚得聲，諧聲可通，參《古字通假會典》“常與堂”、“常與裳”條。⑪

（5）《魯頌·閟宮》：“居常與許，復周公之宇。”《詩集傳》：“常，或作‘嘗’，在薛之旁。”⑫此處録《鄭箋》語，不知是《毛詩》之不同版本，還是《三家詩》異文，權列於此。常、嘗二字諧聲通假，典籍習見，參《古字通假會典》“嘗與常”條。⑬

---

① ［清］陳奐：《詩毛氏傳疏》，《續修四庫全書》第 70 册，第 19 頁上。
② 曾良：《俗字及古籍文字通例研究》，南昌：百花洲文藝出版社，2006 年，第 283—284 頁。
③ 參見陳才：《〈詩經〉異文的全面研究——評袁梅先生〈詩經異文彙考辨證〉》，《如切如磋：經學文獻探研録》，第 215 頁。
④ ［宋］朱熹撰，朱傑人校點：《詩集傳》，《朱子全書》（修訂本）第 1 册，第 437 頁。
⑤ ［晋］郭璞注，［宋］邢昺疏，王世偉整理：《爾雅注疏》，上海：上海古籍出版社，2010 年，第 201 頁。
⑥ ［唐］陸德明撰，黄焯彙校：《經典釋文彙校》，北京：中華書局，2006 年，第 136 頁。
⑦ ［宋］朱熹撰，朱傑人校點：《詩集傳》，《朱子全書》（修訂本）第 1 册，第 475 頁。
⑧ ［唐］陸德明撰，黄焯彙校：《經典釋文彙校》，第 148 頁。
⑨ 袁梅：《詩經異文彙考辨證》，濟南：齊魯書社，2013 年，第 132—133 頁。
⑩ ［宋］朱熹撰，朱傑人校點：《詩集傳》，《朱子全書》（修訂本）第 1 册，第 630 頁。
⑪ 高亨纂著，董治安整理：《古字通假會典》，濟南：齊魯書社，1989 年，第 298—299 頁。
⑫ ［宋］朱熹撰，朱傑人校點：《詩集傳》，《朱子全書》（修訂本）第 1 册，第 750 頁。
⑬ 高亨纂著，董治安整理：《古字通假會典》，第 298 頁。

二、據三家《詩》以校勘

《詩經》遭秦火後,漢代傳者主要有四家。齊、魯、韓三家《詩》是今文,《毛詩》是古文,今文和古文在文字上有不少相異之處。三家《詩》傳自西漢,其中存録的異文,是後人探求《詩》義的一個重要手段。因其失傳,朱子曾對其門人李方子説:"李善注《文選》,其中多有《韓詩》章句,嘗欲寫出。'易直子諒',《韓詩》作'慈良'。"(方子。)[1]此爲朱子 1188 年之後所論,可見朱子對三家《詩》重視之程度。《詩集傳》中存録了很多《韓詩》中的異文,還有 1 處《魯詩》的異文和 2 處《齊詩》的異文:

(1)《周南·漢廣》:"南有喬木,不可休息。"《詩集傳》夾注曰:"吴氏曰:《韓詩》作'思'。"下注文先解釋"喬"字,再解釋"思"爲"語辭也,篇内同",後解釋漢水。[2] 可見朱子認定,此處當從《韓詩》作"思"字是。其實,孔穎達《毛詩正義》已經注意到這個問題了,並有所分析,只是"未見如此之本,不敢輒改耳"[3]。朱子之注表明了他實際是將"息"改作"思"的。其所改甚是,可成定讞,故爲清人和今人廣泛認同。思字本寫作"恖",《説文》即以思從囟,與息字隷書字形近易混;思作正字後,恖作爲俗字字形仍然有比較廣泛的使用,而息之俗字可寫作"息",與"恖"字形更近:毛韓用字之異或許與此相關。[4] 孔穎達尊毛,故不敢輕易改動《毛詩》文本;朱子意欲突破《毛詩》,故有改字之意圖。

(2)《唐風·有杕之杜》:"彼君子兮,噬肯適我。"《詩集傳》夾注曰:"《韓詩》作'逝'。"注曰:"噬,發語詞也。"而《魏風·碩鼠》"逝將去汝",《詩集傳》曰:"逝,往也。"[5]這説明,朱子僅是存録《韓詩》此處的異文而已,並没有要用《韓詩》來改動《毛詩》的意圖。

(3)《小雅·雨無正》篇注曰:"元城劉氏曰:'嘗讀《韓詩》,有《雨無極》篇,《序》云"《雨無極》,正大夫刺幽王也。"至其詩之文,則比《毛詩》篇首多"雨無其極,傷我稼穡"八字。'愚按:劉説似有理。然第一、二章本皆十句,今遽增之,則長短不齊,非《詩》之例。"[6]《小雅·雨無正》的篇名向來有疑,朱子亦不能决,故録劉安世説,聊備一説而已,然朱子對此説亦不甚認同。

---

① [宋]黎靖德輯,鄭明等校點:《朱子語類》,《朱子全書》(修訂本)第 17 册,第 2736 頁。
② [宋]朱熹撰,朱傑人校點:《詩集傳》,《朱子全書》(修訂本)第 1 册,第 408—409 頁。
③ [漢]毛亨傳,[漢]鄭玄箋,[唐]孔穎達疏,[唐]陸德明音釋,朱傑人、李慧玲點校:《毛詩注疏》,第 71 頁。
④ 另可參看陳才:《文獻中"息""思"互訛問題瑣談》,《如切如磋:經學文獻探研録》,第 135—146 頁。
⑤ [宋]朱熹撰,朱傑人校點:《詩集傳》,《朱子全書》(修訂本)第 1 册,第 503、503、495 頁。
⑥ [宋]朱熹撰,朱傑人校點:《詩集傳》,《朱子全書》(修訂本)第 1 册,第 596—597 頁。

（4）《小雅·小旻》：“謀夫孔多，是用不集。”《詩集傳》夾注曰：“《韓詩》作‘就’。”①此亦是存録《韓詩》異文。

（5）《小雅·小宛》：“哀我填寡，宜岸宜獄。”《詩集傳》曰：“岸，亦獄也，《韓詩》作‘犴’；鄉亭之繫曰犴，朝廷曰獄。”②朱子是以岸爲犴的假借字。

（6）《小雅·角弓》：“雨雪瀌瀌，見晛曰消。”《詩集傳》夾注曰：“曰，音越，《韓詩》、劉向作‘聿’。下章放此。”③此説本之於《經典釋文》：“曰，音越，下同。《韓詩》作‘聿’，劉向同。”④劉向習《魯詩》，這一處是用《韓詩》和《魯詩》來校《毛詩》。曰，《廣韻》王伐切，爲雲母月部合口三等字；聿，《廣韻》餘律切，爲餘母術部合口三等字。二字通用，典籍習見。從朱子注音來看，他是認同《毛詩》作“曰”的，此注僅是存録《韓詩》和《魯詩》的異文而已。

（7）《小雅·何草不黃》：“何草不玄？ 何人不矜？”《詩集傳》夾注曰：“矜，古頑反。《韓詩》作‘鰥’，叶居陵反。”⑤這也是存録異文。

（8）《大雅·明明》：“大邦有子，俔天之妹。”《詩集傳》曰：“俔，磬也。《韓詩》作‘磬’。《説文》云：‘俔，譬也。’孔氏曰：‘如今俗語譬喻物，曰“磬作”然也。’”⑥這裡朱子録《韓詩》之文，是爲了訓釋詞義。

（9）《周南·兔罝》：“赳赳武夫，公侯好仇。”《詩集傳》曰：“仇，與逑同。康衡引《關雎》亦作‘仇’字。”⑦康衡，即匡衡，習《齊詩》。《關雎》“君子好逑”，《齊詩》有作“仇”者。朱子以此二字當通假，引《齊詩》爲證，其説可從。

（10）《商頌·長發》：“受小共大共，爲下國駿厖。”《詩集傳》曰：“《傳》曰：‘駿，大也。厖，厚也。’董氏曰：‘《齊詩》作“駿駹”，謂馬也。’”⑧此《齊詩》異文不知何據，清儒陳喬樅《三家詩遺説考》説：“《大戴記》師傅與《齊詩》同爲后蒼所授，據《大戴記》所引，則《齊詩》作‘恂蒙’，信而有徵。董氏不見《齊詩》，《讀詩記》無稽之言，謬妄殊甚。”⑨朱子引其説以存録《齊詩》異文而已，然實有失察之嫌。

三、據他書引《詩》以校勘

先秦漢魏時期古書中，常有引《詩》、稱《詩》的現象。這些古書中存録的

---

① ［宋］朱熹撰，朱傑人校點：《詩集傳》，《朱子全書》（修訂本）第 1 册，第 598 頁。
② ［宋］朱熹撰，朱傑人校點：《詩集傳》，《朱子全書》（修訂本）第 1 册，第 601 頁。
③ ［宋］朱熹撰，朱傑人校點：《詩集傳》，《朱子全書》（修訂本）第 1 册，第 641 頁。
④ ［唐］陸德明撰，黃焯彙校：《經典釋文彙校》，第 197 頁。
⑤ ［宋］朱熹撰，朱傑人校點：《詩集傳》，《朱子全書》（修訂本）第 1 册，第 651 頁。
⑥ ［宋］朱熹撰，朱傑人校點：《詩集傳》，《朱子全書》（修訂本）第 1 册，第 659 頁。
⑦ ［宋］朱熹撰，朱傑人校點：《詩集傳》，《朱子全書》（修訂本）第 1 册，第 408 頁。
⑧ ［宋］朱熹撰，朱傑人校點：《詩集傳》，《朱子全書》（修訂本）第 1 册，第 756 頁。
⑨ ［清］陳喬樅：《三家詩遺説考》，《續修四庫全書》第 76 册，第 490 頁下。

《詩經》異文,有助於後人理解《詩》義,頗值得注意。《詩集傳》中,有不少地方以經部書所引《詩》文來校勘,其中有《尚書》、《春秋》及其三傳、"三禮",以及作爲字典辭書的《爾雅》及其衆家注、《説文解字》等等;也有以史部書,如《戰國策》、《漢書》等來校勘《詩》文;也有以子部書,如《荀子》、《孔子家語》等來校勘《詩》文。

1. 據經部書引《詩》文以校勘

朱子特重經部書,故對其間引《詩》所存在的異文多加以存録。這些異文大多數可以説明文字的通假情況,對於理解《詩》義頗有幫助。

(1)《周南·卷耳》:"云何吁矣。"《詩集傳》曰:"吁,憂嘆也。《爾雅注》引此作'盱,張目遠望也',詳見《何人斯》篇。"①此録《爾雅》郭璞《注》中的異文。阮元《校勘記》之説與之同。曾運乾亦認爲:"吁,驚詞也。此'吁'當爲'盱'之同聲假借字。《説文》:'盱,張目也。'"②二家似皆沿襲朱子之説。

(2)《小雅·常棣》:"兄弟鬩于墙,外禦其務。"《詩集傳》夾注曰:"《春秋傳》作'侮',罔甫反。"③下注文曰"然有外侮"云云,顯然,朱子認爲這裡的"務"當從《左傳》作"侮"。若作"務",義不可解,字當爲"侮"之假借字。

(3)《小雅·車攻》:"射夫既同,助我舉柴。"《詩集傳》曰:"柴,《説文》作'挃',謂積禽也。"④《經典釋文》已引《説文》作"挃"。《説文·手部》:"挃,積也。《詩》曰:'助我舉挃。'搣頰旁也。从手,此聲。"⑤《毛傳》:"柴,積也。"《鄭箋》:"雖不中,必助中者,舉積禽也。"此"柴"乃"挃"之假借字。

(4)《小雅·我行其野》:"成不以富,亦祇以異。"《詩集傳》夾注曰:"成,《論語》作'誠'。"⑥《論語·顏淵》引此詩作"誠",《經典釋文》未録此句有異文。《毛詩》未釋,《鄭箋》:"女不以禮爲室家成事,不足以得富也。"是未以成、誠二字通假。而王先謙《詩三家義集疏》則説:"陳奐云:'成,即誠之借字。'《論語》引此以證愛惡之惑,與《詩》義略同。"⑦實則,朱子已謂成、誠通假矣。

(5)《小雅·隰桑》:"心乎愛矣,遐不謂矣!"《詩集傳》曰:"遐,與'何'同。《表記》作'瑕'。鄭氏《注》曰:'瑕之言胡也。'"⑧《詩經》中的"不遐(瑕)"一詞一直困擾著學界,直到現在仍然有爭議。鄭玄的這個説法頗爲學界重視,除

---

① [宋] 朱熹撰,朱傑人校點:《詩集傳》,《朱子全書》(修訂本)第1册,第405頁。
② 曾運乾著,周秉鈞整理:《毛詩説》,長沙:嶽麓書社,1990年,第15頁。
③ [宋] 朱熹撰,朱傑人校點:《詩集傳》,《朱子全書》(修訂本)第1册,第548頁。
④ [宋] 朱熹撰,朱傑人校點:《詩集傳》,《朱子全書》(修訂本)第1册,第570頁。
⑤ [漢] 許慎:《説文解字》,影清陳昌治本,長沙:嶽麓書社,2005年,第254頁上。
⑥ [宋] 朱熹撰,朱傑人校點:《詩集傳》,《朱子全書》(修訂本)第1册,第580頁。
⑦ [清] 王先謙撰,吳格點校:《詩三家義集疏》,中華書局,1987年,第648頁。引文對原標點略有改動。
⑧ [宋] 朱熹撰,朱傑人校點:《詩集傳》,《朱子全書》(修訂本)第1册,第646頁。

朱子外，清儒劉淇《助字辨略》、王引之《經傳釋詞》、馬瑞辰《毛詩傳箋通釋》等皆有大致相近的説法。沈培先生《再談西周金文"叚"表示情態的用法》一文對此一問題作了較爲詳細的回顧，並認爲"'叚'是一個表示'可能性'情態的助動詞"，早期文獻中的"不叚（遐、暇）"、"叚（遐、暇）不"應該這樣去理解。[①] 該文論證詳細，結論頗可信，可參看。而《詩集傳》中對"不遐（瑕）"、"遐不"的解釋還有：

> 《邶風·泉水》：遄臻於衛，不瑕有害。《詩集傳》曰：瑕，何，古音相近，通用。
>
> 《邶風·二子乘舟》：願言思子，不瑕有害。《詩集傳》曰：不瑕，疑詞，義見《泉水》。
>
> 《小雅·南山有臺》：樂只君子，遐不黃耇。《詩集傳》曰：遐、何通。
>
> 《大雅·棫樸》：周王壽考，遐不作人。《詩集傳》曰：遐，與"何"同。
>
> 《大雅·下武》：於萬斯年，不遐有佐。《詩集傳》曰：遐、何通。
>
> 《大雅·抑》：視爾友君子，輯柔爾顏，不遐有愆。《詩集傳》曰：遐、何通。[②]

朱子認爲，這裡的"遐"，《禮記·表記》中有異文作"瑕"，都是"何"的通假字。《毛傳》訓"遐"爲"遠"。上揭沈培先生文雖認爲把"遐"、"瑕"讀爲"胡"或"何"，毛病很明顯，但他也不忘提示我們：

> 無論把"遐不……"的"遐"解釋爲"胡"還是"何"，"遐不……"一類的句子都應該是可以講得通的，遠比解釋爲"遠"要好。[③]

今人可以在前人的學術積累的基礎上來分析這個問題，也有大量的出土文獻來作爲參照。這一點，南宋時期的朱子遠不能比。朱子能從其中看出問題，並對《毛傳》的訓詁加以修正，以提出一種相對合理的解釋，其中所體現出的進步意義，頗值得表出。

（6）《大雅·皇矣》："維此王季，帝度其心，貊其德音。"《詩集傳》曰："貊，

---

① 沈培：《再談西周金文"叚"表示情態的用法》，http：//www.gwz.fudan.edu.cn/SrcShow.asp?Src_ID=1186,2010 - 06 - 16.

② ［宋］朱熹撰，朱傑人校點：《詩集傳》，《朱子全書》（修訂本）第 1 册，第 436、439、560、662、671、697 頁。

③ 沈培：《再談西周金文"叚"表示情態的用法》，http：//www.gwz.fudan.edu.cn/SrcShow.asp?Src_ID=1186,2010 - 06 - 16.

《春秋傳》、《樂記》作'莫',謂其莫然清淨也。"①這裡,朱子顯然是以《毛詩》爲假借字,以《左傳》和《禮記·樂記》所引《詩》文爲正字。

(7)《大雅·文王有聲》:"匪棘其欲,遹追來孝。"《詩集傳》夾注曰:"《禮記》作'猶'。"②從後面的注文"皆非急成己之所欲也"來看,朱子是以《毛詩》爲正字,以《禮記》所引《詩》文爲借字。

(8)《大雅·假樂》:"假樂君子,顯顯令德。"《詩集傳》夾注曰:"《中庸》、《春秋傳》皆作'嘉',今當作'嘉'。"③《詩集傳》又説:"嘉,美也。"《毛傳》:"假,嘉。"是朱子以爲"嘉"爲正字,"假"乃借字。《毛傳》或是以今文釋古文。

(9)《大雅·民勞》:"王欲玉女,是用大諫。"《詩集傳》夾注曰:"諫,《春秋傳》、《荀子書》並作'簡',音簡。"後注文云:"故我用王之意,大諫正於女。"④可見,此處爲存録異文而已。又需特別言明的是,《荀子》爲子部書。

(10—11)《周頌·維天之命》:"假以溢我,我其收之。"《詩集傳》夾注曰:"假,《春秋傳》作'何'。溢,《春秋傳》作'恤'。"後注文又云:"'何'之爲'假',聲之轉也。'恤'之爲'溢',字之訛也。"又串講句義曰:"言文王之神將何以恤我。"⑤《朱子語類》亦載朱子云:"'假以溢我',當從《左氏》作'何以恤我'。'何'、'遐'通轉而爲'假'也。"(方子。)⑥這裡有兩條,皆以《左傳·襄公二十七年》所引《詩》文爲正字。第一條,朱子認爲《左傳》中的"何",與《詩經》中的"假"是通轉關係,可以通假。第二條,則是以"溢"字爲"恤"字的訛字。此句毛、鄭解釋皆頗迂曲難通,故朱子有此説。清人段玉裁《説文解字注》、胡承珙《毛詩後箋》等皆有説,實乃延朱子之説,更進一步而已。如胡承珙認爲:

> 假,《左傳》襄二十七作"何",《説文》作"諛"。溢,《左傳》作"恤",《説文》作"謐"。引見《廣韻》。諛,《説文》訓"嘉善也",與毛合。蓋"諛"者,正字。"假"者,借字。"何"則聲之誤也。《爾雅》"溢"、"慎"、"謐"皆訓"靜","溢"又訓"慎";《尚書》"維刑之恤",今文作"謐",是"溢"、"謐"、"恤"古字通。《説文》引《詩》"謐"爲正字,"恤"、"溢"皆借字也。至毛公訓"溢"爲"慎"者,謂以嘉美之道戒慎我子孫,《詩》言及子孫多云"戒慎"。《螽斯》"宜爾子孫,繩繩兮"《傳》:"繩繩,戒慎也。"《抑》"子孫繩繩"《箋》云:"戒也。"

---

① [宋] 朱熹撰,朱傑人校點:《詩集傳》,《朱子全書》(修訂本)第 1 册,第 667 頁。
② [宋] 朱熹撰,朱傑人校點:《詩集傳》,《朱子全書》(修訂本)第 1 册,第 672 頁。
③ [宋] 朱熹撰,朱傑人校點:《詩集傳》,《朱子全書》(修訂本)第 1 册,第 683 頁。
④ [宋] 朱熹撰,朱傑人校點:《詩集傳》,《朱子全書》(修訂本)第 1 册,第 690 頁。
⑤ [宋] 朱熹撰,朱傑人校點:《詩集傳》,《朱子全書》(修訂本)第 1 册,第 723 頁。
⑥ [宋] 黎靖德輯,鄭明等校點:《朱子語類》,《朱子全書》(修訂本)第 17 册,第 2821 頁。引文對原標點略有改動。

子孫因而收聚之，以制爲法度，正所以繩其祖武也。兩句文義亦未始非上下相承耳。《鄭箋》近於望文生義。《釋文》謂王肅及崔申毛，又以"慎"爲"順"。然《爾雅》"溢"訓"慎"，不訓"順"，王、崔所據《毛詩》殆字之誤歟？①

胡承珙指出《鄭箋》之誤，但頗信《毛傳》。此乃與胡氏治學過於尊毛之局限有關，實則，毛訓不如朱子之訓平實。

（12）《商頌·烈祖》："鬷假無言，時靡有爭。"《詩集傳》夾注曰："鬷，《中庸》作'奏'，今從之。"後注文云："鬷，《中庸》作'奏'，正與上篇義同。蓋古聲'奏'、'族'相近，族聲轉平而爲鬷耳。"②《禮記·中庸》引《詩》作"奏"。奏，上古精母侯部字；鬷，上古精母東部字。侯、東陰陽對轉，故二字可通。朱子從音韻的角度考慮二字通假，是正確的，但是於中間夾一入聲的屋部字，則略嫌迂曲。蓋宋人於古音認識不足，只能根據《廣韻》韻部來分析，故有此説。清儒如陳奐、王先謙等皆以鬷、奏雙聲通假，未慮及韻部上的對轉關係，亦有失。

（13）《商頌·玄鳥》："景員維河，殷受命咸宜，百禄是何。"《詩集傳》："何，任也，《春秋傳》作'荷'。"③任，即擔，負擔。此朱子以《左傳》"荷"爲正字，《毛詩》爲借字，是也。

2. 據史部書引《詩》文以校勘

《詩集傳》所據以校勘的史部書是《戰國策》和《漢書》。《戰國策》爲劉向編定，劉向習《魯詩》，而班家世習《齊詩》，朱子大概是因此才存録其異文的。

（1—2）《小雅·菀柳》一章："上帝甚蹈，無自暱焉。"《詩集傳》夾注曰："上帝甚蹈，《戰國策》作'上天甚神'。"後注文云："上帝，指王也。蹈，當作'神'，言威靈可畏也。"又，本詩二章："上帝甚蹈，無自瘵焉。"《詩集傳》夾注曰："蹈，同上。焉，《戰國策》作'也'。"④從這裡可以看出，朱子認爲此句當作"上帝甚神"，這樣的話，這句話的意思才順暢。這兩處其實也可以看作是《魯詩》異文。不過，其實不必據之以改動《詩》文，胡承珙《毛詩後箋》於此有論，而陳奐《詩毛氏傳疏》論之更詳：

　　《荀子·賦篇》不引《詩》，而《楚策》載《荀子·賦》其下亦引《詩》曰"上天甚神，無自瘵也。"王念孫《讀書襍誌》云："《外傳》每章之末必引

① ［清］胡承珙撰，郭全芝校點：《毛詩後箋》，合肥：黃山書社，1999年，第1501頁。
② ［宋］朱熹撰，朱傑人校點：《詩集傳》，《朱子全書》（修訂本）第1册，第753頁。
③ ［宋］朱熹撰，朱傑人校點：《詩集傳》，《朱子全書》（修訂本）第1册，第754頁。
④ ［宋］朱熹撰，朱傑人校點：《詩集傳》，《朱子全書》（修訂本）第1册，第641、642頁。

《詩》爲證,若《戰國策》則無此例也,後人取《外傳》附益之耳。引《詩》'上帝'作'上天',因與上文'嗚呼上天'相涉而誤。'神'者,'蹈'之壞字。'瘵焉'作'瘵也',亦是傳寫之誤。"案:王説是也。高誘注《楚策》已從誤本。《詩考》入"異字異義"條下。①

陳奐引王念孫説,指出《戰國策》有誤,並揭明其致誤原因,因而可知,朱子此校非是。

(3)《大雅·大明》:"涼彼武王,肆伐大商,會朝清明。"《詩集傳》:"涼,《漢書》作'亮',佐助也。"②此爲《漢書·王莽傳》所引。《詩集傳》訓爲"佐助",本之於《毛傳》。《經典釋文》曰:"涼,本亦作諒,同力尚反,佐也;《韓詩》作亮,云:'相也。'"③相,亦有佐義。涼、亮通假,典籍習見,參見《古字通假會典》"亮與涼"條。④ 陳奐《詩毛氏傳疏》的觀點實與朱子同:

> 涼,讀爲亮,假借字也。《漢書·王莽傳》引《詩》正作"亮"。《韓詩》作"亮",云:"亮,相也。"《爾雅》云:"亮,右也。"又云:"左右,亮也。"《傳》以"涼"釋"佐",古祇作"左",《六書故》"涼"、"亮"下皆引《傳》作"左";左,猶左右也。"涼彼武王",與《長發》"實左右商王"句同。⑤

清儒每不喜引宋人説,即使與宋人意見相同,也有不少學者不願提及那是宋人的説法,這在偏喜《毛詩》的陳奐身上體現得非常明顯。《韓詩》作"亮",班固習《齊詩》,蓋《齊詩》亦作"亮"。

(4)《商頌·長發》:"如火烈烈,則莫我敢曷。"《詩集傳》夾注曰:"《漢書》作'遏',阿葛反,叶阿竭反。"其後注文云:"曷、遏通。或曰:'曷,誰何也。'"⑥"莫我敢曷",即莫敢曷我。《毛傳》訓曷爲害,《鄭箋》從之,其實於義未安。朱子以曷通遏,則於義順暢,《王力古漢語字典》即從朱子此訓。⑦《荀子·議兵篇》、《漢書·刑法志》引本詩皆作"遏"。遏,從曷得聲,故可與曷通假。這其實也可以看作是《齊詩》異文。呂祖謙《呂氏家塾讀詩記》引王氏曰:"曷者,誰何之謂也。"⑧故此"或曰"當指王安石《詩經新義》説。古書曷之訓

---

① [清]陳奐:《詩毛氏傳疏》,《續修四庫全書》第70册,第298頁下。
② [宋]朱熹撰,朱傑人校點:《詩集傳》,《朱子全書》(修訂本)第1册,第657頁。
③ [唐]陸德明撰,黃焯彙校:《經典釋文彙校》,第204頁。
④ 高亨纂著,董治安整理:《古字通假會典》,第295頁。
⑤ [清]陳奐:《詩毛氏傳疏》,《續修四庫全書》第70册,第315頁下。
⑥ [宋]朱熹撰,朱傑人校點:《詩集傳》,《朱子全書》(修訂本)第1册,第756頁。
⑦ 王力主編:《王力古漢語字典》,北京:中華書局,2000年,第448頁。
⑧ [宋]呂祖謙:《呂氏家塾讀詩記》卷三十二,宋淳熙九年江西漕臺本,第13頁。

誰何，較爲常見，但此訓在本句於義不通，朱子存此以備一説亦可不必。

3. 據子部書引《詩》文以校勘

除了前文提及的《大雅·民勞》"王欲玉女，是用大諫"據《左傳》和《荀子》來校勘外，《詩集傳》中還有以《荀子》和《孔子家語》引《詩》文以校勘各一處：

（1）《小雅·角弓》："莫肯下遺，是居婁驕。"《詩集傳》夾注曰："婁，力住反，《荀子》作'屢'。"①《毛傳》："婁，數也。"《鄭箋》："婁，斂也。"《經典釋文》曰："王云：力住反，數也。徐云：鄭玄音樓，斂也。《爾雅》云：'哀、鳩、樓，聚也。'沈力俱反。"②此朱子注音從王肅，義則從《毛傳》而非《鄭箋》。此處《鄭箋》改毛説，當並不如毛説恰切。朱子録《荀子》異文，以點明二字通假。又據皮錫瑞《經學歷史》，《經典釋文叙録》認爲《毛詩》乃荀子所傳，《漢書·楚元王交傳》説《魯詩》乃荀子所傳，《韓詩》亦與《荀子》合，③朱子録《荀子》異文，大概也是慮及荀子傳《詩》的學術史意義。

（2）《小雅·四月》："亂離瘼矣，爰其適歸。"《詩集傳》夾注："爰，《家語》作'奚'。"後注文云："奚，何。"又串講句義云："亂離瘼矣，則我將何所適歸乎哉！"④此處很明顯，朱子是據《孔子家語·辯政》所引《詩》文以改《毛詩》文本。這裡的"爰"，一般認爲當訓作"焉"，或認爲是"於焉"的合音，其實就有"何"的意思，不必改作"奚"。《孔子家語》後出，或是據義以改《毛詩》之字，故不得據其以校《毛詩》文本。

不過，朱子對《孔子家語》的態度頗值得我們注意。《朱子語類》載朱子説："《家語》雖記得不純，却是當時書。"（道夫。）又説："《家語》只是王肅編古録雜記。其書雖多疵，然非肅所作。"⑤在《朱子語類》中，還記有朱子據《孔子家語》以改《左傳》中一處文字的例子：

> 小年更讀《左傳》"形民之力，而無醉飽之心"，意欲解釋"形"字是割剥之意，"醉飽"是厭足之意，蓋以爲割剥民力而無厭足之心。後來見注解皆以"形"字訓"象"字，意云象民之力而無已甚。某甚覺不然，但被"形"字無理會，不敢改他底。近看《貞觀政要》有引用處，皆作"刑民"，又看《家語》亦作"刑民"字，方知舊來看得是。此是祭公箴穆王之語，須如某説，其語方切。（礪。）⑥

---

① 〔宋〕朱熹撰，朱傑人校點：《詩集傳》，《朱子全書》（修訂本）第 1 册，第 641 頁。
② 〔唐〕陸德明撰，黃焯彙校：《經典釋文彙校》，第 197 頁。
③ 皮錫瑞著，周予同注釋：《經學歷史》（新 1 版），第 29 頁。
④ 〔宋〕朱熹撰，朱傑人校點：《詩集傳》，《朱子全書》（修訂本）第 1 册，第 615 頁。
⑤ 〔宋〕黎靖德輯，鄭明等校點：《朱子語類》，《朱子全書》（修訂本）第 18 册，第 4233 頁。
⑥ 〔宋〕黎靖德輯，鄭明等校點：《朱子語類》，《朱子全書》（修訂本）第 16 册，第 2342—2343 頁。

這是用《孔子家語》改《左傳》中的"形民"爲"刑民",《朱子語類》在另外一處對此也有記載,而且還提及據《孔子家語》以改《禮記》中的一處誤字:

> "形民之力,而無醉飽之心",《左傳》作"形"字解者,胡説。今《家語》作"刑民",注云"傷也",極分曉。蓋言傷民之力以爲養,而無饜足之心也。又如《禮記》中説"耆慾將至,有開必先",《家語》作"有物將至,其兆必先"爲是。蓋"有"字似"耆"字,"物"字似"慾"字,"其"字似"有"字,"兆"字篆文似"開"字之"門",必誤無疑。今欲作"有開"解,亦可,但無意思爾。王肅所引證,也有好處。後漢鄭玄與王肅之學互相詆訾,王肅固多非是,然亦有考援得好處。(個。)①

《漢書·藝文志》載《孔子家語》二十七卷,顔師古注已認爲"非今所有《家語》",故此後一直有人認爲其乃僞書。但是朱子通過對文義的分析,認爲《孔子家語》中的文字更加恰當,故據以改動"五經"中的文字,並在此基礎上認定其並非王肅所作的僞書。楊明朝先生認爲《家語》非爲僞書,並舉出土文獻以證明,②而王承略先生、鄔可晶先生等認爲是僞書,③林保全先生則對僞書説成因加以考察。④ 其實,諸家對"僞書"這一概念的理解不同亦是導致其結論不同的一個重要因素,不過他們也都承認其中有部分材料是有更早的來源的,這也確實有傳世文獻和出土文獻的雙重證據。由此,我們可以認爲朱子的這個見解是正確的。

四、據他書異文以校勘

《詩集傳》中録《尚書》異文五條、《左傳》異文兩條、《儀禮》異文一條、《周禮》異文一條、《禮記》異文一條、《大學》異文一條,以及未明確點明出處的異文四條,除去重合的條目,共計13條:

(1)《鄘風·桑中》:"爰采唐矣,沬之鄉矣。"《詩集傳》曰:"沬,衛邑也,《書》所謂'妹邦'者也。"⑤朱子引《尚書》,其實是爲了説明二字的通假關係,

---

① [宋]黎靖德輯,鄭明等校點:《朱子語類》,《朱子全書》(修訂本)第17册,第2864頁。
② 楊朝明:《代前言:〈孔子家語〉的成書與可靠性研究》,楊朝明、宋立林主編:《孔子家語通解》,濟南:齊魯書社,2009年,第1—43頁。
③ 參見王承略:《論〈孔子家語〉的真僞及其文獻價值》,《煙臺師範學院學報(哲學社會科學版)》,2001年第3期,第14—18頁。鄔可晶:《〈孔子家語〉成書考》,上海:中西書局,2015年。
④ 林保全:《宋以前〈孔子家語〉流傳考述》,臺北:花木蘭文化出版社,2009年。
⑤ [宋]朱熹撰,朱傑人校點:《詩集傳》,《朱子全書》(修訂本)第1册,第444頁。

沬、妹皆從未得聲,諧聲通假。

(2)《鄘風·桑中》:"云誰之思,美孟弋矣。"《詩集傳》曰:"弋,《春秋》或作'姒',蓋杞女,夏后氏之後,亦貴族也。"①《春秋》和《左傳》中的"定姒",《公羊傳》、《穀梁傳》皆作"定弋"。弋爲餘母職部字,姒爲邪母之部字,之、職陰入通轉,故二字可得通假。清儒胡承珙《毛詩後箋》於此有申論,馬瑞辰《毛詩傳箋通釋》亦從朱子此説。

(3)《王風·揚之水》:"彼其之子,不與我戍甫。"《詩集傳》曰:"甫,即呂也,亦姜姓。《書》'呂刑',《禮記》作'甫刑'。而孔氏以爲'呂侯',後爲'甫侯',是也。"②呂、甫二字,先秦通用,呂爲來母魚部字,甫爲幫母魚部字,幫組字和來母字通假的情況先秦典籍習見,故二字可通假。朱子舉出文獻例證來説明二字通假,甚是。

(4)《鄭風·大叔于田》:"抑釋掤忌,抑鬯弓忌。"《詩集傳》曰:"掤,矢箙蓋。《春秋傳》作'冰'。"③此爲存録《左傳》之異文。《左傳·昭公二十五年》:"公徒釋甲執冰而踞。"又,昭公二十七年《傳》:"豈其伐人而説甲執冰以游?"此"冰"當與《詩經》之"掤"同義。

(5)《魏風·伐檀》:"河水清且漣猗。"《詩集傳》曰:"猗,與兮同,語詞也。《書》'斷斷猗',《大學》作'兮',《莊子》亦云'而我猶爲人猗',是也。"④此處《漢石經》亦作"兮"。猗、兮音近可通,參《古字通假會典》"兮與猗"條。⑤ 朱子舉出先秦典籍中二字通用的例證,以揭明其通假,甚是。

(6)《秦風·小戎》:"交韔二弓,竹閉緄滕。"《詩集傳》曰:"閉,弓檠也,《儀禮》作'柲'。"⑥此實朱子誤記。《儀禮·既夕禮》"有柲"鄭玄注引《詩》"竹柲緄滕";柲乃《周禮·考工記·弓人》"終絀"鄭玄注所引《詩》文。馬瑞辰《毛詩傳箋通釋》説:"《詩》作閉者,音同假借。鄭注《周禮》引《詩》作柲,注《儀禮》引《詩》作柲,皆就文易字,其實一也。《正義》謂閉一名柲,誤矣。"⑦其實,朱子早已看出"閉"爲"柲"的假借字。

(7)《曹風·鳲鳩》:"其帶伊絲,其弁伊騏。"《詩集傳》曰:"騏,馬青黑色者。弁之色亦如此也。《書》云'人騏弁',今作'綦'。"⑧此乃《尚書·顧命》之文:"四人綦弁,執戈、上刃,夾兩階阺。"宋時《尚書》已作"綦",朱子認爲此字

① ［宋］朱熹撰,朱傑人校點:《詩集傳》,《朱子全書》(修訂本)第1册,第444頁。
② ［宋］朱熹撰,朱傑人校點:《詩集傳》,《朱子全書》(修訂本)第1册,第464頁。
③ ［宋］朱熹撰,朱傑人校點:《詩集傳》,《朱子全書》(修訂本)第1册,第471頁。
④ ［宋］朱熹撰,朱傑人校點:《詩集傳》,《朱子全書》(修訂本)第1册,第494頁。
⑤ 高亨纂著,董治安整理:《古字通假會典》,第451頁。
⑥ ［宋］朱熹撰,朱傑人校點:《詩集傳》,《朱子全書》(修訂本)第1册,第509頁。
⑦ ［清］馬瑞辰撰,陳金生點校:《毛詩傳箋通釋》,北京:中華書局,1989年,第382頁。
⑧ ［宋］朱熹撰,朱傑人校點:《詩集傳》,《朱子全書》(修訂本)第1册,第526—527頁。

原當作"騏";《經典釋文》載馬融本正作"騏"。此録其異文,説明這裡的"騏"不當按其本義解,當引申指青黑色。《詩經·鄭風·出其東門》"縞衣綦巾",《詩集傳》:"綦,蒼艾色。"但"綦"字不見《説文》,故不必據以改字。

(8)《小雅·角弓》:"如蠻如髦,我是用憂。"《詩集傳》:"髦,夷髦也,《書》作'髳'。"①此乃《尚書·牧誓》之文:"及庸、蜀、羌、髳、微、盧、彭、濮人。"這裡的"髳",即茅戎。很明顯,《詩經》中的"髦",與之義同。《經典釋文》:"髦,舊音毛,尋毛、鄭之意,當與《尚書》同音莫侯反。"②朱子録《尚書·牧誓》中的異文,當與這兩點皆有關。

(9)《大雅·公劉》:"止旅迺密,芮鞫之即。"《詩集傳》曰:"芮,水名,出吳山西北,東入涇。《周禮·職方》作'汭'。"③《毛傳》:"芮,水厓也。"《經典釋文》:"芮,本又作'汭'。"④《周禮·職方氏》"其川涇汭",鄭玄《注》引《詩·大雅·公劉》作"汭圯之即"。⑤ 從朱子之訓來看,朱子是以《毛詩》爲借字,《周禮》爲正字。其説可從。

(10)《大雅·韓奕》:"鞹鞃淺幭,鞗革金厄。"《詩集傳》曰:"幭,覆式也,字一作幦,又作幎。"⑥《詩集傳》中有用"一作"這個術語來校版本異同的,而此處"字一作"則是校異文。幭,是車軾上的覆蓋物,字可寫作"幦",如《禮記·玉藻》:"君羔幦虎犆。大夫齊車鹿幦豹犆,朝車。士齊車,鹿幦豹犆。"孔穎達《禮記正義》曰:"幭即幦也。又《周禮·巾車》作'禭',但古字耳,三者同也。"⑦禭,即幎。王念孫《讀書雜志》亦曰:"《吕氏春秋·知化篇》:'夫差乃爲幎以冒面而死。'事與此相類。幎,即幭字。"⑧由此可知,此三字典籍通用。

(11—12)《大雅·桑柔》:"不殄心憂,倉兄填兮!"《詩集傳》夾注曰:"填,舊説古'塵'字。"其後注云:"填,未詳。舊説與'塵'、'陳'同,蓋言久也。或疑與'瘨'字同,爲病之義,但《召旻》篇内二字並出,又恐未然。"⑨《毛傳》:"填,久也。"《經典釋文》:"填,音塵,久也。"⑩《毛詩正義》申之曰:"《釋言》云:'烝,塵也。'孫炎曰:'烝,物久之塵。'則塵爲久義。古者'塵'、'填'字同,故'填'得爲久。"⑪

① 〔宋〕朱熹撰,朱傑人校點:《詩集傳》,《朱子全書》(修訂本)第1册,第641頁。
② 〔唐〕陸德明撰,黄焯彙校:《經典釋文彙校》,第197頁。
③ 〔宋〕朱熹撰,朱傑人校點:《詩集傳》,《朱子全書》(修訂本)第1册,第686頁。
④ 〔唐〕陸德明撰,黄焯彙校:《經典釋文彙校》,第213頁。
⑤ 〔漢〕鄭玄注,〔唐〕賈公彦疏,彭林整理:《周禮注疏》,第1276頁。
⑥ 〔宋〕朱熹撰,朱傑人校點:《詩集傳》,《朱子全書》(修訂本)第1册,第711頁。
⑦ 〔漢〕鄭玄注,〔唐〕孔穎達正義,吕友仁整理:《禮記正義》,上海:上海古籍出版社,2008年,第1188頁。
⑧ 〔清〕王念孫:《讀書雜志》,江蘇古籍出版社,2000年,第460頁下。
⑨ 〔宋〕朱熹撰,朱傑人校點:《詩集傳》,《朱子全書》(修訂本)第1册,第699頁。
⑩ 〔唐〕陸德明撰,黄焯彙校:《經典釋文彙校》,第218頁。
⑪ 〔漢〕毛亨傳,〔漢〕鄭玄箋,〔唐〕孔穎達疏,〔唐〕陸德明音釋,朱傑人、李慧玲點校:《毛詩注疏》,第1723—1724頁。

此"舊説"當指《孔疏》之説。填、塵上古皆定母真部字,音同,但未必填就是"塵"的古字。朱子不信此説,以其義未詳,又提出一種新説,懷疑填乃瑱的通假字。清儒沈炳震《九經辨字瀆蒙》認爲此乃朱子本人之説。朱子自己也意識到這個懷疑並不可靠,只是存疑而已。

又,《大雅·瞻卬》:"孔填不寧,降此大厲。"《詩集傳》夾注曰:"填,舊説古'塵'字。"下注又云:"填,久。"①此訓從《毛傳》,説見上文。

(13)《周頌·有瞽》:"應田縣鼓,鞉磬柷圉。"《詩集傳》曰:"圉,亦作敔,狀如伏虎,背上有二十七鉏鋙,刻以木,長尺櫟之,以止樂者也。"②《經典釋文》並未録異本,而此亦當是校異文。《禮記·樂記》"然後聖人作爲鞉、鼓、椌、楬、塤、篪",鄭玄《注》曰:"椌、楬,謂柷、敔也。"《經典釋文》曰:"圉,本又作'敔'。"③指樂器時,後世一般以"敔"爲正字,而《毛詩》中的"圉"則是其異文。

五、餘　論

從上文的分析可知,《詩集傳》據以校勘《毛詩》異文的書,雖涉及經、史、子三部,不過,都與《詩經》或多或少地存在著一定的聯繫,這與朱子兼收併蓄、遍採群言,加以熔鑄綜合以成新篇的治《詩》理念相一致,亦鮮明地反映出朱子的治《詩》旨趣。朱子對這些異文的校勘,一方面是旨在揭明文字之間的通假關係,以幫助理解詞義;另一方面,是希冀從漢代的《毛詩》傳本恢復到先秦時期《詩經》"古本"的形態。不過,宋人僞稱"古本"的現象比較常見,其中有些或許只是六朝至五代時期的本子,其對宋代的《詩經》刻本雖有一定校勘價值,但畢竟不是先秦古本,而且輾轉傳抄中,自身亦難免有訛字,故對這些本子中的異文需要慎重。有時候,朱子於此失察,忽視了相關文獻證據,誤從宋人所謂的"古本",導致所作的校勘中,存在一些錯誤。

第二節　勘正《毛詩》文本錯訛

所謂勘正文本錯訛,也就是對典籍中文字訛、脱、衍、倒等現象的校勘與改正。《毛詩》在輾轉傳抄過程中,難免會出現一些文字上的訛、脱、衍、倒現象。只有對這些錯訛之處加以勘正,保證經文本身的準確性,才能保證解

---

① ［宋］朱熹撰,朱傑人校點:《詩集傳》,《朱子全書》(修訂本)第1册,第716頁。
② ［宋］朱熹撰,朱傑人校點:《詩集傳》,《朱子全書》(修訂本)第1册,第731頁。
③ ［漢］鄭玄注,［唐］孔穎達正義,呂友仁整理:《禮記正義》,第1535頁。

《詩》的科學性和有效性。勘正《毛詩》文本錯訛的做法，就現存文獻情況來看，最早可以上溯到東漢末年的鄭玄。鄭玄爲《毛傳》作箋，常勘正《毛詩》文本中的訛字，以爲字當作某。《毛詩》文本流傳，經過漫長是寫本時代，再至南宋時期，其間訛變已有不少。朱子在《詩集傳》中，對《毛詩》文本中的錯訛有所校勘。

本節所論，並非朱子在臨漳刊刻《詩經》時對其文字錯訛的校勘，而是他在治《詩》過程中，對《毛詩》中不符合《詩經》"古本"的文字錯訛所進行的校勘。朱子所作的校勘，主要表現在勘正訛文、勘正脫文和勘正衍文三方面，共計 20 條，其中，《詩集傳》中有 19 條，《朱子語類》載有朱子校《毛詩》脫文 1 條。古人治學，主要途徑就是訓詁與校勘，朱子亦不例外。這些校勘是朱子詩經學成就的一個重要組成部分，而其中所顯示出的學術意義，亦頗值得詩經學者關注。

一、對《毛詩》訛文的校勘

朱子認爲，《毛詩》文本中有訛文 16 處。

（1）《鄭風·溱洧》："維士與女，伊其將謔，贈之以勺藥。"《詩集傳》曰："將，當作'相'，聲之誤也。"[1]本詩一章作"維士與女，伊其相謔，贈之以勺藥。"且之前的"女曰觀乎？士曰既且。且往觀乎，洧之外，洵訏且樂。"兩章均同，並無改字。《詩經》有重章疊句的用語習慣，而且"將謔"句義晦澀難明，故此處的"將"當與一章同，作"相"爲是。將，上古、中古均爲精母陽部字；相，上古、中古均爲心母陽部字。故朱子認爲其致誤的原因是聲誤。此校雖無版本上的根據，但是符合語言習慣和《詩經》用語習慣。高亨先生《詩經今注》亦同意此説，但認爲是"傳寫致誤"[2]。要之，朱子所校的結論可從。

（2）《陳風·墓門》："訊予不顧，顛倒思予。"《詩集傳》曰："或曰：'訊予'之'予'，疑當依前章作'而'字。"[3]前章曰："夫也不良，國人知之。知而不已，誰昔然矣。"本章前句曰："夫也不良，歌以訊之。"二章第二、第四句句式有異，且又無版本證據，故不必據前章以執後章，輕易作出改動。此"或曰"尚不知是誰人所説，但此校非是，《詩集傳》大可不必引此説。

（3—4）《陳風·月出》："舒夭紹兮，勞心慘兮。"《詩集傳》夾注曰："慘，當作'懆'，七吊反。"後注云："慘，憂也。"[4]又，《大雅·抑》："視爾夢夢，我心慘

---

① ［宋］朱熹撰，朱傑人校點：《詩集傳》，《朱子全書》（修訂版）第 1 册，第 481 頁。
② 高亨：《詩經今注》，北京：清華大學出版社，2012 年，第 80 頁。
③ ［宋］朱熹撰，朱傑人校點：《詩集傳》，《朱子全書》（修訂版）第 1 册，第 519 頁。
④ ［宋］朱熹撰，朱傑人校點：《詩集傳》，《朱子全書》（修訂版）第 1 册，第 520 頁。

慘。"《詩集傳》夾注曰："慘,當作'懆',七到反,叶七各反。"後注云："慘慘,憂貌。"①《經典釋文》於此二處皆未録異文,且皆注"七感反",正是"慘"字之音。然朱子此校甚是。慘、懆乃俗寫形近,今敦煌文字可證,故當由此致誤,清儒如戴震、段玉裁諸輩於此皆有説,足可爲之證。現録胡承珙《毛詩後箋》之説於下:

> 承珙案:《隸書》偏旁"參"或作"㔮",與"喿"相似,易溷,故六朝人往往互書致舛。如《説文》"操"、"撍"本有二字,由後人以"參"、"喿"不分而脱其一。説見《鄭風》。但《詩》以韻爲辨,故惟《北山》之"慘慘劬勞"、"慘慘畏咎"可作七感反耳。毛晃、陳第以後遞加辨正,足救陸氏之失。然《五經文字》云:"懆,千到反,見《詩·風》。"是陸氏以後本尚有作"懆"不誤者。②

這一説法也廣爲後人認可。朱子以《陳風·月出》篇二章句句入韻,而照、燎、紹、懆,中古皆屬效攝,可通押;若作"慘"字,則韻不協矣。《大雅·抑》篇昭、樂、懆、藐、教、虐、耄宵藥合韻,中古分屬效、宕二攝;朱子以此章當押宕攝的入聲韻。而若作"慘",則是咸攝,屬陽聲韻。朱子大概是以爲咸攝的陽聲韻,並不能叶宕攝的入聲韻,故有此改動。能結合音韻來校勘《詩》文,這在方法論上,亦頗值得稱道。

(5)《小雅·四牡》:"翩翩者鵻,載飛載下,集于苞栩。"《詩集傳》夾注曰:"鵻,當作'隹',朱惟反。"③《經典釋文》曰:"鵻,音隹,夫不也。本又作隹。"④《説文》引"鵻"字之或體,正從隹、一。袁梅先生説:"《左傳·昭公十九年〉正義》引《詩》作隹。《説文繫傳》引《詩》同。"⑤《爾雅·釋鳥》此鳥名"隹其",《經典釋文·爾雅音義》曰:"隹,如字;旁或加鳥,非也。"⑥蓋此字古字本作"隹",如《説文》之或體,後因俗字類化而成"鵻"字,以爲其字之今字。朱子校勘《毛詩》,本意就是爲了恢復"古本"原貌,故有此説。此校可從。

(6—7)《小雅·常棣》:"每有良朋,況也永嘆。"《詩集傳》曰:"況,發語詞,或曰當作'怳'。"⑦又,《小雅·出車》:"憂心悄悄,僕夫況瘁。"《詩集傳》:

① ［宋］朱熹撰,朱傑人校點:《詩集傳》,《朱子全書》(修訂版)第 1 册,第 698 頁。
② ［清］胡承珙撰,郭全芝校點:《毛詩後箋》,第 629 頁。
③ ［宋］朱熹撰,朱傑人校點:《詩集傳》,《朱子全書》(修訂版)第 1 册,第 545 頁。
④ ［唐］陸德明撰,黄焯彙校:《經典釋文彙校》,第 169 頁。
⑤ 袁梅:《詩經異文彙考辨證》,第 314 頁。
⑥ ［唐］陸德明撰,黄焯彙校:《經典釋文彙校》,第 931 頁。
⑦ ［宋］朱熹撰,朱傑人校點:《詩集傳》,《朱子全書》(修訂版)第 1 册,第 548 頁。

"況,兹也,或云當作'怳'。"①此亦不知引誰人之説。前一"況"字,《毛傳》訓兹;後一"況"字,《鄭箋》訓兹。《説文》:"兹,草木多益也。"蓋即"滋"之古字。若作"怳"字,《説文》訓作"狂之貌",則這兩處句義不通,顯然不合適。段玉裁《説文解字注》認爲:"凡此等,《毛詩》本皆作兄,俗人乃改作從水之況,又訛作況。"②陳奂則以認爲:"兄、況古今字;古作兄,今通作況。"③朱子録此或人之説,大可不必。

(8)《小雅·斯干》:"兄及弟矣,式相好矣,無相猶矣。"《詩集傳》曰:"猶,謀也。……或曰:'猶',當作'尤'。"④此"或曰"不知所指何人。朱子前已釋猶爲謀,串講句義後,又引此説,蓋以此以備一説。不過,此處若作"尤"解,句義難通。此校非是,蓋此"或曰"亦是宋儒所僞稱古本之説。

(9)《小雅·無將大車》:"無思百憂,祇自疧兮。"疧,《詩集傳》夾注曰:"劉氏曰:'當作痕。'與瘠同,眉貧反。"⑤此乃引劉敞《公是七經小傳》説,然此説並無實據。一般認爲,唐人避李世民諱,從"民"的字多有改成"氏"者,如"昏"本當作"昏"。不過,段玉裁否定了這個説法。《説文解字注》"昏"字條云:"字從氏省爲會意,絶非從民聲爲形聲也。蓋隸書淆亂,乃有從民作昏者,俗皆遵用。唐人作《五經文字》,乃云:'緣廟諱偏傍,準式省從氏,凡泯昏之類皆從氏。'以昏類泯,其亦愼矣。"⑥此"疧"字與上句"塵"字押韻,爲真支合韻,不必拘於此字與塵同以真部爲韻。馬瑞辰説:

> 瑞辰按:疧,《唐石經》作疧,《廣韻》以疧爲胝之重文。《爾雅》:"疧,病也。"《説文》:"疧,病不翅也。從疒,氏聲。"皆有疧無疧,從《唐石經》作疧爲是。《釋文》讀丁禮反,失之。古音脂與真互轉,支、真亦互轉,疧當讀如疹,故與塵韻,猶《説文》"趁讀如塵"也。《三家詩》蓋有作疹者,張平子《思玄賦》"思百憂以自疹",正用此詩。疧讀爲疹,又假借作祇。《何人斯》毛《傳》:"祇,病也。"祇即疧之假借。猶《曲禮》"畛于鬼神",鄭《注》:"畛或爲祇"。《盤庚》"爾謂朕曷震動萬民以遷",蔡邕《石經》震作祇,祇從氏,古氏亦氏聲也。又讀與《皋陶謨》"日嚴祇敬六德",《無逸》"治民祇懼",《史記》皆作振同,振亦疹也。(《禮記》"振絺綌",即《論語》"袗絺綌"。)劉敞《七經小傳》及劉彝均謂疧當作痕,顧亭林、江愼修皆謂即"多

① [宋]朱熹撰,朱傑人校點:《詩集傳》,《朱子全書》(修訂版)第1册,第554頁。
② [清]段玉裁撰,許惟賢點校:《説文解字注》,南京:鳳凰出版社,2007年,第710頁。
③ [清]陳奂:《詩毛氏傳疏》《續修四庫全書》第70册,第194頁下。
④ [宋]朱熹撰,朱傑人校點:《詩集傳》,《朱子全書》(修訂版)第1册,第581頁。
⑤ [宋]朱熹撰,朱傑人校點:《詩集傳》,《朱子全書》(修訂版)第1册,第618頁。
⑥ [清]段玉裁撰,許惟賢點校:《説文解字注》,第535頁。

我覯瘏"之瘏,因避唐諱而改,俱非。①

此説言之鑿鑿,可從。如此,則朱子引劉敞説有誤。

(10)《大雅·皇矣》:"上帝耆之,憎其式廓。"《詩集傳》曰:"耆、憎、式廓,未詳其義。或曰,耆,致也;憎,當作'增'。式廓,猶言規模也。"②此"或曰"不知所指何人。檢《四庫全書》本《程子經説》卷四,有"增其式廓",其説蓋亦有所本,則此説在二程之前已有。不過,此説雖看似通達,實則於訓詁無據,輕易改字,亦不可取。朱子前注未詳,又録此説備考,實則不必。

(11)《大雅·下武》:"下武維周,世有哲王。"《詩集傳》曰:"下,義未詳。或曰字當作'文',言文王武王實造周也。"③此"或曰"不知所指何人。惟劉敞《公是集·王沂公祠堂記》載錢公子飛"又作《登歌》一章,並刻之云:'文武維周,天命郅隆。……'"④云云,不知與此是否相關。朱子引此或人之説,實爲理校。不過,宋儒的理校,多是據義理以校勘,文獻證據不夠充分,實不可取。

(12)《大雅·卷阿》:"爾土宇畈章,亦孔之厚矣。"《詩集傳》曰:"畈章,大明也。或曰:畈,當作'版';版章,猶版圖也。"⑤此"或曰"當指張耒《詩説》所説,朱子存此以備一説。陳成國先生《詩經校注》對此有論曰:

> 按:"畈章",朱傳説是"大明",那是依毛傳作的解釋,但與下詩句"亦孔之厚"不便連貫。朱傳引"或曰"將畈章解釋爲"版圖",與詩下句聯繫較順。⑥

不過,需要説明的是,此"畈"字讀爲"版"字則可,改動經文則不必。

(13)《大雅·雲漢》:"旱既大甚,散無友紀。"《詩集傳》曰:"友紀,猶言綱紀也。或曰:友,疑作'有'。"⑦檢《四庫全書》,段昌武《毛詩集解》云:"横渠曰:'友,疑作有。'"⑧吕祖謙《吕氏家塾讀詩記》亦云:"横渠張氏曰:'友,宜作有。'"⑨可知,此"或曰"當指張載所説。張載據己義臆斷,且根本無版本依

① ［清］馬瑞辰著,陳金生點校:《毛詩傳箋通釋》,第952—953頁。
② ［宋］朱熹撰,朱傑人校點:《詩集傳》,《朱子全書》(修訂版)第1冊,第665頁。
③ ［宋］朱熹撰,朱傑人校點:《詩集傳》,《朱子全書》(修訂版)第1冊,第670頁。
④ ［宋］劉敞:《公是集》,影文淵閣《四庫全書》第1095冊,第710頁上。
⑤ ［宋］朱熹撰,朱傑人校點:《詩集傳》,《朱子全書》(修訂版)第1冊,第687頁。
⑥ 陳成國:《詩經校注》,長沙:嶽麓書社,2004年,第351頁。
⑦ ［宋］朱熹撰,朱傑人校點:《詩集傳》,《朱子全書》(修訂版)第1冊,第705頁。
⑧ ［宋］段昌武:《毛詩集解》,影文淵閣《四庫全書》第74冊,第822頁上。
⑨ ［宋］吕祖謙:《吕氏家塾讀詩記》,影文淵閣《四庫全書》第73冊,第736頁上。又,宋淳熙九年江西漕臺本"有"字誤作"西",見卷二十七第30頁。

據，不必從之。朱子因張載乃"北宋四子"之一，故引其言以備一説，實可不必。

(14)《大雅·嵩高》："往近王舅，南土是保。"《詩集傳》夾注曰："近，鄭音記。按《説文》從辵，從丌。今從斤，誤。"後注文云："近，辭也。"①《朱子語類》亦錄朱子之説曰："'往近王舅'，近，音'既'，《説文》作辺，誤寫作'近'。"②此乃據其音義以理校，其説甚是。宋人毛居正《六經正誤》已襲用此説。清儒大多亦認同此説，如段玉裁《説文解字注》即暗襲朱説，並加以引申：

> 《大雅》"往辺王舅"，假借爲語詞也。《王風》"彼其之子"，《箋》云："其，或作記，或作己，讀聲相似。"《鄭風·箋》云："忌，讀爲'彼己之子'之'己'。"《崧高·傳》曰："辺，己也。"《箋》申之曰："己，辭也，讀如'彼己之子'之'己'。"是則己、忌、記、其、辺五字通用。一部也。《大雅》作"近"者，誤。近，十三部也。③

此外，若惠棟《九經古義》、臧琳《經義雜記》、胡承珙《毛詩後箋》、馬瑞辰《毛詩傳箋通釋》等持論雖與此微異，但也都認同此校。當然，還需指出《鄭箋》、段玉裁認爲讀如"彼其之子"之"其"可能是錯誤的。諸家説法中，比較可信的是季旭昇先生《詩經古義新證》的觀點，他認爲這個"其"當是指異國的"異"，字也可寫作"己"、"杞"、"其"。④

(15)《周頌·天作》："彼徂矣岐，有夷之行，子孫保之。"《詩集傳》夾注曰："彼徂矣岐，沈括曰：《後漢書·西南夷傳》作'彼岨者岐'。今按，彼書'岨'但作'徂'，而引《韓詩薛君章句》亦但訓爲'往'。獨'矣'字正作'者'，如沈氏説。然其注末復云岐雖阻僻，則似又有'岨'意。韓子亦云'彼岐有岨'，疑或別有所據。故今從之，而定讀'岐'字絶句。"⑤從《後漢書》下文來看，其中所引，乃《韓詩》之文。朱子據《韓詩薛君章句》及韓愈《岐山操》，認爲《毛詩》的"彼徂矣，岐有夷之行"，當作"彼徂者岐，有夷之行"。朱子改"矣"爲"者"，後世有爭論。馬瑞辰《毛詩傳箋通釋》則認同朱子之校，只是認爲其斷句則是錯誤的。馬氏説曰：

> 瑞辰按：《毛詩》以"彼徂矣"三字爲句，與上"彼作矣"相對成文。

---

① [宋] 朱熹撰，朱傑人校點：《詩集傳》，《朱子全書》(修訂版)第1冊，第707頁。
② [宋] 黎靖德輯，鄭明等校點：《朱子語類》，《朱子全書》(修訂本)第17冊，第2753頁。
③ [清] 段玉裁撰，許惟賢點校：《説文解字注》，第355頁。
④ 季旭昇：《詩經古義新證》(增訂版)，臺北：文史哲出版社，1995年，第187—226頁。
⑤ [宋] 朱熹撰，朱傑人校點：《詩集傳》，《朱子全書》(修訂版)第1冊，第725頁。

《韓詩》則作"彼徂者"。《後漢書·西南夷傳》朱輔上疏曰："臣聞《詩》云：'彼徂者，岐有夷之行。'《傳》曰：'岐道雖僻，而人不遠。'"李賢《注》引《韓詩》薛君《傳》曰："徂，往也。夷，易也。行，道也。彼百姓歸文王者，皆曰岐道有易，可往歸矣。易道謂仁義之道，故岐道阻險而人不難。"鄭君先通《韓詩》，故此《箋》全本韓義，其云"後之往者"，正釋經"彼徂者"句。《正義》："徂，謂新往者。"是知《箋》、《疏》本皆作"徂者"，而以"岐"字屬下句讀，則《毛》、《韓》同也。《説苑》、《韓詩外傳》竝引《詩》"岐有夷之行"。惟沈存中《筆談》引《後漢書》，朱輔《疏》誤作《朱浮傳》，又誤讀岐字爲句，誤徂作岨，蓋由誤以《韓詩傳》"岐道阻險"爲釋詩"彼徂者"之徂也。朱子《集傳》、王伯厚《詩考》竝沿其誤。①

此辨甚詳。而胡承珙《毛詩後箋》引段玉裁《詩經小學》曰：

> 東原先生謂鄭《箋》云後之往者，薛君云彼百姓歸文王者，是毛、韓皆作"彼徂者"之證。案：作"徂"固是，作"者"則非。鄭《箋》釋"彼作矣"曰"彼萬民居岐邦者"，釋"彼徂矣"曰"後之往者"。兩"矣"字一例，當以"彼徂矣"三字一句，不當從《後漢書》作"者"。②

此引段玉裁語，見於三十卷本《詩經小學》，不見於四卷本《詩經小學》。段玉裁以朱子之校誤，胡承珙是認同的。而陳奐《詩毛氏傳疏》則謂："朱輔引《詩》'彼徂矣'作'彼徂者'，矣、者通用，無關經義。"③此説誠通達之論。漢人抄書，無關經義的虛字每略去不抄，《毛詩》、《韓詩》或各有所自。改與不改，皆在兩可之間。朱子以《韓》改《毛》，或許正是爲了揭明《毛詩》傳本並非所謂的"古本"。

　　(16)《周頌·有瞽》："應田縣鼓，鞉磬柷圉。"《詩集傳》曰："田，大鼓也。鄭氏曰：'田，當作楝，小鼓也。'"④此引鄭玄《毛詩箋》之説："田，當作'楝'。楝，小鼓，在大鼓旁，應鞞之屬也，聲轉字誤，變而爲'田'。"此處，朱子之訓田爲大鼓，本《毛傳》，鄭玄則改字改訓，朱子又録之。而鄭玄所作《周禮·大師》注、《禮記·明堂位》注，以及《爾雅·釋樂》郭璞注、《宋書·樂志》皆引作"楝"。清儒馬瑞辰、陳奐皆以爲鄭玄當本《三家詩》之説，理或然也。段玉裁三十卷本《詩經小學》謂楝"聲轉字誤，變而作田"⑤，當是。故朱子此校可從。

① ［清］馬瑞辰著，陳金生點校：《毛詩傳箋通釋》，第1049—1050頁。
② ［清］胡承珙撰，郭全芝校點：《毛詩後箋》，第1515頁。
③ ［清］陳奐：《詩毛氏傳疏》，《續修四庫全書》第70册，第398頁上。
④ ［宋］朱熹撰，朱傑人校點：《詩集傳》，《朱子全書》（修訂版）第1册，第731頁。
⑤ ［清］段玉裁：《詩經小學》，《段玉裁全書》第1册，南京：江蘇人民出版社，2015年，第591頁。

二、對《毛詩》脱文的校勘

朱子認爲,《毛詩》文本中有脱文 2 處。

(1)《魯頌·閟宮》:"毛炰胾羹,籩豆大房。"《詩集傳》夾注曰:"籩豆大房,此下當補一句,如'鐘鼓喤喤'之類。"①後又説《毛傳》對本詩的分章"多寡不均,雜亂無次,蓋不知第四章有脱句而然。"②此乃理校,雖然朱子之校於文勢更協,但無版本依據,其實也只是朱子據意臆斷。而據《漢書·藝文志》的説法,《詩》"以其諷誦,不獨在竹帛故",而可以"遭秦而全",因此,《詩》有脱句之説,不可信。

(2)《商頌·殷武》:"天命多辟,設都于禹之績。歲事來辟,勿予禍適。稼穡匪解。"《朱子語類》載朱子曰:

> 如《頌》中有全篇句句是韻。如《殷武》之類無兩句不是韻,到"稼穡匪解",自欠了一句。前輩分章都曉不得,某細讀,方知是欠了一句。(賀孫。)③

葉賀孫所録爲朱子 1191 年以後之語。今本《詩集傳》已於 1190 年刊成,故此校不見於《詩集傳》。但是,既然是朱子對《毛詩》所作的校勘,故權附列於此。

朱子所處的南宋時期,學界對音理普遍認識不足,故而很可能會有誤判。《詩集傳》以適通讁,音"直革反",爲解注音曰:"音懈,叶訖力反。"④力,《廣韻》林直切,屬曾攝的職部。而辟、績、辟、讁《廣韻》皆屬梗攝。雖注叶音,仍不能押韻。故而,朱子會疑此處有脱文,"欠了一句"。其實,辟、績、辟、適上古皆爲錫部,解上古爲支部,陰陽對傳,可以通押。再加上這個校勘亦無版本上的依據,故不可從,儘管朱子據音韻以校勘,在方法論上頗值得稱道。

三、對《毛詩》衍文的校勘

朱子認爲,《毛詩》文本中有衍文 2 處。

(1)《鄭風·大叔于田》:"叔于田,乘乘馬。"《詩集傳》曰:

---

① [宋]朱熹撰,朱傑人校點:《詩集傳》,《朱子全書》(修訂版)第 1 册,第 748 頁。
② [宋]朱熹撰,朱傑人校點:《詩集傳》,《朱子全書》(修訂版)第 1 册,第 751 頁。
③ [宋]黎靖德輯,鄭明等校點:《朱子語類》,《朱子全書》(修訂本)第 17 册,第 2735 頁。
④ [宋]朱熹撰,朱傑人校點:《詩集傳》,《朱子全書》(修訂版)第 1 册,第 757 頁。

陸氏曰:"首章作'大叔于田'者誤。"蘇氏曰:"二詩皆曰'叔于田',故加'大'以别之。不知者乃以段有大叔之號,而讀曰泰,又加'大'于首章,失之矣。"①

陸德明《經典釋文》說:"叔于田,本或者'大叔于田'者,誤。"②唐石經,首章即作"大叔于田"。朱子先是據陸德明之説,點明俗本之誤,又引蘇轍《詩集傳》説,揭明其致誤原因。此校甚是,篇題之爲"大叔于田",内容未必也要作"大叔于田"。

(2)《小雅·巷伯》:"彼譖人者,誰適與謀。取彼譖人,投畀豺虎。"《詩集傳》曰:"再言'彼譖人者,誰適與謀'者,甚嫉之,故重言之也。或曰衍文也。"③此句爲詩之第六章,本詩第二章亦有"彼譖人者,誰適與謀"二句。朱子認爲此因甚嫉而重言之,又引或曰以爲衍文,以備一説,説明朱子的態度仍有些模糊。此"或曰"不知是誰所説,未見於《孔疏》,蓋宋人新説。後世亦有採信此説者,如真德秀《大學衍義》、《御纂詩義折中》等,而清儒胡承珙則力駁此説之謬④。這個説法並無版本上的證據,其實本可不必理會。

四、餘　論

由上文的分析可知,朱子對《毛詩》中文字錯訛進行的校勘,大致可以得出以下幾點結論:

第一,朱子的校勘,有少數精確不移,比如《陳風·月出》"勞心慘兮"、《大雅·抑》"我心慘慘"、《大雅·嵩高》"往近王舅"等的校勘,能立足文獻,從文字、音韻、訓詁入手,對後世校勘有一定啓示;也有一些説法可從,如《鄭風·溱洧》"伊其將謔"、《小雅·四牡》"翩翩者鵻"等校勘;但不少地方,文獻證據並不充分,説不可取。

第二,作爲理學家,朱子推崇北宋五子,對於他們在詩經學領域的新説,多有引用。這種做法,有著明顯的學術傾向性,不過北宋五子之論多據理以言,忽視文獻證據,並不可取。而這也是朱子之詩經學中,爲後人所詬病的一個重要方面。

第三,有時候,《詩集傳》中所引以備一説的"或曰",陸德明《經典釋文》和

---

①　[宋]朱熹撰,朱傑人校點:《詩集傳》,《朱子全書》(修訂版)第1册,第471頁。
②　[唐]陸德明撰,黃焯彙校:《經典釋文彙校》,第147頁。
③　[宋]朱熹撰,朱傑人校點:《詩集傳》,《朱子全書》(修訂版)第1册,第610頁。
④　[清]胡承珙撰,郭全芝校點:《毛詩後箋》,第1206—1207頁。

孔穎達《毛詩正義》皆未載,難以找到文獻證據來證明,而這些很可能是宋儒新說中僞稱的"古本"。宋儒每喜妄改經文文字,冒充"古本",並據此以證漢人所傳經文之誤,朱子《詩集傳》於此亦有所失察。有時候,朱子甚至不惜忽視文獻證據來加以徵引,以此揭明《毛詩》文本之非"古本",並以之證今本之"誤"。朱子之所以如此,是與他的治《詩》原則相關聯的。朱子治《詩》,認爲漢人不通義理,漢代《毛詩》文本及其傳本並非秦火以前的"古本"的原貌,故欲突破《毛詩》,以求得《詩經》原貌。

第三節　對《毛詩》分章斷句的重新認定

《左傳》中已言及《詩經》篇目有分章,可是,安徽大學藏戰國《詩》簡無分章標記,斷句標記或有或無。阜陽漢簡《詩經》中,篇末只注明每篇字數,並未注明章數句數。[1] 李零先生説它"皆分章抄寫"[2],這雖是分章,但每章的句數並未注明。西漢海昏侯劉賀墓出土《詩經》簡當是《魯詩》,"凡千七十六章",整理者認爲"與今本 1142 章之間存在較大差距",又據部分篇目的分章情況認爲,"簡本分章與今本或有不同"。簡本與今本《毛詩》還有一個不同就是,其中每章末注明章次與句數,而篇末則注明章數句數及全篇總句數。[3] 毛、鄭都對《毛詩》中的每一篇進行分章、分句;不過其中有少數篇目毛、鄭的劃分已並不相同,最顯明的例子就是《詩經》的第一篇《周南·關雎》,《毛傳》分爲三章,一章四句,二章章八句;而《鄭箋》則分爲五章,章四句。陸德明《經典釋文》亦說:"五章是鄭所分,故言以下是毛公本意。後放此。"[4]《朱子語類》亦載曰:

> 恭父問:"《詩》章起於誰?"曰:"有'故言'者,是指毛公;無'故言'者,皆是鄭康成。"(賀孫。)[5]

從朱子當時所能見到的文獻來推測,《詩經》的分章,是緣起於漢儒毛亨和鄭

---

① 胡平生、韓自强:《阜陽漢簡詩經研究》,上海:上海古籍出版社,1987 年,第 1—22 頁。另據《湖北日報》2016 年 1 月 28 日報導稱,湖北荆州郢都遺址南郊夏家臺 106 號戰國楚墓中出土有《詩經》竹簡,因其内容尚未正式公佈,我們對其文本的具體情況暫不得而知,故於此不予置論。

② 李零:《簡帛古書與學術源流》,北京:生活·讀書·新知三聯書店,2007 年,第 249 頁。

③ 江西省文物考古研究院、北京大學出土文獻研究所、荆州文物保護中心:《江西南昌西漢海昏侯劉賀墓出土簡牘》,《文物》,2018 年第 11 月,第 87—88 頁。

④ 〔唐〕陸德明撰,黄焯彙校:《經典釋文彙校》,第 121 頁。

⑤ 〔宋〕黎靖德輯,鄭明等校點:《朱子語類》,《朱子全書》(修訂本)第 17 册,第 2735 頁。

玄的,而並非《詩經》結集時所有。或許正因如此,加之毛、鄭的分章亦確略有不足,《詩集傳》在對《毛詩》的一些分章斷句提出了不同的見解,而這應當也屬於朱子對《毛詩》校勘的内容。

對於這個問題,前賢時哲亦有相關分析,如清儒夏炘作《詩章句考》,而《詩集傳》與《毛詩》章句數的差異,則是該文的一個重要部分。近來,徐有富先生作《〈詩集傳〉對〈詩經〉篇章結構的探討》、吳洋先生作《朱熹〈詩集傳〉章句考》,二文亦皆就此發表宏論,頗有可觀處。本文在綜合以上三家觀點的基礎上,略加分析。

一、《詩集傳》重新分章斷句篇目的認定

《詩集傳》在對《詩經》每篇章句數的劃分上,大部分篇目沿襲《毛詩》,但是還有十二篇對原有分章或重新劃分,或提出質疑。這十二篇分别是:《周南·關雎》、《邶風·簡兮》、《鄘風·載馳》、《小雅·伐木》、《小雅·車攻》、《小雅·沔水》、《大雅·思齊》、《大雅·靈臺》、《大雅·生民》、《大雅·行葦》、《大雅·瞻卬》、《魯頌·閟宫》。而重新斷句的則有《小雅·魚麗》、《周頌·天作》和《周頌·酌》三篇。

徐有富先生《〈詩集傳〉對〈詩經〉篇章結構的探討》一文認爲朱子所作的調整共有十四篇,分爲四種情況來考察。其中,吸取前人成果的三篇:《鄘風·載馳》、《小雅·伐木》、《大雅·靈臺》;回歸毛公劃分方法的兩篇:《周南·關雎》、《大雅·思齊》;朱子個人劃分方法的四篇:《邶風·簡兮》、《大雅·生民》、《大雅·行葦》、《魯頌·閟宫》;從毛、鄭並提出不同劃分方法備考的四篇:《小雅·車攻》、《小雅·沔水》、《周頌·桓》、《周頌·賚》。[①] 從該文來看,實際只有十三篇,不知是統計錯誤還是行文中漏掉《大雅·瞻卬》篇而致此誤。該文將《周頌》裡作爲《大武》樂章的《桓》、《賚》亦列入其中,不確。《大武》樂六章,是樂舞,並不能等同於《詩經》中的一篇;《桓》、《賚》作爲其中之二,亦不能理解爲《詩經》中某篇的二章,樂舞的"章"與《詩》篇的"章"不宜簡單地等同起來看待。且《詩集傳》在《周頌·桓》附注中明確地説:"《春秋傳》以此爲《大武》之六章,則今之篇次蓋已失其舊矣。"[②]很明顯,這當歸入對《毛詩》篇次的質疑,而非爲對舊有章句數劃分的質疑。

吳洋先生《朱熹〈詩集傳〉章句考》一文從分章和斷句兩個方面論述《毛

---

①　徐有富:《〈詩集傳〉對〈詩經〉篇章結構的探討》,《南京師範大學文學院學報》,2011 年第 2 期,第 2—5 頁。

②　[宋]朱熹撰,朱傑人校點:《詩集傳》,《朱子全書》(修訂本)第 1 册,第 741 頁。

傳》、《鄭箋》與朱子《詩集傳》的異同,其中分章方面共十二篇,也即上文所列的十二篇,分爲三種情況來考察。第一種情況是毛鄭所分章句數有異時朱子所分的章句數,有《周南·關雎》、《大雅·思齊》、《大雅·行葦》三篇;第二種情況是毛鄭所分章句數相同,朱子所分章句數不同,有《邶風·簡兮》、《鄘風·載馳》、《小雅·伐木》、《大雅·靈臺》、《大雅·生民》、《大雅·瞻卬》、《魯頌·閟宮》七篇;第三種情況是朱子採取與毛鄭相同的章句數,同時提出不同見解,有《小雅·車攻》、《小雅·沔水》二篇,又附《小雅·雨無正》一篇。朱子改動斷句的四篇:《小雅·魚麗》、《大雅·生民》、《周頌·天作》、《周頌·酌》。① 不過,附論《小雅·雨無正》篇實則不必,因爲從朱子在此詩篇注中所言來看,這只能算是《詩集傳》對其異文和脫文的考察,與分章無涉,且朱子只是正její說之誤,實際上仍是從毛、鄭的。《大雅·生民》篇,朱子早年作“履帝武敏歆,攸介攸止”,而今本《詩集傳》則改“歆”字從下句讀,與毛、鄭同。故這兩篇本文不予考察。

二、《詩集傳》對《毛詩》分章的重新考定

《詩集傳》對《毛詩》中十二篇所分的章句數或重新劃定,或有所質疑。現按《毛詩》篇序,將其與《毛傳》、《鄭箋》所分章句數列表對照如下:

章句數 書目　篇目	《毛　傳》	《鄭箋》	《詩集傳》
《周南·關雎》	三章,一章四句,二章章八句	五章,章四句	同《毛傳》
《邶風·簡兮》	三章,章六句	同《毛傳》	四章,三章章四句,一章六句
《鄘風·載馳》	五章,一章六句,二章章四句,一章六句,一章八句	同《毛傳》	四章,二章章六句,二章章八句
《小雅·伐木》	六章,章六句	同《毛傳》	三章,章十二句【與《孔疏》同】
《小雅·車攻》	八章,章四句	同《毛傳》	八章,章四句;【同《毛傳》】又恐當作四章,章八句

① 吳洋:《朱熹〈詩經〉學思想探源及研究》,第 245—276 頁。以“章句”指分章斷句,這種用法並非吳先生首次使用,前儒早有,朱子即已用過。不過,爲避免產生歧義,本文不使用這一概念。

書目 章句數 篇目	《毛　傳》	《鄭箋》	《詩集傳》
《小雅・沔水》	三章,二章章八句,一章六句	同《毛傳》	三章,二章章八句,一章六句;【同《毛傳》】又疑當作三章,章八句
《大雅・思齊》	五章,二章章六句,三章章四句	四章,章六句	同《毛傳》
《大雅・靈臺》	五章,章四句	同《毛傳》	四章,二章章六句,二章章四句
《大雅・生民》	八章,四章章十句,四章章八句【第三章八句,第四章十句】	同《毛傳》	八章,四章章十句,四章章八句【第三章十句,第四章八句】
《大雅・行葦》	七章,二章章六句,五章章四句	八章,章四句	四章,章八句
《大雅・瞻卬》	七章,三章章十句,四章章八句【第二章十句,第三章八句】	同《毛傳》	七章,三章章十句,四章章八句【第二章八句,第三章十句】
《魯頌・閟宮》	八章,二章章十七句,一章十二句,一章三十八句,二章章八句,二章章十句	同《毛傳》	九章,五章章十七句,二章章八句,二章章十句

　　結合上表,參照清儒夏炘及徐有富、吳洋二位先生的觀點,本文將其分爲兩個方面來考察,一是毛鄭有異時朱子所分的章句數,二是毛鄭相同時朱子所分的章句數。

(一) 毛鄭有異時朱子所分章句數

　　從上表中可以看出,在這十二篇中,毛、鄭所分章句數相異的有三篇,而朱子考訂的章句數又可分爲兩種情況,一是沿襲《毛傳》所分章句數,有《周南・關雎》、《大雅・思齊》二篇;二是提出新説,有《大雅・行葦》一篇。

　　1. 沿襲《毛傳》所分章句數

　　在完全沿襲《毛傳》所分章句數的兩篇中,《詩集傳》並未對此加以説明,而其他重新劃定章句數的十篇有八篇,即使僅有局部調整,也都作了説明,另有兩篇篇未作説明的似另有原因,詳見下文。故而本文認爲,這僅僅是朱子沿襲《毛傳》的分法,而對《鄭箋》的分法置之不理,並不宜求之過深。

(1)《周南・關雎》篇

《關雎》詩,《毛傳》、《詩集傳》之分章爲:

> 關關雎鳩,在河之洲。窈窕淑女,君子好逑。○參差荇菜,左右流
> 之。窈窕淑女,寤寐求之。求之不得,寤寐思服。悠哉悠哉,輾轉反側。
> ○參差荇菜,左右采之。窈窕淑女,琴瑟友之。參差荇菜,左右芼之。窈
> 窕淑女,鍾鼓樂之。①

本篇《鄭箋》説:"《關雎》五章,章四句。故言三章,一章四句,二章章八
句。"是《鄭箋》將本詩《毛傳》所分之第二章、第三章皆一分爲二,以四句
爲一章。

《關雎》是如《毛傳》分三章,還是如《鄭箋》分五章,學界一直有所爭論,參
與論爭的學者亦有不少,迄今並無定論。霍松林先生認爲本詩有脱簡②,從
現在出土的大量戰國文獻來看,《詩經》中存在錯簡、脱簡的可能性微乎其微,
故此説極不可靠。上博簡《孔子詩論》第14簡有"兩矣。其四章則喻矣。以
琴瑟之悦,凝好色之愿;以鐘鼓之樂",于茀先生據以認爲:"分爲五章,當是
《關雎》最初的情形。"③亦頗值得商榷。《孔子詩論》的真實性暫置之不論,從
其文理來看,似以"琴瑟友之"與"鐘鼓樂之"同屬一章。董治安先生在《關於
戰國時期"詩三百"的流傳》一文中早已指出:"戰國儒家所傳詩三百與今本
《詩經》相比,雖然大體一致,亦已有所不同。忽視這個方面,簡單化地把兩者
等同起來,恐怕也是不妥當的。"④應該説《關雎》之分三章,還是分五章,可能
有其不同的源頭。

本詩分章之差異,清人夏炘《詩章句考》未作分析。徐有富先生《〈詩集
傳〉對〈詩經〉篇章結構的探討》認爲:

> 應當説將《關雎》分爲三章更原始,也更可靠一些。如《周南》共十一
> 首詩,除《卷耳》鄭分四章外,其餘均分爲三章,所以《關雎》分爲三章比較
> 符合實際情況。當然究竟如何劃分,是可以探討的。⑤

---

① [宋]朱熹撰,朱傑人校點:《詩集傳》,《朱子全書》(修訂本)第1册,第402—403頁。
② 霍松林:《唐音閣〈詩經〉鑒賞》,《青青子衿 悠悠我心:名家説詩經》,天津:天津教育出版
社,2007年,第257—262頁。
③ 于茀:《從〈詩論〉看〈關雎〉古義及分章》,《光明日報》,2004年2月25日。
④ 董治安:《先秦文獻與先秦文學》,第63頁。
⑤ 徐有富:《〈詩集傳〉對〈詩經〉篇章結構的探討》,《南京師範大學文學院學報》,2011年第2
期,第3頁。

吳洋先生《朱熹〈詩集傳〉章句考》則認爲朱子採《毛傳》分章是建立在"朱熹有着强烈的正統觀念和尊王思想"的基礎上的,並下結論説:

> 如果抛開朱熹的理學思想,從分章釋義的角度來看,將《關雎》分爲三章,層次更加清晰,似乎更爲可取。然而將《關雎》分爲五章,則具有更規整的形式,或者説更貼近於民歌的純樸形式。至於哪種章句更合理更接近事實,現在只能闕而毋論了。[①]

二位先生皆指出,《毛傳》之分章"更可靠""更可取",甚是。從本詩内容來看,《毛傳》所分之第二章中,前面説"寤寐求之",後面説"求之不得",若如《鄭箋》分作兩章,顯然割裂文義。而依上博簡《孔子詩論》第 14 簡,《毛傳》所分之第三章,似亦不宜分作兩章。如此看來,恐怕《毛傳》、《詩集傳》的分章更爲合理。

(2)《大雅·思齊》篇

《思齊》詩,《毛傳》、《詩集傳》之分章爲:

> 思齊大任,文王之母。思媚周姜,京室之婦。大姒嗣徽音,則百斯男。○惠于宗公,神罔時怨,神罔時恫。刑于寡妻,至于兄弟,以御于家邦。○雝雝在宫,肅肅在廟。不顯亦臨,無射亦保。○肆戎疾不殄,烈假不瑕。不聞亦式,不諫亦入。○肆成人有德,小子有造。古之人無斁,譽髦斯士。[②]

本篇《鄭箋》説:"《思齊》四章,章六句。故言五章,二章章六句,三章章四句。"二者分章的差别在於,本詩後面叙述文王聖德的十二句,《毛傳》和《詩集傳》皆將其劃分爲三章、章四句,而《鄭箋》則分成二章、章六句,作:

> 雝雝在宫,肅肅在廟。不顯亦臨,無射亦保。肆戎疾不殄,烈假不瑕。○不聞亦式,不諫亦入。肆成人有德,小子有造。古之人無斁,譽髦斯士。

很顯然,本詩《毛傳》和《詩集傳》的劃分句勢上更合理一些,而鄭玄的改動倒

---

①　吳洋:《朱熹〈詩經〉學思想探源及研究》,第 249 頁。
②　[宋]朱熹撰,朱傑人校點:《詩集傳》,《朱子全書》(修訂本)第 1 册,第 663—665 頁。

是讓人難以接受,那個句首的"肆"字在《詩經》其他篇目中數次出現也可作證。比如,《大雅·抑》四章第一句即是"肆皇天弗尚,如彼泉流,無淪胥以亡。"《毛傳》和《詩集傳》都將"肆"解釋爲"故今也",也就是將其當成一個因果連詞來看,而具有承上啓下的作用。夏炘《詩章句考》說:此篇之分章,"朱子及後世諸儒皆從毛公"①。吳洋先生《朱熹〈詩集傳〉章句考》認爲鄭玄箋此詩有望文生訓之處,極不可取,並下結論說:"總之,朱熹採用《毛傳》章句而又自成一說,相比於鄭玄的章句來講更易爲人接受。"②其說可從。

2. 提出新説

這就只有《大雅·行葦》一篇。《詩集傳》之分章爲:

> 敦彼行葦,牛羊勿踐履。方苞方體,維葉泥泥。戚戚兄弟,莫遠具爾。或肆之筵,或授之几。○肆筵設席,授几有緝御。或獻或酢,洗爵奠斝。醓醢以薦,或燔或炙。嘉殽脾臄,或歌或咢。○敦弓既堅,四鍭既鈞,舍矢既均,序賓以賢。敦弓既句,既挾四鍭。四鍭如樹,序賓以不侮。○曾孫維主,酒醴維醹。酌以大斗,以祈黃耇。黃耇台背,以引以翼。壽考維祺,以介景福。③

《詩集傳》於本詩篇注中說:"毛七章,二章章六句,五章章四句。鄭八章,章四句。毛首章以四句興二句,不成文理,二章又不協韻。鄭首章有起興而無所興。皆誤。今正之如此。"④也就是將其改爲四章,章八句。夏炘《詩章句考》認爲:"毛公割裂不可從,鄭較順,然不及朱子之妙。"⑤

徐有富先生《〈詩集傳〉對〈詩經〉篇章結構的探討》認爲:

> 應當説朱熹從文理、協韻、創作方法等角度,針對毛詩、鄭箋重新劃分此詩的章句頗有道理,也爲後人所廣泛接受。⑥

吳洋先生《朱熹〈詩集傳〉章句考》認爲:

---

① ［清］夏炘:《讀詩劄記》附《詩章句考》,《叢書集成三編》第 34 冊,臺北:新文豐出版公司,1997 年,第 272 頁上。
② 吳洋:《朱熹〈詩經〉學思想探源及研究》,第 250 頁。
③ ［宋］朱熹撰,朱傑人校點:《詩集傳》,《朱子全書》(修訂本)第 1 冊,第 679—680 頁。
④ ［宋］朱熹撰,朱傑人校點:《詩集傳》,《朱子全書》(修訂本)第 1 冊,第 680 頁。
⑤ ［清］夏炘:《讀詩劄記》附《詩章句考》,《叢書集成三編》第 34 冊,第 273 頁上。
⑥ 徐有富:《〈詩集傳〉對〈詩經〉篇章結構的探討》,《南京師範大學文學院學報》,2011 年第 2 期,第 4 頁。

　　按照朱熹的章句劃分……結構層次都比較清晰完整。朱熹從音韻與興體兩個角度出發，首先確定第一章爲八句無疑，而剩下之二十四句，分爲三章，每章之意義通貫順暢，儘管後人對於毛、鄭章句亦各有解說，但均不如朱熹之說言之有據。[①]

　　二位先生均對朱子的分章與毛、鄭的分章進行比較，認爲《詩集傳》的分法比較合理。的確如此，應該說《毛傳》、《鄭箋》對本篇章句數的劃分有不合理之處，朱子已看出問題所在了，並對其進行改進，使各章意義上更連貫。不過，協韻和起興都是後人總結的《詩經》創作方法，它們存在於《詩》篇之中，這是毫無疑問的。但是，它們畢竟不是《詩經》創作時所具有的内在規定性，故它們究竟以怎樣的形式存在於每一《詩》篇之中，則未必如後人所推測的那樣。若如《詩集傳》的劃分，則"或肆之筵，或授之几"屬第一章末尾，而"肆筵設席，授几有緝御"則屬第二章開頭，很明顯，這在文義上有割裂之嫌。所以只能說，在《大雅·行葦》篇，朱子已看出舊有分章之弊病，故自己提出新說，可是這個也存在問題，還有待繼續深入研究。

　　（二）毛鄭相同時朱子所分的章句數

　　在這十二篇中，《鄭箋》從《毛傳》所分章句數的有九篇，而《詩集傳》對這九篇的章句數的劃定也有三種情況，一是認同《毛傳》，但又有所質疑；二是對《毛傳》所劃分的章句數作部分調整，三是重新劃定章句數。

　　1. 認同《毛傳》，但又有所懷疑

　　這種情況的共有兩篇：《小雅·車攻》和《小雅·沔水》。

　　（1）《小雅·車攻》篇

　　《車攻》詩曰：

　　　　我車既攻，我馬既同。四牡龐龐，駕言徂東。〇田車既好，四牡孔阜。東有甫草，駕言行狩。〇之子于苗，選徒囂囂。建旐設旄，搏獸于敖。〇駕彼四牡，四牡奕奕。赤芾金舄，會同有繹。〇決拾既佽，弓矢既調。射夫既同，助我舉柴。〇四黄既駕，兩驂不猗。不失其馳，舍矢如破。〇蕭蕭馬鳴，悠悠旆旌。徒御不驚，大庖不盈。〇之子于征，有聞無聲。允矣君子，展也大成。[②]

---

① 吳洋：《朱熹〈詩經〉學思想探源及研究》，第 253 頁。
② ［宋］朱熹撰，朱傑人校點：《詩集傳》，《朱子全書》（修訂本）第 1 册，第 570—571 頁。

《詩集傳》説:"《車攻》八章,章四句。"此與《毛傳》同,其下又有附注曰:"以五章以下考之,恐當作四章,章八句。"①

徐有富先生《〈詩集傳〉對〈詩經〉篇章結構的探討》和吳洋先生《朱熹〈詩集傳〉章句考》都注意到本詩五六兩章和七八兩章的意思相同,但前面四章每章講一個意思,並不能合併成二章。二家之分析皆可從。這個質疑是有一定道理的,故朱子先録舊説,而又提出有所懷疑的新説以備考。

(2)《小雅·沔水》篇

《沔水》詩曰:

> 沔彼流水,朝宗于海。鴥彼飛隼,載飛載止。嗟我兄弟,邦人諸友。莫肯念亂,誰無父母?○沔彼流水,其流湯湯。鴥彼飛隼,載飛載揚。念彼不蹟,載起載行。心之憂矣,不可弭忘。○鴥彼飛隼,率彼中陵。民之訛言,寧莫之懲。我友敬矣,讒言其興。②

《詩集傳》説:"《沔水》三章,二章章八句,一章六句。"此與《毛傳》同,其下又附注曰:"疑當作三章,章八句。卒章脱前兩句耳。"③

前文已經提及,從近些年來出土的大量戰國簡帛文獻來看,脱文的現象出現在《詩經》中的可能性基本不會有。所以,朱子此疑雖然顯得"合情合理",這種懷疑精神也值得表出,但這個懷疑是不合實際的,且於版本上亦無據。當然,朱子生活在宋代,根本看不到今人才能看到的大量出土文獻,這一點我們不能苛責。

2. 對《毛傳》所劃分的章句數作部分調整

這種情況的共有《大雅·生民》、《大雅·瞻卬》兩篇。

(1)《大雅·生民》篇

《生民》詩,《詩集傳》之分章爲:

> 厥初生民,時維姜嫄。生民如何? 克禋克祀,以弗無子。履帝武敏歆,攸介攸止。載震載夙,載生載育,時維后稷。○誕彌厥月,先生如達。不坼不副,無菑無害。以赫厥靈,上帝不寧。不康禋祀,居然生子。○誕寘之隘巷,牛羊腓字之。誕寘之平林,會伐平林。誕寘之寒冰,鳥覆翼之。鳥乃去矣,后稷呱矣。實覃實訏,厥聲載路。○誕實匍匐,克岐克

---

① [宋]朱熹撰,朱傑人校點:《詩集傳》,《朱子全書》(修訂本)第1册,第571頁。
② [宋]朱熹撰,朱傑人校點:《詩集傳》,《朱子全書》(修訂本)第1册,第574—575頁。
③ [宋]朱熹撰,朱傑人校點:《詩集傳》,《朱子全書》(修訂本)第1册,第575頁。

嶷,以就口食。蓺之荏菽,荏菽旆旆,禾役穟穟,麻麥幪幪,瓜瓞唪唪。○誕后稷之穡,有相之道。茀厥豐草,種之黃茂。實方實苞,實種實襃,實發實秀,實堅實好,實穎實栗,即有邰家室。○誕降嘉種:維秬維秠,維穈維芑。恒之秬秠,是穫是畝。恒之穈芑,是任是負。以歸肇祀。○誕我祀如何?或舂或揄,或簸或蹂。釋之叟叟,烝之浮浮。載謀載惟,取蕭祭脂,取羝以軷。載燔載烈,以興嗣歲。○卬盛于豆,于豆于登。其香始升,上帝居歆。胡臭亶時,后稷肇祀,庶無罪悔,以迄于今。[1]

《詩集傳》説:"《生民》八章,四章章十句,四章章八句。"其下附注云:"舊説第三章八句,第四章十句。今案第三章當爲十句,第四章當爲八句。則去、呱、訏、路,音韻諧協;呱聲載路,文勢通貫。而此詩八章,皆以十句八句相間爲次。又二章以後,七章以前,每章章之首皆有'誕'字。"[2]這與《毛傳》所分章句數表面相同,但實際上,朱子對其中三四兩章的劃分略作了調整,"實覃實訏,厥聲載路",《毛傳》屬第四章,而《詩集傳》則置於第三章。

徐有富先生《〈詩集傳〉對〈詩經〉篇章結構的探討》認爲:"朱熹從協韻、文勢、行文規律等多個角度,探討了這個問題,理由還是比較充分的。"[3]此説點出朱子重新劃定章句數的依據。吳洋先生《朱熹〈詩集傳〉章句考》亦從押韻、文義、詩章形式三個角度入手分析,認爲朱子的分章"理由相當充分,後人多從其説"[4]。二家之説甚是。

(2)《大雅·瞻卬》篇

《瞻卬》詩,《詩集傳》之分章爲:

瞻卬昊天,則不我惠。孔填不寧,降此大厲。邦靡有定,士民其瘵。蟊賊蟊疾,靡有夷屆。罪罟不收,靡有夷瘳。○人有土田,女反有之。人有民人,女覆奪之。此宜無罪,女反收之。彼宜有罪,女覆説之。○哲夫成城,哲婦傾城。懿厥哲婦,爲梟爲鴟。婦有長舌,維厲之階。亂匪降自天,生自婦人。匪教匪誨,時維婦寺。○鞫人忮忒,譖始竟背。豈曰不極,伊胡爲慝?如賈三倍,君子是識。婦無公事,休其蠶織。○天何以刺?何神不富?舍爾介狄,維予胥忌。不弔不祥,威儀不類。人之云亡,邦國殄瘁。○天之降罔,維其優矣。人之云亡,心之憂矣。天之降罔,維

---

① ［宋］朱熹撰,朱傑人校點:《詩集傳》,《朱子全書》(修訂本)第1冊,第675—678頁。
② ［宋］朱熹撰,朱傑人校點:《詩集傳》,《朱子全書》(修訂本)第1冊,第678頁。
③ 徐有富:《〈詩集傳〉對〈詩經〉篇章結構的探討》,《南京師範大學文學院學報》,2011年第2期,第4頁。
④ 吳洋:《朱熹〈詩經〉學思想探源及研究》,第263頁。

其幾矣。人之云亡,心之悲矣。○觱沸檻泉,維其深矣。心之憂矣,寧自今矣。不自我先,不自我後。藐藐昊天,無不克鞏。無忝皇祖,式救爾後。①

《詩集傳》説:"《瞻卬》七章,三章章十句,四章章八句。"其下並無附注説明其對《毛傳》有所改動。②《毛傳》之分章亦説:"《瞻卬》七章,三章章十句,四章章八句。"但從二家實際分章來看,《毛傳》以第二章十句,第三章八句;《詩集傳》則以第二章八句,第三章十句。也就是説,"哲夫成城,哲婦傾城",《毛傳》以爲屬第二章,《詩集傳》以爲屬第三章。

夏炘《詩章句考》於此有論曰:

> 炘按:二章八句言削黜刑罰之不當,三章十句言婦人内寺之是聽,界畫分明,截然不紊。若以"哲夫成城"二句上屬二章,則二章爲畫蛇之安足,而三章亦立言之無序矣。且以韻求之,二章上四句"奪"字與下四句"説"字協,上二句"有"字與下句"收"字協,中間"田"與"人"協,"罪"與"醉"協,八句開合同調,爲一家卷屬。三章十句,首二句以"哲夫"陪起"哲婦","成"與"傾"協;下專言哲婦之禍,"鴟"與"階"協,下"天"與"人"協,"誨"與"寺"協。皆天然節奏,不可移易。然後之毛、鄭之分章不如朱子之確也。嚴氏粲仍從毛、鄭,何氏楷三章、四章又改張《朱傳》,皆無識甚矣。③

此説甚是,惟以"成"與"傾"協,不確,當是二"城"字協韻。徐有富先生《〈詩集傳〉對〈詩經〉篇章結構的探討》未論及此篇。吳洋先生《朱熹〈詩集傳〉章句考》引吕祖謙《吕氏家塾讀詩記》之論,斷定朱子的對此重新調整,實際上是採用了王安石的説法。④

應該説,本詩中"哲夫成城,哲婦傾城"二句,具有承上啓下的作用,屬上章與屬下章兩可。清儒陳奐《詩毛氏傳疏》、王先謙《詩三家義集疏》所分章句數亦同《詩集傳》,且均並無説明。朱子在《大雅·生民》中作出的微調,在注文中有明確的説明;其他重新劃定章句之處,除《大雅·靈臺》篇外,亦都有所説明。本來彼處未安,朱子應當有所點破,可這裏却隻字不提,其原因有待深

---

① [宋]朱熹撰,朱傑人校點:《詩集傳》,《朱子全書》(修訂本)第 1 册,第 716—718 頁。
② [宋]朱熹撰,朱傑人校點:《詩集傳》,《朱子全書》(修訂本)第 1 册,第 718 頁。
③ [清]夏炘:《讀詩劄記》附《詩章句考》,《叢書集成三編》第 34 册,第 274 頁上。
④ 吳洋:《朱熹〈詩經〉學思想探源及研究》,第 264 頁。

考。宋人刻書，每有舛誤，朱子所居之閩地尤甚。因此，筆者很懷疑，這是因爲朱子所據《毛詩》之版本的分章即已如此，以致朱子以爲自己與毛、鄭之分並無不同，故而於此未加説明。

3. 重新劃定章句數

這種情況的共有《邶風·簡兮》、《鄘風·載馳》、《小雅·伐木》、《大雅·靈臺》、《魯頌·閟宮》五篇。

(1)《邶風·簡兮》篇

《簡兮》詩，《詩集傳》之分章爲：

> 簡兮簡兮，方將萬舞。日之方中，在前上處。〇碩人俁俁，公庭萬舞。有力如虎，執轡如組。〇左手執籥，右手秉翟。赫如渥赭，公言錫爵。〇山有榛，隰有苓。云誰之思，西方美人。彼美人兮，西方之人兮。①

《詩集傳》説："《簡兮》四章，三章章四句，一章六句。"其下附注又曰："舊三章章六句，今改定。"②

夏炘《詩章句考》於此有論曰：

> 炘按：一章舞、處韻，二章俁、舞、虎、組韻，三章籥、翟、赭（讀今韻之入聲，之灼切。）、爵韻，四章榛、苓、三、人字韻，畫然不紊。③

夏氏以韻論，未必盡合朱子原意。《詩集傳》如此分章，首先應該考慮的是文義，這從朱子所申講的章義中即可看出。萬舞含文舞和武舞兩個部分，朱子當是以首章總叙萬舞，二章分叙武舞，三章分叙文舞。但若如此，將"碩人俁俁，公庭萬舞"置於二章，也有不足。而《毛傳》的分章，則是以首章先叙將舞，再叙始舞；二章先叙武舞，再叙文舞，最後言舞後賜酒。

雖然從協韻的角度來看，《詩集傳》的分章更整齊一些，但《詩經》的分章，畢竟不能以用韻爲首要參考。其實，《毛傳》的分章亦並非不恰當，《詩集傳》的分章亦有其自身道理。雖然二者對本詩所表達內容的理解上並無什麼不同，但在局部章節的詩義理解上仍有細微差別，二者各據自己對本篇詩義的理解來分章，各有其宜，不可厚此薄彼。

---

① ［宋］朱熹撰，朱傑人校點：《詩集傳》，《朱子全書》（修訂本）第 1 册，第 434—435 頁。
② ［宋］朱熹撰，朱傑人校點：《詩集傳》，《朱子全書》（修訂本）第 1 册，第 435 頁。
③ ［清］夏炘：《讀詩劄記》附《詩章句考》，《叢書集成三編》第 34 册，第 269 頁下—270 頁上。

(2)《鄘風·載馳》篇

《載馳》詩,《詩集傳》之分章爲:

> 載馳載驅,歸唁衛侯。驅馬悠悠,言至于漕。大夫跋涉,我心則憂。○既不我嘉,不能旋反。視爾不臧,我思不遠。既不我嘉,不能旋濟。視爾不臧,我思不閟。○陟彼阿丘,言采其蝱。女子善懷,亦各有行。許人尤之,衆穉且狂。○我行其野,芃芃其麥。控于大邦,誰因誰極? 大夫君子,無我有尤! 百爾所思,不如我所之。①

《詩集傳》說:"《載馳》四章,二章章六句,二章章八句。"其下附注又曰:"舊説此詩五章,一章六句,二章、三章四句,四章六句,五章八句。蘇氏合二章、三章爲一章。按《春秋傳》叔孫豹賦《載馳》之四章,而取其'控于大邦,誰因誰極'之意,與蘇説合,今從之。"②

朱子對本詩的分章實際上是從蘇轍《詩集傳》的,合《毛傳》所分的第二章、第三章爲一章。這樣做與《左傳》相合。孔穎達《毛詩正義》已經注意到這個問題,並有相關論述,認爲《毛傳》之分章是對的。夏炘《詩章句考》以《杜注》、《孔疏》之説非是。清儒胡承珙於此有詳論,並指出蘇轍《詩集傳》的分章是合理的:

> 承珙案:《疏》所引服説,既以"許人尤之"爲三章,則服意自以此詩通爲四章,首章章六句,次章章八句,三章與首章同,四章與次章同;章六句者用一韻,章八句者用二韻。古詩雖不必拘,而此篇固相配整齊。服氏所分,當是古本如此。今《毛詩》章句,後人或有改易。服云"《載馳》五章屬《鄘風》"者,"五"字恐係"四"字傳寫之誤。《潁濱詩傳》分爲四章,不爲無據。孔《正義》謂服置首章於外,以下別數爲四章,非也。子家、穆叔所以賦《載馳》者,皆止取"控于大邦"之意,無庸并賦"許人尤之"之章。杜注《左傳》謂并賦四章以下,亦非也。③

胡承珙之説,疑"五章"乃"四章"傳寫之訛,雖無確切證據,但亦屬合理的推論。其從《詩經》韻例的角度來分析,則頗有説服力。今人王力先生《詩經韻

---

① [宋] 朱熹撰,朱傑人校點:《詩集傳》,《朱子全書》(修訂本)第 1 册,第 448—450 頁。
② [宋] 朱熹撰,朱傑人校點:《詩集傳》,《朱子全書》(修訂本)第 1 册,第 450 頁。
③ [清] 胡承珙撰,郭全芝校點:《毛詩後箋》,第 275—276 頁。

讀》之標韻與之相近，惟首章分侯、幽二部①，可證此篇之分章，當從胡氏之説。如此，則蘇轍與朱子之説皆是。

徐有富先生已經注意到朱子是採蘇轍之説，而較之更進一步：

> 朱熹在蘇轍的基礎上朝前邁進了一大步，因爲蘇轍這種分法作爲參考數據，而朱熹則用這種分法取代了原有分法。這種分法比較原始，它爲我們重新探討這首詩的分章問題，提供了新的思路。②

徐説甚是。其實，朱子之分章即可作爲本詩分章之定論。若如胡承珙之説，"五"乃"四"之訛字，則本詩之分章較協，且亦合《左傳》引《詩》之通例。

（3）《小雅·伐木》篇

《伐木》詩，《詩集傳》之分章爲：

> 伐木丁丁，鳥鳴嚶嚶。出自幽谷，遷于喬木。嚶其鳴矣，求其友聲。相彼鳥矣，猶求友聲。矧伊人矣，不求友生。神之聽之，終和且平。〇伐木許許，釃酒有藇。既有肥羜，以速諸父。寧適不來，微我弗顧。於粲灑埽，陳饋八簋。既有肥牡，以速諸舅。寧適不來，微我有咎。〇伐木于阪，釃酒有衍。籩豆有踐，兄弟無遠。民之失德，乾餱以愆。有酒湑我，無酒酤我。坎坎鼓我，蹲蹲舞我。迨我暇矣，飲此湑矣。③

《詩集傳》説："《伐木》三章，章十二句。"其下附注曰："劉氏曰：'此詩每章首輒云伐木，凡三云伐木，故知當爲三章。舊作六章，誤矣。'今從其説正之。"④此乃朱子引劉敞《七經小傳》説。《毛傳》的分章是"六章，章六句"。實際上，孔穎達《毛詩正義》已有此説，劉敞、朱子之分章與之相同。阮元《校勘記》説：

> 《伐木》六章章六句：唐石經、小字本、相臺本同，閩本、明監本、毛本同。案：《序》下標起止云："《伐木》六章，章六句。"《正義》又云："燕故舊，即二章、卒章上二句是也。燕朋友即二章'諸父''諸舅'，卒章'兄弟無遠'是也。"與標起止不合。當是《正義》本自作"三章，章十二句"，經注

---

① 王力：《詩經韻讀·楚辭韻讀》，第165—166頁。
② 徐有富：《〈詩集傳〉對〈詩經〉篇章結構的探討》，《南京師範大學文學院學報》，2011年第2期，第3頁。
③ 〔宋〕朱熹撰，朱傑人校點：《詩集傳》，《朱子全書》（修訂本）第1冊，第549—551頁。
④ 〔宋〕朱熹撰，朱傑人校點：《詩集傳》，《朱子全書》（修訂本）第1冊，第551頁。

本作"六章,章六句"者,其誤始於唐石經也,合併經注、《正義》時,又誤改標起止耳。①

此説甚是。其實,夏炘《詩章句考》已據《孔疏》所云,認爲:"孔所見本實三章也。其篇末所題'六章,章六句',或後人傳刻之誤。"②

對於朱子之分章,後儒多有從之者。陳奐《詩毛氏傳疏》於此引胡承珙《毛詩後箋》、阮元《校勘記》説,在諸家説中較爲詳細,證據充分,其説可從。現録之如下:

> 案:此詩分章,各本皆誤,《正義》標起止亦誤。胡承珙《毛詩後箋》云:"凡《傳》、《箋》下疏語,統釋一章者,例置每章之末,今總十二句爲一疏,作三次申述。又《序》下疏指'伐木許許'爲二章上二句,'伐木于阪'爲卒章上二句,又指'諸父''諸舅'爲二章,'兄弟無遠'爲卒章,是《正義》本自作'三章,章十二句',各本作'六章,章六句'者。"阮氏《校勘記》以爲:"其誤始於唐石經,合併經注、《正義》時又誤改標起止耳。"今據以訂正。凡毛、鄭分章異同,《關雎》、《思齊》、《行葦》、《閟宫》,故言舊説,必著明之。此不言異同,毛、鄭分章,皆如是也。③

由此可見,朱子從劉敞之分章,是較《毛詩》之分六章更爲合理的做法。當然,分六章也可能是《毛詩》的某些俗本所爲,較爲原始的版本可能就是分爲三章的。

(4)《大雅·靈臺》篇

《靈臺》詩,《詩集傳》之分章爲:

> 經始靈臺,經之營之。庶民攻之,不日成之。經始勿亟,庶民子來。○王在靈囿,麀鹿攸伏。麀鹿濯濯,白鳥翯翯。王在靈沼,於牣魚躍。○虡業維樅,賁鼓維鏞。於論鼓鍾,於樂辟廱。○於論鼓鍾,於樂辟廱。鼉鼓逢逢,矇瞍奏公。④

《詩集傳》説:"《靈臺》四章,二章章六句,二章章四句。"其下附注:"東萊吕氏

---

① [清]阮元校刻:《十三經注疏》,北京:中華書局,1980年,第414頁下。
② [清]夏炘《讀詩劄記》附《詩章句考》,《叢書集成三編》第34冊,第271頁上。
③ [清]陳奐:《詩毛氏傳疏》,《續修四庫全書》第70冊,第198頁下。案:陳奐説毛、鄭分章異同的篇目有誤,《魯頌·閟宫》篇非是。
④ [宋]朱熹撰,朱傑人校點:《詩集傳》,《朱子全書》(修訂本)第1冊,第669—670頁。

曰：前二章樂文王有臺池鳥獸之樂也。後二章言文王有鐘鼓之樂也。皆述民樂之詞也。"①《毛傳》於此篇，分爲五章，章四句。核之吕祖謙《吕氏家塾讀詩記》，朱子所稱引之"前二章"當作"前三章"，其分章實亦與《毛傳》同。

賈誼《新書·君道》引《詩》曰："經始靈臺，經之營之。庶民攻之，不日成之。經始勿亟，庶民子來。"又引《詩》曰："王在靈囿，麀鹿攸伏。麀鹿濯濯，白鳥翯翯。王在靈沼，於牣魚躍。"皆爲六句。朱子所分之前二章，分別與之同。朱子雖未言明是據此以分章，但恐於此不無關係。王先謙《詩三家義集疏》的分章即從此。而《國語·楚語上》引《詩》曰："經始靈臺，經之營之。庶民攻之，不日成之。經始勿亟，庶民子來。王在靈囿，麀鹿攸伏。"據此則首章又不得爲六句。《國語》與《新書》之分章，各有所當，或爲不同傳本所致。

朱子對本詩所分章句數的改動亦未作説明，似當有因，但目前尚無法知曉是何原因，只能留待高明或俟諸來日。從文獻學的角度來看，確實不宜改動原文。不過，這也正是朱子欲突破《毛詩》以治《詩經》的《詩》學觀，在其治《詩》實踐中的生動體現。

（5）《魯頌·閟宮》篇

《閟宮》一詩，是《詩經》中最長的一篇，《詩集傳》之分章爲：

> 閟宮有侐，實實枚枚。赫赫姜嫄，其德不回。上帝是依，無災無害。彌月不遲，是生后稷。降之百福，黍稷重穋，稙穉菽麥。奄有下國，俾民稼穡。有稷有黍，有稻有秬。奄有下土，纘禹之緒。○后稷之孫，實維大王，居岐之陽，實始翦商。至于文武，纘大王之緒。致天之屆，于牧之野。無貳無虞，上帝臨女。敦商之旅，克咸厥功。王曰叔父，建爾元子，俾侯于魯，大啓爾宇，爲周室輔。○乃命魯公，俾侯于東。錫之山川，土田附庸。周公之孫，莊公之子，龍旂承祀，六轡耳耳。春秋匪解，享祀不忒。皇皇后帝，皇祖后稷，享以騂犧，是饗是宜，降福既多。周公皇祖，亦其福女。○秋而載嘗，夏而楅衡。白牡騂剛，犧尊將將。毛炰胾羹，籩豆大房。（此下當脱一句，如"鐘鼓喤喤"之類。）《萬舞》洋洋，孝孫有慶。俾爾熾而昌，俾爾壽而臧。保彼東方，魯邦是常。不虧不崩，不震不騰。三壽作朋，如岡如陵。○公車千乘，朱英綠縢，二矛重弓。公徒三萬，貝冑朱綬，烝徒增增。戎狄是膺，荊舒是懲，則莫我敢承。俾爾昌而熾，俾爾壽而富。黃髮台背，壽胥與試。俾爾昌而大，俾爾耆而艾。萬有千歲，眉壽無有害。○泰山巖巖，魯邦所詹。奄有龜蒙，遂荒大東。至于海邦，淮夷來

---

① ［宋］朱熹撰，朱傑人校點：《詩集傳》，《朱子全書》（修訂本）第1冊，第670頁。

同。莫不率從,魯侯之功。○保有鳧繹,遂荒徐宅,至于海邦,淮夷蠻貊,及彼南夷,莫不率從。莫敢不諾,魯侯是若。○天錫公純嘏,眉壽保魯。居常與許,復周公之宇。魯侯燕喜,令妻壽母。宜大夫庶士,邦國是有。既多受祉,黄髮兒齒。○徂來之松,新甫之柏。是斷是度,是尋是尺。松桷有舄,路寢孔碩。新廟奕奕,奚斯所作。孔曼且碩,萬民是若。①

《詩集傳》説:"《閟宫》九章,五章章十七句,(内第四章脱一句。)二章章八句,二章章十句。"其後附注云:"舊説八章,二章章十七句,一章十二句,一章三十八句,二章章八句,二章章十句。多寡不均,雜亂無次,蓋不知第四章有脱句而然,今正其誤。"②舊説即《毛傳》所分之章句數。

夏炘《詩章句考》於此有兩段較長的按語,第一個按語説,在朱子之前,蘇轍《詩集傳》就開始對此詩的分章有所調整。後按語則曰:

> 炘按:此詩本無錯簡,《孟子》所云乃斷章取義,猶之以"憂心悄悄"屬文王,"肆不殄厥愠"屬孔子,非真以"戎狄是膺"爲咏周公實事。諸儒援此而變更經文,似可不必。惟朱子分九章:前五章皆十七句;後四章,二章八句,二章十句。血脈聯貫,界限分明,鄭康成《周禮序》所謂"其所變易,灼然如晦之見;其所彌縫,奄然如合符復析"者也。嗚呼! 蔑以加矣!③

朱子之後諸儒以爲此詩有錯簡,夏炘認爲錯簡之説是錯誤的,這從現在的出土文獻中,亦可證明。朱子的所謂的脱文,雖然使文章顯得整飭,但是出土文獻亦同樣顯示出,古書存在脱文的可能性也是極小的,所以朱子的這個説法,在文獻學意義上來看,是不能成立的。不過,朱子對漢儒《詩經》傳本的質疑,於此可窺一斑。

三、《詩集傳》對《毛詩》斷句的重新認定

《詩集傳》對《毛詩》斷句的重新認定,有三篇:《小雅·魚麗》、《周頌·天作》和《周頌·酌》。

---

① [宋]朱熹撰,朱傑人校點:《詩集傳》,《朱子全書》(修訂本)第1册,第747—750頁。
② [宋]朱熹撰,朱傑人校點:《詩集傳》,《朱子全書》(修訂本)第1册,第751頁。
③ [清]夏炘:《讀詩劄記》附《詩章句考》,《叢書集成三編》第34册,第275頁上—276頁上。

（一）《小雅·魚麗》篇

據《詩集傳》，《魚麗》詩當斷句爲：

> 魚麗于罶，鱨鯊。君子有酒，旨且多。○魚麗于罶，魴鱧。君子有酒，多且旨。○魚麗于罶，鰋鯉。君子有酒，旨且有。○物其多矣，維其嘉矣。○物其旨矣，維其偕矣。○物其有矣，維其時矣。①

陸德明《經典釋文》曰：“君子有酒旨，絶句。且多，此二字爲句，後章放此，異此讀則非。”②《鄭箋》之串講云：“酒美而此魚又多也。”“酒多而此魚又美也。”“酒多而此魚又有。”則鄭玄之斷句，早已如陸德明所説矣。這一點，清人武億已經指出。而《孔疏》曰：“其魚酒如何？酒既旨美，且魚復衆多。”③又疏《鄭箋》云：

> “旨且多”，文承“有酒”之下，三章則似酒美酒多也。而以爲魚多者，以此篇下三章還覆上三章也。首章言“旨且多”，四章云“物其多矣”；二章云“多且旨”，五章云“物其旨矣”；三章云“旨且有”，卒章云“物其有矣”。下章皆疊上章句末之字，謂之爲“物”。若酒，則人之所爲，非自然之物。以此知“且多”“且旨”“且有”，皆是魚也。④

如《孔疏》此説，則是其明以“旨且多”“多且旨”“旨且有”爲句，不與鄭玄、陸德明同。吴洋先生《朱熹〈詩集傳〉章句考》認爲：“王力在《詩經韻讀》中對《魚麗》的擬音與標韻驗證了朱熹‘隔句協韻’之説。從聲韻上看，朱熹的斷句是比較恰當的。”⑤此説甚是。而且，朱子的斷句，也涉及句義上的思考。朱子串講一章句義曰：“即燕饗所薦之羞，而極道其美且多，見主人禮意之勤，以優賓也。”⑥朱子是以“旨且多”承上文酒與魚而言；而《鄭箋》則以“旨”承酒言，“多”承“魚”言，《孔疏》因之。實際上，《鄭箋》之説，割裂文理，不合語言習慣。朱子《詩集傳》之説，方合語法。

---

① ［宋］朱熹撰，朱傑人校點：《詩集傳》，《朱子全書》（修訂本）第 1 册，第 558 頁。
② ［唐］陸德明撰，黄焯彙校：《經典釋文彙校》，第 173 頁。
③ ［漢］毛亨傳，［漢］鄭玄箋，［唐］孔穎達疏，［唐］陸德明音釋，朱傑人、李慧玲點校：《毛詩注疏》，第 859 頁。
④ ［漢］毛亨傳，［漢］鄭玄箋，［唐］孔穎達疏，［唐］陸德明音釋，朱傑人、李慧玲點校：《毛詩注疏》，第 862—863 頁。
⑤ 吴洋：《朱熹〈詩經〉學思想探源及研究》，第 271 頁。。
⑥ ［宋］朱熹撰，朱傑人校點：《詩集傳》，《朱子全書》（修訂本）第 1 册，第 558 頁。

（二）《周頌・天作》篇

《詩集傳》於《天作》詩“彼徂矣岐”下夾注曰：“彼徂矣岐，沈括曰：《後漢書・西南夷傳》作‘彼岨者岐’。今按，彼書‘岨’但作‘徂’，而引《韓詩薛君章句》亦但訓爲‘往’。獨‘矣’字正作‘者’，如沈氏説。然其注末復云岐雖阻僻，則似又有‘岨’意。韓子亦云‘彼岐有岨’，疑或別有所據。故今從之，而定讀‘岐’字絕句。”①則當斷句爲：

> 天作高山，大王荒之。彼作矣，文王康之。彼徂矣岐，有夷之行，子孫保之。②

本詩若據毛、鄭的解釋，則當斷句爲“彼徂矣，岐有夷之行，子孫保之。”朱子對沈括引《後漢書》説及韓愈《岐山操》文加以辨析，對《毛詩》説加以修正，並改其句讀。吳洋先生認爲，這“很可能受到了歐陽修的影響”③。

《説苑・君道》引《詩》曰：“岐有夷之行，子孫其保之。”《韓詩外傳》引《詩》曰：“政有夷之行，子孫保之。”段玉裁《毛詩故訓傳定本》以“彼徂矣”三字爲句，“岐有夷之行”五字爲句，並説：“《韓詩外傳》、《説苑》引皆然。”④以駁朱子此説之非。胡承珙《毛詩後箋》則認爲《韓詩外傳》中兩處“政有夷之行”的“政”，當作“岐”。⑤清儒一般都認爲，朱子之斷句是錯誤的，如段玉裁、胡承珙、馬瑞辰、陳奐等。即使是頗崇拜朱子的夏炘，以對此説略有質疑：

> 炘案：“矣”字、“岐”字皆可絕句，無害於義。若如《説苑》所引，下句多一“其”字，則“彼徂矣”三字句，與上“彼作矣”對；下二句皆五字句，尤爲勻協。⑥

但于省吾先生標點與朱子同，並提供了另一種讀法：

> 武億《經讀考異》認爲，“上既云‘彼作矣’則此‘彼徂矣’斷句，與經符合。”武説非也。“彼作矣”，作字承“天作高山”言。彼徂矣，非有所承而言也。則二矣字非對文。或謂彼作矣之彼謂大王，非是。不知如承大王

---

① ［宋］朱熹撰，朱傑人校點：《詩集傳》，《朱子全書》（修訂本）第 1 册，第 725 頁。
② ［宋］朱熹撰，朱傑人校點：《詩集傳》，《朱子全書》（修訂本）第 1 册，第 725 頁。
③ 吳洋：《朱熹〈詩經〉學思想探源及研究》，第 274 頁。。
④ ［清］段玉裁：《毛詩故訓傳定本》，《續修四庫全書》第 64 册，第 167 頁下。
⑤ ［清］胡承珙撰，郭全芝校點：《毛詩後箋》，第 1515 頁。
⑥ ［清］夏炘：《讀詩劄記》附《詩章句考》，《叢書集成三編》第 34 册，第 274 頁下。

言，上既言"大王荒之"，應曰彼荒矣。以文義求之，猶云天作高山，大王荒之；天作高山，文王康之。作高山者天也，荒之者大王也，康之者文王也。徂、沮、且古通。……古以、矣通用。……"彼徂矣岐，有夷之行"，應讀爲彼沮矣岐句，有夷之行句。……按彼沮矣岐，有夷之行，謂沮水之側與岐山之下，有坦夷之道也。以訓與典籍習見。①

于先生此論較詳，且提供了較爲合理的解釋。但其文謂"彼作矣"之"作"讀如"天作高山"之"作"，仍可商榷，此"作"當訓興起；又以徂、矣皆爲通假字，證據不足；且未對《説苑》、《韓詩外傳》引文加以辨析。故其説似不可從。毛、鄭的斷句，顯然更恰。

(三)《周頌·酌》篇

據《詩集傳》，《酌》詩"一章，八句"，則當斷句爲：

> 於鑠王師，遵養時晦。時純熙矣，是用大介。我龍受之，蹻蹻王之造。載用有嗣，實維爾公允師。②

而《毛傳》、《鄭箋》皆以本詩"一章，九句"，《孔疏》亦因之。夏炘《詩章句考》曰：

> 炘按："實維爾公允師"，《傳》云："公，事也。"《箋》云："允，信也。王之事所以舉兵克勝者，實維女之事，信得用師之道。"則毛、鄭以"實維爾公"四字句，下"允師"二字句。《朱傳》云："亦惟武王之事是師也。"是朱子以六子爲一句也。③

如此，則《毛詩》將末句當斷爲"實維爾公，允師。"

《鄭箋》之訓"允師"爲"信得用師之道"，不合語言習慣，不可從。清儒馬瑞辰《毛詩傳箋通釋》揭毛、鄭訓詁之誤云：

> 按：公對上"王之造"言，當謂先公。允猶用也，語詞之用也。師當訓爲師法之師。允師猶言用師也。詩上言"蹻蹻王之造"，造，爲也，爲猶成也。蓋言王業之成所由足用爲嗣者，實維爾先公用師，正《序》所云"酌

---

① 于省吾：《澤螺居詩經新證·澤螺居楚辭新證》，北京：中華書局，2003年，第54—55頁。
② ［宋］朱熹撰，朱傑人校點：《詩集傳》，《朱子全書》（修訂本）第1冊，第740頁。
③ ［清］夏炘：《讀詩劄記》附《詩章句考》，《叢書集成三編》第34冊，第275頁上。

先祖之道"也。《傳》訓公爲事,《箋》以"允師"爲"信得用師之道",失之。①

此説甚是。允訓爲"語詞之用",其實,這就相當於現在所説的複指代詞"是",相同的用例還可見於《大雅·公劉》:"度其夕陽,豳居允荒。"而朱子雖仍《鄭箋》之訓,以"信"釋"允",但《詩集傳》串講本句句義曰:"其所以嗣之者,亦維武王之事是師爾。"②此實爲馬氏之説所本。應該説,朱子的解釋更合理一些,至少照顧到了語言習慣。"允"字如此用,則不能點斷。

蔡邕《獨斷》亦以此詩爲"一章,九句",是則《魯詩》之斷句亦當與《毛詩》同,然正如上文所析,此説不如朱子之説允恰。故此詩斷句,當從《詩集傳》説爲是。

四、餘　論

由上文的分析可知,朱子《詩集傳》對毛、鄭的分章斷句作出的改動,有些是比較合理的,改正了原有分章斷句的不足,當然,其中也有些改動並不合理。然而,我們並不能僅從純粹文獻學的角度來審視這一問題。前文已述,朱子治《詩》的一個重要宗旨,就是要試圖回歸聖賢本意,有明顯的學派立場。這具體反映到《詩集傳》上,就是朱子希冀通過對《毛詩》文本的校正,以恢復到先秦時期《詩經》"古本"的面貌。《毛傳》、《鄭箋》在分章斷句上有不合理之處,朱子對其作出調整,是爲可以恢復到先秦時期《詩經》文本原貌而作出的努力與嘗試。這才是《詩集傳》對《毛詩》分章斷句作出重新認定的根本原因。

第四節　對《毛詩》篇次的調整

《詩經》的篇次問題,涉及《詩經》諸篇產生的時世以及《詩經》編排的邏輯順序,因此是詩經學中較爲重要的一個問題,向爲詩經學者所重視。對此,金公亮《詩經學 ABC》一書專設第十章"篇目次第"對這個問題有所介紹。③ 學界一般都已注意到吳公子季札觀樂時的篇次,與今本不同。據《左傳·襄公二十九年》載,季札所觀周樂的次序爲:《周南》、《召南》、《邶》、《鄘》、《衛》、《王》、《鄭》、《齊》、《豳》、《秦》、《魏》、《唐》、《陳》、"自《檜》以下"、《小雅》、《大

---

①　[清] 馬瑞辰注、陳金生點校:《毛詩傳箋通釋》,第 1118 頁。
②　[宋] 朱熹撰,朱傑人校點:《詩集傳》,《朱子全書》(修訂本)第 1 册,第 740 頁。
③　金公亮:《詩經學 ABC》,上海:世界書局,1929 年,第 115—135 頁。

雅》、《頌》。杜預《注》以爲"自《檜》以下",即《檜》、《曹》。① 今本於十五《國風》順序則與之不同:《周南》、《召南》、《邶》、《鄘》、《衛》、《王》、《鄭》、《齊》、《魏》、《唐》、《秦》、《陳》、《檜》、《曹》、《豳》。此外,《論語·子罕》載:"子曰:'吾自衛反魯,然後樂正,《雅》、《頌》各得其所。'"今人一般亦據此認爲,孔子很可能對《雅》、《頌》部分,有所整理。

秦火後,漢代的《詩經》各傳本在次序上當有一個固定的順序,但《詩經》四家之間並不盡相同,王應麟《困學紀聞》卷三引曹粹中《詩説》曰:"《齊詩》先《采蘋》後《草蟲》。"② 如此,則《齊詩》之篇次當與《毛詩》有不同之處。至於《魯詩》,雖然蔡邕《獨斷》所陳《周頌》31 篇次序與今本《毛詩》同,但從熹平石經《魯詩》殘碑來看,《魯詩》的篇次與今本《毛詩》亦有不盡相同之處。羅振玉《漢熹平石經殘字集録》説:

> (《魯詩》)與毛互勘,則篇第不僅小異,約略舉之,如:《鄭風·山有扶蘇》上非《有女同車》;《小雅·彤弓》之後爲《賓之初筵》,《吉日》之後爲《白駒》;《大雅·旱麓》之後爲《靈臺》,《鳬鷖》之後爲《民勞》,《韓奕》之後爲《公劉》,《桑柔》之後爲《瞻卬》、《假樂》,又《卷阿》在《文王》之前,並毛、魯不同。③

上海博物館所藏兩塊熹平石經《魯詩》,其中一石亦反映出"篇序與今本《毛詩》有較大不同:石經《桑柔》、《瞻卬》、《假樂》三篇相連爲序"④。西漢海昏侯劉賀墓出土的《詩經》屬於《魯詩》,疑爲《漢書·藝文志》著録的《魯故》,整理者認爲其中《雅》、《頌》部分"一'組'之內的篇序可能與今本存在差異"⑤。1977 年出土的阜陽雙古堆漢簡《詩經》,雖是斷簡殘編,整理者胡平生先生亦根據其中的蛛絲馬跡,斷定其次序與今本《毛詩》有不同之處。⑥ 孔穎達《毛詩正義》亦對《毛詩》的次序有所質疑,如《〈毛詩譜·豳譜〉正義》説:

---

① ［周］左丘明傳,［晋］杜預注,［唐］孔穎達正義:《春秋左傳正義》(繁體標點本),北京:北京大學出版社,2000 年,第 1259—1268 頁。

② ［宋］王應麟注,［清］翁元圻等注,欒寶華、田松青、吕宗力校點:《困學紀聞》,上海:上海古籍出版社,2008 年,第 327 頁。

③ 羅振玉:《漢熹平石經殘字集録》,《貞松老人遺稿》乙集之三,上海:上海書店,1996 年,第 2 頁。

④ 范邦瑾:《兩塊未見著録的〈熹平石經·詩〉殘石的校釋及綴接》,《文物》,1986 年第 5 期,第 2—3 頁。

⑤ 江西省文物考古研究院、北京大學出土文獻研究所、荆州文物保護中心:《江西南昌西漢海昏侯劉賀墓出土簡牘》,《文物》,2018 年第 11 月,第 87—88 頁。

⑥ 胡平生、韓自强:《阜陽漢簡詩經研究》,第 32—33 頁。

計此七篇之作,《七月》在先,《鴟鴞》次之。今《鴟鴞》次於《七月》,得其序矣。《伐柯》、《九罭》與《鴟鴞》同年,《東山》之作,在《破斧》之後,當於《鴟鴞》之下。次《伐柯》、《九罭》、《破斧》、《東山》,然後終以《狼跋》。今皆顛倒不次者,張融以爲簡札誤編,或者次《詩》不以作之先後。①

簡札誤編的情況,從今出土的大量戰國時期的簡牘可知,其存在的可能性很小。而次《詩》不以作之先後,是一種可能性;當然也有可能是《毛詩》的篇次本身有誤。到了宋代,歐陽修《詩本義》、蘇轍《詩集傳》、鄭樵《詩辨妄》等對《詩經》篇次亦多有質疑。朱子於此亦有質疑,故對《毛詩》所定篇次有所調整,這也應當屬於《詩集傳》校勘《毛詩》的内容之一。

朱子《詩集傳》對《毛詩》篇次的調整主要集中在《二雅》部分,而《三頌》和《國風》篇次雖無直接改動,但亦有所質疑。這些改動或質疑有些是正確的,也有些是錯誤的,不過,其中所體現出的朱子的治《詩》方法、宗旨以及其學派屬性等學術思想,頗值得我們重視,藉此,可以豐富我們對朱子詩經學特徵及其詩經學觀的瞭解。

一、《詩集傳》對《國風》篇次的調整

《國風》有十五個部分,共 160 篇。朱子《答范伯崇》第二書云:"十五《國風》次序恐未必有意,而先儒及近世諸先生皆言之,故《集傳》中不敢提起。蓋詭隨非所安,而辨論非所敢也。"②通覽《詩集傳》,可知其中十五《國風》的順序與《毛詩》相同,並未作任何改動;這 160 篇的次序也未作改動。不過,在 160 篇《國風》中,朱子認爲《邶風》中《日月》和《終風》兩篇篇次失當,應當在《日月》之前。朱子《詩序辨説》於《邶風·緑衣》下説:"此詩下至《終風》四篇,《序》皆以爲莊姜之詩,今姑從之,然唯《燕燕》一篇詩文略可據耳。"《詩集傳》於《邶風·緑衣》篇附注中説:"此詩無所考,故從《序》説。下三篇同。"③"下三篇"即指《燕燕》、《日月》、《終風》三篇,這是《毛詩》的次序。《詩集傳》雖然未對這三篇的次序加以改動,但在《日月》篇附注中説:"此詩當在《燕燕》之前,下篇放此。"《終風》篇附注中又説:"説見上。"④

① [漢] 毛亨傳,[漢] 鄭玄箋,[唐] 孔穎達疏,[唐] 陸德明音釋,朱傑人、李慧玲整理:《毛詩注疏》,第 700 頁。
② [宋] 朱熹撰,劉永翔、徐德明校點:《晦庵先生朱文公文集》(三),《朱子全書》(修訂本)第 22 册,第 1768 頁。
③ [宋] 朱熹撰,朱傑人校點:《詩集傳》,《朱子全書》(修訂本)第 1 册,第 362、424 頁。
④ [宋] 朱熹撰,朱傑人校點:《詩集傳》,《朱子全書》(修訂本)第 1 册,第 426、427 頁。

　　朱子注《燕燕》篇首章曰："莊姜無子,以陳女戴嬀之子完爲己子。莊公卒,完即位,嬖人之子州吁弑之。故戴嬀大歸于陳,而莊姜送之,作此詩也。"①此詩《序》曰:"《燕燕》,衛莊姜送歸妾也。"《鄭箋》:"莊姜無子,陳女戴嬀生子名完,莊姜以爲己子。莊公薨,完立,而州吁殺之。戴嬀於是大歸,莊姜遠送於野,作詩見己志。"《左傳·隱公三年》載莊姜美而無子,以陳女屬嬀之娣戴嬀之子完爲己子;《隱公四年》載州吁弑其君桓公而立。《序》説與《左傳》的記載相合。朱子在《詩序辨説》中説:"'遠送于南'一句可爲送戴嬀之驗。"②故其認同《序》説。如此,則此詩當作於衛莊公薨後。

　　朱子注《日月》篇首章曰:"莊姜不見答於莊公,故呼日月而訴之。言日月之照臨下土久矣,今乃有如是之人,而不以古道相處,是其心志回惑,亦何能有定哉? 而何爲其獨不我顧也。見棄如此,而猶有望之之意焉。此詩之所以爲厚也。"③此詩《序》曰:"《日月》,衛莊姜傷己也。遭州吁之難,傷己不見答於先君,以至困窮之詩也。"朱子在《詩集傳》中雖稱此篇説從《序》,但仍略有改動。《詩序》認爲此詩是莊姜在莊公薨後,遭遇州吁之難,回憶自己不見答於莊公之詩,而朱子則認爲這是莊公在世時,莊姜傷不見答而作。《詩序辨説》對此一改動分析道:"此詩《序》以爲莊姜之作,今未有以見其不然。但謂遭州吁之難而作,則未然耳。蓋詩言'寧不我顧',猶有望之之意,又言'德音無良',亦非所宜施於前人者,明是莊公在時所作。其篇次亦當在《燕燕》之前也。"④朱子據"寧不我顧"和"德音無良"的語用意義,以斷定此詩不當爲莊姜在遭州吁之難後自傷身世所作,而應該是莊公在世時所作。故而對此篇順序也產生質疑,認爲應當在《燕燕》篇之前。這個分析是非常有見地的,可從。

　　清儒胡承珙《毛詩後箋》論此篇之《序》,亦可推論出與之相同的結論:

　　　　《序》云:"《日月》,衛莊姜傷己也。"此詩及《綠衣》、《終風》,《序》首句皆止云"衛莊姜傷己也"。《詩》經秦火後,倒亂失次,經師因前《燕燕》是莊公殁後之詩,故於此增入"不見答於先君"之語,後儒遂有以"乃如之人"爲指州吁者。案:毛《傳》於"逝不相好"云"不及我以相好",於"寧不我報"云"盡婦道而不得報",則斷非莊公殁後追述既往之辭。故鄭《箋》以"胡能有定"爲"定完",《正義》引《左傳》石碏之諫以釋經中"定"字,實爲確論。⑤

<hr>

①　[宋]朱熹撰,朱傑人校點:《詩集傳》,《朱子全書》(修訂本)第1册,第424頁。
②　[宋]朱熹撰,朱傑人校點:《詩集傳》,《朱子全書》(修訂本)第1册,第362頁。
③　[宋]朱熹撰,朱傑人校點:《詩集傳》,《朱子全書》(修訂本)第1册,第425頁。
④　[宋]朱熹撰,朱傑人校點:《詩集傳》,《朱子全書》(修訂本)第1册,第362頁。
⑤　[清]胡承珙撰,郭全芝校點:《毛詩後箋》,第148頁。

"定完"的"完",即公子完,也即後來被州吁所殺的衛桓公。胡承珙據《毛傳》對"逝不相好"、"寧不我報"的解釋,斷定此詩絕非莊姜追述之詩,而應該是莊公在世時所作。而《鄭箋》和《孔疏》的解釋,也支持他的這個結論。並且,胡承珙更進一步,認爲這是秦火後失去原先的篇次所致,而經師則強爲之説。這正好可以作爲朱子認定此詩《後序》有失,而篇次又有顛倒之證。

朱子注《終風》篇首章曰:"莊公之爲人,狂蕩暴疾。莊姜不忍斥言之,故但以'終風且暴'爲比。言雖其狂暴如此,然亦有顧我而笑之時。但皆出於戲慢之意,而無愛敬之誠。則又使我不敢言,而心獨傷之耳。蓋莊公暴慢無常,而莊姜正靜自守,所以忤其意而不見答也。"①此詩《序》説:"衛莊姜傷己也。遭州吁之暴,見侮慢而不能正也。"《詩序》説此詩爲衛莊姜傷己,而《後序》則申之,以爲是她在遭州吁之亂的事。如此,則是以爲此詩作於衛莊公薨後。而朱子則認爲此詩作於衛莊公生時。朱子於《詩序辨説》對此詩有分析道:"詳味此詩,有夫婦之情,無母子之意,若果莊姜之詩,則亦當在莊公之世,而列於《燕燕》之前。《序》説誤矣。"②其實,從本詩來看,未必無母子之意。而且,若指衛莊公與莊姜之事,則於禮制亦有不合之處。胡承珙《毛詩後箋》先引許伯政《詩深》揭朱子此論有疏失之處,再加按語道:

> 承珙案:以"莫往莫來"等語遂指爲莊公之世,則此詩直不過《長門》一賦耳。惟因州吁之狂暴,而思念憂傷皆關宗社。晉褚太后批桓溫廢立詔曰:"未亡人不幸罹此百憂,感念存殁,心焉如割。"與此詩意正同。《詩深》又曰:"漢廷臣詣奏昌邑之罪於太后前,斥其引納騶宰官奴禁闥內敖戲,與孝昭宮人蒙等淫亂。太后曰:'爲人臣子當悖亂如是邪?'此云'謔浪笑敖',大略與太后所以詰昌邑者亦相仿也。莊姜值此,念及君薨子弑,國靡有定,'悠悠我思,不遑假寐',愁苦之深情見乎詞矣。"③

胡氏之説,足糾朱子之失。

朱子認爲《邶風》中的《日月》、《終風》兩篇《序》説略有疏失,應該是衛莊公在世時的詩,而非作於其薨後,因此,這兩首詩當在《燕燕》篇之前。由以上的分析,我們可以知道,認爲《日月》當在《燕燕》前,比較合理,而認爲《終風》在《燕燕》前,則證據不足。雖然朱子的質疑有得有失,但這也正是朱子從《詩經》文義出發,不盲從《詩序》的治《詩》方法與態度的生動體現。

---

① [宋]朱熹撰,朱傑人校點:《詩集傳》,《朱子全書》(修訂本)第1冊,第426頁。
② [宋]朱熹撰,朱傑人校點:《詩集傳》,《朱子全書》(修訂本)第1冊,第362頁。
③ [清]胡承珙撰,郭全芝校點:《毛詩後箋》,第152頁。

二、《詩集傳》對《二雅》篇次的調整

《小雅》74 篇，外加 6 篇"有目亡辭"的笙詩，共 80 篇；《大雅》31 篇。我們將《毛詩》的篇次和《詩集傳》的篇次兩相對照，可知《詩集傳》對《毛詩》中《二雅》篇次的調整，是集中在《小雅》部分，而《大雅》的篇次則並未作改動。

朱子《答廖子晦》一書曰："《小雅》篇次，尤多不可曉者，此未易考。"①而《詩集傳》論《二雅》的時候則説：

> 雅者，正也，正樂之歌也。其篇本有大小之殊，而先儒説又各有正變之別。以今考之，正《小雅》，燕饗之樂也；正《大雅》，會朝之樂，受釐陳戒之辭也。故或歡欣和説，以盡群下之情；或恭敬齊莊，以發先王之德。詞氣不同，音節亦異，多周公制作時所定也。及其變也，則事未必同而各以其聲附之。其次序時世，則有不可考者矣。②

朱子認爲，《二雅》的次序時世，有的篇目是不可考的，因爲在其諸篇的文本中，並無明顯的證據可以證明其創作年代或編排規則。其言下之意還在於表明《毛詩》的編排次序未必可以完全相信。在《詩集傳》中，我們可以見到朱子對《二雅》的部分篇次進行的調整，改動了《毛詩》的次序。這個改動主要就是對於笙詩的不同排序，《毛詩·小雅》的第 10 到第 17 篇分別爲：《魚麗》、《南陔》、《白華》、《華黍》、《南有嘉魚》、《南山有臺》、《由庚》、《崇丘》；其中有五首笙詩，即《南陔》、《白華》、《華黍》、《由庚》、《崇丘》。而《詩集傳》對這八篇的排序則是：《南陔》、《白華》、《華黍》、《魚麗》、《由庚》、《南有嘉魚》、《崇丘》、《南山有臺》。由於第 18 篇《由儀》亦屬於笙詩，與《由庚》、《崇丘》同屬一組，故本文亦將其納入考察範圍，共九篇。朱子在對《詩》篇次序調整的同時，對《毛詩》所分之"什"也作了調整。《毛詩》分七個什，即《鹿鳴之什》、《南有嘉魚之什》、《鴻雁之什》、《節南山之什》、《谷風之什》、《甫田之什》、《魚藻之什》；而《詩集傳》則將其調整爲八個什，也即：《鹿鳴之什》、《白華之什》、《彤弓之什》、《祈父之什》、《小旻之什》、《北山之什》、《桑扈之什》、《都人士之什》。也就是説，《詩集傳》對《小雅》篇次的調整包括兩個方面：一是對篇目次序的調整，一是篇什的調整。

其間所作改動，可列對照表如下：

---

① ［宋］朱熹撰，劉永翔、徐德明校點：《晦庵先生朱文公文集》（三），《朱子全書》（修訂本）第 22 册，第 2085 頁。

② ［宋］朱熹撰，朱傑人校點：《詩集傳》，《朱子全書》（修訂本）第 1 册，第 543 頁。

《毛　詩》		《詩　集　傳》	
什	篇	篇	什
鹿鳴之什	1 鹿鳴		鹿鳴之什
	2 四牡		
	3 皇皇者華		
	4 常棣		
	5 伐木		
	6 天保		
	7 采薇		
	8 出車		
	9 杕杜		
	10 魚麗	11 南陔（笙詩）	
	11 南陔（笙詩）	12 白華（笙詩）	白華之什
	12 白華（笙詩）	13 華黍（笙詩）	
	13 華黍（笙詩）	10 魚麗	
南有嘉魚之什	14 南有嘉魚	16 由庚（笙詩）	
	15 南山有臺	14 南有嘉魚	
	16 由庚（笙詩）	17 崇丘（笙詩）	
	17 崇丘（笙詩）	15 南山有臺	
	18 由儀（笙詩）		
	19 蓼蕭		
	20 湛露		
	21 彤弓		彤弓之什
	22 菁菁者莪		
	23 六月		
	24 采芑		
	25 車攻		
	26 吉日		
鴻雁之什	27 鴻雁		
	28 庭燎		
	29 沔水		
	30 鶴鳴		

續　表

《毛　　詩》		《詩　集　傳》	
什	篇	篇	什
鴻雁之什	31 祈父		祈父之什
	32 白駒		
	33 黃鳥		
	34 我行其野		
	35 斯干		
	36 無羊		
節南山之什	37 節南山		
	38 正月		
	39 十月之交		
	40 雨無正		
	41 小旻		小旻之什
	42 小宛		
	43 小弁		
	44 巧言		
	45 何人斯		
	46 巷伯		
谷風之什	47 谷風		
	48 蓼莪		
	49 大東		
	50 四月		
	51 北山		北山之什
	52 無將大車		
	53 小明		
	54 鼓鐘		
	55 楚茨		
	56 信南山		
甫田之什	57 甫田		
	58 大田		
	59 瞻彼洛矣		
	60 裳裳者華		

《毛 詩》		《詩 集 傳》	
什	篇	篇	什
甫田之什	61 桑扈		桑扈之什
	62 鴛鴦		
	63 頍弁		
	64 車舝		
	65 青蠅		
	66 賓之初筵		
魚藻之什	67 魚藻		
	68 采菽		
	69 角弓		
	70 菀柳		
	71 都人士		都人士之什
	72 采緑		
	73 黍苗		
	74 隰桑		
	75 白華		
	76 綿蠻		
	77 瓠葉		
	78 漸漸之石		
	79 苕之華		
	80 何草不黄		

（一）對篇目次序的調整

《詩集傳》在對《小雅》這九篇次序的調整時，有著明確的説明。《詩集傳》在《南陔》篇附注中説："此笙詩也，有聲無詞。舊在《魚麗》之後。以《儀禮》考之，其篇次當在此，今正之。説見《華黍》。"《詩集傳》在《白華之什》下附注曰："毛公以《南陔》以下三篇無辭，故升《魚麗》以足《鹿鳴》什數，而附笙詩三篇於其後，因以《南有嘉魚》爲什次之首。今悉依《儀禮》正之。"《詩集傳》於《白華》篇附注曰："笙詩也。説見上下篇。"①《詩集傳》於《華黍》篇附注曰：

---

① ［宋］朱熹撰，朱傑人校點：《詩集傳》，《朱子全書》（修訂本）第 1 册，第 557 頁。

亦笙詩也。鄉飲酒禮:鼓瑟而歌《鹿鳴》、《四牡》、《皇皇者華》,然後笙入堂下,磬南北面立,樂《南陔》、《白華》、《華黍》。燕禮亦鼓瑟歌《鹿鳴》、《四牡》、《皇華》,然後笙入,立于縣中,奏《南陔》、《白華》、《華黍》。《南陔》以下,今無考其名篇之義。然曰笙、曰樂、曰奏,而不言歌,則有聲而無詞明矣。所以知其篇第在此者,意古經篇題之下必有譜焉,如投壺,魯、薛鼓之節而亡之耳。①

《詩集傳》於《魚麗》篇附注曰:

> 按《儀禮》鄉飲酒及燕禮前樂既畢,皆間歌《魚麗》,笙《由庚》;歌《南有嘉魚》,笙《崇丘》;歌《南山有臺》,笙《由儀》。間,代也。言一歌一吹也。然則此六者,蓋一時之詩,而皆爲燕饗賓客,上下通用之樂。毛公分《魚麗》以足前什,而説者不察,遂分《魚麗》以上爲文武詩,《嘉魚》以下爲成王詩,其失甚矣。②

朱子據《儀禮》中的相關記載,校正《毛詩》於"笙詩"編排的失次。《詩集傳》於《由庚》下附注曰:"此亦笙詩,説見《魚麗》。"《詩集傳》在《南有嘉魚》、《崇丘》、《南山有臺》、《由儀》篇附注均説:"説見《魚麗》。"③

朱子在《詩序辨説》中,仍然按照《毛詩》的次序,對這九篇分別有所説明。於《魚麗》下説:"此篇以下時世次第,《序》説之失,已見本篇。其内外始終之説,蓋一節之可取云。"於《南陔》下説:"此笙詩也。《譜》、《序》、篇次、名義及其所用,已見本篇。"於《白華》下説:"同上,此《序》尤無理。"於《華黍》下説:"同上。然所謂'有其義'者,非真有。所謂'亡其辭'者,乃本無也。"於《南有嘉魚》下説:"《序》得詩意而不明其用。其曰'太平之君子'者本無謂,而説者又專指武王,皆失之矣。"於《南山有臺》下説:"《序》首句誤,詳見本篇。"於《由庚》下説:"見《南陔》。"於《崇丘》、《由儀》下皆説:"見上。"④《詩序辨説》是專爲辨破《毛詩序》而作,故依《毛詩》之次序,一一爲之辨正,而這與朱子在《詩集傳》中改動《毛詩》的次序並不矛盾。

從以上所録朱子之説,可以看出《詩集傳》對《小雅》篇次所作的調整在六首笙詩上有著不同處理:一是將《南陔》、《白華》、《華黍》三首笙詩當作一組,

---

① [宋]朱熹撰,朱傑人校點:《詩集傳》,《朱子全書》(修訂本)第1册,第558頁。
② [宋]朱熹撰,朱傑人校點:《詩集傳》,《朱子全書》(修訂本)第1册,第558—559頁。
③ [宋]朱熹撰,朱傑人校點:《詩集傳》,《朱子全書》(修訂本)第1册,第559、560—561頁。
④ [宋]朱熹撰,朱傑人校點:《詩集傳》,《朱子全書》(修訂本)第1册,第383頁。

置於《魚麗》之前,而《毛詩》則是置於其後的;二是將《由庚》、《崇丘》、《由儀》三篇笙詩當作一組,分別置於《魚麗》、《南有嘉魚》、《南山有臺》三篇詩之後。朱子認爲在"三禮"中,《儀禮》是"經",《周禮》、《禮記》是"傳",因此特重《儀禮》。而《儀禮·鄉飲酒禮第四》和《燕禮第六》均有:"乃間歌《魚麗》,笙《由庚》;歌《南有嘉魚》,笙《崇丘》;歌《南山有臺》,笙《由儀》。"①朱子所作的改動就是緣於此。

其實,朱子這個改動,亦是有所本的。鄭玄《毛詩箋》於此已有所質疑:

> 此三篇者(引者按:指《南陔》、《白華》、《華黍》三首笙詩),《鄉飲酒》、《燕禮》用焉,曰"笙入,立于縣中,奏《南陔》、《白華》、《華黍》"是也。孔子論《詩》,"《雅》、《頌》各得其所",時俱在耳。篇第當在於此,遭戰國及秦之世而亡之,其義則與衆篇之義合編,故存。至毛公爲《詁訓傳》,乃分衆篇之義,各置於其篇端云。又闕其亡者,以見在爲數,故推改什首,遂通耳,而下非孔子之舊。②

鄭玄先注《禮》,後箋《詩》,他顯然已經注意到《鄉飲酒禮》和《燕禮》中對此的記載,而認爲《毛傳》的篇次"非孔子之舊"。朱子將這三篇置於《魚麗》之前,蓋與鄭玄的這個説法亦不無相關。此外,陸德明《經典釋文·毛詩音義》説:

> 此三篇(引者按:指《由庚》、《崇丘》、《由儀》三首笙詩)義與《南陔》等同。依《六月》序,《由庚》在《南有嘉魚》前,《崇丘》在《南山有臺》前。今同在此者,以其俱亡,使相從耳。③

可見,朱子所作的這第二個改動與陸德明的説法相同,恐怕就是承自陸德明《經典釋文》的。徐有富先生《〈詩集傳〉對〈詩經〉篇章結構的探討》一文已經注意到《詩集傳》於此處亦有改動,但朱子與陸氏之説不盡相同。④ 蘇轍《詩集傳》於此有云:

---

① [漢]鄭玄注,[唐]賈公彥疏:《儀禮注疏》(繁體標點本),北京:北京大學出版社,2010年,第173、317頁。
② [漢]毛亨傳,[漢]鄭玄箋,[唐]孔穎達疏,[唐]陸德明音釋,朱傑人、李慧玲整理:《毛詩注疏》,第683頁。
③ [漢]毛亨傳,[漢]鄭玄箋,[唐]孔穎達疏,[唐]陸德明音釋,朱傑人、李慧玲整理:《毛詩注疏》,第877頁。
④ 徐有富:《〈詩集傳〉對〈詩經〉篇章結構的探討》,《南京師範大學文學院學報》,2011年第2期,第2頁。

三詩(引者按:《由庚》、《崇丘》、《由儀》)皆亡,《鄉飲酒》、《燕禮》亦用焉。《燕禮》:"升歌《鹿鳴》,下管《新宮》。"《射禮》:"諸侯以《狸首》爲節。"《新宮》、《狸首》皆正詩而詞義不見,或者孔子刪之歟? 不然,後世亡之也。①

朱子當於蘇轍之説亦有所吸收。

(二) 對篇什的調整

《詩集傳》除了對《毛詩·小雅》篇目的次序加以調整之外,又對其所分的篇什的名稱和數量作出了調整,這個調整是隨著其對篇次的變動而來。

《毛詩》將《小雅》分爲七個什:《鹿鳴之什》13篇,《南有嘉魚之什》13篇,《鴻雁之什》10篇,《節南山之什》10篇,《谷風之什》10篇,《甫田之什》10篇,《魚藻之什》14篇;數量不均等。而《詩集傳》則對其加以改動,將其分爲八個什:《鹿鳴之什》10篇,《白華之什》10篇,《彤弓之什》10篇,《祈父之什》10篇,《小旻之什》10篇,《北山之什》10篇,《桑扈之什》10篇,《都人士之什》10篇;每什十篇。

從朱子所分之篇什來看,很明顯較《毛詩》所分更爲整齊。《詩集傳》在《鹿鳴之什》附注下説:"《雅》、《頌》無諸國別,故以十篇爲一卷,而謂之什,猶軍法以十人爲什也。"②朱子這個説法是有所依據的。陸德明《經典釋文·毛詩音義》説:"什,音十。什者,若五等之君有詩,各繫其國,舉'周南'即題《關雎》。至於王者施教,統有四海,歌詠之作,非止一人。篇數既多,故以十篇編爲一卷,名之爲'什'。"③《周禮·春官·樂師》:"帥學士歌徹。"鄭注:"玄謂徹者歌《雍》,《雍》在《周頌·臣工之什》。"賈公彦《疏》曰:"云'之什'者,謂聚十篇爲一卷,故云之什也。"④《文選》卷五十沈約《宋書謝靈運傳論一首》"紛披風什",李善注曰:"《毛詩》題曰'鹿鳴之什',説者云:'《詩》每十篇同卷,故曰什也。'"⑤而且在先秦典籍中,以十個爲什的例子比較多,比如在兵制上,户籍制度上等等,都是以十人爲什,或以十家爲什的。⑥ 而王力先生以什與十是同源字,⑦這也是很有道理的。如此看來,《詩集傳》對《毛詩·小雅》所分

---

① [宋] 蘇轍:《詩集傳》卷十,宋淳熙七年蘇詡筠州公使庫本,第3頁。
② [宋] 朱熹撰,朱傑人校點:《詩集傳》,《朱子全書》(修訂本)第1冊,第543頁。
③ [漢] 毛亨傳,[漢] 鄭玄箋,[唐] 孔穎達疏,[唐] 陸德明音釋,朱傑人、李慧玲整理:《毛詩注疏》,第767頁。
④ [漢] 鄭玄注,[唐] 賈公彦疏,彭林整理:《周禮注疏》,第868頁。
⑤ [梁] 蕭統編,[唐] 李善注:《文選》,影清胡克家刻本,北京:中華書局,1977年,第702頁下。
⑥ 可參看宗福邦等主編:《故訓匯纂》,北京:商務印書館,2003年,第84—85頁。
⑦ 王力:《同源字典》,北京:商務印書館,1982年,第593—594頁。

篇什進行改動,使"各篇什均爲十篇則是合理的"①,也是比較有證據的,而且這個證據還是來自詩經漢學學者本身,這就更具説服力了。不過,正如徐有富先生所説,朱子的分法,"優點是非常整齊,缺點是將三篇亡其詞的笙詩分別在前後兩個篇什"②。

從文獻學角度來説,對《詩經》之前已有的分什是不宜作出改動的,但我們不宜拘於此一角度來審視朱子之詩經學。從朱子對其作出改動中,正好説明朱子之詩經學並非"《毛詩》學";朱子對漢唐《詩》學的懷疑精神,以及欲突破《毛詩》以還原《詩經》文本本來面貌的主觀意圖,於此也可窺一斑。

三、《詩集傳》對《三頌》篇次的調整

《三頌》共 40 篇,其中《周頌》31 篇,《魯頌》4 篇,《商頌》5 篇。《詩集傳》認爲,《周頌》中的《桓》、《賚》兩篇篇次失序。《詩集傳》於《桓》篇下附注曰:"《春秋傳》以此爲《大武》之六章,則今之篇次,蓋已失其舊矣。又篇内已有武王之謚,則其謂武王時作者,亦誤矣。《序》以爲講武類禡之詩,豈後世取其義而用之於其事也歟?"《詩集傳》於《賚》篇下附注曰:"《春秋傳》以此爲《大武》之三章,而《序》以爲大封於廟之詩,説同上篇。"③朱子據《大武》樂章的次序斷定《周頌》中所録的篇次有失。

據《左傳·宣公十二年》載:

> 夫文,止戈爲武。武王克商,作《頌》曰:"載戢干戈,載櫜弓矢。我求懿德,肆于時夏,允王保之。"又作《武》,其卒章曰:"耆定爾功。"其三曰:"鋪時繹思,我徂惟求定。"其六曰:"綏萬邦,屢豐年。"夫《武》,禁暴、戢兵、保大、定功、安民和衆、豐財也。④

《大武》樂相傳爲武王克商後所作,一般認爲有六章。"耆定爾功"見於《周頌·武》;"敷時繹思,我徂維求定"見於《周頌·賚》;"綏萬邦,屢豐年"見於

---

① 徐有富:《〈詩集傳〉對〈詩經〉篇章結構的探討》,《南京師範大學文學院學報》,2011 年第 2 期,第 2 頁。
② 徐有富:《〈詩集傳〉對〈詩經〉篇章結構的探討》,《南京師範大學文學院學報》,2011 年第 2 期,第 2 頁。
③ [宋] 朱熹撰,朱傑人校點:《詩集傳》,《朱子全書》(修訂本)第 1 册,第 741、741 頁。
④ [周] 左丘明傳,[晉] 杜預注,[唐] 孔穎達正義:《春秋左傳正義》(繁體標點本),北京:北京大學出版社,2000 年,第 750—752 頁。引文對原標點略有改動。

《周頌·桓》。後人對《大武》樂章究竟爲《詩經》中的哪幾篇以及其編排次序的問題有著較爲深入的探討,下面列出較爲重要的幾家的結論:

篇目　姓名 ＼ 章次	《大武》樂章					
	第一章	第二章	第三章	第四章	第五章	第六章
何　楷	《武》	《酌》	《賚》	《般》	《時邁》	《桓》
魏　源	《武》	《酌》	《賚》	《般》	【佚失】	《桓》
龔　橙	《武》	《酌》	《賚》	《象》、《維清》	《般》	《桓》
王國維	《昊天有成命》	《武》	《酌》	《桓》	《賚》	《般》
高　亨	《我將》	《武》	《賚》	《般》	《酌》	《桓》
孫作雲	《酌》	《武》	《賚》	《賚》	【原無】	《桓》
楊向奎	《武》	《時邁》	《賚》	《酌》	《賚》	《桓》

　　以上諸家説法中,以高亨先生的論據最爲充分,結論最爲可靠。高先生説見《周代大武樂考釋》,今收於《高亨著作集林》第九册,可參看。[①] 但也有一些有學者對此有所質疑。[②] 即使高先生説未必可作定論,可是,以《賚》作爲《大武》樂的第三章,《桓》作爲第六章則是没有問題的。如果按照這個順序,《桓》當在《賚》後,而今本《毛詩》中,《桓》却在《賚》前,故而朱子對此提出質疑,認爲其篇次"失其舊"。不過,《大武》收入《詩經》,未必必須按照原先的章次,朱子對於這個質疑,也只能靈活地處理,在附注中予以説明,而並没有直接改動《詩》篇次序。這亦可見朱子在改動經文時的審慎態度。

四、餘　論

　　雖然朱子在《答廖子晦》的書信中教育他:"今亦不須問其篇章次序、事實是非之如何,但玩味得聖人垂示勸戒之意,則《詩》之用在我矣。"[③]此是就《詩》教及《詩經》功用上説的。但朱子在實際治《詩》的過程中,則對《詩經》篇次非常重視。因爲在朱子看來,糾正《毛詩》對《詩經》篇次的錯誤編排,是藉以求得聖人本意的一個不可忽視的途徑。

---

① 高亨著,董治安整理:《文史述林》,《高亨著作集林》第九册,北京:清華大學出版社,2004年,第80—91頁。
② 提出質疑者,主要有:李山:《詩經的文化精神》,北京:東方出版社,1997年,第146—157頁;梁錫鋒:《〈大武〉章數、章次考辨》,《詩經研究叢刊》第5輯,北京:學苑出版社,2003年,第1—25頁;任强:《也談〈大武〉章數》,《安慶師範學院學報(社會科學版)》,2005年第9期,第78—82頁;等等。
③ [宋]朱熹撰,劉永翔、徐德明校點:《朱文公文集》(三),《朱子全書》第22册,第2085頁。

綜言之，《詩集傳》對《毛詩》的篇次或有所改動，或有所懷疑。朱子據《儀禮》中的記載，直接改動了《小雅》中七篇的次序，而對《國風》和《三頌》中的部分篇目次序則有所質疑，但並未直接改動。在某種意義上說，朱子改動《小雅》篇次，以及對《邶風·日月》、《周頌·桓》、《周頌·賚》篇次的質疑都是頗有理據的，而對《邶風·終風》的質疑則證據不足。

第五節　小　結

朱子對《詩經》文本有所校勘。說《詩集傳》對《詩經》的校勘，準確地說，其實應該是對《毛詩》進行的校勘，因爲朱子所見的文本正是漢人毛公所傳之《毛詩》。朱子除在刻書時校勘《詩經》文本外，在所撰《詩集傳》中，亦注重對《毛詩》文本的校勘，以冀恢復《詩經》古本的"原貌"。

從朱子對《毛詩》校勘的實踐來看，其校勘方法頗有可觀之處，其中所體現出的對於治學的審慎態度，亦值得後世學習。當然，朱子校《詩》也是存在一些缺點的，比如，過於相信三家《詩》異文，在文本證據不足的情況下就懷疑有脫句，對先秦書籍形態的認識不足等等。這屬於學術演進過程中的探索，錯誤難免，我們不必亦不可因此而苛責前賢。

從《詩集傳》對《毛詩》校勘內容的分析，我們可以看出，朱子所作的校勘，有些是合理的，而有些則是錯誤的。但我們不能僅從文獻學角度來考慮朱子校《詩》中的錯誤。朱子對於《毛傳》、《鄭箋》頗有力度的質疑，對於《毛詩》文本及其後世傳本的糾正，其中顯示出其治《詩》的鮮明特色和學術史意識則應當引起我們的注意。

第一，朱子治《詩》的方法較之以前的詩經學學者更加完善。朱子在治《詩》實踐中，除了吸取《毛詩》合理之處外，不僅僅注重糾正漢唐學者義理方面不足，而在文獻方面也花了大力氣，以糾正《毛詩》文本及其後世傳本中的不足。宋代其他大部分學者在治《詩》時，較多注重義理闡發，但對文獻辨析力度不夠，難以令人信服。而朱子義理與文獻辨析兼顧，不放過一字一詞、一章一篇，並未因"術"而棄"學"，而是從最基本的文獻角度入手，對《毛詩》合理之處加以吸收，對其中不足之處盡力予以辯駁、糾正，朱子的這種治《詩》方法使得朱子之詩經學較之漢唐學者和其他宋人更爲徹底。而這也使得朱子成爲詩經宋學的奠定者。

第二，朱子的治《詩》宗旨之一，是在義理的統攝下遍採群言，加以熔鑄綜合，成爲新篇，以揭明聖賢大道和天地自然之理。要想所闡發的義理能合"聖賢本意”，就必須要保證準確地探求《詩》義。而朱子對《毛經》的校勘，是爲了提供一個更符合“聖賢本意”的《詩經》文本，而這也正是爲了服務於探求《詩》義的。朱子無論校異文，還是勘錯訛，以及重新分章、調整篇次，都是其突破《毛詩》以治《詩經》的實踐。朱子之所以這麼做，無非是爲了“還原”《詩經》古本的原樣，以冀從中探求其“原義”而已。這在某種程度上，與唐僧玄奘因佛經中有錯訛，而去天竺求取“真經”相類。而這一治《詩》方法，無論清儒、民國學者，還是今人，一直都比較重視，雖然他們各自關注這個問題的目的並不盡相同。

第三，反映到治《詩》的學派上，我們可以看出，朱子之《詩》學並非“《毛詩》學”，而是獨立於《毛詩》之外，吸取了齊、魯、韓、毛四家《詩》在此基礎上有所發展的另一宗。朱子之所以要對《毛詩》篇次編排失序加以校正，是因爲他想要突破《毛詩》的束縛，來治《詩經》。於這一意義上來説，明人馮復京撰《六家詩名物疏》，將朱子視爲與齊、魯、韓、毛、鄭五家並列的第六家，做法雖不無可商之處，然確可謂最得朱子之意。

第四章　朱子對《詩經》用韻的探索

　　先秦時代的韻文材料，特別是《詩經》和《楚辭》，是研究上古音的重要文獻。推考上古音，首重《詩經》；而要跟據《詩經》來推考上古音，則首先要弄清楚《詩經》的用韻情況。至於《詩經》用韻情況，應當包括分析《詩經》韻部和考察《詩經》韻例兩個方面，而且，考察韻例是分析韻部的前提條件。王力先生曾經指出："韻例的研究很重要；只有瞭解了《詩經》的韻例，才能更好地瞭解《詩經》時代的韻部。"①此説甚是。

　　從現存文獻來看，至遲在六朝時期就已經有學者開始對《詩經》用韻情況加以探索，並提出叶韻説和"韻緩"説。比如陸德明《經典釋文·毛詩音義》於《邶風·燕燕》篇"遠送于南"的"南"字下注曰："如字。沈云：'協句，宜乃林反。'今謂古人韻緩，不煩改字。"②陸德明以"韻緩"來修正沈重《毛詩音》中叶韻的錯誤，儘管他自己的這個提法也是錯誤的。宋代古音學迅速發展，特別是南宋時期，出現了一些古音學家，如吳棫、程迥、鄭庠、項安世等，都提出過一些古音學理論。雖然這些理論或多或少存在些缺陷，但是，從這是對上古音探索的角度來説，其功績和意義是不能抹殺的，畢竟認識事物需要有一個過程，不可能一步到位。他們所著的古音學著作，有些已經失傳，如吳棫的《詩補音》、程迥的《音式》、鄭庠的《古音辨》等。不過，可以斷定的是，這些著作大多只是根據原典中的韻文來歸納上古韻部，並不是完整的考察，而對其中那些是否入韻的地方應當是缺少深入研究的。

　　朱子雖然沒有展開分析韻部的工作，但他對叶韻説的發展作出了一定的貢獻。雖然叶韻説存在一些的缺陷，爲學界所批評，但其中所反映的語音現象以及所體現出的朱子在上古音考察方面的一些思考，是很值得我們注意的。而《朱子語類》中記載的朱子關於《詩經》叶韻問題的言論，反映出他對《詩經》用韻情況的一些認識和思考，也值得研究者注意。

---

① 王力：《詩經韻讀·楚辭韻讀》，第 35 頁。
② ［唐］陸德明撰，黃焯彙校：《經典釋文彙校》，第 130 頁。

對於探索《詩經》韻例來說，其前提就是解決《詩經》中到底哪些字入韻的問題。這是考察古韻分部的重要前提，因爲只有在此基礎上，才可以談韻部歸納的正確性。就歷代《詩》注的注音情況來看，陸德明《毛詩音義》及之前的《詩經》音注，僅有少數地方言明入韻的情況，而並未對《詩經》中的每一處韻腳字加以考定。與朱子大致同時代的治《詩》名家，關注到《詩經》用韻問題的，還有王質和呂祖謙，但他們均沒有認識到《詩經》有所謂韻例的問題。而朱子《詩集傳》則是第一部全面、系統地探索《詩經》韻例的著作。其探索之功，學界關注甚少，故仍有待表出。

朱子對於《詩經》韻例的探索，與其叶韻說息息相關，因此，在分析朱子對《詩經》韻例的探索之前，必須要先弄清楚朱子對於《詩經》叶韻問題的相關見解。

第一節　朱子論《詩經》叶韻

到宋代，吳棫進一步發展了"叶韻"説。朱子則踵吳氏之後，對吳氏"叶韻"説加以改進，形成了自己的"叶韻"説，並在《詩集傳》、《楚辭集注》等書中實踐其"叶韻"説。

必須承認，"叶韻"説有不足之處。"叶韻"説的缺陷，自明代陳第開始大力批評。到了清代，隨著古音學的發展，上古音的研究越來越深入，"叶韻"説始終是被批評的對象。今人王力在上古音的研究中，將考古與審音相結合，構擬出了更爲精密的上古音聲韻體系，同時也給予朱子的"叶韻"説以更多的批評。雖然朱子的"叶韻"説在理論和注音實踐上，或多或少存在些缺陷，但是，作爲對上古音的探索，其功績和意義是不能抹殺的，畢竟認識不可能一步到位。近年來，對朱子所注叶韻的研究逐漸深入，劉曉南、陳鴻儒、張民權、汪業全等先生在相關研究中，逐漸爲其"叶韻"説正名，並注意發掘其中的一些有意義的信息。比如，劉曉楠先生對其與閩方言的關係作了深入研究；而陳鴻儒先生《朱熹〈詩〉韻研究》一書更是通過共時性和歷時性的比較研究，揭出朱子在古韻學史上的"崇高地位"："不但高出吳棫，高出陳第，而且高出顧炎武，逼近江永。"①

事實上，我們無論是批評朱子的"叶韻"説，還是積極發掘其中的意義，首先必須要先弄清楚朱子對於《詩經》叶韻問題的相關見解。這是基礎工作。

---

① 陳鴻儒：《朱熹〈詩〉韻研究》，第 401 頁。

故下文先就《朱子語類》的相關記載,及《詩集傳》中的叶韻實踐,立足文獻分析,談談朱子關於《詩經》叶韻的認識及《詩集傳》所注叶韻的相關情況。當然,《楚辭集注》與《詩集傳》所注之音,都是朱子對於古韻認識情況的直接反映,其古韻體系是統一的,故文中亦適當涉及《楚辭集注》。

一、朱子對《詩經》叶韻情況的認識

《朱子語類》卷八〇記録的是朱子關於《詩經》問題的一些語録,其間談論叶韻問題的有 11 條,主要涉及先秦時期韻文文獻的範圍、叶韻的規則、叶韻在《詩經》創作中的地位和《詩經》解釋中的功用,以及可資分析叶韻的參考對象等問題。

(一) 先秦時期韻文文獻的範圍

要歸納古韻韻部,分析古音現象,必須從原始韻文文獻入手。朱子對原始韻文文獻的範圍有著較爲深入的認識。朱子認爲,在先秦時期的文獻中,詩歌、謠諺等詩歌體裁的文獻都是叶韻的,而且是"自然如此",猶如天籟一般。《朱子語類》載朱子云:

> 蓋古人作詩皆押韻,與今人歌曲一般。今人信口讀之,全失古人詠歌之意。(煇。)①
>
> 詩之音韻,是自然如此,這個與天通。古人音韻寬,後人分得密,後隔開了。(方子。)②

而除此之外,散文典籍也有存在押韻現象。《朱子語類》又載朱子之語云:

> 因言:"古之謠諺皆押韻,如夏諺之類。散文亦有押韻者,如《曲禮》'安民哉'叶音'兹',則與上面'思、辭'二字叶矣。又如'將上堂,聲必揚;將入户,視必下',下,叶音護。《禮運》、《孔子閒居》亦多押韻。《莊子》中尤多。至於《易·象辭》,皆韻語也。"又云:"《禮記》'五至'、'三無'處皆協。"(廣。)③

朱子舉出《禮記》中《曲禮》、《禮運》、《孔子閒居》諸篇中的文字存在押韻現象,

---

① 〔宋〕黎靖德輯,鄭明等校點:《朱子語類》,《朱子全書》(修訂本)第 17 册,第 2753 頁。
② 〔宋〕黎靖德輯,鄭明等校點:《朱子語類》,《朱子全書》(修訂本)第 17 册,第 2751 頁。
③ 〔宋〕黎靖德輯,鄭明等校點:《朱子語類》,《朱子全書》(修訂本)第 17 册,第 2753 頁。

而《莊子》中亦有多處押韻現象。《朱子語類》又載：

> 問：“《詩》叶韻，是當時如此作？是樂歌當如此？”曰：“當時如此作。古人文字多有如此者，如正考父《鼎銘》之類。”（可學。）①
> ……（朱子）曰：“固是如此。然古人文章亦多是叶韻。”因舉《王制》及《老子》叶韻處數段。又曰：“《周頌》多不叶韻，疑自有和底篇相叶。‘《清廟》之瑟，朱絃而疏越，一唱而三歎’，歎，即和聲也。”（儒用。）②

正考父《鼎銘》見《左傳·昭公七年》：“一命而傴，再命而傴，三命而俯，循墻而走，亦莫余敢侮，饘於是，鬻於是，以餬余口。”這裡的傴、傴、俯、走、侮、口俱爲古音侯部字。③ 朱子舉此以證先秦典籍及語言中，多有押韻的情況存在，甚是。此外，朱子又舉《禮記·王制》及《老子》中有多處韻文存在。《周頌》中有多篇内部並不押韻，朱子則推測，可能當時有其他樂詩與這些篇目相和。

　　先秦至漢初的文獻中，《詩經》、《楚辭》及散見於其他文獻中的一些謠諺、古歌，皆是韻文，《禮記》、《周易》（主要是《易傳》）和《老子》、《莊子》等散文中亦存有一些韻文資料。而這些韻文文獻正是探究上古音的必備資料。可以說，對先秦韻文文獻的廣泛考察，掌握了大量第一手的韻文，是朱子在古音學研究領域取得成就的基礎。而這也對後人研究古音有著重要的啓示意義：只有盡可能多地掌握原始韻文材料，並將其納入音韻學研究的範疇中，才有可能對古音有更爲科學的認識。

　　（二）叶音的規則

　　朱子所注叶音，有些字在不同的地方讀音不同，甚至有好幾個讀音。原先學界一般都認爲，朱子所注叶音中，“韻字是可以隨意變讀的”④，這似乎意味著，其間並無規律可循。其實這個批評是對朱子叶韻説的誤解。陳鴻儒先生《朱熹〈詩〉韻研究》中，已經舉出《詩集傳》中注“無韻，未詳”、“叶韻，未詳”、“用韻未詳”等 17 例，指出認爲朱子所注叶音是“强爲之音”這個説法是錯誤的。⑤ 此外，我們還能從《詩集傳》中舉出一些反證，比如，《邶風·泉水》三章：“載脂載舝，還車言邁。遄臻于衛，不瑕有害。”這四句是句句用韻，朱子於

---

① ［宋］黎靖德輯，鄭明等校點：《朱子語類》，《朱子全書》（修訂本）第 17 册，第 2751 頁。
② ［宋］黎靖德輯，鄭明等校點：《朱子語類》，《朱子全書》（修訂本）第 17 册，第 2751 頁。
③ 此處用郭錫良先生《漢字古音手册》的分部。另，楊伯峻先生認爲：“傴、傴、俯、走、口，古音俱在侯部，爲韻，惟侮字在模部，韻亦相近。”見楊伯峻：《春秋左傳注》（第 2 版），北京：中華書局，1990 年，第 1295 頁。
④ 王力：《詩經韻讀·楚辭韻讀》，第 5 頁。
⑤ 陳鴻儒：《朱熹〈詩〉韻研究》，第 12—13 頁。

"衛"字注音爲"此字本於邁、害叶,今讀誤。"①此處朱子並未注明"衛"字到底讀什麼音。又如,《周頌·絲衣》,《詩集傳》曰:"此詩或紑、俅、牛、鼒、柔、休並叶基韻,或基、鼒並叶紑韻。"②朱子只是提供了兩種讀音的可能性。還如,《召南·甘棠》二章:"勿剪勿敗,召伯所憩。"《詩集傳》於"敗"、"憩",分別注音爲"叶蒲寐反"、"起例反"。③"寐"於《廣韻》爲至韻,屬止攝;而"例"於《廣韻》爲祭韻,屬蟹攝。朱子並未將二字叶成相同的韻部,而只是以至祭合韻,顯然可證其注叶音並非毫無規則可言。這種合韻的現象,在《詩集傳》中很常見,這又説明,朱子所注叶音是有一定規則的,而且是成系統的。

至於朱子所注叶音的規則,今僅可見《朱子語類》卷八〇中的一條,朱子曰:

> 叶韻,恐當以頭一韻爲準。且如"華"字叶音"敷",如"有女同車"是第一句,則第二句"顏如舜華",當讀作"敷"字,然後與下文"佩玉瓊琚"、"洵美且都"皆叶。至如"何彼襛矣,唐棣之華",是第一韻,則當依本音讀,而下文"王姬之車"卻當作尺奢反,如此方是。今只從吳才老舊説,不能又創得此例。然《楚詞》"紛余既有此内美兮,又重之以脩能","能"音"耐",然後下文"紉秋蘭以爲佩"叶。若"能"字只從本音,則"佩"字遂無音。如此,則又未可以頭一韻爲定也。(閎祖。)④

從這段話可以看出,朱子所注叶音,是服從於一定規則的,並不是要隨意改讀,而是根據叶韻的具體情況來判斷不同的讀音。而這也正説明,朱子對《詩經》用韻方式應當也有一定思考。朱子認爲,叶韻一般應當以第一個韻腳字爲標準,但也不是每處都應該如此,有些地方應該具體對待。這是他對吳棫古音學加以改進的其中一項。

此外,朱子還認爲:"古人韻疏,後世韻方密。見某人好考古字,卻説'青'字音自是'親',如此類極多。"(木之。)⑤陸德明《經典釋文》有"古人韻緩"之説,與朱子同時代的項安世(1129?—1208)在其所著《項氏家説》中,對其有所批評。陳鴻儒先生《朱熹〈詩〉韻研究》通過對《詩集傳》和《楚辭集注》中注

---

① [宋]朱熹撰,朱傑人校點:《詩集傳》,《朱子全書》(修訂本)第1册,第436頁。
② [宋]朱熹撰,朱傑人校點:《詩集傳》,《朱子全書》(修訂本)第1册,第740頁。
③ [宋]朱熹撰,朱傑人校點:《詩集傳》,《朱子全書》(修訂本)第1册,第414頁。
④ [宋]黎靖德輯,鄭明等校點:《朱子語類》,《朱子全書》(修訂本)第17册,第2752頁。"襛",原文誤作"穠"。
⑤ [宋]黎靖德輯,鄭明等校點:《朱子語類》,《朱子全書》(修訂本)第17册,第2754頁。

音的分析,指出:"朱熹心裏不但有古音、古韻的概念,而且認識到古今語音的不同。"①朱子認爲,較之宋人用韻,"古人韻疏",這是就用韻規則而言的,説的是古韻不如今韻細密,這明顯較陸德明的"韻緩"説法更合理一些。而這一點,也已經被後世古音學研究成果所證明,諸家無論將上古的韻部分爲多少部,也較《廣韻》的 206 部少得多。又,較朱子年長一輩的程迥著有《古韻通式》一書,其中提出了上古音中"四聲互用,切響通用"的用韻規則。朱子嘗致信與之討論此一問題,而在《昌黎先生集考異》中,朱子又云:

> 沙隨程可久曰:"吴説雖多其例,不過'四聲互用'、'切響通用'二條而已。"此説得之。如通其説,則古書雖不盡見,今可以例推也。②

這説明,朱子對於古音押韻的規則非常重視。

不過,從今人的古音學研究成果來看,朱子在古韻相叶規則的認識上無疑仍有模糊、矛盾之處。畢竟那時的古音學尚處於剛剛發展階段,還不能對文字叶韻情況有深入的認識,這也爲後世古音學者所詬病。其實,朱子有的時候給一個字注多個音,或許是考慮到上古音中亦存在多音字的情況,而這在目前的古音學研究領域中,顯然關注得還不夠。也就是説,雖然朱子所注叶音及其所採用的規則有不够準確的地方,但是朱子對於這個問題的關注所體現出的在古音學上探索之功,我們則絶不能忽視,甚至還需要我們對古音學史作更深入的探討,這或許對今人的古音學研究亦有一定的借鑒意義。

(三) 叶韻與《詩經》的創作和解釋

朱子認爲,《詩經》各篇中存在押韻的現象,是"當時如此作",也就是説,在《詩經》的創作時,詩人已經刻意要將其寫成韻文。據《朱子語類》載:

> 問:"《詩》叶韻,是當時如此作? 是樂歌當如此?"曰:"當時如此作。古人文字多有如此者,如正考父《鼎銘》之類。"(可學。)③

正因爲如此,若有人説《詩經》不當叶韻時,朱子則不予理會。據《朱子語類》載:

---

① 陳鴻儒:《朱熹〈詩〉韻研究》,第 15 頁。
② [宋]朱熹著,曾抗美點校:《昌黎先生集考異》,《朱子全書》(修訂本)第 19 冊,第 471 頁。引文對原標點略有改動。
③ [宋]黎靖德輯,鄭明等校點:《朱子語類》,《朱子全書》(修訂本)第 17 冊,第 2751 頁。

因學者問《大學》"敖惰"處，而曰："某嘗說，如有人問《易》不當爲卜筮書，《詩》不當去《小序》，不當叶韻，及《大學》敖惰處，皆在所不答。"（個。）①

朱子又認爲，在《詩經》創作時期，其押韻是爲了便於讀者諷誦涵泳，而並不是像後世詩歌那樣，從形式上過度追求"字韻上嚴切"：

當時叶韻，只是要便於諷詠而已。到得後來，一向於字韻上嚴切，却無意思。漢不如周，魏、晉不如漢，唐不如魏、晉，本朝又不如唐。（木之。）②

既然在《詩經》創作之時，作者已經重視詩篇的叶韻了，那麼，理解叶韻對於理解《詩經》文義來說，就顯得不可或缺。朱子嘗言：

《詩》中頭項多，一項是音韻，一項是訓詁名件，一項是文體。若逐一根究，然後討得些道理，則殊不濟事，須是通悟者方看得。（方子。）③
先生因言，看《詩》，須並叶韻讀，便見得他語自整齊。又更略知叶韻所由來，甚善。（銖。）④

可見，在朱子心目中，叶韻對於理解《詩經》文義是非常重要的。不過，朱子又指出，讀《詩經》時不能反客爲主，因過於追求理解叶韻，而妨礙對於《詩經》大義的理解。據《朱子語類》載：

器之問《詩》叶韻之義。曰："只要音韻相叶，好吟哦諷誦，易見道理，亦無甚要緊。今且要將七分工夫理會義理，三二分工夫理會這般去處。若只管留心此處，而於《詩》之義却見不得，亦何益也？"（木之。）⑤

畢竟，朱子作爲理學家，其讀《詩經》的要義是在於體會其中義理，叶韻的目的也只是爲了便於誦讀，理解文義，以便體會其中"道理"。

---

① ［宋］黎靖德輯，鄭明等校點：《朱子語類》，《朱子全書》（修訂本）第 14 册，第 546 頁。
② ［宋］黎靖德輯，鄭明等校點：《朱子語類》，《朱子全書》（修訂本）第 17 册，第 2754 頁。
③ ［宋］黎靖德輯，鄭明等校點：《朱子語類》，《朱子全書》（修訂本）第 17 册，第 2754 頁。
④ ［宋］黎靖德輯，鄭明等校點：《朱子語類》，《朱子全書》（修訂本）第 17 册，第 2756 頁。
⑤ ［宋］黎靖德輯，鄭明等校點：《朱子語類》，《朱子全書》（修訂本）第 17 册，第 2751 頁。

(四) 可資分析《詩經》叶韻的參考對象

《朱子語類》記載朱子修正吳棫説法的時候，説道：

> 因言："《商頌》'天命降監，下民有嚴。不僭不濫，不敢怠遑'。吳氏
> 云，'嚴'字恐是'莊'字，漢人避諱，改作'嚴'字。某後來因讀《楚辭·天
> 問》，見'嚴'字都押入'剛'字、'方'字去。又此間鄉音'嚴'作戶剛反，乃
> 知'嚴'字自與'皇'字叶。"（廣。）①

《商頌·殷武》篇嚴、遑相叶，嚴字《廣韻》爲嚴韻，是咸攝開口三等字；遑字《廣
韻》爲唐韻，是宕攝合口一等字：二字中古時期並不能相押。而《楚辭·天
問》："勛闔夢生，少離散亡。何壯武厲，能流厥嚴?"亡、嚴相叶，且宋時某地方
言中將"嚴"讀作戶剛反，剛，《廣韻》唐韻，是宕攝開口一等字。故朱子《楚辭
集注》曰："嚴，叶五郎反，《詩·殷武篇》有此例。"而《詩集傳》亦注音爲"叶五
剛反"。《楚辭》時代稍後於《詩經》，大致可視作共時性文獻。朱子將這兩部
不同的韻文文獻結合起來，互相對照，以分析上古韻部。雖然《楚辭》不可避
免地帶有楚地方言色彩，其與中原文獻語音之間差異如何，仍有待繼續探索，
但朱子這個做法無疑是比較合理的，有助於上古韻部的歸納與分析。後人分
析《詩經》韻部時，亦多有參照《楚辭》之處。

《朱子語類》又載：

> "《詩》音韻間有不可曉處。"因説："如今所在方言，亦自有音韻與古
> 合處。"子升因問："今'陽'字却與'唐'字通，'清'字却與'青'字分之類，
> 亦自不可曉。"曰："古人韻疏，後世韻方嚴密。見某人好考古字，却説
> '青'字音自是'親'，如此類極多。"（木之。）②

這是以後世方言來作爲參照，考察古音，同時也涉及對上古音的理論認識。
以方言來作爲分析上古音的參照，這個做法是合理的，因爲語音發展具有不
平衡性，方言中或多或少保留有古音，尤其是朱子所處的閩地，其方言較古，
宋時閩方言中，當有一些讀音可與上古音暗合。

此外，陳鴻儒先生《朱熹〈詩〉韻研究》還注意到，朱子考察叶韻時，亦運用
了諧聲系聯的方法，以及前人的音注資料。③

---

① ［宋］黎靖德輯，鄭明等校點：《朱子語類》，《朱子全書》（修訂本）第 17 册，第 2753 頁。
② ［宋］黎靖德輯，鄭明等校點：《朱子語類》，《朱子全書》（修訂本）第 17 册，第 2753—2754 頁。
③ 陳鴻儒：《朱熹〈詩〉韻研究》，第 34—36 頁。

雖然朱子注音有不合理之處,但是,他能將《詩經》和時代稍後的《楚辭》對照,同時又參考方言讀音,並使用諧聲系聯的方法來考察上古韻部,都具有方法論意義。後人直至今人研究上古音,也是以《詩經》、《楚辭》等韻文爲主要文獻互相印證,以及諧聲關係來系聯韻部,同時也結合方言調查並參照其語音現象,來考古、審音,進而分析韻部。

二、關於《詩集傳》叶韻的相關問題

(一)《詩集傳》叶韻的來源

《詩集傳》所用叶韻,多本吳棫,然其中亦有疏失,朱子則加以改正。《朱子語類》載朱子論《詩集傳》叶韻與吳棫《詩補音》的關係時說:

> 叶韻多用吳才老本,或自以意補入。(木之。)①
>
> 叶韻乃吳才老所作,某又續添減之。(煇。)②

《朱子語類》卷八〇中還載有兩條朱子談吳棫書中疏失之處的記錄,第一條云:

> 吳才老《補韻》甚詳,然亦有推不去者。某煞尋得,當時不曾記,今皆忘之矣。如"外禦其務"叶"烝也無戎",才老無尋處,却云"務"字古人讀做"蒙",不知"戎",汝也;汝、戎二字,古人通用,是協音汝也。如"南仲太祖,太師皇父;整我六師,以脩我戎",亦是協音汝也。"下民有嚴"叶"不敢怠遑"。才老欲音"嚴"爲"莊",云避漢諱,却無道理。某後來讀《楚辭·天問》,見一"嚴"字乃押從"莊"字,乃知是叶韻,"嚴"讀作"昂"也。《天問》,才老豈不讀? 往往無甚意義,只恁地打過去也。(義剛。饒、何氏錄云:"《中庸》'奏格無言',奏,音族,平聲音騶,所以《毛詩》作'騶'字。")③

此爲黃義剛所錄,而大致相同的話題,輔廣所錄則爲:

---

① [宋]黎靖德輯,鄭明等校點:《朱子語類》,《朱子全書》(修訂本)第17冊,第2751頁。
② [宋]黎靖德輯,鄭明等校點:《朱子語類》,《朱子全書》(修訂本)第17冊,第2753頁。
③ [宋]黎靖德輯,鄭明等校點:《朱子語類》,《朱子全書》(修訂本)第17冊,第2752頁。引文對原標點略有改動。又"騶",原文誤作"騶",茲據中華書局本改。見[宋]黎靖德編,王星賢點校:《朱子語類》,第2080頁。

或問:"吳氏《叶韻》何據?"曰:"他皆有據。泉州有其書,每一字多者引十餘證,少者亦兩三證。他說,元初更多,後刪去,姑存此耳。然猶有未盡。"因言:"《商頌》:'天命降監,下民有嚴。不僭不濫,不敢怠遑。'吳氏云'嚴'字恐是'莊'字,漢人避諱,改作'嚴'字。某後來因讀《楚辭·天問》,見'嚴'字都押入'剛'字、'方'字去。又此間鄉音'嚴'作戶剛反,乃知'嚴'字自與'皇'字叶。然吳氏豈不曾看《楚詞》? 想是偶然失之。又如'兄弟鬩于牆,外禦其務。每有良朋,烝也無戎'。吳氏復疑'務'當作'蒙',以叶'戎'字。某却疑古人訓'戎'爲'汝',如'以佐戎辟'、'戎雖小子',則戎、女音或通。後來讀《常武》詩有云'南仲大祖,大師皇父,整我六師,以脩我戎'。則與'汝'叶,明矣。"(廣。)①

這是朱子對《詩補音》有所更改的實例。而朱子在《答程沙隨可久迴書》中,亦言及自己對吳棫《詩補音》有所更改:

> 近因推考,見吳才老功夫儘多,但亦有未盡處。汎考古書及今方言,此類蓋不勝舉也。②

所謂"泛考古書",即是古音學研究中的考古;稽諸"方言",則屬審音。考古與審音,至今仍是古音學研究的重要方法,而朱子在其古音學實踐中,已經將二者相結合了。

從上文的分析可知,《詩集傳》所注之音,雖對吳棫多所參考,但其改動"蓋不勝舉",而這正是朱子深入思考其事的結果。他用吳棫之說,其實是服從於自己的古音學系統的,而這也與朱子一貫不盲從他人學說的思想一致。陳鴻儒先生認爲:"朱熹《詩集傳》叶音雖'多用吳才老本',但'用'的準繩是自己心目中的古音。"③此說甚是。

(二)《詩集傳》所注叶韻與《詩經》韻例

呂祖謙《呂氏家塾讀詩記》於《小雅·魚麗》篇第一章引朱子之注音云:

> 魚麗于罶音柳。,鱨音常。鯊音沙。。君子有酒,旨且多。……○朱氏曰:"舊說'君子有酒旨'爲句,'且多'爲句,非是。當以'有酒'爲句,'旨

---

① 〔宋〕黎靖德輯,鄭明等校點:《朱子語類》,《朱子全書》(修訂本)第 17 册,第 2752—2753 頁。引文對原標點略有改動。
② 〔宋〕朱熹撰,曾抗美、徐德明校點:《晦庵先生朱文公文集》(六),《朱子全書》(修訂本)第 25 册,第 4874 頁。
③ 陳鴻儒:《朱熹〈詩〉韻研究》,第 11 頁。

且多’爲句，言酒旨而又多也。且‘罶、酒’、‘鯊、多’亦隔句協韻也。”①

這裡引用的“朱氏曰”，不見今本《詩集傳》，當是朱子早年看法。朱子所謂的“舊説”，則是陸德明《經典釋文》之説：“君子有酒旨，絶句。且多，此二字爲句，後章放此，異此讀則非。”②我們再來看看《詩集傳》對此章的注音情況：

　　　魚麗力馳反。于罶音柳，與酒叶，。鱨音常。鯊音沙，叶蘇何反。。君子有酒，旨且多。③

這裡的注音與吕祖謙所引朱子早年看法一致，只是今本《詩集傳》的注音較爲簡略。這可能是與朱子爲追求簡潔的治《詩》原則而作出了適當删減。而從朱子所注之音可以看出，《詩集傳》所注叶音的一個基本前提，就是對於《詩經》韻例的探索。

　　實際檢視《詩集傳》，我們可以發現，《詩集傳》對於《詩經》韻例作出了深入細緻的探索。正是這樣“審義例”，才能盡可能地減少古音學研究中對入韻字的誤判，從而減少研究中的失誤。而這也正是《詩集傳》音注的價值之一。

第二節　朱子對《詩經》韻例的探索

　　關於《詩經》用韻情況，主要包括分析《詩經》韻部和考察《詩經》韻例兩個方面。其中，考察韻例是分析韻部的前提條件。對於探索《詩經》韻例來説，其前提就是解決《詩經》中到底哪些字入韻的問題。這是考察古韻分部的重要前提，因爲只有在此基礎上，才可以談韻部歸納的正確性。

　　“韻例”一詞，是現代的概念，王力先生給出的定義是：“韻例就是關於用韻的格律：什麽地方用韻，什麽地方不用韻，和怎樣用韻。”④簡單地説，也就是用韻位置和用韻方式。而王顯先生則認爲，韻例應該“包括用韻的規則和用韻的格式兩個方面”⑤。他對韻例這個概念的界定和王力先生不完全相同，但其間相異處甚微，故於拙撰來説，是可以忽略的。

---

① ［宋］吕祖謙：《吕氏家塾讀詩記》卷十七，宋淳熙九年江西漕臺本，第44—45頁。
② ［唐］陸德明撰，黄焯彙校：《經典釋文彙校》，第173頁。
③ ［宋］朱熹撰，朱傑人校點：《詩集傳》，《朱子全書》（修訂本）第1册，第558頁。
④ 王力主編：《古代漢語》（第3版），北京：中華書局，1995年，第533—534頁。
⑤ 王顯：《詩經韻譜》，北京：商務印書館，2011年，第7頁。

一、前儒對《詩經》韻例的探索簡述

就歷代《詩》注而言,西漢古注當未涉音韻,漢末《鄭箋》僅有"聲誤"之言。《經典釋文·叙錄》謂:"爲《詩》音者九人:鄭玄、徐邈、蔡氏、孔氏、阮侃、王肅、江惇、干寶、李軌。""俗間又有徐爰《詩音》,近吳興沈重亦撰《詩音義》。"①這些《詩》音著作早已不存,僅隻言片語存於《經典釋文》之中,但可想而知,諸家是注字音而非論《詩》韻。陸德明《經典釋文》中有《毛詩音義》三卷,僅有少數地方言明入韻的情况,而並未對《詩經》中的每一處韻腳字加以考定。孔穎達《毛詩正義》於《詩》韻亦鮮有關注。也就是説,從文獻流傳情况來看,直至唐代,詩經學者雖然知道《詩經》有韻,但未對其用韻位置與用韻方式作過深入探究。

宋代古音學迅速發展,特別是南宋時期,出現了一些古音學家,如吴棫、程迥、鄭庠、項安世等。他們在古音學理論上有一定建樹,但是,他們多側重於考古音,而非專門研究《詩經》用韻位置與用韻方式,故並未對《詩經》韻例作全面、系統的考察。

與朱子大致同時代的治《詩》名家,還有王質和吕祖謙。王質《詩總聞》設"聞音"一門,但此書並没有專門針對韻腳字的注音,可見,他尚未認識到《詩經》有所謂韻例的問題。而檢視吕祖謙《吕氏家塾讀詩記》,其中所作的注音,亦並不是關注《詩經》的韻例,而只是注出難認或難分辨的字。劉曉南先生《朱熹叶音本意考》一文指出:"在形式上看,系統的用'叶音'術語講古韻的確只有朱熹一人。"②若如此説,則就現存文獻而言,《詩集傳》應該是第一部全面、系統地探索《詩經》韻例的著作。因爲《詩集傳》所注叶音,實際上包涵了對《詩經》全部用韻位置加以認定,同時也包涵了對用韻方式的考察。

對於《詩經》韻例的探索,今人一般較多注意陳第"用直音法逐個考證了《詩經》、《楚辭》韻字的上古音值"③。而明末清初的顧炎武則被廣泛重視,顧氏《日知錄》卷二十一《古詩用韻之法》於《詩經》韻式有所歸納:

> 古詩用韻之法,大約有三:首句次句連用韻,隔第三句而於第四句用韻者,《關雎》之首章是也。……一起即隔句用韻者,《卷耳》之首章是也。……自首至末,句句用韻者,若《考槃》、《清人》、《還》、《著》、《十畝之間》、《月出》、《素冠》諸篇,又如《卷耳》之二章、三章、四章,《車攻》之一

---

① ［唐］陸德明著,黄焯彙校:《經典釋文彙校》,第17頁。
② 劉曉南:《朱熹叶音本意考》,《古漢語研究》,2003年第4期,第3頁。
③ 何九盈:《上古音》,北京:商務印書館,1991年,第13頁。

章、二章、三章、七章,《長發》之一章、二章、三章、四章、五章是也。……
自是而變,則轉韻矣。轉韻之始,亦有連用、隔用之别,而錯綜變化,不可
以一體拘。於是有上下各自爲韻,若《兔罝》及《采薇》之首章,《魚麗》之前
三章,《卷阿》之首章者。有首末自爲一韻,中間自爲一韻,若《車攻》之五章
者。有隔半章自爲韻,若《生民》之卒章者。有首提二韻,而下分二節承之,
若《有瞽》之篇者。此皆詩之變格,然亦莫非出于自然,非有意爲之也。①

這是較早系統地論述《詩經》用韻方式的言論。顧氏《詩本音》則是具體地進
行考音實踐的著作。顧氏之後的古音學家,如江永(1681—1762)、段玉裁
(1735—1815)、戴震(1723—1777)、孔廣森(1752—1786)、江有誥(1773—
1851)等都有考音實踐,也涉及對於《詩經》韻例的探索。清儒治《詩經》學者,
也有對《詩經》中某篇某章韻例提出自己見解的析論,如胡承珙在《毛詩後箋》
中對《周頌·昊天有成命》篇韻例的分析②。

其實,早在南宋時期的朱子,就已經考慮到了《詩經》韻例的問題,這一
點,一直以來都爲學界所忽視,如王顯先生《詩經韻譜》對學界研究《詩經》韻
例情況進行綜述時,就對朱子隻字未提③。《詩集傳》所注叶音是建立在朱子
對《詩經》韻例認定的基礎上的,之前爲《詩經》注音的《經典釋文·毛詩音義》
則並未對《詩經》韻例有所考察。而且,在朱子之前,尚未有人系統地對《詩
經》韻例進行逐篇考察。如此說來,《詩集傳》雖然沒有歸納《詩經》韻例的規
則,但朱子於此有深入思考,故前文稱其爲第一部全面、系統地考察《詩經》韻
例的著作,是並不爲過的。朱子《詩集傳》對《詩經》韻例全面系統探索的開創
之功尚待表出。

二、朱子對《詩經》韻例的認識情況分析

朱子在並没有留下考察《詩經》韻例的文字,我們只有借助《詩集傳》中注
音,特别是所注叶音情況來推測他對於《詩經》韻例的認識與認定情況。對於
没有注音的文字,我們則可以依靠《廣韻》和《集韻》中的讀音來斷定該字在宋
代的韻攝,進而推測朱子認定其是否入韻。

通過《詩集傳》注音情況,我們可以大致得出朱子對於《詩經》韻例的認

---

① [清]顧炎武撰,陳垣校注:《日知録校注》,合肥:安徽大學出版社,2007 年,第 1149—1150
頁。黃壽祺《群經要略》對顧氏的這段話有簡略說明,可參看。見黃壽祺:《群經要略》,上
海:華東師範大學出版社,2000 年,第 88—94 頁。
② [清]胡承珙撰,郭全芝校點:《毛詩後箋》,第 1521 頁。
③ 王顯:《詩經韻譜》,第 7—10 頁。

識,主要有以下幾個方面:

(一) 關於韻在句中的位置

朱子對於《詩經》各句中韻腳字、富韻和非韻的情況已經有所認識。在《詩集傳》中,有的地方明確注"無韻",或"不入韻";有的地方注"與某叶",或點出某字入韻。這說明朱子認識到《詩經》中存在不入韻的現象;入韻也是有一定規則的,並不是隨意相押,且與後世詩歌押韻規則也不一致。前文舉《小雅·魚麗》篇首章的例子中,可以看出朱子對於韻腳字的認定情況。尤其值得指出的是,朱子還提出了"隔句協韻"這一術語。我們再來看看《豳風·東山》篇的首章:

> 我徂東山,慆慆吐刀反。不歸。無韻,未詳。我來自東,零雨其濛。我東曰歸,我心西悲。制彼裳衣,勿士行户郎反。枚。叶謨悲反。蜎蜎烏玄反。者蠋,音蜀。烝在桑野。叶上與反。敦敦迴反。彼獨宿,亦在車下。叶後五反。①

這裡的山、歸韻部不同,不能入韻,朱子於"歸"字下注"無韻,未詳",而今人王顯先生認為不入韻,王力先生則認為與本詩的第二、三、四章遙韻。"悲",中古屬脂韻,止攝;而"枚",《廣韻》莫杯切,是灰韻合口一等字,蟹攝,肯定不能與"悲"相押。朱子雖然對上古音認識不足,尚不知道三字都是上古微部字,但是,他給"枚"注了個"叶謨悲反"的音,肯定是建立在認為"枚"與"悲"相押的基礎上的。下面的"野"注"叶上與反"、"下"注"叶後五反",也同樣是建立在認為"野"與"下"相押的基礎上的。他尚不知道這二字上古為魚部,只能通過這樣變通的辦法來體現他對《詩經》韻例的認識。

朱子已經認識到《詩經》中富韻的存在。富韻這個概念為今人王力先生所提出的,而《毛詩正義》已經認識到《詩經》中這種特殊的押韻情況:

> 《詩》之大體,必須依韻。其有乖者,古人之韻不協耳。之、兮、矣、也之類,本取以為辭,雖在句中,不以為義,故處末者皆字上為韻。"之"者,"左右流之"、"寤寐求之"之類也。"兮"者,"其實七兮"、"迨其吉兮"之類也。"矣"者,"顏之厚矣"、"出自口矣"之類也。"也"者,"何其處也"、"必有與也"之類也。《著》"俟我于著乎而"、《伐檀》"且漣猗"之篇,此等皆字上為韻,不為義也。然人志各異,作詩不同,必須聲韻諧和,曲應金石。亦有即將助句之字以當聲韻之體者,則"彼人是哉,子曰何其"、"不思其

---

① ［宋］朱熹撰,朱傑人校點:《詩集傳》,《朱子全書》(修訂本)第1冊,第535—536頁。

反,反是不思,亦已焉哉"、"是究是圖,亶其然乎"、"其虛其徐,既亟只且"
之類是也。①

孔穎達只是提出《詩經》中大量存在富韻的現象,而朱子則是在注音實踐中對
富韻現象逐條認定。如《詩集傳》對《齊風·猗嗟》三章的注音如下:

> 猗嗟孌叶龍眷反。兮,清揚婉叶紆願反。兮。舞則選雪戀反。兮,射則
> 貫叶扃縣反。兮。四矢反叶孚絢反。兮,以禦亂叶靈眷反。兮。②

從這裡可以看出,朱子都是對"兮"字上面一字注叶音,這就說明他認定此篇
是屬於今人所謂的富韻。《詩集傳》中多次注出富韻的情況,文不備舉。此
外,若句末虛字入韻,朱子則特別點出,如:《小雅·常棣》八章:"宜爾室家,
樂爾妻帑。是究是圖,亶其然乎?"朱子於"乎"下注曰:"就用乎字爲韻。"《大
雅·公劉》四章:"食之飲之,君之宗之。"朱子於"之"下注曰:"就用之字爲
韻。"③此二句"乎"、"之"爲虛詞,但是入韻,故朱子特別作出說明。

(二) 關於韻在章、篇中的位置

王力先生所歸納的韻在章中、篇中位置的幾種形式,朱子《詩集傳》中已
經完全體現出了。下文就王力先生所論,選取其中的幾種基本形式來談談。

在一韻到底的《詩》章中,偶句韻的,如《周南·汝墳》首章:"遵彼汝墳,伐
其條枚。叶莫悲切。未見君子,惄如調飢。"④此句枚、飢叶韻。首句入韻的偶
句韻,如《小雅·皇皇者華》三章:"我馬維駶,六轡如絲。叶新賚反。載驅載
馳,周爰咨謀。叶莫悲反。"⑤此句駶、絲、謀叶韻。句句入韻的,如前文所引《齊
風·猗嗟》三章,孌、婉、選、貫、反、亂六字皆入韻。

在一章數韻的《詩》章中,一般換韻的,如《召南·草蟲》一章:"喓喓草蟲,
趯趯阜螽。未見君子,憂心忡忡。既見君子,我心則降。户江反,叶乎攻
反。"⑥降,《廣韻》屬江韻,宋代時,是不能與東韻的蟲、忡叶的,故朱子將其改
叶東韻。交韻的,如《小雅·皇皇者華》一章:"皇皇者華,與夫叶。于彼原隰。
駶駶征夫,每懷靡及。"⑦朱子之標音,正以華、夫叶,隰、及叶。抱韻的,如《陳

---

① [漢]毛亨傳,[漢]鄭玄箋,[唐]孔穎達疏,[唐]陸德明音釋,朱傑人、李慧玲整理:《毛詩注疏》,第35頁。"著",原刻作"乎者",此從阮元校勘記改正。
② [宋]朱熹撰,朱傑人校點:《詩集傳》,《朱子全書》(修訂本)第1冊,第490頁。
③ [宋]朱熹撰,朱傑人校點:《詩集傳》,《朱子全書》(修訂本)第1冊,第549、685頁。
④ [宋]朱熹撰,朱傑人校點:《詩集傳》,《朱子全書》(修訂本)第1冊,第409頁。
⑤ [宋]朱熹撰,朱傑人校點:《詩集傳》,《朱子全書》(修訂本)第1冊,第546頁。
⑥ [宋]朱熹撰,朱傑人校點:《詩集傳》,《朱子全書》(修訂本)第1冊,第412—413頁。
⑦ [宋]朱熹撰,朱傑人校點:《詩集傳》,《朱子全書》(修訂本)第1冊,第546頁。

風·宛丘》二章："坎其擊鼓,宛丘之下。叶後五反。無冬無夏,叶與'下'同。值其鷺羽。"[①]本句鼓、魚、模、虞合韻。而朱子特別給"夏"字注"叶與'下'同",亦是爲了表明下、夏當叶韻。

　　至於遥韻,從《詩集傳》注音的情況來看,朱子應該尚未意識到其存在。《詩集傳》中是否存在遥韻的情況,是不好判斷的,因爲朱子對很多今人認定是遥韻的地方都没有注音。但是,在《召南·騶虞》一篇中,朱子對一章的"虞"字注"叶音牙",以與葭、豝相押;對二章的"虞"字注"叶五紅反",以與蓬、豵相押。這就可以看出,朱子尚未認識到此篇中存在遥韻的情況。我們據此也可推測,朱子應該尚未認識到《詩經》中存在遥韻。當然,直至今日,對於遥韻的認定還需要繼續研究:我們對比一下王力先生和王顯先生對遥韻認定的情況,即可以發現二家的認識並不完全一致,在一些地方的判斷上,二位先生還存在相異之處。

(三) 關於韻式與韻部互證的問題

　　雖然朱子並没有就古韻分部問題作出相關文字説明,但是朱子所注之音,也是有一定規則的。其一,我們通過對《詩集傳》注音情況的分析,可以知道,朱子認爲同聲調才能相押。就上文所舉《齊風·猗嗟》三章的例子,我們來看看朱子所注的反切下字的情況。眷,《廣韻》居倦切,屬線韻、合口三等、去聲、山攝;願,《廣韻》魚怨切,屬願韻、合口三等、去聲、山攝;戀,《廣韻》力卷切,屬線韻、合口三等、去聲、山攝;縣,《廣韻》黄練切,屬霰韻、合口四等、去聲、山攝;絢,《廣韻》許縣切,屬霰韻、合口四等、去聲、山攝。值得注意的是,變、選在《廣韻》中既有上聲音,也有去聲音;婉在《廣韻》爲上聲字;反則既有上聲,也有平聲。而朱子爲選注去聲音,其他字則叶去聲音。這樣的例子在《詩集傳》中普遍存在。陳鴻儒先生《朱熹〈詩〉韻研究》也提出"朱熹平上去分押"[②]。入聲字在宋詞中一般都是單獨相押的,而這在《詩集傳》中也有體現。《詩集傳》亦有些地方直接注明"叶上聲"之類。這都説明,朱子認爲必須聲調相同才能相押。這無疑是朱子局限之處。但是上古音系統是否存在聲調,即使存在聲調,其聲調到底是怎麽樣的,這個問題自清代其就一直有爭論,如江永的《古韻標準》就是分平上去入四聲來分析《詩經》韻例的。在這個問題的看法上,今人也不盡一致,我們不必因此而過去苛求朱子。而這種情況恰可説明,朱子在分析《詩經》韻例時,是考慮到了《詩經》韻部的。

　　其二,陳鴻儒先生《朱熹〈詩〉韻研究》通過對《詩集傳》注音情況的考察,

---

① ［宋］朱熹撰,朱傑人校點:《詩集傳》,《朱子全書》(修訂本)第1册,第516頁。
② 陳鴻儒:《朱熹〈詩〉韻研究》,第187頁。

歸納出朱子《詩》韻分部情況①,這也說明,雖然朱子未必認識到韻式可與韻部互證,但他確實已經將二者相互結合起來,以考察《詩經》用韻。

綜言之,朱子對《詩經》韻例的認識雖然存在著不足之處,有待後人來修正,但是其中的有些認識還是比較深刻的。今人在總結前人的基礎上,對《詩經》韻例的發明取得了突破性進展,但是對一些細節問題還存在爭議,說明這個工作還有繼續進行下去的必要。而雖然朱子對此的認識不如也不可能如今人認識這麼深刻,但是,在古音學建立之初,能有這樣的認識,的確可以稱得上是發明《詩經》韻例的功臣。《詩集傳》作爲第一部完整、系統地對《詩經》韻例進行探索的文獻,其創始之功和探索精神都值得表出,而實際上,也爲後世探索韻例提供了有益的借鑒。

三、朱子與今人《詩經》韻例研究的對比

經過長期積澱,現代學者對《詩經》韻例的認識已經漸趨科學。對於《詩經》韻例的考察,今人王力先生的成果後出轉精,猶爲顯著,爲學者廣泛接受;郭晉稀和王顯二位先生亦有深刻而獨到的見解。其中,王力先生《詩經韻讀》、王顯先生《詩經韻譜》與《詩集傳》一樣,均對《詩經》305篇每一首詩的用韻位置和用韻方式進行了更爲明確、詳細的具體分析。下文首先對三家之說作一簡介。

王力先生在其所著《詩經韻讀》和主持編著的《古代漢語》中,均有對《詩經》韻例的歸納。王力先生主編的《古代漢語》對《詩經》韻例情況作了簡單介紹。②《詩經韻讀》則更爲詳細地從四個方面分析了《詩經》韻例,包括: 1. 韻在句中的位置,分韻腳、虛字腳以及非韻三種情況。虛字腳即所謂的富韻。2. 韻在章中的位置,包括:(1) 一韻到底,又可細分爲偶句韻、首句入韻的偶句韻和句句用韻三種情況;(2) 兩韻以上的詩章,包括一般換韻、交韻、抱韻三種情況。其中交韻又分爲純交韻、複交韻、不完全交韻;抱韻分爲純抱韻、準抱韻。此外還有(3) 密韻、疏韻、無韻的情況。除句句用韻、交韻、抱韻屬密韻外,還包括四句三押、五句四押、六句五押、七句六押、八句七押、十句九押、十二句十一押等七種情況。疏韻又可分爲三句起韻和章內疏韻兩種情況。無韻則包括全章無韻和部分無韻兩種情況。3. 韻在篇中的位置。王力先生將其分整齊和參差、迴環、遥韻、尾聲四個方面加以陳述。4. 韻式與韻部

---

① 陳鴻儒:《朱熹〈詩〉韻研究》,第154—187頁。
② 王力主編:《古代漢語》(第3版),第536—538頁。

互證。王力先生認爲,可以試用韻式來考察韻部;同時又可以用假定的韻部來考察韻式。並對《詩經》中陰聲、入聲分立和鄰韻分立的問題加以考察。①

郭晉稀先生撰有《〈詩經〉韻讀》一文,其中也涉及對《詩經》韻例的討論,並舉出例證。他認爲,《詩經》韻例有句韻、章韻和叶聲三類。1. 句韻有句中韻、句末韻、助字韻和間隔韻。(1) 句中韻:有連句對叶、隔句對叶、句内對叶。(2) 句末韻:有連句叶、隔句韻。隔句韻又有隔一句、隔兩句、隔三句至隔數句之分。其入韻例,則有第一句入韻者,有第二句入韻者,有第三句入韻者,亦有第四句入韻者。其换韻例,則有兩叶换韻者,有三至六叶换韻者。(3) 助字韻:"助字不入韻是通例,但是也有入韻者。"(4) 間韻例:有規則者,有無規則者。2. 章韻:有章首韻、章中韻、章末韻。3. 叶聲。"以韻相叶是常例,以聲相叶,則是特例。"它包括:(1) 雙聲相叶,(2) 雙聲假借相叶,也有(3) 雙聲疊韻相間成章。②

王顯先生《詩經韻譜》對《詩經》韻例的闡發則包括三個部分。他認爲,《詩經》的用韻規則有兩條:一是在同一首詩中,上下章相同的句子,要入韻就是成系統地入韻,要不入韻就是成系統地不入韻;二是在同一首詩中,句末帶有相同的虚字句,要入韻就是成系統地入韻,要不入韻就是成系統地不入韻。這個見解很深刻,可以適當補充王力先生的觀點。王顯先生又認爲"韻式是由分韻腳的多少、韻腳的奇正和韻腳的繁簡三個因素組成的",所謂韻腳的奇正,就是哪句入韻,哪句不入韻,以及韻腳的分部格局。韻腳的繁簡則分爲單一型、遞轉型和交織型三種。王顯先生還認爲,韻式的考察必須要建立在章的意段上。這無疑也是一個正確的認識。在此基礎上,王顯先生總結出《詩經》韻式共 249 種。③

以上三家觀點中,郭晉稀先生提出的叶聲類,是承襲錢大昕之説。郭先生評價道:"錢氏此説,韻學家的看法是有分歧的,但是例證不少,不失爲一家之言。"④由於此説未得到學界普遍認可,暫置之不論。其他地方,三家表述雖有不同之處,但總體上來看,基本看法是相通的,大體認識也是基本一致的。而較之於朱子對於韻例的基本認識,和今人王力、郭晉稀、王顯三位先生也是大致相同的。當然,在韻例問題上,朱子的一些認識不及今人深刻,這也毋庸諱言。

再看具體情況。通過《詩集傳》對《詩經》305 篇 1141 章注音情況的具體

---

①　王力:《詩經韻讀·楚辭韻讀》,第 35—99 頁。
②　郭晉稀:《詩經蠡測》(修訂本),成都:巴蜀書社,2006 年,第 161—164 頁。
③　王顯:《詩經韻譜》,第 15—140 頁。
④　郭晉稀:《詩經蠡測》(修訂本),第 164 頁。

考察,我們可以發現:朱子所認定的《詩經》韻例大部分都與今人所認定的韻例相同,還有少數是今人尚未有定論的地方,而真正可以斷定是朱子錯判的地方並不太多。據陳鴻儒先生研究,朱子與王力先生韻例之差異,僅有 160章,[①]約占《詩經》總章數的 14%,而這些差異之處,還有可以爭議的空間,並不能全部算作朱子認識有誤。

《詩經》"二南"共 25 篇 74 章,筆者對朱子、王力先生、王顯先生三家所歸納韻例作過具體對照,其中朱子與王力先生所歸納的韻例有 56 章相同,朱子與王顯先生所歸納的韻例有 53 章相同,三家韻例全同的則有 52 章。而王顯先生對一些富韻的認識明顯不合理,比如《葛覃》三章"言告師氏"、《汝墳》一二章"未見君子"、《殷其靁》一二三章"何斯違斯"六處的"氏、子、斯"並非虛字,顯然不宜認定爲富韻。這雖只是一個不完全歸納,但我們説朱子對於《詩經》韻例已經有較爲深刻的認識,恐怕並不過分。無論是在韻脚字位置,還是用韻方式方面,朱子的歸納都爲後人的研究作出了很好的鋪墊。後出轉精,清儒以至今人在這個問題上的認識更爲深刻全面,但我們不能忽視朱子在探索《詩經》韻例上的開創之功和借鑒意義。

---

① 陳鴻儒:《朱熹〈詩〉韻研究》,第 69—84 頁。

第五章 《詩集傳》訓詁研究

　　《漢書・藝文志》記載漢代《詩經》有六家，其中重要的是齊、魯、韓、毛四家，這四家都有對《詩經》的訓詁。三家《詩》逐漸亡佚，唯《毛詩》獨傳，《毛詩故訓傳》是現存最早的一部《詩經》訓詁文獻。而三家《詩》雖亡，其中的一些訓詁資料仍保存於其他文獻，如《爾雅》、《說文》、《玉篇》等字書及《文選注》等書之中，《經典釋文》也有少量三家《詩》注。

　　《毛詩故訓傳》是現存完整保存下來的最早的《詩經》訓詁資料，也是後世解《詩》最重要的參考資料。東漢末年的鄭玄作《毛詩箋》，在《毛傳》的基礎上對《毛詩》進行解釋，亦有一些地方對《毛傳》作了改動。六朝時期亦有一些爲《詩經》作訓詁的專書，但大多亡佚，今可見於《經典釋文・叙錄》。隋唐時期的陸德明撰《經典釋文》，其中有《毛詩音義》三卷，既錄《毛傳》、《鄭箋》中一些重要的訓詁資料，也保存少量三家《詩》，特別是《韓詩》中的訓詁資料。唐代孔穎達奉敕主持編纂《毛詩正義》，以疏毛、鄭。自鄭玄起，《詩》注主要是集中在對《毛詩》的訓詁上。

　　而到了宋代，詩經學在演進過程中，出現了一股新的趨勢，對詩經漢學有所變革。這個變革就是學界通常所謂的“重義理”，而對訓詁則不够重視，或者說借故意改變字詞的訓釋來達到重新建構義理的目的，却並不考慮這個訓詁上的改動是否合理。在這些學者當中，仍有不少還只是堅持對《毛詩》加以修正，顯得不够徹底。這從其標題即可看出，如段昌武的《毛詩集解》，以及與朱子大致同時的李樗、黃櫄的同名著作《毛詩集解》等。還有些著作，可從其治學路向上看出與《毛詩》同源，如北宋時期二程的《經說》中關於《詩經》的部分，以及與朱子同時的呂祖謙《呂氏家塾讀詩記》等。朱子的詩經學則非“《毛詩》”學，這一點已爲朱師傑人先生在《詩經》一書的《導讀》中所指出：

　　　　《詩集傳》這個書名，其中的“詩”，是指《詩經》。請讀者注意，千萬不要把這個《詩》理解爲《毛詩》。①

這也是朱子詩經學與其他宋儒的詩經學最大的差異。朱子《詩集傳》從義理上徹底否定了漢唐詩經學，而對漢唐古注則非常重視，對其中字詞、名物、制度等方面的訓詁從不偏廢，故而，我們無論是將《詩集傳》中的訓詁與漢唐古注作歷時性比較，還是與宋人《詩》注作共時性比較，其中所體現的特色都是比較鮮明的：較之於《毛傳》、《鄭箋》，《詩集傳》所注字詞、名物、制度要多出許多，而且較多使用宋代人易懂的語言，方便學者閱讀《詩經》；而較之宋人《詩》注，《詩集傳》的訓詁對漢唐古注給予了充分尊重，故相對準確、可靠。李建國先生在《漢語訓詁學史》中説："守注疏以治訓詁，由訓詁以通義理，是朱熹訓詁學的獨特風格。"②其説甚是。朱子在《與張欽夫論程集改字》一信中，曾謙虛地稱自己"淺暗遲鈍，一生在文義上作窠窟"③。爲了一改之前宋儒空疏的習氣，朱子治經，特別重視訓詁。《朱子語類》卷七十二載朱子云："某尋常解經，只要依訓詁説字。"（㑶。）④卷一百五則載朱子論自注書時説："某釋經，每下一字，直是稱等輕重，方敢寫出！"（方子。）又説："某解書，如訓詁一二字等處，多有不必解處，只是解書之法如此；亦要教人知得，看文字不可忽略。"（賀孫。）⑤可見，朱子在注書時對訓詁的重視程度。也正因爲如此，《詩集傳》在訓詁上取得的可觀成就，以及還存在的不足之處，都值得我們深入去探討。

其實，在《詩經》的訓詁中，只有對字詞、名物、典制等給出可靠的訓詁的基礎上，才能保證對《詩經》義理闡發的可靠性。朱子對此甚爲關切，頗具積極意義。朱子雖反對漢唐《詩》學，但對其中字詞、名物、典制等的訓詁並不排斥，朱子認爲其中可從者即認同之，不可從者即改之。雖然朱子認爲訓詁要爲義理服務，他的《詩經》訓詁是以符合義理爲大前提的，但是他仍能在一定程度上尊重訓詁自身的科學性，而且對訓詁有一定的理論性認識，實際上也發展了訓詁學。

一般認爲，朱子《詩集傳》對《詩經》的訓詁主要包括以下八方面的内容：解釋詞語，闡述語法，顯示修辭，注字音，考證名物典章制度，叙事核史，詮解

① ［宋］朱熹集傳，［清］方玉潤評，朱傑人導讀：《詩經》，上海：上海古籍出版社，2009 年，第 4 頁。
② 李建國：《漢語訓詁學史》，上海：上海辭書出版社，2002 年，第 192 頁。
③ ［宋］朱熹撰，劉永翔、朱幼文校點：《晦庵先生朱文公文集》（二），《朱子全書》（修訂本）第 21 册，第 1324 頁。
④ ［宋］黎靖德輯，鄭明等校點：《朱子語類》，《朱子全書》（修訂本）第 16 册，第 2419 頁。
⑤ ［宋］黎靖德輯，鄭明等校點：《朱子語類》，《朱子全書》（修訂本）第 17 册，第 3446 頁。

典故,校勘文字,疏通文義。① 這是就廣義的訓詁概念而言的,而本章則就狹義的訓詁而言,主要關注其中的解釋詞語、闡述語法、顯示修辭、考證名物和典章制度、疏通文義等部分的内容。關於校勘的内容,前文已經單列一章,此不贅論。

第一節 《詩集傳》訓詁的來源

《詩集傳》作爲集傳體《詩》注,其中對《詩經》字詞、名物、典制等訓詁的資料來源比較豐富,朱子嘗言"治經者必因先儒已成之説而推之"②。不過,朱子在《詩集傳》中,有時明確注明來源,有時並未注明其來源。其訓詁的來源從文獻類別來看,既有歷代《詩》注,也有字典辭書,以及他書古注,遍涉經、史、子、集四部;從文獻時代來看,既有漢唐古注,也有宋代新疏。此外,還有些訓詁是朱子自立之新訓。

目前學界有三篇專題論文考察此一問題。朱師傑人先生《朱熹〈詩集傳〉引文考》一文據《詩集傳》全書 400 餘條引文,對其所涉及的 50 餘種書目和 50 餘人物詳加考訂,其中共有:《毛詩序》,《毛傳》,毛、毛公、《毛詩》,《韓詩》,《韓詩薛君章句》,鄭、鄭氏,《鄭箋》,《鄭譜》,《易》,《漢上易傳》,《書》,《書大傳》,孔子、夫子、子,《論語》,老子,莊子,孟子,子思子,《中庸》,《大學》,《荀子》,《春秋傳》,《外傳》,《春秋内外傳》,《左傳》,左史,《國語》,《禮記》,《儀禮》,《周禮》,《吕氏春秋》,《戰國策》,《淮南子》,《楚辭》,《爾雅》,《説文》,《字林》,《列女傳》,《史記》,太史公,《漢書》,班固,《後漢書》,《三都賦》,"古語",伊尹,叔向,劉康公,吕叔玉,閔馬父,劉向,董子,韋昭,陸氏,韓愈,杜氏,趙子,程子,張子,歐陽公、歐陽氏,董氏,李氏,王氏,胡氏,吴氏,吕氏、東萊吕氏,陳氏,莆田鄭氏,楊氏,廣漢張氏,范氏,蘇氏,元城劉氏,長樂劉氏,曾氏,沈括,聞人氏等。③ 耿紀平《朱熹〈詩集傳〉徵引宋人〈詩〉説考論》一文考察了《詩集傳》中徵引宋人《詩》説有主名者 21 家 184 條,又據清人丁晏《詩集傳附釋》列其中未具名者 11 家 31 條。④ 吴洋先生《〈詩集傳〉引文續考》一文列引前人説 41

① 謝明仁、陳才:《淺談朱熹〈詩集傳〉的訓詁》,《詩經研究叢刊》第 16 輯,北京:學苑出版社,2010 年,第 393—396 頁。
② [宋]朱熹撰,徐德明、王鐵校點:《晦庵先生朱文公文集》(四),《朱子全書》(修訂本)第 23 册,第 3360 頁。
③ 朱傑人:《朱子學論集》,第 248—265 頁。
④ 耿紀平:《朱熹〈詩集傳〉徵引宋人〈詩〉説考論》,《河南教育學院學報(哲學社會科學版)》,2006 年第 2 期,第 87—90 頁。

條、引用文獻 36 條、其他 3 條。① 這三篇文章都是據《詩集傳》中所標出的"某人曰"或"或曰"來分析的,其實,《詩集傳》中訓詁的來源不止如此,很多未標明來源的地方也是有所根據的,也即馮浩菲先生所稱之"暗引例"②。本來,作爲集傳體,其内容都應有一定來源,而這些訓詁資料的來源對於瞭解朱子《詩經》學有重要意義,因此,《詩集傳》的來源亦需要作更深入的分析。

<h2 align="center">一、《詩集傳》對漢唐古注的吸收</h2>

《詩集傳》訓詁採用的漢唐古注,我們可以據文獻的類別,將其大致分爲三種情況:一是採用經部《詩經》類著作,可簡稱爲歷代《詩》注;二是採用經部小學類著作,也即字典辭書;三是採用其他古注。

(一)《詩集傳》對歷代《詩》注的吸收

根據《詩集傳》訓詁的實際情況,結合朱師傑人先生《朱熹〈詩集傳〉引文考》一文的研究成果,我們可以知道,《詩集傳》吸收的歷代《詩》注有屬於古文詩經學的《毛詩序》、《毛傳》、鄭玄《毛詩箋》、鄭玄《毛詩譜》、陸璣《毛詩草木鳥獸蟲魚疏》、陸德明《經典釋文·毛詩音義》、孔穎達《毛詩正義》,甚至王肅等人之説;亦有屬於今文詩經學的《齊詩》、《魯詩》、《韓詩》及《薛君章句》等。

1.《詩集傳》對古文詩經學成果的吸收

(1)《詩集傳》對《毛詩序》的吸收

朱子自稱晚年"去《序》言《詩》",事實上,朱子《詩集傳》在分析詩旨時,的確有不少篇目對《毛詩序》的説法提出質疑,甚至否定,但亦有不少篇目是沿襲了《毛詩序》之説。馮浩菲先生《毛詩訓詁研究》論及《詩集傳》對《毛詩序》的取捨,即分爲四類:朱説與《序》意相同,朱説與《序》意大同小異,朱説與《序》意小同大異,朱説與《序》全異;並以第一類爲最多。③ 而據莫礪鋒先生的統計,"朱熹同意《小序》説的詩共占《詩經》總數的 27％",④此數據可信。

在《詩集傳》中,雖然存在"去《序》言《詩》"的現象,但確實有不少地方認同了《詩序》之説,如《鄘風·柏舟》篇,《詩集傳》説:"舊説以爲衛世子共伯蚤死,其妻共姜守義,父母欲奪而嫁之,故共姜作此以自誓。"⑤而此詩《序》説:"《柏舟》,共姜自誓也。衛世子共伯蚤死,其妻守義,父母欲奪而嫁之,誓而弗

---

① 吳洋:《朱熹〈詩經〉學思想探源及研究》,第 245—276 頁。
② 馮浩菲:《毛詩訓詁研究》,武漢:華中師範大學出版社,1988 年,第 264 頁。
③ 馮浩菲:《毛詩訓詁研究》,第 267—270 頁。
④ 莫礪鋒:《朱熹文學研究》,第 217 頁。
⑤ [宋]朱熹撰,朱傑人校點:《詩集傳》,《朱子全書》(修訂本)第 1 冊,第 441 頁。

許,故作是詩以絶之。"可見,《詩集傳》中的"舊説",即《毛詩序》之説,《詩集傳》是直接採用其説的。不過,有少數地方,《詩集傳》會直接標明的引自《序》説的,如《邶風·式微》篇,《毛詩序》説:"《式微》,黎侯寓于衛,其臣勸以歸也。"《詩集傳》分析詩旨時即引用其説,之後在篇注中又特別注明:"此無所考,姑從《序》説。"《詩序辨説》則説:"詩中無黎侯字,未詳是否,下篇同。"①這就直接點明《詩集傳》於本篇是從《序》説的。還有些地方,《詩集傳》並不言明所從,而實則暗襲《毛詩序》,如《曹風·素冠》篇,《詩集傳》説本詩之旨爲:"祥冠,祥則冠之,禫則除之。今人皆不能行三年之喪矣,安得見此服乎?當時賢者庶幾見之,至於憂勞也。"②而本詩《序》説:"《素冠》,刺不能三年也。"雖然二者表述有異,但其義則同。《詩序辨説》於此篇無辨,亦可見朱子於此篇實乃認同《序》説。

認同並採用《毛詩序》之説的例子在《詩集傳》中還有不少,有些學者對此作了詳細的論述,③但他們都認爲《詩集傳》中各篇都是從《詩序》的,於事實未安,已有學者對此進行了駁斥。④ 拙撰第二章第三節於此亦有辨析。

(2)《詩集傳》對《毛傳》的吸收

在朱子生活的年代,三家《詩》已經全部亡佚,唯有《毛詩》獨存,《毛傳》是當時可以見到的最早最完整的《詩》注。作爲第一説,《毛傳》對於字詞、名物、典制的訓詁應該受到特別重視。《詩集傳》中就採用了很多《毛傳》的訓詁,而且明確説明其來源的只是一小部分。如《衛風·碩人》"碩人敖敖,説于農郊。"《詩集傳》注曰:"敖敖,長貌。説,舍也。農郊,近郊也。"⑤這三個詞的訓詁都是取自《毛傳》的,《詩集傳》皆未説明來源。又如《齊風·載驅》"四驪濟濟",《詩集傳》注曰:"驪,馬黑色也。濟濟,美貌。"⑥又如,《魏風·陟岵》"陟彼岵兮",《詩集傳》曰:"山無草木曰岵。"⑦王先謙《詩三家義集疏》與此岵字列五家四種訓詁:魯説曰:"山多草木曰岵。"韓説曰:"有木無草曰岵。"《毛傳》曰:"山無草木曰岵。"《説文》曰:"岵,山有草木也。"《釋名》曰:"山有草木曰

① [宋]朱熹撰,朱傑人校點:《詩集傳》,《朱子全書》(修訂本)第1册,第433、363頁。
② [宋]朱熹撰,朱傑人校點:《詩集傳》,《朱子全書》(修訂本)第1册,第523頁。
③ 李家樹:《國風毛序朱傳異同考析》,《東方文化》,1979年第1—2期;又收入《詩經的歷史公案》,1990年。王清信:《詩經三頌毛序朱傳異同之比較研究》,《經學論叢》第6輯,1999年。王清信:《詩經二雅毛序與朱傳所定篇旨異同之比較研究》,東吳大學碩士學位論文,1999年。
④ 陳明義:《朱熹〈詩經〉學與〈詩經〉漢學傳統異同之研究》,臺北:花木蘭文化出版社,2009年。
⑤ [宋]朱熹撰,朱傑人校點:《詩集傳》,《朱子全書》(修訂本)第1册,第453頁。
⑥ [宋]朱熹撰,朱傑人校點:《詩集傳》,《朱子全書》(修訂本)第1册,第489頁。
⑦ [宋]朱熹撰,朱傑人校點:《詩集傳》,《朱子全書》(修訂本)第1册,第493頁。

岵。"①很明顯,《詩集傳》採用了《毛傳》之説。這樣的例子在《詩集傳》中比比皆是,不勝枚舉。當然,《詩集傳》中亦有少數地方標明其訓詁是取自《毛傳》的。

(3)《詩集傳》對《鄭箋》的吸收

鄭玄作《毛詩箋》,以箋釋《毛詩》、《詩序》和《毛傳》。不過,《毛傳》簡質,有些地方《毛傳》無釋,《鄭箋》予以增釋;有些地方《鄭箋》對《毛傳》的訓詁加以改動;也有些地方《鄭箋》是在申《毛傳》之説。《鄭箋》所增加和改動的訓詁,有些地方是合理的,可從;也有些地方是錯誤的,不可從。《詩集傳》中也採用了不少《鄭箋》的訓詁。

《毛傳》無釋,《鄭箋》始訓,《詩集傳》採《鄭箋》説者,如:《鄘風·載馳》"既不我嘉"、"視爾不臧",《詩集傳》曰:"嘉、臧,皆善也。"②《毛傳》無釋,《鄭箋》曰:"嘉,善也。""臧,善也。"又如:《衛風·氓》:"士之耽兮,猶可説也。女之耽兮,不可説也。"《詩集傳》曰:"説,解也。"③《毛傳》無釋,《鄭箋》曰:"説,解也。"

《鄭箋》改動《毛傳》,爲《詩集傳》所採者,如:《邶風·谷風》:"采葑采菲,無以下體。"《詩集傳》注曰:"葑,蔓菁也。菲,似葍,莖粗,葉厚而長,有毛。下體,根也。葑、菲根莖皆可食,而其根則有時而美惡。"④此處《毛傳》釋爲:"葑,須也。菲,芴也。下體,根莖也。"顯然,《詩集傳》與《毛傳》之訓相異。而《鄭箋》曰"此二菜者,蔓菁與葍之類也,皆上下可食。然而其根有美時,有惡時,採之者不可以根惡時並棄其葉"云云。是此處《詩集傳》之訓正從《鄭箋》。又如:《鄘風·干旄》"素絲祝之",《詩集傳》曰:"祝,屬也。"⑤《毛傳》:"祝,織也。"《鄭箋》:"祝,當作屬;屬,著也。"

《鄭箋》申《毛傳》之説,《詩集傳》採之者,如:《鄘風·載馳》"載馳載驅",《詩集傳》曰:"載,則也。"⑥《毛傳》:"載,辭也。"《鄭箋》:"載之言則也。"《毛傳》以"載"爲語辭,《鄭箋》申《毛傳》之説,認爲載猶言則。此處《詩集傳》直接採用《鄭箋》之説,這是由於《鄭箋》的説法更明確,更便於宋人理解《詩》義。

(4)《詩集傳》對王肅説的吸收

三國時期王肅在詩經學上有較多發明,對鄭玄的不少説法加以修正,從而引起了詩經學史上著名的"鄭王之爭"。《隋書·經籍志》著録王肅詩經學

---

① [清]王先謙撰,吳格點校:《詩三家義集疏》,第405頁。
② [宋]朱熹撰,朱傑人校點:《詩集傳》,《朱子全書》(修訂本)第1册,第449頁。
③ [宋]朱熹撰,朱傑人校點:《詩集傳》,《朱子全書》(修訂本)第1册,第455頁。
④ [宋]朱熹撰,朱傑人校點:《詩集傳》,《朱子全書》(修訂本)第1册,第430頁。
⑤ [宋]朱熹撰,朱傑人校點:《詩集傳》,《朱子全書》(修訂本)第1册,第448頁。
⑥ [宋]朱熹撰,朱傑人校點:《詩集傳》,《朱子全書》(修訂本)第1册,第449頁。

著作四部:《毛詩注》二十卷、《毛詩義駁》八卷、《毛詩奏事》一卷、《毛詩問難》一卷,《宋史·藝文志》皆未見著録,可見當時已經亡佚。《毛詩正義》保存了一些王肅的見解,《詩集傳》於此亦有引用,如《召南·采蘋》"宗室牖下",《詩集傳》曰:"牖下,室西南隅,所謂奥也。"①"牖下"一詞《毛傳》未釋,《鄭箋》曰:"牖下,户牖間之前。"而《孔疏》説:"王肅以爲,此篇所陳皆是大夫妻助夫氏之祭,采蘋藻以爲菹,設之於奥,奥即牖下。"②可見,《詩集傳》此處採用王肅之説。

(5)《詩集傳》對陸璣《毛詩草木鳥獸蟲魚疏》的吸收

陸璣的《毛詩草木鳥獸蟲魚疏》是第一部《詩經》博物學專著,主要對《詩經》中的名物進行解釋。後世詩經學著作凡涉及名物者,採其説者尤多,還有不少採《爾雅》及其注疏者。如《衛風·碩人》"葭菼揭揭",《詩集傳》曰:"菼,薍也,亦謂之荻。"③《毛傳》:"菼,薍也。"《毛詩正義》引陸璣説云:"薍或謂之荻。"這正是在《毛傳》的基礎上,再採用陸《疏》之説的。《爾雅》郭璞《注》認爲葭、菼非一草,而孫炎《注》則以爲二者是一草。朱子採陸璣之説,又可證孫炎説之誤。

(6)《詩集傳》對《毛詩音義》的吸收

陸德明《經典釋文·毛詩音義》中既有對《毛詩》文字的注音,亦録其釋義。這些釋義大部分都是取自《毛傳》、《鄭箋》的,也有少量是取自三家《詩》特别是《韓詩》的。不過,其中還有少數是陸德明自己的釋義。《詩集傳》於此亦有吸收,如《邶風·北門》"終窶且貧",《詩集傳》曰:"窶者,貧而無以爲禮也。"④《毛傳》:"窶者,無禮也。"《毛詩音義》曰:"窶,其矩反。無禮也;《爾雅》云:'貧也。'案:謂貧而無可爲禮。""無禮也"是《毛傳》的解釋,而"貧也"則是《爾雅》的解釋。從語用學角度來看,"無禮"是"貧"内在藴含之意,也就是説,"貧"是窶的字面義,"無以爲禮"是其語用義。陸德明合此二義爲一,使得句義更順。《詩集傳》採《毛詩音義》之説,是合理的。

(7)《詩集傳》對《毛詩正義》的吸收

孔穎達《毛詩正義》主要是爲了疏解《毛傳》、《鄭箋》,但《毛傳》、《鄭箋》未作解釋或語焉不詳之處,《孔疏》亦爲之解。《詩集傳》的訓詁中,亦有一些地方採《孔疏》之説者,如《邶風·北風》"既亟只且",《詩集傳》曰:"只且,語助

---

① [宋]朱熹撰,朱傑人校點:《詩集傳》,《朱子全書》(修訂本)第1册,第413—414頁。
② [漢]毛亨傳,[漢]鄭玄箋,[唐]孔穎達疏,[唐]陸德明音釋,朱傑人、李慧玲整理:《毛詩注疏》,第102頁。
③ [宋]朱熹撰,朱傑人校點:《詩集傳》,《朱子全書》(修訂本)第1册,第454頁。
④ [宋]朱熹撰,朱傑人校點:《詩集傳》,《朱子全書》(修訂本)第1册,第436頁。

辭。"①"只且"一詞《毛傳》、《鄭箋》皆未釋,而《孔疏》說:"只且,語助也。"很明顯,《詩集傳》是沿襲《孔疏》之說的。而根據現在已經出土的戰國簡牘,可知此"只"字很可能就是"也"字的形訛,②特別是楚簡中的"只"、"也"二字,字形極近,上博簡《孔子詩論》簡 19 的"既曰'天也',猶有怨言",李銳和楊澤生先生先後指出此當是就《邶風·柏舟》"母也天只"而言。③ "也"爲語助詞,典籍習見。《詩·唐風·椒聊》有"椒聊且,遠條且",這裡的"且"即是語助詞。這樣的話,"只且"雖未必可以看成一個詞,但將其解釋成"語助詞"則是沒什麼問題的了。此處《詩集傳》繼承了《孔疏》正確的訓釋。

2.《詩集傳》對三家《詩》的吸收

《詩集傳》在一些地方採用了三家《詩》的說法,其中有的是在詩篇的主旨上採用三家《詩》的說法,有的是在字詞訓詁上採用三家《詩》的說法。

(1) 篇旨採三家《詩》說者

朱子《詩集傳》對《詩經》每一篇的篇旨都加以重新認定,其中認同《毛詩序》之說的不少,然亦有認同《詩經》的齊、魯、漢三家之說的。採用《齊詩》說的,如《周南·關雎》篇。採用《魯詩》說的,如《邶風·柏舟》篇。採用《韓詩》說的,如《小雅·賓之初筵》篇,這已爲王應麟《詩考·序》所指出。朱子在《詩集傳》中有所說明④,《朱子語類》中亦載朱子結合《國語》之說,認爲《韓詩》以此詩爲衛武公自悔之詩是正確的。⑤ 此外,如《邶風·蝃蝀》,《詩集傳》認爲是"刺淫奔之詩"⑥,《毛傳》說此詩"止奔",而《韓詩序》則認爲是"刺奔女"⑦,所以,我們可認爲《詩集傳》實際上從《韓詩》的。

(2) 字詞訓詁採三家《詩》說者

《詩集傳》對於《詩經》中字詞的訓詁亦有採用三家《詩》,特別是《韓詩》說者,這大概是由於《韓詩》的訓詁多保存於《文選注》中。《朱子語類》載朱子對其門人李方子說他欲寫出《文選》李善注中《韓詩》的訓詁資料:

李善注《文選》,其中多有《韓詩》章句,常欲寫出。(方子。)⑧

---

① 〔宋〕朱熹撰,朱傑人校點:《詩集傳》,《朱子全書》(修訂本)第 1 冊,第 437 頁。
② 趙平安:《對上古漢語語氣詞"只"的新認識》,《簡帛》第三輯,上海:上海古籍出版社,2008年,第 1—6 頁。
③ 楊澤生:《說"既曰'天也',猶有怨言"評的是〈邶風·柏舟〉》,《新出土文獻與古代文明研究》,上海:上海大學出版社,2004 年 4 月,第 47—50 頁。
④ 〔宋〕朱熹撰,朱傑人校點:《詩集傳》,《朱子全書》(修訂本)第 1 冊,第 638 頁。
⑤ 〔宋〕黎靖德輯,鄭明等校點:《朱子語類》,《朱子全書》(修訂本)第 14 冊,第 796—797 頁。
⑥ 〔宋〕朱熹撰,朱傑人校點:《詩集傳》,《朱子全書》(修訂本)第 1 冊,第 446 頁。
⑦ 〔清〕王先謙撰,吳格點校:《詩三家義集疏》,第 244 頁。
⑧ 〔宋〕黎靖德輯,鄭明等校點:《朱子語類》,《朱子全書》(修訂本)第 17 冊,第 2736 頁。

陸德明《經典釋文·毛詩音義》也存錄有一些《韓詩》中字詞的訓詁資料。《漢書·藝文志》所錄的《魯故》、《齊后氏故》、《齊孫氏故》等書早已亡佚,關於這些書籍的輯佚工作,其時尚未出現,故筆者尚未在《詩集傳》中發現採用《齊詩》、《魯詩》中的字詞訓詁,或正緣於此。

《詩集傳》採用《韓詩》訓詁的例子,我們可以舉出以下一些,如《王風·兔爰》:"有兔爰爰,雉離于罿。"《詩集傳》曰:"罿,罬也,即罦也。或曰:施羅於車上也。"①據《經典釋文》,這個"或曰"即《韓詩》之説。又如《鄭風·羔裘》:"羔裘如濡,洵直且侯。"《詩集傳》曰:"侯,美也。"②《毛傳》:"侯,君也。"《鄭箋》釋毛曰:"君者,言正其衣冠,尊其瞻視,儼然人望而畏之。"據《經典釋文》,此亦是從《韓詩》。從句勢上看,這裡的"侯"當與"直"同,爲形容詞,《鄭箋》之説顯誤,《韓詩》的訓詁則較爲合理,今人譯注亦多採用《韓詩》之説,比如高亨先生《詩經今注》③,程俊英、蔣見元先生《詩經注析》還認爲《毛傳》的"君"亦有美意④。還如,《秦風·車鄰》"寺人之令",《詩集傳》曰:"令,使也。"《豳風·蟋蟀》"八月在宇",《詩集傳》曰:"宇,簷下也。"⑤義皆從《韓詩》。

(二)《詩集傳》對字典辭書中訓詁的吸收

字典辭書是訓詁中所需採擇的重要資料。在《詩集傳》中,朱子採用《爾雅》及其注疏、《説文》、《玉篇》等字書訓詁之處亦有不少。

1.《詩集傳》採《爾雅》及其注疏的訓釋

《爾雅》成書年代目前尚有爭議⑥,但《説文》已經引用《爾雅》,可見《爾雅》較之爲早。朱子認爲:"《爾雅》是取傳注以作,後人卻以《爾雅》證傳注。"(文蔚。)⑦《爾雅》是辭書,其中諸詞條必有所取,而不少詞條與《毛傳》相合,這雖不能説明《爾雅》取自《毛傳》,但説《爾雅》與《毛傳》中的部分訓詁有相同的來源,是大致可以的。如此説來,朱子批評後人在使用《爾雅》中犯有循環論證的錯誤,也是合理的。不過,《爾雅》中有些詞條與《毛傳》並不相同,有的時候可以用來糾正《毛傳》的錯誤;有的時候《毛傳》、《鄭箋》未釋的詞語,《爾雅》也可以作爲補充。在《詩集傳》中,朱子亦採用《爾雅》及其注疏中的一些訓釋,如:《邶風·北門》"憂心殷殷",《詩集傳》曰:"殷殷,憂也。"⑧這個訓詁見

①　[宋]朱熹撰,朱傑人校點:《詩集傳》,《朱子全書》(修訂本)第1册,第466頁。
②　[宋]朱熹撰,朱傑人校點:《詩集傳》,《朱子全書》(修訂本)第1册,第473頁。
③　高亨:《詩經今注》,第72頁。
④　程俊英、蔣見元:《詩經注析》,北京:中華書局,1991年,第233頁。
⑤　[宋]朱熹撰,朱傑人校點:《詩集傳》,《朱子全書》(修訂本)第1册,第506、532頁。
⑥　可參看胡奇光、方環海:《爾雅譯注·前言》,上海:上海古籍出版社,2004年,第3—4頁。
⑦　[宋]黎靖德輯,鄭明等校點:《朱子語類》,《朱子全書》(修訂本)第18册,第4264頁。
⑧　[宋]朱熹撰,朱傑人校點:《詩集傳》,《朱子全書》(修訂本)第1册,第436頁。

於《爾雅·釋訓》。① “殷殷”一詞,按照常理,當訓爲“憂貌”或“憂心貌”,可見朱子此訓本諸《爾雅》。《豳風·九罭》“鴻飛遵陸”,《詩集傳》曰:“高平曰陸。”②亦本《爾雅》之訓。除此之外,《爾雅》中對草、木、蟲、魚、鳥、獸、畜等名物的解釋,亦爲《詩集傳》廣泛採用,如:《王風·中谷有蓷》“中谷有蓷”,《詩集傳》曰:“蓷,鵻也,葉似萑,方莖,白華,華生節間,即今益母草也。”③“蓷,鵻”是採《毛傳》之説,其後則與《孔疏》所引《爾雅》郭璞注同。又如,《鄭風·有女同車》“顔如舜華”,《詩集傳》曰:“舜,木槿也,樹如李,其華朝生暮落。”④“舜,木槿”是採《毛傳》之説,其後則與《孔疏》所引《爾雅》樊光注同。又如,《曹風·蜉蝣》“蜉蝣之羽”,《詩集傳》曰:“蜉蝣,渠略也,似蛣蜣,身狹而長,角黄黑色,朝生暮死。”⑤《爾雅》、《毛傳》皆曰:“蜉蝣,渠略也。”《毛傳》又曰其“朝生夕死”,孫炎注又引《夏小正》説蜉蝣朝生暮死,郭璞注曰:“似蛣蜣,身狹而長,有角,黄黑色。叢生糞土中,朝生暮死。”又如,《衛風·氓》“于嗟鳩兮”,《詩集傳》曰:“鳩,鶻鳩也,似山雀而小,短尾,青黑色,多聲。”⑥“鳩,鶻鳩”是採《毛傳》之説,其後則與《孔疏》所引《爾雅》郭璞注同。又如,《周南·卷耳》“我姑酌彼兕觥”,《詩集傳》曰:“兕,野牛,一角,青色,重千斤。”⑦這裡的“一角”云云,即採《爾雅》郭璞注之説。此外,值得一提的是,《爾雅》兕和犀單列,可見並非一物,而不少辭書中誤以兕、犀爲一物。法國學者雷焕章(Jean A. Lefeuvre)先生《商代晚期黄河以北地區的犀牛和水牛》一文從出土文獻入手,又從音韻學和古生物學的角度綜合分析,並梳理了傳世文獻中的相關記載,論定兕當爲野水牛,⑧其説可從。

2.《詩集傳》採《説文》的訓釋

東漢許慎所著《説文解字》,就是解釋包括《詩經》在内的“五經”的,其中採《毛傳》説較多,亦有一些地方採《三家詩》義,還有部分是許慎自己所立之訓。朱子對《説文》頗爲重視,曾親自校勘《説文》。《詩集傳》的訓詁亦有不少地方採用《説文》的,如《召南·行露》“誰謂鼠無牙”,《詩集傳》曰:“牙,牡齒也。”⑨《鄘

---

① ［晉］郭璞注,［宋］邢昺疏,王世偉整理:《爾雅注疏》,第 184 頁。
② ［宋］朱熹撰,朱傑人校點:《詩集傳》,《朱子全書》(修訂本)第 1 册,第 540 頁。
③ ［宋］朱熹撰,朱傑人校點:《詩集傳》,《朱子全書》(修訂本)第 1 册,第 465 頁。
④ ［宋］朱熹撰,朱傑人校點:《詩集傳》,《朱子全書》(修訂本)第 1 册,第 475 頁。
⑤ ［宋］朱熹撰,朱傑人校點:《詩集傳》,《朱子全書》(修訂本)第 1 册,第 525 頁。
⑥ ［宋］朱熹撰,朱傑人校點:《詩集傳》,《朱子全書》(修訂本)第 1 册,第 455 頁。
⑦ ［宋］朱熹撰,朱傑人校點:《詩集傳》,《朱子全書》(修訂本)第 1 册,第 405 頁。
⑧ ［法］雷焕章撰,葛人譯:《商代晚期黄河以北地區的犀牛和水牛——從甲骨文中的𠂤和兕字談起》,《南方文物》,2007 年第 4 期,第 150—160 頁。
⑨ ［宋］朱熹撰,朱傑人校點:《詩集傳》,《朱子全書》(修訂本)第 1 册,第 415 頁。按:《説文》衆本皆作“牡齒”,段玉裁《説文解字注》認爲當作“壯齒”,是也。詳參陳才:《〈説文解字〉“牡齒”當爲“壯齒”辨》,《如切如磋:經學文獻探研録》,第 125—134 頁。

風·鶉之奔奔》"鶉之奔奔",《詩集傳》曰："鶉,鶴屬。"①這兩個詞,《毛傳》、《鄭箋》皆未釋,而《説文》的解釋皆與之同②,乃《詩集傳》採用其説。

3.《詩集傳》採《玉篇》的訓釋

南朝梁顧野王所編撰的《玉篇》,是一部與《説文解字》相類的字典,其中的訓詁可補《爾雅》、《説文》。朱子在《詩集傳》中,也有採用《玉篇》訓詁的,如:《鄘風·柏舟》"髧彼兩髦",《毛傳》:"髦,兩髻之貌。"《詩集傳》曰："髧,髮垂貌。"與《毛傳》不同,而與《玉篇》同。《玉篇·髟部》:"髧,徒感切,髮垂貌。"③據馬瑞辰《毛詩傳箋通釋》的分析,《毛傳》之説誤,而《詩集傳》所採《玉篇》的訓釋是正確的。④

(三)《詩集傳》對其他古注的吸收

前揭朱師傑人先生《朱熹〈詩集傳〉引文考》一文中所列《詩集傳》明引除《詩經》外的相關漢唐古注者頗多,遍涉經史子集四部,可參看,這裡不再贅述,只是再補充一些《詩集傳》暗引漢唐時期其他古注的例子。

《詩集傳》採子部書古注的,如:《周南·螽斯》:"宜爾子孫,繩繩兮。"《詩集傳》曰："繩繩,不絶貌。"⑤據《故訓匯纂》所録"繩繩"一詞的解釋,主要有:《毛傳》:"繩繩,戒慎也。"此與《爾雅·釋訓》同。王先謙《詩三家義集疏》引《韓》説:"繩繩,敬貌也。"而《老子》河上公注曰："繩繩者,動行無窮極也。"此外,還有其他一些解釋。⑥ "不絶"即"動行無窮極"的衍伸義,可見,此處《詩集傳》實際上是從《老子》河上公注的。

《詩集傳》採史部書古注的,如:《鄘風·墻有茨》"中冓之言",《詩集傳》曰："中冓,謂舍之交積材木也。"⑦《毛傳》:"中冓,内冓。"《詩集傳》顯與之異,而《漢書·文三王傳》顏師古注曰：

> 應劭曰："中冓,材構在堂之中也。"晉灼曰："《魯詩》以爲夜也。"師古曰："冓謂舍之交積材木也。應説近之。冓音工豆反。"⑧

很明顯,《詩集傳》是採用了《漢書》顏師古注的説法。

---

① ［宋］朱熹撰,朱傑人校點:《詩集傳》,《朱子全書》(修訂本)第1册,第444頁。
② ［漢］許慎:《説文解字》,影清陳昌治本,第45頁下、77頁上。此篇中《詩集傳》從"鳥"之字,《説文》皆從"隹",字形雖異,實爲一字。
③ ［梁］顧野王:《大廣益會玉篇》,影張氏澤存堂本,北京:中華書局,1987年,第28頁下。
④ ［清］馬瑞辰撰,陳金生點校:《毛詩傳箋通釋》,第165頁。
⑤ ［宋］朱熹撰,朱傑人校點:《詩集傳》,《朱子全書》(修訂本)第1册,第406頁。
⑥ 宗福邦等編:《故訓匯纂》,第1780—1781頁。
⑦ ［宋］朱熹撰,朱傑人校點:《詩集傳》,《朱子全書》(修訂本)第1册,第442頁。
⑧ ［漢］班固撰,［唐］顏師古注:《漢書》,第2217頁。

二、《詩集傳》對宋儒新注的吸收

由於學術自身積澱的内在因素和朝廷政策的獎掖與支持、經濟的發達、出版業的發展等諸多外在因素的綜合影響,宋代學術呈現出蓬勃發展的趨勢。在詩經學方面,這個發展主要表現在參與注《詩》的學者增多,《詩》注著作多、形式多樣。雖然朱子對他之前宋儒的詩經學批評較多,但於其中合理之處,亦廣泛吸收。前揭朱師傑人先生《朱熹〈詩集傳〉引文考》、耿紀平《朱熹〈詩集傳〉徵引宋人〈詩〉説考論》和吳詳《〈詩集傳〉引文續考》都對其中明引的部分作了很好的分析。此外,其中還有不少地方是暗用宋人《詩》説的,這需要進一步作出揭示。

前文已經提及,朱子在《朱子語類》中明確提出,漢唐古注中關於名物、典制的訓詁更加可靠,故於此,《詩集傳》多不採用宋儒新注。《詩集傳》採宋儒新注的,主要是在篇旨、句義和詞義三個方面。宋儒《詩》注亡佚者頗多,今人已無法窺其全斑,只能據筆者目力所見,就現存的一些典籍以及前人的論述加以認定。

(一)《詩集傳》對宋儒所定篇旨的吸收

朱子認爲,漢唐學者不解《詩》中義理,故於詩旨方面,《詩集傳》多有更定;而這更定的詩旨,則有些是採用或部分採用宋儒新説的。

其中,明用宋儒之説的,如《邶風·旄丘》篇,《毛序》認爲此篇乃責衛伯之詩,朱子駁其誤,並引陳傅良説曰:"陳氏曰:'説者以此爲宣公之詩。然宣公之後百餘年,衛穆公之時,晉滅赤狄,潞氏數之,以其奪黎氏地,然則此其穆公之詩乎? 不可得而知也。'"[1]朱子對陳氏之説,雖未置評,但引用其説,即可説明朱子對其説的認同。又如《鄭風·將仲子》篇,《詩集傳》曰:"莆田鄭氏曰:此淫奔者之辭。"[2]此引鄭樵説。

其中,暗用宋儒之説的,如《召南·草蟲》篇,《詩集傳》認爲此詩之旨是"南國被文王之化,諸侯大夫行役在外,其妻獨居,感時物之變而思其君子如此。"[3]而《毛詩序》則認爲此詩是"大夫妻能以禮自防",並未言及"大夫行役"之事,朱子《詩序辨説》認爲,"此恐亦是夫人之詩,而未見以禮自防之意"[4],否定《序》説。而歐陽修《詩本義》認爲此詩爲行役詩[5],可見,《詩集傳》於此採歐陽修《詩本義》之説。

---

① [宋]朱熹撰,朱傑人校點:《詩集傳》,《朱子全書》(修訂本)第1册,第363頁。
② [宋]朱熹撰,朱傑人校點:《詩集傳》,《朱子全書》(修訂本)第1册,第470頁。
③ [宋]朱熹撰,朱傑人校點:《詩集傳》,《朱子全書》(修訂本)第1册,第413頁。
④ [宋]朱熹撰,朱傑人校點:《詩集傳》,《朱子全書》(修訂本)第1册,第359頁。
⑤ [宋]歐陽修:《毛詩本義》,影《四庫薈要》本,第12頁上。

(二)《詩集傳》對宋儒所注句義的吸收

《毛傳》、《鄭箋》以釋詞爲主,申講章旨句義之處不多,而孔穎達《毛詩正義》則對《詩經》中每句話的意思,基本上都有所説明。不過,朱子認爲漢唐學者在義理上誤解了《詩經》,這勢必會影響到對詩意,甚至句義、詞義的理解,因此,《詩集傳》在申講章旨句義時,也對宋儒新注中的説法適當吸收了一些。

其中明引者,如《齊風·著》首章,《詩集傳》曰:"東萊吕氏曰:《昏禮》,婿往婦家親迎,既奠雁,御輪而先歸,俟于門外,婦至則揖以入。時齊俗不親迎,故女至婿門,始見其俟己也。"《詩集傳》於本詩二章又曰:"吕氏曰:此《昏禮》謂婿道婦'及寢門,揖入'時也。"《詩集傳》於本詩三章曰:"吕氏曰:升階而後至堂,此《昏禮》所謂'升自西階'之時。"①此乃引吕祖謙《吕氏家塾讀詩記》之説。又如《豳風·七月》八章,《詩集傳》曰:"張子曰:此章見民忠愛其君之甚。既勸趨其藏冰之役,又相戒速畢場功,殺羊以獻于公,舉酒而祝其壽也。"②此明引張載申講本章章旨及句義之説。

暗引者,如《邶風·日月》:"父兮母兮,畜我不足。"《詩集傳》曰:"不得於夫,而嘆父母養我之不終。蓋憂患疾痛之極,必呼父母,人之至情也。"③此本之於歐陽修《詩本義》:"謂父母不能畜養我終身,而嫁我於衛,使至困窮也。女無不嫁,其曰'畜我不卒'者,困窮之人尤怨之辭也。"④又如,《鄭風·女曰雞鳴》:"弋言加之,與子宜之。"《詩集傳》曰:"加,中也。《史記》所謂'以弱弓微繳加諸鳧雁之上'是也。宜,和其所宜也。《内則》所謂'雁宜麥'之屬是也。"⑤這實際上是本之於蘇轍《詩集傳》的。蘇轍《詩集傳》卷四曰:"加,中也。《史》曰:'以弱弓微繳加諸鳧雁之上。'宜,和其所宜也。"⑥而《毛傳》曰:"宜,肴也。"此訓與《爾雅·釋言》同,但顯非其訓。《鄭箋》則以加爲增加之加,亦不確;而朱子所採蘇轍《詩集傳》説則較合理。又如,《魏風·十畝之間》"十畝之間兮",《詩集傳》曰:"十畝之間,郊外所受場圃之地也。"⑦《張載集》云:"十畝,場圃所任園地也,《詩》'十畝之間'此也,不獨築場納稼,亦可毓草木也。"⑧可見,朱子此説實本之於張載。

---

① [宋]朱熹撰,朱傑人校點:《詩集傳》,《朱子全書》(修訂本)第1册,第484、484—485、485頁。
② [宋]朱熹撰,朱傑人校點:《詩集傳》,《朱子全書》(修訂本)第1册,第534頁。
③ [宋]朱熹撰,朱傑人校點:《詩集傳》,《朱子全書》(修訂本)第1册,第426頁。
④ [宋]歐陽修:《毛詩本義》,影《四庫薈要》本,第103頁下。
⑤ [宋]朱熹撰,朱傑人校點:《詩集傳》,《朱子全書》(修訂本)第1册,第474頁。
⑥ [宋]蘇轍:《詩集傳》卷四,宋淳熙七年蘇詡筠州公使庫本,第14—15頁。
⑦ [宋]朱熹撰,朱傑人校點:《詩集傳》,《朱子全書》(修訂本)第1册,第493頁。
⑧ [宋]張載著,章錫琛點校:《張載集》,第252頁。

(三)《詩集傳》對宋儒所注詞義的吸收

宋儒《詩》注,較之漢唐古注中所注詞語,主要有兩個變化。一是被訓詞語的數量有所增加。《毛傳》、《鄭箋》是漢人作注,故注釋比較簡略,很多詞語未注;但到了宋代,有些漢人常見的詞語,已成爲不常見的詞語了,這就需要加以注釋。二是作出適當改動。宋人之訓詁學,無論較之以前的漢唐,還是較之以後的清代,都是頗爲遜色的;但是,在詞語訓詁上,宋儒亦有改正漢唐古注之處。這主要還是因爲他們認爲漢唐學者誤解《詩》之義理,從而對某些詞語的訓詁也出現了錯誤。當然,這些改動,有的比較合理,有的則頗有問題。

其中,明引宋儒之説的,比如,《衛風·考槃》“考槃在澗”,《詩集傳》曰:“考,成也。槃,盤桓之意。言成其隱處之室也。陳氏曰:‘考,扣也。槃,器名。蓋扣之以節歌,如鼓盆拊缶之爲樂也。’二説未知孰是。”①此“陳氏”即陳傅良。又如,《鄭風·緇衣》“緇衣之蓆兮”,《詩集傳》曰:“蓆,大也。程子曰:蓆有安舒之義。服稱其德則安舒也。”②“蓆”之訓大,本之《毛傳》,朱子又明引程子之訓以作補充。又如,《小雅·斯干》“似續妣祖”,《詩集傳》曰:“或曰:謂姜嫄后稷也。”③考吕祖謙《吕氏家塾讀詩記》注此句曰:“鄭氏曰:妣,先妣姜嫄也。曾氏曰:‘似續妣祖’,以《生民》、《閟宮》之詩考之,豈謂姜嫄、后稷與?”④則此“或曰”當爲南豐曾氏,亦即曾鞏之説。

暗引宋儒之説的,比如:《召南·殷其靁》“何斯違斯”,《詩集傳》曰:“何斯,斯此人也。違斯,斯此所也。”⑤這本之於王安石《詩經新義》。邱漢生輯《詩義鉤沉》引李樗《毛詩集解》曰:“王氏以上‘斯’爲君子,下‘斯’爲此。”⑥又如,《邶風·北門》“政事一埤益我”,《詩集傳》曰:“政事,其國之政事也。”⑦此本蘇轍《詩集傳》。又如:《衛風·考槃》“永矢弗告”,《詩集傳》曰:“弗告者,不以此樂告人也。”⑧《毛傳》:“無所告語也。”《鄭箋》云:“不復告君以善道。”《詩集傳》改動《傳》、《箋》之意,實從歐陽修《詩本義》。《詩本義》駁《鄭箋》之非:“如鄭之説,進則喜樂,退則怨懟,乃不知命之很人爾,安得爲賢者也?……果如鄭説,孔子録《詩》,必不取也。”並釋其義曰:“永矢弗告者,自得

---

① [宋]朱熹撰,朱傑人校點:《詩集傳》,《朱子全書》(修訂本)第 1 册,第 451—452 頁。
② [宋]朱熹撰,朱傑人校點:《詩集傳》,《朱子全書》(修訂本)第 1 册,第 469 頁。
③ [宋]朱熹撰,朱傑人校點:《詩集傳》,《朱子全書》(修訂本)第 1 册,第 581 頁。
④ [宋]吕祖謙:《吕氏家塾讀詩記》卷二十,宋淳熙九年江西漕臺本,第 11 頁。
⑤ [宋]朱熹撰,朱傑人校點:《詩集傳》,《朱子全書》(修訂本)第 1 册,第 416 頁。
⑥ [宋]王安石著,邱漢生輯校:《詩義鉤沉》,北京:中華書局,1982 年,第 24 頁。
⑦ [宋]朱熹撰,朱傑人校點:《詩集傳》,《朱子全書》(修訂本)第 1 册,第 436 頁。
⑧ [宋]朱熹撰,朱傑人校點:《詩集傳》,《朱子全書》(修訂本)第 1 册,第 452 頁。

其樂,不可妄以語人也。"①又如,《王風・黍離》"彼黍離離",《毛傳》、《鄭箋》、《孔疏》皆未釋,《詩集傳》曰:"離離,垂貌。"②此説實本程子。

三、朱子依文所立之新訓

《詩集傳》除了吸收漢唐古注和宋儒新注之外,還有些訓詁是朱子自己依文所立的新訓。這些新訓,或是爲了糾正漢唐古注或宋儒新注之誤,這與他對漢唐學者和宋儒的批評有關;或是將前儒未注之處注出,這是爲了便於學者研讀。

《詩集傳》中,朱子自立的新訓頗多,其中糾正漢唐古注的,比如:《周南・葛覃》"維葉莫莫",《毛傳》:"莫莫,成就之貌。"《鄭箋》:"成就者,其可采用之時。"《詩集傳》改之曰:"莫莫,茂密貌。"③嚴粲《詩緝》曰:"朱氏曰:莫莫,茂密貌。"④由此可見,此訓爲朱子所立。再如:《周南・兔罝》"肅肅兔罝",《毛傳》:"肅肅,敬也。"與《爾雅・釋訓》同。《詩集傳》改之曰:"肅肅,整飭貌。"⑤《康熙字典》曰:"又《詩・周南》:肅肅兔罝。朱注:肅肅,整飭貌。"⑥由此可見,此訓亦爲朱子所立。又如,《鄘風・載馳》:"控于大邦,誰因誰極?"《毛傳》:"控,引。"《韓詩》曰:"控,赴告。"《詩集傳》曰:"控,持而告之也。因,如'因魏莊子'之因。"⑦此"控"字,朱子合《毛》、《韓》二家之説,吕祖謙《吕氏家塾讀詩記》曰:"朱氏曰:控,持而告之也。因,如'因魏莊子'之因。"⑧這二詞的解釋皆可視作朱子所立之訓。

又有糾正宋儒新注的,如《唐風・揚之水》"白石粼粼",《毛傳》曰:"粼粼,清澈也。"許慎《説文・巛部》:"水生厓石間,粼粼也。从巛,粦聲。"吕祖謙《吕氏家塾讀詩記》即引《説文》此訓,而《詩集傳》曰:"粼粼,水清石見之貌。"⑨董治安先生認爲此處"毛説不切,吕説亦難貫通",此"粼粼"當爲"白石光潔之狀"。⑩實與朱子之説相成。

還有些詞語,前儒未釋,朱子在《詩集傳》中首先對其作出解釋。比如,

① [宋]歐陽修:《毛詩本義》,影《四庫薈要》本,第34頁下—35頁上。
② [宋]朱熹撰,朱傑人校點:《詩集傳》,《朱子全書》(修訂本)第1册,第461頁。
③ [宋]朱熹撰,朱傑人校點:《詩集傳》,《朱子全書》(修訂本)第1册,第404頁。
④ [宋]嚴粲:《詩緝》卷二,明趙府居敬堂本,第20頁。
⑤ [宋]朱熹撰,朱傑人校點:《詩集傳》,《朱子全書》(修訂本)第1册,第407頁。
⑥ [清]張玉書等編纂:《康熙字典》(標點整理本),上海:漢語大詞典出版社,2002年,第937頁。
⑦ [宋]朱熹撰,朱傑人校點:《詩集傳》,《朱子全書》(修訂本)第1册,第449頁。
⑧ [宋]吕祖謙:《吕氏家塾讀詩記》卷五,宋淳熙九年江西漕臺本,第21頁。
⑨ [宋]朱熹撰,朱傑人校點:《詩集傳》,《朱子全書》(修訂本)第1册,第499頁。
⑩ 董治安:《先秦文獻與先秦文學》,第93頁。

《鄘風・蝃蝀》："大無信也,不知命也。"《詩集傳》曰:"命,正理也。"①此正據義理以言《詩》,乃宋儒特色。又如,《衛風・伯兮》:"其雨其雨,杲杲出日。"《詩集傳》曰:"其者,冀其將然之辭。"②"其"字爲虛詞,之前的一些古注及字書只注"詞(辭)也",未對其所表示的語氣作具體分析,此訓乃朱子首立。③

不過,這一類最難斷定,因爲典籍浩瀚,目力難免有不及之處;加之典籍不斷亡佚,朱子所見之書,今人已不能全部見到,故其中有部分訓詁或有所本,但目前只能姑且認作是朱子所立。

從以上的分析,我們可以知道,朱子《詩集傳》中訓詁的來源非常複雜,有明引,有暗引;有引經部書及其注的,也有引子部書、史部書、集部書及其注的;有引漢唐古注的,亦有引宋儒新注的,還有朱子自立之新訓。這可以表明朱子注《詩》,是絕不局限於《毛詩》一家的。本來,朱子將該書命名爲"集傳",就是採用的集傳體,兼收諸家訓詁爲己所用,熔鑄舊説加以綜合以成新篇,力圖以形成一本通俗易懂,便於學者閱讀的《詩經》注本,與呂祖謙《呂氏家塾讀詩記》互補。朱子《答潘文叔》書曰:

> 近亦整頓諸家説,欲放伯恭《詩》説作一書,但鄙性褊狹,不能兼容曲徇,恐又不免少紛紜耳。《詩》亦再看,舊説多所未安,見加刪改,別作一小書,庶幾簡約易讀。若詳考,則自有伯恭之書矣。④

朱子整頓諸家之説,實際上,是試圖在堅持追尋"聖賢本意"的前提下,對漢唐以來諸説之謬加以修正,對其中正確之處加以吸收。而朱子這樣做的目的,也正是爲了更好地去探求聖賢本意,延續道統。在朱子看來,《毛詩》乃漢人《詩》説,自然不能將《詩經》中所體現的"聖賢本意"系統地述出。朱子遍採諸家之訓詁,亦是其欲突破《毛詩》以治《詩》,希冀直探"聖賢本意"的直接表現。

前文已論,朱子治《詩》宗旨之二是在義理的統攝下遍採群言,加以熔鑄綜合,成爲新篇,以揭明聖賢大道和天地自然之理。遍採群言,最明顯的表徵就是《詩集傳》訓詁的來源十分豐富。朱子嘗言:

> 某舊時看《詩》,數十家之説一一都從頭記得,初間那裡敢便判斷那

---

① [宋]朱熹撰,朱傑人校點:《詩集傳》,《朱子全書》(修訂本)第1册,第447頁。
② [宋]朱熹撰,朱傑人校點:《詩集傳》,《朱子全書》(修訂本)第1册,第458頁。
③ 詳參陳才:《從"其"字釋義看朱熹的讀書方法》,《如切如磋:經學文獻探研録》,第121—124頁。
④ [宋]朱熹撰,劉永翔、徐德明校點:《晦庵先生朱文公文集》(三),《朱子全書》(修訂本)第22册,第2290頁。原文"褊狹"之"褊"誤作"礻"旁,爲其俗字,引文逕改爲正字。

説是,那説不是? 看熟久之,方見得這説似是,那説似不是;或頭邊是,尾説不相應;或中間數句是,兩頭不是;或尾頭是,頭邊不是。然也未敢便判斷,疑恐是如此。又看久之,方審得這説是,那説不是。又熟看久之,方敢決定斷説這説是,那説不是。這一部《詩》,並諸家解都包在肚裡。(僩。)①

這"數十家之説",既有《詩經》的漢唐古注,也有宋儒的《詩經》新疏。除此之外,其取材範圍還包括字典辭書,以及他書古注,遍涉經、史、子、集四部;以及朱子自立之新訓。朱子將這諸多訓詁材料"都包在肚裡",精加取捨,融會貫通,撰成《詩集傳》。沈義父《樂府指迷》評周邦彥詞"下字運意,皆有法度",我們其實也可以用這八個字來評價《詩集傳》的訓詁。而正是朱子對《詩經》訓詁的重視,才使得他較其他宋儒走得更遠,能在詩經學領域,奠定詩經宋學的基調。

第二節 《詩集傳》的訓詁成就

宋代詩經學者大多輕視訓詁以談義理,容易走向游談無根,以致始終不能從學理上樹立詩經宋學。朱子早年曾究心於章句訓詁,深諳此道;己丑之悟以後,朱子逐漸形成格物窮理的認識論。基於格物窮理的認識論和宋儒不重視訓詁的前車之鑒,朱子治《詩經》,於其中詞語、名物、典章之訓詁特別留意。《朱子語類》載朱子嘗云:

> 大凡看書,要看了又看,逐段、逐句、逐字理會,仍參諸解、傳,説教通透,使道理與自家心相肯,方得。(椿録。)②

在朱子看來,要想求得《詩經》中所體現的義理,亦必須建立在通訓詁的基礎上。《詩集傳》之訓詁,雖難免有一些錯誤,然其中創見頗多,可謂宋代訓詁學最高水平的代表。《詩集傳》在訓詁上的成就,既表現在訓詁實踐上,朱子求得了一些詞語的確解;又表現在訓詁理論上,朱子對訓詁學理論的逐漸發展有著重要貢獻。

① [宋]黎靖德輯,鄭明等校點:《朱子語類》,《朱子全書》(修訂本)第17冊,第2767頁。
② [宋]黎靖德輯,鄭明等校點:《朱子語類》,《朱子全書》(修訂本)第14冊,第314頁。

一、《詩集傳》在訓詁實踐上的成就

《詩集傳》之所以被視爲詩經學史上的一部重要著作，除了朱子在《詩集傳》中對詩經學理論上的一些問題提出了自己獨特的見解外，其在訓詁實踐上也取得了一定的成就，有助於後人對《詩》義的理解。今人《詩》注，頗有採擇朱子《詩集傳》之訓詁者，便是顯證。清儒陳澧評朱子《詩集傳》之訓詁曰："《朱傳》解經，務使文從字順。"①此並非溢美之辭。今人王力先生於 1983 年給向熹先生《詩經詞典》作序，其中對《詩集傳》在訓詁實踐上的成就推崇備至："我個人的意見是，關於《詩經》的詞義，當以毛傳、鄭箋爲主；毛、鄭不同者，當以朱熹《詩集傳》爲斷。《詩集傳》與毛鄭不同者當以《詩集傳》爲準（這是指一般情況而言，容許有例外）。"②正如前文所述，朱子《詩集傳》的訓詁，既有採擇前人之說的地方，也有自己依文所立之新訓。只是這些訓詁皆正誤參半。下文擬就《詩集傳》正確的訓詁，從對舊注的取捨與改動、朱子自立之新訓兩個方面來探討《詩集傳》在訓詁實踐上的成就。

（一）對舊注的取捨與改動

《詩集傳》對舊注多有採擇，前文已述。這當中有對舊注進行取捨之處，有申述漢唐古注之處，有糾正舊注錯誤之處。需要特別說明的是，拙撰擬從這三個方面來考察，只是爲了行文方便，並非嚴格的邏輯分類。

1. 對舊注的取捨

《毛傳》解《詩》，與三家《詩》之訓詁已有不少不同之處；《爾雅》、《毛傳》、《說文》之訓《詩》，亦可見有不同之處。鄭玄作《毛詩箋》，雖爲箋釋《毛詩》及《毛傳》，而其中亦有不少改動《毛傳》之處。馴至宋儒，新說頗多。朱子注《詩》，於前說多有採擇，故有對前說取捨。於諸說中採擇一個較爲合理的說法，亦是頗見功力的。《詩集傳》的取捨有很多都是合理的，於此亦可窺見朱子在訓詁學上的造詣非同一般。朱子對舊注的取捨，主要有以下幾種情況。

（1）取《毛傳》而捨他說。《毛傳》中的訓詁爲朱子《詩集傳》所採擇者最多，不勝枚舉。拙撰前節已經舉出幾例，這裡再隨機羅列幾個例子，比如，《齊風·東方未明》"折柳樊圃"，《詩集傳》曰："樊，藩也。圃，菜園也。"③又如，《檜風·匪風》"誰能亨魚？溉之釜鬵"，《詩集傳》曰："溉，滌也。鬵，釜屬。"④此皆

---

① ［清］陳澧著，鍾旭元、魏達純點校：《東塾讀書記》，《陳澧集》第 2 冊，第 118 頁。
② 向熹：《詩經詞典》（修訂本），北京：商務印書館，2014 年，第 6 頁。
③ ［宋］朱熹撰，朱傑人校點：《詩集傳》，《朱子全書》（修訂本）第 1 冊，第 485 頁。
④ ［宋］朱熹撰，朱傑人校點：《詩集傳》，《朱子全書》（修訂本）第 1 冊，第 524 頁。

從《毛傳》之確訓。

（2）取《鄭箋》而捨他説。比如，《周南・樛木》："樂只君子，福履將之。"《詩集傳》曰："將，猶扶助也。"①《毛傳》："將，大也。"《鄭箋》："將，猶扶助也。"朱子此訓從鄭、異毛。將之訓扶、助、扶助，典籍習見；可參《故訓匯纂・寸部》。② 將之訓大，可見於《爾雅・釋詁》，《方言》亦曰："將，大也。……秦晉之間，凡人之大謂之奘，或謂之壯。燕之北鄙，齊楚之郊或曰京，或曰將，皆古今語也。"③但是，若以本句之將訓爲大，顯然於義不通。而朱子所採鄭玄之訓則是。又如，《鄘風・相鼠》："相鼠有齒，人而無止。"《詩集傳》曰："止，容止也。"④《毛傳》曰："止，所止息也。"而《鄭箋》改毛曰："止，容止。"很明顯，朱子從鄭而異毛。聯繫本詩上章的"人而無儀"和下章的"人而無禮"來看，本章"人而無止"的"止"，《毛傳》訓作止息，是不合理的；而《鄭箋》訓作容止，則更切合詩意。朱子採《鄭箋》之説，是正確的。又如，《大雅・桑柔》"職涼善背"，《詩集傳》曰："涼，義未詳。《傳》曰：'涼，薄也。'鄭讀作'諒'，信也。疑鄭説爲得之。"⑤這就明確點明其欲從鄭而捨毛的態度。

（3）取《孔疏》而捨他説。《孔疏》中一個重要的内容就是對《毛傳》、《鄭箋》是申述：若毛、鄭有異時，《孔疏》亦各爲之申述，並適當表明自己的觀點；若毛、鄭皆無説時，《孔疏》所申講之章旨、句義，亦包含有對《詩經》中詞語的一些疏解。《詩集傳》亦有採《孔疏》之正確訓詁者，如《魏風・伐檀》"河水清且漣猗"，《詩集傳》曰："猗，與兮同，語詞也。《書》'斷斷猗'，《大學》作兮，《莊子》亦云'而我猶爲人猗'，是也。"⑥此字《毛傳》、《鄭箋》皆未釋，《經典釋文》説："本或作漪，同。"如此説，則以"漣漪"爲一詞。而《孔疏》則説："此云'漣猗'，下云'直猗'、'淪猗'。漣、直、淪，論水波之異。'猗'皆辭也。"⑦很明顯，《孔疏》的説法更合理，而《詩集傳》採其説，並舉出兩個共時性的文獻例證，更可坐實這個説法。後人一般都認同這個説法。

（4）取三家《詩》説而捨毛説。本章上節所舉《詩集傳》從《韓詩》説的四例，皆是可取的。除此之外，還如《周南・葛覃》"維葉莫莫"，《毛傳》："莫莫，成就之貌。"《鄭箋》："成就者，其可采用之時。"《詩集傳》則改訓曰："莫莫，茂

---

① ［宋］朱熹撰，朱傑人校點：《詩集傳》，《朱子全書》（修訂本）第1册，第406頁。
② 宗福邦等編：《故訓匯纂》，第602頁。
③ 華學誠匯證，王智群等協編：《揚雄方言校釋匯證》，北京：中華書局，2006年，第36頁。
④ ［宋］朱熹撰，朱傑人校點：《詩集傳》，《朱子全書》（修訂本）第1册，第447頁。
⑤ ［宋］朱熹撰，朱傑人校點：《詩集傳》，《朱子全書》（修訂本）第1册，第703頁。
⑥ ［宋］朱熹撰，朱傑人校點：《詩集傳》，《朱子全書》（修訂本）第1册，第494頁。
⑦ ［漢］毛亨傳，［漢］鄭玄箋，［唐］孔穎達疏，［唐］陸德明音釋，朱傑人、李慧玲整理：《毛詩注疏》，第521頁。

密貌。"①據王先謙《詩三家義集疏》:"魯、韓説曰:'莫莫,茂也。'"②此"莫莫"與本詩上章"維葉萋萋"之"萋萋"義當相同,朱子之訓是正確的。不過,朱子只是將三家《詩》説的訓詁術語加以規範而已,故此訓當認爲是本於三家《詩》説的。

(5) 取《爾雅》而捨他説。比如,《召南·江有汜》"江有汜",《詩集傳》曰:"汜,水決復入爲汜。今江陵、漢陽、安復之間蓋多有之。"③此實本之於《爾雅》。《爾雅·釋水》:"水決之澤爲汧,決復入爲汜。"《毛傳》:"決復入爲汜。"《説文·水部》:"水別復入水也。"《爾雅》之説與《毛傳》、《説文》皆略異。汜義爲水從主流分出,後又合流。《段注》以爲《説文》"上水字衍文"④,無據,實則下水字語義重複,有衍文的可能性,徐鍇《説文解字繫傳》即作"水別復入也"⑤。決、別之義僅略有細微區別而已,朱子此訓採《爾雅》、《毛傳》説,較《説文》之訓合理。

(6) 取《説文》而捨他説。《説文》是許慎爲注五經而作,其中對《毛傳》多有採擇,但是也有些地方對《毛傳》的訓詁作出了合理的改動。比如,《邶風·匏有苦葉》:"濟盈不濡軌,雉鳴求其牡。"《詩集傳》曰:"軌,車轍也。"⑥《毛傳》曰:"由輈以上爲軌。"《説文·車部》曰:"軌,車轍也。"朱子此訓從《説文》而非《毛傳》。或本"軌"字作"軓",如敦煌本伯2529,實誤。《經典釋文》曰:"軌,舊龜美反,謂車轊頭是也。依《傳》意,宜音犯。案《説文》云:'軌,車轍也。從車,九聲。'龜美反。'軓,車軾前也。從車,凡聲。'音犯。車轊頭,所謂軹也。相亂,故具論之。"⑦牡,上古明母幽部;軌,上古見母幽部;軓,上古並母侵部;軹,上古章母支部。從音理上來看,此處作軌字是。從文義上來看,牝牡是就獸類而言,雌雄是就鳥類而言,二者析言有異。雉鳴爲求其雄,求牡是不可能的事,則濟盈亦不可能不濡軌。今可見敦煌本《毛詩》斯789、伯3538作"軌",此正是軌之俗字。由此可見,朱子採《説文》之訓,是正確的,而《毛傳》的訓詁的則錯誤的。又如,《齊風·還》"並驅從兩狼兮",《詩集傳》曰:"狼,似犬,鋭頭,白頰,高前廣後。"⑧《毛傳》曰:"狼,獸名。"言之未詳,《鄭箋》亦未釋。《孔疏》引《爾雅》及陸璣《毛詩草木鳥獸蟲魚疏》之説曰:

---

① [宋]朱熹撰,朱傑人校點:《詩集傳》,《朱子全書》(修訂本)第1册,第404頁。
② [清]王先謙撰,吳格點校:《詩三家義集疏》,第19頁。
③ [宋]朱熹撰,朱傑人校點:《詩集傳》,《朱子全書》(修訂本)第1册,第417頁。
④ [清]段玉裁撰,許惟賢校點:《説文解字注》,第962頁。
⑤ [南唐]徐鍇:《説文解字繫傳》,影清道光祁寯藻本,北京:中華書局,1987年,第221頁下。
⑥ [宋]朱熹撰,朱傑人校點:《詩集傳》,《朱子全書》(修訂本)第1册,第430頁。
⑦ [唐]陸德明:《經典釋文》,影宋刻宋元遞修本,上海:上海古籍出版社,1985年,第225頁。
⑧ [宋]朱熹撰,朱傑人校點:《詩集傳》,《朱子全書》(修訂本)第1册,第484頁。

《釋獸》云："狼：牡，獾；牝，狼；其子，獥；絕有力，迅。"舍人曰："狼，牡名獾，牝名狼，其子名獥，絕有力者名迅。"孫炎曰："迅，疾也。"陸璣《疏》云："其鳴能小能大，善爲小兒蹄聲以誘人。去數十步，其猛捷者，雖善用兵者不能免也。其膏可煎和，其皮可爲裘。"故《禮記》"狼臅膏"，又曰"君之右虎裘，厥左狼裘"是也。"①

《爾雅》的説法與實際所見之狼並不相符，而《説文》之説則較接近。《説文・犬部》："狼，似犬，鋭頭，白頰，高前廣後。"故《詩集傳》採《説文》之説，而置《毛傳》、《爾雅》、《陸疏》、《孔疏》諸説於不顧。又如，《陳風・東門之池》"可以漚麻"，《詩集傳》曰："漚，漬也。治麻者必先以水漬之。"②《毛傳》曰："漚，柔也。"《鄭箋》亦從《毛傳》。《説文・水部》曰："漚，久漬也。""漬，漚也。"《詩集傳》之訓從《説文》，而與毛、鄭異。其實，漚的意思應該是漬，將麻漚漬於水中，可使其纖維變柔軟，柔雖是漚麻所産生的直接結果，但並非其義。《詩集傳》改從《説文》，是正確的。

(7) 取宋儒新注而捨漢唐古注。朱子雖然特別推重漢唐古注中的訓詁，但是對宋儒新注中合理的部分也有所採擇，比如，《魏風・陟岵》"上慎旃哉"，《詩集傳》曰："上，猶尚也。"③此字《毛傳》無釋，《鄭箋》云："上者，謂在軍事作部列時。"胡承珙《毛詩後箋》説：

> 承珙案：《隸釋》載《石經》殘碑作"尚"，是《魯詩》本作"尚"。尚者，庶幾也。《毛詩》以"上"爲"尚"之假借。《儀禮・鄉射禮》"上握焉"《注》："今文'上'作'尚'。"《覲禮》"尚左"《注》："古文'尚'作'上'。"此可見古文多借"上"爲"尚"。《論語》"草上之風"，《孟子》作"尚"。《論語》亦古文也，又足爲《毛詩》多古文之證。蘇氏《詩傳》訓"上"爲"尚"，《呂紀》、朱《傳》從之，是也。④

從胡承珙的分析來看，朱子的這個正確的訓詁是從蘇轍《詩集傳》的。這是《詩集傳》暗引宋儒新注，而明引宋儒新注的，比如，《小雅・蓼蕭》"是以有譽處兮"，《詩集傳》曰："譽，善聲也。處，安樂也。蘇氏曰：'譽、豫通。凡《詩》之

---

① ［漢］毛亨傳，［漢］鄭玄箋，［唐］孔穎達疏，［唐］陸德明音釋，朱傑人、李慧玲整理：《毛詩注疏》，第 462 頁。
② ［宋］朱熹撰，朱傑人校點：《詩集傳》，《朱子全書》(修訂本)第 1 冊，第 518 頁。
③ ［宋］朱熹撰，朱傑人校點：《詩集傳》，《朱子全書》(修訂本)第 1 冊，第 493 頁。
④ ［清］胡承珙撰，郭全芝校點：《毛詩後箋》，第 496 頁。

譽皆言樂也。'亦通。"①這裡引用蘇轍《詩集傳》之訓以備一説。後人多以蘇轍之説爲是，如王引之《經義述聞》。黃焯先生《毛詩鄭箋平議》直接引用王引之説曰：

> 焯案：《經義述聞》云："《集傳》引蘇氏曰：'譽、豫通。凡《詩》之譽，皆言樂也。'案蘇氏之説是也。《爾雅》：'豫，樂也。豫，安也。'則譽處，安處也。《車舝》曰'式燕且喜'，又曰'式燕且譽'；《六月》曰'吉甫燕喜'，《韓奕》曰'韓姞燕譽'；《射義》引《詩》'則燕則譽'，而釋之曰'則安則譽'：皆安樂之意也。《鄭箋》悉訓爲名譽之譽，疏矣。"②

王氏舉證充足，言之鑿鑿，其説可信，故黃焯先生亦録此説。朱子一方面保留舊説，一方面又以蘇轍之説可通，故録入《詩集傳》中。

2. 申述漢唐古注

《詩集傳》本是朱子用以教學的一個讀本，它面向的受衆主要是一些對《詩經》並没有深入研究的學者。朱子在《答潘文叔》中稱：

> 近亦整頓諸家説，欲放伯恭《詩》説作一書，但鄙性褊狹，不能兼容曲徇，恐又不免少紛紜耳。《詩》亦再看，舊説多所未安，見加删改，别作一小書，庶幾簡約易讀。若詳考，即自有伯恭之書矣。③

由於年代久遠、語言變化以及地理沿革等因素，使得《毛傳》、《鄭箋》和《爾雅》、《説文》中的一些正確的訓詁雖然"簡約"，却並不"易讀"，難以被宋人，特别是程度較淺的初學者理解。朱子在《詩集傳》中注意到了這個問題，故對有些舊注作了進一步的申述，以便學者閱讀。

比如，《邶風·泉水》"載脂載舝"，《毛傳》申講句義曰"脂舝其車"云云，而《詩集傳》申之曰："脂，以脂膏塗其舝，使滑澤也。"④"載……載……"一般爲並列結構，如"載笑載言"，但本句並非並列結構，而是動賓結構。《毛傳》的解釋並不够明確，《詩集傳》清晰地點出本句句義，這樣就不會産生歧義了。

又如，《邶風·新臺》"籧篨不鮮"，《毛傳》："籧篨，不能俯者。"《爾雅·釋

---

① ［宋］朱熹撰，朱傑人校點：《詩集傳》，《朱子全書》（修訂本）第 1 册，第 561 頁。
② 黃焯：《毛詩鄭箋平議》，武漢：武漢大學出版社，2008 年，第 134 頁。引文對原文標點略有改動。
③ ［宋］朱熹撰，劉永翔、徐德明校點：《晦庵先生朱文公文集》（三），《朱子全書》（修訂本）第 22 册，第 2290 頁。原文"褊狹"之"褊"誤作"衤"旁，爲其俗字，引文逕改爲正字。
④ ［宋］朱熹撰，朱傑人校點：《詩集傳》，《朱子全書》（修訂本）第 1 册，第 436 頁。

訓》:"籧篨,口柔也。"這對宋人來説,則頗有語焉不詳的感覺。《鄭箋》云:"籧篨,口柔,常觀人顏色而爲之辭,故不能俯者也。"《詩集傳》申《毛傳》之曰:"籧篨,不能俯,疾之醜者也。蓋籧篨本竹席之名,人或編以爲囷,其狀如人之擁腫而不能俯者,故又因以名此疾也。"①朱子謂籧篨本竹席之名,蓋本之揚雄《方言》:"自關而西謂之簞,或謂之筁,其粗者謂之籧篨。"②以及《淮南子·本經訓》"霜文沈居,若簟籧篨"高誘注:"籧篨,葦席。"《國語·晉語》亦説:"籧篨不可使俯。"《鄭箋》牽合《爾雅》與《毛傳》之説,實則於義未安。朱子參合他説,以申《毛傳》,更恰詩義。朱子此説爲戴震《方言疏證》所採用。

又如,《衛風·伯兮》"豈無膏沐",《毛傳》《鄭箋》皆未釋沐字。《説文·水部》:"沐,濯髮也。"而王充《論衡·譏日》:"沐者,去首垢也。"③《詩集傳》曰:"沐,滌首去垢也。"④"濯髮"即爲了"去垢",很明顯,《詩集傳》的訓詁包涵了《説文》和《論衡》的解釋,對《説文》的解釋進行了補充,意義比較全面。

又如,《王風·中谷有蓷》"中谷有蓷",《詩集傳》曰:"蓷,鵻也,葉似萑,方莖,白華,華生節間,即今益母草也。"《鄭風·大叔于田》"乘乘鴇",《詩集傳》曰:"驪白雜毛曰鴇,今所謂烏驄也。"《秦風·車鄰》"有馬白顛",《詩集傳》曰:"白顛,額有白毛,今謂之的顙。"《小雅·我行其野》"言采其蓫",《詩集傳》曰:"蓫,牛蘈,惡菜也,今人謂之羊蹄菜。"⑤這些都是用宋人俗語來補充解釋名物,可使讀者對這些名物有直觀的感知,便於理解和接受。

又如,《邶風·谷風》"涇以渭濁",涇、渭二水名,《毛傳》《鄭箋》並未解釋,《詩集傳》曰:"涇、渭,二水名。涇水出今原州百泉縣笄頭山東南,至永興軍高陵入渭。渭水出渭州渭源縣鳥鼠山,至同州馮翊縣入河。"⑥《孔疏》引《地理志》説:"涇水出安定郡涇陽縣西開頭山,東南至京兆陽陵,行千六百里入渭。"《水經注》説:"渭水,出隴西首陽縣渭谷亭南鳥鼠山……又東過華陰縣北,東入於河。"⑦《邶風·泉水》"毖彼泉水",《詩集傳》曰:"泉水,即今衛州共城之百泉也。"《王風·揚之水》"不與我戍申",《詩集傳》曰:"申,姜姓之國,平王之母家也,在今鄧州信陽軍之境。"《小雅·六月》"至于大原",《詩集傳》曰:"大原,地名,亦曰大鹵,今在大原府陽曲縣。"⑧關於《詩經》中的地名,直到王應麟才有《詩地理考》這部專著問世,而在王應麟之前的朱子已經注意到其中

① [宋]朱熹撰,朱傑人校點:《詩集傳》,《朱子全書》(修訂本)第1册,第438—439頁。
② 華學誠匯證,王智群等協編:《揚雄方言校釋匯證》,第395頁。
③ 黃暉:《論衡校釋》,北京:中華書局,1990年,第993頁。
④ [宋]朱熹撰,朱傑人校點:《詩集傳》,《朱子全書》(修訂本)第1册,第458頁。
⑤ [宋]朱熹撰,朱傑人校點:《詩集傳》,《朱子全書》(修訂本)第1册,第465、471、506、580頁。
⑥ [宋]朱熹撰,朱傑人校點:《詩集傳》,《朱子全書》(修訂本)第1册,第431頁。
⑦ [北魏]酈道元著,陳橋驛校證:《水經注校證》,北京:中華書局,2007年,第423—467頁。
⑧ [宋]朱熹撰,朱傑人校點:《詩集傳》,《朱子全書》(修訂本)第1册,第435、464、567頁。

的沿革,在《詩集傳》中,朱子將古地名與當時的實際地理位置對應起來,或補充或申述舊注,以便於當時學者理解《詩》義。而這也給後人瞭解這些地名提供了很大的幫助。

3. 糾正舊注之錯誤

雖然歷代《詩經》注釋頗多,但是,至朱子的南宋中葉時,《毛傳》、《鄭箋》中一些詞語的訓詁錯誤仍未得到糾正,朱子一生於訓詁用力頗深,在《詩集傳》中糾正了舊注的一些錯誤。

比如,《鄘風·定之方中》:"望楚與堂,景山與京。"《毛傳》曰:"景山,大山。"《孔疏》申之曰:"《釋詁》曰:'景,大也。'故知景山爲大山。京與山相對,故爲高丘。"而《詩集傳》曰:"景,測影以正方面也,與'既景迺岡'之景同。或曰:景,山名,見《商頌》。"[1]從上句"望楚與堂"來看,將"景"訓爲動詞,句式更協。而且,若不訓爲動詞,則本句缺少謂語,句義晦澀。所以,《毛傳》的訓詁顯然有誤,而朱子作此改動是正確的。"既景迺岡",見《詩經·大雅·公劉》,朱子此處是引《詩經》以本經自證。不過,朱子對這個訓詁仍不敢確定,還引"或曰",以爲景山乃山名。《商頌·殷武》有"陟彼景山,松柏丸丸"句,這裡的景山即是山名。這個説法雖可備一説,但終不如前説恰切。

又如,《衛風·伯兮》"伯兮朅兮",《毛傳》"伯,州伯也。"《鄭箋》以《毛傳》説不確而改訓曰:"伯,君子字也。"《孔疏》申《毛傳》曰:

> 言"爲王前驅",則非賤者。今言"伯兮",故知爲州伯,謂州里之伯。若牧下州伯,則諸侯也,非衛人所得爲。諸侯之州長也,謂之伯者,伯,長也。《内則》云:"州史獻諸州伯,州伯命藏諸州府。"彼州伯對閭史、閭府,亦謂州里之伯。[2]

《孔疏》又申《鄭箋》曰:

> 伯、仲、叔、季,長幼之字,而婦人所稱云伯也,宜呼其字,不當言其官也。此在前驅而執兵,則有勇力,爲車右,當亦有官,但不必州長爲之。[3]

---

[1] [宋]朱熹撰,朱傑人校點:《詩集傳》,《朱子全書》(修訂本)第1册,第445頁。
[2] [漢]毛亨傳,[漢]鄭玄箋,[唐]孔穎達疏,[唐]陸德明音釋,朱傑人、李慧玲點校:《毛詩注疏》,第328頁。
[3] [漢]毛亨傳,[漢]鄭玄箋,[唐]孔穎達疏,[唐]陸德明音釋,朱傑人、李慧玲點校:《毛詩注疏》,第328頁。

可見，《孔疏》亦對《毛傳》之訓略有微詞。《詩集傳》曰：“伯，婦人目其夫之字也。”①朱子適當參照了《孔疏》的說法，而聯繫其本詩下文“自伯之東，首如飛蓬”云云來看，《詩集傳》的訓詁無疑是符合詩義的。

又如，《齊風·東方之日》：“在我室兮，履我即兮。”《毛傳》：“履，禮也。”《說文·示部》：“禮，履也。”其實履、禮上古皆爲來母脂部字，又據王力先生《漢語語音史》的研究，漢代脂部字與先秦一致，②所以這二字互訓，其實乃是聲訓，而並非義界。《詩集傳》曰：“履，躡。”③此乃正詁，清儒馬瑞辰《毛詩傳箋通釋》即從朱子此說：“履當如朱子《集傳》讀如踐履之履。”④

又如，《詩經》中有三篇《揚之水》，分別在《王風》、《鄭風》、《唐風》中，《毛傳》：“揚，激揚也。”《鄭箋》從之。而《詩集傳》曰：“揚，悠揚也，水緩流之貌。”⑤此“揚”字，上海博物館藏戰國簡《孔子詩論》作“湯”，劉信芳先生《孔子詩論述學》於此有論曰：“今《詩論》作‘湯’，其水流既能見‘白石粼粼’（《唐風·揚之水》），知朱熹之說較毛、鄭爲優。”⑥

又如，《小雅·出車》：“出車彭彭，旂旐央央。”《毛傳》曰：“彭彭，四馬貌。”其實，從文義上來看，彭彭是狀車貌之詞，每車四馬，但作戰必非止一車，故訓爲“四馬貌”顯然不合適。馬瑞辰《毛詩傳箋通釋》曲爲之說，不確。《詩集傳》曰：“彭彭，衆盛貌。”⑦對《毛傳》作出了改動，應該是符合詩義的。其實，馬瑞辰已經從語源上揭明朱子的訓詁是正確的了：

　　　瑞辰按：彭彭，蓋駓駓之假借。《說文》：“駓，馬盛也。”引《詩》“四牡駓駓”。今《北山》、《烝民》、《韓奕》三詩並作“四牡彭彭”，彭、旁古同聲。《廣雅》：“彭彭、旁旁，盛也。”⑧

(二) 朱子自立之新訓

《詩集傳》中有一些訓詁是朱子依文所自立的，本章前節已經舉出一些例子，不過，其中有正確的，也有錯誤的。這裡只舉出幾個正確的例子，來看看朱子《詩集傳》在訓詁上的成就。

---

①　［宋］朱熹撰，朱傑人校點：《詩集傳》，《朱子全書》（修訂本）第1冊，第458頁。
②　王力：《漢語語音史》，北京：商務印書館，2008年，第112頁。
③　［宋］朱熹撰，朱傑人校點：《詩集傳》，《朱子全書》（修訂本）第1冊，第485頁。
④　［清］馬瑞辰撰，陳金生點校：《毛詩傳箋通釋》，第300頁。
⑤　［宋］朱熹撰，朱傑人校點：《詩集傳》，《朱子全書》（修訂本）第1冊，第463頁。
⑥　劉信芳：《孔子詩論述學》，合肥：安徽大學出版社，2003年，第203頁。
⑦　［宋］朱熹撰，朱傑人校點：《詩集傳》，《朱子全書》（修訂本）第1冊，第555頁。
⑧　［清］馬瑞辰撰，陳金生點校：《毛詩傳箋通釋》，第522頁。

最值得一提的就是前文已經提及的《詩集傳》對虛詞"其"解釋了。《衛風·伯兮》:"其雨其雨,杲杲出日。"《詩集傳》曰:"其者,冀其將然之辭。"①《廣雅·釋詁四》説:"其,詞也。"其後,《玉篇·丌部》、《廣韻·之韻》、《集韻·之韻》都説"辭也",與《廣雅》同。《文選·潘勖册魏公九錫文》:"其以丞相領冀州牧如故。"李周翰注曰:"其,語辭也。"也與《廣雅》同。與"其雨其雨"相類的一句話,"其亡其亡",出自《周易·否卦》,唐人李鼎祚《周易集解》説:"其,與幾同;幾者,近也。"宋人於"其雨其雨"多有不解。王質《詩總聞》對這一句的解釋爲:"雨固阻行,未至,宜也。既晴,尚復未至,所以憂疑。"②吕祖謙《吕氏家塾讀詩記》和嚴粲《詩緝》則直引朱子之説。到了清代中期,出現了"《毛詩》三大家",在《詩經》學上頗有成就。其中胡承珙《毛詩後箋》和馬瑞辰的《毛詩傳箋通釋》都是劄記體,未收録"其雨其雨"條。陳奂《詩毛氏傳疏》則説:"古其、維通。其雨其雨,猶云維雨維雨也。"③清末的王先謙《詩三家義集疏》説:"《左·襄二十三年傳》:'其然'注云:'猶必爾。'此云'其雨',於義當同。"④到了清代,王引之《經傳釋詞》則説:"其,猶'將'也。"⑤其實,"其雨"一詞,甲骨文習見,周法高先生《中國古代語法·稱代篇》認爲,"其雨"可以解釋作"大概要下雨吧!"或"大概要下雨嗎?"並指出,"這種用法在後代也相當普遍"。⑥由此可見,朱子此訓是非常正確的,準確地描述了"其"字所表達的語氣,這不僅發前人之未發,而且也是清人所未及的。⑦

此外,《詩集傳》中還有些朱子自立之新訓,亦值得表出。如《鄘風·桑中》一章"美孟姜矣",二章"美孟弋矣",三章"美孟庸矣",《詩集傳》曰:"姜,齊女,言貴族也。""弋,《春秋》或作'姒',蓋杞女,夏后氏之後,亦貴族也。""庸,未聞,疑亦貴姓也。"⑧此三詞,《毛傳》皆訓作"姓也",《詩集傳》於"姜"、"弋",先點出其爲齊國之女、杞國之女,這是説明其"義";又在此基礎上指出,姜、杞是"言貴族",則是揭明其"意"。"庸"亦是如此,雖然朱子未聞其所指,但是,可以根據前兩章推測第三章的"意"大概也是指一個貴族的姓。朱子通過這個訓詁提示我們,不能將這三句分別理解爲本詩的抒情主人公所思者,爲姜姓、弋姓、庸姓三個貴族女子,而要將孟姜、孟弋、孟庸理解爲貴族女子的代名

① [宋]朱熹撰,朱傑人校點:《詩集傳》,《朱子全書》(修訂本)第1册,第458頁。
② [宋]王質:《詩總聞》,影《四庫薈要》本,第55頁下。
③ [清]陳奂:《詩毛氏傳疏》,《續修四庫全書》第70册,第85頁下。
④ [清]王先謙撰,吴格點校:《詩三家義集疏》,第308頁。
⑤ [清]王引之:《經傳釋詞》,長沙:嶽麓書社,1984年,第109頁。
⑥ 周法高:《中國古代語法》,北京:中華書局,1990年,第15頁。
⑦ 詳參陳才:《從"其"字釋義看朱熹的讀書方法》,《如切如磋:經學文獻探研録》,第121—124頁。
⑧ [宋]朱熹撰,朱傑人校點:《詩集傳》,《朱子全書》(修訂本)第1册,第444頁。

詞;抒情主人公所思的,是某個貴族女子。同樣的例子,《詩集傳》中還有一些,比如,《魏風·碩鼠》"三歲貫女",《詩集傳》曰:"三歲,言其久也。"①此詞《毛傳》未釋,《鄭箋》言"古者三年大比",則是將其坐實指三年。古語中三、九多並不作實指,而作爲泛指,言其多或久,清人汪中《述學·釋三九》言之較詳,可謂定論。從朱子對語言所具"言外之意"的分析,我們可以看出,朱子已經關注到《詩經》在作爲"經"的同時,其中也具有一般文學作品中所具有的文學性特質。這一點,亦是詩經宋學革新詩經漢學的進步之處。

此外,又如,《魏風·十畝之間》"行與子還兮",《詩集傳》曰:"行,猶將也。"又如,《魏風·伐檀》一章"坎坎伐檀兮",二章"坎坎伐輻兮",三章"坎坎伐輪兮",《詩集傳》曰:"檀,木可爲車者。""伐木以爲輻也。""伐木以爲輪也。"又如,《唐風·有杕之杜》"噬肯適我",《詩集傳》曰:"噬,發語詞也。"又如,《陳風·東門之楊》"明星煌煌",《詩集傳》曰:"明星,啓明也。"②凡此諸條,皆爲確詁。

二、《詩集傳》對訓詁學理論的貢獻

從漢儒傳注中的一些訓詁資料來看,尚不能說此時的訓詁已經獨立出來,可以成爲一門學問,只能說還是經學的附庸,比如《毛詩故訓傳》和鄭玄的《毛詩箋》,其訓詁的用意還只是爲了注經。而真正的訓詁學,則是六朝時期開始逐漸發展起來的,此時的訓詁已經呈現出一點擺脫經學附庸的趨勢了。學界一般公認宋代爲訓詁學的變革時期,宋儒能在繼承前人的基礎上有所進步,在訓詁學理論上有一些新的創獲。《詩集傳》作爲宋代訓詁學的最突出的代表作之一,其中在訓詁學理論上的貢獻主要表現在兩個方面:一是促進了訓詁術語的規範,二是推動了訓詁理論的發展。

(一) 促進訓詁術語的規範

漢唐古注中,由於訓詁學尚在初創階段,其間的的術語並不夠規範,這給後人的閱讀帶來了一定的麻煩。朱子注書,涉及經、子、集部,其中則能自覺地使用規範的訓詁術語,這主要表現在準確、規範地使用訓詁術語和對舊注中不規範的訓詁術語加以糾正兩個方面。

1. 準確、規範地使用訓詁術語

自漢儒古注開始,就逐漸約定俗成地使用一些訓詁術語。《詩集傳》中沿

---

① [宋] 朱熹撰,朱傑人校點:《詩集傳》,《朱子全書》(修訂本)第 1 冊,第 495 頁。
② [宋] 朱熹撰,朱傑人校點:《詩集傳》,《朱子全書》(修訂本)第 1 冊,第 493、494、494、495、503、518 頁。

襲了前人的傳統,規範地使用了一些訓詁術語,使得其表述更清晰、明確。據李平先生研究,《詩集傳》共使用了 67 個訓詁術語,其中包括用以釋義的術語、說明修辭的術語、聲訓和注音的術語、校勘術語四類。① 李先生文章中使用的是廣義的訓詁概念,對《詩集傳》中使用的訓詁術語有著詳細的分析和介紹,故拙撰不再贅述,只是就李先生文章中未涉及的部分,選取較爲突出的幾點,加以辨析,以點明《詩集傳》使用訓詁術語的規範與精審。

"猶"這個用來釋義的訓詁術語,即今語的"相當於",一般是用一個同義詞或近義詞來訓被釋詞,或者用來說明所釋詞與被釋詞之間的邏輯關係是交叉關係。② 比如,《周南·關雎》:"求之不得,寤寐思服。"《詩集傳》曰:"服,猶懷也。"③《毛傳》曰:"服,思之也。"《鄭箋》曰:"服,事也。"此句中,思爲句中語助詞,而服的意思是思,亦兼含憂意。馬瑞辰《毛詩傳箋通釋》辨之較詳,可參看。④ 其實,懷思之懷,思中兼含有憂傷之義。我們常說的懷人、懷歸,其中總含有一股淡淡的憂傷意味。本句中,君子對淑女求之不得,總會心含一絲惆悵,可見,《詩集傳》用懷來訓服,較之《毛傳》以思之訓服,能更明確地表達其意義。而服與懷二詞的詞義,實際上是交叉關係,並非全同關係,所以,《詩集傳》使用了訓詁術語"猶"。又如,《召南·羔羊》"羔羊之革",《詩集傳》曰:"革,猶皮也。"⑤皮、革,析言則異,渾言則通。本詩一章有"羔羊之皮"句,聯繫全詩內容來看,本詩著眼點並非在區分皮革之異,則二章的"羔羊之革",義當與一章的"羔羊之皮"相近。朱子用"猶",意在說明二者是近義詞。

"之言"、"之爲言"這兩個訓詁術語,亦是用來釋義的,其作用"主要是說明被釋詞的語源",但也有少數地方是"只釋其義,與語源無關的"。⑥《詩集傳》中使用的"之言"、"之爲言",有些是沿襲《鄭箋》之說的,如:《邶風·綠衣》"曷維其亡",《詩集傳》曰:"亡之爲言忘也。"《鄘風·君子偕老》"副笄六珈",《詩集傳》曰:"珈之言加也,以玉加於笄而爲飾也。"《大雅·生民》"克禋克祀,以弗無子",《詩集傳》曰:"弗之言祓也。"⑦而《詩集傳》自立的新訓中,亦有用"之爲言"以明語源的,如:《周南·麟之趾》"振振公姓",《詩集傳》曰:"姓之爲言生也。"又如,《王風·葛藟》"在河之滸",《詩集傳》曰:"夷上灑下曰滸,滸之爲言漘也。"⑧姓與生、滸與漘,皆諧聲可通,用王力先生的觀點,就

---

① 李平:《〈詩集傳〉訓詁術語研究》,蘭州大學碩士學位論文,2007 年,第 7—44 頁。
② 詳參周大璞主編:《訓詁學初稿》(第 3 版),武漢:武漢大學出版社,2007 年,第 272—273 頁。
③ [宋] 朱熹撰,朱傑人校點:《詩集傳》,《朱子全書》(修訂本)第 1 册,第 403 頁。
④ [清] 馬瑞辰著,陳金生點校:《毛詩傳箋通釋》,第 33—34 頁。
⑤ [宋] 朱熹撰,朱傑人校點:《詩集傳》,《朱子全書》(修訂本)第 1 册,第 415 頁。
⑥ 周大璞主編:《訓詁學初稿》(第 3 版),第 273 頁。
⑦ [宋] 朱熹撰,朱傑人校點:《詩集傳》,《朱子全書》(修訂本)第 1 册,第 424、442、675 頁。
⑧ [宋] 朱熹撰,朱傑人校點:《詩集傳》,《朱子全書》(修訂本)第 1 册,第 441、467 頁。

是二字同源。無疑,朱子的觀點是正確的。當然,《詩集傳》中,也有用"之爲言"僅爲釋義的,如:《小雅·出車》"薄伐西戎",《詩集傳》曰:"薄之爲言聊也,蓋不勞餘力也。"①薄和聊二詞在此處的語氣相近,但其間的語源關係並不明確。朱子嘗言:"凡字義云'某之爲言某也'者,則是音、義皆略相近。"(廣。)②

此外,漢儒古注如《説文》中,"讀若"既用以擬音,又用以改字,給閱讀造成了麻煩,《詩集傳》則已經加以統一,捨"讀若"不用,而專門用與之用法完全相同的"讀如"來作擬音的術語。在《詩集傳》中,用以正誤的訓詁術語全部用"當作",而不用與之用法完全相同的"當爲"。這些都可以説明朱子刻意要將訓詁術語規範化。不過,我們也應注意到,在《詩集傳》中,用以改字的術語讀爲、讀曰、讀作三者兼而用之,這説明《詩集傳》的體例還有待完善。

2. 對舊注中不規範的訓詁術語加以糾正

隨著訓詁學的不斷發展,訓詁術語的使用也逐漸規範起來,漢代古注中一些訓詁資料使用的訓詁術語不夠規範,則逐漸爲後人所改正。《詩集傳》就改正了《毛傳》、《鄭箋》中不少不夠規範的訓詁術語,最明顯的就是"貌"字。貌,是一個用以釋義的訓詁術語,一般被用來狀貌。周大璞先生説:"'貌',指事物的形狀,等於説'某某的樣子'。其所解釋的都是形容詞或副詞。"③郭在貽先生説:"(貌)一般用在動詞或形容詞後面,使用貌字時,被釋的詞兒往往是表示某種性質或某種狀態的形容詞。"④正如二位先生所説,一般在訓釋形容詞或副詞性質的疊音詞、連綿詞時,都要使用這個術語,但是《毛傳》則很多地方並未使用,而《詩集傳》則將其改正爲"貌"。比如:

《邶風·簡兮》"碩人俣俣",《詩集傳》曰:"俣俣,大貌。"而《毛傳》曰:"俣俣,容貌大也。"

《鄭風·溱洧》"溱與洧,方渙渙兮",《詩集傳》曰:"渙渙,春水盛貌。"而《毛傳》曰:"渙渙,春水盛也。"

《齊風·南山》"南山崔崔",《詩集傳》曰:"崔崔,高大貌。"而《毛傳》曰:"崔崔,高大也。"

《唐風·杕杜》"其葉湑湑",《詩集傳》曰:"湑湑,盛貌。"而《毛傳》曰:

---

① [宋]朱熹撰,朱傑人校點:《詩集傳》,《朱子全書》(修訂本)第1册,第555頁。
② [宋]黎靖德輯,鄭明等校點:《朱子語類》,《朱子全書》(修訂本)第14册,第822頁。引文對原標點略有改動。
③ 周大璞主編:《訓詁學初稿》(第3版),第273頁。
④ 郭在貽:《訓詁學》(修訂本),北京:中華書局,2005年,第49頁。

"淯淯,枝葉不相比[次]也。"

《唐風·杕杜》"獨行踽踽",《詩集傳》曰:"踽踽,無所親之貌。"而《毛傳》曰:"踽踽,無所親也。"

《唐風·杕杜》"獨行睘睘",《詩集傳》曰:"睘睘,無所依貌。"而《毛傳》曰:"睘睘,無所依也。"

《陳風·衡門》"泌之洋洋",《詩集傳》曰:"洋洋,水流貌。"而《毛傳》曰:"洋洋,大也。"

《小雅·角弓》"騂騂角弓",《詩集傳》曰:"騂騂,弓調和貌。"而《毛傳》曰:"騂騂,調(利)[和]也。"①

以上逐條之中,《詩集傳》所作的改動都是合理的。不過,還需要特別指出的是,朱子對此認識尚不夠徹底,《詩集傳》中有不少該使用"貌"字的地方卻未用,比如:

《周南·關雎》"窈窕淑女",《詩集傳》曰:"窈窕,幽閒之意。"
《邶風·凱風》"睍睆黃鳥",《詩集傳》曰:"睍睆,清和圓轉之意。"
《邶風·谷風》"習習谷風",《詩集傳》曰:"習習,和舒也。"
《邶風·北門》"憂心殷殷",《詩集傳》曰:"殷殷,憂也。"
《邶風·新臺》"河水瀰瀰",《詩集傳》曰:"瀰瀰,盛也。"
《衛風·竹竿》"籊籊竹竿",《詩集傳》曰:"籊籊,長而殺也。"②

這些地方,大概是由於朱子對於詞義的理解不同所致,其實也都應該使用訓詁術語"貌"。從這裡我們可以看出,雖然《詩集傳》在訓詁上取得了很大的成就,但是這些成就不宜過分誇大,其中不足之處也是比較明顯的,還有待於後人修正。

(二) 推動訓詁理論的發展

學者在論及訓詁學史的時候,一般都認爲宋代是訓詁學的變革時期,而在宋代訓詁學中,朱子訓詁學則是其突出代表。朱子《詩集傳》在注《詩》實踐中,發展了訓詁學,在一定程度上推動了訓詁學理論的發展,主要表現在以下幾點:

---

① [宋]朱熹撰,朱傑人校點:《詩集傳》,《朱子全書》(修訂本)第1冊,第434、480、486、501、501、501、517、640頁。
② [宋]朱熹撰,朱傑人校點:《詩集傳》,《朱子全書》(修訂本)第1冊,第402、428、430、436、438、456頁。

1. 古訓是式，推重漢唐

朱子於字詞、名物、典制的訓詁，推重漢唐古注。朱子嘗言："漢、魏諸儒正音讀、通訓詁、考制度、辨名物，其功博矣。學者苟不先涉其流，則何以用力於此？"①《詩集傳》中亦延續了他的一貫做法。朱子遍採諸説以熔鑄新篇，將漢唐古注、宋儒新注以及其自立之新訓綜合起來，再從義理的高度來統攝全篇，形成了一個全新的《詩經》注釋，但是其中特別偏重《毛傳》、《鄭箋》的訓詁，對二家之説廣泛吸收，又於《爾雅》、《説文》亦多有採擇，這是很明顯可以看出來的。朱子強調語言時代性的做法有利於糾正之前宋儒的空疏學風，有助於正確理解《詩經》原意，從而使詩經宋學得以在此基礎上與詩經漢學對立。朱子的這個做法與歷史語言學的主張一致，無疑是合理的，因爲漢唐學者，特別是漢儒，時間上離先秦相對較近，對於先秦語言、文化、社會的瞭解較之後儒要深刻得多。所以，無論是治《詩經》的清儒，如"《毛詩》三大家"胡承珙、馬瑞辰、陳奂，以及偏喜今文經學的陳喬樅、王先謙等人，還是民國以來突破經學以治《詩經》的諸位大家，在《詩經》訓詁時，無一例外，都是以《毛傳》、《鄭箋》爲主，兼重《爾雅》、《説文》的。從某種意義上説，對漢唐古注的重視，是訓詁學得以突破經學附庸，自身得以發展的一個契機。朱子《詩集傳》中的訓詁實踐，無疑是推動了訓詁學自身獨立出來並逐漸發展的，因而《詩集傳》本身也成爲後人借以理解《詩》義的一個重要注本。

2. 以經證經，有理有據

以經證經，特別是以《詩》證《詩》，是古人在治經過程中逐漸形成的一種比較重要，且相對正確的方法，因爲從今天的學術眼光來看，用同時代的文例來確定詞義，也就是通常所謂的漢語史觀，符合語言的共時性原則，相對來說是比較可靠的。雖説諸經形成年代略有差異，而且，即使是《詩經》内部諸篇，其時間跨度也有約 500 年，但是，這個差異在很多時候，基本上是可以忽略的。

《詩集傳》中也有不少地方刻意運用"以經證經"的方法，來補充證明其所確立詞義的可靠性，雖説未必每處的結論都是正確的，但是這種方法無疑是正確的。較之漢唐古注，《詩集傳》在貫徹漢語史觀方面，是有一定進步意義的。比如：《邶風·二子乘舟》："願言思子，不瑕有害。"《詩集傳》曰："不瑕，疑詞，義見《泉水》。"②而《泉水》則是指《邶風·泉水》篇，其中有"遄臻于衛，不瑕有害"句，同爲《詩經》，其中的兩處"不瑕有害"中的"不瑕"一詞，義當相同。

① ［宋］朱熹撰，戴揚本、曾抗美校點：《晦庵先生朱文公文集》（五），《朱子全書》（修訂本）第 24 册，第 3631 頁。
② ［宋］朱熹撰，朱傑人校點：《詩集傳》，《朱子全書》（修訂本）第 1 册，第 439 頁。

同樣,《詩集傳》也採用了其他經注來證明《詩經》中詞義是正確的,如《王風·葛藟》:"謂他人母,亦莫我有。"《詩集傳》曰:"有,識有也。《春秋傳》曰:'不有寡君。'"①訓有爲識有,本之《鄭箋》,但是語義晦澀,《孔疏》未加疏通。朱子以《春秋傳》中"不有寡君"爲據,這樣《詩經》中的"亦莫我有"也就好理解了,大概可以解釋成"無心於我"。又如,《大雅·下武》:"媚茲一人,應侯順德。"《詩集傳》曰:"應,如'丕應徯志'之'應'。"②"惟動丕應徯志",語出《尚書·益稷》。朱子此引《尚書》以證《詩》義。

除了用傳世文獻來做文獻例證之外,隨著宋代金石學的發展,運用出土文獻來解讀傳世文獻已經成爲可能之事了,洪适《隸釋》、《隸續》肇其端緒,朱子則踵武其後。這其實是對漢語史觀的創造性利用。周大璞先生《訓詁學初稿》已經指出朱子懂得將訓詁學與金石學結合,利用金石學成果來訓詁《詩經》詞語,並舉出《詩集傳》在《大雅·行葦》和《大雅·既醉》篇用鐘鼎銘文來訓釋《詩》詞的例子。③ 陳松長先生亦舉出《詩集傳》中用漢碑石刻來作訓詁的文獻例證,如《大雅·下武》"昭茲來許",漢碑作"昭哉",故《詩集傳》訓曰:"茲、哉聲相近,古蓋通用也。"④

3. 隨文解義,注重文勢

本來,文本是由意義生成的,但同時,意義又是生成文本必不可少的條件。因此,在訓詁的時候,必須要注意到上下文的語境,以"隨文解義"⑤。朱子曾説:"凡讀書,須看上下文意是如何,不可泥著一字。"(淳。)⑥朱子在論《孟子》時又説:"大抵解經不可便亂説,當觀前後字義也。"(人傑。)⑦可見,朱子對隨文解義的重視。《詩集傳》中即有很多隨文解義的例子,前文已經多所舉例,此不贅述。此外,俞允海先生《從〈詩集傳〉考察朱熹的語法意識》一文考察了朱子對虛詞功能的認識、對實詞詞類活用和詞組結構的認識、對賓語前置、省略句、疑問句等句法現象的認識,揭明《詩集傳》中流露出的語法意識。⑧ 這也是朱子注重隨文解義的直接體現。朱子又曾批評學者在訓詁中存在的循環論證現象道:"《爾雅》是取傳注以作,後人却以《爾雅》證傳注。"(文蔚。)⑨而只有隨文解義,才能避免在訓詁中犯循環論證的邏輯錯誤。

---

① [宋]朱熹撰,朱傑人校點:《詩集傳》,《朱子全書》(修訂本)第1册,第467頁。
② [宋]朱熹撰,朱傑人校點:《詩集傳》,《朱子全書》(修訂本)第1册,第671頁。
③ 周大璞主編:《訓詁學初稿》(第3版),第438頁。
④ 陳松長:《朱熹〈詩集傳〉的訓詁特色》,《古漢語研究》,1989年第3期,第23頁。
⑤ [宋]黎靖德輯,鄭明等校點:《朱子語類》,《朱子全書》(修訂本)第14册,第351頁。
⑥ [宋]黎靖德輯,鄭明等校點:《朱子語類》,《朱子全書》(修訂本)第14册,第350頁。
⑦ [宋]黎靖德輯,鄭明等校點:《朱子語類》,《朱子全書》(修訂本)第16册,第1928頁。
⑧ 俞允海:《從〈詩集傳〉考察朱熹的語法意識》,《古漢語研究》,2002年第3期,第87—89頁。
⑨ [宋]黎靖德輯,鄭明等校點:《朱子語類》,《朱子全書》(修訂本)第18册,第4264頁。

　　《詩集傳》在字詞、名物、典章的訓詁之後，又串講章旨句義，對詩篇每一章的大意都進行分析，其中則較爲重視對文勢的分析。比如，《衛風·氓》："乘彼垝垣，以望復關。不見復關，泣涕漣漣。既見復關，載笑載言。"《詩集傳》曰："復關，男子之所居也。不敢顯言其人，故託言之耳。"①而《毛傳》曰："復關，君子所近也。"《孔疏》申之曰："復關者，非人之名號，而婦人望之，故知君子所近之地。《箋》又申之猶有廉恥之心，故因其近復關以託號此民，故下云'不見復關'、'既見復關'，皆號此民爲復關。"②《毛傳》說復關是君子所近，顯然不夠正確，《孔疏》說這是"託言"，倒比較切合詩意。《詩集傳》改訓爲"男子之所居"，證據亦不夠充分，但是，其中沿襲《孔疏》"托言"之說，則是充分注意到文勢的結果。又如，《檜風·素冠》二章"我心傷悲兮，聊與子同歸兮"，三章"我心蘊結兮，聊與子如一兮"，《詩集傳》曰："與子同歸，愛慕之詞也。""與子如一，甚於'同歸'矣。"③朱子注意到本詩二章之間的層遞關係，"蘊結"較"傷悲"更深一層，"如一"亦較"同歸"更進一步。如果不能從文勢上辨明二章之間的層遞關係，就不能深刻地理解本詩的詩意。

　　4.考辨史事，重視禮制

　　《詩經》諸篇的創作，必然存在於一定歷史背景之中，察明這個背景是追尋《詩經》本意的前提，前人使用的"《詩》、史互證"的方法是理解《詩》意的又一重要的途徑。先秦典籍只保存下來一部分，還有不少都亡佚了，所以《詩經》諸篇的創作背景無法得窺全貌。朱子就當時所存文獻，作出盡可能的爬梳，特別重視依據《左傳》、《國語》、《史記》等史書中的記載，來以史證《詩》。比如，以《鄘風·載馳》篇之事見於《春秋傳》，故可坐實爲許穆夫人之詩；根據《國語》中的相關記載，而信從《詩序》之說，以《衛風·淇奧》爲美武公之詩；等等。

　　重視禮制，亦是《詩集傳》訓詁中的一個特色。鄭玄"以禮箋《詩》"，後世雖褒貶不一，但是，這個方法本身是無須懷疑的，因爲對禮制的關注，可以將詩文引入先秦的社會、文化、風俗等背景下加以觀照，而這是很有助於理解《詩》意的。如果不明《詩經》時代的禮制就解《詩》，就很容易產生郢書燕說的情況。比如，《邶風·泉水》："出宿于泲，飲餞于禰。"《詩集傳》沿襲《毛傳》和《孔疏》的說法曰："飲餞者，古之行者必有祖道之祭，祭畢，處者送之，飲於其側而後行也。"④古人出行之前，須進行祖祭，也就是祭祀道路神，後世之人，

---

① ［宋］朱熹撰，朱傑人校點：《詩集傳》，《朱子全書》（修訂本）第1册，第454頁。
② ［漢］毛亨傳，［漢］鄭玄箋，［唐］孔穎達疏，［唐］陸德明音釋，朱傑人、李慧玲點校：《毛詩注疏》，第312頁。
③ ［宋］朱熹撰，朱傑人校點：《詩集傳》，《朱子全書》（修訂本）第1册，第523頁。
④ ［宋］朱熹撰，朱傑人校點：《詩集傳》，《朱子全書》（修訂本）第1册，第435頁。

於送別前一般要在水邊餞行，即本之於此。後人若不明先秦祖祭之禮者，就可能不明白出宿之地與飲餞之地何以不同。朱子對這個禮制的簡單介紹，不僅可以幫助我們理解禮制的本身，也有助於我們理解句義：先飲餞于禰，再出宿于泲。這兩句時間先後有差，其實或許是爲了協韻而倒文。

5. 重視義理，體察人情

在朱子看來，解經的最終目的還是在於揭示聖賢本意，那麼，解經的過程中就需要發明經典中的義理。朱子嘗言："經之有解，所以通經。經既通，自無事於解，借經以通乎理耳。理得，則無俟乎經。"（大雅。）① 如此，則朱子在解釋"五經"中的《詩經》時，亦是要以揭明其中所體現的義理爲其終極目標。如《詩集傳》在分析《周南》諸篇的時候說：

> 按此篇首五詩皆言后妃之德。《關雎》舉其全體而言也，《葛覃》、《卷耳》言其志行之在己，《樛木》、《螽斯》美其德惠之及人，皆指其一事而言也。其詞雖主於后妃，然其實則皆所以著明文王身脩家齊之效也。至於《桃夭》、《兔罝》、《芣苢》則家齊而國治之效。《漢廣》、《汝墳》則以南國之詩附焉，而見天下已有可平之漸矣。若《麟之趾》則又王者之瑞，有非人力所致而自至者，故復以是終焉，而《序》者以爲《關雎》之應也。②

本來經學的目的就在於指向現實，爲現實社會的政治、文化等提供一個原則上的指導。朱子批評漢唐諸儒不明義理，撰《詩集傳》以圖揭明《詩經》諸篇所蘊含的天理人情，就是爲了發掘其現實指導意義，爲現實社會，特別是其所構建的"道統"服務的。陳松長先生已經從"本人情以說詩意"和"體人情以釋詞義"這兩個方面來考察《詩集傳》在"以情說《詩》"方面特徵。③ 而這對人情的重視，就使得《詩經》詞義的訓詁合情合理，這也豐富了訓詁的方法與理論。

筆者提倡在考察包括《詩經》在內的先秦典籍中詞語的意義時，要構建一個"大語境觀"：

> 筆者以爲，考察先秦時代詞語，必須將詞語置於先秦的"大語境"中加以考察，方有可能求得其本義。這個"大語境"，不僅是指語言上的上下文，還應當以當時的社會、歷史、文化等綜合因素爲"上下文"。只有以

---

① ［宋］黎靖德輯，鄭明等校點：《朱子語類》，《朱子全書》（修訂本）第 14 册，第 350 頁。
② ［宋］朱熹撰，朱傑人校點：《詩集傳》，《朱子全書》（修訂本）第 1 册，第 411 頁。
③ 陳松長：《朱熹〈詩集傳〉的訓詁特色》，《古漢語研究》，1989 年第 3 期，第 25—26 頁。

社會、歷史、文化等綜合因素爲背景，將詞語置於其中加以考察，才能對詞義有更接近於"真實"的認識。①

筆者所提出的觀點，是否有商榷的餘地，暫置之不論，但是筆者的這個説法是受到了包括朱子《詩集傳》在内的一些經注的啓發，則是必須要言明的。

總體而言，《詩集傳》在訓詁上取得了巨大的成就。從訓詁實踐上看，朱子或取捨舊注，或申述舊注，或改動舊注，或另立新注，給諸多詞語提供了一個更爲合理的訓詁，使得《詩經》便於宋人閱讀，也同時給後人提供了一個很好的《詩經》注本，爲後人研讀《詩經》提供幫助。《詩集傳》在訓詁實踐中，規範了訓詁術語，又推動了訓詁理論的發展。比如，訓詁要推重漢唐古訓；要樹立漢語史觀；要注重文勢、隨文解義；要體察人情；要將《詩經》置於先秦的"大語境"中來理解，而不能"强經就我"；等等。這都給訓詁學以及先秦古書的訓詁實踐提供了很有益的借鑒。從某種意義上説，清學是對宋學的反動；而從學術演進的趨勢來看，清學在一定程度上又是宋學的延續。清儒注經，其訓詁方法也是受到朱子訓詁理論和實踐方面的影響的，而這個影響一直延續到現在。此外，從朱子積極使用今文經學中三家《詩》的訓詁材料，亦可以看出朱子欲突破《毛詩》以治《詩經》的傾向。

第三節　《詩集傳》誤訓舉例

《詩集傳》在訓詁上取得了很大成就，但是，不可避免地，其中也有未備之處，比如，少數訓詁未能做到前後一致：《周頌·思文》"貽我來牟"，《詩集傳》曰："來，小麥。牟，大麥也。"此訓來自《廣雅》。而《周頌·臣工》"於皇來牟"，《詩集傳》曰："來牟，麥也。"②此訓取自《説文》。雖説二訓皆淵源有自，但終究有失察之嫌。除此類問題之外，《詩集傳》中的一些訓詁存在著明顯的失誤。這些失誤需要我們具體分析，並總結其原因，這既能爲今人理解《詩》義提供借鑒，同時也能讓我們更深刻、更全面地瞭解朱子詩經學的成就與不足，更客觀地看待《詩集傳》的學術價值。已有研究中，對於《詩集傳》誤訓的情況研究不多，且一般多只是從宏觀方面簡單提一提，頗給人以語焉不詳的感覺。惟賈璐先生博士學位論文《朱熹訓詁研究》對其訓詁失誤有過一些細緻分析③，

---

① 陳才：《〈詩〉詞續志》，《如切如磋：經學文獻探研録》，第 13 頁。
② ［宋］朱熹撰，朱傑人校點：《詩集傳》，《朱子全書》（修訂本）第 1 册，第 728、729 頁。
③ 賈璐：《朱熹訓詁研究》，復旦大學博士學位論文，2011 年，第 118—122 頁。

不過,該文著眼於朱子的全部訓詁資料而言,並非專就《詩集傳》立論。而本文則從微觀方面,專就《詩集傳》的訓詁失誤分類舉例,做一些更爲細緻的考察。

一、盲從毛、鄭致誤

宋代可見的保存最完整的《詩經》訓詁專書中,《毛傳》是最早的。我們在談《詩經》的訓詁時,一定要重視《毛傳》之説。若無法推翻《毛傳》之説,就去另立新説,顯然是不合邏輯的,這一點即使是向爲學界推重的清儒,亦有不少時候並未能做到。

衆所周知,朱子治《詩》,特重《毛傳》,其《詩集傳》中有不少訓詁就是直接取資於《毛傳》的。這種做法是合理的,也特別有利於糾正一些宋儒治《詩》不講訓詁,隨意闡發義理的弊病,不過,《詩集傳》在沿襲了《毛傳》正確訓詁的同時,亦吸收了其中錯誤的訓詁。比如,《召南·摽有梅》:"摽有梅,其實三兮。"《詩集傳》曰:"摽,落也。"①這是沿襲《毛傳》之訓的。而細繹此句,下句言"其實三兮",則上句的"梅"指梅樹,而非指梅子。梅樹不能"落",故《毛傳》之訓非是。《説文·手部》:"摽,擊也。"才是其訓。②此處,《詩集傳》用《毛傳》的訓詁,實際上是錯誤的。

又如,《邶風·終風》"終風且暴",《詩集傳》曰:"終風,終日風也。"③這是沿襲了《毛傳》的説法:"終日風爲終風。"《毛傳》的這個説法其實是錯誤的,清儒王念孫糾正了這個錯誤,王引之《經傳釋詞》引其説曰:

> 家大人曰:"終",詞之"既"也。僖二十四年《左傳注》曰:"終,猶'已'也。"已止之已曰終,因而已然之已亦曰終。故曰詞之既也。《詩·終風》曰:"終風且暴。"毛《傳》曰:"終日風爲終風。"《韓詩》曰:"終風,西風也。"此皆緣詞生訓,非經文本義。終,猶"既"也,言既風且暴也。④

文後隨即舉出數個證據以證明此觀點,言之鑿鑿,精確不移。由此可知,《詩集傳》此訓從《毛傳》,其實是錯誤的。

又如,《鄘風·載馳》"大夫跋涉",《詩集傳》曰:"草行曰跋,水行曰

---

① [宋]朱熹撰,朱傑人校點:《詩集傳》,《朱子全書》(修訂本)第1冊,第416頁。
② 詳參陳才:《〈詩〉詞續志》,《如切如磋:經學文獻探研錄》,第13—15頁。
③ [宋]朱熹撰,朱傑人校點:《詩集傳》,《朱子全書》(修訂本)第1冊,第426頁。
④ [清]王引之:《經傳釋詞》,第191—192頁。

涉。"①此亦襲用《毛傳》之訓詁。清儒馬瑞辰《毛詩傳箋通釋》已指出《毛傳》之誤：

> 瑞辰按：《釋文》引《韓詩》云："不由蹊遂而涉，曰跋涉。"《淮南子·脩務篇》曰："南榮疇跋涉山川，冒蒙荆棘。"高《注》："不從蹊遂曰跋涉，故獨犯荆棘。"《脩務篇》又曰："申包胥跋涉谷行。"高《注》："不蹊遂曰跋涉。"義本《韓詩》。跋涉蓋行走急遽之義。毛《傳》分爲草行、水行，不若《韓詩》説爲允。②

跋涉未必可以析言，《韓詩》之説較《毛傳》爲優，馬瑞辰之説可從。如此，則《詩集傳》採《毛傳》之説，並不夠合理。

二、以今繩古致誤

我國學者對漢語史觀的認識，經歷了一個漫長的過程。雖然朱子在《詩集傳》中對此已經有了初步認識，並取得了一些成績，但是這個認識還不夠徹底，也出現了一些誤釋的情況。有些詞語的意義在《詩經》時代沒有的，但是朱子仍然誤以爲在《詩經》的那些詞語就是這個意思，從而犯了"以今繩古"的錯誤。比如：《周南·關雎》"在河之洲"，《詩集傳》曰："河，北方流水之通名。"③其實，類似的説法可見於《漢書·司馬相如傳》顏師古《注》，顏《注》引文穎曰："南方無河也，冀州凡水大小皆謂之河，詩賦通方言耳。"④但是，這是漢代的文獻，唐人所作的注，與先秦語言并不屬於同一歷史層次。《説文》曰："河，水。出焞煌塞外昆侖山，發源注海。"此即以"河"專指黃河。屈萬里先生以傳世文獻和出土文獻爲雙重證據，對"河"義有詳細的論述，認爲先秦時代的"河"，都是特指黃河。⑤ 王力先生亦有論曰："爲了建立歷史觀點，在上古書籍中凡是似乎'江、河'解作專名、通名都講得通的，都應解作專名或'江、河'的支流。"⑥二家之説甚諦，而朱子此訓忽略了語言的歷史層次，是錯誤的。

---

① ［宋］朱熹撰，朱傑人校點：《詩集傳》，《朱子全書》（修訂本）第 1 册，第 449 頁。
② ［清］馬瑞辰撰，陳金生點校：《毛詩傳箋通釋》，第 191 頁。
③ ［宋］朱熹撰，朱傑人校點：《詩集傳》，《朱子全書》（修訂本）第 1 册，第 402 頁。
④ ［漢］班固撰，［唐］顏師古注：《漢書》，第 2536 頁。
⑤ 屈萬里：《河字意義的演變》，《"中央研究院"歷史語言研究所集刊》第 30 本上册，1959 年，第 143—155 頁。
⑥ 王力：《説"江""河"》，《王力文集》第 19 卷，濟南：山東教育出版社，1980 年，第 208 頁。

又如,《召南·野有死麕》"有女如玉",《詩集傳》曰:"如玉者,美其色也。"①《毛傳》:"德如玉也。"《鄭箋》:"如玉者,取其堅而絜白。"其實,"如玉"指女子貌美是後世才有的意義,先秦時期,玉一般是象徵德性的。② 黄侃亦以《毛傳》之説是:"古人言辭質樸,有時非增字解之不足以宣言意。……如《召南·野有死麕》篇'有女如玉'句,《傳》云:'德如玉也。'如不增一德字,則可解爲色如玉。"③如此説來,則當以《毛傳》之訓爲是,朱子此訓亦是以今繩古。

又如,《邶風·柏舟》"我心匪鑒",《詩集傳》曰:"鑒,鏡。"④《毛傳》:"鑒,所以察形也。"《鄭箋》從之。陸德明《經典釋文》:"監,本又作'鑒',甲暫反,鏡也。"朱子此訓當本之陸德明。可是,現在的出土文獻已經證明,戰國及之前的鑒、鏡非爲一物,可知毛、鄭之訓是,而陸德明、朱子之訓非是。朱子從陸德明之訓,蓋後世鑒、鏡無別,⑤故誤以爲二者在《詩經》時代亦無別。

又如,《鄘風·墻有茨》"言之醜也",《詩集傳》曰:"醜,惡也。"⑥此詞《毛傳》、《鄭箋》皆未加解釋,而《小雅·十月之交》:"日有食之,亦孔之醜。"《毛傳》:"醜,惡也。"《説文·鬼部》則説:"醜,可惡也。"其實,《説文》的"可惡",是申述《毛傳》,而非改動毛訓。故筆者認爲,《墻有茨》詩中的"言之醜也","當指言語之可惡,而非言語之醜惡。"⑦《詩集傳》訓之爲"惡",按宋人的語言習慣,當是醜惡之惡,而非可惡之惡。此處,朱子實誤解《毛傳》之意。

又如,《小雅·天保》:"群黎百姓,遍爲爾德。"《詩集傳》曰:"百姓,庶民也。"⑧而《毛傳》説:"百姓,百官族姓也。""百姓"一詞還可見於先秦兩漢時代的其他一些文獻中:

《尚書·堯典》:"克明俊德,以親九族;九族既睦,平章百姓;百姓昭明,協和萬邦。"

《尚書·盤庚》:"歷告爾百姓于朕志。……嗚呼! 邦伯、師長、百執事之人,尚皆隱哉。"

《國語·周語》:"官不易方,而財不匱竭;求無不至,動無不濟;百姓兆民夫人奉利而歸諸上,是利之内也。"

---

① [宋]朱熹撰,朱傑人校點:《詩集傳》,《朱子全書》(修訂本)第1册,第418頁。
② 陳才:《〈詩〉詞漫志》,《如切如磋:經學文獻探研録》,第3—4頁。
③ 黄侃述,黄焯編:《文字聲韻訓詁筆記》,上海:上海古籍出版社,1983年,第218頁。
④ [宋]朱熹撰,朱傑人校點:《詩集傳》,《朱子全書》(修訂本)第1册,第423頁。
⑤ 參看陳才:《〈詩〉詞漫志》,《如切如磋:經學文獻探研録》,第3—4頁。
⑥ [宋]朱熹撰,朱傑人校點:《詩集傳》,《朱子全書》(修訂本)第1册,第442頁。
⑦ 陳才:《〈詩〉詞漫志》,《如切如磋:經學文獻探研録》,第10—11頁。
⑧ [宋]朱熹撰,朱傑人校點:《詩集傳》,《朱子全書》(修訂本)第1册,第552頁。

《大戴禮記・保傅》："此五義者既成於上，則百姓黎民化輯於下矣。"

從《尚書・盤庚》中的例子可以看出，《毛傳》的訓詁是對的，朱子的訓詁是錯誤的。雖然在《論語》中，的確有以"百姓"指庶民者：

《論語・顏淵》："百姓足，君孰與不足？百姓不足，君孰與足？"

但是，大約在西周時期，特別是西周早期，這個"百姓"並非指庶民。裘錫圭先生在《關於商代的宗族組織與貴族和平民兩個階級的初步研究》一文中説：

"百姓"在西周、春秋金文裡都作"百生"，本是對族人的一種稱呼，跟姓氏並無關係。在宗法制度下，整個統治階級基本上就由大小統治者們的宗族構成，所以"百姓"同時又成爲統治階級的通稱。①

這個時期的"族人"，與庶民是有區別的。雖然對裘錫圭先生的觀點，也有些商榷意見出現，如林澐先生就認爲"百姓"的古義仍當指"百官族姓"②，但可以肯定的是，《詩經》中的"百姓"是不應該當庶民、衆民來講的。《尚書・泰誓》："百姓有過，在予一人。"孔穎達《正義》説："此'百姓'與下'百姓懍懍'皆謂天下衆民也。"③朱子大概是本此。但《泰誓》是古文尚書，其語言或有後人改造之處，不足爲憑。故可知朱子此訓有誤。

三、不明語法致誤

語法是近代才有的概念，1898 年馬建忠所著《馬氏文通》出版，才標誌著中國現代語法學的正式建立。在這之前，雖然有不少學者對語法也頗爲關注，但是他們認識尚缺乏系統性，因而錯誤也比較多。朱子亦是其中之一，他在《詩集傳》中雖然有"漸趨成熟的語法觀念"④，但是亦有不少地方對先秦語法有所誤解。這些誤解之處，我們可以從詞法和句法兩個方面來辨析。

---

① 裘錫圭：《古代文史研究新探》，南京：江蘇古籍出版社，1992 年，第 312 頁。
② 林澐：《"百姓"古義新解》，《吉林大學社會科學學報》，2005 年第 4 期，第 193—199 頁。
③ ［漢］孔安國傳，［唐］孔穎達疏，黃懷信整理：《尚書正義》，上海：上海古籍出版社，2007 年，第 412 頁。
④ 俞允海：《從〈詩集傳〉考察朱熹的語法意識》，《古漢語研究》，2002 年第 3 期，第 87 頁。

（一）誤解詞法

1. 不明先秦的構詞法

《詩經》中有些連綿詞，不能分開來解釋，但是，宋代時候對連綿詞的認識不夠，不少連綿詞都被誤解。《詩集傳》亦是如此，其中不少地方的連綿詞都被分開來解釋了。比如，《周南·關雎》"輾轉反側"，《詩集傳》曰："輾者，轉之半。轉者，轉之周。反者，輾之過。側者，轉之留。皆臥不安席之意。"①輾轉是雙聲兼疊韻的連綿詞，已爲今人熟知。其實，反側當是非雙聲非疊韻的連綿詞，在文獻中二字連用的情況比較常見，如：《詩經·小雅·何人斯》："以極反側。"《楚辭·天問》："天命反側。"《周禮·夏官司馬》："使無敢反側。"《禮記·內則》："捶反側之。"《荀子·榮辱》："以偷生反側於亂世之間。"等等，而"反側"的詞義與其語素"反"、"側"並無關係。朱子的這個錯誤已爲胡承珙《毛詩後箋》所批評："朱《傳》析四字各爲一義，而語無所本，故不可從。"②又如，《鄭風·子衿》："挑兮達兮，在城闕兮。"《詩集傳》曰："挑，輕儇跳躍之貌。達，放恣也。"③朱子此說，於義頗爲晦澀。《毛傳》："挑達，往來相見貌。"這正是將其當成一個詞來看待的。胡承珙《毛詩後箋》校此傳當爲"往來貌"④，於義更恰。觀《毛傳》之意，似正以"挑達"爲連綿詞。陳奐說："挑達，雙聲連綿字，又作'夬達'。"⑤其實，挑、達皆定母字，雖然形式上有個語氣詞"兮"將其間隔開來，但不應該分開解釋，故可視爲雙聲連綿詞。這種句式在《詩經》中還有一些，如《衛風·淇奧》裡的"瑟兮僩兮"、"赫兮咺兮"，《衛風·芄蘭》裡的"容兮遂兮"，《齊風·甫田》裡的"婉兮孌兮"，《曹風·候人》裡的"薈兮蔚兮"、"婉兮孌兮"，《小雅·巷伯》裡的"萋兮斐兮"等等，都可看作連綿詞。⑥又如，《陳風·月出》"舒窈糾兮"，《詩集傳》曰："窈，幽遠也。糾，愁結也。"《毛傳》："窈糾，舒之姿也。"這裡《毛傳》將"舒"訓作"遲"，即舒遲之意，頗值得商榷。但《毛傳》並未將"窈糾"分訓。又，本詩二章、三章的"舒憂受兮"、"舒夭紹兮"，《詩集傳》曰："憂受，憂思也。""夭紹，糾緊之意。"⑦亦未將其分訓。三章句式相同，訓詁體例理應相同，可見，朱子於首章的"窈糾"分訓，確有問題。其實，這裡的窈、糾二字皆爲幽部，聲紐亦皆爲喉音，故應該看成是疊韻連綿

---

① ［宋］朱熹撰，朱傑人校點：《詩集傳》，《朱子全書》（修訂本）第1冊，第403頁。
② ［清］胡承珙撰，郭全芝校點：《毛詩後箋》，第15頁。
③ ［宋］朱熹撰，朱傑人校點：《詩集傳》，《朱子全書》（修訂本）第1冊，第479頁。
④ ［清］胡承珙撰，郭全芝校點：《毛詩後箋》，第424頁。
⑤ ［清］陳奐：《詩毛氏傳疏》，《續修四庫全書》第70冊，第112頁下。
⑥ 需要特別說明的是，《詩經》中不是所有的"A兮B兮"句都可以將"AB"理解爲連綿詞，如《詩經》中常見的"叔兮伯兮"、"父兮母兮"之類就不是，這需要具體分析。
⑦ ［宋］朱熹撰，朱傑人校點：《詩集傳》，《朱子全書》（修訂本）第1冊，第520頁。

詞。林義光正如是説。① 又,《邶風·旄丘》"瑣兮尾兮",《毛傳》:"瑣尾,少好之貌。"似亦以之爲連綿詞,而《詩集傳》曰:"瑣,細。尾,末也。"②這顯然也是誤判連綿詞,而誤改《毛傳》之訓。又如,《小雅·蓼蕭》:"既見君子,孔燕豈弟。"《詩集傳》曰:"豈,樂;弟,易也。"③此訓本之《毛傳》。"豈弟"一詞,或可寫作"愷悌"、"愷弟",《詩經》凡 19 見,其中"豈弟君子"16 見。該詞又可見於《齊風·載驅》:"魯道有蕩,齊子豈弟。"《詩集傳》曰:"豈弟,樂易也。"《大雅·旱麓》:"豈弟君子,干禄豈弟。"《詩集傳》曰:"豈弟,樂易也。"④此外,《左傳》、《國語》等文獻中也可見到。林義光《詩經通解》云:"'豈弟'疊韻連綿字,且爲古人常語,不可分爲二義也。"⑤是也。

《詩經》中的一些疊音詞,有相當於形容詞的語法功能,一般都將其訓爲"某某貌"。這些疊音詞,有的與其語素有關,有的則無關,這需要就文義以判斷。《詩集傳》中亦有誤解疊音詞的。比如,《秦風·蒹葭》"蒹葭采采",《詩集傳》曰:"采采,言其盛而可采也。"⑥《毛傳》:"采采,猶萋萋也。""萋萋,猶蒼蒼也。""蒼蒼,盛也。"朱子以此"采采"與"采"相關,故改《毛傳》。准諸文例,朱子之改動非是,當以《毛傳》説是。不過,"蒼蒼",用後世規範後的訓詁術語,則應訓成"盛貌"。《曹風·蜉蝣》:"蜉蝣之翼,采采衣服。"《毛傳》:"采采,衆多也。"準確地説,當是"衆多貌"。《文選·鸚鵡賦》"采采麗容"李善注曰:"《韓詩》曰:'采采衣服',薛君曰:'采采,盛貌也。'"⑦多、盛,義實相成。又如:《秦風·渭陽》:"我送舅氏,悠悠我思。"《詩集傳》曰:"悠悠,長也。"⑧前文已經述及,《詩集傳》特別注重對訓詁術語加以規範,那麼此處應該用訓詁術語"貌",而不該用"也"。《文選·潘嶽〈寡婦賦〉》"夜漫漫以悠悠兮"吕延濟注:"漫漫、悠悠,長貌。"⑨是也。

除了連綿詞、疊音詞之外,《詩經》中有一種特殊的詞語"有×"。在這種結構中,若"有"後面的是名詞,則"有"是詞頭,如《衛風·有狐》之"有狐綏綏"等等;若"有"後面是動詞或形容詞,則相當於一個疊音詞,如《唐風·有杕之杜》之"有杕之杜"等等。朱子對此也有誤讀之處。比如,《周南·桃夭》"桃之

---

① 林義光:《詩經通解》,第 151 頁。
② [宋]朱熹撰,朱傑人校點:《詩集傳》,《朱子全書》(修訂本)第 1 册,第 434 頁。
③ [宋]朱熹撰,朱傑人校點:《詩集傳》,《朱子全書》(修訂本)第 1 册,第 561 頁。
④ [宋]朱熹撰,朱傑人校點:《詩集傳》,《朱子全書》(修訂本)第 1 册,第 489、662 頁。
⑤ 林義光:《詩經通解》,第 114 頁。
⑥ [宋]朱熹撰,朱傑人校點:《詩集傳》,《朱子全書》(修訂本)第 1 册,第 509 頁。
⑦ [梁]蕭統編,[唐]李善注:《文選》,第 200 頁下。
⑧ [宋]朱熹撰,朱傑人校點:《詩集傳》,《朱子全書》(修訂本)第 1 册,第 513 頁。
⑨ [梁]蕭統編,[唐]李善等注:《六臣注文選》,北京:中華書局,2012 年,第 303 頁上。

夭夭,有蕡其實。"《詩集傳》曰:"蕡,實之盛也。"①而《毛傳》曰:"蕡,實貌。"則於義更恰。當然,更確切一點,應該説成"有蕡,實貌"。《詩集傳》比較注重在訓詁術語上的規範,若是疊音詞應該是用"貌",而此處用的是"也",説明朱子對此確有誤解。這樣的錯誤在《詩集傳》中還有一些,文不備舉。

《詩經》中還有一種特殊的詞語"形容詞+其",其實就相當於"×然"、"×如",古注中一般都運用訓詁術語"貌"來解釋。如《鄭風·溱洧》:"溱與洧,瀏其清矣。"《毛傳》曰:"瀏,深貌。"《小雅·角弓》"翩其反矣",《毛傳》釋爲"翩然而反"。《秦風·小戎》"温其如玉",《鄭箋》釋爲"温然如玉"。《王風·中谷有蓷》"嘅其嘆矣",《詩集傳》曰:"嘅,嘆聲。"②"嘅"字,《毛傳》未釋,《鄭箋》説此句曰"嘅然而嘆",其實也應該是意識到這裡的"嘅其"相當於"嘅然"了。但朱子改訓爲"嘆聲",則是不明《詩經》中的這種特殊用法。這樣的錯誤在《詩集傳》中也還有一些,文亦不備舉。

先秦文獻中,還有一種特殊的詞語"中×",是相當於"×中"的,如"中國"即"國中","中谷"即"谷中"。這一點,《孔疏》已經指出,而《詩集傳》顯然也認識到其正確性了。如《周南·葛覃》"施于中谷",《詩集傳》曰:"中谷,谷中也。"《周南·兔罝》"施于中林",《詩集傳》曰:"中林,林中。"《邶風·式微》"胡爲乎中露",《詩集傳》曰:"中露,露中也。"《小雅·鴻雁》"集于中澤",《詩集傳》曰:"中澤,澤中也。"③但是,《詩經》中其他一些地方的這種詞語,却被朱子誤解了。比如,《鄘風·柏舟》"在彼中河",《詩集傳》曰:"中河,中於河也。"④其實,此當訓爲"河中"。又如,《鄭風·清人》"中軍作好",《詩集傳》曰:"中軍,謂將在鼓下,居軍之中,即高克也。"⑤其實,"中軍"之字面義亦即軍中。還如,《小雅·采芑》"于此中鄉",《詩集傳》曰:"中鄉,民居,其田尤治。"⑥其實,"中鄉"當是"鄉中"。此外,《詩經》中"中心"一詞凡十六見,其實都是心中的意思,但是,檢《詩集傳》,雖對此詞皆未加解釋,但據朱子所串講之句義可知,其中不少地方都未理解爲"心中"。這説明朱子對這種構詞法的認識還不足。

2. 誤解詞性

《詩集傳》中,有不明實詞詞性之處。比如,《衛風·淇奧》:"寬兮綽兮,猗重較兮。"《詩集傳》曰:"猗,嘆辭也。"⑦此"猗"字,《毛傳》、《鄭箋》未釋,《經典

---

① [宋]朱熹撰,朱傑人校點:《詩集傳》,《朱子全書》(修訂本)第1册,第407頁。
② [宋]朱熹撰,朱傑人校點:《詩集傳》,《朱子全書》(修訂本)第1册,第465頁。
③ [宋]朱熹撰,朱傑人校點:《詩集傳》,《朱子全書》(修訂本)第1册,第404、408、433、573頁。
④ [宋]朱熹撰,朱傑人校點:《詩集傳》,《朱子全書》(修訂本)第1册,第441頁。
⑤ [宋]朱熹撰,朱傑人校點:《詩集傳》,《朱子全書》(修訂本)第1册,第472頁。
⑥ [宋]朱熹撰,朱傑人校點:《詩集傳》,《朱子全書》(修訂本)第1册,第569頁。
⑦ [宋]朱熹撰,朱傑人校點:《詩集傳》,《朱子全書》(修訂本)第1册,第451頁。

釋文》曰:"猗,於綺反,依也。"《毛詩正義》亦説"倚此重較之車",亦是將其當作動詞,即"倚"的假借字。清人阮元《校勘記》於此有詳細的論證:

> 此經"猗"、"倚"假借,在作《傳》、《箋》時,人共通曉,故不更説。《車攻》"兩驂不猗"同。《節南山》"有實其猗",《傳》:"猗,滿也。"《箋》:"猗,倚也。"因易《傳》,故説之,亦是謂"猗"、"倚"假借也。此其正義云:"倚此重較之車兮"者,易"猗"爲"倚"字而説之。《正義》於古今字例如此,與上下文直引經文者不同例也。《考文》古本作"倚",采《正義》而誤。《經義雜記》引《曲禮·正義》、《荀子》楊《注》、《文選》李注皆作"倚",疑從犬者訛。其記非也。又據《釋文》、《正義》、《石經》、《説文繫傳》、《群經音辨》,以爲唐人雖多引作人旁,未若從犬旁,尤爲信而可徵,得之矣。凡昔人引書,或改或不改,非有成例,用之資證則可,若以爲典要,則失多矣。[①]

阮元的説法有理有據,而且得到了出土文獻的證明。此"猗"字,阜陽漢簡《詩經》S065 作"依"[②],可證此字雖作"猗",但當作動詞用,《經典釋文》的訓詁是,而《詩集傳》的訓詁非。又如,《小雅·出車》"黍稷方華",《詩集傳》曰:"華,盛也。"[③]此"華"字乃是名詞活用爲動詞,指開花,《詩集傳》誤以爲形容詞。

《詩集傳》中亦有不明虛詞詞性之處。比如,朱子對"之"可作爲語助詞用認識不足:《鄭風·女曰雞鳴》:"知子之來之,雜佩以贈之。"《詩集傳》曰:"來之,致其來者,如所謂'修文德以來之'。"[④]"來"是不及物動詞,朱子也知道其後不能帶賓語,所以,他就認爲這與《論語·季氏》中"修文德以來之"的句法相同。其實,"修文德以來之"的"來",是不及物動詞的使動用法,也就是説,這個"來"是"使之來"的意思,而《詩經》中的這個"來之",前面還有個結構助詞"之",所以不可能是使動用法,否則句義無法圓通。這個"來之"的"之",當是無實義的語助詞,[⑤]其實就是"知子之來"的意思,可能是爲了讓本章的六句在形式上更美觀,才加上這個語助詞"之"的。

(二) 誤解句法

即使是今天,在有了大量出土文獻和語法理論高度發展的情況下,我們對先秦語言的認識還有不夠的地方,更別説宋代的朱子了。朱子雖對先秦文獻熟稔於心,但是他在對先秦的一些句法的理解上,出現了一些問題,這一點

---

① [清]阮元校刻:《十三經注疏》,第 323 頁下。
② 胡平生、韓自強:《阜陽漢簡詩經》,第 9 頁。
③ [宋]朱熹撰,朱傑人校點:《詩集傳》,《朱子全書》(修訂本)第 1 册,第 555 頁。
④ [宋]朱熹撰,朱傑人校點:《詩集傳》,《朱子全書》(修訂本)第 1 册,第 474 頁。
⑤ 參閱王力:《漢語語法史》,北京:商務印書館,2008 年,第 164 頁注①。

也需要特別提出。

朱子對先秦語法理解有誤的地方主要是不明賓語前置。先秦漢語的否定句中,若用代詞作賓語,一般情況下,要將這個代詞賓語置於謂語動詞之前,這是語法學中的賓語前置現象。朱子對先秦語言中的賓語前置認識不足。比如,《鄘風·載馳》:"大夫君子,無我有尤。"《詩集傳》申講本句之義曰:"大夫君子,無以我爲有過。"①朱子訓"我"爲"以我",這種用法在先秦文獻中,不知是否有其他用例,似難以圓通。本句有否定副詞"無",所以當是賓語前置,"我"是"尤"的賓語,用今語來説,即"無有尤我"。《鄭箋》:"無我有尤,無過我也。"尤,過也。《鄭箋》所訓是也。又如,《鄭風·遵大路》"無我魗兮",《詩集傳》曰:"魗,與醜同。欲其不以己爲醜而棄之也。"②《毛傳》:"魗,棄也。"《鄭箋》改訓,云:"魗,亦惡也。"《孔疏》彌合毛、鄭曰:"魗與醜古今字。醜,惡,可棄之物,故《傳》以爲棄。"《説文》:"醜,可惡也。"又可引申有厭惡之義。這個"無我魗兮",與上章的"無我惡兮"意思一樣,都是不要厭惡我的意思。朱子解爲"不以己爲醜"云云,於義雖可通,但不合語法,故不可從。又如,《魏風·碩鼠》"莫我肯勞",《詩集傳》曰:"勞,勤苦也。謂不以我爲勤勞也。"③朱子以爲此"勞"爲勞動、勤勞之勞,實誤。《鄭箋》:"不肯勞來我。"是也。"莫"是否定性無定代詞,這個句子是賓語前置,"我"當是"勞"的賓語,若用今語來説,即是"莫肯勞我"。若如朱子之訓,則此句之義捍格難通。

有時候,誤解了詞義,可能會導致對句法的誤解;而不明句法,則可能會導致對詞義的誤解。所以,必須要指出的是,誤解句法和誤解詞法有時候不能截然分開。比如,《衛風·芄蘭》"能不我知"、"能不我甲",《詩集傳》曰:"知,猶智也,言其才能不足以知於我也。""甲,長也,言其才能不足以長於我也。"④很明顯,這裡的"不我知"、"不我甲"是賓語前置。朱子"不足以知(長)於我"云云的解釋是有問題的,因爲從來沒有這種用法,用胡承珙的話説,就是"淺質少味"⑤。朱子的這個誤解,當與他對"能"的詞義理解錯誤有關。"能",《毛傳》、未釋,朱子從《鄭箋》將其當才能講,其實不然。能,猶而也,王引之《經義述聞》、《經傳釋詞》皆有説,茲録《經傳釋詞》説如下:

　　《詩·芄蘭》曰:"雖則佩觿,能不我知。""能",當讀爲"而"。"雖則"之文,正與"而"字相應,言童子雖則佩觿,而實不與我相知也。毛《傳》曰:

----

① ［宋］朱熹撰,朱傑人校點:《詩集傳》,《朱子全書》(修訂本)第1冊,第449頁。
② ［宋］朱熹撰,朱傑人校點:《詩集傳》,《朱子全書》(修訂本)第1冊,第473頁。
③ ［宋］朱熹撰,朱傑人校點:《詩集傳》,《朱子全書》(修訂本)第1冊,第495頁。
④ ［宋］朱熹撰,朱傑人校點:《詩集傳》,《朱子全書》(修訂本)第1冊,第457頁。
⑤ ［清］胡承珙撰,郭全芝校點:《毛詩後箋》,第307頁。

"不自謂無知以驕慢人也。"《箋》曰:"此幼釋之君,雖佩觿韘,其才能實不如我衆臣之所知爲也。"皆未合語意。辯見《經義述聞》。下章"雖則佩韘,能不我甲",義與此同。①

王説可信,其後如俞樾《群經平議》、林義光《詩經通解》之説亦大致與之同,皆以"能"爲虛詞。可見,朱子是誤將作虛詞用的"能"當成了實詞,從而對這個實語前置結構產生了誤解。

四、預設詩旨致誤

根據詮釋學者哈貝馬斯的觀點,在詮釋活動中,隨著語境的變化,詮釋者會不斷修正前説中所存在的"前理解"之誤處,而在這個重新詮釋過程中,又會形成新的"前理解"。這個"前理解",其實也就是我們常説的"先入之見",於《詩經》,就是先儒常説的"預設詩旨"。朱子雖然批評漢唐學者據《序》言《詩》,主張"去《序》言《詩》",這實際上就是批評漢唐那些據《毛詩序》以説《詩經》的學者是"預設詩旨",而他自己則希望自己能突破這個預設詩旨的話語體系。不過,朱子在對《詩經》每一篇目的具體説解時,有時候自己也會犯預設詩旨的錯誤,"六經注我"而非"我注六經",從而形成新的"先入之見",導致了對一些詞語的誤訓。

比如,《周南·關雎》:"窈窕淑女,君子好逑。"《詩集傳》曰:"女者,未嫁之稱,蓋指文王之妃大姒爲處子時而言。君子,則指文王也。"②淑女即善女,與其是否婚嫁無涉,朱子特地揭出其指"大姒爲處子時而言",蓋亦是因爲其作爲理學家,出於維護社會風俗、綱常倫理的目的。君子、淑女,《毛傳》、《鄭箋》未釋,歐陽修《詩本義》坐實爲文王、太姒:"淑女謂太姒,君子謂文王也。"③此説明顯證據不足。吕祖謙《吕氏家塾讀詩記》説:"程氏曰:詩言后妃之德,非指人而言。或謂太姒,失之矣。"④朱子可能是因爲《關雎》是《詩經》之首篇,才放棄程子之説,而採信歐陽修之説。類似的問題在其他篇目中亦有出現,如,《周南·卷耳》"嗟我懷人",《詩集傳》曰:"人,蓋謂文王也。"⑤此將所懷思之人坐實爲文王,乃因探《關雎》篇而誤。又如,《邶風·柏舟》:"憂心悄悄,愠

① 〔清〕王引之:《經傳釋詞》,第127頁。
② 〔宋〕朱熹撰,朱傑人校點:《詩集傳》,《朱子全書》(修訂本)第1册,第402頁。
③ 〔宋〕歐陽修:《毛詩本義》,影《四庫薈要》本,第17頁下。
④ 〔宋〕吕祖謙:《吕氏家塾讀詩記》卷二,宋淳熙九年江西漕臺本,第3頁。
⑤ 〔宋〕朱熹撰,朱傑人校點:《詩集傳》,《朱子全書》(修訂本)第1册,第403頁。

于群小。"《詩集傳》曰:"群小,眾妾也。"①《鄭箋》云:"眾小人在君側者也。"朱子因從《列女傳》,以本篇爲"婦人不得於其夫"之詩,而指此句爲"言見怒於眾妾也",故有此訓。

又如,《鄭風·叔于田》:"不如叔也,洵美且仁。"《詩集傳》曰:"仁,愛人也。"②《論語·顏淵》:"樊遲問人,子曰:'愛人。'"朱子此訓明顯從《論語》中記錄的孔子思想而來,朱子畢生致力於維護孔孟道統,難免會因此而"過度詮釋"。其實,此義未必是"仁"字確詁,③於本詩亦不諧。同樣的情況在《詩集傳》中還有一些,如《衛風·淇奥》:"如切如磋,如琢如磨。瑟兮僩兮,赫兮咺兮。有匪君子,終不可諼兮。"《詩集傳》引《大學傳》以申講其義曰:

> 《大學傳》曰:"如切如磋者,道學也;如琢如磨者,自脩也。瑟兮僩兮者,恂慄也;赫兮喧兮者,威儀也;有斐君子,終不可諠兮者,道盛德至善,民之不能忘也。"④

此爲朱子錄《禮記·大學》之文以闡釋詩意。朱子將《大學》分爲經一章,傳十章,故稱之爲《大學傳》。很明顯,這是《大學》用《詩》之意,非《詩》之本義。朱子特重"四書",並將《禮記》中的《大學》篇定爲"四書"之首,故以《大學》用《詩》之意爲《詩》之本義。

又如,《鄭風·遵大路》"不寁好也",《詩集傳》曰:"好,情好也。"⑤《鄭箋》:"好,猶善也。"此乃"好"字之通詁。朱子蓋因以爲此詩乃"淫婦爲人所棄"之詩,故改訓爲"情好",是爲了曲就其所定之詩旨。此訓典籍中罕見其他例證,不可從。類似的問題在《詩集傳》,特別是《鄭風》中多有出現,如《鄭風·蘀兮》:"叔兮伯兮,倡女和女。"《詩集傳》曰:"叔、伯,男子之字也。予,女子自予也。女,叔伯也。"又如,《鄭風·揚之水》:"終鮮兄弟,維予與女。"《詩集傳》曰:"兄弟,婚姻之稱,《禮》所謂'不得嗣爲兄弟'是也。予、女,男女自相謂也。"⑥《毛詩序》以此詩爲"閔無臣也",朱子《詩序辨説》駁之,以爲"此男女要結之詞,《序》説誤矣"⑦。朱子以此詩爲"淫詩",故有此訓。本詩曰:

---

① [宋]朱熹撰,朱傑人校點:《詩集傳》,《朱子全書》(修訂本)第1册,第423頁。
② [宋]朱熹撰,朱傑人校點:《詩集傳》,《朱子全書》(修訂本)第1册,第470頁。
③ "仁"字歷來解釋頗多,從戰國文字的"仁"字寫法來看,李零説:"仁就是拿人當人。"更符合其字形特徵。見李零:《喪家狗:我讀〈論語〉》,太原:山西人民出版社,2007年,第345—346、353—354頁。
④ [宋]朱熹撰,朱傑人校點:《詩集傳》,《朱子全書》(修訂本)第1册,第450頁。
⑤ [宋]朱熹撰,朱傑人校點:《詩集傳》,《朱子全書》(修訂本)第1册,第473頁。
⑥ [宋]朱熹撰,朱傑人校點:《詩集傳》,《朱子全書》(修訂本)第1册,第479頁。
⑦ [宋]朱熹撰,朱傑人校點:《詩集傳》,《朱子全書》(修訂本)第1册,第372頁。

揚之水，不流束楚。終鮮兄弟，維予與女。無信人之言，人實迋女。

揚之水，不流束薪。終鮮兄弟，維予二人。無信人之言，人實不信。

以"兄弟"指夫妻，朱子雖舉《禮記·曾子問》之文以作證，但仍覺得頗爲牽强。首章"維予與女"，次章"維予二人"，所指當同，細繹詩意，實在難以將予、女（汝）坐實爲指男女。朱子蓋以此詩爲"淫詩"，故有此訓。

又如，《唐風·無衣》"不如子之衣"，《詩集傳》曰："子，天子也。"①諸侯之册封，必請命於天子，以求其命服。本詩《序》曰："《無衣》，美晉武公也。武公始並晉國，其大夫爲之請命乎天子之使，而作是詩也。"觀《毛傳》、《鄭箋》，皆並未明確指出此"子"字之訓，而《孔疏》順《序》意云"爲之請於天子之使"云云，則是並不以此"子"指天子。朱子《詩序辨説》以爲，"但此詩若非武公自作，以述其賂王請命之意，則詩人所作，以著其事，而陰刺之耳"②。朱子將此詩改爲刺詩，或可；但認爲武公直接請命天子，而將此"子"字訓爲天子，則頗可商。遍檢《尚書》，以及《詩經》他處，周天子或稱王，或稱天王，或稱天子，皆不省稱作"子"；檢《左傳》，似亦並無將天子省稱作"子"者。由此可以看出，《詩集傳》此訓證據不足，不可從。

五、不明通假致誤

《毛詩》本爲古文，其中多通假字，若不明通假，則會造成誤讀。在出土文獻大量出現的今世，我們可以發現，古音相同或相近可通假，但不是必通假，通假字總是呈現出一定的規律。但是，前儒多僅就傳世文獻來判別通假，這就難免對通假現象認識不足，即使是通常被學界交口稱頌的清儒，在這一問題上都犯過明顯錯誤。而《詩集傳》在對通假字的判別中，亦產生有一些失誤，從而導致誤訓。一般説來，誤判通假有三種情況，一是誤認通假字爲本字，二是誤以本字爲通假字，三是雖正確指出具有通假關係卻誤斷本字。

《詩集傳》中，存在一些誤認通假字爲本字的情況，比如，《邶風·北門》："王事適我，政事一埤益我。"《詩集傳》曰："王事，王命使爲之事。政事，其國之政事也。"③是朱子以此"政"字作本字讀。而《鄭箋》串講本句曰："有賦稅之事，則減彼一而以益我。"是鄭玄以"賦稅之事"釋"政事"，則是讀政爲征。政、征諧聲通假，古書習見。拙文《〈詩〉詞漫志》對此詞作了深入探討，並認

---

①　［宋］朱熹撰，朱傑人校點：《詩集傳》，《朱子全書》（修訂本）第 1 册，第 503 頁。

②　［宋］朱熹撰，朱傑人校點：《詩集傳》，《朱子全書》（修訂本）第 1 册，第 377 頁。

③　［宋］朱熹撰，朱傑人校點：《詩集傳》，《朱子全書》（修訂本）第 1 册，第 436 頁。

爲："若以'政事'指王政之事或邦政之事,則與'王事'之意涵有相容之處,故當以鄭玄之釋於義爲勝。"①由此可知,朱子不知此"政"字當讀作征,却照本字讀出,故其釋"政事"是錯誤的。

又如,《王風‧中谷有蓷》"暵其濕矣",《詩集傳》曰:"暵濕者,旱甚則草木之生於濕者亦不免也。"②朱子以此"濕"爲干濕之濕,此亦本之《毛傳》。《毛傳》釋此句曰:"雖遇水則濕。"實際上,正如王引之《經義述聞》所指出的,這個"濕"應當是"㬠"的假借字。馬瑞辰《毛詩傳箋通釋》説:

> 瑞辰按:《經義述聞》謂濕當讀爲㬠,其説是也。《廣雅》:"㬠,曝也。"《玉篇》:"㬠,欲乾也。"《一切經音義》引《通俗文》:"欲燥曰㬠。"與前二章"暵其乾矣"、"暵其脩矣"文義正同。作濕者,同音假借字耳。《傳》以濕爲水濕,失之。③

若不破讀,則本句句義晦澀難解:《毛傳》之説顯然不通,《詩集傳》之説亦難解。聯繫起本詩前二章來看,脩本指乾肉,亦可引申爲乾,則此章亦當訓爲乾。王引之、馬瑞辰之説甚是。此處乃朱子不明通假,誤從《毛傳》之訓。

又如,《小雅‧常棣》"鄂不韡韡",《詩集傳》曰:"鄂,鄂然外見之貌。不,猶豈不也。"④朱子之訓鄂,當承《毛傳》。《毛傳》曰:"鄂,猶鄂鄂然,言外發也。"若作此訓,則句義晦澀。《鄭箋》改毛訓曰:"承華者曰鄂,不當作拊。拊,鄂足也。鄂足得華之光明,則韡韡然盛。興者,喻弟以敬事兄,兄以榮覆弟,恩義之顯亦韡韡然。古聲不、拊同。"是鄭玄讀鄂爲萼。《説文》"韡"字下引《詩》正作"萼不韡韡"。王先謙《詩三家義集疏》以《魯詩》、《韓詩》亦有作"萼"者。⑤ 鄭玄之以不當作拊(柎),或可商榷,但讀鄂爲萼,則較毛義爲優,後世多從。朱子從毛,讀爲本字,亦是錯誤的。

《詩集傳》中亦有一些誤以本字爲通假字的情況。比如,《大雅‧靈臺》"於樂辟廱",《詩集傳》曰:"辟、璧通。廱,澤也。辟廱,天子之學,大射行禮之處也。水旋丘如璧,以節觀者,故曰辟廱。"⑥辟廱,亦即辟雝,爲天子之學,不過,辟並非璧之通假字。朱子此説,並無證據。辟,按本字讀即可。

又如,《周頌‧思文》"立我烝民",《詩集傳》曰:"立、粒通。"又串講句義曰

---

① 陳才:《〈詩〉詞漫志》,《如切如磋:經學文獻探研録》,第9頁。
② 〔宋〕朱熹撰,朱傑人校點:《詩集傳》,《朱子全書》(修訂本)第1册,第465頁。
③ 〔清〕馬瑞辰撰,陳金生點校:《毛詩傳箋通釋》,第238頁。
④ 〔宋〕朱熹撰,朱傑人校點:《詩集傳》,《朱子全書》(修訂本)第1册,第547頁。
⑤ 〔清〕王先謙:《詩三家義集疏》,第563頁。
⑥ 〔宋〕朱熹撰,朱傑人校點:《詩集傳》,《朱子全書》(修訂本)第1册,第670頁。

"蓋使我烝民得以粒食者"云云，①是朱子以立爲粒的通假字。此乃承鄭玄之説，而加以引申，然鄭玄此處實爲校勘文字，並非揭明通假。《鄭箋》曰："立，當作粒。"林義光於此有説云：

> 立，成也，定也。《書》"烝民乃粒"，王引之讀粒爲立，《史記·夏本紀》作"衆民乃定"。與此詩"立爲烝民"同義。②

此説可從。照此説，則《尚書》之"粒"乃是通假字，本句之"立"則是本字。朱子《詩集傳》之説，實是倒本爲末。

《詩經》中有些地方用的是通假字，《詩集傳》雖能正確指出是通假字，但是却誤判其本字。比如，《邶風·泉水》、《邶風·二子乘舟》中的"不瑕"，《小雅·南山有臺》、《大雅·棫樸》中的"遐不"，以及《大雅·下武》、《大雅·抑》中的"不遐"，朱子以爲這裡的"瑕"、"遐"均當通"何"。③　鄧佩玲先生在《歷代經學家對〈詩經〉所見語助詞"不"、"無"的訓釋》一文中以爲：

> 金文及《詩經》中的"叚不"、"遐不"，"叚"、"遐"則宜以"遠"作解，"不"是語助詞，"叚不"及"遐不"乃極言其遠。④

然此説未恰，她之後出版的《〈雅〉〈頌〉與出土文獻新證》一書中對此説有所修正。在此之前，沈培先生曾撰文《再談西周金文"叚"表示情態的用法》，其中也涉及《詩經》中的相關文例。沈培先生認爲，將"遐不"的"遐"解釋爲"何"，可以講得通，且比訓"遠"要好，但同時也指出："把'遐'、'瑕'讀爲'胡'或'何'的毛病也是很明顯的"，並指出，早期文獻中的"不瑕（遐、暇、叚）"、"瑕（遐、暇、叚）不"中的"瑕（遐、暇、叚）"應該是一個表示可能性情態的助動詞。⑤　其結論可從。當然，沈先生並未指出此處的本字，這裡的本字也確實不好認定。而朱子的判别，雖較《毛傳》於義爲勝，但是以本字爲"何"，則是錯誤的。

---

① ［宋］朱熹撰，朱傑人校點：《詩集傳》，《朱子全書》（修訂本）第 1 册，第 728 頁。
② 林義光：《詩經通解》，第 400 頁。
③ ［宋］朱熹撰，朱傑人校點：《詩集傳》，《朱子全書》（修訂本）第 1 册，第 436、439、560、662、671、697 頁。
④ 鄧佩玲：《歷代經學家對〈詩經〉所見語助詞"不"、"無"的訓釋——兼談〈詩經〉與金文的"遐不"、"不遐"》，"承繼與拓新——漢語語言文字學國際研討會"會議論文，香港中文大學，2012 年 12 月。
⑤ 沈培：《再談西周金文"叚"表示情態的用法》，復旦大學出土文獻與古文字研究中心：http://www.gwz.fudan.edu.cn/SrcShow.asp? Src_ID=1186,2010-06-16.

六、望文生訓致誤

在《詩集傳》中，有一些訓詁是朱子"隨文解義"，依據上下文義而立。但是，正如前文所述，朱子所立之新訓，有正確的地方，也有錯誤的地方。若訓錯了，則就是望文生訓了。望文生訓的毛病，非特朱子《詩集傳》，凡欲創立新訓的古注皆不能免。下文在《詩集傳》中選取幾例：

比如，《周南·南有樛木》"南有樛木"，《詩集傳》曰："南，南山也。"①《毛傳》曰："南，南土也。"南土，猶言南方。木未必皆長在山上。雖然《詩經》中"南山"一詞習見，但朱子將本詩中的"南"坐實爲"南山"，則不如《毛傳》之訓平實。

又如，《衛風·氓》"將子無怒"，《詩集傳》曰："將，願也，請也。"②朱子此訓，實兼《毛傳》、《鄭箋》而言。《毛傳》："將，願也。"《鄭箋》："將，請也。"毛、鄭之別，前儒多不察。胡承珙《毛詩後箋》舉《穆天子傳》"將子誤死，尚能復來"，以別願、請二字之義："此'將'當爲'願'，蓋可云'願其無死'，不可云'請其無死'也。"③其說可從。林義光說曰："願，望而不敢必之詞也。"④是也。如此，則知《詩集傳》欲彌合毛、鄭之訓，是錯誤的。

又如，《唐風·揚之水》："揚之水，白石鑿鑿。"《詩集傳》曰："鑿鑿，巉岩貌。"⑤《毛傳》曰："鑿鑿，鮮明貌。"繹詩意，"鑿鑿"一詞當爲狀白石之貌，毛訓與二章之"皓皓"、三章之"粼粼"義近，若如朱子之訓，則三章不成文理。陳奐《詩毛氏傳疏》接受了段玉裁《說文解字注》的觀點以申毛曰：

> 鑿，讀爲粲。《說文》："糳，米一斛舂爲八斗曰糳，爲米六斗大半斗曰粲。"故鮮明謂之粲，亦鮮明謂之糳。重言之曰粲粲，亦曰鑿鑿。聲、義皆相近。⑥

在阜陽漢簡《詩經》S116 中，我們可以看到，此"鑿"字正作"粲"。陳奐之說甚是。阜陽漢簡《詩經》的整理者胡平生、韓自強先生已經指出朱子之誤：

> 粲，毛作"鑿"。《說文》：鑿，"從金糳省聲"。段注："經傳多假'鑿'

---

① 〔宋〕朱熹撰，朱傑人校點：《詩集傳》，《朱子全書》（修訂本）第1册，第406頁。
② 〔宋〕朱熹撰，朱傑人校點：《詩集傳》，《朱子全書》（修訂本）第1册，第454頁。
③ 〔清〕胡承珙撰，郭全芝校點：《毛詩後箋》，第298頁。
④ 林義光：《詩經通解》，第74頁。
⑤ 〔宋〕朱熹撰，朱傑人校點：《詩集傳》，《朱子全書》（修訂本）第1册，第499頁。
⑥ 〔清〕陳奐：《詩毛氏傳疏》，《續修四庫全書》第70册，第136頁下。

爲'糳'。《左傳・桓公二年》:"粢食不鑿。"《左傳釋文》:"鑿,精米也。"《毛傳》曰:"鑿鑿然,鮮明貌。"朱熹説"鑿鑿,巉岩貌。"按:《阜詩》作"糳"是正字,《毛詩》作"鑿"是假借,朱熹之説非是。"糳糳"者,乃以米之白形況石之白,當依《毛傳》訓爲"鮮明貌"。①

又如,《唐風・采苓》:"采苓采苓,首陽之巔。"二章爲"首陽之下",三章爲"首陽之東"。《詩集傳》曰:"首陽,首山之南也。"②若如朱子之訓,則二章、三章不得其解。此句式正同《召南・殷其靁》"在南山之陽"、"在南山之側"、"在南山之下",《陳風・宛丘》"宛丘之上兮"、"宛丘之下"、"宛丘之道","首陽"不當爲偏正結構,不能理解爲首山之陽,應該如《毛傳》所訓:"首陽,山名也。"此首陽山,或即伯夷、叔齊所隱之山。

又如,《陳風・東門之池》:"彼美淑姬,可與晤歌。"《詩集傳》曰:"晤,猶解也。"③本詩二章有"可與晤語",三章有"可與晤言",若如朱子之訓,解歌、解語、解言,句義晦澀。《毛傳》:"晤,遇也。"此訓典籍習見,相遇而對歌、對語、對言,句義頗順,故可不必改訓。

又如,《小雅・伐木》"伐木許許",《詩集傳》曰:"許許,衆人共力之聲。《淮南子》曰:'舉大木者呼邪許,蓋舉重勸力之歌。'"④《毛傳》:"許許,柿貌。"而《説文》引《詩》作"伐木所所",並云:"所所,伐木聲。"馬瑞辰説:"前章丁丁爲伐木聲,則此章許許亦伐木聲。段玉裁謂丁丁刀斧聲,所所爲鋸聲,其説近之。"馬氏又以爲《毛傳》不若《説文》爲允。⑤ 其説可從。《詩集傳》雖引漢初《淮南子》之説,但仍不足爲據。

又如,《小雅・常棣》"是究是圖",《詩集傳》曰:"究,窮。"⑥《毛傳》:"究,深也。"顯非其訓,但是《詩集傳》的解釋也不對。《周南・葛覃》"是刈是濩",刈、濩葛藤皆是爲"爲絺爲綌";《小雅・信南山》"是烝是享",烝、享皆爲祭祀;《大雅・皇矣》"是類是禡",類、禡皆師祭之名;《大雅・生民》"是任是負",任、負糜芑,皆爲"以歸肇祀";《周頌・閟宮》"是尋是尺",尋、尺皆度制;《商頌・殷武》"是斷是遷",斷、遷松柏,皆爲"寢成孔安"。由此可見,本句之究、圖之義當相同或相近。《大雅・皇矣》"維彼四國,爰究爰度",《毛傳》:"究,謀也。"訓同《爾雅》。圖,亦即謀也。故此處之究,亦當訓謀爲是。林義光謂:"是究是

① 胡平生、韓自强:《阜陽漢簡詩經》,第76—77頁。
② [宋]朱熹撰,朱傑人校點:《詩集傳》,《朱子全書》(修訂本)第1冊,第505頁。
③ [宋]朱熹撰,朱傑人校點:《詩集傳》,《朱子全書》(修訂本)第1冊,第518頁。
④ [宋]朱熹撰,朱傑人校點:《詩集傳》,《朱子全書》(修訂本)第1冊,第550頁。
⑤ [清]馬瑞辰著,陳金生點校:《毛詩傳箋通釋》,第507頁。
⑥ [宋]朱熹撰,朱傑人校點:《詩集傳》,《朱子全書》(修訂本)第1冊,第549頁。

圖,猶《皇矣》篇之'爰究爰度'也。"①其說正是。

七、"文獻不足"致誤

《詩經》305 篇展現的是西周到春秋時期約五百年間的一幅廣闊的生活畫卷,其間牽涉極廣。而認識事物則需要一定的過程,個人的經歷又畢竟有限,這都制約了後人對《詩經》的理解,縱使像朱子這樣的大儒亦不例外。加之,宋人去古已遠,語文學的積澱剛剛起步,遠不及清人,今人所能見到的大量出土文獻,則更是宋儒所不可設想的。因而,在《詩集傳》中,我們可以發現一些由於"文獻不足"而導致誤訓。

比如,《衛風·芄蘭》"童子佩觿"、"童子佩韘",《詩集傳》曰:"觿,錐也。以象骨爲之,所以解結,成人之佩,非童子之飾也。""韘,決也,以象骨爲之,著右手大指,所以鈎弦闓體。鄭氏曰:沓也,即《大射》所謂'朱極三'是也。以朱韋爲之,用以弸沓右手食指、將指、無名指也。"②"觿"字,《毛傳》僅說是"所以解結,成人之佩也",《詩集傳》的"以象骨爲之"實本之於《禮記·內則》注:"小觿,解小結也。觿貌如錐,以象骨爲之。"③清儒姚際恒《詩經通論》已指出朱子言觿、韘"以象骨爲之"有誤:

> "觿",成人佩以解結。上古或用角,故字從角;後以玉爲之。今世有傳者,大小不等,其身曲而末銳,俗名"解錐"。《集傳》謂"象骨爲之",蓋循《禮記注》之誤。……"韘",《毛傳》謂"玦"。按《士喪禮》"纊極二",《大射儀》"朱極三",《詩》言"拾決",大抵一物異名。上古必以韋爲之,故字從韋;後亦用玉。今世有傳者,俗名"指機決",又非所佩之玦也。鄭氏謂"沓,所以弸沓手指",蓋仿佛《儀禮》爲說,然實無沓名也。《集傳》謂"象骨爲之",亦非。又既曰,"韘,決也",復引鄭氏曰,"沓也",發明殊混。④

姚際恒據其所見有玉製的觿、韘駁朱子之"以象骨爲之",甚是,新近從陝西韓城梁代村芮國墓中出土有玉觿,以及一玉鑲金的韘,尤可證姚氏之論。蓋朱子未能見到實物,故有此誤。

---

① 林義光:《詩經通解》,第 181 頁。引文對原標點略有改動。

② [宋] 朱熹撰,朱傑人校點:《詩集傳》,《朱子全書》(修訂本)第 1 冊,第 457 頁。

③ [漢] 鄭玄注,[唐] 孔穎達正義,呂友仁整理:《禮記正義》,第 1115 頁。

④ [清] 姚際恒:《詩經通論》,《續修四庫全書》第 62 冊,第 67 頁。

又如,《王風·黍離》:"彼黍離離,彼稷之苗。"《詩集傳》曰:"黍,穀名,苗似蘆,高丈餘,穗黑色,實圓重。""稷,亦穀也,一名穄,似黍而小。或曰粟也。"①此"或曰"爲郭璞所説。日本的岡元鳳尊朱,亦從其之説,王承略先生認爲此説非是:

> 黍,一年生草本植物,葉綫形,子實淡黄色,稍大於小米,熟後有黏性,可釀酒,做糕。……稷,今稱高粱。朱熹、岡元鳳對黍、稷的解釋不正確。②

這大概是因爲朱子並未能見到實物,僅能據文獻記載而鈔録,故有此誤。

又如,《鄭風·出其東門》曰:

> 出其東門,有女如雲。有女如雲,匪我思存。縞衣綦巾,聊樂我員。
> 出其闉闍,有女如荼。雖則如荼,匪我思且。縞衣茹藘,聊可與娱。

《詩集傳》曰:"如雲,美且衆也。"③《毛傳》曰:"如雲,衆多也。"《鄭箋》改毛曰:"如雲者,如雲從風,東南西北,無有所定。"朱子從《毛傳》,並增添"美"義,而與《鄭箋》之説異。"如雲"一詞在《詩經》中還有3處:

> 《鄘風·君子偕老》:鬒髮如雲,不屑髢也。
> 《齊風·敝笱》:齊子歸止,其從如雲。
> 《大雅·韓奕》:諸娣從之,祁祁如雲。

這三處的"如雲",都可解作"衆多";但若以"衆多"解《出其東門》之"有女如雲",則於義未安。因爲,《詩經》中的"有女",似皆爲單稱,即今語之有個女孩。考"有女"一詞,除本詩3見外,在其他三首詩中尚有7見:

> 《召南·野有死麕》2見:有女懷春,吉士誘之。(一章)有女如玉。(二章)
> 《王風·中谷有蓷》3見:有女仳離,嘅其嘆矣。嘅其嘆矣,遇人之艱難矣。(一章)有女仳離,條其歗矣。條其歗矣,遇人之不淑矣。(二

---

① [宋]朱熹撰,朱傑人校點:《詩集傳》,《朱子全書》(修訂本)第1册,第461頁。
② [日]岡元鳳撰,王承略點校:《毛詩品物圖考》,濟南:山東畫報出版社,2002年,第30頁。
③ [宋]朱熹撰,朱傑人校點:《詩集傳》,《朱子全書》(修訂本)第1册,第479頁。

章)有女仳離,啜其泣矣。啜其泣矣,何嗟及矣!(三章)

《鄭風·有女同車》2見:有女同車,顏如舜華。將翱將翔,佩玉瓊琚。彼美孟姜,洵美且都。(一章)有女同行,顏如舜英。將翱將翔,佩玉將將。彼美孟姜,德音不忘。(二章)

《召南·野有死麕》中,吉士所誘導者,當爲一女,而不可能是衆多女性;《王風·中谷有蓷》中,嘅嘅然歎息遇人不淑者,亦當爲一女;《鄭風·有女同車》中,同車、同行者,即"彼美孟姜",肯定是一女。而細繹《鄭風·出其東門》,特別是其二章之義,似當以指一女爲恰。《孔疏》申毛云:"言我出其鄭城東門之外,有女被棄者衆多如雲。"殊誤。《詩集傳》解本詩一章曰"以爲此女雖美且衆,而非我思之所存"①云云,蓋朱子亦慮及此。但是,其稱此女美則可,稱其衆,則著實不通。曹建國先生説:

> 參之本章"縞衣綦巾"及二章對應文句"美女如荼",知此"雲"實爲"芸"的借字,芸是一種多年生的香草,可以用來驅除蟲蠹,秋後葉則微白像塗抹了一層白色粉末一樣。②

此説可從。其實,這個"雲",在漢石經中正作"芸",見《漢石經集成》32。芸爲香草之名③,荼亦爲草名;若此處作"芸",正與下章相對成文。如芸、如荼,皆可喻指女子之美好。如此看來,前儒所説皆有不確,"有女如雲",即"有女如芸",其義當如《鄭風·野有蔓草》之"有美一人"。朱子因無緣得見漢石經,雖已看出舊注之破綻,却終不得其解。

綜言之,《詩集傳》在訓詁上取得了矚目的成就,但是也有不少誤訓之處。《詩經》畢竟是先秦的典籍,由於語言、文化背景的諸多差異,其中不少詞義後人已經無從知曉。造成《詩集傳》誤訓的原因是很多的,就其大者,主要有誤從毛鄭致誤、以今繩古致誤、不明語法致誤、預設詩旨致誤、不明通假致誤、望文生訓致誤、"文獻不足"致誤等方面。我們在研讀《詩集傳》時必須注意,不能盲從其説。而其中的教訓亦是我們在研讀《詩經》時需要引以爲鑒的。只有對《詩集傳》持這樣的態度,才與朱子治《詩》的學術精神一致。

---

① [宋]朱熹撰,朱傑人校點:《詩集傳》,《朱子全書》(修訂本)第1冊,第479頁。
② 曹建國:《〈詩·采蘋〉"有齊季女"新解》,《詩經研究叢刊》第12輯,北京:學苑出版社,2007年,第318頁。
③ 沈括《夢溪筆談·辨證一》云:"古人藏書辟蠹用芸。芸,香草也,今人謂之'七里香'者是也。"見[宋]沈括著,胡道靜校證:《夢溪筆談校證》,上海:上海古籍出版社,1987年,第130頁。

第六章 附　考

第一節　八卷本《詩集傳》成書於明初考

朱子《詩集傳》是詩經學史上的一部重要著作，其版本問題向爲學者關注。現存《詩集傳》主要有二十卷本、十卷本和八卷本三個版本系統，其中十卷本爲元代所刻，是沒有問題的。但是八卷本産生於何時，與二十卷本之間的關係到底是怎樣的，則有過一些爭議。若僅從現存《詩集傳》版本來入手進行研究，恐無法妥善解決這些爭議。若從注音形式來看，在二十卷本中的注音，大部分都是注反切，只有少數爲注直音；而在八卷本中，則更多的是注直音，二十卷本中所注反切，在八卷本中則大多反映爲直音的形式。一般而言，宋代及以前的古書，其中的注音較多爲注反切；而元代之後至清代的典籍，則更多爲注直音。但這也只是一個大致的情況，不能作爲絶對的區分標準。故拙撰嘗試在已有研究的基礎上，對八卷本成書於明代説提供若干補證，並對其成書具體時間作一推測，希望可以對相關研究有所裨益。

一、《詩集傳》的二十卷本與八卷本之爭

《詩集傳》二十卷本和八卷本的問題，前人目録書中已多有言及，如《四庫總目》認爲：“《宋志》作二十卷，今本八卷，蓋坊刻所併。”①但大多並未明言八卷本的成書時間。又如，陸心源《皕宋樓藏書志》中載該書有明正統内府刊本，其中録無名氏手跋云：“朱子《集傳》二十卷，與《毛傳》同，明監本併爲八卷，遂相沿襲。不知有二十卷之舊，此本當是明神宗以前舊刊，是可寶也。甲

---

① ［清］紀昀等著，四庫全書研究所整理：《欽定四庫全書總目》（整理本），第 192 頁。

戌仲秋廿八日記。"①而《文獻》雜志對北京圖書館(今國家圖書館)藏南宋大字本《詩集傳》二十卷予以介紹,説"此書(按:指《詩集傳》)自元延祐定科舉法,用以取士,遂有元延祐重刻本,流傳至廣,坊間翻刻本始多,併二十卷爲八卷,並删去詩序辨説不載"云云,②則認爲八卷本成書於元代延祐時期或以後。汪業全先生《叶音研究》則通過對八卷本和二十卷本中叶音資料的對比研究,認爲"八卷本晚出,可能是宋元以後'坊間'所併"③。吕藝先生認爲:"據南宋陳振孫《直齋書録解題》卷二,王應麟《玉海》卷三八《藝文》部及《宋史·藝文志》,《詩集傳》的宋本都爲二十卷。元代的十卷本,當已是後人所更改;至於八卷本,明代始有出現,蓋'坊間妄併'也。"④但也有學者提出了不同看法。糜文開先生《詩經朱傳經文異字研究》認爲:"朱子甲辰年五十五歲廢《小序》的《集傳》是二十卷本,甲寅年六十五歲以後的更定本,則是八卷本。"⑤左松超先生《朱熹論〈詩〉主張及其所著〈詩集傳〉》接受了糜氏的這個意見。⑥ 而他在另一篇文章《朱熹〈詩集傳〉二十卷本和八卷本的比較》中,又提供了三則補證。⑦ 左氏的看法後來遭到朱師傑人先生的質疑。朱師《論八卷本〈詩集傳〉非朱子原帙,兼論〈詩集傳〉之版本——與左松超先生商榷》一文詳細地比較、分析了《詩集傳》的八卷本和二十卷本的異同,並對《詩集傳》諸宋本進行辨析,再考察宋元明各官私目録的著録及其分卷的内在邏輯性,認爲八卷本《詩集傳》"是一個明代人改纂的本子",並對八卷本爲何出現於明代的原因提出了三點參考意見。⑧ 其文甚辯,這個結論已經爲學界廣泛接受。如牟玉亭先生《〈詩集傳〉的三個版本》就直接引用朱師傑人先生此文的觀點,⑨包麗虹先生的博士學位論文《朱熹〈詩集傳〉文獻學研究》中有專章討論其版本問題,並參照朱師傑人先生的相關意見,提出八卷本《詩集傳》是"明中葉以後的坊刻本"所併。⑩而馬丹先生的碩士學位論文《〈詩集傳〉八卷本音系研究》則通過對八卷本音系的對比研究,提出了另外一種看法:"八卷本(音系)要晚於二十卷本,而又早於《中原音韻》",並進而提出:

---

① [清]陸心源:《皕宋樓藏書志》,《清人書目題跋叢刊》一,北京:中華書局,1987年,第55下頁。
② 不題撰人:《〈宋大字本詩集傳〉二十卷》,《文獻》,1979年第1期,第111頁。
③ 汪業全:《叶音研究》,長沙:嶽麓書社,2009年,第301頁。
④ 吕藝:《清及近代傳世〈詩集傳〉宋刊本概述》,《文獻》,1984年第4期,第38頁。
⑤ 糜文開:《詩經朱傳經文異字研究》,糜文開、裴普賢:《詩經欣賞與研究》第三册,臺北:三民書局,1982年,第706頁。
⑥ 左松超:《朱熹論〈詩〉主張及其所著〈詩集傳〉》,《孔孟學報》第55期,1988年,第81頁。
⑦ 左松超:《朱熹〈詩集傳〉二十卷本和八卷本的比較》,高雄師範學院國文研究所編:《高仲華先生八秩榮慶論文集》,1988年,第128—129頁。
⑧ 朱傑人:《朱子學論集》,第286—287頁。
⑨ 牟玉亭:《〈詩集傳〉的三個版本》,《詩經研究叢刊》第2輯,北京:學苑出版社,2002年,第188—197頁。
⑩ 包麗虹:《朱熹〈詩集傳〉文獻學研究》,浙江大學博士學位論文,2004年,第5頁。

通過我們的比較爲臺灣左松超先生認爲"八卷本是朱子的最後定本"這一觀點提供了部分佐證材料。從八卷本音注材料的情況看,其在南宋時期應該是已經存在了。①

綜上可知,目前學界都認爲八卷本《詩集傳》是在二十卷本之後產生的,但對八卷本的具體產生時間還存在爭議:或認爲明代;或認爲明代中葉;或認爲元代延祐以後;或認爲八卷本也是南宋末產生的,是朱子的最後定本。

二、八卷本《詩集傳》宋元時期尚未產生

衆所周知,《詩集傳》八卷本和二十卷本的差異主要表現在注音上,對這兩個版本中注音材料的對比考察,是我們分析其版本的一個重要手段。前揭朱師傑人先生鴻文就運用了這個方法,來論定八卷本非朱子生前手定,很有説服力。其實,除了將《詩集傳》兩個版本之間差異進行對比分析外,我們還可以將朱子的其他著作中有相同內容的部分加以對比,還可以將元明時期輔翼《詩集傳》著作中的注音材料與《詩集傳》進行對比。

朱子平生於《四書》用力最深,撰成《四書章句集注》。在《四書》中,有引用《詩經》句子的地方,朱子對《四書》中這些句子的注音可以作爲一個重要參照。在元明時期衆多輔翼《詩集傳》的著作中,元代胡一桂的《詩集傳附錄纂疏》是體例比較特別的一部。該書主要由三部分組成:先列朱子《詩集傳》原文,再加上"附錄"和"纂疏"。該書初刻本可看作《詩集傳》的一個元刻本,故也可作爲我們的一個重要參照。所以,將朱子《四書章句集注》對這些句子的注音與《詩集傳》的二十卷本和八卷本中注音以及《詩集傳附錄纂疏》中的注音加以對照、比較,必然有助於我們認定二十卷本和八卷本何爲朱子最終定本。

比如,《大學》中引《詩經·衛風·淇奧》中"瞻彼淇澳,菉竹猗猗。有斐君子,如切如磋,如琢如磨。瑟兮僴兮,赫兮喧兮。有斐君子,終不可諠兮。"我們將朱子《大學章句》中的注音、二十卷本和八卷本《詩集傳》以及元胡一桂《詩集傳附錄纂疏》元刻本相對照,②列表如下:

---

① 馬丹:《〈詩集傳〉八卷本音系研究》,河北師範大學碩士學位論文,2009年,第62頁。
② 《大學章句》,徐德明校點《四書章句集注》本,《朱子全書》(修訂本)第6冊,第19頁;同時參考《新編諸子集成》點校本,北京:中華書局,1983年,第5—6頁。二十卷本《詩集傳》,朱傑人校點本,《朱子全書》(修訂本)第1冊,第450頁;同時參考臺灣影"中央圖書館"藏元刻本,臺北:臺灣藝文印書館,2006年;《朱子著述宋刻集成》影宋本,上海:華東師範大學出版社,2011年。八卷本《詩集傳》,影《四庫薈要》本,第27上頁;同時參考影《四庫全書》本,上海:上海古籍出版社,1987年。《詩集傳附錄纂疏》,元泰定丁卯年(1327)建安劉君佐翠岩精舍刊本。

《大學章句》	二十卷本《詩集傳》	八卷本《詩集傳》	《詩集傳附錄纂疏》
澳,於六反。	奧,於六反。	奧,音與鬱同。	奧,於六反。
猗,叶韻音阿。	猗,於宜反,叶於何反。	猗,音醫,叶於何反。	猗,於宜反,叶於何反。
僩,下版反。	僩,退版反,下同。	僩,音限。	僩,退版反。
喧,《詩》作咺;諼,《詩》作諼;並況晚反。	咺,況晚反,下同。諼,況元反,叶況遠反;下並同。	咺,況晚反。諼,音喧。叶況遠反。	咺,況晚反。諼,況元反,叶況遠反。

這裡的《大學章句》,所據底本是宋當塗郡齋刻本;二十卷本《詩集傳》是以《四部叢刊三編》影日本靜嘉文庫本爲底本;而八卷本《詩集傳》則是據影《四庫薈要》本。從這五條注音來看,《大學章句》有四則反切,一則直音;二十卷本《詩集傳》五則均爲反切,而八卷本則僅有一則爲反切,其餘四則均爲直音。很明顯,與二十卷本《詩集傳》和《詩集傳附錄纂疏》相比,八卷本《詩集傳》同《大學章句》的差異要大。朱子臨終前還在修改《大學·誠意章》,若以八卷本爲朱子生前最終定本,顯然是不合理的。我們再比較《大學章句》與二十卷本的三個不同之處:1.阿,《廣韻》烏何切,《詩集傳》"於何反",二音之反切下字相同,而烏、於又同爲影母字,故二者音切相同。2."下版反",下爲匣母字,《廣韻》胡雅切;"退版反",退也是匣母字,《廣韻》胡加切。二者聲紐相同,反切下字亦同,可見二者音切相同。3."況晚反",晚,《廣韻》無遠切,故與"況遠反"音同。其實,這三處只是用字不同,其讀音還是一樣的。

而我們再細緻分析《四書章句集注》中對引用的《詩》句注音的其他例子,也同樣可以得出這個結論。同時,一些音韻學學者對八卷本《詩集傳》注音有比較深入的研究,如:張民權先生《朱熹詩集傳的修訂及其叶音考異》考證八卷本中叶音非朱子之孫朱鑑所損益。[1] 汪業全先生《叶音研究》也說:"兩個本子的音叶、叶韻有的呈現出截然相反的語音特徵。"[2]也就是說,從所注叶音的實際語音面貌來看,八卷本《詩集傳》當非宋代產生的。

此外,《詩集傳附錄纂疏》的注音與二十卷本同,惟省去"下同"、"下並同"等字樣而已;却與八卷本不同。事實上,元代其他輔翼《詩集傳》的著作,如劉瑾《詩傳通釋》、余謙《詩集傳音考》、羅復《詩集傳名物鈔音釋輯纂》也和胡一桂《詩集傳附錄纂疏》相同,都是照錄二十卷本之音。若八卷本是朱子生前定本,元人沒有理由不照錄八卷本而去錄二十卷本的注音。而這也同時可以説

---

① 劉麗文等主編:《古代語言現象探索》,北京:北京廣播學院出版社,2003年,第11—12頁。
② 汪業全:《叶音研究》,第301頁。

明,八卷本《詩集傳》也不是元代產生的。包麗虹先生博士學位論文《朱熹〈詩集傳〉文獻學研究》的第一章《朱熹〈詩集傳〉版本研究》,對朱子《詩集傳》諸多版本有過細緻考察。① 結合她的考察,特別是元代的十卷本注音與宋代的二十卷本同,而與八卷本不同,我們也可推斷,這個注音不同的八卷本不會產生於元代。

因此,我們可以斷定,八卷本《詩集傳》並非南宋時期刊刻,絕不可能是朱子所手定,也不會是元代產生的。

三、八卷本《詩集傳》成書於明代初年

上文已經解決了八卷本非朱子手定,也不是元代產生的問題,而現存最早的八卷本《詩集傳》是明代中葉的,而其具體成書時間是在明初還是明代中葉則無法確定。因此,我們還需要借助於其他材料從外部來入手考察。

(一) 基於胡一桂《詩集傳附錄纂疏》的考察

元代輔翼《詩集傳》的不少原為二十卷本的著作,在明代都出現了八卷本,這是八卷本《詩集傳》出現的一個重要參照。因為從情理上來講,這種輔翼《詩集傳》的著作的分卷應該與《詩集傳》本身的分卷保持一致。也就是說,如果沒有八卷本《詩集傳》的出現,這些著作理論上是不會出現八卷本的。

而經過對現有文獻的考察,我們發現胡一桂《詩集傳附錄纂疏》的八卷本於明初出現,時間最早。前文已經提及《詩集傳附錄纂疏》的特殊性。該書初刻本為二十卷,元泰定丁卯年(1327)建安劉君佐翠岩精舍刊,現藏國家圖書館。查中華書局影印本《宋元明清書目題跋叢刊》,最早著錄八卷本《詩集傳附錄纂疏》的為明憲宗(1465—1487)時人錢溥所錄《秘閣書目》。② 而該書明代尚有一個鈔本,現僅存第八冊,藏復旦大學圖書館,卷端題名為《詩集傳纂疏》,為高燮舊藏。③ 該殘鈔本卷端頁題“詩集傳纂疏卷第八　頌四”,所鈔內容自《清廟》篇始,至《殷武》篇終,可見這個鈔本是八卷本,且與八卷本《詩集傳》卷八的篇目相同。該鈔本後何英所作的序中則言明其出現時間,故不嫌

---

① 包麗虹:《朱熹〈詩集傳〉文獻學研究》,浙江大學博士學位論文,2004 年,第 4—35 頁。
② [明] 錢溥:《秘閣書目》,《宋元明清書目題跋叢刊》四,北京:中華書局,2006 年,第 221 頁。
③ 此鈔本著錄為胡一桂《詩集傳纂疏》,但檢視其內容,與胡一桂《詩集傳附錄纂疏》不同。書中鈐高燮之印,但高氏《吹萬樓所藏詩經目錄》並未著錄此書名(李萬建、鄧詠秋編:《民國時期私家藏書目錄叢刊》第 10 冊,北京:國家圖書館出版社,2012 年)。承余友吳嬌見告,此本與上海圖書館所藏的題名羅復《詩集傳名物鈔音釋纂疏》係同一部書,但均名實不符,內容當是一個八卷本《詩集傳》音釋的彙編。關於該書實際情況,仍有詳細考察的必要,不過,不管該書是何書,其性質與劉瑾、胡一桂、羅復等人著作相同,皆是輔翼《詩集傳》之作,故並不影響本文的結論。

其煩,將其全文迻錄於下:

> 《纂疏》説《周頌·維天有命》一章之旨,其疏發言外之意,了然明白,復請曰於《集傳》,皆得如此章,以發其所未發,以惠天下學者,豈非斯文之幸與?時先生以特恩授校官得正,日纂月注,以成其書,名曰"詩傳纂疏",凡典體之作,語意呼應,尤切究心焉。然學者悦慕,雖相傳録,終亦罕睹。永樂己酉,先師宗兄世載游書林,至葉君景達家,因閲是書。景達致書來請梓。歲丁酉,英侍先師館於葉氏廣勤堂,參校是書,録之稿成,未就鋟刻,先生還旆考終。正統庚申,景達書來囑英曰:"所纂疏輯録,其遺稿數卷不存,願爲補葺而□[壽]諸梓。"英竊慮其所遺忘,恐成湮没,況景達欲廣惠愛之仁,故不揆淺陋,敬取付梓是編。諸同門友以表達先正斯文之德,昭際盛代文明之治,尚得與四方諸君子共之,是所願也。正統歲在辛酉三月何英序。①

何英之序,作於正統辛酉年(1441),其中言及其先師宗兄何世載在葉景達家見到胡一桂的《詩集傳附録纂疏》。按永樂(1403—1424)無己酉年,唯有乙酉年,故此當作乙酉,即永樂三年(1405)。但是,我們尚不能確定其所讀的這個本子是八卷本還是二十卷本。而該序中又言及丁酉年(1417)何英隨何世載在葉景達廣勤堂校勘此書,稿成但並未刻板,何世載就過世了。他們所録之稿本,當即此八卷本《詩集傳附録纂疏》。

因此,我們據這個明殘鈔本《詩集傳纂疏》,可以推測八卷本《詩集傳》的産生時間應該在明初,準確地説,即永樂十五年(1417)之前。

(二) 基於明代科舉程式的考察

既然八卷本《詩集傳》産生於明初,那麽我們不得不回到朱師傑人先生的觀點上來。前文提及,朱師《論八卷本〈詩集傳〉非朱子原帙,兼論〈詩集傳〉之版本——與左松超先生商榷》對八卷本爲何出現於明代的原因未及深入研究,但提出了三點參考意見。朱師的第一個意見説:"在明代出現八卷本,恐怕與當時的科舉制度有關。"②因此,我們有必要對於明代科舉程式加以考察。

《明史·選舉志二》載:

> 初設科舉時,初場試經義二道……後頒科舉定式,初場試《四書》義

---

① [元]胡一桂:《詩集傳纂疏》,復旦大學圖書館藏明鈔本。
② 朱傑人:《朱子學論集》,第287頁。

三道，經義四道。……《詩》主朱子《集傳》……永樂間，頒《五經四書大全》，廢注疏不用。①

考《明史・太祖本紀》載，洪武十七年(1384)"三月戊戌朔，頒科舉取士式"②，當爲此年開始以《詩》主朱子《詩集傳》。而之前洪武三年(1370)初設科舉時，則並非如此。

永樂年間頒《詩傳大全》作爲科舉考試中《詩經》的"教科書"，且廢注疏不用。關於《詩傳大全》的纂修時間，陳恒嵩先生《〈五經大全〉纂修研究》據《明太宗實録》，認爲：

> 《詩傳大全》是明成祖在永樂十二年(1414)十一月甲寅下詔纂修，完成於永樂十三年(1415)九月己酉，永樂十五年(1417)三月己未由内府刊刻竣工，頒給六部並與兩京國子監及天下郡縣學。③

而《明史・金幼孜傳》則曰："(永樂)十二年命與廣、榮等纂《五經四書性理大全》。"④《明史・列傳第二百十四》又曰：

> 永樂十三年遣使貢麒麟。將至，禮部尚書吕震請表賀，帝曰："往儒臣進《五經四書大全》，請上表，朕許之，以此書有益於治也。麟之有無，何所損益，其已之。⑤

可見，二者時間完全吻合。

洪武十七(1384)年頒科舉定式後，學子必定會對朱子《詩集傳》大加關注。由於明代語音較宋末已有變化，坊間出現改動注音本的《詩集傳》，以應付學子需要，自然是符合情理的。《詩經大全》雖然大致是將元代劉瑾的《詩傳通釋》改頭換面，鈔撮而成，相當於《詩集傳》的一個注本，但是爲了應付科舉考試的需要，永樂十五年(1417)將其頒布天下後，學子對《詩集傳》的關注肯定大不如前。按理説，坊間對《詩集傳》的關注度也會下降，所以，此後才出現八卷本《詩集傳》的可能性較小。因此，我們可以推斷，八卷本《詩集傳》應當產生於洪武十七年(1384)到永樂十五年(1417)之間。

① ［清］張廷玉等：《明史》，北京：中華書局，1974 年，第 1694 頁。
② ［清］張廷玉等：《明史》，第 41 頁。
③ 陳恒嵩：《〈五經大全〉纂修研究》，臺北：花木蘭文化出版社，2009 年，第 116 頁。
④ ［清］張廷玉等：《明史》，第 4126 頁。
⑤ ［清］張廷玉等：《明史》，第 8451 頁。

(三) 基於目録學角度的考察

朱師傑人先生在前揭《論八卷本〈詩集傳〉非朱子原帙,兼論〈詩集傳〉之版本——與左松超先生商榷》一文中指出:

> 八卷本《詩集傳》最早的著録,出現在明代,焦竑《國史經籍志》卷二:"《詩集傳》八卷。"焦竑乃萬曆時人。而現在可知的最早的《詩集傳》八卷本刻本爲明"巡按福建監察御史吉澄校刊"本。據黄永年先生考證乃嘉靖年間蘇州刻本。①

從包麗虹先生博士學位論文所列歷代文獻對《詩集傳》的著録亦可得知,焦竑《國史經籍志》著録了八卷本《詩集傳》,之前元人馬端臨《文獻通考·經籍考》、脱脱《宋史·藝文志》,明楊士奇的《文淵閣書目》都没有八卷本《詩集傳》的著録。而通過翻檢《宋元明清書目題跋叢刊》,未見八卷本《詩集傳》出現於元代目録書的著録,而是最早出現於明代高儒所編《百川書志》,②此書於1540年編成。其後,朱睦㮮《萬卷堂書目》中亦有八卷本《詩集傳》的著録,③此書初編於1570年,其後不斷有增補。正統(1436—1449)年間,楊士奇所修《文淵閣書目》是據文淵閣藏書編制而成,其中未録八卷本《詩集傳》,但並不影響我們的觀點:八卷本《詩集傳》産生於明初。

所以,從現有目録書來看,八卷本《詩集傳》不會出現於元代;而拙撰提出的其應當産生於明代初年的觀點,則是没有問題的。

(四) 基於音韻學角度的考察

相關研究表明:八卷本《詩集傳》中還保留有入聲④。但是,我們知道在《中原音韻》中,入聲已經完全消失。馬丹先生據此認爲八卷本《詩集傳》的産生要早於《中原音韻》,進而推斷八卷本的音系當早於元代音,當屬於宋代語音,這其實是不合實際的。

元人周德清《中原音韻·正語作詞起例》説:"入聲派入平上去三聲者,以廣其押韻,爲作詞而設耳。然呼吸言語之間,還有入聲之别。"⑤王力先生《漢

---

① 朱傑人:《朱子學論集》,第284頁。
② [明] 高儒:《百川書志》,《宋元明清書目題跋叢刊》四,第771頁。
③ [明] 朱睦㮮:《萬卷堂書目》,《宋元明清書目題跋叢刊》四,第580頁。
④ 一般認爲,入聲有入聲調和入聲韻的區别,但自民國以來,一直有學者認爲"入聲非聲",即入聲當屬韻類,而非調類。見夏中易:《入聲獻疑》,成都:巴蜀書社,2009年,第1—4頁;此書亦認同"入聲非聲",並對此問題有深入探討,可參看。本書作者雖偏向於認同"入聲非聲",但無意於就此做任何爭論,故而此處用的"入聲"這一概念,兼指學界通常所謂的入聲調和入聲韻而言。
⑤ [元] 周德清輯:《中原音韻》,臺北:藝文印書館,2008年,第74頁。

語語音史》通過考察元曲中的押韻情況,認爲元代無入聲韻和入聲調,並對他人認爲元代有入聲調存在的觀點加以否定。[①]　而李新魁先生談《中原音韻》時,認爲"不能認爲當時的中原共同語真的没有入聲",同時,又例舉元明清時期多家之説,以論定當時"實際上尚有入聲"。[②]　可見,《中原音韻》時期的實際語音面貌還存在爭議,而且這個爭議廣泛存在於審音派與考古派之間。因此,我們分析語音現象時,至少要對《中原音韻》的語音面貌和《中原音韻》時代的實際語音面貌這兩個概念要有所區分,並適當考慮其間差異。而馬丹先生碩士學位論文中並未加以區分,則顯然是不合適的,其結論的可靠性也就很值得懷疑。

此外,明代洪武八年(1375)始修的《洪武正韻》,方以智《通雅》説它"本高安而存入聲"。周德清是江西高安人,這裡的"高安",即周德清的代稱。也就是説,《洪武正韻》本之於周德清的《中原音韻》,而保存了入聲。本來,南方音系舒化程度較北方緩慢,朱元璋定都南京,《洪武正韻》中保存入聲當是爲了和當時的雅言或南方實際語音保持一致。既然《洪武正韻》中仍有入聲,這也就使得産生於洪武至永樂年間的八卷本《詩集傳》中尚存入聲的現象得到了合理的解釋。

汪業全先生《叶音研究》認爲"八卷本的一些音叶反映了更積極的語音現象,有的很可能是元代音。"[③]明初與元代時代相接,其語音面貌不應當有多大差異,故而認爲其爲元代音和認爲其爲明初音,其實質並無二致。因此,也不能據以否定拙撰中所提出的觀點。

四、結　論

八卷本《詩集傳》的産生時間問題一直有爭議。朱師傑人先生曾撰文《論八卷本〈詩集傳〉非朱子原帙,兼論〈詩集傳〉之版本——與左松超先生商榷》,力證八卷本《詩集傳》産生於明代。此説甚是,故拙撰嘗試爲朱先生之説提供補證。一部題爲《詩集傳纂疏》的輔翼朱子《詩集傳》之作在明初的 1417 年出現了一個八卷本,拙撰據以推測八卷本《詩集傳》的出現不會晚於此書,也就是説八卷本《詩集傳》應該是 1417 年以前出現的。而從明代科舉考試指定用書的角度來考察,我們更可推定八卷本《詩集傳》很可能是在 1384——1417 年這段時間内出現的。進而從目録學和音韻學角度進

①　王力:《漢語語音史》,第 359—433 頁。
②　李新魁:《中古音》,北京:商務印書館,1991 年,第 167—171 頁。
③　汪業全:《叶音研究》,第 301 頁。

行考察,這一系列的證據鏈,使我們完全有理由排除其他可能性,而相信這個結論。

因此,我們可以说,八卷本《詩集傳》當産生於明初,而且很可能就是産生於洪武十七年(1384)到永樂十五年(1417)年間。

第二節 《四庫總目》對《詩集傳》的批評述論

《四庫總目》是目録學上的一部巨著,雖是官修書目,難免受到一些政治因素的干擾,但是其學術價值仍不容小覷,所以向爲學者所重視。不過,在其經部《詩》類的一些提要中,對《詩集傳》作出了一些並不符合實際的批評。而《詩集傳》開啓詩經宋學,同時又上承詩經漢學,下啓詩經清學,故《四庫總目》的這些批評無論是對於《詩集傳》的研究,或是《四庫總目》的研究與利用,還是對於當代撰寫學術史,特別是詩經學史來説,都不可忽視。下文嘗試勾稽《四庫總目》對《詩集傳》作出的失當批評,並探討其原因,同時就此對《四庫總目》的利用價值作一簡要分析。

一、《詩集傳》提要對《詩集傳》的批評

《四庫全書》系列爲《詩集傳》所作的總目或提要,至少有"簡本"和"繁本"兩個系統。

《四庫全書薈要》本《詩經集傳》前所附之提要作於乾隆四十年(1775),僅208字,本文姑且稱之爲"簡本"。文溯閣本《詩經集傳》提要署乾隆四十七年(1782)四月,文津閣本《詩經集傳》前所附之提要署乾隆四十九年(1784)七月,而内容皆與《四庫薈要》本同。《四庫薈要》本提要的内容爲:

> 臣謹案:《詩經集傳》八卷,宋朱子撰。《宋·志》作二十卷,《文獻通考》於《集傳》外,尚有《詩序辨説》一卷,統爲二十一卷。今本既不載《序辨説》,而卷數復不符。朱子嘗自謂少年淺陋之説,久而有所更定。陳振孫云:"江西所刻晚年本,得於南康胡泳伯量,較之建安本,更定幾什一。"此卷帙所由不同歟? 第未知此所傳者竟何本也。朱子説《詩》,盡去二《序》,而集中有"廣青衿之疑問"句,却用《序》説。後人惑之。要其涵濡諷詠,務得性情之正,此固律世之大防已。其叶韻,則其孫承議郎鑑取吳棫所著《毛詩補音》之説入之。後儒不察,以爲亦朱子所采,又以爲取諸

《韻補》，皆非也。乾隆四十年十月恭校上。①

　　這個提要中並未直接批評《詩集傳》，而只是間接點出朱子《詩》說中的自相矛盾之處：《小序》以《鄭風・子衿》篇爲"刺學校廢也"。朱子既主張去《序》言《詩》，《詩序辨説》於此有辨曰："疑同上篇，蓋其辭意儇薄，施之學校，尤不相似也。"而在《詩集傳》中，朱子則直以此篇爲"淫奔之詩"②。而其在之後所作的《白鹿洞賦》中，有"廣青衿之疑問，樂菁莪之長育"句，却仍然從《小序》之説。這個問題已早爲學者注意，直至今日仍有學者以此詬病朱子。其實，《白鹿洞賦》爲朱子所作之文，"青衿"爲化用典故，作文與解經不同，故其用典時仍用《小序》之義而解經時有他説是並不矛盾的。

　　據上海古籍出版社影文淵閣本《四庫全書》，全書前所附之《詩集傳》提要亦僅 267 字，且與《四庫薈要》本提要內容不盡相同。而今所見文淵閣本《四庫全書》所收之《詩經集傳》前所附提要，則就此而擴充至大約 1200 字，故本文姑稱之爲"繁本"。"繁本"所擴充的內容，主要是糾正八卷本中的經文訛異和傳文訛異。這個"繁本"提要作於乾隆四十二年（1777）十月，乾隆五十四年（1789）首次刊刻的《四庫總目》中所收《詩集傳》提要與之同。今檢天津圖書館所藏紀昀手批《四庫總目》稿，《詩集傳》之提要缺而不見，③故於其改動細節暫不得而知。而較之《四庫薈要》本《詩集傳》提要，其間改動處主要有四個方面：一是八卷本《詩集傳》的來源問題："簡本"傾向於認爲二十卷本和八卷本均爲朱子手定，但不知八卷本具體源自何本；而"繁本"則認爲是坊刻所併，並未説明合併的具體時間。二是"繁本"增録了八卷本中經文訛異二十六條，傳文訛異二十一條；而"簡本"中並無。三是"簡本"以爲《詩集傳》中所注叶韻爲朱子之孫朱鑑取吳棫《詩補音》所爲；而"繁本"則改稱爲朱子取吳棫《詩補音》，其孫朱鑑有所增損。四是特別提出《詩集傳》叶韻有誤，且已被史榮《風雅遺音》辨正。

　　史榮《風雅遺音》，曾經紀昀審定，以《審定風雅遺音》爲名行世。其間對《詩集傳》所注叶韻之非，加以辯駁。而實際上，該書誤據當時通行八卷本《詩集傳》，這已經爲朱師傑人先生《論八卷本〈詩集傳〉非朱子原帙，兼論〈詩集傳〉之版本——與左松超先生商榷》所指出：

①　〔宋〕朱熹：《詩經集傳》，影《四庫薈要》本，第 5 頁上。"已"，文津閣本作"也"。又，文津閣本爲"乾隆四十九年七月恭校上"。
②　〔宋〕朱熹撰，朱傑人校點：《詩集傳》，《朱子全書》（修訂本）第 1 冊，第 372、478 頁。
③　〔清〕永瑢，紀昀等：《紀曉嵐刪定〈四庫全書總目〉稿本》，北京：國家圖書館出版社，2011 年。

史、紀二位所指摘的《詩集傳》音切之誤，竟然絶大多數(76％)是八卷本妄改二十卷本所致，而史、紀所作的正確音切，又往往恰恰與二十卷本吻合。[①]

可見，《四庫總目》對《詩集傳》所注叶韻的批評，確有未安之處。而《四庫總目》以朱子的廢《序》言《詩》是因欲故意與吕祖謙立異而爲之，此已爲余嘉錫先生《四庫提要辨證》所駁，[②]亦不贅論。

"繁本"中所特別增加的經文訛異 26 條，傳文訛異 21 條，共 47 條，都是對《詩集傳》的批評。不嫌其煩，現分别録之於下，並作適當述評。首先看看經文訛異的部分：

> 其間經文訛異，馮嗣京所校正者，如《鄘風》"終然允臧"，然誤焉；《王風》"牛羊下括"，括誤栝；《齊風》"不能辰夜"，辰誤晨；《小雅》"求爾新特"，爾誤我；"朔月辛卯"，月誤日；"胡然厲矣"，然誤爲；"家伯維宰"，家誤冢；"如彼泉流"，泉流誤流泉；"爰其適歸"，爰誤奚；《大雅》"天降滔德"，滔誤慆；"如彼泉流"，亦誤流泉；《商頌》"降予卿士"，予誤于。凡十二條。陳啓源所校正者，《召南》"無使尨也吠"，尨誤厖；"何彼襛矣"，襛誤穠；《衛風》"遠兄弟父母"，誤"遠父母兄弟"；《小雅》"言歸斯復"，斯誤思；"昊天大憮"，大誤泰；《楚茨》"以享以祀"，享誤饗；"福禄脿之"，脿誤(脿)[媲]；"畏不能趨"，趨誤趍；"不皇朝矣"，皇誤遑下二章同；《大雅》"淠彼涇舟"，淠誤淠；"以篤于周怙"，脱于字；《周頌》"既右饗之"，饗誤享；《魯頌》"其旗茷茷"，誤茷[茷]；《商頌》"來格祁祁"，誤祈[祈]。凡十四條。[③]

《四庫總目》作"馮嗣京"誤，當爲馮復京，其字爲嗣宗。馮氏之説見氏著《六家詩名物疏》卷二十二"辰"字條下，陳氏之説見氏著《毛詩稽古編》卷二十九《集傳疑誤》。而檢視《朱子著述宋刻集成》中的影宋本二十卷本《詩集傳》、藝文印書館影"中央圖書館"藏元刻本，並參照朱師傑人先生的校點本，我們可以發現，馮氏和陳氏所校正的所謂錯訛，大多亦不存在。馮氏所列十二條中，只有兩條説對了：《大雅・蕩》"天降滔德"，《詩集傳》誤作"天降慆德"；《商頌・

---

① 朱傑人：《朱子學論集》，第 270 頁。
② 余嘉錫：《四庫提要辨證》，北京：中華書局，2007 年第 2 版，第 37 頁。
③ ［清］紀昀等著，四庫全書研究所整理：《欽定四庫全書總目》（整理本），第 193 頁。引文對原標點略有改動。"媲"據浙本、粤本《四庫總目》改；脱文據文淵閣本《四庫全書》及浙本、粤本《四庫總目》補。

長發》"降予卿士"，《詩集傳》誤作"降于卿士"。《小雅·四月》"爰其適歸"，朱子以小字夾注點明《孔子家語》中"爰"作"奚"，這屬於校勘，其原因前文已述，兹不贅論。至於《小雅·十月之交》的"家伯維宰"，《詩集傳》二十卷本作"家伯爲宰"，雖是錯誤的，但並不是馮氏所謂的"家誤冢"；八卷本則作"家伯冢宰"。陳氏所列的十二條，亦有大半並不存在，只有五條説對了：《小雅·我行其野》"言歸斯復"，《詩集傳》誤作"言歸思復"；《小雅·楚茨》"以享以祀"，《詩集傳》誤作"以饗以祀"；《小雅·巧言》"昊天大憮"，《詩集傳》"大"誤作"泰"；《小雅·漸漸之石》"不皇"，《詩集傳》三章皆誤改爲"不遑"；《周頌·我將》"既右饗之"，《詩集傳》誤作"既右享之"。

朱子言及自己對經文文本的改動時説："某所改經文字者，必有意，不是輕改，當觀所以改之之意。"（節。）①從朱子勘正《毛詩》文本的情況來看，確實如此，儘管其中亦難免有誤。而通觀《詩集傳》，其間所作的每一處改動，朱子必有所説明，即使如《周南·漢廣》篇"不可休息"，《韓詩》作"思"顯然更恰，而朱子卻僅在夾注中點出，並未徑改經文，可見朱子對改動經文的審慎態度。這八條改動，朱子在《詩集傳》中並未作任何説明，可見，其間可能另有隱情。檢視《四庫全書·經部·詩類》諸文獻，我們可以發現：蘇轍《詩集傳》、王質《詩總聞》、林岊《毛詩講義》等均誤作"天降慆德"；范處義《詩補傳》、王質《詩總聞》、吕祖謙《吕氏家塾讀詩記》、林岊《毛詩講義》、楊簡《慈湖詩傳》等均誤作"降于卿士"；誤作"家伯冢宰"者，有蘇轍《詩集傳》、王質《詩總聞》、范處義《詩補傳》、吕祖謙《吕氏家塾讀詩記》等；范處義《詩補傳》、吕祖謙《吕氏家塾讀詩記》等誤作"言歸思復"；范處義《詩補傳》等誤作"以饗以祀"；蘇轍《詩集傳》、《毛詩李黄集解》、范處義《詩補傳》、王質《詩總聞》、吕祖謙《吕氏家塾讀詩記》、林岊《毛詩講義》、楊簡《慈湖詩傳》、嚴粲《詩緝》等誤作"昊天泰憮"；范處義《詩補傳》等誤作"不遑"；蘇轍《詩集傳》、林岊《毛詩講義》誤作"既右享之"。朱子嘗在臨漳刊刻《詩經》，於經文有所校勘，可見宋代時，《詩經》文本錯訛已有，尤其是坊刻出現，則使得錯訛更多。如此，我們可以推知，朱子《詩集傳》中經文之誤，蓋由俗本而致，並非朱子主觀上的妄意改動。

再來看看《四庫總目》對《詩集傳》傳文訛異的批評：

又傳文訛異，陳啓源所校正者，《召南·騶虞》篇"豝，牝豕也"，牝誤牡；《終南》篇"黻之狀亞，象兩弓相背"，亞誤亞，弓誤已；《南有嘉魚》篇"鯉質鱒鱗"，鱗誤鯽，又衍肌字；《甫田》篇"或耘或耔"，引《漢書》"苗生葉

①　［宋］黎靖德輯，鄭明等校點：《朱子語類》，《朱子全書》（修訂本）第 17 册，第 3446 頁。

以上",脱生字;"隤其上",誤"遺其上";《頍弁》篇"賦而比也",誤增"興又"二字案此輔廣《詩童子問》所增;《小宛》篇"俗呼青雀",雀誤觜;《文王有聲》篇"減,成溝也",成訛城;《召旻》篇"池之竭矣"章,比也,誤作賦;《閔予小子》篇引《大招》"三公穆穆",誤"三公揖讓";《賚》篇"此頌文王之功",王誤武;《駉》篇"此言魯侯牧馬之盛",魯侯誤僖公。凡十一條。史榮所校正者,《衛風·伯兮》篇"《傳》曰:女爲悦己者容",己下脱者字;《采葛》篇"蕭,荻也",荻誤荻;《唐風·葛生》篇"域,營域也",營誤塋;《秦風·蒹葭》篇"小渚曰沚",小誤水;《小雅·四牡》篇"今鵓鳩也",鵓誤鵓;《蓼蕭》篇"在衡曰鸞",衡誤鑣;《采芑》篇"即今苦蕒菜",蕒誤賣;《正月》篇"申包胥曰:人定則勝天",定誤衆;《小弁》篇"江東呼爲鴷鳥",鴷誤鴨;《巧言》篇"君子不能聖讒",聖誤堲。凡十條。[1]

陳氏所校正者,亦見於氏著《毛詩稽古編》卷二十九;史榮所校正者,則見於氏著《風雅遺音》卷下。

考《詩集傳》諸本,《大雅·文王有聲》篇"減,成溝也"[2],《詩集傳》不誤。《小雅·頍弁》三章皆作"賦而興又比也"[3],宋本已有,非輔廣所增,《詩集傳》亦未必誤。《小雅·甫田》篇作"苗葉以上,稍耨壠草,因壝其土以附苗根"[4],朱子於此未明確説明引自《漢書》,而《漢書·食貨志》作"苗生葉以上,稍耨隴草,因隤其土以附苗根。故其詩曰:'或耘或耔,黍稷儗儗。'"[5]朱子或是據《漢書》爲訓,但轉引之時,亦可意引,故不可拘泥於《漢書》以審其文本之是非。又,《周頌·閔予小子》篇曰:"《楚辭》云:'三公揖讓,登降庭只',與此文勢正相似。"[6]而《楚辭·大招》原文作:"三公穆穆,登降堂只。……執弓挾矢,揖辭讓只。"考朱子《楚辭集注》,於此處並無文字改動,[7]可知朱子此處亦爲意引,而非直引。《大雅·召旻》六章作"賦也"[8],不作"比",亦未嘗不可。《周頌·賚》篇作"此頌文武之功"[9],下文雖只言及文王,却並不能證明此處"文武"爲錯。《魯頌·駉》篇作"此言僖公牧馬之盛"[10],《詩序辨説》云:"此

---

① [清] 紀昀等著,四庫全書研究所整理:《欽定四庫全書總目》(整理本),第 193—194 頁。引文對原標點略有改動。
② [宋] 朱熹撰,朱傑人校點:《詩集傳》,《朱子全書》(修訂本)第 1 册,第 672 頁。
③ [宋] 朱熹撰,朱傑人校點:《詩集傳》,《朱子全書》(修訂本)第 1 册,第 633 頁。
④ [宋] 朱熹撰,朱傑人校點:《詩集傳》,《朱子全書》(修訂本)第 1 册,第 626 頁。
⑤ [漢] 班固撰,[唐] 顏師古注:《漢書》,第 1138—1139 頁。
⑥ [宋] 朱熹撰,朱傑人校點:《詩集傳》,《朱子全書》(修訂本)第 1 册,第 735 頁。
⑦ [宋] 朱熹著,蔣立甫點校:《楚辭集注》,《朱子全書》(修訂本)第 19 册,第 161 頁。
⑧ [宋] 朱熹撰,朱傑人校點:《詩集傳》,《朱子全書》(修訂本)第 1 册,第 719 頁。
⑨ [宋] 朱熹撰,朱傑人校點:《詩集傳》,《朱子全書》(修訂本)第 1 册,第 741 頁。
⑩ [宋] 朱熹撰,朱傑人校點:《詩集傳》,《朱子全書》(修訂本)第 1 册,第 744 頁。

《序》事實皆無可考,詩中亦未見'務農重穀'之意,《序》説鑿矣。"①朱子以此篇
《小序》穿鑿,事實無考,並未如有些篇目一樣,直接點明其説錯誤,故仍可沿
襲《毛詩序》之説,作"傒公"。《秦風·終南》篇曰:"黻之狀亞,兩己相戾
也。"②"亞"爲"亞"之訛俗字,並非錯字。而《尚書·益稷》僞孔傳曰:"黻爲兩
己相背。"孔穎達疏曰:"黻爲兩己相背,謂刺繡爲己字,兩己字相背也。"③而
據黃懷信先生的校勘記:"《正字》引楊旭云:'"黻"古像兩弓相背,取其辨。
"弓"俗訛作"己"。'"④作"弓"還是作"己",仍有爭論,但朱子當依所見之本作
"己",這並不能算朱子的錯。《小雅·南有嘉魚》篇曰:"嘉魚,鯉質,鱒鯽肌,
出於沔南之丙穴。"⑤元人朱公遷《詩經疏義會通》卷九曰:"《詩記》引山陰陸
氏曰:'鯉質,鱒鱗肌,肉甚美。'《傳》是本此,而本有誤脱。今興國刊本朱鑑所
傳者,'鯉質,鱒鱗'爲是,'鯽'字誤無疑。"⑥山陰陸氏即陸佃。朱子蓋引其所
著《埤雅》之説,但其間有脱誤。陳氏於《毛詩稽古編》卷三十亦懷疑此爲"傳
寫之訛"。《小雅·小宛》篇作"桑扈,竊脂也,俗呼青觜"⑦;而《爾雅·釋鳥》郭
璞注曰:"俗謂之青雀,觜曲,食肉,好盜脂膏,因名云。"⑧這有可能亦是傳寫
之訛。可見,雖然今所見宋本亦確有一些錯誤,但陳氏的這十條批評,並不合
理。而真正可以算是《詩集傳》錯誤的只有一條:《召南·騶虞》篇曰:"豝,牡
豕也。"⑨而《毛傳》、《説文》皆作"牝豕"。

又考,《小雅·蓼蕭》篇曰:"在鑣曰鸞。"⑩《毛傳》亦曰:"在鑣曰鸞。"非爲
"衡"字,不知史氏所據,但可以斷定的是,此條朱子不誤。《小雅·正月》篇引
申包胥曰:"人衆能勝天,人定亦能勝天。"⑪考《史記·伍子胥列傳》曰:"吾聞
之:'人衆者勝天,天定亦能破人。'"⑫《史記會注考證附校補》曰:"破,蜀、《詳
節》勝,按凌引一本作勝。"⑬蜀本即劉氏嘉業堂影宋蜀大字集解本,《詳節》
即宋板呂東萊《史記詳節》。朱子蓋據俗本《史記》,轉引其説,或亦有所發

① ［宋］朱熹撰,朱傑人校點:《詩集傳》,《朱子全書》(修訂本)第 1 册,第 399 頁。
② ［宋］朱熹撰,朱傑人校點:《詩集傳》,《朱子全書》(修訂本)第 1 册,第 510 頁。
③ ［漢］孔安國傳,［唐］孔穎達正義,黃懷信整理:《尚書正義》,上海:上海古籍出版社,2007
　 年,第 169 頁。
④ ［漢］孔安國傳,［唐］孔穎達正義,黃懷信整理:《尚書正義》,第 185 頁。
⑤ ［宋］朱熹撰,朱傑人校點:《詩集傳》,《朱子全書》(修訂本)第 1 册,第 559 頁。
⑥ ［元］朱公遷等撰,馬天祥等點校:《詩經疏義》,北京:北京師範大學出版社,2013 年,第 518 頁。
⑦ ［宋］朱熹撰,朱傑人校點:《詩集傳》,《朱子全書》(修訂本)第 1 册,第 601 頁。
⑧ ［晉］郭璞注,［宋］邢昺疏,王世偉整理:《爾雅注疏》,第 541 頁。
⑨ ［宋］朱熹撰,朱傑人校點:《詩集傳》,《朱子全書》(修訂本)第 1 册,第 420 頁。
⑩ ［宋］朱熹撰,朱傑人校點:《詩集傳》,《朱子全書》(修訂本)第 1 册,第 562 頁。
⑪ ［宋］朱熹撰,朱傑人校點:《詩集傳》,《朱子全書》(修訂本)第 1 册,第 588 頁。
⑫ ［漢］司馬遷:《史記》,中華書局,1959 年,第 2176 頁。
⑬ ［日］瀧川資言,水澤利忠:《史記會注考證附校補》,上海:上海古籍出版社,1986 年,第
　 1329 頁。

揮,史氏所言亦非是。《王風·采葛》篇曰:"蕭,萩也。"①《秦風·蒹葭》篇曰:"小渚曰沚。"②《小雅·采芑》篇曰:"芑,苦菜也,青白色,摘其葉有白汁出,肥可生食,亦可蒸爲茹,即今苦蕒菜。"③《小雅·巧言》篇曰:"君子不能聖讒,而信盜以爲虐,則亂用是暴矣。"④此四處《詩集傳》宋本皆不誤,蓋史氏所據俗本《詩集傳》有誤。《唐風·葛生》篇曰:"域,塋域也。"⑤據阮元《校勘記》,小字本、相臺本皆作"塋"。⑥《小雅·四牡》篇曰:"鵻,夫不也,今鵓鳩也。"⑦據阮元《校勘記》,《毛詩正義》引《爾雅》郭璞注當作"今鵓鳩也",而閩本、明監本、毛本皆作"鶉"。⑧ 這兩條當是朱子所據《毛詩注疏》的底本有誤。而真正的錯誤只要以下兩條:《小雅·小弁》篇曰:"江東呼爲鴨烏。"⑨考《爾雅》郭璞注曰:"江東亦呼爲鴨烏。"⑩《衛風·伯兮》篇曰:"《傳》曰:女爲悦己容。"⑪此"己"字下當有一"者"字,方合語言習慣。

　　從以上的分析可以看出,《四庫總目》中的《詩集傳》提要對《詩集傳》的批評大多是不實之詞。《四庫總目》既知八卷本爲坊刻所併,仍忽視坊刻本自身產生譌誤的可能性,據其以立論,並特別增加揭出其中所謂的文字訛異的内容,不厭其煩。其間故存偏頗之心昭然若揭。

二、《四庫總目·經部·詩類》其他提要對《詩集傳》的批評

　　在《四庫總目·經部·詩類》的其他提要中,雖然對一些詩經學著作中批評朱子《詩集傳》的做法提出批評,比如,《毛詩或問》提要云:

> 又詆朱子解《詩》,如盲人捫象。而自謂其説言思莫及,理解俱融,不知我之爲古人,古人之爲我,其言甚誕。⑫

此則對袁仁之批評《詩集傳》加以批評。至若《毛詩原解》提要,則云:

① [宋]朱熹撰,朱傑人校點:《詩集傳》,《朱子全書》(修訂本)第1冊,第467頁。
② [宋]朱熹撰,朱傑人校點:《詩集傳》,《朱子全書》(修訂本)第1冊,第509頁。
③ [宋]朱熹撰,朱傑人校點:《詩集傳》,《朱子全書》(修訂本)第1冊,第568頁。
④ [宋]朱熹撰,朱傑人校點:《詩集傳》,《朱子全書》(修訂本)第1冊,第605頁。
⑤ [宋]朱熹撰,朱傑人校點:《詩集傳》,《朱子全書》(修訂本)第1冊,第504頁。
⑥ [清]阮元校刻:《十三經注疏》,第367頁下。
⑦ [宋]朱熹撰,朱傑人校點:《詩集傳》,《朱子全書》(修訂本)第1冊,第545頁。
⑧ [清]阮元校刻:《十三經注疏》,第409頁下。
⑨ [宋]朱熹撰,朱傑人校點:《詩集傳》,《朱子全書》(修訂本)第1冊,第602頁。
⑩ [晉]郭璞注,[宋]邢昺疏,王世偉整理:《爾雅注疏》,第543頁。
⑪ [宋]朱熹撰,朱傑人校點:《詩集傳》,《朱子全書》(修訂本)第1冊,第458頁。
⑫ [清]紀昀等著,四庫全書研究所整理:《欽定四庫全書總目》(整理本),第218頁。

《集傳》亦確有所偏,而不能全謂之無所發明。敬徒以朱子務勝漢儒,深文鍛煉,有以激後世之不平,遂即用朱子吹求《小序》之法,以吹求朱子,是直以出爾反爾,示報復之道耳,非解經之正軌也。①

這裡亦指責郝敬批評《詩集傳》"非解經之正軌",不過,亦對《詩集傳》本身提出了批評。而檢視《四庫總目·經部·詩類》中的所有提要,其中有不少地方對《詩集傳》作出了負面的評價,且有違事實。這些評價大多爲《四庫薈要》本提要所無,很可能是後來紀昀所增改。

《四庫總目》中,有些提要對《詩集傳》中解《詩》方法上的偏頗作出了不恰當的評價,比如,《詩傳旁通》提要云:"朱子《詩傳》詳於作詩之意,而名物訓詁,僅舉大凡。"②《續詩傳鳥名》提要云:"朱子作《詩集傳》,大旨在發明美刺之旨,而名物訓詁則其所略。"③《虞東學詩》提要云:"《集傳》多闡明義理,於名物訓詁聲音之學皆作所略。"④如前文所論,朱子治《詩》,雖主闡發義理,然於其中訓詁、音韻皆頗爲重視。朱子撰《詩集傳》,力求簡潔,並非故意略談名物、訓詁、音韻。凡此,《朱子語類》所言頗多,《四庫總目》非爲不知,故此偏頗之論當是有意爲之。而《欽定詩經傳說彙纂》提要云:"蓋《集傳》廢序,成於呂祖謙之相激,非朱子之初心。故其間負氣求勝之處,在所不免。"⑤前文已述,此已爲余嘉錫先生《四庫提要辨證》所駁,故不贅論。

其中有些提要則故意點明《詩集傳》中有缺點,且爲後人所補充、所糾正。比如,《詩集傳名物鈔》提要云:"是書所考名物音訓,頗有根據,足以補《集傳》之闕遺。"⑥《毛詩稽古編》提要云:"所辨正者,惟朱子《集傳》爲多,歐陽修《詩本義》、呂祖謙《讀詩記》次之,嚴粲《詩緝》亦次之。"⑦《續詩傳鳥名》提要云:"大意在續《毛詩》而正《朱傳》,每條皆先列《集傳》之文於前,而一一辨其得失。"⑧《毛詩日箋》提要云:"不專主《小序》,亦不專主《集傳》,凡有疑義,乃爲疏解。"⑨《毛朱詩說》提要云:"是書論《小序》爲不可盡信,而朱子以詩說詩爲矯枉過正。"⑩《學詩闕疑》提要云:"是編皆引舊說以駁朱子《詩集傳》,從《毛

① [清]紀昀等著,四庫全書研究所整理:《欽定四庫全書總目》(整理本),第220頁。
② [清]紀昀等著,四庫全書研究所整理:《欽定四庫全書總目》(整理本),第199頁。
③ [清]紀昀等著,四庫全書研究所整理:《欽定四庫全書總目》(整理本),第208頁。
④ [清]紀昀等著,四庫全書研究所整理:《欽定四庫全書總目》(整理本),第213頁。
⑤ [清]紀昀等著,四庫全書研究所整理:《欽定四庫全書總目》(整理本),第205頁。
⑥ [清]紀昀等著,四庫全書研究所整理:《欽定四庫全書總目》(整理本),第199頁。
⑦ [清]紀昀等著,四庫全書研究所整理:《欽定四庫全書總目》(整理本),第207頁。
⑧ [清]紀昀等著,四庫全書研究所整理:《欽定四庫全書總目》(整理本),第208頁。
⑨ [清]紀昀等著,四庫全書研究所整理:《欽定四庫全書總目》(整理本),第227頁。
⑩ [清]紀昀等著,四庫全書研究所整理:《欽定四庫全書總目》(整理本),第230頁。

傳》、《鄭箋》者十之三四,從蘇轍《穎濱詩傳》者十之六七,其偶涉他家者不過數條耳。"①至於《詩深》提要云:"於《集傳》多所攻難,而所立異義,不能皆有根據。"②雖於許伯政有所批評,然亦有故意揭出《詩集傳》爲其所批評之嫌。《欽定詩義折中》提要云:"蓋我聖祖仁皇帝《欽定詩經傳說彙纂》,於《集傳》之外,多附録舊説,實昭千古之至公。"③則暗批《詩集傳》有不公之處。至若《詩序解頤》提要云:"此書申朱子《詩序辨説》之義,而又以己意更正之,中多臆論。"④此"臆論",不知是指邵弁《詩序解頤》申朱子之説者,還是所更正者,姑置而不論。

其中還有些提要,不厭其煩地揭出其書對《詩集傳》中的一些具體錯誤的指摘,儘管其中也有一些並非《詩集傳》之誤,四庫館臣亦不加辨析而一併摘録。比如,《詩傳通釋》提要云:

> 至《周頌·豐年》篇,朱子《詩辨説》既駁其誤,而《集傳》乃用《序》説,自相矛盾。又三夏見於《周禮》,吕叔玉注以《時邁》、《執競》、《思文》當之。朱子既用其説,乃又謂成、康是二王謚,《執競》是昭王後詩,則不應篇名先見《周禮》,瑾一一回護,亦爲啓源所糾。然漢儒務守師傳,唐疏皆遵注義,此書既專爲朱《傳》而作,其委曲遷就,固勢所必然,亦無庸過爲責備也。⑤

《小序》曰:"《豐年》,秋冬報也。"謂此詩所言乃秋冬季時之報祭。朱子《詩序辨説》謂"《序》誤",而《詩集傳》云:"此秋冬報賽田事之樂歌,蓋祀田祖先農方社之屬也。"⑥實與《序》説相異,朱子並非自相矛盾。又,《詩經疏義》提要云:

> 其説墨守朱子,不逾尺寸,而亦間有所辨證。如《卷耳》篇内,朱子誤用《毛傳》舊説,以"崔嵬"爲土山戴石,公遷則引《爾雅》、《説文》,明其當爲石戴土。又《七月》之詩,朱子本《月令》以流火在六月,公遷推驗歲差,謂公劉時當五六月之交,皆足補《集傳》之闕。⑦

"崔嵬",《毛傳》、《釋名》以爲土山戴石,《爾雅》以爲石山戴土,孰是孰非,至今尚

① [清]紀昀等著,四庫全書研究所整理:《欽定四庫全書總目》(整理本),第231頁。
② [清]紀昀等著,四庫全書研究所整理:《欽定四庫全書總目》(整理本),第233頁。
③ [清]紀昀等著,四庫全書研究所整理:《欽定四庫全書總目》(整理本),第205頁。
④ [清]紀昀等著,四庫全書研究所整理:《欽定四庫全書總目》(整理本),第219頁。
⑤ [清]紀昀等著,四庫全書研究所整理:《欽定四庫全書總目》(整理本),第199頁。
⑥ [宋]朱熹撰,朱傑人校點:《詩集傳》,《朱子全書》(修訂本)第1冊,第397、731頁。
⑦ [清]紀昀等著,四庫全書研究所整理:《欽定四庫全書總目》(整理本),第200頁。

無定論。元人許謙《詩集傳名物鈔》以爲此訓當從《爾雅》；而清人段玉裁、馬瑞辰等皆從字源學角度考察，認爲當從《毛傳》，並舉出大量例證，其説更可信。《四庫總目》以爲朱子誤從《毛傳》，實不可解。又，《詩解頤》提要云："其於'太王翦商'一條，引金履祥之言，補《集傳》所未備。"①又，《六家詩名物疏》提要云：

> 其徵引頗爲賅博，每條之間亦間附考證。如"被之僮僮"，《鄭箋》以"被"爲髪髢，《集傳》以爲編髪，(應)[復]京則據《周禮·追師》，謂"編則列髪爲之；被則次第髪長短爲之，所謂髪髢"，定《集傳》之誤混爲"編"。又如《鄭風·緇衣》，《集傳》以爲緇衣羔裘，大夫燕居之服，(應)[復]京則據賈公彥《周禮疏》，以爲卿士朝於天子，服皮弁服，其適治事之館，改服緇衣，《鄭箋》所謂"所私之朝"，即謂治事之館。凡此之類，其議論皆有根柢，猶爲徵實之學者。②

馮氏之説亦有可商之處，如，陳奐《詩毛氏傳疏》云："副用編髪，被亦用編髪。編髪，即《周禮·追師》之編次也。"③陳奐治《詩》，喜毛厭朱，然此説却恰爲朱子《詩集傳》説之補證。又，《欽定詩義折中》提要云：

> 伏讀御製七十二候詩中《虹始見》一篇，有"晦翁舊解我疑生"句，句下御注，於《集傳》所釋"螮蝀"之義，詳爲辨證。並於所釋《鄭風》諸篇概作淫詩者，亦根據毛、鄭訂正其訛。反覆一二百言，益足見聖聖相承，心源如一。④

其實，《詩集傳》亦訓螮蝀爲"虹"，只不過後面所作的發揮，確實有過度之處而已，但這也是受當時認識水平的限制，不宜苛責朱子。又，《詩經稗疏》提要云：

> 於魚則辨鱣之即鯉，而《集傳》誤以爲黄魚；鮪之似鯉，而《集傳》誤以爲鱏魚。於器用，則辨《集傳》訓重較爲兩輢上出軾者之未諳車制，及《毛(詩)傳》訓檈爲歷録，歷録爲紡車交縈之名，而《集傳》增一然字之差。⑤

---

① ［清］紀昀等著，四庫全書研究所整理：《欽定四庫全書總目》(整理本)，第 201 頁。
② ［清］紀昀等著，四庫全書研究所整理：《欽定四庫全書總目》(整理本)，第 203 頁。引文對原標點略有改動。
③ ［清］陳奐：《詩毛氏傳疏》，《續修四庫全書》第 70 册，第 22 頁上。
④ ［清］紀昀等著，四庫全書研究所整理：《欽定四庫全書總目》(整理本)，第 205 頁。
⑤ ［清］紀昀等著，四庫全書研究所整理：《欽定四庫全書總目》(整理本)，第 206 頁。"詩"字據浙本、粵本及通行説法删。

這是揭明《詩集傳》在名物訓詁上的錯誤。不過，惟《秦風·小戎》篇，朱子以《毛傳》之"歷録"爲"歷録然"，是理解上的錯誤；而這個錯誤實際上是承襲自孔穎達《毛詩正義》的。《毛詩正義》曰："'楘，歷録'者，謂所束之處，因以爲文章歷録然。歷録，蓋文章之貌也。"①其他三處則非是。《衛風·淇奥》"猗重較兮"，朱子訓重較爲"兩輢上出軾者"，乃本之於陸德明《經典釋文》。《衛風·碩人》"鱣鮪發發"，《詩集傳》曰："鱣，魚，似龍，黃色，鋭頭，口在頷下，背上腹下皆有甲，大者千餘斤。鮪，似鱣而小，色青黑。"②此二訓皆本陸璣《毛詩草木鳥獸蟲魚疏》，並非如《四庫提要》所云，《詩集傳》以鱣爲黃魚，以鮪爲鱏魚。又，《詩經脈》提要云：

> 如"君子偕老"章"副笄六珈"，《毛傳》云："笄，衡。"蓋述《追師》"追衡、笄"之文。衡垂於耳，笄貫於髮，見於《追師》。"注疏甚詳。浣初引以證《朱傳》衡、笄一物之誤，尚小有考證。③

此《毛傳》云："笄，衡笄也。"《詩集傳》乃就此以申述，魏浣初辨《詩集傳》有誤，未必恰當。《四庫總目》有曲爲之説的嫌疑。至於《詩傳名物輯覽》曲爲《詩集傳》説者，其提要則特別將其揭出：

> 又每條首録《集傳》大意，以紫陽爲主。故如'鄂不韡韡'，則取豈不光明之義，而駁'鄂'作'萼'、'不'作'（跗）［拊］'之説，以爲不煩改字，亦過於偏執。"④

"鄂不韡韡"，出於《小雅·常棣》篇。《鄭箋》改毛，讀鄂爲萼，讀不爲柎，顯然更恰詩義，《詩集傳》未從鄭説，是不可取的。

在歷代《詩》注中，存在一些訓詁錯誤本是難免的，但是，《四庫總目》對《毛傳》或《鄭箋》等《詩》注中的錯誤並未過多著墨，而僅僅對糾正《詩集傳》的錯誤樂此不疲，且其中亦有不少不實之詞。這既説明四庫館臣對《詩集傳》很重視，同時，也體現出其故意貶低《詩集傳》的明顯偏頗。

---

① ［漢］毛亨傳，［漢］鄭玄箋，［唐］孔穎達疏，［唐］陸德明音釋，朱傑人、李慧玲點校：《毛詩注疏》，第 592 頁。
② ［宋］朱熹撰，朱傑人校點：《詩集傳》，《朱子全書》（修訂本）第 1 冊，第 453—454 頁。
③ ［清］紀昀等著，四庫全書研究所整理：《欽定四庫全書總目》（整理本），第 222 頁。引文對原標點略有改動。又，《毛傳》作："笄，衡笄也。"
④ ［清］紀昀等著，四庫全書研究所整理：《欽定四庫全書總目》（整理本），第 209 頁。引文對原標點略有改動。又，據《鄭箋》，文中的"跗"，當作"拊（柎）"。

三、《四庫總目》批評《詩集傳》原因試析

　　《四庫總目》作於乾隆中期,其時,官方的詩經學態度已經從康熙時期的主朱子説轉變爲主毛、鄭之説而兼採朱説。《欽定詩義折中》提要云:"是以諸臣恭承彝訓,編校是書。分章多准康成,徵事率從《小序》,使孔門大義,上溯淵源,卜氏舊傳,遠承端緒。"①這正揭明了乾隆時期,官方的詩經學已並不獨尊朱説,而是更偏重毛、鄭。不過,此時朱子學説仍爲官方思想。段玉裁在《毛詩故訓傳定本·題詞》中感慨:"夫人而曰治《毛詩》,而所治者乃朱子《詩傳》,則非《毛詩》也。"②我們從中可以看出,此時,朱子之詩經學在官方學者和民間學術圈中仍頗具影響力,遵朱説《詩》者亦不少。

　　康熙後期,康熙本人多次批評李光地、熊賜履等理學家雖號稱尊朱,但實際言行却多有與朱子之言行相背之處。其時,朝廷雖尊崇程朱,而那些口口聲聲崇朱的理學家們的言行不一之處,則爲朝廷明確反對與壓制。同時,在康熙朝,已經顯露出理學家互相攻訐的苗頭,康熙晚年批評熊賜履等人也正是出於這個目的。而至乾隆朝,因互相攻訐而立朋黨的現象使得乾隆頗爲反感,乾隆明言:"有講學必有標榜,有標榜必有門户,尾大不掉,必至國破家亡。"③明末學者空談誤國的前車之鑒,爲清廷之師。而朱子"以學統建道統,以道統制治統"的主張與做法,亦清廷所顧忌,清廷是不能允許當時理學家制約其治統的。故在當時的社會歷史和學術的雙重背景下,官方編修的《四庫全書》,作爲學術與政治的縮結品,自然要承擔起其調停漢宋的使命,來干預學統,維繫治統。

　　而在《四庫總目》中,我們確實可以看到,有明顯的調停漢學與宋學的趨勢。《四庫總目·經部總叙》説:

　　　　夫漢學具有根柢,講學者以淺陋輕之,不足服漢儒也。宋學具有精微,讀書者以空疏薄之,亦不足服宋儒也。消融門户之見,而各取所長,則私心祛而公理出,公理出而經義明矣。蓋經者非他,即天下之公理而已。今參稽衆説,務取持平,各明去取之故。④

《四庫總目·經部·詩類總序》亦説:

---

① 　[清]紀昀等著,四庫全書研究所整理:《欽定四庫全書總目》(整理本),第 205 頁。
② 　[清]段玉裁:《毛詩故訓傳定本·題辭》,《續修四庫全書》第 64 册,第 57 頁下。
③ 　戴逸主編:《清高宗御製文集》,北京:商務印書館,2006 年,第 18 頁。
④ 　[清]紀昀等著,四庫全書研究所整理:《欽定四庫全書總目》(整理本),第 1 頁。

> 全信、全疑，均爲偏見。今參稽衆説，務協其平。苟不至程大昌之
> 妄改舊文，王柏之横删聖經者，論有可採，並存録之，以消融數百年之
> 門户。①

其中明確揭出漢學、宋學各自的優缺點，就是爲了説明治經要"持平"，以消融門户。而《四庫總目》在經部詩類的後案中，揭明詩類的編纂目的説："今核定諸家，始於《詩序辨説》，以著起釁之由；終以是編（引者按：此指《虞東學詩》），以破除朋黨之見。"②可見，其編纂也正是出於消融門户的目的的。《四庫總目》在其《凡例》中又論學術上立門户之害曰：

> 自南宋至明，凡説經、講學、論文，皆各立門户。大抵數名人爲之主，
> 而依草附木者，囂然助之。朋黨一分，千秋吴越，漸流漸遠，並其本師之
> 宗旨亦失其傳，而釁隙相尋，操戈不已，名爲爭是非，實則爭勝負也。人
> 心世道之害，莫甚於斯。③

如此，必然使學者以立門户爲鑒。當然，在學術上，也只有不分朋黨，兼採漢學、宋學，才能使學者逐漸接受官方思想，以完成朝廷對學術思想乃至知識分子的實際控制。

乾隆編修《四庫全書》，雖有學術意義方面的考量，但政治意義却不可忽視。余嘉錫《四庫提要辨證》論《詩集傳》提要之誤解朱子云：

> 是朱子所以廢《詩序》之故，《提要》非不知也，知之而仍信《丹鉛録》
> 之臆説者，因紀文達諸人不喜宋儒，讀楊慎之書，見其與己之意見相合，
> 深喜其道之不孤，故遂助之張目，而不暇平情以核其是非也。④

此説僅考慮學術因素，未慮及政治因素，故論有未安之處。紀昀等四庫館臣既爲官方編書，當依官方思想爲主，《四庫總目》中有多少是其本人學術思想的反映，似難以斷定。紀昀等人非"不喜宋儒"，而是不喜立異；非"不暇平情"，而是不得平情。

綜上所述，《四庫總目》故意對《詩集傳》從細微之處作出一些批評，甚至

---

① ［清］紀昀等著，四庫全書研究所整理：《欽定四庫全書總目》（整理本），第 186 頁。
② ［清］紀昀等著，四庫全書研究所整理：《欽定四庫全書總目》（整理本），第 213 頁。
③ ［清］紀昀等著，四庫全書研究所整理：《欽定四庫全書總目·凡例》（整理本），第 33 頁。
④ 余嘉錫：《四庫提要辨證》，第 37 頁。

很多不實的批評,以使學者明白其中存在頗多錯誤;但是同時,其對批評《詩集傳》過於猛烈的現象則加以貶斥。這就提示我們,在研究《詩集傳》甚至整個詩經學史時,不可過度依賴《四庫總目》。造成這一現象的原因,當是四庫館臣爲了調停漢宋紛爭,以清廷的政治目的來指引學術演進路向。而作爲詩經宋學奠基人的朱子,本身是立異的始作俑者,故《四庫總目》對此多加指責,甚至有一些不實的指責。當然,《四庫總目》出於"持平"的目的,對過度批評朱子《詩集傳》的做法亦不滿意。

四、《四庫總目·經部·詩類》提要的利用價值

《四庫總目》中雖不乏一些深刻、獨到的見解,但也有些見解並不合理,因爲這些提要的撰寫,有其具體的社會歷史背景,也就是説,其中存在一定"成見"。前文已經揭出《四庫總目·經部·詩類》諸提要對於《詩集傳》作出的許多錯誤評價,就是由這個"成見"造成的,故後人不可以此過度責備《四庫總目》。在已有的學術史、經學史、詩經學史著作中,有少數著作據《四庫總目》以立論,其間難免有不合時宜之處。我們在研究《詩集傳》時,不可過度依賴《四庫總目·經部·詩類》諸提要對其的評價。而詩經學史,以及經學史、學術史的撰寫,亦不可過度依賴《四庫總目》的結論。

胡適在其所著《中國哲學史大綱》的導言中提出,研究中國哲學史,要做好"述學"的功夫。① 而我們當下詩經學史、經學史、學術史的研究與撰寫,也要拋開既有的"成見",通過"述學",以使所建構出的學術演進歷程,更符合當下形態。特別是在當下語境下的"重構學術史"、"改寫學術史",我們也要學習朱子治《詩》時,對漢、宋諸儒的態度,既要充分尊重《四庫總目》,也要跳出其束縛。

① 、胡適:《中國哲學史大綱·導言》,上海:上海古籍出版社,1997年,第7頁。

結 語

　　宋代時期,社會結構發生了顯著變化,門閥制度消亡,而士的社會地位空前提高,這導致了舊有解經體系不能適應現實需要。文化領域也發生了顯著變化,理學的出現,對"孔孟道統"的自覺繼承,積極有效地回應了佛、老的衝擊。士積極參與社會建設和政治活動中,自覺接受理學知識,用以重新解釋經典,以求致用。這就導致經學領域亦產生了重大變革,詩經學研究逐漸突破詩經漢學的束縛,呈現出一片繁榮的景象。很多學者參與其中,在詩經學理論和注解《詩經》兩個方面皆有所創獲,而南宋中期的朱子則是其中的佼佼者。與孔穎達綜合南北學術以建設詩經學不同,朱子是綜合前儒之説以重建詩經學。孔穎達是爲《毛詩》作正義,此仍屬於《毛詩》系統;朱子則欲突破《毛詩》,恢復孔孟道統,上溯到符合孔子思想的《詩經》。他對於《詩經》演進歷程有著非常深刻的認識。在審視歷代詩經學者的長處與不足的基礎上,朱子重新建構了一套詩經學話語系統,奠定了詩經宋學,成爲詩經學史上重要的轉捩點,既上承詩經漢學,又下啓詩經清學,還影響著現代詩經學。

　　之所以説朱子奠定詩經宋學,是因爲他較之前宋儒走得更遠,真正突破了詩經漢學的束縛,完成了詩經學領域的重建工作。在這個詩經學重建過程中,朱子並不拘泥於門户之見,對詩經漢學和宋代詩經學中合理的部分加以吸收,爲自己所利用;對其中不足之處則加以批評,爲自己所鏡鑒。這與朱子格物窮理的認識論正相契合:漢儒長於訓詁,於格物有助;宋儒長於義理,於窮理有益。同時,朱子亦能不斷反思自己舊説之弊,最終去《小序》以言《詩經》,撰成今本《詩集傳》;今本《詩集傳》撰成之後,朱子仍不斷對其加以修正。正是在這個繼承與批評中,朱子在義理的統攝下兼重訓詁,合漢、宋之長加以綜合而彌補其不足,使其自己的詩經學得以形成,並進而奠定了詩經宋學,完成了重建詩經學的使命。朱子以紹承"孔孟道統"爲己任,對《詩經》進行再闡釋,使之適應時代需要,這是他自覺地重建儒學的一個重要部分。

　　朱子以紹承孔孟道統爲己任,以格物窮理爲方法論原則來重建詩經學。總體説來,其重建工作體現在詩經學理論和治《詩》實踐兩個方面。詩經學理論方面的重建工作，主要有對於周公孔子《詩》學思想的發展、對於《小序》的批判等，形成了自己的獨特見解；解《詩》方面的重建，主要是在義理的統攝下，撰成《詩集傳》，對《毛詩》文本及其傳本加以校勘，對《詩》韻更爲重視，並重新注釋詞句，闡發《詩經》中蘊含的聖賢之道和天地自然之理。

朱子在詩經學理論方面，所獲尤多，如"六義"説、"二南"説、"淫詩說"、"正變"論、《詩序》觀、《詩》樂關係、《詩》教理論等等。這與他的治《詩》理念息息相關。朱子的治《詩》宗旨，歸納起來主要有三個方面：一是破除詩經漢學的權威，試圖回歸聖賢本意，以完成詩經學的重建；二是在義理的統攝下遍採群言，加以熔鑄綜合，成爲新篇，以揭明聖賢大道和天地自然之理；三是指導爲人爲學，以便於學者切己體察。朱子的治《詩》立場，是以經學立場爲主，兼顧其文學立場。朱子首先以《詩》爲"經"，其次才兼顧其中的文學特色。朱子的治《詩》原則，主要有四個方面：一是嚴別經傳，以《詩》言《詩》；二是由訓詁以求義理，二者並重，不可偏廢；三是簡潔；四是多聞闕疑。

對於傳統詩經學的一些核心命題，比如"六義"説、"二南"説、"淫詩"説，朱子認爲它們有助於"窮理"，所以就在義理的統攝下對它們加以改造，以成爲自己詩經學理論的有機組成部分。"六義"說源自《周禮》，反映的是周公的《詩》學思想；"二南"説、"淫詩"說與孔子相關，反映了孔子的《詩》學觀。朱子的重新解讀，意圖就在於將其中所蘊含的周公、孔子的本意闡發出來。

朱子《詩》學觀中最爲矚目最爲主要的就是他的《詩序》觀。朱子對詩經漢學最大的突破就是從學理上力辨《小序》之非，並同時撰有《詩序辨説》，條分縷析，以辨明《小序》之誤。只有這樣，才能將《詩經》與《毛詩》區別開來。在《詩序》問題上，朱子對大小《序》的起訖、作者、價值，以及《小序》的位置問題，都提出了自己的看法，這構成了朱子的《詩序》觀。《詩序》對於《毛詩》有著重要價值，幾乎可以與經處於同等地位，而若不徹底地將《詩經》從《詩序》的束縛中解放出來，宋代的詩經學在本質上也只能是詩經漢學的遺續，並不能跳出固有的詩經漢學的理論預設和話語體系，無法真正完成詩經學的重建。朱子沿襲了前人的去除《小序》的做法，而走得更遠。他以《小序》爲漢儒所作，故而不能與"經"等而視之，只能屬於"傳"。這樣去除《小序》以言《詩》，也就有了理論基礎。由此亦可見，朱子去《小序》以言《詩》的目的是爲了回歸原典，不"先自立説"，從《詩經》文本入手來理解《詩》意，以確保從中發掘出來的聖賢本意的可信性與有效性。而朱子在"去《序》"後，能最終完成重建詩經學的任務，這也使得他與之前的廢《序》者，如歐陽修、鄭樵等，有著本質區別。不過，朱子《詩序》觀中亦有矛盾之處。朱子糾正了前儒預設《詩》旨的弊病，而在自己治《詩》時，却陷入了一個新的預設《詩》旨的圈套。朱子《詩序》觀對後世詩經學產生了重要影響，其爭議亦從未中斷，直至今日。

此外，學界一般認爲，朱子之涵泳、玩味《詩經》，是爲了體會其中的文學特色。而在《朱子語類》和《朱文公文集》等文獻的爬梳中，我們可以發現，朱子所說的涵泳、玩味《詩經》，並不是要體會其中的文學特色，而且指仔細閱讀《詩經》文本，並借以體會其中所蘊含的聖賢大道和天地自然之理。朱子主張讀書要涵泳、玩味，是源自北宋四子、謝良佐和乃師李侗的。又，通過全面考察朱子詩經學，我們可以知道，朱子的詩經學並非爲"疑經"，而只是懷疑前儒附加在經上的一些不合理的內容和經解。也就是說，朱子所疑的，是漢儒的《毛詩》文本和後儒的《毛詩》傳本，並沒有質疑《詩經》本身；朱子所疑的，是漢唐諸儒的經解，即《毛傳》、《鄭箋》和《孔疏》等，並不是《詩經》的經典本身。之前學界對此一問題的表述，有未安之處。朱子爲曠世碩儒，問學延平李侗之後，其終生都在爲維護儒家正統地位和紹承孔孟道統而努力，朱子並無理由去"疑經"。而在經學時代，實際上不大可能有"疑經"得以產生的土壤。

除了在詩經學理論方面的貢獻外，朱子在治《詩》實踐中，亦取得了很大的成就。其治《詩》的最終成果，就是今本《詩集傳》。朱子能完成重建詩經學的任務，很大程度上，是取決於他治《詩》方法的合理。朱子在治《詩》時，以義理爲統攝，重校勘、重訓詁，並又在此基礎上來闡發義理，這樣就能最大限度地確保義理闡發的可信性和有效性，在一定程度上抑制了宋代詩經學游談無根的局面。

秦火之後，先秦時期的《詩經》古本早已不見，西漢初年的《三家詩》傳本在當時也已經亡佚，朱子所見到的完整《詩經》文本只有《毛詩》。朱子力圖突破《毛詩》以治《詩經》，因此他對《毛詩》進行了系統的校勘。其校勘主要有四個方面：一是校勘《毛詩》異文，二是勘正《毛詩》文本錯訛，三是對《毛詩》分章斷句重新認定，四是調整《毛詩》篇次。朱子所作的校勘，部分精確不移，部分可備一說，亦有部分是錯誤的。不過，我們不能僅從文獻學角度來考察朱子對《毛詩》的校勘，而這其中所體現的學術意義，更應該爲我們所重視。比如，朱子較之鄭玄更加自覺地注重對《三家詩》異文發掘；又如，朱子對於《毛詩》文本錯誤的揭示；等等。這也是朱子詩經學並非"《毛詩》學"的明證，朱子欲突破《毛詩》學以重建詩經學的苦心孤詣，於此也可窺見一斑。

朱子治《詩》，重視其中的音韻。這反映在其治《詩》實踐中，就是《詩集傳》用"叶音"的方式給韻腳字的注音。受宋代古音學發展的影響，朱子發展了"叶音"說。儘管朱子對於音韻理論認識尚有不足，但是朱子對《詩經》韻例的考察頗有成就。無論是在用韻方式上還是在韻腳位置上的考察認定，朱子的結論與今人王力、王顯、郭晉稀等先生的歸納在很大程度上相同或相近，這是我們在研究朱子詩經學和古音學中不能忽視的。《詩集傳》作爲詩經學史上第一部對《詩經》韻例作出全面探索的專著,其開創之功更值得表出。

《詩集傳》在訓詁上亦有很大創獲。朱子不廢前儒成訓,遍加採擇,熔鑄綜合,以成新篇。《詩集傳》中,朱子不問今文經學與古文經學的門户,亦不管是漢唐諸儒還是宋代學者,凡認爲前儒訓詁是合理的,即加以採擇。同時,又據上下文義,隨文解義,自立新訓,有不少訓詁精確不移。即使是一些專主《毛詩》的清儒,比如清中期的"《毛詩》三大家",亦不同程度地採用過朱子之訓。不過,《詩集傳》中亦有一些訓詁是錯誤的,需要辨明。其訓詁失誤之處,主要表現在:盲從毛鄭、以今繩古、不明語法、預設詩旨、不明通假、望文生訓、"文獻不足"等方面。

現存《詩集傳》版本有二十卷本、十卷本和八卷本三個系統,朱子原帙是八卷本還是二十卷本的問題引起過學界的廣泛爭議。朱傑人先生曾就此發表專論,詳細有力地論證了二十卷本爲朱子原帙,八卷本當産生於明代。本書通過朱子《四書章句集注》引《詩經》文句的注音與《詩集傳》相關版本的對照,可以補充證明朱先生的結論是正確的,八卷本並不産生於宋元時期。而基於相關文獻及史料的分析,再加上目録學和音韻學角度的考察,我們可以推測八卷本《詩集傳》當産生於明初,而且很可能就是 1384 至 1417 年之間。而這也正是拙撰以二十卷本《詩集傳》爲工作本的原因所在。

《四庫總目》對於學術史的判斷有著廣泛而深入的影響。由於它屬意調和漢宋,《經部·詩類》的許多篇提要對朱子《詩集傳》作出了一些並不恰當的評價。這是受清代中葉學術與政治的雙重的影響所致,因此,我們在研究朱子《詩集傳》,甚至整個詩經學史時,不能過度依賴《四庫總目》,而是需要特別注意對其中的相關言論加以辨析。今後,對於詩經學史的"重構"或改寫,亦當如是。而這也正是朱子"以《詩》言《詩》"的治《詩》原則的自覺延續。

朱子的知行觀是以知先行後爲前提的知行合一。從這個角度來看朱子的詩經學重建工作,他對前儒及自己的舊説中理論不足的認識屬於"知",是理論層面的;其《詩集傳》、《詩序辨説》等解《詩》實踐屬於"行",是實踐層面的。朱子之所以能夠成功地重建詩經學,是因爲他結合時代的需要,回應社會的現實訴求,在義理的統攝下改造舊理論以形成新理論,並積極施用到解《詩》實踐中。朱子在重建詩經學領域的成功經驗,可以爲當下的本土文化重建工作提供積極的、有效的借鑒。

參考文獻

論著:

B

[漢] 班固撰,[唐] 顏師古注.漢書[M].北京：中華書局,1962

[日] 本田成之著,孫俍工譯.中國經學史[M].上海：上海書店出版社,2001

[美] 包弼德著,[新] 王昌偉譯.歷史上的理學[M].杭州：浙江大學出版社,2010

[美] 包弼德著,劉寧譯.唐宋思想的轉型[M].第 2 版.南京：江蘇人民出版社,2017

C

[宋] 陳彭年等編.宋本廣韻·永禄本韻鏡：第 2 版[M].南京：江蘇教育出版社,2005

[宋] 陳彭年等編,余迺永校注.新校互注宋本廣韻：定稿本[M].上海：上海人民出版社,2008

陳子展.詩經直解[M].上海：復旦大學出版社,1983

程俊英,蔣見元.詩經注析[M].北京：中華書局,1991

陳祖武.清初學術思辨録[M].北京：中國社會科學出版社,1992

陳來.朱子哲學研究[M].上海：華東師範大學出版社,2000

蔡方鹿.朱子與中國文化[M].貴陽：貴州人民出版社,2000

陳桐生.史記與詩經[M].北京：人民文學出版社,2000

陳垣.校勘學釋例[M].北京：中華書局,2004

程俊英.詩經譯注[M].上海：上海古籍出版社,2004

陳來.宋明理學[M].上海：華東師範大學出版社,2004

蔡方鹿.朱熹經學與中國經學[M].北京：人民出版社,2004

常乃悳.中國思想小史[M].上海：上海古籍出版社,2005

陳榮捷.朱子新探索[M].上海：華東師範大學出版社,2007

陳榮捷.朱學論集[M].上海：華東師範大學出版社,2007

陳榮捷.朱子門人[M].上海：華東師範大學出版社,2007

陳榮捷.近思録詳注集評[M].上海：華東師範大學出版社,2007

曹海東.朱熹經典解釋學研究[M].武漢：湖北人民出版社,2007

蔡敏琳.高亨《詩經今注》研究[M].臺北：花木蘭文化出版社,2008

陳致著,吳仰湘等譯.從禮儀化到世俗化——《詩經》的形成[M].上海：上海
　古籍出版社,2009

陳明義.朱熹《詩經》學與《詩經》漢學傳統異同之研究[M].臺北：花木蘭文化
　出版社,2009

程燕.詩經異文輯考[M].合肥：安徽大學出版社,2010

曹建國.楚簡與先秦《詩》學研究[M].武漢：武漢大學出版社,2010

陳鴻儒.朱熹《詩》韻研究[M].北京：社會科學文獻出版社,2012

陳良中.朱熹《尚書》學研究[M].北京：人民出版社,2013

陳才.如切如磋：經學文獻探研録[M].臺北：花木蘭文化出版社,2018

D

董治安主編.詩經詞典[M].濟南：山東教育出版社,1989

董治安.先秦文獻與先秦文學[M].濟南：齊魯書社,1994

戴維.詩經研究史[M].長沙：湖南教育出版社,2001

董治安.兩漢文獻與兩漢文學[M].上海：上海古籍出版社,2005

董治安主編.經部要籍概述[M].南京：江蘇教育出版社,2005

鄧駿捷.劉向校書考論[M].北京：人民出版社,2012

鄧佩玲.《雅》、《頌》與出土文獻新證[M].北京：商務印書館,2017

F

［清］方玉潤撰,李先耕點校.詩經原始[M].北京：中華書局,1986

［清］馮登府撰,房瑞麗校注.三家詩遺說[M].上海：華東師範大學出版
　社,2010

馮浩菲.毛詩訓詁研究[M].武漢：華中師範大學出版社,1988

費振剛主編.先秦兩漢文學研究[M].北京：北京出版社,2001

馮浩菲.歷代詩經論說述評[M].北京：中華書局,2003

傅斯年.詩經講義稿[M].北京：中國人民大學出版社,2004

馮浩菲.鄭氏詩譜訂考[M].上海：上海古籍出版社,2008

G

[晉] 郭璞注,[宋] 邢昺疏,王世偉整理.爾雅注疏[M].上海：上海古籍出版社,2010

高亨纂著,董治安整理.古字通假會典[M].濟南：齊魯書社,1989

[日] 岡元鳳纂輯,王承略點校解說.毛詩名物圖說[M].濟南：山東畫報出版社,2002

高亨著,董治安整理.高亨著作集林[M].北京：清華大學出版社,2004

郭晉稀.詩經蠡測：修訂本[M].成都：巴蜀書社,2006

高令印.朱子學通論[M].廈門：廈門大學出版社,2007

郭錫良編著.漢字古音手冊：增訂本[M].北京：商務印書館,2010

郭全芝.清代《詩經》新疏研究[M].合肥：安徽大學出版社,2010

顧宏義.朱熹師友門人往還書札彙編[M].上海：上海古籍出版社,2017

H

[漢] 韓嬰撰,許維遹校釋.韓詩外傳集釋[M].北京：中華書局,1980

[清] 胡承珙撰,郭全芝校點.毛詩後箋[M].合肥：黃山書社,1999

[民] 黃侃述,黃焯編.文字聲韻訓詁筆記[M].上海：上海古籍出版社,1983

[民] 胡樸安.詩經學[M].長沙：嶽麓書社,2010

胡平生,韓自强.阜陽漢簡詩經研究[M].上海：上海古籍出版社,1988

何九盈.上古音[M].北京：商務印書館,1991

黃典誠.詩經通譯新詮[M].上海：華東師範大學出版社,1992

胡適.中國哲學史大綱[M].上海：上海古籍出版社,1997

黃壽祺.群經要略[M].上海：華東師範大學出版社,2000

黃永年.古籍整理概論[M].上海：上海書店出版社,2001

洪湛侯.詩經學史[M].北京：中華書局,2002

黃忠慎.朱子《詩經》學新探[M].臺北：五南圖書出版公司,2002

黃愛平.樸學與清代社會[M].石家莊：河北人民出版社,2003

何琳儀.戰國文字通論：訂補[M].南京：江蘇教育出版社,2005

郝桂敏.宋代《詩經》文獻研究[M].北京：中國社會科學出版社.2006

黃焯.毛詩鄭箋平議[M].武漢：武漢大學出版社,2008

韓宏韜.《毛詩正義》研究[M].北京：中國社會科學出版社,2009

黃忠慎.宋代《詩經》學探析——以歐陽修、蘇轍等六家爲中心的考察[M].臺北：花木蘭文化出版社,2009

黃忠慎.清代詩經學論稿[M].臺北：文津出版社,2011

何海燕.清代《詩經》學研究[M].北京：人民出版社,2011

黃忠慎.清代獨立治《詩》三大家研究：姚際恒、崔述、方玉潤[M].臺北：五南圖書出版公司,2012

黃淬伯.詩經覈詁[M].北京：中華書局,2012

郝永.朱熹《詩經》解釋學研究[M].上海：上海古籍出版社,2014

J

金啓華.詩經全譯[M].南京：江蘇古籍出版社,1984

姜昆武.詩書成詞考釋[M].濟南：齊魯書社,1989

蔣見元,朱傑人.詩經要籍解題[M].上海：上海古籍出版社,1996

季旭昇.詩經古義新證[M].北京：學苑出版社,2001

[日]家井真著,陸越譯.《詩經》原意研究[M].南京：鳳凰出版社,2010

K

[漢]孔安國傳,[唐]孔穎達正義,黃懷信整理.尚書正義[M].上海：上海古籍出版社,2007

L

[唐]陸德明撰,黃焯彙校.經典釋文彙校[M].北京：中華書局,2006

[宋]黎靖德編.朱子語類[M].北京：中華書局,1986

[宋]呂祖謙.呂氏家塾讀詩記[M].宋淳熙九年江西漕臺本

[民]梁啓超.清代學術概論[M].北京：中國人民大學出版社,2004

[民]劉師培著,陳居淵注.經學教科書[M].上海：上海古籍出版社,2006

[民]梁啓超.中國近三百年學術史[M].北京：中國華僑出版社,2008

[民]林義光.詩經通解[M].上海：中西書局,2012

羅君惕.漢文字學要籍概述[M].北京：中華書局,1984

李新魁.中古音[M].北京：商務印書館,1991

林葉連.中國歷代詩經學[M].臺北：臺灣學生書局,1993

廖群.《詩經》與中國文化[M].香港：東方紅出版社,1997

魯洪生.詩經學概論[M].瀋陽：遼海出版社,1998

劉毓慶.從經學到文學——明代《詩經》學史論[M].北京：商務印書館,2001

劉毓慶.歷代詩經著述考(先秦—元代)[M].北京：中華書局,2002

李建國.漢語訓詁學史[M].上海：上海辭書出版社,2002

雒啓坤.《詩經》散論[M].北京：商務印書館,2002

李澤厚.中國古代思想史論[M].天津：天津社會科學院出版社,2003

劉信芳.孔子詩論述學[M].合肥：安徽大學出版社,2003

吕思勉.先秦學術概論[M].上海：東方出版中心,2005

劉立志.漢代《詩經》學史論[M].北京：中華書局,2007

李文澤.宋元語文學著述考録[M].成都：四川大學出版社,2008

劉毓慶,賈培俊.歷代詩經著述考(明代)[M].北京：中華書局,2008

[韓]劉承相.朱子早年思想的歷程[M].上海：華東師範大學出版社,2010

劉毓慶,郭萬金.從文學到經學——先秦兩漢詩經學史論[M].上海：華東師範大學出版社,2010

李零.蘭臺萬卷——讀《漢書·藝文志》[M].北京：生活·讀書·新知三聯書店,2011

李冬梅.宋代《詩經》學專題研究[M].長春：吉林人民出版社,2011

林澐.古文字學簡論[M].北京：中華書局,2012

劉述先.朱子哲學思想的發展與完成[M].長春：吉林出版集團,2014

M

[漢]毛亨傳,[漢]鄭玄箋,[唐]孔穎達疏.毛詩正義[M].北京：北京大學出版社,2000

[漢]毛亨傳,[漢]鄭玄箋,[唐]孔穎達疏,[唐]陸德明釋音,朱傑人、李慧玲點校.毛詩注疏[M].上海：上海古籍出版社,2013

[清]馬瑞辰撰,陳金生點校.毛詩傳箋通釋[M].北京：中華書局,1989

[民]馬宗霍.中國經學史[M].上海：上海書店,1984

莫礪鋒.朱熹文學研究[M].南京：南京大學出版社,2000

馬乘風.詩經今注今譯[M].北京：新世界出版社,2011

O

[宋]歐陽修.毛詩本義：影《四庫薈要》本[M].長春：吉林出版集團,2005

P

[民]皮錫瑞著,周予同注釋.經學歷史[M].北京：中華書局,2004

裴學海.古書虛詞集釋[M].北京：中華書局,1954

[美]Peter K. Bol. Neo — Confucianism in History [M]. Cambridge：the

Harvard University Asia Center，2008

Q

［清］錢澄之撰，朱一清校點.田間詩學［M］.合肥：黄山書社，2005

裘錫圭.文字學概要［M］.北京：商務印書館，1988

漆永祥.乾嘉考據學研究［M］.北京：中國社會科學出版社，1998

錢穆.朱子學提綱［M］.北京：生活·讀書·新知三聯書店，2002

錢穆.宋代理學三書隨劄［M］.北京：生活·讀書·新知三聯書店，2002

錢存訓.書於竹帛——中國古代的文字記録［M］.上海：上海書店出版社，2004

錢穆.孔子傳［M］.第 2 版.北京：生活·讀書·新知三聯書店，2005

錢穆.朱子新學案［M］.北京：九州出版社，2011

屈萬里.詩經詮釋［M］.上海：上海辭書出版社，2016

R

［清］阮元校刻.十三經注疏附校勘記：影印本［M］.北京：中華書局，1980

S

［漢］司馬遷.史記：第 2 版［M］.北京：中華書局，1982

申美子.朱子詩中的思想研究［M］.臺北：文史哲出版社，1988

尚學峰，過常寶，等.中國古典文學接受史［M］.濟南：山東教育出版社，2000

孫作雲.《詩經》研究［M］.開封：河南大學出版社，2003

束景南.朱熹研究［M］.北京：人民出版社，2008

石雲孫.朱雅［M］.上海：華東師範大學出版社，2009

［美］蘇源熙著，卞東波譯.中國美學問題［M］.南京：鳳凰出版社，2009

束景南.朱熹年譜長編［M］.增訂版.上海：華東師範大學出版社，2014

束景南.朱子大傳："性"的救贖之路［M］.修訂版.上海：復旦大學出版社，2016

T

［元］脱脱.宋史［M］.北京：中華書局，1977

田漢雲.中國近代經學史［M］.西安：三秦出版社，1996

［美］田浩.功利主義儒家——陳亮對朱熹的挑戰［M］.南京：江蘇人民出版社，1997

檀作文.朱熹詩經學研究［M］.北京：學苑出版社，2003

唐蘭.中國文字學［M］.上海：上海古籍出版社，2005

譚德興.宋代詩經學研究[M].貴陽：貴州人民出版社,2005

滕志賢.《詩經》與訓詁散論[M].上海：上海人民出版社,2008

[美] 田浩.朱熹的思維世界[M].增訂版.南京：鳳凰出版社,2009

[美] 田浩.旁觀朱子學——略論宋代與現代的經濟、教育、文化、哲學[M].上
　海：華東師範大學出版社,2011

W

[宋] 王質.詩總聞：影《四庫薈要》本[M].長春：吉林出版集團,2005

[清] 王聘珍撰,王文錦點校.大戴禮記解詁[M].北京：中華書局,1983

[清] 王先謙撰,吳格點校.詩三家義集疏[M].北京：中華書局,1987

[清] 王懋竑撰,何忠禮點校.朱熹年譜[M].北京：中華書局,1998

[民] 聞一多.詩經研究[M].成都：巴蜀書社,2002

[民] 吳闓生著,蔣天樞、章培恒校點.詩義會通[M].上海：中西書局,2012

王力.龍蟲並雕齋文集[M].北京：中華書局,1980

王力.漢語語法史[M].北京：商務印書館,1989

王力.詩經韻讀·楚辭韻讀[M].北京：中國人民大學出版社,2004

萬獻初.《經典釋文》音切類目研究[M].北京：商務印書館,2004

汪祚民.詩經文學闡釋史(先秦—隋唐)[M].北京：人民出版社,2005

王健.在現實真實與價值真實之間——朱熹思想研究[M].上海：華東師範大
　學出版社,2007

王力.漢語語音史[M].北京：商務印書館,2008

王曉平.日本詩經學史[M].北京：學苑出版社,2009

汪業全.叶音研究[M].長沙：嶽麓書社,2009

王倩.朱熹詩教思想研究[M].北京：北京大學出版社,2009

王顯.詩經韻譜[M].北京：商務印書館,2011

吳洋.朱熹《詩經》學思想探源及研究[M].北京：社會科學文獻出版社,2014

X

[漢] 許慎著.說文解字：影清陳昌治本[M].長沙：嶽麓書社,2005

[清] 徐鼎纂輯,王承略點校解說.毛詩名物圖說[M].北京：清華大學出版
　社,2006

[民] 謝晉青.詩經之女性的研究[M].太原：山西人民出版社,2016

向熹.詩經語言研究[M].成都：四川人民出版社,1987

徐德明,等.朱熹著作版本源流考[M].北京：中國文聯出版社,2000

向熹.《詩經》語文論集[M].成都：四川民族出版社,2002

夏傳才,董治安主編.詩經要籍提要[M].北京：學苑出版社,2003

夏傳才.二十世紀詩學[M].北京：學苑出版社,2005

蕭華榮.中國古典詩學理論史：修訂版[M].上海：華東師範大學出版社,2005

許道勳,徐洪興.中國經學史[M].上海：上海人民出版社,2006

夏傳才.詩經研究史概要：增注本[M].北京：清華大學出版社,2007

蕭旭.古書虛詞旁釋[M].揚州：廣陵書局,2007

向熹.詩經詞典[M].修訂版.北京：商務印書館,2014

Y

[宋] 嚴粲.詩緝[M].明趙府居敬堂本

[清] 永瑢,等.欽定四庫全書總目：整理本[M].北京：中華書局,2002

[清] 俞樾.茶香室叢鈔[M].北京：中華書局,1995

殷焕先.反切釋要[M].濟南：山東人民出版社,1979

余嘉錫.四庫提要辨證[M].北京：中華書局,1980

袁梅.詩經譯注[M].濟南：齊魯書社,1985

于省吾.澤螺居詩經新證·澤螺居楚辭新證[M].北京：中華書局,2003

余英時.朱熹的歷史世界[M].北京：生活·讀書·新知三聯書店,2003

袁長江.先秦兩漢詩經研究論稿[M].北京：學苑出版社,2003

楊冬莼.中國學術史講話[M].南京：江蘇教育出版社,2005

易孟醇.先秦語法：修訂本[M].長沙：湖南大學出版社,2005

猶家仲.《詩經》的解釋學研究[M].桂林：廣西師範大學出版社,2005

楊新勛.宋代疑經研究[M].北京：中華書局,2007

袁愈荌譯詩,唐莫堯注釋.詩經全譯[M].貴陽：貴州人民出版社,2008

余嘉錫.目錄學發微[M].北京：時代文藝出版社,2009

袁梅.詩經異文彙考辨證[M].濟南：齊魯書社,2013

Z

[南朝梁] 鐘嶸著,曹旭箋注.詩品箋注[M].北京：人民文學出版社,2009

[宋] 朱熹撰.四書章句集注[M].北京：中華書局,1983

[宋] 朱熹.詩經集注[M].臺北：萬卷樓圖書公司,1991

[宋] 朱熹.詩經集傳：影《四庫薈要》本[M].長春：吉林出版集團,2005

[宋] 朱鑑.詩傳遺說：影《四庫薈要》本[M].長春：吉林出版集團,2005

[宋] 朱熹著,王華寶整理.詩集傳[M].南京:鳳凰出版社,2007

[民] 支偉成.清代朴學大師列傳[M].上海:泰東書局,1925

[民] 朱自清.詩言志辨[M].桂林:廣西師範大學出版社,2004

張西堂.詩經六論[M].上海:商務印書館,1957

[日] 竹添光鴻.毛詩會箋[M].臺北:華國出版社,1975

趙制陽.詩經名著評介[M].臺北:臺灣學生書局,1983

趙沛霖.詩經研究反思[M].天津:天津教育出版社,1989

詹鄞鑫.神靈與祭祀——中國傳統宗教通論[M].南京:江蘇古籍出版社,1992

張立文.朱熹評傳[M].南京:南京大學出版社,2001

周大璞.訓詁學初稿:修訂版[M].武漢:武漢大學出版社,2002

朱維錚.中國經學史十講[M].上海:復旦大學出版社,2002

張滌華.張滌華目錄校勘學論稿[M].臺北:學海出版社,2004

張立文主編.中國學術通史[M].北京:人民出版社,2004

鄒其昌.朱熹詩經詮釋學美學研究[M].北京:商務印書館,2004

張世祿,楊劍橋.音韻學入門[M].上海:復旦大學出版社,2005

周予同.群經概論[M].北京:中國書籍出版社,2005

張富祥.宋代文獻學研究[M].上海:上海古籍出版社,2006

趙沛霖.現代學術文化思潮與詩經研究——二十世紀詩經研究史[M].北京:
    學苑出版社,2006

趙茂林.兩漢三家《詩》研究[M].成都:巴蜀書社,2006

朱東潤.詩三百篇探故[M].昆明:雲南人民出版社,2007

朱傑人等主編.朱子全書:修訂版[M].上海:上海古籍出版社;合肥:安徽教育出
    版社,2010

周振甫譯注.詩經譯注[M].第 2 版.北京:中華書局,2010

趙少咸.詩韻譜[M].北京:中華書局,2016

[日] 種村和史著,李棟譯.宋代《詩經》學的繼承與演變[M].上海:上海古籍
    出版社,2017

朱傑人.桑榆非晚集[M].上海:上海古籍出版社,2018

朱傑人.朱子學論集[M].北京:北京大學出版社,2018

論文:

(一) 學位論文

[1][韓] 柳花松.朱熹《詩集傳》注釋《詩》通假字研究[D].南京:南京大學博

士學位論文,2001

［2］包麗虹.朱熹《詩集傳》文獻學研究［D］.杭州：浙江大學博士學位論文,2004

［3］陳戰峰.宋代《詩經》學與理學［D］.西安：西北大學博士學位論文,2005

(二)期刊論文

［1］黃景湖.《詩集傳》注音初探［J］.廈門大學學報(哲學社會科學版),1981(4)：136—146

［2］呂藝.清及近代傳世《詩集傳》宋刊本概述［J］.文獻,1984(4)：38—52

［3］左松超.朱熹論《詩》主張及其所著《詩集傳》［J］.孔孟學報,1988(55)：73—88

［4］蕭華榮.試論漢、宋《詩經》學的根本分歧［J］.文學評論,1995(1)：5—14

［5］陳廣忠.朱熹《詩集傳》叶音考辨［J］.安徽大學學報(哲學社會科學版),1999(23)2：69—77

［6］陳廣忠.朱熹《詩集傳》叶音考辨(續)［J］.安徽大學學報(哲學社會科學版),1999(23)3：26—35

［7］陳鴻儒.《詩集傳》叶音與朱熹古韻［J］.古漢語研究,2000(1)：23—30

［8］陳鴻儒.《詩集傳》叶音辨［J］.古漢語研究,2001(1)：20—25

［9］俞允海.從《詩集傳》考察朱熹的語法意識［J］.古漢語研究,2002(3)：87—89

［10］耿紀平.朱熹《詩集傳》徵引宋人《詩》説考論［J］.河南教育學院學報(哲學社會科學版),2006(25)2：87—90

［11］劉柏宏.林慶彰先生《中國經學史上的回歸原典運動》一文述評［J］.中國文哲研究通訊,2006(16)3：133—143

［12］汪業全.20 世紀以來叶音研究述評［J］.學術論壇,2006(8)：181—184

［13］張靜.《四庫全書總目提要》於朱熹《詩集傳》叙錄中的態度筆法平議［J］.河北大學成人教育學院學報,2009(11)2：94—96

［14］汪業全.朱熹《詩集傳》與吳棫《詩補音》音叶考異［J］.南通大學學報(社會科學版),2009(25)2：82—87

［15］林慶彰.中國經學史上的回歸原典運動［J］.中國文化,2009(2)：1—9

［16］林慶彰.香港近六十年《詩經》研究文獻目録——附：澳門《詩經》研究篇目［J］.中國文哲研究通訊,2010(20)4：167—192

［17］徐有富.《詩集傳》對《詩經》篇章結構的探討［J］.南京師範大學文學院學報,2011(2)：1—5

[18] 雷勵,余頌輝.朱熹《詩集傳》所注二反、二音考[J].語言科學,2011(3)：294—301

[19] 左松超.朱熹《詩集傳》二十卷本和八卷本的比較[A]//高仲華先生八秩榮慶論文集[C].高雄師範學院國文研究所編印,1988：105—131

[20] 邵炳軍.朱熹《詩集傳》對毛《序》的批評與繼承[A]//沈松勤主編.第四屆宋代文學國際研討會論文集[C].浙江大學出版社,2006：431—438

[21] 馬輝洪.香港地區《詩經》研究目録索引(1950—2009)[A]//詩經研究叢刊：第21輯[C].學苑出版社,2011：380—406

[22] 沈培.再談西周金文"叚"表示情態的用法[EB/OL].http：//www.gwz.fudan.edu.cn/SrcShow.asp？Src_ID=1186,2010-06-16.

[23] 姜龍翔.論朱子《詩集傳》對二《南》修齊治平之道的開展[J].清華中文學報,2012(7)：61-105

[24] 姜龍翔.朱子"淫奔詩"篇章界定再探[J].臺北大學中文學報,2012(12)：77-102

後　記

　　今人從各自的研究角度出發,掘發朱子的學術成就與價值,並對朱子的學術身份加以界定,於是,朱子有了許多身份標籤:文學家、哲學家、教育家、思想家、理學家等等。以朱子學術思想之淵博,其實還可以不止有這些身份標籤,他在歷史、文獻甚至天文、地理等領域也有著深刻的見解。但是,如果我們一定要選一個朱子自己能接受的身份標籤,我想,可能只有"經學家"這個身份才最適合。

　　後世學者多認爲朱子承接了聖賢道統,《宋元學案》裡說朱子"致廣大,盡精微,綜羅百代"。"致廣大,盡精微"是說他的學術能得其宏大,也能察其精緻細微,表裡粗精兼顧;"綜羅百代"則是說他思想學說對後世的影響深遠。單從《詩經》一經來看,朱子的《詩集傳》義理與訓詁並重,確實既致了廣大,又盡了精微。且不說作爲科舉考試的標準用書,元明時期的許多詩經學著作其實就是對《詩集傳》進行二次闡釋,當時也有許多《詩集傳》的卷端題名爲《詩經》,而甚至連漢代的《毛詩》都沒有享此殊榮。可見,"綜羅百代"一語也非泛泛之虛言。即使在清儒那兒,毛亨只能被敬稱爲"公",而朱熹却得以被尊稱爲"子",這恐怕與他自覺承接道統、重建儒學有關。朱子治《詩》,當然是爲了解釋《詩經》中蘊含的孔子思想;朱子傳《詩》,當然是爲了使孔子思想得以傳播。再結合朱子一貫"做功夫"的主張,則他學《詩》傳《詩》目的是用《詩》,知行合一。只有如此理解,才能符合朱子作爲經學家的身份特徵。此前關於朱子詩經學的研究,多關注的是詩經學視野下的朱子,多就《詩經》立言,各有創獲,只是尚未能全面把握朱子思想學說的整體面貌,容有遺憾。

　　受謝明仁師的教導,我碩士階段就對《詩經》研究產生了濃厚的興趣,並希望可以有一個深造的機會,以繼續研習《詩經》。2010 年碩士畢業後,我即拜入朱師傑人先生門下,攻讀博士學位。甫一入學,傑人師就結合我的專業方向和學術興趣,命我研究朱子詩經學。

　　我碩士階段就粗讀過朱子的《詩集傳》。僅僅從開展研究的基礎文獻和既有研究成果的數量上來看,我深知,要做一部有新意的朱子詩經學研究專著有多麼難。而若要一窺這位曠世碩儒博大精深的學術思想,如何準確地理解和把握它,再將他的詩經學置於其中展開研究,則無疑是一個十分艱難的過程,儘管這是一個十分必要又可行且令人感興趣的研究路徑。已經不記得當時是出於什麼考慮,我沒有畏難,而是迎難而上,開始了在傑人師指導下系統學習朱子學之旅。我也不敏,深恐因自己不够努力,寫不出合格的學位論文來,而辱及師名,於是將絕大部分精力花在讀書治學上,連那個面積並不算大的校園,至今都有許多地方沒有走過。有了一定的學術積累之後,我考慮以"朱子詩經學考論"爲題,撰寫學位論文。讀博這段時光,讀書加上寫論文,辛苦,忙碌,而充實。雖然才過去沒幾年,但是當時的許多記憶已經模糊。如今努力搜索記憶片段,已然不記得熬過多少夜晚,不記得做過多少筆記,不記得有多少艱辛的思索,只記得當時基本上是宿舍、食堂、圖書館三點一線,囫圇吞棗地讀了一些書,寫了若干不太成熟的文章,完成了一篇博士學位論文,三年如期畢業。

論文順利答辯之後,傑人師高興之餘,命我不要放下朱子詩經學的研究。雖然一直都有俗事纏身,心有旁騖,以至於一些我想拓展的研究內容尚未能深入下去,朱子詩經學對後世的影響這一議題也始終心餘力絀,但是我始終沒有停止過對博士學位論文的修改與完善。論文中的部分章節也曾抽取出來,或提交到學術會議,或發表於學術刊物,以爲嚶鳴之聲,期待得到同道的回應和意見。

作爲朱子第 29 世孫,傑人師多年來念茲在茲,於朱子學領域有功獨多:他是一位重要的朱子學研究者,卓然名家;他因學術影響力和領導力,或組織或統籌了不少高規格的、影響深遠的學術活動,有效地推廣了朱子學;他還因曾主政華東師範大學出版社而出版了許多朱子學著作,以至該社成爲了業內公認的朱子學著作出版重鎮。我一直有一個執念,這篇學位論文只有在華東師範大學出版社出版,才是報答傑人師教導之恩的最好方式。2017 年,雖然傑人師已經榮休數年,我仍然樂意將初步修改過的書稿交給華東師範大學出版社來申報國家社科基金後期資助。很榮幸,該課題得以立項。

課題立項後,我注意吸收最新的研究成果,並對原文作了比較重要的修改。現在這部書稿較之當年的博士學位論文,既有結構、佈局的調整,又有章節、內容的增删,還有語句、表述的完善。至於書名,則不作更動,一仍其舊,以爲讀過博士的紀念。雖然幾經修改,這部同名書稿中仍有一些地方不能讓我完全滿意,但是我覺得應該要將這個課題的研究告一段落,把成果公之於眾,接受學界的批評了。

在我的學術成長之路上,很多人對我提供過幫助,要藉此機會鄭重地表達我的感激之情。自讀博以來，傑人師謙謙長者，循循善誘，多方教導，縱頑劣如我，亦能有所收穫，不斷進步，不斷成長。自讀博以來，我堅持讀書治學，雖漸積日進之功甚少，但尚不至於荒疏，此則賴有諸多師友提攜。自讀博以來，父母漸老，阿咸漸高，儘管不知道我在寫些什麼，可他們給我提供了極大的精神支持。自讀博以來，我的研究生導師謝明仁先生和小學老師徐德敏先生一直關心著我的學術、事業的進步。

屈指算來，從受傑人師之命研究朱子詩經學，迄今已有一旬；而若從研讀朱子《詩集傳》算起，則我接觸朱子詩經學已有一紀。白駒過隙，若一彈指，不知不覺中，我竟然在這一研究領域已經堅持了這麼久。好在這部小書終於可以問世了。

今年是朱子誕生 890 周年、逝世 820 周年，謹以此書作爲紀念，謹以此書獻給業師朱傑人教授。

2020 年 3 月 4 日東方既白